환상문학 걸작선

19세기 대문호들의 명작 단편선

i

환상문학 걸작선

19세기 대문호들의 명작 단편선

프리드리히 드 라 모테-푸케 외 지음

차경아 외 옮김

자음과모음

차
례

•
프리드리히 드 라 모테-푸케
Friedrich Heinrich de la Motte-Fouqué

운디네 •7
Undine

•
에른스트 테오도르 아마데우스 호프만
Ernst Theodor Amadeus Hoffmann

왕의 신부 •155
Die Königsbraut

황금 항아리 •249
Der goldne Topf

•
아힘 폰 아르님
Achim von Arnim

아라비아의 예언자,
멜뤽 마리아 블랭빌 •409
Melük Maria Blainville,
die Hausprophetin aus Arabien

종손들 이야기 •463
Die Majoratsherren

요제프 폰 아이헨도르프
Joseph Freiherr von Eichendorff

가을의 마법 ∘*535*
Die Zauberei im Herbste

리버타스와 그녀의 청혼자들 ∘*565*
Libertas und ihre Freier

루트비히 티크
Johann Ludwig Tieck

금발의 에크베르트 ∘*625*
Der blonde Eckbert

요정들 ∘*659*
Die Elfen

옮긴이 약력 ∘*701*
연대순에 따른 작품 순서 ∘*703*

일러두기

» 편집 · 교정 과정에서 발생할 수 있는 오류를 피하기 위하여 가급적 역
   자들의 번역문을 수정 없이 기재하는 것을 원칙으로 했다. 독일어권의
   표현 방식과 한국어 표현 방식에 다소 괴리가 있을 수 있지만, 본 도서
   를 통해 한국의 독자들에게 처음 소개되는 작품이 다수 있기에, 독자
   대중에게 정확하게 번역된 글을 전하겠다는 의도로 이와 같은 원칙을
   세웠다.

» 목차는 편집자 임의로 구성했다. 연대순에 따른 목차는 책의 뒷부분에
   덧붙였다. 이 목차를 통해 독일 낭만주의 작품들이 시간이 지남에 따라
   어떻게 달라져가는지 확인할 수 있을 것이다.

» 본 도서에 실린 각 작품의 역자는 작품의 말미에 표기하였으며, 약력은
   책의 뒷부분에 따로 정리했다. 참고로 본 도서의 번역은 경기대학교 아
   동—청소년문학 연구실에서 했음을 밝힌다.

» 작품을 표시할 때는 책으로 출간된 경우 「」, 단편의 경우 「」, 공연이나 노
   래의 경우 〈 〉로 표기했다.

» 이 책에 실린 작품들은 독일 낭만주의 시대의 작품들로, 이 작품들을 이
   르는 독일어 명칭은 '메르헨Märchen'이다. 우리말로 '민담', '기담'으로 해
   석할 수 있다.

운디네
Undine, 1811

프리드리히 드 라 모테-푸케
Friedrich Heinrich de la Motte-Fouqué

프리드리히 드 라 모테-푸케
Friedrich Heinrich de la Motte-Fouqué
1777-1843

독일의 소설가이자 시인으로 브란덴부르크에
서 태어났다. 프랑스계 귀족 출신으로 주로 북
유럽과 중세의 기사도 세계에서 소재를 취한
소설과 희곡 150여 편을 남겼다. 그의 창작 동
화 「운디네Undine」는 물의 정령과 인간의 비
극적인 사랑을 다룬 이야기로 안데르센의 「인
어공주」와 유사한 내용을 전하고 있다. 「운디
네」는 극중 인물의 입체성과 플롯의 현대성으
로 인해 오늘날까지도 전 세계적으로 사랑받
고 있는 명작으로 손꼽히고 있으며, E.T.A. 호
프만Hoffman과 K.기르슈너Girschner에 의해 오
페라로 선보이기도 했다. 저자의 또 다른 작품
가운데 「니벨룽겐의 노래Das Nibelungenlied」를
독일에서 최초로 극화한 〈북방의 영웅Der Held
des Nordens〉(1810)이 유명하다.

1장

기사가
어부의 집을 찾아온
이야기

•

지금은 벌써 수백 년이 흘렀을 그 옛날, 한 선량한 노어부老漁夫가 살았다. 어느 날씨 청명한 석양 무렵, 노인은 문 앞에 앉아 어망을 손질하고 있었다. 노인이 살고 있는 주변은 퍽이나 풍경이 수려했다. 노인의 오두막집이 서 있는 초원은 큰 호수에 이르도록 쭉 뻗쳐 있어서 마치 한 줄기 곶岬이 푸르디푸른 투명한 호수를 연모한 나머지 물속으로 잠겨 드는 듯이 보였고, 호수 역시 하늘거리는 키다리 초목과 꽃들, 상쾌한 나무 그늘이 있는 아름다운 초원을 반겨서 두 팔로 사랑스레 감싸 안고 있는 것처럼 보였다. 이렇듯 초원과 호수가 서로 한 폭으로 어울리고 있었기 때문에 한결 장관을 이루었다. 이 아름다운 토지에는 어부와 그의 가족을 빼고는 마주치는 사람이라곤 거의 없었다. 곶의 뒤쪽으로는 황량한 삼림지대가 자리하고 있는데 그 숲 속은 음침하고 길도 없을 뿐 아니라 그 속에서 기

•
9

괴한 짐승과 요괴妖怪가 나온다는 소문 때문에, 대개의 사람들은 무슨 특별한 일이 없이는 숲 속을 드나들기를 무척 꺼렸다. 하지만 신앙심 깊은 이 노어부는 조금도 불안해하는 기색 없이 여러 번 숲을 드나들었다. 노인이 사는 이 아름다운 호숫가에서 잡은 진귀한 물고기를, 그리 멀지 않은 거대한 숲 저편의 큰 시장까지 운반하기 위해서였다. 노인이 이처럼 아무런 공포감 없이 숲 속을 통과할 수 있었던 것은 필시 깊은 신앙심을 갖고 있었기 때문이요, 따라서 무섭다고 소문나 있는 숲 그늘에 들어설 때면 거리낌 없는 목청으로 진심에서 우러나오는 찬송가를 부르는 데 길들어 있었기 때문이리라.

그런데도 그 저녁 무렵 하염없이 어망을 다루고 앉아 있을 때, 숲의 어둠 속에서 바삭거리는 기마의 발굽 소리 같은 것이 들리며 그 소리가 점점 곳 쪽으로 다가오자, 노인은 문득 소스라치게 놀랐던 것이다. 폭풍우가 몰아치던 밤이면 숲의 비밀에 관해 꿈꾸었던 일, 특히나 거인처럼 장대하고 눈처럼 흰 사나이의 끊임없이 괴이하게 고개를 끄덕이던 모습이 불현듯 어부의 뇌리를 스쳤다. 아니, 과연 눈을 들어 숲 쪽을 바라보았을 때 나뭇가지가 뒤엉킨 무성한 수풀 사이로 그 사나이가 고개를 끄덕이며 이리로 오는 것처럼 환각되었다. 하지만 그는 정신을 바싹 차리고, 자기한테는 지금껏 숲 속에서도 그런 불가사의한 일이 안 일어났으니 이렇게 넓은 곳에서라면 설사 악마가 나온다

해도 대단한 위력을 행사할 수 없으리라고 마음을 고쳐먹었다. 그러면서 얼른 성경 구절을 마음 밑바닥으로부터 힘차게 뇌었다. 그러자 한결 용기가 솟아나서 오히려 자신의 어리석은 방황이 우스꽝스럽게 여겨졌고, 머리를 끄덕이는 눈처럼 흰 사나이는 어느새 평소의 낯익은 개울로 변하여 물거품을 튕기며 숲에서 호수로 흘러 들어가고 있었다. 하지만 실상 조금 전 바스락거리는 소리를 낸 것은, 화려하게 성장한 어느 기사가 말을 타고 나무 그늘을 헤치며 여기 오두막집을 향해 달려오는 기척이었다. 진홍빛 외투가 황금으로 수놓인 청잣빛 재킷 위로 펄럭이고 있었고, 금빛 베레모에는 빨강과 청빛 깃털이 나부끼고 있었고, 황금빛 검대劍帶에서는 현란하게 장식된 칼이 유난히 번득이고 있었다. 기사가 타고 있는 백마는, 군마를 많이 보아 온 익숙한 눈으로는 뼈마디가 약간 가냘프게 보이기는 했지만, 너무나 경쾌하게 초원을 밟고 와, 이 초록빛 자연의 융단이 조금치도 손상되지 않는 듯이 보였다. 이처럼 품위 있는 모습의 인물로 인해 무슨 불길한 일이 벌어질 염려야 없을 테지, 하는 마음이 들긴 했지만 그래도 역시 왠지 모르게 기분이 언짢았기 때문에 노어부는 차분히 제자리에 눌러앉아 어망에 매달려 있었다. 그러자 기사는 조용히 멈춰 서서, 말과 함께 여기서 오늘 하룻밤만 재워 줄 수 있겠느냐고 물었다.

"당신의 말로 말씀드리자면 여기 나무 그늘진 들판보다 더 훌륭한 마구간이 없을 테고, 또 들판에 자라는 풀보다 더 좋은 먹이가 없을 겁니다. 그리고 당신을 위해서는 우리가 가진 대로 저녁 식사랑 잠자리쯤 기꺼이 제공해 드리지요."

어부는 대답했다. 기사는 이 말에 아주 만족해하며 말에서 뛰어내렸다. 그리고 두 사람은 힘을 합쳐 안장과 고삐를 끄르고 꽃이 만발한 초원에 말을 풀어 놓았다. 그러면서 기사는 집주인 에게 말했다.

"노어부님, 설사 웬만큼 푸대접을 하신다 해도 오늘만은 영 감님 댁에서 신세를 져야겠습니다. 보아하니 앞은 망망한 호수 요, 날은 저물어 이제 밤이 됐으니, 흉흉한 숲으로 되돌아간다 는 건 신령님도 바라지 않는 일이 될 것 같군요!"

"그런 이야기는 장황하게 하지 맙시다"라고 말하며 어부는 나그네를 오두막집으로 안내했다.

집 안에는 난로의 희미한 불꽃이 초저녁의 정결한 방 안을 비추고 있었고, 그 난로 옆의 큼직한 의자에는 노파가 걸터앉아 있었다. 이 기품 있는 풍채의 손님이 들어서자 노파는 상냥하게 인사를 하며 일어섰다. 하지만 부인은 손님에게 양보하지도 않 고 상석인 자기 의자에 그냥 주저앉았다. 그러자 어부가 빙그레 웃으며 말했다.

"젊은 양반, 집 안에서 제일 편안한 의자를 권해 드리지 않는 다고 해서 기분 상하시면 안 됩니다. 상석의 의자는 예외 없이 연장자의 차지인 것이 우리 가난한 사람들의 관습이지요."

그러자 노어부의 아내가 웃으며 말했습니다.

"당신, 무슨 소릴 하시는 거예요? 우리의 손님은 기독교도시 잖아요? 게다가 이렇게 혈기 왕성한 젊은이가 어떻게 늙은이가 앉은 자리를 빼앗겠다는 생각을 하겠어요?" 그리고는 기사를 향해 말을 이었다. "앉으시지요, 젊은 양반. 저쪽에 참한 작은 의자가 있습니다. 하지만 너무 난폭하게 이리저리 흔들면 안 됩니다. 다리 한 개는 그리 튼튼하지 못하니까요."

기사는 의자를 조심조심 가져와서 공손하게 걸터앉았다. 그러자 그는 이 작은 가족과 한 식구인 것 같은, 아득히 먼 곳에서부터 이제 막 고향으로 돌아온 것 같은 생각이 들었다.

선량한 세 남녀는 서로 마음을 툭 터놓고 다정하게 얘기를 주고받기 시작했다. 기사는 몇 차례나 숲에 관한 얘기를 물어보았지만, 노인은 자기로서는 별로 아는 바가 없으며 이런 야밤중에 숲의 얘기를 꺼내는 것은 도저히 마땅하지 않다고만 말했다. 그러면서도 집안 얘기며 고기잡이 같은 데로 화제가 옮겨지면 이 노부부는 그칠 줄 모르고 얘기를 했고, 기사가 자신의 여행담을 털어놓고 도나우 강 상류에 성을 한 채 갖고 있으며 자기의 이름은 훌트브란트 폰 링슈텟텐이라는 등등으로 화제가 이를 때도 즐거운 낯으로 귀를 기울였다. 얘기하는 도중에 나그네의 귀에는 낮은 창가에서 누구인가 이따금 물을 철썩 때려 붙이는 것 같은 소리가 들려왔다. 그런 소리가 들릴 때마다 노인은 못마땅한 듯 이맛살을 찌푸렸다. 그러다가 마침내 창유리에 철썩 물이 부딪쳐 오고 덜 닫힌 문틈으로 물이 왈칵 방 안으로 쏟아져 들어오자, 노인은 화난 기색으로 일어서서 창을 향해 위협하듯 소리쳤다.

"운디네! 방해를 어지간히 해 주면 어떻겠니? 오늘은 여기 집 안에 손님이 와 계시니까 말이다."

그러자 창밖은 다시금 조용해지고 다만 숨죽인 웃음소리만 계속해서 들려왔다. 어부는 제자리로 돌아오면서 말했다.

"저 아이의 소행을 용서해 주시겠지요, 손님. 어쩌면 여러 가지로 말썽 부리는 일이 또 있을지는 모르겠지만 악의가 있어서 그런 건 아닙니다. 저 아이는 우리의 양녀 운디네인데, 곧 열여덟이 되는데도 조금치도 어린애 티를 못 벗는군요. 하지만 방금 말씀드렸듯이 실상 근본적으로 저 아이의 본성은 마음 밑바닥부터 선량하답니다."

"당신은 쉽게 그렇게 말씀하시는군요!" 노파가 머리를 절레절레 흔들며 대꾸했다. "당신이야 고기잡이나 여행길에서 집으로 돌아오니까 그 애의 장난까지도 사랑스러울 뿐이겠지요. 하지만 온종일 장난에 시달리고 변변한 말 한마디도 듣지 못할뿐더러, 자라면서 집안 살림에 도움을 기대할 수 있기는커녕 그 애의 철부지 소행으로 인해서 우리가 온통 망신당하는 변이나 있지 않을까 노상 걱정까지 해야 하니……. 어디 그뿐인가요? 군자 같은 참을성도 결국 못 견딜 거예요."

"자, 알았어. 당신이 운다네 때문에 애를 먹었다면, 나는 호수에서 고생하지 않았소?" 하면서 집주인은 미소를 지었다.

"호수는 내 손으로 만든 제방이며 어망 따위를 종종 앗아 가는 때도 있지만, 그래도 역시 나는 호수가 좋거든. 당신 역시 아무리 심한 고통과 슬픔이 닥친다 해도 저 귀여운 아이가 사랑스러울 거야. 안 그렇소?"

"저 아이에 대해서는 누구라도 진심으로 나쁜 마음일 수는 없지요."

노파는 집주인의 말에 맞장구를 치며 미소를 지었다.

그때 문이 활짝 열리더니 놀랍게 아름다운 금발의 소녀가 소리 내어 웃으면서 미끄러져 들어와서 말했다.

"아버지, 저를 그저 놀리신 거지요? 대체 손님이 어디에 계시는데요?"

그 순간 소녀는 기사를 알아채고 이 미남 청년 앞에서 어안이 벙벙해져 우뚝 서 버렸다. 홀트브란트는 귀여운 소녀의 모습을 즐겁게 바라보며, 소녀의 사랑스런 표정을 마음 깊이 새겨 두고 싶은 생각이 들었다. 왜냐하면 소녀가 이렇듯 당황하고 있는 동안에나 마음 놓고 바라볼 수 있을 뿐, 이제 곧 그의 시선을 의식하면 몇 갑절 당황해서 소녀 편에서 외면해 버릴 듯이 여

겨졌기 때문이었다. 그랬는데 사실은 전혀 달랐다. 소녀는 그를
한참 동안 바라보더니 다정하게 다가와서 그의 앞에 무릎을 꿇
고 앉는 것이었다. 그러고는 그의 가슴팍에 드리워진 번득이는
목걸이에 달린 메달을 만지작거리며 말했다.

"친절하신 손님, 대체 뭣 때문에 이런 초라한 오두막집을 찾
아오셨나요? 우리 집에 오시기 전까지 여러 해 동안 세상의 여
기저기를 두루 다니셨겠지요? 저 황량한 숲에서 오신 거지요,
당신께서는?"

그가 뭐라고 대답할 사이도 없이 노파의 꾸지람이 떨어졌다.
노파는 소녀더러 얌전히 일어나 할 일이나 하라고 일렀다. 하지
만 운디네는 대꾸도 없이 홀트브란트의 곁으로 작은 발판을 끌
어다 놓고 뜨개질거리를 들고 그 위에 걸터앉으며 싹싹하게 말
했다.

"여기에서 일하겠어요."

노인은 버릇없는 자식을 둔 여느 부모들이 흔히 그러듯이 행
동했다. 그는 짐짓 운디네의 버릇없는 태도에는 전혀 개의치 않
고 뭔가 다른 데로 화제를 돌리려고 애를 썼다. 하지만 소녀는
그렇게 내버려 두지를 않고 말했다.

"이 귀하신 손님께 어디에서 오셨느냐고 물었는데 아직 대
답을 못 들었는걸요."

"숲에서 왔습니다, 어여쁜 아가씨."

홀트브란트가 대답하자 소녀는 말을 이었다.

"그럼 어떻게 해서 숲 속에 들어가게 됐는지 말씀해 주셔요. 보통은 누구든지 저 숲을 꺼리니까요. 그 속에서 무슨 불가사의한 모험이라도 겪으셨나요? 거기서는 그런 불가사의한 모험을 면할 수 없으니까요."

그 일을 상기하자 홀트브란트는 오싹 전율을 느끼며 무의식중에 시선을 창으로 돌렸다. 숲 속에서 만났던 괴이한 요괴가 창에서 싱긋 웃고 있는 것 같은 기분이 들었기 때문이다. 하지만 창밖에 보이는 것은, 이미 창 앞에 다가와 가로놓여 있는 칠흑 같은 밤뿐이었다. 그러자 그는 정신을 가다듬고 자신의 얘기를 꺼내려고 했다. 그때 노인이 가로막으며 이렇게 말했다.

"기사님! 지금은 그런 얘기를 하기에 적당하지 않은 시간입니다."

하지만 운디네가 성난 기색으로 의자에서 벌떡 일어나더니 아름다운 양팔을 옆구리에 얹고 어부 앞에 바싹 버티고 서서 소리쳤다.

"숲의 얘기를 해서는 안 되나요, 아버지? 안 되는 거예요? 하지만 저는 하고 싶어요. 이분더러 말씀하게 해 주셔요. 어서 말씀하게요!"

이렇게 말하면서 그 귀여운 발로 마룻바닥을 쿵 소리 나게 굴렀다. 하지만 그러는 태도가 온통 너무나 귀엽고 사랑스러웠

❧

기 때문에, 훌트브란트는 조금 전 소녀가 상냥스럽게 굴 때 못
지않게 흥분한 소녀의 모습에서 시선을 뗄 수가 없었다. 그런데
노인한테서 지금껏 꾹 참고 눌러 오던 불만이 드디어 폭발한
것이었다. 노인은 고분고분하지 않고 손님 앞에서 버릇없이 구
는 운디네의 태도를 호되게 꾸짖었고 사람됨이 착한 노파 역시
여기에 동조했다. 그러자 운디네가 말했다.

"이렇게 잔소리만 늘어놓고 제가 원하는 얘기를 못하게 하
면, 고리타분한 이 초라한 오두막에서 두 분께서만 주무세요.
좋아요!"

그리고 소녀는 쏜살같이 문을 빠져나가 칠흑 같은 어둠 속으
로 달음질쳐 사라졌다.

2장

운디네가
어부의 집으로 온
사연

·

    홀트브란트와 어부는 자리에서 뛰쳐 일어나, 토라져 달아난 소녀의 뒤를 쫓으려고 했다. 하지만 그들이 채 문턱에도 못 간 새에 운디네는 벌써 문밖 어둠 속으로 사라져 버렸고, 가벼운 그녀의 발걸음은 전혀 바삭거리는 기척을 내지 않았기 때문에 어느 쪽으로 도망을 쳤는지 도무지 종잡을 수가 없었다. 홀트브란트는 영문을 몰라 주인을 돌아다보았다. 눈 깜짝할 사이에 다시금 어둠 속으로 사라지고 만 저 아름다운 모습이, 조금 전 숲 속에서 형편없이 자신을 우롱하던 요괴의 연장延長에 틀림없으리라는 생각이 들 지경이었다. 하지만 노인은 이렇게 투덜거렸다.

    "저 아이가 우리한테 이러는 것이 이번이 처음은 아니지요. 이런 일이 생기면 걱정스러운 마음이 들어 밤새도록 잠이 달아납니다. 날이 새도록 저 아이 혼자 바깥의 어둠 속에서 있노라면 무슨 화가 닥칠지 누가 알겠습니까?"

"그렇다면 우리 어떻게 해서든 찾아봅시다, 노인장. 그렇게 하시지요!" 하고 홀트브란트가 걱정스럽게 소리치자 노인이 대답했다.

"무엇 때문에 그러십니까? 이렇게 괴괴한 밤에 당신 혼자 저런 철없는 계집애를 찾아 나서도록 하다니, 송구스럽기 짝이 없는 일입니다. 설사 달아난 방향을 잘 안다 치더라도 내 늙은 다리로는 말괄량이 계집애를 따를 수도 없고요."

"그렇다면 어쨌든 소리쳐 불러서 돌아오라고 호소나 해 봐야지요"라고 홀트브란트는 말하고 있는 힘을 다해 외쳤다.

"운디네! 운디네! 돌아와요!"

노인은 머리를 절레절레 가로저으며 말했다.

"아무리 외쳐 봤자 결국 헛일입니다. 저 아이의 고집이 어떤지를 기사님은 미처 모르실 테지요."

그러면서 노인 역시 칠흑 같은 어둠을 향해 띄엄띄엄 외치는 일을 그만두지 않았다.

"운디네! 아, 귀여운 운디네! 제발 이번만은 돌아오려무나!"

역시 어부의 말대로였다. 운디네의 음성도 자취도 찾을 길이 없었다. 그런데도 노인은 홀트브란트가 도망친 딸을 찾아 나서도록 내버려 두려 하지 않았기 때문에 결국 두 사람 모두 오두막으로 돌아오고 말았다. 집 안의 난롯불은 거의 꺼져 버렸고,

운디네의 위험한 신변이나 도망친 사실에 대해 남편만큼 마음을 쓰고 있지 않는 아내는 벌써 자러 가고 없었다. 노인은 석탄 불을 입으로 불어 일으키고는, 마른 장작을 그 위에 지펴 놓고 다시 살아 오르는 불꽃 속에서 술병을 하나 찾아 그것을 자기와 손님 사이에 놓았다.

"못난 딸애로 인해 당신한테까지 걱정을 끼쳤군요, 기사님. 오늘 밤은 삿자리에 누워 뒤척이며 공연히 잠을 설치기보다, 얘기나 하고 술이나 마시면서 지내는 게 낫겠지요, 안 그렇습니까?"

노인이 이렇게 말하자, 훌트브란트는 기꺼이 찬동했다. 어부는 노파가 자러 간 뒤 비어 있는 상석 의자에 기어이 그를 앉혔다. 그리고 두 사람은 원기 왕성하고 다정한 사나이들답게 담소를 나누었다. 물론 창밖에서 아주 조그만 기척만 들려도, 어떨 땐 전혀 기척이 없는데도, 두 사람 중 어느 한편에서 "돌아왔구나!" 하면서 허공을 바라보곤 했다. 그럴 때 그들은 잠시 조용해졌다가 아무것도 나타나지 않으면 곧 머리를 절레절레 흔들고 한숨을 내쉬면서 얘기를 계속하는 것이었다.

지금 두 남자는 운디네밖에는 거의 아무런 생각도 하고 싶은 마음이 아니었기 때문에, 기사는 운디네라는 소녀가 노어부의 집으로 들어오게 된 유래를 듣고, 어부는 바로 그 얘기를 하는 것 말고 다른 뾰족한 일이 없었다. 그래서 노인은 다음과 같은 얘기를 끌어내기 시작했다.

"벌써 15년이나 지나간 일이지요. 그때 나는 황량한 숲을 지나 팔 물건을 시장까지 운반한 적이 있었습니다. 아내는 언제나처럼 혼자 집을 지키고 있었고요. 그러는 데는 그때대로 특별한 이유가 있었습니다. 그 당시만 해도 꽤 나이가 들어 있던 우리한테 예쁜 갓난아기를 갖는 은총이 내려졌기 때문이지요. 계집애였어요. 그래서 그 아이를 인가가 있는 마을로 옮겨서 이 하늘이 주신 선물을 정성껏 기르기 위해, 여기 아름다운 곳을 떠나는 것이 어떨까 하고 진작부터 우리 부부 사이에 얘기가 오갔었습니다. 물론 비천한 사람들도, 기사님, 당신이 생각하듯 그렇지만은 않습지요. 아아, 어쨌든 자기가 할 수 있는 일을 일단은 하고 봐야 되는 것입니다. 얘기를 하다 보니 머리가 퍽 착잡해지는군요. 나는 이 곳을 진심으로 좋아했습니다. 그래서 아귀다툼하는 시중市中의 소음 속에 있게 될 때면, 나 자신이 언젠가는 그런 소음 속에서, 아니, 아무리 해도 더 조용해질 수 없는 곳에서 살게 된다는 것을 생각만 해도 실상 몸서리가 쳐지고는 했습니다. 그렇다고 그때 우리의 사랑하는 신 앞에 불평스런 마음이었던 것은 아닙니다. 오히려 자식을 선사해 주신 은총에 대해 마음속으로 얼마나 감사했는지요. 숲 속을 오갈 때 평소와는 다른 어떤 예사롭지 않은 일에 부딪쳤다고 말한다면 그건 내가 거짓말을 하는 셈이 되지요. 실상 나는 숲 속에서 무슨 기분 나쁜 존재를 본 적이 없으니까요. 으스스한 그늘 속에서도 신께서는 항상 나와 같이 계셨으니까요."

그때 그는 대머리에 씌워진 모자를 벗으며 잠시 기도하는 자세로 앉아 있다가는 다시 모자를 쓰고 말을 이었다.

"숲의 바깥쪽, 바로 이쪽 말입니다. 거기서 나는 처참한 변을 당한 것입니다. 아내가 폭포처럼 쏟아져 내리는 눈물을 주체하지 못하고 달려오면서 통곡을 하고 있었습니다. '아, 하느님. 우리 아이가 어디 있소? 말해 봐요!'라고 나는 울부짖었습니다. '당신이 부르는 하느님 곁에요, 여보'라고 아내가 대답했습니다. 우리들은 소리 없이 울면서 집으로 돌아왔지요. 나는 어린 시체가 있는 곳을 물었습니다. 그리고 그때야 비로소 사정이 어떠했나를 알 수 있었지요. 아내는 아이를 데리고 호반에 앉아 있었습니다. 아무 생각 없이 즐겁게 아이랑 놀고 있었지요. 그때 꼬마가 물속에서 굉장히 신비스런 물건을 발견한 듯이 순식간에 앞으로 몸을 굽혔습니다. 아내는 천사같이 귀여운 어린것이 웃으면서 앙증스런 손으로 뭔가를 잡으려 하는 양을 지켜보고 있었지요. 그런데 바로 그 순간 눈 깜짝할 새에 아이는 어미의 팔에서 빠져나가 거울 같은 물 밑으로 가라앉고 말았던 겁니다. 나는 어린 시체를 찾으려고 무척 애를 썼습니다만 헛수고였지요. 흔적조차 찾아낼 수 없었습니다.

그렇게 자식을 잃은 우리 부부는 그날 밤 말을 잃고 집 안에 앉아 있었습니다. 눈물을 흘리면서라도 얘기를 나눌 수는 있었 겠습니다만 도저히 그럴 기분이 아니었지요. 그래서 우리는 난 롯불만 들여다보고 있었어요. 그때 밖에서 무엇인가 문에 스치 는 소리가 나더니 문이 활짝 열리며 서너 살쯤 되어 보이는 아 주 예쁜 계집애가 값진 옷차림을 하고 문지방에 서서 우리를 보고 방긋 웃는 것이었습니다. 우리는 놀란 나머지 입을 열 수 가 없었습니다. 처음에는 그것이 과연 사람의 자식인지, 아니면 유령 같은 환영에 지나지 않는지 알 수가 없었습니다. 하지만 어린애의 금빛 머리털과 값진 옷에서 물방울이 뚝뚝 떨어지는 것을 보고는, 나는 예쁜 어린것이 물속에 빠져서 구원을 청하는 것이라고 판단했습니다. 그래서 이렇게 말했지요.

'여보, 결국 아무도 우리의 귀여운 자식을 구해 내지는 못했 지만, 만약 어느 누구든 우리를 위해 그렇게 해 줄 수만 있다면 우리에게 더할 수 없는 행복을 안겨 줄 일을, 적어도 우리 자신 이 남을 위해 베풀어 줍시다.'

우리는 꼬마의 옷을 벗기고 자리에 누이고는 따끈한 물을 먹 였지요. 그러는데도 아이는 한마디 말도 없이 다만 미소를 지으 면서 호수처럼 푸른 눈으로 우리를 바라볼 뿐이었습니다. 다음 날 아침에 보니까 아이는 별로 다친 데는 없었어요. 그래서 나 는 아이한테 부모가 누구이며 어떻게 해서 여기에 오게 되었느 냐고 물었습니다. 그렇지만 아이는 앞뒤가 맞지 않는 야릇한 말만 했습니다. 아이는 분명 어디 먼 곳 태생인 모양입니다. 지난 15년 동안 나로서는 저 아이의 혈통에 관해 아무것도 알아낼 수 없었을 뿐 아니라, 예나 이제나 저 아이는 아주 괴상한 말을 곧잘 하기 때문에, 결국 우리네 같은 사람으로서는 달나라에서라도 떨어진 아이가 아닐까 생각하게 되는 겁니다. 황금의 성城이라든가 수정 지붕이라든가 하는 얘기가 있지요. 그런 얘기를 하자면 끝이 없겠지요, 어쨌든 그 아이의 얘기 중에서 제일 확실한 것은 어머니를 따라 큰 호수에서 뱃놀이를 하다가 물속으로 빠졌다는 것, 그리고 그야말로 편안한 기분으로 쾌적한 물가, 이곳 나무 밑에서 겨우 정신을 차리게 되었다는 것입니다.

그런데 우리한테는 내심 또 한 가지 큰 걱정거리가 있었습니다. 물에 빠진 내 아이 대신에 이렇게 얻은 아이를 집에 두고 기르려고 한 것은 물론 처음부터 작정했던 일입니다만, 그 아이가 세례를 받았는지 아닌지를 누가 알겠습니까? 그 아이 자신도 전혀 아는 바가 없었습니다. 다만 자신은 하느님을 찬양하고 기쁨이 되기 위해 태어났다는 것까지는 잘 알고 있다고 그 애도 여러 번 우리한테 말했습니다. 그래서 하느님을 찬양하고 기리기 위해서라면 무엇이든 할 용의가 있다고 말이지요. 그래서 우리는 이렇게 생각했습니다. 저 애가 세례를 받지 않았다면 망설일 것 없겠지만, 혹시 받았다 하더라도, 선행은 아끼는 것이 지나친 편보다 해로울 수도 있으니까 세례를 받게 하자고. 그리고 우리는 아이를 위해 좋은 이름을 애써 생각했지요. 실상 그때까지 제대로 부르는 이름이 없었으니까요. 그래서 결국 도로테아라고 부르는 것이 아이한테 가장 어울리겠다고 생각하게 되었습니다. 언젠가 도로테아란 하느님의 선물이라는 뜻의 이름이라고 들은 적이 있는데, 이 아이야말로 우리의 슬픔을 위로하기 위해 하느님께서 주신 선물이었으니까요. 그런데 정작 아이는 그 이름을 싫어했습니다. 자기는 부모한테서 운디네라고 불리었으니까 계속 운디네로 행세하고 싶다고 말하는 것이었습니다. 그렇지만 그 이름은 연감에도 실려 있지 않은 이교도의 이름처럼 생각되어서 마을의 신부님께 상의를 드렸지요. 신부님도 운디네라는 이름은 적당치 않다고 하셨지만 여러 번 부탁한 끝에 세례를 주기 위해 저 불가사의한 숲을 지나 여기까지 오시게 했지요. 아이가 곱게 단장하고 얌전한 모습으로 있었기 때문에 신부님의 기분은 곧 풀어졌습니다. 그리고 아이가 붙임성 있게 다정하게 굴고 때로는 재치 있게 애교를 부리는 통에, 마침내 신부님도 운디네라는 이름을 못마땅하게 생각했던 이유조차 잊어버리고 말았어요. 그래서 아이는 운디네라는 이름으로 세례를 받았고 이 신성한 예식이 진행되는 동안 말할 수 없이 예의 바르고 얌전하게 행세했습니다. 평소에는 그토록 제멋대로이고 말괄량이인 아이가 말입니다. 이 점에서 아내의 말이 과연 사실입니다. 이 아이로 인해 우리는 얼마나 견딜 만큼 견며 왔는지요. 말하자면 이렇습니다."

무시무시하게 때려 붙이는 물소리에 신경을 쓰느라고 기사
는 어부의 말을 가로막았다. 세찬 물소리는 노인이 얘기하는 사
이에도 띄엄띄엄 들려오더니 이제 점점 더 맹렬하게 오두막의
창 앞을 흘러가는 것이었다. 두 사람은 문께로 달려갔다. 문밖
에는 지금 막 떠오르려는 달빛을 받으며 숲에서부터 흘러나오
는 개울물이 둑을 넘어 세차게 흐르면서 굽이치는 소용돌이 속
에 바위와 나무둥치를 휘몰아 가고 있었다. 이 요란한 물소리에
놀라 깬 듯이, 달빛을 가리며 쏜살같이 달리는 거대한 구름장으
로부터 폭풍이 불어닥쳤다. 호수는 몰아치는 바람의 자락 밑에
서 으르렁거리고 있었고 곳에 서 있는 나무들은 뿌리에서 가지
끝까지 울부짖으며 미친 듯 굽이쳐 흐르는 물결 위로 어지러운
듯 휘청휘청 쓰러지고 있었다.

"운디네! 아아, 제발, 운디네!"

두 사람은 가슴 졸이며 외쳤다. 하지만 한마디의 대답도 없
었다. 이렇게 소녀를 찾겠다는 일념으로 두 사람은 아무 분별도
없이 운디네를 부르며 한 사람은 이쪽으로, 다른 한 사람은 저
쪽으로 오두막집을 뛰쳐나갔다.

3장

운디네를
다시 만난 이야기

•

훌트브란트는 운디네를 찾지도 못한 채 밤의 그림자
속을 헤매면서, 시간이 갈수록 점점 불안하고 천 갈래로 뒤숭숭
한 기분이 되었다. 운디네는 어쩌면 바로 숲의 요괴일지 모른다
는 생각이 다시금 강하게 그의 머리를 휩쌌다. 그뿐인가. 폭풍
과 물결의 아우성, 나무들이 우지직 부러지는 소리, 조금 전까
지만 해도 그토록 한적하고 아늑했던 풍경이 온통 처참하게 돌
변하는 장면 속에서 그는 이 곳 전체가, 오두막집이며 그곳에서
사는 사람들까지 모조리 믿을 수 없이 사람을 우롱하는 도깨비
라는 생각이 드는 것이었다. 하지만 역시 애타게 운디네를 부르
는 어부의 외침과 노파의 커다란 기도와 찬송 소리가 끊임없는
바람의 울음을 뚫고 여전히 멀리서 들려오고 있었다. 마침내 그
는 넘쳐흐르는 내 기슭에 이르러서는, 시냇물이 미친 듯이 흘러
무시무시한 숲을 삼키고는 곳을 섬으로 만들어 버린 광경을 달

빛 속에서 바라보았다. "아아, 하느님. 운디네가 저 무시무시한 숲 속으로 뛰어 들어갈 엄두를 내게 된 것은, 분명히 나한테 숲에 대한 얘기를 꺼내지 못하게 했기 때문에 일으킨 귀여운 반발이리라. 지금은 아마 폭풍우 속에 갇힌 채 유령들 곁에서 외로이 울고 있을 것이다" 하고 그는 혼잣말을 했다. 공포의 울부짖음이 그의 입에서 새어 나왔다. 그는 길 잃은 소녀를 찾기 위해서 바위를 기어오르고 전나무 둥치를 밀어 넘어뜨리면서 쏜살같은 급류 속에 들어가 걷기도 하면서 헤엄을 쳐 나아갔다. 그러자 저편 언덕, 지금 무섭게 술렁대며 울부짖고 있는 나무 아래서 아까 낮에 이미 부딪혔던 흰 눈 같은 키다리 사나이가 이빨을 드러내 놓고 웃으며 꾸벅거리면서 서 있는 듯이 여겨졌다. 하지만 이런 무서운 괴물을 보자 그는 운디네야말로 저 괴물의 틈바구니에서, 혼자 죽을 듯한 불안 속에 있으리라는 생각에 사로잡혀 어쩔 줄을 몰랐다.

어느덧 그는 몸을 제대로 가눌 수 없는 거센 물굽이 속에서 굵은 전나무 가지 하나를 붙들고 몸을 의지하고 있었다. 그러면서도 스스로의 마음을 채찍질하며 점점 깊은 데로 들어갔다. 그때 그의 곁에서 상냥한 음성으로 "마음을 주지 마세요. 마음을 주지 마세요. 굉장한 심술쟁이예요, 이 묵은 개울은요"라고 외치는 소리가 들렸다. 그는 이 사랑스러운 음성을 알고 있었다. 때마침 달빛을 가린 어둠 속에 홀린 듯이 선 채 허벅지를 화살처럼 스치며 흐르는 거센 물결 앞에서 그는 현기증을 느꼈다. 하지만 뜻을 굽히려 들지는 않았다.

"그대는 참으로 실재하는 존재인가, 다만 안개처럼 내 주변을 어른거리는 존재인가? 그렇다면 나도 육신으로 있기를 포기하고, 너처럼 망령이 되련다. 그대, 사랑스러운 운디네여!"

그는 소리 높이 울부짖으며 다시금 한층 깊숙이 물속으로 발을 떼어 놓았다. "제발 돌아다보세요. 제정신이 아닌 미남 총각님!" 하며 또 한 번 그의 바로 곁에서 외치는 소리가 들렸다. 주위를 돌아다보니 마침 구름을 벗어난 달빛을 받으며, 넘쳐흐르는 물결로 생겨난 조그만 섬 위의 뒤엉킨 나뭇가지 밑, 꽃 핀 풀 속에서 운디네가 생긋 웃으며 사랑스럽게 누워 있었다.

아, 세상에 얼마나 기쁜지! 젊은이는 이제는 기쁨에 못 이겨 전나무 가지에 몸을 의지하지 않을 수 없었다. 몇 걸음 안 가서 그는 자기와 소녀 사이를 갈라 놓은 물을 건너, 무성한 노목들이 위에서 살랑거리며 감싸 안아 아늑하게 감추어진 작은 풀밭 위 그녀의 옆에 섰다. 초록빛 잎사귀의 천막 속에서 운디네는 약간 몸을 일으켜 팔을 기사의 목에 휘감아 자기 옆의 폭신한 풀방석 위에 앉게 했다.

"여기에서 말씀해 주세요, 멋진 기사님." 그녀는 나지막이 속삭였다. "여기에서는 까다로운 늙은이들도 우리의 얘기를 듣지 못해요. 게다가 여기 우리의 나뭇잎 지붕이 노인네의 초라한 오두막집보다 못할 것도 없고요."

홀트브란트는 "천국입니다"라고 말하며 달콤하고 예쁜 소녀
에게 키스하면서 뜨겁게 끌어안았다.

그러는 새에 노어부는 물결의 기슭에 이르러 두 젊은이를 향
해 외쳤다.

"여보시오, 기사님. 나는 아주 허심탄회한 태도로 당신을 대
했는데, 이제 보니 당신은 내 딸자식과 몰래 즐기면서 이 늙은
이로 하여금 여지껏 밤새도록 가슴 태우며 딸아이를 찾아 헤매
게 한단 말이오!"

"지금 막 찾아낸 길입니다, 노인장" 하고 기사가 대꾸했다.

"오히려 잘됐습니다." 어부가 말했다. "자, 이제 더 우물거리
지 말고 그 애를 데리고 여기 안전한 땅으로 건너오시오."

하지만 운디네는 말을 들으려 하지 않았다. 집으로 돌아가면
자기의 뜻대로 할 수 없을뿐더러 멋진 기사와는 어쨌든 금방 헤
어지지 않으면 안 되기 때문에 오두막집으로 가기보다는 차라
리 마음에 드는 나그네와 황량한 숲으로 아주 들어가 버리고 싶
다고 그녀는 말했다. 그리고 홀트브란트에게 매달리며 이루 말
로 표현할 수 없이 아름다운 목청으로 노래를 부르는 것이었다.

안개 낀 계곡으로부터 물결은
행복을 찾아 흘러내리네!

그리하여 바다로 흘러 들어가

영원히 되돌아 흐르지 않네!

노어부는 그녀의 노래를 들으며 비통하게 눈물을 흘렸다. 하지만 이상스럽게도 그것으로써 운디네의 마음이 동요되는 것 같지는 않았다. 그녀는 다만 사랑하는 남자에게 매달려 키스를 하고 애무하는 것이었다. 마침내 남자가 여자에게 말했다.

"운디네! 노인의 비탄이 당신 가슴에는 와 닿는 것이 없을는지 모르지만 내 가슴은 찌르는 것 같소. 아버지 집으로 돌아갑시다."

그녀는 커다란 푸른 눈으로 알 수 없다는 듯이 그를 쏘아보다가 마침내 머뭇거리며 천천히 말했다.

"그렇게 생각하신다면…… 좋아요. 당신이 원하신다면 무엇이든 저도 좋아요. 그렇지만 먼저, 당신이 숲에서 본 것을 얘기해도 된다고 저쪽에 계신 아버지께 틀림없이 다짐을 받으셔야 돼요. 그럼 다른 것은 아무래도 좋아요."

"오기만 하렴, 오려무나!"

어부는 그 이상 아무 말도 꺼내지 못하고 딸을 향해 소리쳤다. 그때 그는 딸의 요구에 응하는 표시로 흐르는 물결 너머로 딸을 향해 두 팔을 쭉 내밀며 끄덕였다. 그러자 마침 백발이 이상하게 그의 얼굴을 덮었기 때문에 훌트브란트는 숲 속에서 만나 고개를 끄덕이던 새하얀 사나이를 상기하지 않을 수 없었다. 하지만 여전히 조금도 당황하는 기색 없이, 젊은 기사는 아름다운 소녀를 팔에 껴안고 작은 섬과 육지 사이를 콸콸 흐르는 물을 건넜다. 노인은 운디네를 얼싸안고 그칠 줄 모르며 기쁨의 키스를 퍼부었고 노파도 와서 다시 만난 딸을 진심으로 반겼다. 꾸지람 같은 말은 입 밖에 내지도 않았다. 더욱이 운디네가 아까의 반감 같은 것은 씻은 듯 잊고 양친을 향해 상냥한 말과 애무를 쏟아 놓는 통에 꾸지람 따위를 늘어놓을 여지가 없었던 것이다.

다시 만난 들뜬 기쁨이 가라앉고 사람들이 제정신으로 돌아왔을 때는 벌써 아침 해가 호면 위로 빛나기 시작했다. 이때 운디네가 약속된 기사의 얘기를 재촉하자, 노인들은 미소를 띠며 쾌히 딸의 요구에 응했다. 사람들은 오두막 뒤쪽 호수에 면한 나무 밑으로 아침 식사를 날랐다. 그리고 모두들 흐뭇한 표정으로 자리에 앉았다. 운디네는 고집스럽게도 기사의 발 아래쪽 풀밭에 주저앉았다. 여기에서 훌트브란트는 다음과 같은 이야기를 시작했다.

4장

기사가
숲에서 조우한 것에
관하여

"벌써 그로부터 일주일이나 되었나 봅니다. 나는 숲 저편에 있는 자유시에 들렀습니다. 내가 도착하자 때마침 시내에서는 성대한 시합과 경마 잔치가 벌어져서 나는 내 승마와 창 솜씨를 발휘했지요. 한번은 재미있는 승부를 막 마치고 좀 쉬려고 경기장 울타리 곁에 서서 시종에게 투구를 건네 주고 있을 때 실로 절세의 미녀가 내 눈에 띄었습니다. 그 여자는 화려한 치장을 하고 발코니에 서서 이쪽을 보고 있었지요. 옆의 사람한테 물어 봤더니, 베르탈다라고 하는 매혹적인 그 소녀는 이 지방의 유력한 어느 공작의 양녀라는 것이었습니다. 그 여자도 나를 유심히 바라보는 것을 눈치챘지요. 우리 젊은 기사들한테 흔히 있음직한 일이지만, 나는 처음에는 착실하게 말달리기에 열심이었습니다만 나중에는 사정이 달라졌습니다. 그날 밤 춤을 출 때 나는 베르탈다의 파트너가 되었고 축제 기간 내내 그 상태가 계속되었던 것입니다."

홀트브란트는 늘어뜨린 왼손에 아픔을 느껴 이야기를 중단하고 아픈 부위를 살펴보았다. 운디네가 진주 같은 이빨로 날카롭게 그의 손가락을 물어뜯고는 침울하고 언짢은 표정을 하고 있었다. 하지만 어느덧 상냥하면서 애처로운 얼굴로 그를 쳐다보고는 "어쩌면 당신은 그래요"라고 낮은 음성으로 속삭이더니 얼굴을 가렸다. 기사는 이상하게 당황하며 조심조심 이야기를 계속했다.

"이 베르탈다라는 여자는 거만하고 종잡을 수 없는 아가씨였지요. 다음 날에는 이미 첫날만큼은 마음에 들지 않았고, 셋째 날에는 한결 덜 좋아졌습니다. 그런데도 내가 그녀와 함께한 것은 그녀가 다른 기사보다 내게 한결 친절했기 때문이지요. 그래서 결국은 내 편에서 장난으로 그녀의 장갑 한 짝을 청하는 사태가 벌어졌습니다. '당신이 혼자서 저 魔의 숲의 상황을 알아내어 오신다면' 하고 그녀는 말했습니다. 나로서는 그녀의 장갑이 그리 대단한 것은 아니었습니다만, 이미 말을 쏟아 놓았으니 별수가 없었지요. 게다가 명예를 사랑하는 기사로서 그 정도의 시련에 두 번 재촉받는 일이란 있을 수 없었지요."

"그 여자는 당신을 사랑한 것이지요?"라고 운디네가 가로막았다.

"그런 것 같았소."

홀트브란트는 대답했다.

"그렇다면······."

소녀는 웃으면서 소리쳤다. "그녀는 정말 바보임에 틀림없어요. 사랑하는 사람을 자기로부터 쫓아내어 마의 숲에 빠져들게 하다니요! 숲이며 그 비밀은 언제까지라도 기다리면 알 수 있을 텐데요!"

"그래서 나는 어제 아침 길을 떠났습니다."

기사는 운디네를 향해 다정하게 미소를 보내며 이야기를 이었다.

"초록빛 잔디밭 위로 밝게 뻗은 아침 햇살을 받으며 나무 등치들이 늘씬하게 붉은빛으로 반짝이고 있었고 잎사귀들은 즐거운 듯 속삭이고 있었습니다. 그래서 나는 이런 선경仙境에서 괴물이 나온다고 생각하는 사람들을 마음속으로 비웃지 않을 수 없었습니다. 이런 숲이라면 얼마든지 신나게 말을 타고 오갈 수 있겠다고 즐겁고 마음 가볍게 생각했지요. 그런 생각을 하다 보니 어느덧 녹음 깊숙이까지 들어서 버려서 내 뒤쪽에 펼쳐진 들판이 이미 시야에서 사라져 버렸습니다. 그러자 이렇게 거대한 숲 속에서는 나 역시 길을 잃기 쉬우리라는 것, 이런 일이야말로 이곳을 지나는 나그네를 위협하는 유일한 위험이리라는 생각이 머리에 떠올랐습니다. 그래서 나는 말을 세우고 그동안 어느새 높이 솟은 해의 위치를 찾았습니다. 그러느라 위를 쳐다보았더니 큰 떡갈나무 가지 사이에 웬 검은 물체가 눈에 띄었습니다. '곰이로구나' 하는 생각이 들어서 나는 칼을 손에 잡았지요. 그랬더니 거칠고 불쾌한, 사람의 음성이 들려왔습니다.

'내가 이 위에서 이렇게 나뭇가지를 물어뜯어야, 오늘 한밤중에 네놈을 구워 먹을 수 있지 않겠느냐? 건방진 녀석아.'

그러면서 그놈은 히죽 웃으며 나뭇가지를 흔들어 댔습니다. 그러자 말이 나를 태운 채 미친 듯이 뛰어 달아났기 때문에 나는 대체 그놈이 어떤 정체의 요괴였는지 볼 틈이 없었지요."

"그놈의 이름을 말해서는 안 됩니다"라고 노어부는 말하고 성호를 그었다. 그러자 노파도 말없이 따라 성호를 그었다. 운디네는 눈을 반짝이며 사랑하는 이를 보고 말했다.

"그놈들이 당신을 진짜로 굽지 않았다는 것이 이야기 중에서 제일 다행한 일이에요, 멋진 귀공자님! 어서 그다음 이야기를 하세요."

기사는 이야기를 계속했다.

"겁에 질린 말 때문에 하마터면 나무둥치나 가지에 부딪칠 뻔했지요. 말은 무서움과 더위로 인해 전신이 땀으로 흠뻑 젖은 채 멈추려 들지를 않았습니다. 마침내 말이 바위의 절벽을 향해 돌진하려는 순간, 돌연 키가 큰 흰빛 사나이가 미친 듯 달리는 말 앞을 가로막는 듯싶었습니다. 그 순간 말은 놀라 우뚝 섰습니다. 말을 다시금 다스려 진정시키고 나서야 비로소 나는 나를 구출한 것이 흰빛 사나이가 아니고 은빛 시냇물이 언덕으로부터 나를 따라 길옆을 흘러내리며 말의 길을 멋대로 방해한 것임을 알게 되었습니다.”

“고맙습니다, 시냇물님!” 하며 운디네는 작은 손으로 손뼉을 치며 소리쳤다. 하지만 노인은 머리를 가로저으며 깊은 생각에 잠겨 멍하니 앞을 보고 있었다.

홀트브란트는 계속해서 말했다.

“안장 위에 다시금 몸을 가누고 고삐를 제대로 쥐려 할 때 불가사의한 난쟁이가 내 옆에 서 있었습니다. 터무니없이 추한 몽골의 난쟁이로 황갈색의 피부, 게다가 그놈의 몸뚱이를 다 합친 것 못지않은 큰 코를 가진 놈이었습니다. 바보처럼 비굴한 태도로, 넓게 찢어진 아가리로 히죽 웃으며 발을 뒤로 빼면서 굽실거리며 수천 가지 절을 해 보였습니다. 그 웃기는 꼴이 내게는 어찌나 기분 나쁘던지 뚝뚝하게 고맙다고만 말했지요. 그리고 아직도 불안에 떨고 있는 말의 머리를 돌리고는 다른 모험에 부닥치든가, 모험에 부닥치지 않으려면 돌아갈 길을 되찾든가 해야겠다고 생각했습니다. 미친 듯이 말을 달리고 있는 사이에 해는 벌써 한낮의 높이를 지나 서쪽으로 기울어지기 시작했기 때문입니다. 그러자 난쟁이가 번개처럼 돌아 다시금 내 말 앞에 섰습니다.

'저리 비켜라. 이 말은 사나워서 네깟 놈은 간단히 밟고 지나

갈 거다.'

역정을 내며 나는 말했지요.

'흐응.'

그놈은 그르렁거리는 소리를 내면서 한결 징그럽게 아둔한 웃음을 웃었습니다.

'어서 팁을 내놔라. 말을 세운 것은 나란 말이다. 내가 아니었던들 너는 말과 함께 저 밑 낭떠러지에서 황천행이었다.'

그래서 내가 말했습니다.

'후! 찌푸린 몰골을 집어치워라! 거짓말쟁이지만 돈을 주마. 보라, 저 시냇물이 나를 구해 준 거다. 너 같은 놈이라니. 기껏 가련한 난쟁이 놈아!'

그와 동시에 나는 그놈이 구걸하면서 내 앞에 내민 이상야릇한 모자 안에다 금화 한 닢을 던져 주었지요. 그러고서 말을 채찍질해 달렸습니다. 하지만 그놈은 내 뒤에서 고함을 지르더니 문득 불가사의한 속력으로 나를 따라붙었습니다.

나는 죽어라 하고 말을 몰았지요. 그놈도 기를 쓰고 따라 뛰었지만 상당히 힘에 겨운 것 같아 보였습니다. 그놈은 참 야릇하고 한편 우스꽝스러우면서도, 한편 처참하게 관절이 퉁기어진 몰골로 끊임없이 금화를 높이 치켜들고 껑충껑충 뛰면서, 뛸 때마다 소리를 지르는 것이었습니다.

'가짜 금이야! 가짜 동전, 가짜 금이야! 가짜 금!'

그것도 텅 비어 있는 가슴으로부터 끙끙거리고 말했기 때문에 소리를 지를 때마다 금방이라도 쓰러져 죽을 것 같았지요. 게다가 그놈의 추하고 붉은 혓바닥이 목구멍 안에서 뻗어 나와 있었습니다. 나는 심란해서 말을 세우고 물었지요.

'무엇 때문에 그렇게 소리를 지르나? 금화를 한 닢 더 주마. 벌써 두 닢이다. 그럼 이제는 나한테서 떨어져 나가는 거다.'

'금이 아니야, 금이 아니라니까. 공자님아! 장난이라면 네가 선생이다. 한번 보여 줄까?'

그러자 갑자기 평평한 땅이 공처럼 둥글게 보이고 대지가 초록빛 유리알인 듯 환하게 꿰뚫어 볼 수 있는 듯하더니, 그 속에서 수많은 요괴들이 금과 은을 갖고 장난을 치고 있는 것처럼 생각되었습니다. 그것들은 바로 서기도 하고 곤두서기도 한 채 서로 한 덩어리가 되어 장난치듯 값진 금속을 던지고 히히덕거리며 금가루를 서로 얼굴에 뿌리기도 하는 것이었지요. 나를 쫓아온 흉한 몰골은 몸뚱이를 반은 땅속에 박고 반은 바깥에 내놓고 서서, 다른 요괴들이 내미는 수많은 황금을 받아 웃으면서 내게 보이고는, 그 황금을 바닥을 알 수 없는 갈라진 땅의 틈 속으로 끊임없이 던져 넣는 것이었습니다. 그러더니 이번에는 내가 준 금화를 아래쪽에 있는 요괴를 향해 보였습니다. 그러니까 그 요괴들은 죽어라 웃어 대며 쉿쉿 하면서 내게 야유를 퍼부었습니다. 결국 그 요괴들은 금붙이가 묻은 뾰족한 손가락으로 나를 향해 모조리 삿대질을 하며 점점 난폭해지고, 점점 빽빽하게 떼를 짓더니 점점 미친 듯이 내게 달라붙어 슬슬 기어 올라왔습니다. 그래서 말에게 두 번 박차를 가하고 두 번째로 미친 듯이 뛰어들었는데, 어떻게 내달렸는지 지금도 알 수 없습니다.

마침내 말을 세우고 보니 주위는 저녁 바람이 싸늘했습니다. 나뭇가지 사이로 하얀 오솔길이 반짝이는 것이 보였습니다. 그래서 나는 그것이 숲에서부터 마을로 통하는 길이려니 짐작했지요. 그래서 그 길로 가려 했습니다. 그러자 끊임없이 변하기 때문에 어떤 모습인지 종잡을 수 없는 새하얀 얼굴이 나뭇잎 사이에서 나를 마주 보고 있었습니다. 나는 도망을 치려고 했지만 어디를 가도 그것은 쫓아오는 것이었습니다. 화가 치민 나머지, 나는 그 몰골을 짓밟고 내달렸지요. 그러자 그 몰골이 나와 말을 향해 물거품을 뿜는 바람에 우리는 둘 다 눈이 보이지 않아 다시 돌지 않을 수 없었습니다. 이렇게 해서 그 몰골은 한 걸음 한 걸음 오솔길과는 딴 방향으로 우리를 몰아서, 결국 우리 앞에는 한쪽 방향의 길밖에 열려 있지 않았던 것입니다. 말을 그 방향으로 몰아가는 대로 그 몰골이 바싹 우리 뒤를 따라붙었습니다. 하지만 해치려고 하지는 않았어요. 이따금씩 뒤를 돌아봐서 알아챈 것인데, 물을 뿜고 있는 하얀 몰골은 똑같이 하얗고 엄청나게 큰 몸뚱이에 얹혀 있었습니다. 때로는 분수가 움직이고 있는 것이 아닌가 하는 생각도 들었지만 아무래도 확인할 수는 없었습니다. 피로하여 녹초가 된 채 말도 나도 이 하얀 몰골한테 손을 들었지요. 그러자 그 사나이 역시 우리를 보고 고개를 끄덕이며 '그만 좋아!'라고 말하는 듯이 보였습니다. 이렇게 해서 우리는 마침내 이곳 숲의 끝으로 빠져나와 풀밭이며 호수, 당신네 작은 오두막을 보게 된 것이지요. 어느덧 하얀 사나이도 사라져 없어졌습니다."

"그놈이 사라지다니 참 잘됐군요"라고 말하고는, 노어부는 이 손님을 마을의 자기 집으로 되돌아가게 하려면 어떤 방법이 제일 좋을까를 의논하기 시작했다. 그 말을 듣고 있던 운디네는 소리 없이 쿡쿡 웃었다. 그것을 눈치챈 훌트브란트가 말했다.

"당신은 내가 여기 있기를 바란다고 생각했는데…… 내가 돌아간다는 얘기를 듣고 대체 무엇이 즐겁지요?"

그러자 운디네가 대답했다.

"당신이 돌아갈 수 없기 때문이에요. 홍수가 난 개울을 어디 한번 건너 보시지 그래요. 배든 말이든 당신 혼자서는 좋을 대로 말입니다. 그보다는 애당초 그런 마음을 먹지 않는 편이 좋을 거예요. 번개처럼 떠내려가는 나무둥치며 돌멩이들이 당신 하나쯤 여지없이 박살 낼 테니까요. 호수에 관한 일이라면 저는 너무나 잘 알고 있어요. 아버지도 배를 탄다 해도 멀리까지 나갈 수는 없을걸요."

운디네가 얘기하는 대로인지 어떤지를 보겠다고 훌트브란트는 빙그레 웃으며 일어섰다. 노인도 따라나섰고 소녀는 두 남자 곁에서 재미있다는 듯 팔딱팔딱 뛰었다. 과연 운디네의 말대로였다. 기사는 조수潮水가 완전히 물러갈 때까지 외딴 섬이 되어버린 이 곳에 갇혀 있을 수밖에 없었다. 세 사람이 오두막집으로 되돌아오는 길에 기사는 소녀의 귀에 속삭였다.

"어때요, 운디네? 내가 여기 머물게 되어서 기분이 나쁜가?"

"아아……"하며 소녀는 불평스럽게 말했다. "그만두세요. 혹시 제가 물어뜯지 않았다면, 베르탈다에 관해 당신이 무슨 얘기를 더 했을지 모르잖아요!"

※

5장

곳에서
기사는 어떻게 지냈을까

·

　　독자여, 그대는 아마 세상 여러 곳을 이리저리 방황
하다가 마침내 편안하다고 생각되는 어드멘가 정착하여 살고
있을 것이다. 나의 집 부뚜막과 은밀한 평화를 향한 사랑이 당
신의 가슴속에서 되살아났으리라. 고향은 어린 시절의 꽃, 순결
하고 은밀한 사랑의 꽃을 소중한 묘지에서부터 피어나게 하는
곳이라고, 여기서라면 오두막집을 짓고 편안히 살 수 있으리라
고 그대는 생각했으리라. 그대가 잘못 길을 들어선 것인지, 훗
날에 가서 그 잘못에 대한 고통스러운 보상을 받았는지 어떤지
는, 여기서는 전혀 문제 삼을 바 못 된다. 물론 그대 자신도 쓰
디쓴 뒷맛을 떠올려 우울해지고 싶지는 않으리라. 다만 저 이루
말할 수 없이 달콤한 예감, 천사 같은 평화의 화답을 다시 한 번
마음속에 불러일으켜 보시라. 그러면 그대는 기사 훌트브란트
가 곳에서 지내는 동안 어떤 기분이었나를 십분 알 수 있을 것

·

44

이다.

숲 속으로 흐르는 개울이 날로 거세지고 냇바닥의 폭이 점점 넓게 까져 들어가 섬에 갇혀 있는 날이 끝도 없이 연장되어도, 홀트브란트는 그것을 마음속으로 기쁘게 받아들였다. 그는 한 나절을, 오두막 모퉁이에서 발견하여 손질한 낡은 활을 들고 돌아다니며 날아가는 새를 노려 쏘아 맞힌 것을 구이를 해 먹도록 부엌으로 날랐다. 이렇게 그가 노획물을 집으로 들고 오면 운디네는 바다 같은 푸른 하늘을 나는 사랑스럽고 유쾌한 작은 짐승의 고귀한 생명을 그토록 무자비하게 앗았다고 어김없이 비난을 했다. 뿐 아니라 때로는 죽은 새를 보고 눈물을 흘리기까지 했다. 하지만 아무런 노획물 없이 돌아올 때면, 새를 잡아왔을 때 못지않게 야단을 치며 그가 기술이 서투르고 게으른 덕분에 오늘 식사는 물고기나 게 따위에 만족할 수밖에 없다고 불평하는 것이었다. 하지만 그렇게 화를 낸 다음에는 그 보상으로 말할 수 없이 다정한 그녀의 애무가 기다리는 것이 상례였기 때문에 홀트브란트는 그녀의 사랑스런 노여움을 마음속으로 언제나 즐겁게 받아들였다. 노인들은 두 젊은이 사이의 사랑을 알고 있었다. 그들에게는 두 젊은이가 약혼자처럼, 아니, 외딴 섬에서 자신들의 도움에 기대어 살아가는 한 쌍의 부부처럼 생각되었다. 이렇게 동떨어져 살다 보니 젊은 홀트브란트에게도 자신이 이미 운디네의 남편이 된 것 같은 느낌이 굳어졌다.

그에게는 마치 이렇게 둘러싸인 호수 저편에는 세상이 전혀 없는 듯이 여겨졌고, 다시는 다른 사람들과 어울리기 위해 저쪽으로 도저히 건너갈 수 없으리라는 생각이 들었다. 그리하여 풀을 뜯는 그의 말이 이따금 기사의 행적을 경고하며 묻는 듯이 소리를 지르거나, 또는 안장의 자수나 안장 덮개에 박힌 그의 문장이 엄숙하게 그를 향해 번쩍거리거나, 또는 화려한 그의 칼이 오두막집 못에 걸어 놓은 칼집에서 미끄러져 떨어지거나 할 때, 그런 때는 운디네가 결코 어부의 딸이 아니고 여러 가지 하는 점으로 미루어 보아 그녀는 먼 나라의 기품 있는 왕족 태생일 가능성이 크다고 생각하는 것으로 자신의 흔들리는 기분을 가라앉혔다. 불만스러운 점이 있다면, 노파가 자기 앞에서 운디네를 야단치는 일이었다. 변덕스러운 소녀는 대체로 조금도 숨김 없이 아주 제멋대로 웃으면서 대했지만 그에게는 그것이 자기의 명예에 관계되는 듯 생각되었다. 그러면서도 그는 노파의 꾸지람이 무리라고는 생각하지 않았다. 사실상 운디네는 실제 꾸지람을 듣는 것보다 적어도 열 배는 잘못하고 있었으니까 말이다. 그러기에 그는 노파에 대해 속으로는 호감을 품고 있었다. 그리하여 그러한 생활이 그 후로도 조용하고 만족스럽게 이어져 갔던 것이다.

그러다가 마침내 그것이 엉클어지는 일이 벌어졌다. 어부와 기사는 평소에 점심때든지 저녁나절에, 언제나 밤만 되면 그렇기는 하지만, 문밖에서 바람 소리가 윙윙 들릴 때면 어울려 술병을 갖다 놓고 포도주를 즐기는 습관이 있었다. 그런데 어부가 예전에 조금씩 시장에서 사다 모아 두었던 저장품이 온통 동이 나 버려서 그로 인해 두 남자는 아주 짜증스러운 기분이 되었다. 그날 하루 종일 운디네는 서슴없이 그들을 놀려 대었지만 두 사람은 여느 때처럼 유쾌하게 그녀의 농을 상대해 주지 않았다. 저녁때쯤 되자 그녀는 재미없고 불평에 찬 두 얼굴을 보기 싫다고 말하면서 오두막집을 나가 버렸다. 황혼이었는데 또다시 사나운 폭풍이 불어닥칠 기세였다. 강물은 벌써 무시무시하게 울부짖으며 흘러가는 것이었다. 그러자 기사와 어부는 후다닥 놀라 소녀를 데리러 문밖으로 뛰어갔다. 훌트브란트가 맨처음 오두막으로 왔던 그날 밤의 불안을 상기하면서. 그런데 이번에는 운디네가 다정하게 손뼉을 치면서 마주 오고 있었다.

"제가 술을 드린다면 무엇을 주시겠어요? 아니, 아무것도 안 주셔도 좋아요."

그녀는 말을 이었다. "두 분께서 다시 즐거워지시기만 한다면, 그리고 오늘처럼 지루하게 지내지 않고 보다 재미나는 일을 생각해 내신다면 그걸로 만족이에요. 자, 따라오세요. 숲 속을 흐르는 강물이 술통을 하나 강변에 떠내려다 줬어요. 그것이 술통이 아니라면, 그 벌로 저는 일주일 동안 누워 있어도 좋아요."

두 남자는 그녀를 따라갔다. 과연 숲에 에워싸인 강어귀에 그들이 바라는 대로 좋은 술이 들어 있을 법한 통이 하나 놓여 있었다. 어찌 되었든 그들은 당장 서둘러 그 통을 오두막을 향해 굴려 옮겼다. 잔뜩 무겁게 찌푸린 날씨가 저녁 하늘을 뒤덮고 있었고 어둠침침한 속에서도 호수의 물결이 허연 머릿단을 치켜들어 흩어지면서 곧 빗줄기가 내리칠 것을 기다리는 듯이 보였기 때문이다. 운디네는 힘껏 두 사람을 도왔다. 그리고 급작스레 폭우가 쏟아질 듯 뇌성이 들리자, 무겁게 내려앉은 구름을 향해 유쾌하게 위협했다.

"야, 너! 마음 좀 좋게 써라. 우리들이 젖지 않도록 말이다. 집까지는 아직 머니까!"

노인은 그것이 불경스러운 태도라고 딸을 나무랐다. 하지만 그녀는 혼자 쿡쿡 웃었다. 어쨌든 아무도 그 때문에 화를 입지 않았고, 오히려 아무도 생각할 수 없는 뜻밖의 수확물을 갖고 비도 맞지 않은 채 아늑한 난로 곁으로 돌아왔다. 그리고 통을 열어 그 안에 든 놀랄 만큼 훌륭한 술을 맛보았을 때에야 비로소 빗줄기가 어두운 구름을 찢으며 점점 세차게 쏟아져 내리기 시작했고, 폭풍이 나뭇가지 사이를 쉭쉭 가르고 지나가며 호면 위로 큰 물결이 밀어닥치는 것이었다.

술은 곧 큰 통에서 몇 개의 작은 병으로 나뉘어 채워졌다. 그것으로 앞으로 여러 날의 몫은 충분히 보장된 것이었다. 그들은 미친 듯 불어 대는 폭풍을 피해 안전하게 난롯가에 앉아 술을 마시며 안락하게 담소를 했다. 그때 어부가 문득 엄숙한 얼굴을 하며 말렸다.

"아아, 위대한 하느님! 귀한 선물로 여기 우리들은 즐기고 있습니다만, 이것을 애당초 가지고 있다가 강물에 빼앗긴 사람은 그 때문에 귀한 생명을 잃게 됐는지도 모릅니다."

"결코 그럴 리가 없어요"라고 운디네는 말하고 웃으면서 기사에게 술을 따랐다. 그러자 기사가 말했다.

"내 명예를 걸고 맹세하지요, 노인장! 그 사람을 찾아 구할 수만 있다면 이제라도 밖의 어둠 속으로 나가 어떠한 위험에 부닥친다 해도 사양하지 않겠습니다. 또 언제든 내가 마을로 나가게 된다면, 그 사람이나 그 유족을 꼭 찾아내어 이 술의 두 배, 세 배를 갚을 것을 노인께 분명히 장담할 수 있습니다."

이 말에 노인은 즐거워졌다. 노인은 아무렴 하는 식으로 고개를 끄덕이며 한결 가벼워진 마음으로 유쾌하게 잔을 비웠다. 그러나 운디네가 훌트브란트를 향해 말했다.

"변상을 하시든 돈을 갚아 주시든 그것은 당신의 뜻대로지요. 그렇지만 그 사람을 찾아 헤맨다는 것은 어리석은 짓이에요. 그러다가 당신 자신한테 무슨 변이 생기게 된다면 저는 눈이 퉁퉁 붓도록 올 거예요. 당신도 내 곁에서 좋은 술을 드시는 것이 좋잖아요?"

"그것은 물론이지"라고 훌트브란트는 빙그레 웃으면서 대답했다.

"그렇다면 당신의 말은 바보 같아요. 아무튼 누구든 자기가 제일이에요. 남이 어떻게 되든 무슨 상관이에요?"라고 운디네가 말했다. 노파는 한숨을 내쉬고 머리를 절레절레 흔들며 딸에게서 얼굴을 돌렸다. 어부는 귀여운 딸에게 끔찍이 쏟는 평소의 사랑을 잊고 나무랐다.

"그것은 마치 이교도나 터키 사람이 기른 자식이나 할 소리가 아니냐!" 그리고 이렇게 말을 맺었다. "하느님께서 나와 너를, 버릇없는 자식을 용서해 주시기를!"

"할 수 없어요. 어쨌든 저는 그렇게 생각이 들어요. 나를 기른 사람이 누구든, 늙은 당신네 잔소리 따위가 무슨 쓸데가 있어요?"라고 운디네가 대꾸했다.

"시끄럽다!"

어부가 꾸짖었다. 이토록 맹랑한 성격이면서도 지독한 겁쟁이인 그녀는 움츠리며 바들바들 떨면서 훌트브란트에게 매달려 나지막이 물었다.

"어디, 당신도 화가 났나요?"

기사는 그녀의 보드라운 손을 쥐며 머리털을 쓰다듬었다. 운디네에 대한 노인의 엄격함에 화가 나서 입술이 봉해진 듯, 그는 한마디 말도 할 수 없었다. 그리하여 두 남녀는 갑자기 언짢은 기분이 되어 당황스런 침묵 속에 마주 보고 앉아 있었다.

6장

결혼에 관하여

•

　나지막이 문 두드리는 소리가 이 침묵을 깼고 오두막 안에 앉아 있던 모든 사람들을 놀라게 했다. 흔히 있을 수 있는 일이지만, 아무리 하찮은 일이라도 예기치 않게 벌어지면 사람의 마음을 무섭게 흥분시키는 법이다. 더욱이 이 오두막은 도깨비가 나온다는 마의 숲에 너무나 가까이 자리 잡고 있는 데다가, 누구인가 사람이 찾아올 리 만무하게 생각되는 시간이었던 것이다. 집 안 사람들은 영문을 모르겠다는 듯 서로의 얼굴만 멀뚱히 쳐다보고 있었다. 똑똑 문 두드리는 소리가 다시 나면서 깊은 한숨이 따랐다. 기사는 칼을 가지러 갔다. 그러자 노인은 음성을 낮춰 말했다.

　"우리가 두려워하는 것이라면 어떤 무기라도 소용없습니다."

　그동안에 운디네는 문 앞으로 가서 못마땅한 투로 무뚝뚝하게 외쳤다.

•

＊＊＊

"장난을 치고 싶거든, 땅의 영靈들이여! 퀼레보른[1]한테서 훨씬 훌륭한 솜씨를 익혀 오려무나."

이 괴이한 소리를 듣자, 다른 이들의 불안은 한층 더해졌다. 그들은 소녀를 꺼리는 시선으로 바라보았다. 그리하여 홀트브란트가 용기를 내서 뭔가 물어보려 하는 참에 마침 밖에서 소리가 들려왔다.

"나는 땅의 영이 아니오. 그렇지만 세속적 인간의 육체 속에 살고 있는 영이오. 오두막 안에 있는 당신들이여, 나를 도와주실 생각이 있고 하느님을 공경하는 분들이라면, 내게 문을 열어 주시오!"

문밖에는 한 노신부老神父가 서 있었다. 신부는 뜻밖에도 눈에 띄게 아름다운 소녀를 보자 놀라서 뒤로 주춤 물러섰다. 이렇게 아름다운 여인이 초라하기 이를 데 없는 오두막의 문턱에 나타나는 통에, 도깨비나 마술의 장난에 틀림없으리라는 생각이 들었는지 모른다. 그래서인지 신부는 "모든 선량한 망령들이여, 그대들도 주主 우리 하느님을 찬양할지어다!"라고 기도를 하기 시작했다.

"저는 도깨비가 아니에요."

운디네는 방긋 웃으며 말했다. "제가 그토록 망측하게 보였

---

1) Kühleborn, 운디네의 아저씨 이름. 숲을 흐르는 강에 사는 물의 정령

나요? 게다가 보시는 바와 같이 기도문을 조금도 무서워하지 않아요. 저 역시 하느님을 알고 있고 하느님을 찬양할 줄 알아요. 물론 방법이 다르지요. 그렇게 제가끔 다른 식으로 하느님은 우리를 창조하신 거예요. 어서 들어오세요, 신부님. 선량한 사람들이 사는 집인걸요."

신부는 머리를 약간 숙여 보이고는 주위를 두루 살피면서 오두막 안으로 들어왔다. 퍽 따뜻하고 위엄 있는 모습이었다. 그렇지만 그가 입은 검은 수도복의 주름에서도, 길고 흰 수염과 곱슬곱슬한 백발에서도 물방울이 뚝뚝 떨어지고 있었다. 어부와 기사는 그를 구석방으로 안내하여 옷을 갈아입게 하고, 젖은 수도복을 거실의 여자들한테 건네 주며 말리도록 했다. 낯선 노인은 겸손하고 상냥한 태도로 감사를 표했다. 하지만 기사가 내미는 그의 화려한 외투는 한사코 두르려고 하지 않고, 그 대신에 어부의 낡은 잿빛 외투를 골랐다. 이렇게 해서 그들은 다시 거실로 되돌아왔다. 여주인은 신부에게 곧 자기가 앉아 있던 큰 안락의자를 권하고는 신부가 거기 앉기까지 그대로 버티고 있었다.

"거기 앉으셔야 하는 이유는," 하고 그녀가 말했다. "신부님은 연로하신 데다가 피곤하실 뿐 아니라 성직에 몸을 담고 계시기 때문입니다."

운디네는 평소 늘 훌트브란트 옆에 나란히 앉던 자기의 작은

걸상을 신부의 발밑에 밀어 넣었다. 그리고 선량한 노어부의 가
르침에 어긋남 없이 아주 깍듯이 예의 바르고 상냥하게 행동했
다. 홀트브란트는 그러한 태도를 놀려 대면서 귀엣말을 했지만
그녀는 유난스럽게 이렇게 대꾸하는 것이었다.

"우리 모두를 창조하신 하느님의 사자使者이신 분입니다. 농
담은 그만해 두세요."

그러고 나서 기사와 어부는 음식과 포도주를 신부에게 권했
다. 신부는 웬만큼 원기가 회복되자 다음과 같은 이야기를 하기
시작했다. 이번의 괴상스런 홍수로 인해서 그가 있는 수도원과
수도원 영지의 마을이 위급한 상황에 빠졌다는 것, 그 사정을
주교에게 알리기 위해서 멀리 호수 저편에 있는 자기의 수도원
을 어제 떠나 주교의 거처를 향해 가던 길이라는 것, 그런데 홍
수로 말미암아 길을 끝없이 우회하다가 오늘 저녁에는 곶의 위
쪽을 가로질러 넘쳐흐르는 물결을 건너기 위해 부득이 두 사공
의 힘을 빌리지 않을 수 없었다는 것 등의 사정 이야기였다.

"그런데 우리가 탄 배가 파도에 부딪치자마자, 아직까지도
계속해서 우리 머리 위를 미친 듯 불고 있는 저 무시무시한 폭
풍이 불어닥쳤습니다. 미친 듯이 춤추는 소용돌이 속에 우리
는 사공의 손에서 빠져나가 산산조각이 나서 파도에 휘말려버
렸지요. 의지할 곳 없이, 무감각한 자연에 몸을 맡긴 채 우리는,
안개와 물거품 사이에서 아득히 솟아 보이는 호수의 앞쪽, 당

신들이 살고 있는 이 언덕을 향해 흘러왔습니다. 나룻배는 점점 심하게 소용돌이에 휘말려 어지럽게 회전했기 때문에 배가 뒤집힌 건지 내가 배에서 떨어진 건지 지금도 영문을 알 수 없습니다만, 아무튼 닥쳐온 끔찍한 죽음에 대한 어두운 불안 속에서 나는 계속해서 떠내려 오다가 마침내 여기 당신네들이 사는 섬 기슭의 나무 밑에 와 닿은 것이지요."

신부가 말했다.

"그렇지요. 섬입니다!"라고 어부는 말했다. "얼마 전까지만 해도 곶이었는데 개울과 호수가 꼭 미친 것처럼 흐르기 시작한 뒤로는 여기의 사정이 확 달라진 것이지요."

"그렇다는 것은 나도 짐작했습니다"라고 신부는 말했다. "미친 듯한 파도 소리에 부딪히면서 호수를 따라 어둠 속을 살금살금 더듬어 오노라니, 끝에 가서는 이제껏 밟아 온 오솔길이 바로 아우성치는 물결 속으로 사라져 가는 것이 보였습니다. 바로 그때 당신네 오두막집의 등불을 보고 용기를 내어 여기까지 오게 된 것입니다. 나를 홍수에서 구해 주셨을 뿐 아니라 당신네들처럼 신앙심 깊은 사람들한테 인도해 주신 하늘에 계신 아버지께 얼마나 감사를 드려야 할지 아무리 해도 다할 수 없겠지요. 더구나 당신네 네 분 외에 어느 누구도 현세現世에서 다시 만나게 될지 어떨지 알 수 없는 노릇이니까 더더욱 감사하지 않을 수 없지요."

"그것은 무슨 뜻입니까?"라고 어부가 말했다.

"그럼 대체 당신들은 이 폭풍과 홍수가 언제까지 계속될지
알고 계십니까?" 신부가 대꾸했다. "게다가 나는 늙은 몸입니
다. 내 생명의 조수가 저 바깥의 홍수보다도 먼저 말라 땅 밑으
로 스며들어 버리는 편이 더 가까울는지도 모릅니다. 또 그뿐
이겠습니까? 결국 끝없이 끓어오르는 물결이 당신네 있는 곳과
저 건너편 숲의 사이로 점점 더 밀려 들어와서, 끝내는 이곳이
육지와는 너무나 동떨어져 버려 당신네 고깃배 정도로는 건널
수 없게 되고, 육지에 사는 사람들은 별생각 없이 당신네 존재
를 까맣게 잊어버리고 말지 누가 알겠습니까?"

노파는 이 말을 듣더니 움찔하면서 성호를 긋고 말했다.

"원, 그럴 수가요!"

하지만 어부는 빙긋이 웃으며 아내를 바라보고 말했다.

"인간이란 역시 그렇게 되게 마련인 거야! 그렇게 된다 해도,
여보, 적어도 당신한테는 지금까지와 별로 다르지 않은 것이 아
니겠소? 당신은 숲 언저리보다 더 멀리 나가 본 지가 대체 얼마
나 오래되었소? 나하고 운디네 말고 누구 딴 사람을 본 적이 있
소? 그런 참에 얼마 전 기사님과 이제 신부님이 오신 게 아니
오? 여기가 낙도가 되어 세상에서 잊히는 사태가 벌어진다 해
도 이분들이 우리 옆에 계셔 줄 거요. 그러니 당신이야말로 제
일 득을 본 셈이 아니고 뭐요?"

"나로서는 알 수 없지만, 비록 만난 일도 없고 또한 알지도 못하는 사이라 해도 세상으로부터 영원히 떨어져 못 만나게 된다고 생각하면 어쨌든 섬뜩한 기분이 드네요."

노파는 말했다.

"그렇게 되더라도 우리와 함께 계셔 주세요. 우리랑 함께 계셔 주세요"라고 운디네는 흡사 노래하듯이 나지막이 속삭이면서 훌트브란트 곁으로 바싹 몸을 굽혔다. 하지만 훌트브란트는 마음속으로 묘한 환상에 깊이 빠져 있었다. 신부의 말을 듣고 나자 숲 사이를 흐르는 개울 저편의 땅이 점점 몽롱하니 멀어져 가고, 지금 자기가 살고 있는 꽃 피는 섬이 점점 선명하게 푸릇푸릇 웃음을 띠며 가슴속으로 파고들었다. 이 조그만 땅 조각에서, 아니 세상에서 가장 아름다운 한 떨기 장미처럼 신부新婦의 모습이 불타고 있는데, 마침 신부神父께서 여기에 등장한 것이었다. 바로 그 순간, 신부의 눈앞에서 너무나 바싹 연인의 곁에 기대어 앉은 운디네를 보자, 노파는 노여운 시선을 던지며 못마땅한 말을 한바탕 쏟아 놓을 기세였다. 그러자 문득 기사는 신부를 향해 말문을 열었다.

"신부님, 당신 앞에 앉아 있는 우리는 약혼한 사이입니다. 이 소녀와 두 어르신께서 반대하시지 않는다면 오늘 밤 당장 우리를 결혼시켜 주십시오."

노부부는 둘 다 깜짝 놀랐다. 실상 지금껏 그런 일을 염두에 두기는 했지만 입 밖으로 낸 적은 한 번도 없었기 때문에, 막상 기사가 그 말을 꺼내자 전혀 생소하고 터무니없는 얘기를 듣는 것 같은 기분이 든 것이었다.

그러자 문득 운디네는 심각한 표정이 되더니 고개를 떨어뜨리고 무엇인가 골똘히 생각하는 기색이었다. 신부는 더 자세한 사정을 묻고 노인들한테 의향을 물었다. 여러 가지 얘기가 오고 간 뒤에 결국은 합의에 이르렀다. 여주인은 젊은이들의 신방을 꾸미고 그녀가 오래전부터 준비해 두었던 한 쌍의 성촉을 결혼식에 쓰기 위해 찾으러 갔다. 그 사이에 기사는 신부新婦와의 예물 교환에 쓰기 위해 자기의 금사슬에 끈을 감아 떼어내 반지 두 개를 만들려고 했다. 그것을 눈치챈 운디네는 골똘한 생각에서 깨어나며 말했다.

"그러지 마세요. 저의 친부모님은 저를 아주 빈털터리로 세상에 내보내시지는 않았어요. 이러한 밤이 있을 것을 부모님도 벌써부터 염두에 두셨던 것이지요."

그렇게 말하고 날쌔게 문밖으로 나가더니 곧 아주 값진 반지를 두 개 갖고 들어와서 하나는 신랑에게 주고 다른 하나는 자기가 가졌다. 이런 보석이 딸의 수중에 있었던 사실을 전혀 몰랐던 노어부는 그것을 보고 굉장히 놀랐고 때마침 밖에서 돌아온 아내의 놀라움은 한층 더했다.

"저의 부모님께서 이 작은 물건을, 제가 여기 왔을 때 입고 있던 바로 그 예쁜 옷 속에 꿰매 넣어 주셨댔어요. 결혼식 날 밤까지는 그 말을 누구한테도 절대 해서는 안 된다고 말씀하셨거든요. 그래서 저는 보석을 아무도 몰래 옷에서 뜯어내어 지금까지 감춰 두었던 거예요."

운디네는 대답했다. 의아하게 생각해서 여러 가지를 캐어물으려는 것을 신부神父가 가로막았다. 신부는 화촉에 불을 붙여테이블 위에 밝혀 놓고 신랑 신부를 마주 서게 했다. 그리고 짧고 엄숙한 말로 한 쌍의 젊은이들을 결혼시켰다. 노부부는 젊은이들을 축복했다. 운디네는 약간 몸을 숙여 떨면서 생각에 잠긴채 기사한테 기대어 서 있었다. 그때 돌연 신부神父가 말했다.

"당신들은 실로 묘한 사람들이군요! 이 섬에는 당신들 외에는 아무도 없다고 한 것은 무슨 얘기입니까? 결혼식 내내 나의바로 맞은편 창에서 새하얀 외투를 입은 키 큰 사나이가 들여다보고 있었는데 말이오. 당신들이 그 사내를 불러들일 생각이라면 아직 문밖에 서 있을 거요."

"그럴 리가!" 하고 여주인은 흠칫 몸을 떨었다. 어부는 말없이 머리를 절레절레 저었고, 훌트브란트는 창을 향해 뛰어갔다. 그에게도 허연 물체가 길게 뻗어 있는 것처럼 얼핏 생각이 들었지만 그것은 어느덧 어둠 속으로 영영 사라지고 없었다. 그래서 그는 분명히 신부께서 잘못 본 것이라고 설득했다. 그러고나서 모두가 허물없이 난롯가에 둘러앉았다

7장

결혼식 날 밤에
일어난 일

결혼식이 있기 전과 진행되는 동안, 운디네는 퍽 얌전하고 조용했다. 그러더니 결혼식이 끝나자 이젠 체질이 되어 그녀 안에 머무는 온갖 괴상스런 변덕이 한층 제멋대로 뻔뻔하게 겉으로 드러나는 것이었다. 신랑과 양부모한테, 또 조금 전까지만 해도 그토록 공손하게 대했던 신부한테까지도 온갖 어린애 같은 장난을 걸었다. 노파가 거기에 대해 뭔가 입을 열려고 하면 기사는 운디네가 자기의 아내라고 의미심장하게 정색하고 말하면서 노파의 입을 다물게 했다. 기사도 운디네의 유치한 행동이 마음에 드는 것은 아니었다. 그렇지만 눈짓을 하거나 헛기침을 해도, 또 말로 주의를 줘도 소용이 없었다. 신부는 사랑하는 남편의 불만을 눈치채기만 하면 물론 얼마만큼 조용해지다가도 어느새 그에게 가까이 앉아 그를 쓰다듬어 주거나 빙긋 웃으며 뭔가 귀엣말을 하거나 해서 기사의 찌푸린 이맛살을 펴 주는 것이었다. 하지만 무슨 광적인 착상이 떠오르기만 하면 어느 틈엔가 또다시 익살스러운 장난에 휘말려 들어가서 아까보다 더 심해지는 것이었다. 그러자 마침내 신부가 아주 정색을 하고 상냥하게 말했다.

"귀여운 아가씨, 실상 누구나가 기쁜 마음으로 당신을 바라보긴 하지만, 사랑하는 낭군의 영혼에 조화를 이루게끔 아가씨의 영혼도 맞추어 울리게 해 봐요."

"영혼이라고요?"

운디네는 신부를 바라보며 웃었다. "그것은 아주 그럴듯이 들리는 좋은 말씀이에요. 아마 대부분의 사람들한테는 그 말이 은혜롭고 유익한 법칙일지 모르지요. 그렇지만 전혀 영혼을 갖지 못한 존재가 있다면 신부님, 무엇을 맞추어 울려야 하지요? 저 같은 경우에 말씀이에요."

신부는 잔뜩 기분이 상해서 엄숙하게 노기를 띠며 입을 다물고는 가슴 아픈 듯이 소녀를 외면했다. 하지만 그녀는 비위를 맞추듯이 신부한테 매달리며 말했다.

"아닙니다, 부탁이에요. 제 얘기 좀 들어 주세요. 그런 불쾌한 얼굴은 거두시고요. 아무튼 신부님께서 그런 얼굴을 하시면 저는 가슴 아파져요. 당신을 전혀 해치려는 마음이 없는 사람을 가슴 아프게 하셔서는 안 되잖아요. 좀 참고 제 얘기를 들어 주세요. 제 생각을 차근차근 말씀드릴 테니까요."

그녀는 장황스런 얘기를 꺼낼 태세를 보이더니, 마음 밑바닥부터 오싹하는 전율에 사로잡힌 듯 갑자기 말문을 닫고는, 슬픔에 못 이겨 울음보를 터뜨렸다. 그녀를 어떻게 해야 될지 알 수가 없어서 모두들 제각기 심란한 걱정에 잠겨 말없이 쳐다보고만 있었다. 그러자 마침내 그녀가 눈물을 닦으며 정색을 하고 신부를 바라보며 말했다.

"영혼이란 사랑스럽기도 하고 굉장히 두려운 것이기도 한 것 같아요. 신부님, 영혼 같은 것을 애당초 갖지 않는 편이 좋지 않을까요?"

대답을 기다리는 듯 그녀는 입을 다물고 있었다. 눈물은 이제 그쳐 있었다. 오두막 안의 사람들은 모두 자리에서 일어나 그녀의 말에 전율을 느끼면서 뒤로 물러섰다. 하지만 그녀는 오로지 신부만을 향해 시선을 박고 있었다. 그녀의 얼굴에는 두려움과 호기심에 찬 표정이 나타나 있었고, 바로 그 때문에 다른 사람들한테 말할 수 없는 섬뜩한 느낌을 주었다.

"영혼이란 아주 무거운 짐임에 틀림없어요."

아무도 대답을 하지 않자 그녀는 말을 이었다. "굉장히 무거운! 영혼의 모습이 가까이 오기만 해도 저는 어느 틈에 불안과 슬픔의 그림자에 묻히고 마니까요. 아아! 옛날의 저는 그토록 가볍고 즐거울 수가 없었는데요!"

그러더니 다시금 터져 나오는 눈물을 가누지 못하고 옷자락으로 얼굴을 가렸다. 그러자 신부는 숙연한 얼굴로 그녀의 곁으로 가서 말을 건네며 그녀 안에 악마가 자리 잡고 있다면 그 엉성한 베일을 벗어 버리라고 성자의 이름을 들어 기도를 뇌었다. 그러자 그녀는 신부 앞에 무릎을 꿇고 신부가 입에 올리는 모든 성자의 이름을 따라 뇌면서 하느님을 찬양하고, 자기는 온 세상 사람들에 대해 전혀 나쁜 마음이 없다고 맹세를 하는 것이었다. 그러자 신부는 기사를 향해 말했다.

"훌트브란트, 이제 나는 당신과 당신의 아내를 단둘이 있게 하리다. 내가 생각해 낼 수 있는 한, 이 여인한테는 악한 마음이 털끝만큼도 없소. 이해할 수 없는 점은 많지만. 내가 당신한테 권하고 싶은 것은 사려와 사랑과 충실한 마음을 지키라는 것이오."

이렇게 말하고 신부는 나가 버렸다. 운디네의 양부모도 성호를 그으면서 따라 나갔다.

운디네는 무릎을 꿇고 얼굴을 가린 베일을 걷어 내고 수줍은 빛으로 훌트브란트 쪽을 쳐다보며 말했다.

"아아, 당신은 나를 오래 사랑하지 않을지도 모르지요. 아무런 나쁜 일도 한 적이 없는데, 어째서 저는 이렇게 가여운 신세가 됐을까요!"

그런 그녀의 모습도 얼마나 사랑스럽고 뭉클하니 애처롭게 보였는지, 신랑은 온갖 무서운 느낌도, 풀리지 않는 수수께끼도 잊어버리고 날쌔게 다가가서 그녀를 두 팔에 안아 올렸다. 그러자 그녀는 눈물 속에서 활짝 미소를 지었다. 그것은 마치 붉은 아침 햇살이 맑은 시냇물 위에서 아롱거리는 모습이었다. "저를 버리시지는 않겠지요?" 하고 그녀는 다정하게 속삭이며 보드라운 두 손으로 기사의 뺨을 어루만졌다. 그러자 기사는, 자신의 영혼 뒤쪽에 도사리고 있던 섬뜩한 생각을, 곧 자기가 요마나 혹은 도깨비 나라의 고약한 익살꾼과 결혼한 것이 아닌가 하던 생각을 이제 떨쳐 버렸다. 다만 한 가지 의문이 불쑥 입 밖으로 튀어나왔다.

"사랑스러운 운디네, 꼭 한 가지만 더 말해 주구려. 신부께서 문을 두드렸을 때 당신은 땅의 영이니 퀼레보른이니 하는 말을 했었는데 그것은 무슨 뜻이었소?"

"동화예요. 아이들한테 들려주는 옛이야기예요"라고 운디네는 보통 때 흔히 그러듯 쾌활하게 웃으며 말했다. "처음에는 그 때문에 제가 당신을 불안하게 했지만, 이제 와서는 당신이 저를 마음 졸이게 하시는군요. 결국 이렇게 사랑도, 첫날밤도 지나가는 게 아닐까요?"

"아니, 그런 뜻은 아니오"라고 말하며 사랑에 몽롱하게 취한 기사는 촛불을 끄고는 창 너머로 휘영청 비치는 밝은 달빛을 받으며 끊임없이 입맞춤하면서 아름다운 연인을 신방으로 안고 들어갔다.

8장

결혼식 이튿날

•

상쾌한 아침 햇살에 젊은 부부는 눈을 떴다. 운디네는 수줍은 듯이 이불을 뒤집어쓰고 있었다. 훌트브란트는 그대로 누운 채 묵묵히 혼자서 상념에 잠겨 있었다. 간밤에는 잠이 들라치면 번번이 야릇한 악몽 때문에 시달렸다. 기분 나쁘게 히죽 웃으며 미녀로 둔갑하려고 안간힘 쓰는 요괴들, 또는 난데없이 용의 얼굴로 뒤바뀌는 미녀들이 나오는 꿈이었다. 그리하여 끔찍한 몰골을 보고 벌떡 일어날 때마다 창밖에는 싸늘한 달빛이 창백하게 비치고 있었다. 흠칫 놀라서 운디네 쪽을 보면 자신은 그녀의 가슴에 파묻혀 잠들어 있었고, 그녀는 여전히 아름답고 사랑스런 모습으로 곁에서 평온히 자고 있었다. 그래서 그는 살그머니 그녀의 장밋빛 입술에 입을 맞추고는 다시금 잠을 청하다가는 어느덧 후다닥 놀라서 깨는 것이었다. 이제 완전히 깨어난 상태에서 이 모든 것을 곰곰 생각해 보니 아름다운 아

•

내에게 품었던 의혹에 대해 스스로를 잔뜩 나무라는 마음이 들었다. 그러고는 자기가 나빴다고 드러내 놓고 사과했다. 하지만 그녀는 단지 예쁜 손을 그에게 내밀며 마음속으로부터 깊은 한숨을 내쉬며 말이 없었다. 이제껏 본 적이 없는 그녀의 은밀한 눈길로 보아 운디네가 결코 자기에 대해 불쾌한 기분이 아니라는 것을 그는 충분히 알 수 있었다. 그래서 유쾌한 기분으로 일어나 집안 사람들이 모여 있는 거실로 갔다. 세 사람은 걱정스러운 얼굴로 난로 주변에 모여 앉아 아무도 감히 입을 뗄 엄두를 못 내고 있었다. 신부神父는 마음속으로 모든 화가 물러가기를 비는 모습이었다. 그렇지만 신랑이 흐뭇한 태도로 들어서는 것을 보자 모두 환하게 안도의 빛을 보였다. 노어부는 조심스럽게 예의를 차리며 기사와 농담을 주고받기 시작했고 노파까지도 그 말에 은근히 미소 지었다. 그러는 중에 운디네도 매무새를 갖추고 문턱에 나타났다. 모두가 그녀를 반갑게 맞으려는 마음이었으면서도 어리둥절하여 우뚝 서 있었다. 신부新婦의 모습이 역시 낯익은 얼굴이긴 하지만 그만큼 서먹하게 느껴졌기 때문이다. 제일 먼저 신부神父가 아버지 같은 사랑의 마음으로 눈을 빛내며 다가갔다. 그리고 축도를 하려고 한 손을 치켜들자, 아름다운 신부는 몸을 떨며 경건하게 그 앞에 꿇어앉았다. 그러더니 친밀하면서 겸손한 태도로 어제 지껄인 어리석은 얘기에 대해 용서를 빌고 아주 감동한 어조로 자기의 영혼을 축원하는 기도를 해 달라고 부탁했다. 그리고 그녀는 일어서서 양부모한테 입을 맞추며 지금까지 받은 은혜에 대해 감사하며 말했다.

"아아, 지금에야 비로소 새록새록 마음 깊이 느껍니다. 부모님께서 얼마나 한없이 깊은 은혜를 베풀어 주셨는지요!"

그녀는 양친을 끌어안은 채 좀처럼 떨어질 줄 몰랐다. 그리고 어부의 아내가 아침 식사를 준비하기 위해 나가는 것을 눈치채자 자기도 부뚜막 곁에 서서 요리를 하며 식탁도 치우는 등 노모老母에게 좀처럼 수고를 끼치지 않았다.

그녀는 하루 종일 그랬다. 조용하고 상냥하며 조심성 있는 한 집의 어린 주부이며 동시에 수줍은 아가씨다운 모습이었다. 그녀를 전부터 알고 있는 세 사람은 그녀의 변덕스런 성품이 이제라도 당장 알 수 없이 불쑥 터져 나오는 게 아닌가 생각했다. 하지만 그런 기대에 어긋나게도 운디네는 여전히 천사처럼 상냥하고 나긋나긋했다. 신부神父는 그녀에게서 시선을 뗄 줄 모르면서 몇 번이고 신랑에게 말했다.

"여보시오, 하느님의 은혜가 불초不肖 본인을 통해서 값진 보물을 당신한테 안겨 주었소그려. 그 보물을 소중히 간직하시오. 그러면 그 보물은 이 세상에서든 저세상에서든 응분의 행복을 가져다줄 것입니다."

저녁때가 되자 운디네는 다정하게 기사의 팔에 매달려 그를 살그머니 문밖으로 끌고 나갔다. 신선한 풀밭과 쭉쭉 뻗은 나무

❖

줄기 위로 기울어 가는 저녁 햇살이 아름답게 빛나고 있었다.
새색시의 눈에는 슬픔과 사랑의 이슬 같은 것이 그렁그렁 맺혀
있었고 입술에는 조심스럽고 섬세한 비밀이 서려 있어, 들릴 듯
말 듯한 한숨 속에 섞여 겉으로 비치고 있었다.

　그녀는 남편을 끌고 말도 없이 점점 멀리 나갔다. 그가 무엇
을 물어도 그녀는 다만 눈으로만 답할 뿐이었다. 그 눈길은 묻
는 말에 대해 직접 답을 주는 것은 아니지만 넘치는 사랑과 수
줍은 순종의 정이 담겨 있었다. 이렇게 해서 두 사람은 큰 홍수
가 난 숲 속 물가에 당도했다. 놀랍게도 기사의 눈앞에서 강물
은 잔잔한 물결을 치며 졸졸 흘러내릴 뿐, 그토록 도도하게 흘
러넘치던 지난날의 흔적은 찾을 길이 없었다.

　"내일까지는 완전히 마르게 되겠지요. 그렇게 되면 당신은
틀림없이 가고 싶은 데로 떠나실 수 있겠지요."

　아름다운 아내는 울먹이며 말했다.

　"당신과 함께가 아니라면 떠나지 않겠소, 운디네!" 기사는
웃으며 말했다. "잘 생각해 봐요. 내가 설사 도망칠 생각을 한다
해도 교회며, 신부님, 황제와 나라가 합해서 도망자를 당신한테
되돌려주도록 되어 있으니까!"

　"모든 건 당신에게 달려 있는 것이에요. 당신 자신의 마음에
요"라고 여자는 울먹이면서, 또 한편으론 웃으면서 속삭였다.

　"그렇지만 당신은 어김없이 저를 데리고 가실 거예요. 제가

얼마나 진심으로 당신을 사랑하는데요. 자, 지금 저 건너편 작은 섬으로 저를 안아 데려가 주세요. 거기서 마음을 정하세요. 이 정도의 작은 물결이라면 저 혼자서라도 문제없이 건널 수 있어요. 그렇지만 당신의 팔에 안겨 있으면 굉장히 편안하거든요. 설사 당신이 저를 버리시더라도 마지막 순간에는 평안히 당신 팔에 안겨 있게 될 테니까요."

홀트브란트는 형용할 수 없는 불안과 감동으로 가슴이 꽉 메어 와서 대답할 바를 몰랐다. 그는 여인을 팔에 안고 건너면서 그제야 그곳이 바로 여기에 온 맨 첫날밤에 그녀를 찾아내어 안고 어부의 집으로 돌아갔던 그 작은 섬인 것을 알게 되었다. 기슭에 닿자 그는 그녀를 부드러운 풀밭에 누이고는 이 아름다운 짐 옆에 자신도 다정하게 앉으려고 했다. 그러자 그녀가 말했다.

"아니, 저기 앉아요, 제 맞은편에요! 당신이 입으로 말하기 전에 당신의 눈 속을 읽고 싶어요. 자, 제가 얘기하려는 것을 귀 기울여 들어 주세요."

그리고 그녀는 이야기를 시작했다.

"당신도 아시겠지만 네 가지 원소 가운데에는 당신네 인간들과 거의 같은 모습을 하고 있지만 좀처럼 사람의 눈에는 뜨이지 않은 정精이라는 것이 있습니다. 불꽃 안에는 샐러맨더라고 하는 신비스런 불의 정이 방황하고 있고, 땅속 깊이에는 바싹 마르고 변덕스런 그놈gnom이라는 이름의 지령地靈이 살고 있으며, 숲 속에는 바람과 친밀한 숲의 정이 방황하고 있지요. 그리고 호수와 강, 시냇물에는 물의 정 일족이 퍼져 살고 있습니다. 음향이 울려 퍼지는 둥근 지붕의 수정궁水亭宮 안에서 그들은 해와 별이 있는 하늘을 들여다보며 평온하게 살고 있지요. 울긋불긋 열매를 맺은 키다리 산호수가 뜰에 반짝이고 있고 정결한 흰 모래와 온갖 빛깔의 예쁜 조개껍질이 발밑에 밟힙니다. 오늘날의 세상에서는 즐길 수 없을 만큼 아름다운 옛 세상 위로 물결의 신비한 은빛 베일이 쳐져 있는 것이지요. 저 아래쪽에서는 고귀한 기념비가 사랑스러운 물방울을 뒤집어쓰고 장중하게 우뚝 뽐내면서 물방울의 힘을 입어 아름다운 이끼 꽃과 갈대의 이삭을 피어나게 하는 것입니다. 아무튼 거기서 삶을 누리는 물의 정의 모습도 우아하고 사랑스러우며 대체로 인간보다 아름답습니다. 상냥한 물의 정이 물결을 타고 나타나서 노래를 부를 때, 그 노랫소리에 귀 기울인 운 좋은 어부가 적지 않았지요. 그 어부는 물의 정의 아름다움을 세상에 전파했고 그래서 그 신비스런 여인이 세상 사람들한테서 운디네라고 불리어 온 것입니다. 당신은 지금 아닌 게 아니라 바로 그 운디네 중의 하나를 마주하고 있는 것이에요."

기사는 자기의 아름다운 아내가 또다시 야릇한 변덕이 발동하여, 그럴듯하게 이야기로 자기를 놀리려 드는 것이라고 스스로를 납득시키려 했다. 하지만 아무리 부인해 봐도 자기로서는 도저히 한순간도 그렇게 믿을 수가 없었다. 알 수 없는 전율이 온몸에 쫙 흘렀다. 한마디 말도 꺼내지 못한 채, 그는 이야기를 하고 있는 사랑스러운 아내를 똑바로 쳐다보고 있었다. 여인은 슬픈 표정으로 머리를 가로저으며 깊은 한숨을 내쉬더니 다음과 같이 얘기를 계속했다.

"우리들은 당신네 인간보다 훨씬 행복한 처지라 할 수 있지요. 우리는 얼굴과 몸의 형태가 인간이기 때문에 우리 스스로를 인간이라고 부르고 있었으니까요. 하지만 그것이 화가 되는 수도 있어요. 우리들이나 다른 자연(땅, 불, 바람)의 정精들은 정신과 육체가 가루가 되어 흩어져 사라져 가기 때문에 아무런 흔적을 남기지 않습니다. 당신네들은 언제든 한 번은 보다 순수한 생명으로 싹틀 수 있습니다만, 우리들은 모래와 불꽃, 바람과 물결이 있는 곳에 머물러 왔을 뿐인 것입니다. 그렇기 때문에 우리는 영혼을 갖고 있지 않습니다. 우리가 살아 있는 한은 물이 우리를 조종하며 또 우리의 말을 들어 주지요. 하지만 일단 죽어 버리면 우리는 거품으로 화하게 되는 겁니다. 그런데도 우리는 한탄을 모르고 즐겁게 살고 있지요. 두견새라든가 금붕어, 그 밖의 귀여운 자연의 아이들이 그런 것처럼 말이지요. 우리 같은 존재는 당신네 인간과 긴밀한 사랑의 결합을 통해서만 영혼을 얻을 수 있습니다. 저는 이제는 영혼을 갖고 있습니다. 그 영혼은 당신 덕분이죠. 말로 다 할 수 없이 사랑하는 당신, 제 일생

을 통해 저를 비참하게 만들지 않으신다면, 얼마나 감사할는지
요. 당신이 제가 싫어져서 버린다면 저는 어떻게 되겠어요? 그
렇지만 속이면서까지 나는 당신을 차지하고 싶은 마음이 없습
니다. 저를 버리실 생각이라면 지금 버려 주세요. 당신 혼자 물
가로 돌아가세요. 저는 이 시냇물 속에 잠겨 버리겠어요. 이 시
냇물은 저의 아저씨인데 친지들과 떨어져서 여기 숲 속에서 이
해할 수 없는 은둔 생활을 하고 있지요. 그렇지만 아저씨는 당
당하게 힘센 분이라서 다른 강물들에게서 소중히 존경을 받고
있지요. 아저씨는 웃고 까부는 철부지인 저를 어부의 집으로 데
려다 주었고, 이제 사람의 아내로서 영혼을 갖고 사랑하며 번민
하는 저를 부모님이 사시는 곳으로 데려다 줄 거예요."

그녀는 더 많은 얘기를 하려 했지만 홀트브란트는 밑바닥부
터 우러난 감동과 사랑으로 꽉 차 그녀를 안고 다시금 물가로
되돌아왔다. 여기 와서야 그는 눈물과 키스를 퍼부으며 사랑스
런 아내를 어떤 일이 있어도 버리지 않으리라 맹세했다. 그리
고는 여신 비너스로부터 자기의 사랑하는 대리석 작품에 생명
을 주입받아 아내로 삼은 피그말리온의 기쁨을 말했다. 운디네
는 달콤한 신뢰감에 젖어 그의 팔짱을 끼고 오두막집으로 돌아
왔다. 그리고 그때야 비로소, 자기가 떠나온 신비스런 아버지의
수정궁에 대해서는 조금도 아쉬워할 필요가 없다는 것을 온 마
음으로 느꼈다.

9장

기사가
아내를 데리고 돌아가는 이야기

·

       이튿날 아침, 홀트브란트가 잠에서 깨어나 보니 아름다운 아내는 이미 곁에 없었다. 그래서 그는 또 어느 틈에 별난 상념에 잠기기 시작했고 그러다 보니 이 결혼도, 매혹적인 운디네도, 헛된 환각幻覺이 아니면 도깨비장난인 듯이 여겨졌다. 하지만 바로 그때 그녀가 문으로 들어와 입맞춤을 하고는 그의 곁 침대 머리에 걸터앉으며 말했다.

     "아저씨께서 약속을 지켜 주시는지 어떤지 보려고 좀 일찍 밖에 나가 봤어요. 아저씨는 벌써 강물을 모두 고요한 하상河床으로 되돌려 놓고 지금은 전처럼 은자의 모습으로 생각에 잠긴 듯 숲 속을 흐르고 있어요. 물과 바람 속에 있는 아저씨의 동료들도 역시 잠이 들었어요. 이제 이 근처는 모든 것이 정연하고 평온하게 되돌아갈 거예요. 그러니까 이제 언제든지 당신이 가고 싶을 때 발을 적시지 않고도 집으로 되돌아갈 수 있게 됐어요."

·

홀트브란트는 깨어 있는 현실 안에서도 꿈꾸고 있는 듯한 느낌이었다. 그만큼 아내의 야릇한 인척 관계를 납득할 수 없었던 것이다. 그런데도 그런 눈치를 내보이지는 않았고 또한 귀여운 아내의 끝없이 사랑스런 태도 앞에서 자꾸만 고개 드는 불쾌한 예감도 곧 가라앉아 버렸다. 얼마 후 그녀와 함께 문 앞에 나가 투명한 호수와 맞닿아 있는 초록빛 곳을 바라보며 그는 이러한 사랑의 요람 안에 있는 자신에 대해 매우 흐뭇한 행복을 느꼈다. 그래서 이렇게 말했다.

"뭣 때문에 오늘 벌써 떠난단 말이오? 이렇게 아늑한 안식처에서 지낼 수 있는 흡족한 날들을 저 바깥세상에서는 찾을 수 없을 텐데. 어쨌든 이틀이나 사흘만 더 머물러 있어 봅시다."

"명령대로 하겠어요." 운디네는 상냥하고 다소곳하게 말했다. "그렇지 않아도 한 가지 문제는 노인들이 벌써 저와 헤어지는 것을 너무나 가슴 아파 하시는 거예요. 게다가 그분들이 비로소 제 안에서 성실한 영혼을 느끼게 된다면, 너무나 눈물을 흘려 그 약한 시력이 더 나빠질 거예요. 아직까지도 그분들은 제가 침착해지고 신앙심이 깊어진 것을, 다른 때 저를 보듯이 바람이 잠들면 호수가 고요해지는 정도로밖에 생각하지 않고 있어요. 이제 그분들은 저 대신 나무나 꽃을 친구로 삼게 되겠지요. 지금 새로이 얻은 영혼, 사랑으로 물결치는 저의 심장을 그분들이 이 세상을 떠나기까지 당분간은 알리지 말아 주세요.

그런데 우리가 여기에 더 머물러 있게 된다면, 제가 어떻게 이 영혼을 숨길 수 있겠어요?"

홀트브란트는 그녀의 말이 옳다고 생각했다. 그래서 노인들한테 가서 이제 당장 길을 떠나겠다고 상의했다. 신부는 젊은 부부와 동행하겠다고 제의했다. 신부와 기사는 간단히 작별 인사를 하고 아름다운 아내를 말에 태우고는 마른 냇바닥을 건너 숲을 향해 서둘러 달렸다. 운디네는 소리 없이 비통하게 흐느꼈다. 노인들은 그들 뒤에서 큰 소리로 통곡했다. 이제 귀여운 양녀를 잃는다는 허전함이 뼈아프게 실감되는 모양이었다.

세 사람의 여행자는 말없이 숲의 무성한 그늘에 당도했다. 멋지게 장식한 준마 위에 아름다운 여인이 타고 가는데, 그 옆으론 흰빛 수도복을 입은 근엄한 신부가, 다른 편에는 한창때의 청년 기사가 호화로운 옷차림에 번쩍번쩍하는 칼을 허리에 차고 당당하게 걸어오는 모습은, 이 푸른 잎사귀의 광장에서 바라보기에 가히 장관이었다. 홀트브란트는 사랑스러운 아내에게 시선을 고정하고 있었고, 운디네도 구슬 같은 눈물을 닦고 남편만을 바라보고 있었다. 둘은 곧 눈과 눈짓으로 소리 없는 침묵의 대화를 주고받았다. 그러다가 잠시 후, 어느새엔가 소리 없이 그들에게 끼어든 네 번째 여행 동반자와 나지막이 주고받는 신부의 말소리에 정신을 차렸다.

이 사나이는 수도복과 비슷한 흰 옷을 걸치고, 다만 모자만은 얼굴 깊숙이 푹 뒤집어쓰고 있었다. 또한 그의 몸뚱이를 휘감은 옷자락이 너무나 넓은 주름으로 펄럭이고 있었기 때문에 그는 끊임없이 옷단을 추켜올리거나 소매를 걷어 올리거나 그 비슷한 동작을 하지 않으면 안 되었지만, 그렇다고 그 때문에 걸음걸이에 지장을 받는 기색은 통 없었다. 젊은 부부가 그의 존재를 알아챘을 때, 마침 그는 이런 말을 하고 있었다.

"그래서 나는 벌써 오래전부터 이 숲 속에서 살고 있습니다만, 여보시오, 당신이 짐작하는 대로 나 자신을 은자라고 부를 생각은 없습니다. 아까도 말씀드렸지만, 나는 참회라는 것을 전혀 모르고, 별로 그럴 필요도 느끼지 않으니까요. 난 단지 숲에는 전혀 독특한 아름다움이 있기 때문에 숲을 좋아합니다. 내가 흰 옷자락을 펄럭이며 어두운 나뭇잎의 그늘을 누비고 다니면 이따금 감미로운 햇살이 뜻밖에 내 위로 내리쬐고는 하는 것이 즐겁기 때문에 숲을 좋아하는 겁니다."

"당신은 참 괴상한 사람이군요. 더 자세한 얘기를 듣고 싶군요."

신부가 대꾸했다.

"얘기가 달라지지만, 그보다 당신은 대체 누구십니까?"라고 낯선 남자가 물었다.

"나는 신부 하일만입니다. 호수 건너편 마리아 그루우스 수도원에서 왔지요."

신부는 말했다.

"아, 그렇습니까"라고 그 사나이는 대답했다. "나는 퀼레보른이라 부릅니다만 때에 따라서는 퀼레보른 경이라고도 하고 퀼레보른 남작이라고도 부르지요. 나는 숲의 새들처럼 자유로우니까요. 아니, 그 이상 자유로운 몸이니까요. 이를테면, 지금 나는 여기 젊은 부인한테 할 얘기가 좀 있습지요."

눈 깜짝할 새에 그는 신부의 반대편, 운디네의 곁에 서서 귀엣말을 하기 위해 발돋움을 했다. 하지만 그녀는 후다닥 놀라서 얼굴을 돌리며 말했다.

"당신하고는 이제 아무 볼일이 없어졌어요."

"허허" 하고 낯선 사나이는 웃으면서 말했다. "얼마나 굉장하게 고상한 결혼을 했기에 친척을 모르노라 한단 말이냐. 도대체 그토록 충실하게 너를 등에 태우고 이 근처까지 데려다 준 이 퀼레보른 아저씨를 모르노라 한단 말이냐?"

"제발 부탁이에요." 운디네는 대답했다. "다시는 제 앞에 나타나지 말아 주세요. 지금에 와서는 아저씨가 무서워졌어요. 이렇게 괴상스런 친척 관계를 가졌다는 것을 남편한테 보여서 그가 나를 꺼리게 만들 작정이세요?"

그러자 퀼레보른이 말했다.

"얘, 조카딸아, 내가 지금 너를 호위한다는 것을 잊어서는 안된다. 안 그러면 무시무시한 땅의 영들이 따라붙어서 너한테 고약한 장난을 치려 들 테니까. 그러니까 나를 조용히 동행하도록 가만히 내버려 둬라. 게다가 저기 신부께서는 나를 너보다도 훨씬 잘 알고 계시더구나. 조금 전에 신부께서는 나더러 어디선가 꼭 본 것 같은 인상인데, 틀림없이 자기가 물에 빠졌을 때 나룻배 속에 같이 있었던 것 같다고 장담을 하지 않겠니? 물론 그것은 나였지. 나는 그때 마침 물기둥이 되어 신부를 잡아끌어 네 결혼식을 위해 여기 육지에 데려다 준 거란다."

운디네와 기사는 하일만 신부 쪽을 바라보았다. 하지만 신부는 몽상에 잠겨 걷고 있어서 지금의 이야기는 전혀 듣고 있지 않는 듯 보였다. 그러자 운디네는 퀼레보른을 향해 말했다.

"저기 벌써 숲의 끝이 보이네요. 이제 우리는 아저씨의 도움이 더 이상 필요 없어요. 우리한테는 아저씨야말로 무서운걸요. 부탁이니까 제발 제 눈앞에서 없어지세요. 우리를 조용히 가게 해 주세요!"

그 말에 퀼레보른은 기분이 상한 듯 보였다. 그는 보기 싫게 얼굴을 찡그리더니 운디네를 보고 히죽 웃었다. 그러자 그녀는 커다랗게 비명을 지르며 기사한테 구원을 청했다. 기사는 번개처럼 말을 돌아가서 날카로운 칼날로 퀼레보른의 머리를 겨냥해 내리쳤다. 그러나 그가 내리친 것은 높은 절벽으로부터 포말泡沫을 일으키며 떨어져 내리는 폭포수였다. 폭포수는 마치 무슨 터져 나오는 웃음소리처럼 텀벙하는 울림과 함께 갑자기 사

람들 위로 달려들더니 그들의 온몸을 흠뻑 적셨다. 신부는 문득
잠에서 깨어나듯이 말했다.

"아까부터 생각한 건데, 저 언덕에서부터 냇물이 우리 옆을
바싹 붙어 따라 흐르고 있었습니다. 맨 처음에는 그 내가 무슨
사람인 듯이, 그래서 무슨 말이라도 할 듯이 여겨지더군요."

홀트브란트의 귀에는 폭포의 촬촬 하는 흐름이 또렷하게 이
런 말로 들렸다.

날쌘 기사님,
건장한 기사님!
나는 화내지 않아요,
욕하지도 않아요.
다만 매혹적인 새아씨를
변함없이 사랑해 주세요.
건장한 기사님,
날쌘 기사님!

몇 걸음 안 가서 그들은 확 트인 길로 나왔다. 그들의 눈앞에
는 자유시가 눈부시게 펼쳐져 있었고, 마을의 탑을 금빛으로 물
들이고 있는 석양이 다정하게 흠뻑 젖은 나그네들의 옷을 말려
주었다.

10장

마을에서의
그들의 생활

•

젊은 기사 훌트브란트 폰 링슈텟텐이 홀연히 행방을
감추자 자유시에서는 커다란 물의가 일어났고, 시합과 춤에 능
하고 또한 부드럽고 원만한 태도를 가졌기 때문에 그를 좋아하
던 모든 사람들 사이에 우려의 마음이 일어났다. 시종들은 주
인을 잃어 마을을 떠날 생각도 하지 않고 있었다. 하지만 그렇
다고 막상 무시무시한 숲의 그늘 속으로 주인의 행방을 좇으려
는 용기 있는 자는 하나도 없었다. 그래서 그들은 숙소에 틀어
박혀, 흔히 세상 사람들이 그러듯 하는 일 없이 한 가닥 희망을
품고 비탄하는 일로 행방불명된 주인을 생생하게 기억하는 것
이었다. 그 뒤 얼마 안 있어 큰 폭풍과 홍수가 났다는 사실이 퍼
지자, 늠름한 기사가 분명히 죽었으리라는 추측을 아무도 의심
하지 않았다. 베르탈다도 이젠 완전히 노골적으로 비탄하면서,
숲 속으로의 불행한 여행을 하도록 꼬드겼던 자신을 저주했다.

그녀의 부모인 공작 부처가 딸을 데려가기 위해 왔는데도, 베르탈다는 훌트브란트의 생사에 대해 확실한 정보를 알 때까지는 같이 머물자고 부모의 마음을 움직였다. 그녀는 자기에게 열렬히 구혼해 오는 수많은 젊은 기사를 설득해서 저 의기義氣의 모험자를 찾아 숲으로 들어가게 하고 싶은 마음이었다. 하지만 그녀는 아직도 혹시 돌아올는지 모를 기사의 여자가 되겠다는 희망을 여전히 버리지 않았기 때문에, 그런 모험의 대가로 자신의 손을 내어 주고 싶지 않았을뿐더러, 또한 장갑이나 리본, 심지어 키스를 걸고 위험에 빠진 연적戀敵을 데려오겠다고 생명을 거는 남자도 없었다. 그러할 즈음 훌트브란트가 뜻밖에 불쑥 나타났으니 시종들은 물론 마을 사람들까지도 누구나 할 것 없이 기뻐했다. 다만 베르탈다만은 기뻐할 수가 없었다. 기사가 절세의 미인을 아내로 데리고, 하일만 신부를 결혼의 증인으로 대동해 온 것은 다른 사람들한테야 굉장히 경하할 일이었지만, 베르탈다만은 바로 그 때문에 슬퍼하지 않을 수 없었다. 처음에 그녀는 이 젊은 기사를 실제로 혼신을 다해 사랑했고, 그 뒤에 그가 돌아오지 않음을 슬퍼했던 사실로 인해 지금에 와서는 입장이 난처할 정도로 세상 사람들한테 알려졌던 것이다. 어쨌든 그 때문에 그녀는 더욱 현명하게 처신하여 형편에 적응하며 운디네와도 굉장히 친밀하게 지냈다. 마을 안의 모든 사람들은 운디네를, 훌트브란트가 숲 속에서 웬 악마로부터 구출해 낸 왕녀라고 생각하고 있었다. 그 점에 관해 운디네 자신이나 남편한테 물어보면 두 사람 다 입을 다물고 말든가 교묘하게 말꼬리를 돌리고는 했다. 하일만 신부도 일체의 쓸데없는 잡담 앞에서 견고하게 입을 봉하고 있었다. 그런 데다가 신부는 홀트브란트가 도착한 즉시 자기의 수도원으로 가 버렸기 때문에 사람들은 제가끔 멋대로의 상상으로 만족하지 않을 수 없었고, 베르탈다 역시 다른 사람들과 마찬가지로 진실을 캐낼 수가 없었다.

어쨌든 운디네는 날이 갈수록 이 귀여운 소녀가 좋아졌다.

"우리는 분명코 옛날부터 아는 사이일 거예요." 운디네는 곧잘 그녀에게 말하곤 했다. "그렇지 않으면 우리 사이에는 무슨 불가사의한 연분이 있음에 틀림없어요. 무슨 근거 없이는, 내 말 좀 들어 봐요, 깊은 내밀內密의 사연 없이는, 내가 처음 당신을 만난 순간 당장 그토록 반하듯이, 그렇게 남을 좋아할 수는 도저히 없을 거예요."

베르탈다 쪽에서도 승자인 이 연적에 대해 마땅히 쓰라린 원망의 근거를 갖고 있다고 뼈저리게 생각하면서도, 친밀과 사랑의 감정을 부인할 수 없었다. 이렇게 해서 서로 반해 버린 나머지, 한 여인은 양부모에 대해서, 또 다른 여인은 남편에 대해서 출발의 날을 자꾸 늦추고 이었다. 그뿐이랴. 베르탈다가 잠시 도나우 강어귀에 있는 링슈텟텐 성까지 운디네를 동반하리라는 소문까지 있었다.

어느 아름다운 저녁, 우뚝 솟은 나무로 에워싸인 시내 광장에서 별빛을 받으며 산책을 즐길 때, 그들은 서로 그 제안을 의논했다. 그날 젊은 부부는 초저녁 산보 길에 베르탈다를 동반하고 나와서 셋이 정답게 짙은 남빛 하늘 밑을 서성거리며 담소했다. 그러면서 몇 번이나 얘기를 중단하고 광장 한복판의 진귀한 분수가 신비스럽게 소리 내며 뿜어 나오는 광경을 보며 감탄하지 않을 수 없었다. 그들은 서로 즐겁고 은밀한 기분이었다. 나무 그늘 사이로 이웃집 등불이 아물거리며 새어 비치고 있었고, 놀고 있는 아이들과 산책하는 사람들의 나지막한 웅얼거림이 둘레에서 물결치고 있었다. 인간들은 밝고 생기 있는 세상의 한가운데서 그토록 고독하지만, 역시 친밀한 것이다. 낮동안 어렵게 보이던 일도 지금은 저절로 해결되는 것이다. 베르탈다의 동행에 관해 어째서 털끝만치라도 망설였었는지, 세 사람은 이 밤에 납득할 수가 없었다. 같이 떠날 날짜를 결정하려고 할 때, 웬 키다리 사나이가 광장 한복판에서부터 다가오더니 그들에게 공손히 인사를 하고는 젊은 아내의 귀에 대고 무엇인가 귀엣말을 했다. 그녀는 방해자와 방해당한 사실에 대해 못마땅한 기색으로 그 낯선 남자와 두세 걸음 옆으로 비켜서더니 소곤소곤 얘기를 주고받았다. 그것은 마치 남의 나라 말 같았다. 훌트브란트는 이 야릇한 사나이를 전에 본 기억이 있는 듯해서 사나이를 골똘히 쳐다보느라고, 베르탈다가 놀라서 묻는 질문을 듣는 기색도 없었고 대답도 없었다. 갑자기 운디네는 즐거운 듯 손뼉을 치며 깔깔 웃더니 사나이를 남겨 둔 채 돌아왔다. 그 사나이는 몇 번이고 고개를 절레절레 흔들며 불만스럽게 종종걸음으로 멀어지더니 분수 속으로 들어가 버렸다. 그러자 훌트브란트는 자기의 생각이 어김없이 들어맞았다고 확신했다. 그때 베르탈다가 물었다.

"대체 저 분수의 주인은 무슨 일이 있었나요, 운디네?"

젊은 아내는 웃음을 삼키며 대답했다.

"모레 당신의 성명 축일姓名祝日에 알게 될 거예요, 아가씨."

그리고 운디네한테서 더 이상은 알아낼 수 없었다. 다만 그녀는 베르탈다와, 또 베르탈다를 통해 그녀의 양부모를 모레 점심에 초대했고, 그들은 곧 헤어졌다.

"퀼레보른인가?"

베르탈다와 헤어지고 나서 점점 어두워지는 거리를 지나 집으로 돌아갈 때, 훌트브란트는 슬그머니 몸서리치며 아름다운 아내에게 물었다.

"네, 그 사람이에요."

운디네는 대답했다. "그 사람은 여러 가지 쓸데없는 소리를 해 주려 했어요. 그렇지만 그가 마음먹은 것과는 어긋나게 그 얘기 중에는 참 반가운 기별이 있었어요. 지금 당장 알고 싶으시다면, 여보, 명령만 하세요. 그럼 전부를 진심으로 털어놓겠

어요. 그렇지만 운디네한테 진정으로 커다란 기쁨을 베풀어 주
시려거든 모레까지만 참아 주세요. 그럼 당신도 깜짝 놀라실 일
이 있으니까요."

기사는 상냥하게 청하는 아내의 청을 들어 주었다. 그런데
그녀는 잠들기 전에 미소를 띠며 혼잣말로 중얼거렸다.

"분수 주인의 기별을 듣게 된다면 저 소녀는 얼마나 즐거워
할까. 얼마나 놀랄까, 사랑스런 베르탈다!"

11장

베르탈다의
성명 축일

·

사람들은 식탁에 앉아 있었다. 베르탈다는 보석이며 꽃, 양부모와 친구들로부터 받은 온갖 선물을 안고 봄의 여신처럼 단장을 하고 상좌에 앉아 있었고, 그 양편에 운디네와 훌트브란트가 자리 잡고 있었다. 성대한 만찬이 끝나 가고 후식이 들어올 무렵, 독일의 소박한 옛 풍습에 따라 평민들도 구경을 하며 귀하신 분들의 기쁨을 나누도록 하기 위하여 문을 활짝 열어 놓았다. 하인들은 구경 온 사람들한테 포도주와 과자를 나누어 주고 있었다. 그럴 수밖에 없는 일이겠지만 훌트브란트와 베르탈다는 약속된 해명解明이 있기를 마음속으로 초조하게 기다리느라고 한순간도 운디네로부터 시선을 뗄 수 없었다. 하지만 아름다운 아내는 언제까지나 침묵을 지키고 마음으로부터 즐거운 듯 혼자서 웃음을 머금고 있을 뿐이었다. 그녀의 약속을 알고 있는 사람들한테는, 그녀가 즐거운 비밀을 터뜨리고

·

싶으면서도 마치 아이들이 달콤한 과자를 갖고 그러듯이 아까운 듯 참으면서 시간을 미루는 기색이 역력히 보였다. 베르탈다와 훌트브란트는 이 행복감을 같이 나누면서, 운디네의 입에서 떨어져 내릴 새로운 행복을 기대와 불안에 찬 마음으로 기다렸다. 그때 좌중의 여러 사람이 운디네한테 노래를 하나 해달라고 청했다. 그녀는 마침 좋은 기회라고 생각한 듯 곧 비파를 갖고 오라 해서는 다음과 같은 노래를 불렀다.

파도가 일렁이는 물가,
활짝 갠 아침,
오색영롱한 꽃들,
향기롭게 뻗은 풀밭이여!
풀밭 사이로 아롱아롱
빛나는 것은 무엇인가?
하늘에서 내려와 들판에 떨어진,
크고 흰 한 송이 꽃이련가?
아, 그건 사랑스런 어린애였네!
천진하게 꽃과 어울려 놀며,
금빛 아침 햇살을 잡으려 손을 내미누나.
아, 어디에서 어디로 왔느냐, 사랑스런 아이야?
아득히 이름 모를 물기슭에서

호수에 실려 이리로 왔네.

아니, 사랑스런 아이야,

네 작은 손으로 붙잡지 말렴.

네 손에는 화답이 돌아오지 않으리니,

꽃들이란 그토록 낯설고 말없는 것이란다.

꽃들은 자신들을 아름답게 치장할 줄 알고

마음껏 꽃향기를 풍길 줄도 알건만,

너를 껴안으려 하진 않으니,

포근한 어머니 품과는 아득하단다.

너는 생명의 문턱에서,

천상의 미소를 얼굴에 담고 있어도,

그렇게 일찍, 제일 진귀한 알맹이를 잃었구나.

아, 가여운 아이여! 그러고도 아무것도 모르다니.

어느 늠름한 공작이 달려와

네 앞에서 말을 멈춘다.

그는 자기의 성안에서

높은 기예와 예절을 가르치며 너를 기른다.

너는 끝없이 많은 것을 받아들여

꽃피고 있구나, 세상에서 가장 아름다운 여인으로.

그렇지만 아, 더없이 큰 즐거움을

너는 이름 모를 물기슭에 두고 왔구나.

운디네는 슬픔 어린 웃음을 띠며 비파를 내려놓았다. 베르탈다의 양부모인 공작 부처의 눈에는 눈물이 그렁그렁했다.

"너를 발견한 것은 바로 그런 아침이었다. 가엾고 사랑스런 아이야"라고 공작은 깊이 감동해서 말했다.

"저 아름다운 가희歌姬의 말은 사실이란다. 지고至高의 알맹이를 우리는 아무리 해도 네게 줄 수 없었단다."

"하지만 우리는 또한 애처로운 친부모가 어떻게 되었나를 들어야 합니다"라고 운디네는 말하고 현을 뜯으며 노래를 했다.

어머니는 밤마다 헤매고
장롱 속까지 뒤집어 보며
울부짖으며 찾아도 아무런 알 길 없이
텅 빈 집밖에 없었네.

텅 빈 집, 아 슬프디슬픈 말!
언젠가 한 귀여운 아이가
그 안에서 낮이면 아장거리고
그 안에서 밤이면 쌔근쌔근 잠자던 집

너도밤나무에 다시 초록빛 물이 들고
태양빛이 다시 떠오른다 해도

어머니여, 찾기를 그치시기를!

당신의 사랑하는 자식은 돌아오지 않으리니!

저녁 바람이 불어올 무렵이면,

집의 난롯가로 돌아오는 아버지,

그 얼굴에 아물아물 떠오르는 미소 같은 것,

어느덧 눈물 앞에 사위는구나.

아버지는 자기 방에서,

죽음 같은 정적을 맞는다.

들려오느니 오로지 창백한 어머니의 흐느낌뿐,

그를 향해 웃고 오는 아이는 찾을 길 없구나.

"아아, 운디네, 가르쳐 주세요. 나의 친부모는 어디에 계시나
요?" 하고 베르탈다는 울면서 외쳤다.

"당신은 분명코 알고 있겠지요. 당신은 알고 있어요. 아, 신
비스런 여인이여! 그렇지 않다면 당신은 내게 이처럼 애끓는
느낌을 안 주었을 거예요. 부모님께서는 혹시 여기에 와 계시나
요? 그런가요?"

그녀는 기라성 같은 좌중을 휘 둘러보더니 양부모의 바로 옆
에 앉아 있는 어느 의젓한 귀부인한테 시선을 멈추었다. 그래서
운디네는 문 쪽을 향해 인사를 했다. 그녀의 눈에는 감미로운

감동이 흐르고 있었다.

"가엾게도 목메어 기다리는 부모님은 어디 계시지요?"라고
운디네는 물었다. 그러자 노어부가 아내와 함께 구경하는 무리
속에서 비틀거리며 빠져나왔다. 그들의 눈은 의심쩍다는 듯이
운디네와 자기들의 딸이라고 드러난 공작의 영양令孃 베르탈다
를 번갈아 쳐다보고 있었다.

"이분들입니다."

운디네는 기쁨에 들떠 더듬대며 말했다. 그러자 노어부는 소
리 내어 울면서 하느님을 부르고 다시 찾은 딸의 목을 얼싸안
았다.

하지만 베르탈다는 놀랍고 화가 나서 노인의 포옹을 뿌리쳤
다. 지금까지의 자기의 호화로운 처지를 한층 높여 주고 희망의
빗발이 천개天蓋와 왕관을 머리 위로 내려 주리라고 확신했던
그 순간에 이런 어이없는 재회의 장면이 벌어졌다는 것은 상기
된 베르탈다의 기분으로서는 너무하다면 너무했다. 그녀의 연
적이 이런 일을 꾸며 내서 바로 훌트브란트와 세상 사람의 눈
앞에서 자기를 모욕하려 한 것처럼 생각이 들었다. 그녀는 운
디네에게도 욕지거리를 퍼붓고 노부부에게도 욕을 했다. '사기
꾼'이니 '매수된 사람들'이니 했다.

"아아, 하느님, 저 아이는 못된 여자가 되어 버렸군요. 그렇
지만 역시 나는 진심으로 저 아이가 내가 낳은 자식임을 느낍

니다."

하지만 노어부는 두 손을 모으고 저 여자가 자기의 딸이 아니기를 바란다고 기원했다. 운디네는 혼자 꿈꾸어 오던 환상이 갑자기 와르르 무너지자, 지금껏 꿈에서조차 상상 못하던 놀라움과 불안에 빠져들어 새파랗게 질린 채, 부모한테서 베르탈다에게로, 베르탈다한테서 부모에게로 비틀대며 왔다 갔다 했다.

"당신은 대체 영혼이라는 것을 가졌나요? 진정 영혼을 가진 건가요, 베르탈다?" 하고 운디네는, 베르탈다가 느닷없이 빠져버린 발작의 상태에서, 또는 미친 듯한 환몽 속에서 그녀를 억지로라도 제정신으로 되돌리려는 듯이, 격분해 있는 그녀를 향해 몇 번이나 큰 소리를 쳤다. 하지만 베르탈다는 점점 더 격하게 화를 내고, 모욕을 당한 부모는 큰 소리로 울부짖으며, 좌중의 사람들은 열을 내 싸우면서 이쪽저쪽으로 갈라지는 사태가 벌어지자, 운디네는 여기가 자기 남편의 집이라는 점을 주장하고 나섰다. 그 태도가 너무나 숙연하고 위엄이 있었기 때문에 좌중은 갑자기 조용해졌다. 그러고 나서 그녀는 겸손하면서도 의연하게 베르탈다가 앉아 있던 상좌로 가서 모든 사람이 주시하는 가운데 다음과 같이 말했다.

"여러분, 당신들은 이루 말할 수 없이 서로 원수처럼 부수면서 모처럼의 축연을 수라장으로 만들어 놓았습니다. 아아, 맙소사, 저는 당신들의 이런 어리석은 관습이나 냉정한 사고방식을 전혀 알지 못합니다. 또한 아마 내 평생 동안 그런 데에 길들 수 없을 것입니다. 이렇게 일이 온통 그르쳐진 것은 저의 탓이 아닙니다. 당신들이 아무리 그렇게 여기지 않는다 해도, 이렇게 된 건 당신들 탓입니다. 그러니까 제가 여기서 공연히 많은 말을 떠들 필요는 없습니다만 한 가지만 말씀드려야겠습니다. 그것은 제가 거짓을 말하지 않았다는 겁니다. 저 자신의 확신 말고 다른 증거를 보여 드릴 수도 없고 그리고 싶지도 않습니다만 맹세코 그것은 진실입니다. 베르탈다 아가씨를 그녀의 친부모한테서 빼앗아 물속으로 유혹한 뒤 공작께서 지나가는 푸른 들판에 뉘어 둔 장본인이 제게 말을 해 준 겁니다."

"저 여자는 마술사예요."

베르탈다가 소리쳤다. "악들과 통하는 마녀예요! 저 여자 자신이 고백한 셈이 아닌가요?"

"저는 그런 일은 안 합니다."

운디네는 순진함과 확신에 가득 찬 눈빛으로 말했다. "또한 저는 마녀도 아닙니다. 저를 한번 조사해 보시지요."

"저런 거짓말을 하면서 난 척하는 걸 보세요." 베르탈다가 끼어들었다. "게다가 제가 이런 비천한 사람의 자식이라니, 그런 주장은 있을 수 없어요. 저의 부모님이신 공작 부처님, 저의 소원이에요. 오로지 저를 모욕하려고 마음먹고 있는 이 사람들한테서, 이 마을에서 저를 데리고 나가 주세요."

점잖은 노공작은 다만 우뚝 서 있을 뿐이었고 공작 부인이 입을 뗐다.

"지금 우리가 문제 삼고 있는 내용을 명확하게 알아야겠어요. 그러기까지는 나는 한 발짝도 이 방에서 나가지 않겠어요."

그때 노어부의 아내가 다가가서 공작 부인 앞에 깊이 조아리며 말했다.

"마님의 말씀에 제 가슴도 후련해집니다. 고귀하고 신앙심 깊으신 공작 마님, 제가 말씀을 드리지 않을 수 없군요. 이 못된 아가씨가 제 딸자식이라면 양쪽 어깨 사이에 꼭 오랑캐꽃 같은 점이 박혀 있습니다. 또 똑같은 것이 왼쪽 발등에도 있고요. 소인과 함께 저 아가씨가 나갈 의향만 있다면……"

"저는 고기잡이 부인 앞에서 벗지는 않겠어요!"

베르탈다는 거만하게 등을 돌렸다.

"그렇지만 내 앞에서라면 되겠지"라고 공작 부인은 정색을 하고 대꾸했다. "얘야, 나를 따라 저 방으로 가자. 할머니도 같이 오세요."

세 사람은 사라졌다. 남은 사람들은 말없이 침을 삼키면서 기다렸다. 잠시 후에 여자들은 돌아왔다. 베르탈다는 백지장처럼 질린 모습이었으나, 공작 부인은 입을 열었다.

"모든 일은 제자리로 돌아가야 합니다. 그래서 제가 말씀드리지요. 여기 여주인께서는 빈틈없는 진실을 말씀해 주셨습니다. 베르탈다는 어부의 딸입니다. 여기서 이 이상 아실 필요는 없을 겁니다."

공작 부처는 양녀를 데리고 자리를 떴다. 공작의 눈짓에 따라 어부도 아내와 같이 뒤쫓아 갔다. 그 밖의 손님들은 말없이, 또는 혼잣말을 중얼거리면서 되돌아갔다. 운디네는 비통하게 울면서 훌트브란트의 품에 쓰러졌다.

12장

자유시에서의
출발

•

그날 일이 그렇게 되지 않았더라면 물론 링슈텟텐 성주城主에게도 바람직한 일이었을 것이다. 하지만 어차피 그렇게 된 바에는 매력적인 아내가 그토록 경건하고 관대하고 진실한 태도를 보여 준 점으로 봐서는 나쁘다고만은 할 수 없었다. '그녀에게 영혼을 넣어 준 것이 나라면, 나는 내 영혼보다 한결 훌륭한 영혼을 준 모양이다' 하고 그는 생각하지 않을 수 없었다. 그리고 그는 오로지 울고 있는 아내를 위로해 주겠다는 생각, 사건 후 아내한테는 꺼림칙한 곳임에 틀림없는 이 장소를 내일이라도 당장 떠나야겠다는 생각에 매달려 있었다. 과연 운디네에 대해서는 다각적으로 판단되고 있지 않은 것이 사실이었다. 누구든지 애당초부터 그녀에게서 뭔가 신비스러운 이야기를 기대하고 있었기 때문에, 정작 베르탈다의 혈통에 대한 야릇한 사실이 드러나도 사람들한테 대단한 충격을 주지 않았

•

96

고, 다만 그 이야기를 듣고 광란하는 베르탈다의 거동을 본 사람은 모두 베르탈다에 대해 불쾌한 기분을 가졌을 따름이었다. 하지만 그 점에 관해서는 기사도 아내도 미처 아무것도 모르고 있었다. 게다가 운디네로 보면 어느 쪽이거나 한결같이 고통스러울 바에는 이 고도의 성벽을 한시라도 빨리 떠나는 도리밖에 뾰족한 수가 없었다.

이른 아침 햇살과 함께 말쑥한 마차 한 대가 운디네를 위해 숙소의 문 앞에 서 있었다. 훌트브란트와 젊은 시종들이 탈 말들이 그 곁에서 포석鋪石 위로 발굽을 구르고 있었다. 기사가 아름다운 아내를 대동하고 문에서 나왔다. 그때 어떤 어부의 딸이 길을 막았다.

"우리는 필요한 물건이 없어. 지금 여행을 떠나는 길이니까"라고 훌트브란트가 소녀를 향해 말했다. 그러자 어부의 딸은 처참하게 흐느꼈다. 그제야 비로소 부부는 그녀가 베르탈다라는 것을 알아보았다. 부부는 당장 그녀를 데리고 방으로 되돌아가서 이야기를 들었다. 공작 부처는 어제 그녀가 취한 거친 행동과 냉혹함에 대해 노기충천하여 양딸과는 완전히 인연을 끊겠다고 했다는 것, 그렇지만 그에 앞서 충분한 지참물을 주었다는 것, 어부 역시 여러 가지 물건을 하사받고는 어제 저녁 아내를 데리고 곳으로 떠났다는 것이었다.

"저도 같이 가려고 했어요"라고 말하며 그녀는 얘기를 계속했다. "그런데 아버지라고 하는 그 늙은 어부는⋯⋯."

"그분이 바로 아버지예요, 베르탈다."

운디네는 그녀를 가로막고 말했다. "나 좀 봐요. 당신이 분수의 주인이라고 보았던 그 사람이 내게 자세히 말해 줬어요. 당신을 링슈텟텐 성으로 데려가서는 안 된다고 그 사람이 나를 설득하려고 했어요. 그러면서 그런 비밀을 털어놓은 것이에요."

그러자 베르탈다가 말했다.

"그래서 저의 아버지는 '나는 네가 성미를 고치지 않는 한 데리고 가지 않는다. 저 마의 숲을 지나서 혼자 우리한테 오너라. 그러면 그것이 네가 우리를 제대로 대접하느냐 대접하지 않느냐의 실증이 될 거다. 그렇지만 영양의 몸차림을 하고 오면 안 된다. 어부의 딸 차림을 하고 오너라!'라고 말했어요. 그래서 저는 아버지 명령대로 하려고 마음먹고 있어요. 이제 세상에서는 버림을 받았으니, 가난한 어부의 자식으로서 가난한 부모의 슬하에서 외롭게 살다 죽으려는 거예요. 그렇지만 말할 것도 없이 저는 숲이 무서워요. 그 속에는 흉악한 유령이 있다고들 하는데, 정말 저는 무서워요. 그렇지만 무슨 도리가 있겠어요? 여기에 온 것은 링슈텟텐 부인께 어제 저지른 무례를 용서받고 싶어서예요. 다정하신 부인, 부인께서 그것을 나쁘게 생각하지 않는다는 것을 저는 잘 압니다. 그렇지만 그때는 부인한테서 상상하기 어려우실 정도로 모욕을 느꼈기 때문에, 저는 불안과 놀라움에 빠진 나머지 마음에도 없는 뻔뻔한 소리를 쏟아 놓은 것이었어요. 아무쪼록 용서해 주세요. 용서해 주십시오! 저는 지금 이토록 불행한 몸입니다. 어제 아침, 부인께서 베푼 연회가 시작되기 전까지의 저와, 오늘 지금의 저를 한번 생각해 보세요!"

이야기는 비통에 찬 눈물의 여울 속에서 계속되었다. 운디네도 슬프게 흐느끼며 소녀의 목을 끌어안았다. 한참이 지난 후에야 겨우 깊이 감동된 운디네는 입을 뗄 수 있었다.

"당신도 우리와 같이 링슈텟텐으로 갑시다. 전에 약속한 대로 하는 거예요. 한 가지, 나를 예전처럼 당신이라고 불러 주세요. 부인, 마님, 하지 말아 주세요! 자, 보세요. 우리들은 어릴 때 서로 바뀌었어요. 그것으로써 벌써 우리의 운명은 한 나무에서 갈라진 가지인 거예요. 그러니까 우리 앞으로도, 인간의 힘으로는 쪼갤 수 없을 만큼 밀접한 가지로 살아가도록 해요. 우선 같이 링슈텟텐으로 갑시다! 우리가 자매로서 서로 나눌 이야기를 가서 합시다."

베르탈다는 수줍은 듯이 훌트브란트를 쳐다보았다. 궁지에 처해 있는 아름다운 소녀는 그에게 연민의 정을 자아냈다. 그는 손을 내밀고 자기와 아내한테 모든 것을 맡기라고 상냥하게 말을 건넸다.

"당신의 부모에게는 사자使者를 보내서 못 돌아가는 사정을 알립시다."

　그가 말했다. 그리고 그는 선량한 어부네를 위해 여러 가지 얘기를 덧붙이려 했다. 하지만 어부의 얘기가 나오자 베르탈다가 고통스럽게 몸을 움츠리는 것을 보고는 그 얘기는 그 정도로 그치기로 했다. 그는 그녀의 팔을 잡아 먼저 마차에 태우고 이어 운디네를 태웠다. 그리고 그는 마차와 나란히 유쾌하게 말을 달리며 마부한테까지 빨리 달리라고 다그쳤다. 그리하여 이 도시와 여기에 얽힌 모든 우울한 기억까지도 순식간에 날아가 버렸다. 여자들도 이제는 한결 유쾌해진 기분으로 그들이 달리는 길을 따라 펼쳐지는 아름다운 산천을 누볐다.

　사나흘의 여정을 마친 뒤, 어느 청명한 저녁 무렵, 그들은 링슈텟텐 성에 당도했다. 기사는 성지기와 시종들한테서 보고를 들을 것이 많았기 때문에 운디네는 베르탈다와 둘이서만 있게 되었다. 그때 키다리 사나이가 다가와서 그들에게 공손히 인사를 했다. 베르탈다는 그 사나이가 자유시의 분수의 주인이라는 생각이 들었다. 운디네가 불쾌하게 꼭 위협하듯이 눈짓을 하니까 사나이는 그 당시와 같이 머리를 흔들어 가며 총총걸음으로 물러가서는 가까이 있는 숲 속으로 사라졌다. 그것을 보자 베르탈다는 한층 의심할 나위가 없다는 생각을 했다. 하지만 운디네가 말했다.

　"무서워 말아요, 베르탈다 아가씨. 이번에는 저 흉한 분수 주인께서도 해를 끼치지 않을 테니까요."

　그러고 나서 운디네는 모든 이야기를, 자기가 누구이며, 베르탈다가 어부의 집에서 사라지게 된 사연, 자기가 그곳에 가게 된 내용까지 자세하게 얘기했다. 소녀는 이 말을 듣고 처음에는 깜짝 놀라며 운디네가 갑자기 미쳐 버린 게 아닌가 생각했다. 하지만 지금까지 일어난 사실과 그토록 잘 맞아 들어가는 운디네의 이야기로 봐서, 더욱이 진실을 전하려고 하는 빈틈없는 진심으로 봐서도, 그 모두가 진실이라고 점점 믿을 수가 있었다. 어릴 적에 이야기로만 들어 온 수많은 동화의 하나 속에 자기 자신이 살고 있다는 것이 그녀에게 참으로 야릇한 느낌을 주었다. 그녀는 운디네를 외경하는 마음으로 바라보았다. 하지만 운디네와 자기 사이를 가로막는 전율을 막을 도리는 없었다. 그래서 저녁 식사를 할 때, 조금 전 본성을 알아 버린 뒤에는 자기로서는 인간이기보다 마물魔物로 여겨지는 운디네에 대해 기사가 어떻게 그렇게 사랑과 친절로 대할 수 있는지 알 수 없었다.

13장

링슈텟텐 성에서의
세 사람의 생활

친애하는 독자들이여, 이 이야기에 감동을 받고 다른 이들도 감동하기를 바라는 마음에서 이 글을 읽고 있는 사람으로서, 당신들의 많은 호응을 바라 마지않는다. 이제 그간의 상당히 긴 세월을 몇 마디 말로 뛰어넘어 버리고 그동안 벌어진 일들을 그저 일반적으로 말하게 되는 것을 독자들은 양해하시라. 어떻게 훌트브란트의 감정이 운디네에게서 떠나 베르탈다에게로 옮겨졌으며, 베르탈다는 달아오르는 사랑을 안고 어떻게 기사한테로 다가갔는가, 또한 훌트브란트와 베르탈다는 가엾은 운디네를 동정하기보다는 이질적인 존재로서 오히려 꺼리는 태도를 보였다는 것, 운디네가 얼마나 울었으며, 그 눈물이 기사의 가슴에 양심의 가책을 일으켰다 해도 지나간 날의 애정을 일깨우지는 못했다는 것, 그리하여 때로는 그녀에게 다정하게 대하지만 어느 틈엔가 차가운 전율이 몰려와 그로 하여금 운디네를 외면하고 인간의 자식인 베르탈다한테로 몰아 갔다는 것 등의 모든 이야기를 예술 작품의 형식에 맞추어서 한 걸음 한 걸음 전개할 수 있다는 것을 필자는 모르는 바 아니다. 그 모든 것을 알고 있는 그대로 차근히 상술하는 것은 어려울 것도 없고 또 그렇게 해야 된다고 필자도 알고 있다. 하지만 그러기에는 필자의 가슴이 너무 아프다. 필자 역시 그와 비슷한 것을 체험한 터라, 그것을 상기하는 가운데 느껴질 사랑의 그늘이 아직도 두렵기 때문이다. 친애하는 독자여, 당신도 아마 이런 감정을 알고 있으리라. 결국 그것이 우리 유한한 인간의 운명이 아니겠는가. 그럴 경우 베푸는 편이기보다는 더 많이 받는 처지에 있다면, 당신은 행복할 것이다. 사랑에 관한 한, 주는 편보다 받는 편이 복되니까. 이런 얘기를 하노라면 당신의 영혼 속으로 한 가닥 달콤한 비애가 살며시 들어서고, 일찍이 그토록 마음 밑바닥부터 즐거워했던 당신의 꽃밭이 시들어 버린 것에 대해 아마도 소리 없는 슬픔의 눈물이 뺨으로 흘러내릴는지 모른다. 어쨌든 그것으로 충분하리라. 우리는 헤아릴 수 없이 곤두선 바늘로 심장이 찔리기를 원치 않는다. 다만 아까도 말했듯이 일단 벌어진 일은 후딱 스쳐 지나가도 좋은 것이다. 가엾은 운디네는 깊은 비탄에 잠겨 있었다. 그렇다고 다른 두 사람 역시 행복한 상태는 아니었다. 특히 베르탈다는 자기가 바라는 일이 조금치라도 어긋나면, 감정 상한 여주인 운디네의 질투가 작

✧

용해 오는 것으로 생각했다. 그래서 그녀한테는 다분히 건방진 태도가 몸에 배게 되었고, 그런 태도 앞에서 운디네는 슬프게 체념하면서 양보를 했다. 그렇지만 그러기에는 그녀는 훌트브란트를 너무나 사랑했다. 그러면서도 아직껏 두 사람의 사이에 이렇다 할 사랑 고백이 확인된 적은 없었기에 그들이 결백하다는 점에 기대고 있었다. 떠난다 한들 어디로 발걸음을 돌려야 할지 모르는 것도 그녀가 성을 떠나지 못한 또 다른 이유였다. 성안의 사람들을 한층 어지럽힌 것은 전대미문의 온갖 불가사의한 도깨비장난이었는데, 아치를 이룬 성안 복도에서 훌트브란트와 베르탈다 앞에 나타나곤 했다. 훌트브란트는 운디네의 아저씨 퀼레보른이라고 알고 있고, 베르탈다는 요괴 같은 분수의 주인이라고 확신하고 있는, 하얀 키다리 사나이가 툭하면 위협하듯이 두 사람 앞에 나타났던 것이다. 그것도 특히 베르탈다 앞에 더 잘 나타났기 때문에 그녀는 놀란 나머지 몇 번이나 앓아누웠고 여러 번 이 성을 떠나려고 생각한 적도 있었다. 그렇지만 한편으로는 훌트브란트를 굉장히 사랑하고 있지만 두 사람의 사이가 아직까지는 진심을 터놓은 정도까지는 가지 않았으니까 자기의 결백을 믿는 구석이 있었고, 또 한편으로는 떠난다 해도 어디로 발걸음을 돌려야 할지 모르기 때문에 그냥 머물러 있었다. 베르탈다가 여기에 와 있다고 기별을 전한 링슈텟텐 성주의 사자 편에, 노어부는 오랜 습관과 연로한 탓이겠지만 아주 알아보기 힘든 답장을 써 보내온 것이다.

충직한 아내가 타계하여 지금 이 몸은 늙고 가여운 홀아비가 되어 있소이다. 그렇지만 이 몸이 비록 외롭게 이 오두막집에 주저앉아 있을망정 베르탈다는 내 집보다는 그곳에 있어 주는 것이 좋겠소이다. 다만 그 아이가 내 사랑하는 운디네를 괴롭히지만 말고 있어 주기를 바라고 있습니다. 만약에 운디네를 괴롭힌다면 내 저주를 면치 못할 것이외다!

베르탈다는 마지막 구절을 귀에 담지 않고 흘려버렸다. 하지만 우리 인간들이 그 비슷한 경우에 흔히 그렇듯이, 멀리 떨어져 있다 보니 아버지의 존재에 대해서는 좋게 마음에 접어두었다.

어느 날 훌트브란트가 말을 타고 외출하자마자, 운디네는 하인을 모아 놓고 커다란 돌을 가져오게 했다. 그리고는 성의 뜰 한복판에 있는 호화로운 샘을 그 돌로 꼭 맞게 덮으라고 했다. 그렇게 하면 물을 저 멀리 골짜기에서 길어 오지 않으면 안 된다고 하면서 하인들은 반대했다. 운디네는 슬픈 듯이 미소를 지으며 말했다.

"당신들의 일이 많아진다니 참 미안하군요. 차라리 내가 나가서 물 항아리를 나르지요. 그렇지만 이 샘물은 어떤 일이 있어도 막아야 해요. 내 말을 믿어 줘요. 다른 도리가 없어요. 그래야만 우리가 더 큰 불행을 피할 수 있으니까요."

하인들은 모두 기꺼이 부드러운 여주인의 명령을 좇았다. 더는 묻는 사람도 없이 무지무지하게 큰 돌을 들었다. 돌이 여러 사람의 손에 들리어 막 샘을 막으려는 순간, 베르탈다가 달려와서 그만두라고 고함을 쳤다. 자기의 피부에 아주 좋은 세숫물을 이 샘에서 길어 오게 하므로 이 샘을 가로막는 일은 도저히 찬성할 수 없다는 것이었다. 운디네는 언제나처럼 상냥한 태도이면서도 다른 때와는 달리 자기 주장을 완강하게 고집했다. 그녀는 주부로서 집 안의 관리는 자기가 제일 합당하다고 생각하는 대로 행할 권리가 있다고 말하고, 남편인 성주를 빼놓고는 그 누구에게도 이 점에 대해 양해를 구할 필요가 없다고 말했다.

"보십시오. 아, 저것 좀 보세요."

베르탈다는 못마땅한 빛으로 걱정스럽게 소리쳤다.

"아름다운 물이 작은 물결을 이루며 휘감기고 있어요. 이제는 갇힌 채 햇빛도 볼 수 없고, 스스로 개울이 되어 비추어 주던 행복한 인간의 얼굴도 볼 수 없게 될 것이기 때문이에요!"

과연 샘물 안에서는 아주 야릇하게 물결이 쉭쉭 끓으며 일렁거리고 있었다. 마치 무엇인가 그 속에서 나오려고 꿈틀거리는 것 같았다. 하지만 운디네는 한층 단호한 태도로 명령을 따르라고 재촉했다. 하지만 그토록 단호한 태도를 취할 필요도 없었다. 하인들은 다정한 여주인한테 순종하면서 아울러 베르탈다의 건방진 콧대를 꺾는 것을 기분 좋아 했다. 그리하여 아무리 베르탈다가 우악스럽게 위협을 하려 했어도, 돌은 곧 샘의 아가리를 꽉 막으며 엎혀졌다. 운디네는 혼자 깊은 생각에 잠겨 돌 위로 몸을 굽히고는 평평한 돌바닥에다 예쁜 손가락으로 무엇인가를 썼다. 그때 그녀는 필시 강한 부식 작용을 하는 날카로운 것을 손에 쥐고 있었던 모양이다. 그녀가 돌에서 떠나간 뒤 다른 사람들이 가까이 갔을 때 그들 모두가 돌 위에서 그 전까지는 아무도 본 적이 없는 아주 야릇한 표시를 보았다.

저녁때 집에 돌아온 기사를 맞아들이기 무섭게 베르탈다는 눈물을 흘리면서 운디네의 거동을 호소했다. 기사는 무서운 눈초리로 운디네를 쏘아보았고 가여운 운디네는 시선을 떨어뜨리고 있다가 결연히 마음을 다잡고 입을 떼었다.

"내 남편이신 당신께서는 비록 자기 노예라 해도 아무 말도 듣지 않고 꾸짖는 분이 아니십니다. 하물며 엄연한 아내를 놓고 그러시지는 않겠지요."

"왜 그런 괴상한 짓을 할 마음이 생겼는지 말해 보구려"라고 기사는 침울한 얼굴로 말했다.

"당신한테만 말씀드리고 싶어요."

운디네는 한숨을 쉬었다.

"베르탈다가 있는 앞에서도 괜찮소."

그는 대꾸했다.

"예, 명령이시라면……" 하고 운디네는 말했다. "그렇지만 그렇게 명령하지는 마세요! 아, 제발 부탁이에요. 그렇게 명령하지는 마세요!"

그녀의 모습이 얼마나 겸손하고 사랑스럽고 순종적으로 보였던지, 기사의 마음은 행복했던 시절의 밝은 햇빛을 쪼인 듯 녹아 버렸다. 그는 다정하게 그녀의 팔짱을 끼고 자기 방으로 데려갔다. 거기서 그녀는 다음과 같은 이야기를 시작했다.

"당신도 고약한 심보의 아저씨 퀼레보른을 아시겠지요? 이 성의 복도에서 당신도 몇 번이나 못마땅한 상봉을 하셨잖아요. 아저씨는 베르탈다를 병이 날 지경으로 놀라게 했어요. 그것은 아저씨가 영혼을 갖고 있지 못하기 때문이에요. 아저씨는 스스로 내면을 비출 힘이 없는, 순전히 외계만을 비추는 자연의 거울이기 때문이에요. 당신이 저를 불만스럽게 대하기도 하고, 그 때문에 제가 어린애처럼 울 때면, 마침 바로 그런 시간에 우연히도 베르탈다가 웃고 있는 모습을 아저씨는 종종 보고 있어요. 그래서 온갖 되지 않는 상상을 하고는 여러 가지 방법으로 불청객이 되어 우리의 세계에 끼어드는 거예요. 제가 야단을 치고 냉담하게 내쫓아도 소용없어요. 아저씨는 제 말을 한마디도 믿지 않는 거예요. 사랑의 슬픔과 사랑의 기쁨은 서로 얼마나 어울리게 닮은 모습인지, 얼마나 은밀한 자매인지를, 또한 어떠한 힘도 그 슬픔과 기쁨을 잡아 뗄 수는 없다는 것을, 가엾게도 아

저씨는 전혀 깨닫지 못하고 있어요. 눈물의 밑에서 미소가 솟아
나며 미소는 자기의 밀실로부터 눈물을 끌어낸다는 것을요."

그녀는 웃음과 동시에 눈물을 흘리면서 홀트브란트를 쳐다
보았다. 홀트브란트는 지난날의 사랑의 마술이 다시금 마음속
에 되살아남을 느꼈다. 운디네는 그런 기색을 느끼자 기사를 꽉
부둥켜안고 이제는 기쁨의 눈물을 흘리며 말을 이었다.

"평화를 엉클어 놓는 아저씨를 말로는 어떻게 할 수가 없기
때문에 그가 나오는 문을 막아 버리지 않을 수 없었어요. 아저
씨가 우리한테 오는 유일한 통로는 저 샘물이니까요. 아저씨는
가까운 곳의 골짜기를 비롯해서 이 근방의 다른 샘물의 정들과
는 사이가 나쁘거든요. 몇 사람 그의 친구가 흘러 들어가 있는
저 멀리 도나우 강에 가야만 비로소 아저씨의 세력권이 시작되
지요. 그래서 저는 샘물 구멍을 덮게 하고는 멋대로 날뛰는 아
저씨의 힘을 마비시키는 부호를 돌에다 쓴 거예요. 그러니까 이
제 아저씨가 당신이나 저를, 또한 베르탈다를 귀찮게 하지 못할
거예요. 물론 인간들은 아무리 부호가 있더라도 쉽사리 그 돌을
내려놓을 수 있어요. 부호가 그걸 막지는 않으니까요. 그러니
원하신다면 베르탈다의 간청대로 해 주세요. 그렇지만! 사실상
베르탈다는 자기의 청이 과연 어떤 것인지를 모르고 있어요. 막
돼먹은 퀼레보른 아저씨는 특히 베르탈다한테 눈독을 들이고
있어요. 아저씨가 제게 예언해 주고 싶어 했던 일, 당신이 당장

❧

기분에 맞는 대로 행동해서 벌어질지 모르는 그런 일이 일어난
다면, 아, 그때는 당신도 위험을 면하지 못하게 될 거예요!"

홀트브란트는 상냥한 아내의 너그러운 마음씨를 가슴속 깊
이 느꼈다. 그녀는 정작 자기를 보호해 주는 저 무서운 아저씨
를 기를 쓰고 막아 놓고서는, 바로 그 때문에 베르탈다한테서
욕을 먹은 게 아닌가. 그래서 그는 사랑에 겨워 아내를 껴안으
며 감동 어린 어조로 말했다.

"사랑스런 운디네! 돌은 그대로 놔둡시다. 무엇이든 언제라
도 당신의 뜻대로 하구려."

그녀는 오랫동안 목메게 기다렸던 사랑의 말을 듣고 다소곳
이 행복한 빛으로 그에게 매달리더니 한참 만에 말했다.

"여보, 오늘 당신께서 이토록 다정하고 기분 좋게 대해 주시
니, 한 가지 청을 말씀드려도 괜찮겠지요? 당신과 같이 있으면
여름과 함께 있는 느낌입니다. 여름은 바로 그 화려한 영광의
절정에 있을 때 천둥이 치고 번개가 이는 엄청난 뇌명雷鳴의 왕
관이 들어서니까요. 그럴 때 여름은 참된 왕이며 지상의 신으로
보이는 겁니다. 그와 같이 당신도 종종 번개처럼 말과 눈으로
호통을 치십니다. 그리고 그럴 때 비록 저는 어리석게도 눈물을
흘리곤 하지만 그런 태도가 당신한테는 썩 잘 어울리는 거예요.
그렇긴 하지만 물 위에 있을 때나 아무튼 어떤 물 근처에 있을
때는, 다시는 저를 그렇게 대하지 말아 주세요. 저 좀 보세요.

그러시면 저의 친척들이 저를 지배하는 힘을 갖게 되는 거예요. 그들은 자기네 동족의 한 여자가 모욕을 당한다고 생각하고는 화가 나서 사정없이 저를 당신 곁에서 떼어 데리고 갈 거예요. 그러면 저는 죽도록 저 물 밑 수정궁에서 살면서 다시는 당신 곁으로 올라올 수 없을 거예요. 아니, 만약 그들이 저를 다시 당신 곁으로 올려 보내 준다 해도, 아, 하느님! 그것이야말로 더 비참한 상황이 되는 거예요. 그러지 마세요, 여보. 가엾은 운디네를 사랑하신다면 결코 그런 일이 일어나게는 하지 마세요!"

그는 그녀의 간청대로 하겠다고 엄숙하게 약속했다. 그리고 두 부부는 마냥 즐겁고 사랑에 넘치는 태도로 방을 나왔다. 그때 베르탈다가 그사이에 오라고 불러 둔 일꾼을 데리고 와서 지금껏 늘 그랬듯이 심술궂게 투덜대는 투로 말했다.

"이제야 겨우 밀담이 끝나셨나요? 이제 돌을 치워도 괜찮겠지요? 자아, 어서 당신들은 저리로 가서 돌을 치우세요!"

하지만 기사는 그녀의 무례한 태도에 불쾌감을 느끼며 "돌은 그대로 둬!" 하고 짤막하고 엄중하게 말했다. 그리고 베르탈다가 자기 아내한테 지나치게 버릇없이 대한 것도 나무랐다. 그 말에 일꾼들은 마음속으로 흐뭇한 미소를 지으며 돌아갔고, 반면에 베르탈다는 파랗게 질려서 자기 방으로 도망쳐 갔다.

저녁 시간이 왔다. 베르탈다는 아무리 기다려도 나타나지 않았다. 그녀한테 사람을 보냈더니, 시종은 그녀의 방이 비어 있는 것을 보고 기사 앞으로 보내는 봉인된 편지를 한 통 들고 돌 아왔을 뿐이었다. 기사는 깜짝 놀라며 편지를 뜯어 읽었다.

"저는 가난한 어부의 딸에 지나지 않은 것을 부끄럽게 느낍 니다. 잠시나마 신분을 잊었던 것을 아버지의 가난한 오두막집 에서 참회하려 합니다. 아름다운 부인과 함께 행복하십시오!"

운디네는 진심으로 슬퍼했다. 그녀는 도망간 베르탈다를 쫓 아가 데려오도록 훌트브란트에게 열심히 간청했다. 아! 실상 그녀가 재촉할 필요도 없었다! 베르탈다를 향한 기사의 애정이 뜨겁게 되살아 오른 것이다. 그는 도망친 미녀가 어느 길로 갔 는지 본 사람이 없는가를 물으면서 온 성안을 헤맸다. 하지만 전혀 아무것도 알아낼 수가 없었다. 그래서 하늘에 운을 맡기고 베르탈다를 이리로 데려오던 길을 더듬어 가 보기로 작정하고 뜰에 있는 말에 올라탔다. 그때 어떤 시동이 와서 슈바르츠 계 곡으로 가는 길목에서 그녀를 만났다고 말했다. 기사는 쏜살같 이 성문을 나서 가르쳐 준 방향으로 말을 달렸다.

"슈바르츠 계곡이라고요? 그리로는 가지 마세요. 훌트브란 트, 가지 말아 주세요! 가시려면 제발 저를 데리고 가 주세요!" 라고 창에서 외쳐 대는 운디네의 걱정스러운 목소리도 그의 귀 에는 들리지 않았다. 아무리 외쳐도 소용없다고 생각하자 운디 네는 서둘러 새하얀 자신의 안장을 얹고는 하인이 따라나서는 것도 거절하고 기사의 뒤를 따라 달렸다.

14장

베르탈다가 기사와 함께
돌아온 이야기

슈바르츠 계곡은 첩첩산중 깊숙한 곳에 있었다. 지금은 뭐라고 불리는지 알 수 없지만, 당시 그 지역에 살던 사람들은 슈바르츠(黑) 계곡이라고 불렀다. 이유는 주로 전나무가많은 키다리 수목들이 골짜기에 이르기까지 빽빽이 퍼져 있어서 대낮에도 어둠침침했기 때문이다. 절벽 사이를 소용돌이치며 흐르는 냇물까지도 그 때문에 아주 시커멓게 보이며, 창공을바로 위에 두고 흐르는 내에서 볼 수 있는 청량한 정취는 도저히 찾을 수 없었다. 더욱이 어둑어둑 황혼이 들고 있는 지금, 산간은 온통 황량하고 괴괴하니 어두웠다. 기사는 조마조마한 마음으로 시냇물을 따라 말을 달렸다. 우물쭈물 지체한 탓으로 도망친 그녀가 너무 멀리 앞장서 버리지나 않았을까, 또는 그녀가자기로부터 숨어 버릴 생각이었다면 너무 빨리 달리느라고 어디선가 스쳐 지나 버린 것은 아닐까 걱정스러웠다. 그러는 동안 그는 골짜기에 상당히 깊숙이 들어서 있었고 추적하는 방향이 틀리지 않다면 이제 곧 따라붙으리라는 생각이 들었다. 하지만 혹시 엉뚱한 방향으로 온 것이 아닌가 생각이 미치자, 그의 가슴은 너무나 불안해서 방망이질을 쳤다. 만약 찾아내지 못한다면 저 사랑스런 베르탈다는 점점 무섭게 골짜기로 몰아치는 위험스런 폭풍의 밤을 어디서 지낼 것인가? 그때 나뭇가지 사이로 산언덕 위에 뭔가 힐끗힐끗 아물거리는 모습이 보였다. 그는 베르탈다의 옷이 틀림없다고 여기며 그쪽으로 가려 했다. 그런데 그의 말이 가려 하지 않고 사납게 뒷발로 곤두서는 것이 아닌가. 한순간도 지체할 수 없었던 그는 그렇지 않아도 말을 타고 가려면 나무 덤불에 너무 걸리적거릴 테니까 말에서 내려 헐떡이는 말을 느릅나무에 매어 놓고는 조심조심 수풀을 헤치며 앞으로 나아갔다. 밤이슬로 차갑게 젖은 나뭇가지들이 사정없이 그의 이마와 뺨을 스쳤다. 산 너머 저쪽 멀리서 천둥이 울리고 있었다. 보이는 것이 온통 너무나 괴이하게 으스스했기 때문에 이제는 그에게서 그리 멀지 않게 땅바닥에 누워 있는 흰물체까지도 무섭게 느껴지기 시작했다. 그렇지만 그것은 오늘 베르탈다가 입었던 것과 같은 긴 흰옷을 입은 여자가 누워 있는 것이거나 기절해 있는 것임을 분명히 알아볼 수 있었다. 그래서 그는 나뭇가지를 헤치고 칼을 절그렁거리면서 여인이 있는 곳으로 다가갔다. 그녀는 움직이지 않았다. "베르탈다!" 하고 그는 처음에는 나지막이, 나중에는 점점 크게 불렀다. 그녀는 듣는 기색이 아니었다. 마침내 있는 힘을 다해 소중한 여인의 이름을 외치자 산골짜기의 동굴로부터 공허한 산울림만이 '베르탈다!' 하고 되돌아왔을 뿐이었다. 그래도 잠든 가인佳人은 깨어나지 않았다. 그는 몸을 굽혀 그녀를 들여다보았다. 하지만 골짜기가 어두운 데다가 날마저 저물어 얼굴 모습은 분간할 수가 없었다. 그래서 이번에는 다소 슬프고 의심스러운 마음으로 그녀를 향해 아주 바싹 얼굴을 갖다 대었다. 그때 번쩍하면서 번개가 골짜기를 스쳐 가는 통에 그는 바로 코앞에서 흉하게 일그러진 몰골을 보았다. 그러자 그 얼굴이 먹먹한 목소리로 외쳤다.

"키스나 해 다오, 이 사랑에 빠진 멍청이야!"

홀트브란트는 혼비백산하여 비명을 지르며 도망을 쳤다. 괴물이 그를 따라붙었다 "집으로 돌아가라!" 하고 웅얼거리는 목소리로 괴물이 말했다.

"도깨비들이 깨어 있다. 집으로 가라! 돌아가지 않으면 내가 너를 잡을 테다!"

괴물이 길고 흰 팔로 그를 잡으려 들었다.

"간악스러운 퀼레보른!"

기사는 용기를 내어 외쳤다.

"그렇지, 네가 그놈이지? 이 악마야! 내가 키스해 주마!"

그리고 그는 화가 치밀어 미친 듯이 괴물을 향해 칼을 내리쳤다. 하지만 괴물은 안개처럼 날아 흩어졌다. 그러고 나서 기사는 물을 흠뻑 뒤집어쓰게 되었으니 상대가 어떤 놈인지는 의심할 나위가 없었다.

"그놈이 나를 위협해서 베르탈다를 만나는 것을 방해하려는 것이로구나." 그는 커다랗게 혼잣말을 했다. "저놈은 내가 그깟 바보 같은 도깨비들이 겁나서 무서움에 질린 가련한 여인을 제놈한테 떠맡기고 분풀이의 제물로 내버려 둘 줄 아는 모양이지? 그럴 수는 없다, 허깨비 같은 물의 망령아! 마음만 정당하게 먹으면, 진심으로부터 정당하게 바라기만 하면, 인간의 충심으로는 못할 것이 없다는 것을 허약한 유령이 알 턱이 있겠는가!"

그는 자기의 말이 옳다고 느꼈다. 그리고 그 말과 함께 새로운 용기가 자기 마음에 솟아남을 느꼈다. 또한 행운이 그의 편이 되어 다가서는 듯이 생각되었다. 왜냐하면 그가 미처 매어둔 말한테로 돌아가기도 전에 문득 베르탈다의 울부짖는 소리가 가까이서 점점 심해져 가는 천둥과 폭풍의 소음을 뚫고 아주 분명하게 들려왔기 때문이다. 그는 발에 날개라도 돋친 듯 비명이 들리는 방향으로 달려가 보았다. 그때 마침 소녀는 소름끼치는 계곡을 어떻게 해서든 빠져나가려고 바들바들 떨면서 절벽을 기어오르려는 참이었다. 그는 그녀를 껴안으며 그녀의 결심을 막았다. 떠나겠다는 처음의 결심이 아무리 강하고 당당한 것이었다고 해도, 어쨌든 지금 그녀는 마음속으로 사랑하고 있는 기사에 의해 무서운 외로움으로부터 구출되고 정든 성안에서의 밝은 생활이 다정하게 팔을 내밀고 있는 듯한 행복감을 뼈저리도록 생생하게 느낄 따름이었다. 그녀는 거의 아무런 저항 없이 따라왔다. 하지만 너무나 지쳐 있었기 때문에 말 있는 곳까지 데려와서야 비로소 기사는 안도의 기쁨을 느꼈다. 기사는 서둘러 말을 풀었다. 그는 도망친 미인을 태우고 자기는 말고삐를 잡고 골짜기의 알 수 없는 그늘을 헤치며 조심조심 더듬어 걸어갈 작정이었다.

하지만 말은 퀼레보른의 미친 듯한 출몰 때문에 완전히 사나워져 있었다. 꼿꼿이 곤두서며 사납게 헐떡거리는 말의 등에 올라타기란 기사로서도 쉬운 일이 아니었으리라. 하물며 바들바들 떨고 있는 베르탈다를 올려 태우는 것은 도저히 불가능했다. 그래서 그들은 걸어가기로 작정했다. 기사는 한 손에 말고삐를 억지로 잡아끌고, 다른 한 손으로는 휘청거리는 여인을 부축했다. 베르탈다는 이 무시무시한 골짜기를 빨리 빠져나가려고 있는 힘을 다해 걸었다. 하지만 납덩이 같은 피로가 그녀를 끌어내리고 있었고, 아울러 한편으로는 그녀를 무섭게 뒤에서 추적했던 퀼레보른에 대한 공포가 아직도 남아 있었으며, 또 한편으로는 산지의 숲을 구르는 폭풍과 천둥의 포효에 대한 끊임없는 불안이 있었기 때문에 그녀의 사지는 와들와들 떨리고 있었다.

마침내 그녀는 자기를 끌고 가는 기사의 팔에서 미끄러져 빠져나와 이끼 위에 주저앉으며 말했다.

"여기에 누워 있게 저를 놔두세요, 고귀하신 기사님. 저는 제 어리석음 때문에 벌을 받는 거예요. 이제 저는 아무리 해도 여기에서 피로와 공포에 못 이겨 죽는 도리밖에 없어요."

"어떤 일이 있어도 당신을 여기 버리고 가지는 않을 것이오. 사랑스런 여인이여!"라고 훌트브란트는 외치면서, 거품을 뿜으며 한층 더 심하게 미쳐 날뛰는 난폭한 말을 진정시키려고 무진 애를 썼지만 헛일이었다. 마침내 기사는 소녀가 말에 대한 공포감 때문에 또다시 놀라는 일이 없도록 소녀로부터 말을 멀찌감치 떼어 놓는 것으로 만족할 수밖에 없다는 생각이 들었다. 하지만 미쳐 날뛰는 말을 끌고 두세 걸음 떼어 놓기가 무섭게 그녀는 비통하기 이를 데 없는 목소리로 그를 불러 댔다. 과연 실제로 그가 이 끔찍한 숲 속에 자기를 놔두고 가 버리는 것이라 생각했던 모양이다. 그는 어찌해야 할지 갈피를 잡을 수 없었다. 이 좁은 길에서 베르탈다가 쓰러져 있는 데로 말의 쇠발굽이 미친 듯이 울리며 지나갈 염려만 없었더라도, 그는 미쳐 날뛰는 말을 밤새도록 내버려 두었다가 기운이 다해 진정되자 말의 고삐를 풀어 주었는지 모른다.

이렇게 기막힌 곤란과 당혹을 치르고 있는 동안 마차 한 대가 천천히 자갈길을 내려오는 소리가 뒤쪽에서 들려왔으니, 그 소리야말로 그에게는 더없이 고무적인 것이었다. 그는 도와 달라고 고함을 쳤다. 웬 남자의 음성이 좀 기다리라고 이르며 도와주겠다고 약속했다. 그리고 곧 두 마리의 백마가 나무 덤불 사이로 빛을 발했고, 그 곁으로 나란히 마부의 흰빛 셔츠, 그 위로 마부가 실어 나르는 듯싶은 물건을 가려 덮은 커다랗고 흰 아마포가 보였다. 마부의 입에서 "워!" 하고 외치는 소리가 나자 온순한 말은 명령대로 멈춰 섰다. 마부는 기사한테 다가와서 미처 날뛰는 말을 제어하는 일을 도와주면서, "이놈이 어디가 탈이 났는지 알겠습니다"라고 말했다.

"소인이 이 근처로 처음 왔을 때 제 말도 이 모양이었습지요. 그것은 이 근처에 그런 장난을 치기 좋아하는 고약한 심보의 물의 정이 살고 있기 때문이랍니다. 그렇지만 소인은 주문을 알고 있습지요. 소인더러 이 말의 귀에 대고 주문을 외도록 해 주신다면, 이 말도 당장에 조용히 설 것입니다. 저기 소인의 백마처럼 말씀입죠."

"당신의 운을 시험해 보시오 그저 도와만 주십시오"라고 기사는 초조한 마음으로 말했다. 그러자 마부는 곤두서 있는 말의 머리를 끌어당겨 귀에 대고 몇 마디 말을 했다. 그러니까 당장에 말은 순순히 평온하게 멈춰 섰다. 다만 헐떡거리며 땀을 흘려 대는 모습이 조금 전까지의 거친 광기를 말해 주고 있었다.

홀트브란트는 어째서 일이 이렇게 되었는가를 길게 생각할 겨를이 없었다. 그래서 그와 마부는, 마부의 말대로라면 굉장히 푹신한 솜뭉치가 두툼히 놓인 마차 위에 베르탈다를 태워 링슈 텟텐 성까지 데려갈 것과, 기사는 말을 타고 현령懸鈴을 따라가 도록 하자는 데 의견을 모았다. 하지만 말은 조금 전까지 미친 듯 날뛰느라고 지쳐 버려서 그렇게 멀리 성주를 태우고 갈 여 력이 없었다. 그러자 마부는 기사의 말을 마차 뒤에 매달기로 하고 기사도 베르탈다와 같이 마차에 오르라고 설득했다.

"내리막길입니다요. 이런 길이라면 소인의 백마도 힘들지 않 을 것입니다."

기사는 권유를 받아들여 베르탈다와 같이 마차에 올랐다. 말 은 참을성 있게 따라왔고 마부는 기운 좋게 그 곁을 걸어갔다.

뇌성도 점점 멀리 조용히 잦아 버린 칠흑 같은 밤의 침묵 속 에서, 안전하고 평안하게 돌아간다는 느긋한 기분에서 훌트브 란트와 베르탈다는 즐거운 대화의 그물을 짜고 있었다. 그는 은 근히 구슬리는 말투로 그녀가 고집스럽게 도망친 것을 나무랐 다. 그녀는 다소곳이 깊이 뉘우치는 태도로 용서를 빌었다. 그 녀가 말하는 구절구절마다 밤과 비밀秘密의 틈에서 아직도 자 지 않고 기다리고 있음을 사랑하는 남자에게 알려 주는 여인의 등불처럼 빛이 새어 나왔다. 기사는 언어의 껍질의 의미에 주의 하기보다는 이야기 안에 숨어 있는 의미를 한층 깊이 느끼면서 다만 내밀한 의미에 대해서만 대답을 했다. 그때 돌연 마부가 날카로운 소리로 외쳤다.

"올려라, 백마들아! 발을 높이 올려라! 정신 차려, 백마야! 너희들의 분수를 잘 생각해 봐라!"

기사는 몸을 구부려 마차 밖을 내려다보았다, 말은 포말이 이는 물결 한복판을 달리고, 아니 헤엄을 치고 있었고, 마차 바퀴는 물레방아처럼 번득이며 물소리를 내고 있는가 하면, 마부는 불어난 물을 피해 마차 위에 올라타 있었다.

"이게 뭐라고 하는 길이오? 내 한가운데로 뻗어 있군요!" 하고 홀트브란트는 마부를 향해 소리쳤다.

"아닙니다요, 기사님" 하고 그는 웃으면서 대꾸했다.

"그것과 정반대입지요. 우리가 가는 길 한복판으로 내가 흘러가는 것입니다. 주변을 살펴보십시오. 이 일대가 온통 물바다입니다요!"

과연 골짜기 일대에는 졸지에 도도히 눈에 보이게 불어난 물결이 술렁이며 소용돌이치고 있었다.

"퀼레보른이다. 그놈의 고약한 물의 정이다. 그놈이 우리를 물에 빠지게 하려는 심산이다!"라고 기사는 외쳤다. "그놈한테 들어맞는 주문을 알고 있소, 마부 아저씨?"

"하나쯤은 알고 있습지요. 그렇지만 나리께서 내가 누구라는 걸 아실 때까지는 그 주문을 써먹을 수도 없고 써먹을 생각도 없습니다요."

마부가 말했다.

"수수께끼를 풀고 앉았을 때인가? 물이 점점 불어나고 있는 판에 당신이 누구인가를 아는 것이 나와 무슨 상관이 있겠소?"

기사는 소리쳤다.

"그렇지만 웬만큼은 상관이 있지요"라고 마부는 말했다. "이 몸이 퀼레보른이니까요."

그렇게 말하고 그는 찌푸린 몰골로 마차 안을 향해 웃었다. 마차는 이미 마차가 아니었고 백마도 이미 간 곳이 없었다. 모든 것은 물거품을 일으키며 뒤끓는 파도 속으로 흘러 들어가고 말았다. 심지어 마부까지도 거대한 물결이 되어, 곤두서서 헛되이 허우적대는 기사의 말을 물 밑으로 집어삼키고는 다시금 물탑처럼 물에 떠 있는 두 사람의 머리 위로 높이 솟아올라 바야흐로 무참하게 수장해 버릴 참이었다.

그때 운디네의 아름다운 목소리가 물결의 포효를 뚫고 울려왔다. 달이 구름 속에서 얼굴을 내밀었고, 그와 함께 운디네가 골짜기의 언덕 위에 모습을 나타냈다. 그녀는 아래쪽 물결을 보고 야단을 치고 을러 댔다. 그러자 무섭게 넘실대던 탑 같은 물결도 불평스럽게 중얼거리면서 사라져 버렸고 물은 달빛을 받으며 잔잔히 흘렀다. 운디네는 새하얀 비둘기처럼 언덕에서 날아 내려와, 기사와 베르탈다를 붙잡고 언덕 위 상쾌한 초록 잔디밭으로 데리고 올라갔다. 그리고 거기서 그들에게 알뜰히 마련한 청량음료를 주어 공포와 탈기奪氣를 몰아내고는 자기가 여기까지 타고 온 흰 말에 베르탈다를 부축해 태웠다. 이렇게 해서 세 사람은 링슈텟텐 성으로 되돌아왔던 것이다.

15장

빈으로의
여행

•

지난번 사건이 일어난 뒤로 성안의 생활은 소리 없이 평온했다. 기사는, 퀼레보른의 폭력이 또다시 발작했을 때 슈바르츠 계곡까지 뒤쫓아 와 구출해 준 일로 훌륭하게 입증된 아내의 고결한 마음씨를 날이 갈수록 인정하게 되었다. 운디네 자신도 평화와 안전을 느끼고 있었으니, 스스로 올바른 길을 걷고 있음을 마음 깊이 느끼는 한 당연히 주어지는 마음의 상태였다. 게다가 남편의 마음에 새로이 눈떠 오는 사랑과 존경심 안에서 희망과 즐거움의 섬광이 여러 가닥으로 그녀를 향해 비쳐져 왔다. 한편으로 베르탈다도 감사해하며 다소곳하고 수줍은 태도를 보여 주고 있었다. 하지만 이 사건을 화제로 올리는 것만은 달갑잖게 여겼다. 부부 중 누구든 샘물을 막은 얘기며 슈바르츠 계곡의 모험에 대해 그녀한테 무슨 설명을 하려고만 하면, 그때마다 그녀는 샘물의 얘기는 너무 창피스럽고, 슈바

•

르츠 계곡은 생각만 해도 소름이 끼치니까 그런 이야기는 제발 그만둬 달라고 간청하는 것이었다. 그래서 베르탈다는 두 사람한테서 아무것도 들은 것이 없었다. 뭣 때문에 굳이 알 필요를 느낄 것인가? 링슈텟텐 성안엔 그야말로 눈에 띄게 화기애애한 분위기가 감돌고 있었다. 누구라도 이 점을 확신하며 이제야말로 성안의 생활이 아름다운 꽃과 열매를 맺으리라는 데 털끝만큼도 달리 의심치 않았던 것이다.

이런 생기 있는 상태 속에서 겨울이 오고 또 지나갔다. 그리고 봄은 투명한 초록빛 새싹과 맑고 푸른 하늘과 함께 즐거움에 넘쳐 있는 인간들의 마음을 파고들었다. 봄의 마음은 사람의 마음이며, 사람의 마음이 곧 봄의 마음이었다. 봄의 철새인 황새와 제비가 사람의 마음 안에 여심旅心을 불러일으켰으니, 이 무슨 오묘한 조화일까! 어느 날 그들이 도나우 강의 원천을 향해 산책을 나섰을 때, 홀트브란트는 풍요한 강물의 풍경이 얼마나 아름다운가를 말했다. 이 강물이 기름진 풍토를 누비며 어떻게 점점 폭을 넓히어 흘러가며, 또한 그 강변에 아름다운 빈 시가 얼마나 찬연하게 자리를 잡고 있는가를, 그리고 강물은 흘러내려갈수록 힘과 아름다움이 더해 간다는 것을 말했다.

"그렇게 강물을 따라 빈까지 내려가 본다면 얼마나 멋있을까요!"하고 베르탈다가 불쑥 외쳤다. 하지만 곧 평소의 다소곳하고 삼가는 태도로 되돌아가 얼굴을 붉히면서 입을 다물었다.

그런 모습이 오히려 운디네의 마음을 아프게 감동시켰다. 그래서 사랑하는 친구를 즐겁게 해 주고 싶은 일념으로 이렇게 말했다.

"그리로 여행하는 것쯤 대체 누가 방해하겠어요?"

베르탈다는 환호작약했다. 그리고 어느덧 두 여자는 온갖 다채로운 빛깔을 담은 유쾌한 도나우 강의 뱃길 여행을 머릿속으로 그려 보았다. 홀트브란트까지도 신이 나서 맞장구를 쳤다. 그러더니 근심스러운 기색으로 운디네한테 귀엣말을 했다.

"그렇지만 거기까지 퀼레보른이 또 세력을 뻗지나 않을까?"

"올 테면 오라지요" 하고 그녀는 웃으면서 대꾸했다. "제가 함께 가는걸요. 아저씨도 제 앞에서는 감히 화를 입힐 생각을 못할 거예요."

이렇게 해서 마지막 장애도 해결이 되었다. 그들은 여행의 채비를 차려 새로운 기분과 밝은 기대를 안고 곧 길을 떠났다.

독자들이여, 이제부터 전혀 뜻밖의 일이 벌어진다 해도 이상스럽게 생각지만은 마시라. 음흉스런 악마의 힘은, 우리를 파멸시키려고 도사리는 이 번지르르한 동화와 달콤한 노래로써 자기가 선택한 희생자를 잠 속으로 몰아넣는 반면에, 하늘의 사자使者는 흔히 무시무시하고 모질게 우리의 문을 두드리며 실제로 구원의 손을 뻗는 것이다.

도나우 뱃길 여행의 처음 며칠 동안은 모두가 퍽 만족스런 기분이었다. 의연하고 도도하게 흐르는 물길을 따라 내려갈수록 주변은 가경佳景을 이루었다. 하지만 다른 때 같으면 더 없는 완상玩賞의 즐거움을 안겨 주었을 어느 절경絕景 지구로 들어서자, 버릇없는 퀼레보른이 근처에서의 자기의 위력을 과시하기 시작했다. 꽤 여러 번 성난 파도와 역풍을 만날 때마다 운디네가 야단을 치는 통에 그것은 다만 장난에 그치고 말았고, 격의에 찼던 폭력도 곧 풀이 죽어 수그러들고는 했다. 하지만 어느 틈엔가 다시 공세를 반복해 오기 때문에 거듭 운디네의 경고가 필요하게 되다 보니, 이런 일로 인해 몇 안 되는 일행은 완전히 흥이 깨지고 말았다. 그런 일이 벌어지면 선원들은 겁을 집어먹고 서로 무슨 말을 수군대면서 세 사람의 기사 일가를 의심쩍게 보고는 했고, 심지어 시종들까지도 점점 무서운 기분이 들기 시작하여 상전들을 이상한 시선으로 지켜보는 것이었다. 훌트브란트는 우울한 기분으로 여러 번 혼잣말을 했다.

"이렇게 된 것은 동류同類끼리 어울리지 않기 때문이다. 인간과 물의 정이 괴이한 인연을 맺고 있기 때문이다."

그리고 우리한테 흔히 있는 일이지만 스스로를 변명하면서 이런 생각을 했음은 물론이다.

'저 여자가 물의 정이라는 것을 나야 진정으로 모르지 않았던가? 저 여자 일족의 광기 때문에 나의 일거수일투족이 저주받고 방해를 받다니, 그것은 나의 불운이로되 내 죄는 아니다.'

이런 생각을 하다 보니 그는 어느 정도 용기가 솟아나는 느낌이 들었다. 그러면서 한편으로 운디네에 대해서 점점 불쾌한 기분을, 심지어 적의를 품기에 이르렀다. 어느덧 그는 불쾌한 시선으로 그녀를 바라보게 되었고 가련한 아내는 그것이 무엇을 의미하는지 뼈저리게 느끼고 있었다. 그런 일로 인해서, 또한 퀼레보른의 계략에 대항하기 위해 끊임없이 긴장해 있느라고 지쳐버렸기 때문에 저녁때쯤 되자 그녀는 가볍게 미끄러져 가는 배를 요람 삼아 기분 좋게 흔들리며 깊은 잠에 빠져들었다.

운디네가 눈을 감자마자, 배 안에 탄 모든 사람은 자기가 마침 바라보는 방향에서 아주 흉측한 모양을 한 인간의 머리가 나타난 듯 생각이 들었다. 그 머리는 물결 사이에서 솟아났는데, 헤엄치는 사람의 머리 같지는 않고 수면에 말뚝을 박아 놓은 것처럼, 완전히 수직으로 솟구쳐서는 배를 따라 헤엄쳐 오는 것이었다. 모두가 자기를 놀라게 한 실체를 다른 사람한테 보여 주려고 했다. 하지만 다른 사람들 역시 자기 앞에 나타난, 반은 웃으며 반은 위협적인 괴물을 가리키느라고 제각기 손과 눈을 다른 방향으로 향하고는 똑같은 공포감을 얼굴에 드러내고 있었다. 그들이 제각기 그것을 남에게 알려 주려고 이구동성으로 "저쪽을 봐라", "아니, 저쪽이다!" 하고 외치자, 누구나의 앞에 온갖 흉측한 몰골들이 나타나더니, 물결이란 물결은 모조리 무시무시한 형태로 뱃전에 모여들었다. 그때 사람들의 울부짖는 소리에 운디네는 눈을 떴다. 그녀의 눈꺼풀이 열리기 무섭게 괴물의 미친 듯한 무리도 꺼져 버렸다. 그래도 훌트브란트는 그토록 많은 흉측한 요괴의 무리가 출몰한 데 대해 화를 냈다. 운디네가 다소곳한 눈길로 애원하듯이 목소리를 죽여서 "부탁이에요, 여보. 우리는 지금 물길 위에 있는 겁니다. 지금은 저를 꾸짖지 말아 주세요" 하고 말하지 않았더라면, 그는 불끈 거칠게 저주의 말을 터뜨렸으리라. 기사는 묵묵히 앉아 깊은 생각에 빠졌다. 운디네가 그에게 귀엣말을 했다.

"이렇게 어리석은 여행은 집어치우고 링슈텟텐 성에 조용히 돌아가는 편이 좋지 않겠어요?"

하지만 훌트브란트는 적의에 차서 우물우물 말했다.

"그럼 나는 정작 내 성안에서도 포로가 되어 샘물의 뚜껑을 막아 놓은 한에서나 자유로이 숨을 쉬고 있으란 말인가? 그래서 나는 바라고 있는 거다. 이 미친놈의 친척들……."

그때 운디네가 은근하고 정답게 아름다운 손을 그의 입술 위에 얹었다. 따라서 그도 입을 다물었다. 그리고 운디네가 전에 말한 여러 가지를 곰곰이 생각하며 침묵을 지키고 있었다. 그러는 동안 베르탈다는 온갖 야릇하고 잡다한 생각에 잠겨 있었다. 그녀는 운디네의 혈통에 대해서 여러 가지를 알고 있었지만 전부 알고 있지는 못했다. 특히 저 무서운 퀼레보른에 관해서는 무섭기만 할 뿐 그 이름조차 일찍이 들어 본 적이 없었던 만큼 여전히 알 수 없는 수수께끼였다. 이런 잡다한 괴이한 일을 생각하면서 그녀는 무심코 훌트브란트가 지난날 어느 여행길에서 웬 행상한테서 사서 갖다 준 금목걸이를 풀었다. 그러고는 목걸이를 강의 수면에 가까이 대고 만지작거리면서 마치 꿈을 꾸는 기분으로, 목걸이가 석양의 환한 물 위에 던지는 밝은 광채에 취해 있었다. 그때 돌연 웬 커다란 손아귀가 도나우 강물 속에서 불쑥 올라오더니 목걸이를 잡아당겨 가로채어서는 물속으로 들어가 버렸다. 베르탈다는 비명을 질렀다. 그러자 비웃음 소리가 저 아래 물 밑에서 울려 나왔다. 이렇게 되자 기사는 노여움을 더 이상 참을 길이 없었다. 그는 벌떡 일어서면서 물을 내려다보고 욕지거리를 하고, 자기의 인생과 자기의 연고자를 못살게 구는 모든 것을 향해 저주를 퍼부었다. 그리고 닉스[2] 든 지레네[3]든 자기의 번득이는 칼 앞에 나서라고 기세를 올렸다. 곁에서 베르탈다는 소중한 목걸이를 잃은 것을 슬퍼하여 눈물을 흘림으로써 기사의 노기에 기름을 부어 넣었다. 그러는 동안 운디네는 조용히, 끊임없이 혼자서 뭐라고 중얼거리면서 한 손을 뱃전 너머로 물결 속에 담그고 있었다. 그리고 기묘하고 알아들을 수 없는 중얼거림을 여러 번 멈추고는 애원하듯 남편을 향해 말했다.

•
2) 물의 정령 3) 사이렌. 아름다운 노래로 뱃사람을 유혹했다는 반인반조半人半鳥의 바다 요정

"진정으로 사랑하는 당신, 여기에서는 저를 나무라지 말아 주세요. 하고 싶은 대로 무엇이든 욕을 하세요. 그렇지만 저는 욕하지 마세요. 당신도 아시잖아요?"

그러자 과연 노여움을 못 이겨 더듬거리면서도 그는 그녀한테 직접 할 욕설을 삼켜 버렸다. 그때 그녀는 물결 속에 담갔던 젖은 손으로 놀랍게 아름다운 산호 목걸이를 끄집어냈다. 너무나 찬란하게 빛나서 모두가 눈이 멀 지경이었다.

"받아 두세요"라고 그녀는 상냥하게 베르탈다에게 건네주며 말했다. "이것을 대신 가져오게 했어요. 그러니까 이제 더 속상해하진 말아요, 아가씨."

그러나 이때 기사가 두 여자 사이에 뛰어들었다. 그러고는 아름다운 장신구를 운디네의 손에서 가로채어 다시 물속에 던져 넣고는 노기충천하여 외쳤다.

"그러고 보니 당신은 저놈들과 아직도 내통을 하고 있었구면. 모든 마녀의 이름을 걸어 말하거니와 네 선물을 몽땅 갖고 저놈들한테로 썩 가 다오. 그래서 우리 인간들을 좀 편안하게 해 다오, 이 마녀야!"

그토록 다정하게, 베르탈다에게 주려고 아름다운 선물을 쥐었던 손을 여전히 뻗친 채로, 가엾은 운디네는 똑바로 고정된 시선으로, 그러면서도 눈물을 주르륵 흘리면서 남편을 쳐다보았다. 그러고는 점점 애끓는 듯한 오열을 터뜨렸다. 그야말로 침통하게 기가 죽은, 그야말로 천진스런 어린아이의 모습이었다. 마침내 그녀는 기운 없이 말했다.

"아! 그럼 부디, 안녕히 계셔요! 그자들이 다시는 당신한테 아무 짓도 못하게 하겠어요. 변함없는 사랑을 지켜 주세요. 그러면 제가 저자들을 막아 당신을 괴롭히지 못하게 하겠어요. 아아, 그렇지만 저는 가지 않으면 안 돼요. 이 짧은 생을 작별해야 해요. 아아, 원통하군요. 당신은 무슨 일을 하셨지요? 아아, 슬퍼요. 슬퍼요!"

그리고 그녀는 뱃전을 넘어 사라져 버렸다. 물결을 타고 저쪽 언덕에 올라갔는지, 물속에 휘말려 들어갔는지는 알 길이 없었다. 아무튼 그런 것 같기도 했고, 전혀 그렇지 않은 것도 같았다. 어쨌든 그녀는 순식간에 도나우 강 속으로 영영 흘러들고 만 것이었다. 다만 잔잔한 물결만이 흐느끼듯이 뱃전을 싸고 속삭이고 있어서 완연히 '아아, 슬프군요, 슬퍼요. 변함없는 사랑을 지켜 주세요! 아아 슬퍼요'라고 말하는 듯이 들렸다. 홀트브란트는 뜨거운 눈물을 흘리면서 갑판 위에 쓰러져 버렸고 뒤이어 깊은 실신의 부드러운 베일이 이 불행한 사나이를 휘감아 버렸다.

16장

홀트브란트의 그 후 상황에
관하여

·

　우리의 슬픔이 영속하지 않는 것을 유감이라 해야
할까, 아니면 다행이라 해야 할까? 여기서 말하는 슬픔이란 진
실로 뿌리 깊은 슬픔, 우리 생명의 샘 밑바닥에서부터 자아 나
오는 슬픔을 의미한다. 그것은 곧 잃어버린 연인과, 이미 연인
을 잃은 상태가 아닐 만큼 하나가 되고자 하는 슬픔, 그리하여
연인에게 내려진 생의 빗장이 우리 앞에도 내려질 때까지 전
생애를 통해 연인만을 그리며 숭고한 성직의 생활을 보내고자
하는 슬픔을 말하는 것이다. 아마도 진실로 선한 사람이라면 실
로 이런 성직의 신분을 지키는 경우도 있으리라. 하지만 그것
역시 이미 처음의 참된 슬픔은 아니다. 다른 낯선 심장들이 그
사이에 파고들어 오는 것이다. 그리하여 우리는 마침내 지상의
사물에 대해, 심지어는 우리의 슬픔에 대해서까지도 무상함을
체험하는 것이다. 그러니 어차피 우리는 이렇게 말하지 않을 수

·

없다. 유감이어라! 우리의 슬픔은 진정 영속하지 않은 것이니!

링슈텟텐의 성주도 이런 유감을 맛보았다. 그것이 그에게 구원이 되었는지 어떤지는 이야기를 따라가노라면 자연히 알게 될 것이다. 그는 오로지 비통한 눈물을 흘리는 일밖에는 아무것도 할 수가 없었다. 가련하고 다정한 운디네가, 모든 일을 원만하게 처리하려고 내민 손에서 번쩍이는 목걸이를 가로채였을 때 비통하게 울었던 것처럼 말이다. 그러고 나서 그는 그녀가 한 대로 손을 내밀고, 다시금 그녀처럼 끊임없이 흐느껴 울었다. 그러면서 마침내는 모든 것이 눈물 속으로 흘러 들어가 버렸으면 하는 희망을 남몰래 품고 있었다. 누구라도 그렇지만, 엄청난 슬픔에 휩싸이면 고통의 와중에서도 한 가닥 쾌감과 아울러 이와 비슷한 생각이 마음속에 떠오르지 않았겠는가? 베르탈다도 같이 울었다. 두 사람은 오랫동안 소리 없이 링슈텟텐 성에 같이 살면서 운디네에 대한 추억에 잠기었고, 서로가 한때 사랑하던 감정도 완전히 잊어버렸다. 그 대신 이즈음에 와서는 착한 운디네가 툭하면 훌트브란트의 꿈속에 나타나곤 했다. 그녀는 살며시 다정하게 그를 애무하고는 소리 없이 되돌아가 버리고는 했기 때문에, 잠에서 깨고 나면 그는 어째서 자기의 뺨이 흠뻑 젖어 있는지를 분간할 수가 없었다. 그녀의 눈물 때문인지, 다만 자기가 흘린 눈물 때문인지를.

그러나 꿈에서 운디네의 얼굴을 보는 일도 시간이 흐름에 따라 점점 뜸해지고, 기사의 슬픔도 무디어져 갔다. 뜻밖에도 노어부가 성으로 찾아와서, 이제 와서는 베르탈다를 딸이라고 정색을 하며 데려가겠다고 요구하는 일이 없었더라면, 기사는 아마도 일생을 조용히 운디네를 생각하며 그녀의 이야기를 하는 것 외에 다른 소망을 품어 보지도 않았으리라. 운디네가 사라진 일은 어부도 알고 있었다. 그래서 그는 베르탈다가 결혼하지도 않은 남자의 성안에 한시라도 머무는 것을 용인하려 들지를 않았다.

"대체 내 딸이 나를 사랑하고 있는지 어떤지는 알고 싶지도 않습니다. 하지만 지금은 명예 앞에서는 다른 어떤 것도 끼어들 수 없습지요."

그는 말했다. 이러한 노어부의 의향과, 베르탈다가 떠난 뒤에 황량한 고성의 큰 방이며 복도마다에서 자기를 무섭게 엄습해 올 고독감이, 운디네를 잃은 슬픔에 묻혀 완전히 잊혀졌고 잠들어 버리고 말았던 감정, 즉 아름다운 베르탈다에 대한 훌트브란트의 사랑의 감정을 촉발시켰다. 그래서 그녀에게 청혼을 하였지만 어부는 여러모로 반대를 했다. 운디네는 노인한테 사랑스러운 딸이었던 데다가, 사라져 버린 그녀가 진실로 죽었는지 아닌지 아직까지 확실히 모른다는 것이 노어부의 의견이었다. 설사 그녀의 시체가 실제로 싸늘하게 굳어서 도나우 강바닥에 가라앉아 버렸거나, 밀물을 타고 대양으로 떠내려가 버렸다고 하더라도, 운디네의 죽음에 대해서는 베르탈다도 책임이 있는 만큼, 그렇게 가엾게 밀려난 그녀의 자리에 베르탈다가 들어앉는다는 것은 아무래도 온당치 못하다는 것이었다. 하지만 어쨌든 어부는 기사 역시 퍽 좋아했다. 그리하여 한결 부드럽고 다소곳해진 딸의 간청과, 또한 운디네를 생각해서 우는 딸의 눈물 앞에서, 노어부도 결국 그 결혼을 승인하게 되었던 것이다. 어쨌든 어부도 별 반대 없이 성에 머물게 됐고, 일찍이 행복했던 옛날 운디네와 훌트브란트를 축복해 주었던 신부神父가 파견되었던 것이다.

링슈텟텐 성의 사자가 도착하고 나서, 신부는 성주의 편지를 읽어 보자마자 부리나케 서둘러 성을 향해 길을 떠났다. 급하게 가느라 숨이 막히고 피로에 겨워 노구老軀에 통증을 느낄 때마다, 그는 이렇게 혼잣말을 하곤 했다.

"옳지 않은 일을 막을 수는 있을 테지, 이 몸뚱이야! 목적지에 닿을 때까지는 쓰러져선 안 돼!"

그렇게 자신을 채찍질하면서 일어서서 길을 재촉하여 마침내 어느 날 저녁 늦게 링슈텟텐 성의 울창한 앞마당으로 들어섰다.

결혼을 앞둔 두 남녀는 나무 밑에 팔짱을 끼고 앉아 있었고, 노어부가 생각에 잠겨 그 옆에 자리 잡고 있었다. 그들은 하일만 신부를 알아보자 벌떡 일어서서 반갑게 맞으며 그의 주위에 모여들었다. 하지만 신부는 이렇다 할 말도 없이 신랑을 데리고 성안으로 들어가려 했다. 신랑이 당황해서 신부의 예사롭지 않은 눈짓에 따를 것인지를 주저하고 있자, 경건한 성직자는 입을 떼었다.

"무엇 때문에 내가 비밀로 당신한테만 말하려고 우물쭈물 지체하는지 모르겠군요. 링슈테텐 성주님, 내가 얘기하려는 내용은 베르탈다 아가씨한테나 어부 어르신네한테도 상관있는 일인데 말씀이외다. 누구든 일단 한 번은 듣지 않으면 안 되는 얘기외다. 가능하면 빨리, 지금 당장 듣는 것이 좋겠지요. 대체 당신은 당신의 첫 부인이 진정 죽었다고 확신하시오? 훌트브란트 기사님, 나는 그런 생각이 들지 않소이다. 부인한테 어떤 알 수 없는 사정이 있었는지 확실히 알지도 못할뿐더러, 더 이상 그 얘기를 늘어놓고 싶지도 않소이다. 그렇지만 신앙이 두텁고 정직한 여인이었지요. 이 점만은 추호도 의심할 여지가 없겠지요. 그런데 그 부인이 두 주일 전부터 계속해서 내 꿈에 나타나서 걱정스럽게 보드라운 두 손을 비비면서 끊임없이 한숨을 쉬며 말하는 것이었어요. '아아, 그이를 말려 주세요, 신부님! 저는 아직 살아 있습니다! 아아, 그이의 육신을 구해 주세요! 아아, 그이의 육신을 구해 주세요!'라고. 나는 꿈속의 얼굴이 무엇을 원하는지 알 수가 없었소이다. 그때 당신의 사자使者가 온 것이오. 그래서 나는 이리로 허겁지겁 달려온 것이외다. 이 여자와 헤어지시오, 홀트브란트! 여기 이 사람과 헤어지시오. 베르 탈다! 성주는 엄연히 부인이 있는 몸이오. 성주의 창백한 뺨에 나타난, 사라진 부인을 슬퍼하는 마음이 보이지 않는가요? 신 랑이 저런 얼굴을 하고 있는 경우란 없소이다. 게다가 꿈속의 얼굴이 내게 이렇게 말하고 있소. '당신이 혹시 기사와 떨어지 지 않는다면 당신한테 결코 행복한 일이 없을 것이오'라고."

세 사람은 모두 마음 밑바닥에서는 하일만 신부의 말이 진실 이라고 느끼면서도 그것을 도저히 믿으려 하지 않았다. 노어부 까지도 이제는 갈피를 잡을 수 없는 혼란에 빠져 버려서, 결국 몇 번이나 어쩔 줄 모르게 당황해서 신부의 경고에 맞섰다. 마 침내 신부는 미리 마련해 두었던 숙소에 그날 하룻밤도 들기를 거절하고, 대접하려고 내온 음식도 건드리지 않은 채 머리를 흔 들면서 슬픈 표정으로 성을 떠나 버리고 말았다. 하지만 홀트브 란트는 신부를 망상가라고 애써 자신을 설득하면서, 날이 새자 마자 가까운 수도원의 다른 신부한테 사자를 보냈다. 그 신부는 아무 이의 없이 며칠 안에 결혼식을 행할 것을 약속해 왔다.

17장

기사의 꿈

•

때는 새벽과 밤 사이였다. 기사는 반은 깨어 있고 반은 잠든 상태로 잠자리에 누워 있었다. 막 잠이 들라치면 웬 무서운 것이 그를 향해 마주 서 있는 것 같았고, 잠 속에 도깨비가 버티고 있어서 그를 쫓아내는 듯싶었다. 하지만 온 힘을 다해 정신을 차렸다고 생각해도, 어느덧 백조의 깃 치는 소리 같은 것이, 또 다정하게 감겨 오는 물결 소리 같은 것이 그를 싸고 들려와서, 그것 때문에 다시금 몽롱하니 취한 채 갈피를 잡을 수 없는 상태에 빠져 들어가는 것이었다. 하지만 역시 깜박 잠이 들어 버렸음에 틀림없다. 백조가 깃을 치며 어엿한 날개 위에 그를 싣고 바다와 육지를 넘어 아득히 날아가며 끊임없이 아름다운 노래를 부르는 것 같은 느낌이 든 걸 보면 말이다. "백조의 소리, 백조의 노래, 그것은 분명 죽음을 의미할 것이다"라고 그는 끊임없이 혼잣말을 하지 않을 수 없었다. 하지만 그것은 아마도 또 다른 어떤 의미를 가졌음에 틀림없었다. 이를테면 그는 문득 지중해 위에 떠 있는 몸이 되었던 것이다. 그리하여 그가 지중해의 물결을 내려다보고 있노라니까, 물결은 물 밑바닥까지 환히 꿰뚫어 볼 수 있도록 맑은 수정으로 변해 버렸다. 그는 그것을 보고 굉장히 즐거워했다. 운디네가 투명한 수정의 원형 지붕 밑에 앉아 있는 모습이 보였기 때문이었다. 물론 그녀는 몹시 슬프게 울고 있었고 링슈텟텐 성에서 살던 행복했던 시절, 그 처음 시기는 말할 것도 없고 그 뒤 불행한 도나우 뱃길 여행을 떠나기 바로 전보다도 훨씬 슬픈 모습이었다. 기사는 그 모든 일에 대해 자세히 진정으로 되새겨 보지 않을 수 없었다. 하지만 운디네는 그를 알아채고 있는 기색이 아니었다. 그러는 사이에 퀼레보른이 그녀한테 다가가서 그녀가 울고 있는 것을 나무라려고 했다. 그러자 그녀는 정신을 가다듬고 퀼레보른이 흠칫 놀랄 만큼 의연하고 거만한 눈초리로 그를 쏘아보았다.

"비록 이 물 밑에서 살고 있긴 하지만……" 하며 그녀는 입을 떼었다. "나는 내 영혼을 갖고 내려와 있어요. 그리고 나는 영혼이 있기 때문에 울 수가 있어요. 눈물이라는 것이 무엇인지 아저씨는 도저히 짐작조차 못하겠지만 말예요. 눈물 역시 즐거움의 극치입니다. 이렇게 소중한 영혼을 품고 있는 자에게는 모든 것이 즐거움의 극치인 거예요."

그는 믿을 수 없다는 듯이 머리를 가로저으며 한동안 생각한 끝에 이렇게 말했다.

"그렇지만 얘야, 너는 우리 물의 정의 법칙에 따르고 있지 않니? 그러니까 그자가 다시 결혼을 해서 너를 향한 사랑을 저버린다면 너는 우리의 법칙에 맞춰서 그자의 생명을 빼앗지 않을 수 없단 말이다."

"그이는 지금까지는 홀몸으로 있는걸요. 그리고 애틋한 마음으로 나를 사랑하고 있어요."

운디네가 말했다.

"그러면서도 신랑이 될 예정이란 말이다" 하면서 퀼레보른은 비웃었다. "이제 이삼 일만 두고 봐라. 그럼 신부의 주례로 결혼식이 거행될 테니. 그러고 나면 너는 두 아내를 가진 사나이를 죽이기 위해 지상에 오르지 않으면 안 될 거다."

"나는 그럴 수가 없어요"라고 운디네가 미소하면서 대답했다. "실은 샘물을 완전히 막아 버렸거든요. 나나, 나 같은 친척들이 나가지 못하도록 말이지요."

"그렇지만 그자가 자기 성 밖으로 나오든지, 또는 언제라도 그 샘물을 다시 열게 한다면! 도대체 그자는 이런 모든 일에는 도저히 생각이 미치지 못할 테니까"라고 퀼레보른이 말했다.

"바로 그렇기 때문에……"라고 말하며 운디네는 눈물 속에서도 여전히 미소를 머금고 있었다. "바로 그 때문에, 지금 그이는 영이 되어 지중해 상공을 떠다니면서 우리의 지금 이야기를

꿈으로 꾸어서 경고를 받고 있는 거예요. 곰곰이 생각해서 내가
이렇게 계획을 짠 것이지요."

그때 퀼레보른은 분에 못 이겨 기사 쪽을 쳐다보더니 위협
하는 투로 발을 구르다가 어느새 쏜살처럼 물결 속으로 사라져
버렸다. 그는 노여움에 차서 고래처럼 몸이 부푼 듯이 보였다.
백조는 다시금 노래를 부르며 깃을 치며 날기 시작했다. 기사는
알프스 산지를 넘고 강물을 건너 마침내 링슈텟텐 성안으로 날
아 들어와 자기의 침대에서 잠을 깬 기분이 들었다.

사실상 그는 자기의 잠자리에서 잠이 깨었다. 그때 시동이
들어와서 하일만 신부가 아직도 이 근처에 머물고 있다고 보고
했다. 그 시동은 어젯밤 숲 속에서, 나뭇가지를 구부려 이끼와
섶으로 가린 오두막 안에 있는 하일만 신부를 만났다는 것인데,
결혼식도 올려 주기를 거절한 마당에 여기에서 대체 무엇을 하
고 있느냐는 질문에 대해 이렇게 대답하더라는 것이었다.

"결혼식에서 하는 축하와는 다른 식이 기다리고 있기 때문
이지요. 나는 결혼식 때문에 온 것이 아니라, 다른 예식을 위해
와 있는 것이외다. 어디 두고 보시오. 하기야 결혼식과 장례식
이 뭐 그리 대단한 차이가 있는 것도 아니니까요. 경솔하게 날
뛰어 눈이 멀지 않은 자라면 그 점을 통찰할 것이외다."

기사는 이런 보고와 자기의 꿈에 대해 여러 가지로 야릇한
생각에 잠겼다. 하지만 일단 확실하다고 사람의 머릿속에 자리

잡힌 일을 되돌린다는 것은 얼마나 어려운 일인지 모른다. 그리하여 모든 일은 예정대로 진행되었던 것이다.

18장

기사 홀트브란트의
결혼식

•

링슈텟텐 성에서의 결혼식이 어떻게 진행되었나를
이야기한다면, 독자 여러분은 온갖 현란한 예물들이 산적해 있
으되 그것이 검은 슬픔의 베일에 가려져 있어서 그 어두운 베
일에서 내비치는 온갖 화려한 것들이 즐거움이라기보다는 차
라리 지상의 모든 쾌락의 무상함을 비웃는 듯한 장면을 보는
느낌을 가질 것이다. 그렇다고 무슨 유령 같은 괴물이 등장해서
경사에 모인 사람을 혼란케 했다는 것은 아니다. 아시다시피 이
성은 이미 무서운 물의 정이 출몰하지 못하도록 막아 버린 장
소였으니까. 그렇지만 기사에게나 노어부에게나 그 밖의 모든
손님들에게나 꼭 있어야 할 주인공이 잔치에 빠진 것 같은 느
낌이 든 것은 사실이다. 주인공은 누구나의 사랑을 모아 온 상
냥한 운디네여야 한다는 느낌이 든 것이다. 문이 열릴 때마다
사람들의 눈은 무의식중에 문께로 가는 것이었고, 그때마다 그

•

것은 접시를 든 관리인이든가 진귀한 포도주를 날라 오는 급사
에 지나지 않았기 때문에 사람들은 다시금 실망해서 앞을 바라
보곤 했다. 간혹 농담과 즐거움으로 번득 타올랐던 불꽃도 슬픈
회상 앞에서 이슬로 사라지는 것이었다. 그중에서도 결혼을 앞
둔 신부는 가장 경망스러운, 따라서 가장 만족스러운 상태에 있
었다. 하지만 때로는 그녀에게도, 운디네는 싸늘하게 굳은 시체
가 되어 도나우 강바닥에 가라앉았거나 물결을 따라 큰 바다로
흘러들어가 버렸을 지금, 자기는 초록빛 관을 쓰고 금빛 수가
놓인 옷을 걸치고 식탁의 윗자리에 앉아 있다는 사실이 걸맞지
않게 느껴졌다. 노어부한테서 이런 비슷한 말을 들은 뒤로는 그
말이 끊임없이 그녀의 귓가에 울려 왔고, 유난히 오늘은 아무리
털어 내려 해도 귓가에 맴돌았다.

모인 손님들은 밤이 내리기도 전에 흩어져 버렸다. 그것은
보통 여느 때의 결혼 잔치에서처럼 신랑의 초조한 기대감을 위
해서 해산한 것이 아니라, 우울한 분위기와 화를 알려 주는 예
감의 무게에 눌려서 슬프고 무거운 마음으로 뿔뿔이 가 버린
것이었다. 베르탈다는 시녀를 데리고, 기사는 하인을 거느리고
옷을 갈아입으러 갔다. 이 우울한 잔치에서는 젊은 남녀가 신랑
신부와 어울려 유쾌하게 익살을 떨고 노는 일이란 상상조차 할
수 없었다.

베르탈다는 명랑해지려고 애를 썼다. 그래서 훌트브란트가

선사한 화려한 장식품이며 풍성한 옷가지와 베일을 자기 앞에 펼쳐 놓게 하고는 그중에서 내일 아침에 입을 것으로 가장 아름답고 화려한 옷을 골랐다. 시녀들은 젊은 부인 앞에서 온갖 유쾌한 수다를 떨 기회를 십분 즐기면서 새색시의 미모에 잔뜩 치사를 늘어놓기를 잊지 않았다. 사람들이 이런 모습을 바라보는 데 점점 정신이 팔려 들었을 때, 문득 베르탈다는 거울 속을 들여다보고 한숨을 쉬었다.

"아, 내 목 언저리 옆으로 주근깨가 돋아나 있는 것이 당신들의 눈에도 띄지요?"

과연 아름다운 여주인의 말대로 주근깨가 나 있었다. 하지만 시녀들은 그것이 보드랍고 흰 살갗을 한층 돋보이게 해 주는 애교 반점이라고 이름을 붙였다. 베르탈다는 머리를 가로저으며 그렇지만 역시 흠임엔 틀림없다고 말하고는 "이걸 빼낼 수 있다면 좋을 텐데!" 하고 마침내 탄식을 하는 것이었다.

"보통 때 피부를 깨끗이 해 주는 소중한 물을 길어 오던 성안의 샘물이 막혀 있으니. 아무튼 오늘은 한 병만이라도 있었으면 좋겠는데!"

"그것만이면 됩니까?"라고 말하고는 시녀는 웃으며 잽싸게 방을 빠져나갔다.

"설마 저 아이가 지금 당장 샘의 돌을 굴려 밀어낼 정도로 성급한 짓을 하지는 않겠지?"라고 베르탈다는 만족스러우면서도 놀라운 마음으로 말했다. 그런데 어느덧 장정들이 뜰을 지나가는 소리가 들려오지 않는가. 그리고 창으로는 붙임성 있는 시녀가 장정들을 데리고 곧바로 샘물 쪽으로 가는 모습을 볼 수 있었다. 장정들은 지렛대로 쓸 장대와 그 밖의 연장을 어깨에 메고 있었다.

"그것은 물론 내가 바라던 바였지."

그렇게 되기까지는 꽤 오랜 세월이 걸렸지만, 이라고 말하며 베르탈다는 미소를 흘렸다. 지난날 그토록 가슴 아프게 저지당했던 자기의 지시가 지금 효력을 발하고 있다는 사실을 마음속으로 기뻐하면서, 그녀는 달빛 비치는 성의 뜰에서 벌어지고 있는 일들을 내려다보고 있었다.

장정들은 안간힘을 다해 커다란 돌을 들어 올렸다. 온 사람의 사랑을 받던 지난날의 여주인이 해 놓은 일을 지금 자기들이 무너뜨리고 있다는 생각이 들자, 그중에는 간혹 한숨을 쉬는 사람도 없지 않았다. 그럼에도 불구하고 일은 생각보다 한결 수월하게 진행되었다. 마치 샘 속에 무슨 힘이 깃들어 있어 돌을 떠받쳐 올리는 일을 거들어 주는 것 같았다.

"원, 아닌 게 아니라 샘물 속의 물이 분천噴泉으로 화한 것 같구면."

인부들은 놀라워하며 말을 주고받았다. 그렇게 돌은 점점 들어 올려져, 거의 인부의 도움 없이 천천히 굴러 둔탁한 소리를 내며 포석 위로 내려졌다. 그러자 샘의 구멍으로부터 하얀 물기둥 같은 것이 장려하게 솟아 올라왔다. 모두들 처음에는 정말 분수인 모양이라고 생각했다. 하지만 마침내 뿜어 올려진 물줄기는 다름 아닌 흰 베일을 뒤집어쓴 창백한 여인의 모습임을 알아보게 되었다. 여인은 비통하게 울고 있었다. 그리고 근심스러운 듯이 두 손을 머리 위로 높이 올려 가누고는 천천히 엄숙한 발걸음으로 성채를 향해 걸어갔다. 성안의 하인들은 샘 근처에서 사방으로 흩어졌다. 신부는 해쓱하니 공포에 질려서 시녀들과 함께 창가에 서 있었다. 그 물줄기 형태의 여인은 신부의 방 바로 밑을 지나갈 때 훌쩍훌쩍 흐느끼면서 베르탈다를 올려다보았다. 그러자 베르탈다는 베일 밑에서 운디네의 창백한 모습을 본 것 같은 생각이 들었다. 하지만 슬픔에 젖은 여인은 강요당하듯 머뭇거리면서 마치 최후의 심판대로 향하듯 무거운 발걸음으로 지나갔다. 베르탈다는 기사를 불러 달라고 비명을 질렀다. 하지만 시녀들은 어느 누구도 그 자리에서 꼼짝하려 들지를 않았고 신부도 자신의 소리에 소스라친 듯 입을 다물고 말았다.

여인들이 입상처럼 꼼짝 않고 마음 졸이며 창가에 서 있는 동안에 그 기이한 여인은 성채에 당도해서 끊임없이 소리 없는 눈물을 흘리면서 계단을 올라서 정든 커다란 홀을 익숙하게 지나갔다. 아아, 일찍이 그녀가 여기를 거닐었을 때는 지금과 얼마나 달랐던가!

한편 기사는 하인을 내보내고 반쯤 옷을 벗은 상태로 깊은 생각에 잠겨 거울 앞에 섰다. 촛불이 희미하게 그의 곁에서 불타고 있었다. 그때 들릴락 말락 나지막이 손가락으로 문을 두드리는 소리가 들렸다. 지난날, 다정하게 장난을 치고 싶을 때면 운디네가 그렇게 두드리곤 하던 소리였다.

"이건 모두 망상에 지나지 않아!"라고 그는 혼잣말을 했다.

"나는 신방에 들어야 할 몸이다.""그러셔야 하지요. 하지만 싸늘한 신방으로 드시는 겁니다!"라고 방 밖에서 우는 듯한 음성이 들려왔다. 그리고는 천천히 살그머니 문이 열리며 하얀 옷을 입은 여인이 들어서서 등 뒤로 차분하게 자물쇠를 잠그는 모습이 거울 속에 비쳤다.

"샘을 열었던데요."

그녀는 나지막한 음성으로 말했다. "그래서 제가 여기에 오게 됐어요. 자아, 이제 당신은 죽는 거예요."

그는 심장이 꽉 막히는 충격과 함께 이제 와서는 어쩔 도리가 없다고 느꼈지만, 두 손으로 눈을 가리고 이렇게 말했다.

"내 마지막 순간을 공포감으로 미치게 만들지는 말아 다오. 베일 밑에 있는 네 모습이 끔찍한 몰골이라면, 베일을 벗지 말아 다오. 그리고 네 얼굴을 안 보인 채로 나를 심판해 다오."

"아아……."

먼 길을 온 연인은 대답했다. "그럼, 당신은 대체 단 한 번이라도 더 제 얼굴을 보고 싶지 않으신가요? 언젠가 곳에서 제게 사랑을 고백하시던 때와 똑같이 저는 아름답습니다."

"아아, 그것이 사실이라면……." 하면서 훌트브란트는 한숨을 쉬었다. "네 입술의 한 번의 키스로 죽을 수 있다면!"

"아아. 좋아요. 사랑하는 당신이여"라고 말하며 그녀는 베일을 젖혔다. 과연 그녀의 사랑스러운 얼굴이 천사처럼 아름답게 미소하며 모습을 드러냈다. 사랑하는 마음과 죽음이 다가온 느낌에 몸을 떨면서 기사는 그녀를 향해 달려들었다. 그녀의 키스는 천상의 키스였다. 하지만 그녀는 다시는 그를 놓아 주지 않고 점점 더 그를 조여 안고는 영혼이 다할 때까지 울려는 듯이 마냥 눈물을 흘렸다. 눈물은 기사의 눈으로 흘러들었고 사랑의 아픔과 함께 그의 가슴속으로 물결쳐 왔다. 그리하여 마침내 그의 호흡은 끊어졌다. 그는 시체가 되어 아름다운 여인의 팔에서 편안한 잠자리 위로 소리 없이 쓰러져 간 것이었다.

"나는 그이를 눈물로 죽였어요"라고 그녀는 건넌방에서 마주친 하인들에게 말하고는 공포에 질린 사람들을 헤치고 천천히 샘을 향해 걸어 나갔다.

19장

기사 홀트브란트의
장례식

·

　　링슈텟텐 성주의 죽음이 부근에 알려지자마자 하일만 신부가 성으로 찾아왔다. 이 불행한 결혼식을 이끌었던 다른 신부가 놀라움과 공포에 질려 막 성문을 빠져나가려는 순간이었다. 사람들이 하일만 신부에게 그 이야기를 알리자, 하일만 신부는 대답을 했다.

　"마땅히 올 것이 온 것이지요. 이제부터 나의 임무가 시작되는 것이오. 아무도 나를 도와줄 필요는 없소이다."

　그러고 나서 그는 미망인이 된 신부를 위로하기 시작했지만, 애당초 세속적으로 타고난 그녀의 성품에는 아무런 효력이 없었다. 이와는 달리 노어부는 마음속으로는 깊이 슬퍼하면서도 딸과 사위가 부닥친 숙명을 한결 잘 이해하고 있었다. 그래서 베르탈다가 운디네를 살인자니 마녀니 하면서 욕지거리를 그치지 못하는 한편에서 노인은 침착하게 말했다.

"어차피 이렇게 될 수밖에 없었습니다. 나는 여기서 바로 하느님의 심판을 봅니다. 그렇지만 홀트브란트의 죽음을 가장 가슴 아프게 여길 사람은, 스스로의 손으로 벌을 내리지 않을 수 없었던, 가엾게 버림받은 운디네일 것입니다!"

그렇게 말하고 그는 고인故人의 신분에 맞추어 장례 절차를 진행시키는 일을 도왔다. 고인은 그의 선조 대대의 묘지가 있는 어느 교회 촌에 묻히도록 결정되었다. 고인도 그랬었지만, 선조들이 생전에 풍성한 자유와 예물을 바쳐 왔던 교회였다. 방패와 투구가 같이 묘혈에 묻히기 위해 이미 관 위에 놓여 있었다. 링슈텟텐 성주 홀트브란트는 그의 혈통의 마지막 기사로서 죽어 갔기 때문이었다. 장례에 참석한 사람들은 바람 한 점 없는 청명한 하늘을 향해 만가輓歌를 부르면서 슬픈 행렬을 움직이기 시작했다. 하일만 신부는 십자가를 높이 들고 제일 앞에 섰고, 어찌할 바를 모르는 베르탈다가 아버지한테 의지하며 뒤를 따랐다. 그때 미망인을 따르며 곡을 해 주는 검은 상복 여인들의 틈바구니에서 눈처럼 흰 여인이 베일을 깊게 드리우고는 비통하게 눈물을 흘리며 두 손을 높이 들고 있는 모습이 보였다. 그 여인과 나란히 가던 여자들은 섬뜩한 전율에 사로잡혀 뒤로 물러나거나 옆으로 피했다. 그런 움직임에 밀려 흰 옷의 낯선 여인 옆에 서게 된 딴 여자들은 한층 더 겁에 질렸고, 순전히 이런 북새통 때문에 장의 행렬에 혼란이 일기 시작했다. 몇 사람의 뱃심 좋은 병사가 흰 옷의 여인에게 말을 걸기도 하고 행렬에서 쫓아내려 했지만, 그들이 잡으려고만 하면 그녀는 빠져나갔다가 어느 틈에 다시 차분하고 의연한 걸음걸이로 장의 행렬에 끼어들어 있는 것이 보였다. 시녀들이 끊임없이 행렬에서 빠져나가는 바람에 마침내 그녀는 베르탈다의 바로 뒤에까지 이르렀다. 하지만 이제부터 그녀는 베르탈다가 눈치채지 못할 정도로 아주 느릿느릿 보조를 맞추며 다소곳하고 예의 바르게 베르탈다를 방해하지 않고 뒤따라갔다.

모두가 묘지에 도착해서 장의 행렬이 파헤쳐진 묘혈의 주위를 둥글게 에워쌀 때까지도 그 상태는 계속되었다. 그때 베르탈다는 쫓아온 이 불청의 동반자를 발견하고, 한편 화가 나고 또 한편으로는 놀란 나머지 기사의 묘지에서 물러나라고 명령했다. 하지만 베일의 여인은 조용히 거부하는 자세로 머리를 가로젓고는 다소곳이 간청하는 자세로 베르탈다를 향해 두 손을 들었다. 그것을 보자, 베르탈다는 깊이 마음이 뒤흔들렸고, 도나우 강에서 이처럼 다정하게 자기에게 목걸이를 내밀어 주던 운디네의 모습을 눈물과 함께 상기하지 않을 수 없었다. 마침 그때 하일만 신부가 눈으로 조용히 할 것을 명했다. 흙이 덮여 봉분이 쌓이기 시작하는 유해에 대해 조용히 명복의 기도를 올리려는 참이었던 것이다. 베르탈다는 소리 없이 꿇어앉았다. 모두가 무릎을 꿇었다. 그리고 묘혈을 파는 사람까지도 작업이 끝난

✣

뒤에 꿇어앉아 있던 자리에서는 은빛 영롱한 작은 샘이 잔디밭
에서부터 솟아나고 있었다. 샘물은 끊임없이 솟아올라 마침내
는 기사의 봉분을 거의 에워싸고 말았다. 그리고는 계속 흘러
묘지의 옆에 있는 고요한 연못으로 넘쳐흘러 들어갔다. 그리하
여 후세에 이르러서도 이 마을 사람들은 이 샘을 가리켜, 가련
하게 버림받은 운디네가 이러한 모습으로 언제까지나 다정한
팔로 사랑하는 이를 감싸 안고 있는 것이라고 믿고 있다는 것
이다.

●
차경아
옮김

왕의 신부
자연에 따라 구상된 한 편의 메르헨

Die Königsbraut, 1821

에른스트 테오도르 아마데우스 호프만
Ernst Theodor Amadeus Hoffmann

에른스트 테오도르 아마데우스 호프만
Ernst Theodor Amadeus Hoffmann
1776-1822

문학사적으로 낭만주의와 사실주의의 경계선에 서 있는 독특한 작가다. 어떤 문학사가들은 미국 작가 에드거 앨런 포가 그의 영향을 받았으리라고 추정하기도 한다. 또한 일부 평자들은 그의 소설『모래 사나이』가 SF 소설의 효시가 되었다는 평가를 내리기도 한다. 이처럼 다양한 평가가 보여 주듯이 그의 작품들은 당대로서는 보기 드문 복잡한 구조와 환상적인 내용을 담고 있다. 호프만 소설의 환상성은 낭만주의 작품의 기조인 환상적인 분위기와는 많은 차이를 보인다. 그의 소설은 인간 내면에 내재한 이상 심리와 불안, 외부 세계와의 대립 또는 괴리에서 오는 뒤틀린 현실을 환상적인 이야기 속에 담아 반영하고 있다.

「왕의 신부」는 호프만의 작품 가운데서도 가장 '동화'적인 작품으로, 낮에는 법률관으로 밤에는 예술가이자 술꾼으로 활약했던, 결코 평범하다고 할 수는 없는 작가 자신의 정신세계가 지향하고 있는 지점을 확인할 수 있다.「황금 항아리」는 작가가 자신의 대표작으로 손꼽은 작품으로, 현실과 환상의 경계가 무너진 상황이 계속해서 이어지면서 도대체 어떤 세계가 진실인지 의문을 품게 한다.

호프만의 작품 가운데 차이콥스키의 발레 극으로 더 잘 알려진『호두까기 인형』이 있으며, 앞서 언급한『모래 사나이』외에『악마의 묘약』,『브람빌라 공주』등도 문학 전공자와 평론가들 사이에 끊임없이 회자되는 작품이다.

1장

등장인물들과 그들의 상황에 대한 보고와
이후의 장들이 담고 있는
기막히고도 경이로운 모든 일들에 대한 편안한 전주곡

•

　　　　풍년이 들었습니다. 밭에는 호밀, 밀, 보리와 귀리가
황금물결을 이루었습니다. 농가의 청년들은 푸른 콩밭으로 가
고, 사랑스런 가축들은 클로버 잎을 뜯으러 풀밭으로 갔습니다.
나무에는 버찌가 주렁주렁 열려서 참새 떼들이 모조리 쪼아 먹
으려고 덤벼들어도, 절반은 남겨 두었다가 나중에 먹어야 할 지
경이었어요. 만물은 자연이 열어 베푸는 성대한 만찬에 매일같
이 포식을 했습니다. 특히나 답슐 폰 차벨타우 씨네 채소 농사
가 굉장히 잘돼 안나 양이 너무 기뻐 정신을 차릴 수 없을 지경
이라 해도 그건 놀랄 만한 일이 아니었지요.

　당장 답슐 폰 차벨타우 씨와 안나 양, 이 두 사람이 누구인지
밝힐 필요가 있는 것 같군요.

　친애하는 독자여, 당신이 어떤 여행길에 정다운 마인 강이
흘러가는 아름다운 지역에 이를 수도 있을 겁니다. 훈훈한 바

람이 떠오르는 아침 햇살을 받아 금빛 찬란한 초원 위로 향기로운 입김을 불어 보냅니다. 당신은 비좁은 마차 안에 갇혀 있기가 싫어서 마차에서 내려 아담한 숲 속을 거닙니다. 마차를 타고 계곡을 내려올 때 당신이 그 너머로 한 작은 마을을 알아보았던 숲입니다. 그런데 이 작은 숲에서 갑자기 키가 크고 비쩍 마른 한 남자가 당신에게 다가오고, 그의 별난 행색이 당신을 사로잡습니다. 그 남자는 칠흑 같은 가발 위에 작은 회색 펠트 모자를 푹 눌러쓰고, 온통 회색 차림의 양복과 조끼, 바지를 입고, 양말과 신발까지 회색으로 신고 있습니다. 심지어는 아주 긴 지팡이마저 회색으로 칠해져 있습니다. 그 남자가 당신에게 성큼성큼 다가옵니다. 그런데 움푹 들어간 커다란 눈으로 당신을 마주 보면서도 당신의 존재를 전혀 깨닫지 못하는 듯 보입니다. 그가 당신과 거의 부딪칠 뻔한 순간, 당신은 그에게 "좋은 아침입니다!"라고 말을 건넵니다. 그러자 그 남자는 깊은 꿈에서 깨어난 듯 움칫하더니 모자를 슬쩍 들어 올려 인사를 하며 울먹이는 듯한 공허한 목소리로 말합니다.

"좋은 아침이라고요? 이런! 우리가 좋은 아침을 맞으면 얼마나 좋겠습니까? 불쌍한 산타 마을 사람들! 방금 지진이 두 번 있었죠. 그리고 이제는 비가 억수같이 쏟아지고 있으니!"

친애하는 독자여, 당신은 이 기이한 남자에게 뭐라 대답할지 모릅니다. 그러나 당신이 그 대답을 생각하는 동안, 남자는 "실례합니다, 신사 양반!"이라고 말하고는 당신의 이마를 부드럽게 어루만진 후 당신의 손바닥을 들여다봅니다.

"하늘의 축복이 있기를. 신사 양반, 당신은 별자리가 좋소이다."

그는 아까와 마찬가지로 울먹이는 공허한 목소리로 말하고는 다시 말을 타고 성큼성큼 가던 길을 갑니다. 이 별난 남자가 다른 아닌 답술 폰 차벨타우 씨였습니다. 그리고 답술 씨가 상속받은 보잘것없는 유일한 재산이 바로 당신 눈앞에 아주 아담하게 들어앉은 작은 마을 답술하임이지요. 당신은 지금 막 그 마을에 발을 들여놓은 것입니다. 아침을 드시고 싶겠지만, 주막 안은 썰렁해 보이네요. 큰 장이 섰을 때 비축한 음식들을 몽땅 먹어 버렸지요. 당신이 우유만으로 성이 차지 않는다면, 사람들이 당신에게 답술 씨의 저택을 알려 줄 겁니다. 그리고 그곳에서는 친절한 안나 양이 막 준비한 음식으로 당신을 잘 대접할 것이고요. 당신은 주저하지 않고 그곳으로 갑니다. 이 저택에 관해서는 그 옛날 베스트팔렌에 있던 톤더통크통크 남작의 성과 똑같은 창문과 문이 있다는 것 외에 달리 말할 게 없습니다. 그래도 대문 위에 뉴질랜드풍 장식으로 나무에 새겨진 차벨타우 가문의 문장은 휘황찬란하지요. 하지만 이 집이 기이한 집이라는 명성을 얻고 있는 것은 집 북쪽 면이 무너진 고성古城의 성벽과 맞닿아 있는 데 기인합니다. 말하자면 집 후문이 곧 그 옛날 성문이며, 그곳을 통해 나서면 성의 안뜰로 이어지는데, 그 한가운데에는 높고 둥근 망루가 아직도 온전한 모습으로 서 있는 겁니다. 이제 가문의 문장이 달린 대문에서 볼그레한 뺨의 한 젊은 처녀가 당신에게 다가옵니다. 맑고 푸른 눈의 그 금발 처녀는 매우 아름답다고 할 수 있겠지만 몸매로 말할 것 같으면 약간 통통하니 세련되지 못한 모습입니다. 친절이 몸에 밴 처녀는 당신을 집으로 초대하여, 곧 당신의 시장기를 눈치채고 당신에게 맛 좋은 우유, 두툼한 버터 빵 한 조각, 바욘[1])에서 만든 것처럼 보이는 익히지 않은 햄, 그리고 사탕무로 만든 브랜디 한 잔을 대접합니다. 그사이 처녀는—바로 이 처녀가 다름 아닌 안나 폰 차벨타우 양입니다—아주 쾌활하고 거리낌 없이 농사일에 관해 이야기하며 풍부한 지식을 드러내 보입니다. 그런데 이때 갑자기 무시무시하고 쩌렁쩌렁한 목소리가 허공에서 들리는 양 울려 퍼집니다.

"안나! 안나! 안나!"

당신이 깜짝 놀라자, 안나 양은 아주 다정하게 말합니다.

"아버지께서 산책을 마치고 돌아오셔서 아침 식사를 달라고 서재에서 부르시는 거예요."

"서재에서 부른다고요?"

---

1) 프랑스 아키텐 주 피레네자틀랑티크 현에 있는 도시

당신은 아마 의아하게 물을 겁니다.

"네." 사람들이 애칭으로 앤헨이라고도 부르는 안나 양이 대답합니다. "아버지의 서재는 저 위 탑에 있거든요. 아버지는 확성기에다 대고 저를 부르시는 거예요."

친애하는 독자여, 당신은 안나 양이 탑의 좁은 문을 열고 당신이 방금 먹었던 것과 똑같은 아침밥을 들고, 말하자면 두툼한 햄 한 조각과 빵 그리고 사탕무 브랜디를 가지고 뛰어 올라가는 모습을 지켜봅니다. 그러나 안나 양은 금세 당신 곁으로 돌아와 당신을 멋진 채소밭으로 안내하며 알록달록한 플뤼마게, 라푼티카[2], 영국 투르넵스[3], 작은 녹색 머리[4], 몬트뤼, 무갈 제국의 대황제, 노란 왕자 머리 등에 관한 수많은 이야기를 들려주어 당신을 어리둥절하게 만듭니다. 특히나 당신이 그 고상한 이름들이 바로 양배추와 양상추 이름이라는 걸 몰랐다면 놀랄 밖에요.

친애하는 독자여, 이같이 잠깐 답술하임을 방문한 것만으로도 당신이 이 집의 상황을 충분히 짐작했으리라 여기며, 이제 당신에게 이 집에서 일어나는 온갖 기이하고 믿기 어려운 일을 이야기하겠습니다. 유년 시절 답술 폰 차벨타우 씨는 상당한 재력가였던 부모의 성을 멀리 떠나는 일이 별로 없었습니다. 별

---

2) 고대 작센 지방에서 났던 뿌리채소로 한때 사라졌다가 최근에 다시 발견되었다. 3) 순무를 뜻한다. 4) 오그라기 상추를 뜻한다.

난 구석이 있는 늙은 가정 교사는 그에게 외국어를, 특히 동양의 언어를 가르친 후, 신비주의, 솔직히 말하면 비밀스러운 것을 뒤적거리는 짓에 애착을 품게 만들었지요. 가정 교사는 죽으면서 비밀스런 학문에 심취해 있던 젊은 답술에게 그것에 관한 장서를 몽땅 유산으로 남겨 주었어요. 부모들도 세상을 떠나자 젊은 답술은 멀리 여행을 떠났고, 특히 가정 교사가 그의 영혼에 주입한 대로 이집트와 인도로 갔습니다. 오랜 세월이 흐르고 그가 마침내 다시 고향으로 돌아왔을 때, 그의 한 사촌이 그사이에 그의 재산을 어찌나 탐욕스럽게 관리했던지, 그의 몫으로 남긴 것은 작은 마을 답술하임이 전부였어요. 답술 폰 차벨타우 씨는 세속적 황금에 연연하기에는 보다 높은 세계의 찬란한 황금을 추구하던 터라, 오히려 사촌에게 진심으로 감사를 했습니다. 점성술을 위한 천체 관측용으로 건축된 듯 보이는 멋지고 높은 망루가 있는 정다운 마을 답술하임을 지켜 주었다고 말이지요. 그리고 곧 답술 폰 차벨타우 씨는 망루 꼭대기에 자신의 서재를 만들게 하였습니다. 꼼꼼한 사촌은 이제 답술 폰 차벨타우 씨가 결혼을 해야 하는 근거를 댔습니다. 답술 씨는 그 필요성을 인식하여 사촌이 골라 준 여자와 곧바로 결혼을 했고요. 그러나 아내는 이 집에 들어왔을 때처럼 떠나는 것도 빨랐어요. 딸을 낳자마자 죽은 겁니다. 사촌이 결혼식, 세례식, 장례식을 치러 주었기 때문에 탑 위에 있던 답술 씨는 그 모든 일에 대해 괘념하지 않았어요. 특히 그 시간 내내 아주 진귀한 혜성 하나가 하늘에 떠 있었는데, 침울한 성품에다 항상 불행을 예감하는 답술 씨는 그 별의 위치가 자신과 연관되어 있다고 믿고 있었기 때문이지요. 답술 씨의 어린 딸은 한 늙은 종고모의 훈육하에 농사일에 대한 강한 애착을 키워 나가 종고모에게 커다란 기쁨을 선사했어요. 흔히 말하듯이 안나 양은 밑바닥 일부터 배워야 했습니다. 처음에는 거위 치는 소녀로, 다음에는 하녀로, 우두머리 하녀로, 가정부로, 결국에는 안주인으로 올라갔고, 그렇게 이론은 유익한 실천을 통해 확인되고 통달되었지요. 안나 양은 거위, 오리, 닭, 비둘기, 소, 양을 몹시 사랑했고, 예쁜 돼지 새끼를 다정하게 사육하는 것조차 그녀에게는 중요한 일이었어요. 그렇다고 해서 옛날 어떤 나라에 살았다던 어떤 아가씨처럼 작고 하얀 새끼 돼지에게 리본과 방울을 매달아 애완용 돼지로 키운 건 아니랍니다. 가축을 돌보고 과일을 재배하는 일보다도 안나 양에게는 채소밭이 우선이었어요. 농사일에 대한 종고모의 박식함 덕분에 안나 양은—친애하는 독자께서 그녀와의 대화에서 이미 알아채신 것처럼—실제로 채소 재배에 관해 탁월한 이론적 지식을 갖추고 있었고, 밭을 일구고 씨를 뿌리고 식물들을 옮겨 심을 때에도 그 모든 작업을 관리할 뿐 아니라 발 벗고 나서 돕기도 하였습니다. 삽질 또한 잘해서, 심술궂게 시기심을 품은 사람이라도 그녀에 대해 왈가왈부할 수 없었어요. 늙은 종고모가 죽은 후 답술 폰 차벨타우 씨가 점성술에 관한 관찰과 그 밖의 신비주의적인 일에 몰두해 있는 동안 안나 양은 훌륭하게 살림을 관리했습니다. 그러니까 답술 씨가 하늘의 일을 뒤쫓고 있는 동안 안나 양은 재치 있고 부지런히 지상의 일을 돌본 셈이지요.

앞서 말한 것처럼, 안나 양이 올해 채소밭의 풍작을 기뻐하며 거의 정신을 차릴 수 없을 지경이라 해도 놀랄 일이 아니었어요. 그중에서 당근 농사가 다른 어떤 작물보다도 잘되어서 엄청난 수확을 약속하고 있었습니다.

"와, 정말 예쁘고 사랑스런 당근들이야!"

안나 양은 감탄을 연발했고, 크리스마스 때 선물을 잔뜩 받은 아이처럼 손뼉을 치며 깡충깡충 뛰고 춤을 추었습니다. 땅속에 묻힌 당근 자식들도 안나 양의 기쁨을 함께하는 것 같았어요. 가느다란 웃음소리가 귀에 들릴 정도로 분명코 밭에서 올라왔으니까요. 안나 양은 그 소리에는 특별히 관심을 기울이지 않고, 편지를 높이 쳐들고 자기를 부르는 하인에게 달려갔습니다.

"안나 아가씨, 아가씨께 온 편지예요. 고트리프가 시내에서 이 편지를 가져왔어요."

안나 양은 봉투의 주소를 보고 그 편지가 다름 아닌 젊은 아만두스 폰 네벨슈테른 씨에게서 온 것임을 대번에 알아챘어요. 아만두스는 이웃에 사는 대지주의 외아들로 대학에 다니고 있었어요. 그는 부친의 집을 떠나기 전까지 하루가 멀다 하고 답술하임으로 달려와, 평생 안나 양 이외에 어떤 사람도 사랑할 수 없노라고 단언을 하곤 했어요. 안나 양 역시 갈색 곱슬머리의 아만두스 외에 다른 누구에게도 눈곱만치도 호의를 품을 수 없다는 것을 알고 있었고요. 그래서 안나와 아만두스, 이 두 사람은 가급적 빨리 결혼해서 이 세상에서 제일 행복한 부부가 되는 게 좋겠다는 데 뜻을 같이했습니다. 평소에 아만두스는 유쾌하고 거침없는 성격의 청년이었어요. 그런데 대학에 가서 알 수 없게도 그 자신이 대단한 시적인 천재라고 우쭐하게 되었을 뿐 아니라 지나치게 열정적인 상태에 치우치는 길로 잘못 빠져들었습니다. 그리고 얼마 후에는 초라한 산문쟁이들이 오성과 이성이라고 부르며, 이 두 가지는 아무리 대단한 환상력을 갖다 대도 그대로 존속한다고 그릇되게 주장하는 이 모든 것들을 묵살하기에 이르렀지요. 어쨌든 그 편지는 젊은 아만두스 폰 네벨슈테른 씨가 보낸 편지로, 안나 양은 기뻐하며 편지를 뜯어 읽었습니다.

천상의 그대!
그대가 보고 느끼고 예감할 수 있다면 좋겠소. 그대의 아만두스가 향기로운 저녁의 오렌지 꽃내음에 에워싸인 채 풀밭에 누워 경건한 사랑과 그리움이 가득 찬 시선으로 하늘을 올려다보는 것을! 백리향과 라벤더, 장미와 패랭이꽃 그리고 노란 꽃심의 수선화와 수줍은 제비꽃으로 화관을 엮는다오. 이 꽃들은 사랑이 담긴, 당신에 대한 생각이라오. 오, 안나! 하지만 무미건조한 산문이 열광에 찬 입술에 어울릴 수 있으리오? 들어 보아요. 나는 단지 소네트의 시조에 담아서만 사랑할 수 있고, 내 사랑에 대해 입에 올릴 수 있다오.

사랑이 수천 갈래의 목마른 햇살 속에서 타오르네.
아, 마음속 욕망이 욕망을 향해 그토록 기꺼이 구애하는데,
어두운 하늘에서 별들이 반짝이며
사랑의 눈물이 솟는 샘물에 비치네.

황홀함이, 아! 커다란 기쁨을 으스러뜨리네.
쓰디쓴 씨앗에서 싹터 나온 달콤한 열매,
그리움이 보랏빛 먼 곳에서 손짓하고
사랑의 고통 속에서 나의 존재는 녹아 없어졌네.

불의 파도 속에 부서지는 파도가 미친 듯이 날뛰는데,
용감하게 헤엄치는 자는 대담하게
돌연 뛰어내리고 싶은 마음이 드네.

가까이 착륙한 곳에 히아신스가 꽃피어 있네.
충실한 마음이 싹트며 피를 흘리려 하네.
심장의 피는 뿌리 중의 가장 아름다운 뿌리 그 자체라네!

오, 안나! 이 소네트 중의 소네트를 읽고 천상의 황홀함이 그대를 가득 채우기를 바라오. 내가 이 소네트를 쓰고 나서, 나중에 삶의 절정을 예감케 하는 똑같은 감정에 사로잡혀 열광적으로 이 소네트를 낭독했을 때, 내 온 존재는 바로 그 같은 황홀경 속으로 녹아들었었다오. 사랑스런 그대여, 그대의 충실하며 최고의 열광에 빠져 있는 아만두스 폰 네벨슈테른을 생각해 주오.

추신: 경건한 그대여, 답신을 보낼 때 그대가 직접 재배한 버지니아 담배 몇 파운드를 동봉하는 것을 잊지 말아요. 그 담배는 이곳 대학생들이 술집에서 피우는 푸에르토리코 담배[5]보다 불이 잘 붙고 맛있다오.

안나 양은 편지에 입술을 대고 말했습니다.
"아, 너무나 멋지고 아름다워! 운을 잘 맞춘 정말 멋진 시구야. 아, 내가 모든 걸 이해할 만큼 똑똑하다면 좋으련만. 하지만

---

[5] 푸에르토리코는 서인도 제도의 대★ 엔틸리스 제도에 있는 미국의 자치령으로, 담배가 주요 농산물 중 하나로 유명하다.

그것은 대학생들이나 가능한 일이야. 뿌리들이라는 구절이 대체 무슨 뜻일까? 아, 아만두스 님이 뜻했던 건 뿌리가 긴 영국산 홍당무거나 라푼티카일 거야, 내 사랑!"

안나 양은 그날 중으로 담배를 포장하고, 깃펜을 세심하게 깎는 교장 선생님께 아주 예쁜 거위 깃펜 열두 자루를 보내는 데에도 마음을 썼습니다. 그리고 오늘 중으로 책상에 앉아 소중한 편지에 답장을 쓰려고 했어요. 그런데 안나 양이 채소밭에서 빠져나올 때, 다시금 알아들을 수 있을 정도로 안나 양을 비웃는 소리가 났습니다. 안나 양이 조금이라도 주의를 기울였다면 분명 그 가느다란 목소리를 알아들었을 겁니다. 이런 소리였어요.

"나 좀 뽑아 줘, 나 좀 뽑아 줘. 난 다 익었어, 익었다고. 익었단 말이야!"

그러나 이미 말했듯이 안나 양은 그 소리에 신경 쓰지 않았답니다.

2장

첫 번째 기이한 사건과 읽어 볼 만한 다른 사건의 전개와 이 사건들로 인해 생겨난 약속된 메르헨

•

답술 폰 차벨타우 씨는 보통 딸과 함께 검소한 식사를 하기 위해 점심때 그의 천문 탑에서 내려왔습니다. 식사 시간은 매우 짧고 아주 조용히 진행되곤 했는데, 그건 답술 씨가 말하는 걸 좋아하지 않기 때문이었어요. 안나 양 역시 말을 많이 해서 아버지를 귀찮게 하는 일이 없었고, 더군다나 아버지가 말문을 열기만 하면 머리가 어지러울 정도로 온갖 야릇하고 이해할 수 없는 것들을 늘어놓는 걸 알기 때문에 더더욱 말수를 줄였습니다. 그러나 오늘 안나 양은 채소밭의 풍작과 사랑하는 아만두스의 편지 때문에 몹시 흥분해서 그 두 가지 일을 두서없고 끝도 없이 재잘댔어요. 결국 답술 폰 차벨타우 씨가 칼과 포크를 내려놓고 귀를 막은 뒤 고함을 쳤지요.

"아, 알맹이도 없고 어수선하고 정신없는 수다 좀 그만 떨어라!"

•

✦

안나 양이 깜짝 놀라 입을 다물자, 답술 씨는 특유의 느릿하고 울먹이는 목소리로 말했습니다.

"사랑하는 딸아, 나는 채소에 관한 거라면 올해의 항성들의 운행으로 보아 그 같은 풍작을 가져올 것을 벌써부터 알고 있었다. 땅 위의 인간은 양배추와 무와 상추를 즐기게 될 것이다. 아울러 풍성해진 토질은 잘 빚어진 항아리처럼 불의 정령을 품고 견딜 수 있을 것이다. 땅의 정령은 호전적인 불의 정령 샐러맨더에 맞설 것이며, 나는 네가 훌륭하게 가꾼 미나리를 먹을 생각을 하니까 기쁘구나. 아만두스 폰 네벨슈테른 군에 관한 일이라면, 그가 대학을 졸업하자마자 너와 결혼하는 걸 추호도 반대할 생각은 없단다. 네가 너의 신랑과 결혼식에 갈 때에 너희와 동행하여 교회에 갈 수 있도록 고트리프를 탑 위로 보내 그 사실을 알려 다오."

답술 씨는 얼마간 입을 다문 후, 기쁨에 들떠 얼굴이 새빨갛게 상기된 안나 양은 쳐다보지 않은 채, 웃음을 띠고 포크로 잔을 두드리면서―이 두 가지 동작은 그가 언제나 동시에 하는 일이지만 좀처럼 그런 일이 드물었지요―계속 말했습니다.

"아만두스 군은 뭔가를 해야 하고 할 수밖에 없는 사람이다. 내 말은 숙명이란 것이지. 사랑하는 안나야, 내가 이미 오래전에 별을 보고 운명을 점친 것을 고백해야겠구나. 평소 별의 위치가 상당히 좋더구나. 그는 60도 떨어진 위치에서 금성이 바라보는 승교점昇交點에 목성을 가지고 있단다. 다만 시리우스성의 궤도가 교차할 뿐이지. 그런데 바로 교차점에 큰 위험이 도사리고 있는데, 그 위험에서 그는 자신의 신부를 구할 거란다. 점성술에 도전하는 것처럼 보이는 어떤 낯선 존재가 그 사이에 개입해 있기 때문에 위험 자체는 규명할 수가 없구나. 그렇지만 사람들이 어리석음이나 광기라고 부르곤 하는 특별한 정신 상태만이 아만두스 군으로 하여금 아까 말한 위험에서 신부를 구하도록 해 주는 것만은 확실하단다. 오, 내 딸아. (여기에서 답술 씨는 다시 평소의 울먹이는 목소리로 말했어요.) 오, 내 딸아, 음흉스럽게 내 예언의 눈을 피해 숨어 있는 어떤 무시무시한 힘이 갑자기 너의 길을 가로막지 말았으면 좋겠다. 또 아만두스 군은 다른 위험에서 너를 구할 생각보다는 너를 노처녀로 만들지 않을 생각만 할 수 있으면 좋겠구나!"

답술 씨는 두세 차례 연이어 깊게 한숨을 내쉬고는 계속 말했습니다.

"하지만 이 위험이 지나면 갑자기 시리우스성의 궤도가 중단되고, 다른 때는 떨어져 있는 금성과 목성이 다시 화합해서 만난다."

답술 폰 차벨타우 씨가 오늘처럼 이렇게 말을 많이 한 것은 몇 년 만의 일이었답니다. 그는 기운이 쭉 빠져 자리에서 일어나 다시 탑으로 올라갔습니다.

안나 양은 다음 날 아침 일찌감치 네벨슈테른 씨에게 답장 쓰는 일을 끝마쳤습니다. 편지 내용은 다음과 같았어요.

사랑하는 아만두스!

당신은 제가 당신의 편지를 받고 얼마나 기뻐했는지 모를 거예요. 아버지께 편지 이야기를 했더니, 아버지께서 우리의 결혼식에 함께 가시겠다고 약속해 주셨어요. 당신은 빨리 대학에서 돌아오기만 하면 돼요. 아, 제가 아름답게 운을 맞춘 당신의 멋진 시구들을 완전히 이해할 수만 있다면 얼마나 좋을까요! 그 시구들을 혼자서 큰 소리로 낭독해 보노라면 구절구절이 매우 신비롭게 울리고, 저 자신도 모든 것을 이해하는 듯한 느낌이 들어요. 그러나 곧 그 모든 것이 끝나고 먼지가 되어 날아가 버리고, 제가 순전히 맞지 않는 말들만 읽은 것 같은 생각이 들어요. 교장 선생님께서는 그것이 새로운 고상한 언어라 그럴 수 있다고 말씀하시지만 저는, 아! 저는 어리석고 단순한 인간이에요! 저도 혹시 살림살이를 소홀히 하지 않고도 얼마 동안 대학생이 될 수 있을지 답해 주세요! 아무래도 안 되겠죠? 우리가 부부가 된 뒤, 어쩌면 당신의 학식과 새로운 고상한 언어를 배울 수 있을지도 모르죠. 사랑하는 아만두스, 당신에게 버지니아 담배를 보내요. 제 모자 상자에 들어갈 수 있는 만큼 꽉 채워 넣었어요. 그리고 저의 새 여름 모자는 우리 응접실에 발도 없이 세워져 있는 칼 대제에게 씌워 놓았어요. 아시다시피 그건 그저 흉상이잖아요. 아만두스, 저를 비웃지 마세요. 저 역시 시를 썼어요. 그리고 운도 제대로 맞추었어요. 배우지도 않았는데 이렇게 운을 맞출 수 있다니, 어떻게 그럴 수 있는 건지 얘기해 주세요. 한번 들어 보세요.

당신이 저와 멀리 떨어져 있어도, 저는 당신을 사랑하며
곧 당신의 아내가 되고 싶어요.
청명한 하늘은 푸르며,
밤에는 모든 별들이 황금빛이죠.
그러니 당신은 언제나 저를 사랑해야 하며
절대로 저를 슬프게 해서는 안 돼요.
당신에게 버지니아 담배를 보내며
담배 맛이 정말 좋기를 바라요!

예쁘게 봐 주세요. 저도 고상한 언어를 배우게 되면 훨씬 더 잘 쓰고 싶어요. 올해 노란 양배추는 굉장히 잘 자랐어요. 콩도 전망이 좋고요. 하지만 어제 커다란 수거위가 저희 집 밭을 지키는 닥스훈트인 펠트만의 다리를 사정없이 물었지 뭐예요. 이제—이 세상에 모든 것이 완전할 수는 없나 봐요—사랑하는 당신 생각에 잠겨 당신의 충실한 신부, 안나 폰 차벨타우가 끝없는 키스를 보냅니다.

추신: 너무 서둘러 편지를 쓰는 바람에 이따금 철자가 비뚤어졌어요.

추신: 그래도 저를 나쁘게 생각하시면 안 돼요. 글자를 좀 비뚤게 썼어도, 저는 곧은 마음을 가진 언제나 충실한 당신의 안나랍니다.

추신: 어머나, 제가 또 잊을 뻔했네요. 저는 건망증쟁이예요. 아버지께서 당신에게 인사를 전하라고 하시며 당신은 뭔가를 해야 하고 할 수밖에 없는 사람이며, 언젠가 저를 큰 위험에서 구해 줄 거라는 말을 전해 달라고 하셨어요. 저는 그 사실이 매우 기뻐요. 그리고 당신을 더없이 사랑하는 충실한 안나 폰 차벨타우임을 거듭 전합니다.

편지를 마치자 안나 양은 무거운 짐을 하나 벗었습니다. 편지 쓰는 일은 굉장히 힘든 일이었어요. 봉투 쓰기도 마치고, 불에 종이를 태우거나 손가락을 데지 않고 봉인까지 끝마치자 한결 마음이 가벼워지고 기뻤습니다. 그러고는 담배 상자 위에 또렷하게 아만두스 폰 네벨슈테른의 약자 A. v. N.을 붓으로 쓴 뒤, 시내의 우체국으로 심부름을 보낼 고트리프에게 담배 상자와 함께 편지를 건네주었습니다. 안나 양은 마당에 있는 가금家禽들을 잘 돌본 후에 제일 좋아하는 장소인 채소밭으로 재빨리 달려갔어요. 당근 밭에 도착했을 때, 지금이 도시의 미식가들을 생각해서 첫 당근을 수확할 시기라는 것을 떠올렸습니다. 일손을 도울 하녀를 불렀어요. 안나 양은 조심스럽게 밭 한가운데로 걸어 들어가 잘 자란 당근 한 다발을 움켜쥐었습니다. 그런데 다발을 잡아당기자 이상한 소리가 들리는 거예요. 만드라고라 뿌리를 연상하거나 땅에서 뿌리를 뽑아 낼 때 사람의 가슴을 찢는 끔찍스런 비명을 떠올리지는 마십시오. 그게 아니에요. 땅에서 들리는 듯한 그 소리는 섬세한 기쁨의 웃음소리 같았어요. 안나 양은 당근 다발에서 손을 떼고 깜짝 놀라 소리쳤습니다.

"어머나! 도대체 누가 날 비웃는 거야?"

하지만 더 이상 아무 소리도 들리지 않자, 그녀는 다시 한 번 다른 것보다도 더 크고 실한 당근 다발을 잡았고, 다시 웃음소리가 나기 시작하는데도 전혀 개의치 않고 가장 예쁘고 연한 당근을 과감하게 뽑았어요. 당근을 들여다본 안나 양이 놀라움과 기쁨의 비명을 지르자 하녀가 달려왔고, 하녀 역시 안나 양과 마찬가지로 눈앞의 아름다운 기적에 대해 크게 소리쳤습니다. 그러니까 당근을 잘 털어 내자, 불꽃처럼 반짝이는 황옥이 박힌 아름다운 금반지가 있는 거예요.

"어머나" 하고 하녀가 말했어요. "이 반지는 분명 아가씨 거예요. 아가씨의 결혼반지예요. 당장 끼어 보세요!"

"무슨 바보 같은 소릴 하는 거야." 안나 양이 대꾸했어요. "난 결혼반지를 아만두스 님한테서 받을 거야. 당근한테서가 아니란 말이야!"

그런데 반지를 들여다보면 볼수록 안나 양은 반지에 마음이 끌렸습니다. 매우 정교하게 세공된 그 반지는 일찍이 사람의 재주로 만들어진 그 어떤 반지보다도 훌륭해 보였어요. 다양하게 무리 지어 뒤얽힌 수백 개의 아주 조그만 형상들이 반지 테를 이루고 있었는데, 그 형상들은 얼핏 봐서는 육안으로 식별할 수 없었어요. 하지만 반지를 한참 자세히 들여다보노라면 그것들이 살아 있는 모습으로 성큼 커져서 우아하게 윤무를 추는 것처럼 보였습니다. 보석의 광택 역시 아주 특별하여 드레스덴 지방의 초록 지붕[6]에 있는 황옥 중에서조차 아마 그런 건 찾아보기 힘들 정도였어요.

"아름다운 반지가 땅속 깊이 얼마나 오랫동안 있었는지는 모르는 일이에요. 그러다가 삽질로 인해 반지가 땅속에서 위로 올라왔고, 당근이 반지 사이로 뻗어 자란 거라고요."

하녀가 말했습니다. 안나 양은 당근에서 반지를 뺐습니다. 그러자 너무나 이상스럽게도 당근이 그녀의 손에서 미끄러져서 땅속으로 사라져 버렸어요. 하지만 하녀와 안나 양, 둘 다 그일에는 전혀 아랑곳 않고, 화려한 반지를 바라보느라 완전히 넋이 나가 있었답니다. 안나 양은 거리낌 없이 오른손 새끼손가락

---

[6] 독일 남동부 작센 주의 주도인 드레스덴에 있는 레지던츠 궁전을 뜻한다.

에 반지를 꼈어요. 반지를 끼자 갑자기 손가락 뿌리에서 손끝까지 찌르는 듯한 통증이 느껴졌지만, 그 통증은 느껴지는 그 순간에 다시 사라져 버렸어요.

오후에 안나 양은 당연히 아버지에게 당근 밭에서 겪은 기이한 일을 이야기하고는, 당근에 꽂혀 있던 아름다운 반지를 보여 주었습니다. 그리고 아버지가 반지를 잘 볼 수 있도록 손에서 반지를 빼려고 했어요. 하지만 반지를 꼈을 때와 마찬가지로 찌르는 듯한 통증을 느꼈고, 그 통증은 반지를 잡아당기는 내내 지속되어, 결국에는 참지 못하고 반지 빼는 일을 포기하는 수밖에 없었어요. 답술 씨는 안나 양의 손가락에 있는 반지를 잔뜩 긴장하여 주의 깊게 살펴본 뒤, 안나 양에게 반지 낀 손가락을 뻗어 사방에 대고 갖가지 원을 그려 보라고 시켰어요. 그러고는 깊은 생각에 잠겨 한마디 말도 없이 탑으로 올라갔습니다. 안나 양은 아버지가 올라가면서 깊게 한숨을 쉬며 신음하는 소리를 들었습니다.

다음 날 안나 양이 마당에서 온갖 소란을 피우며 주로 수비 둘기와 어울려 꽥꽥 울어 대는 커다란 수탉을 이리저리 쫓고 있는데, 답술 폰 차벨타우 씨가 확성기에 대고 서럽게 우는 소리가 들려왔어요. 마음이 철렁해진 안나 양은 손나팔을 만들어 위를 향해 소리쳤습니다.

"사랑하는 아버지, 왜 그렇게 서럽게 우세요? 가금들이 미쳐 날뛰잖아요!"

답술 폰 차벨타우 씨는 확성기에 대고 아래로 소리쳤습니다.
"안나, 내 딸 안나야, 당장 내가 있는 곳으로 올라오너라."

안나 양은 그 명령을 듣고 무척 의아스러웠어요. 왜냐하면
지금껏 아버지는 한 번도 탑으로 올라오라고 명한 적도 없었고,
오히려 탑 문을 세심하게 잠가 두었으니까요. 알 수 없는 불안
감에 휩싸인 채 안나 양은 좁은 나선형 계단을 올라가 탑의 유
일한 방으로 연결된 묵직한 문을 열었습니다. 답술 폰 차벨타우
씨는 온갖 진기한 도구와 먼지 쌓인 책들에 둘러싸여 이상한
모양의 커다란 안락의자에 앉아 있었어요. 그의 앞에는 받침대
가 하나 놓여 있었는데, 그 위에는 각종 선이 그려진 종이가 끼
워진 액자가 하나 세워져 있었어요. 답술 씨는 높고 뾰족한 회
색 모자를 쓰고 번쩍거리는 회색 모직의 널찍한 외투 차림에다
길고 하얀 턱수염을 하고 있어서, 정말로 무슨 마법사처럼 보였
어요. 안나 양은 가짜 수염 때문에 처음에는 아버지를 알아보지
못하고, 불안한 마음으로 방 안 어느 구석에 아버지가 있는지
두리번거렸어요. 그러나 수염을 달고 있는 그 남자가 사실상 아
버지라는 걸 알고 나서는 환하게 웃으며 벌써 크리스마스 때가
왔느냐고, 아버지가 산타클로스 역할을 하려고 그러는 거냐고
물었습니다.

답술 폰 차벨타우 씨는 안나 양의 말에는 아랑곳하지 않고,

손에 작은 단도를 들고 그것을 안나 양의 이마에 댄 후 오른쪽 어깨에서 반지 낀 손가락 끝까지 몇 번 쓸어내렸습니다. 그러고 나서 안나 양을 자기가 앉았던 안락의자에 앉혀 놓고, 종이에 그려진 모든 선이 만나는 중심점에 황옥이 닿도록 반지 낀 새끼손가락을 액자에 끼워진 종이 위에 놓게 했어요. 그러자 곧 보석에서 노란빛이 사방으로 퍼지더니 종이 전체를 황갈색으로 물들였습니다. 이어서 종이 위의 선들이 들썩이며 바스락 소리를 냈고, 반지 테두리의 난쟁이들이 온 종이 위를 팔짝팔짝 뛰어다니는 것 같았어요. 그사이 답술 씨는 종이에서 눈을 떼지 않은 채 얇은 금속판을 잡아 두 손으로 높이 쳐들고 종이 위에 덮으려고 했습니다. 하지만 그 순간 그는 매끄러운 돌바닥에 미끄러져 아주 심하게 엉덩방아를 찧었고, 넘어져서 꼬리뼈를 다치는 일을 막으려고 본능적으로 손에서 놓아 버린 금속판은 쨍 소리를 내며 땅에 떨어지고 말았습니다. 안나 양은 조용히 한숨을 내쉬며 깊이 빠져들었던 꿈을 꾸는 듯한 기묘한 상태에서 깨어났습니다. 답술 씨는 가까스로 일어나 떨어뜨린 원뿔 모양의 회색 모자를 다시 쓰고 가짜 수염을 가다듬은 후 안나 양 맞은편에 쌓여 있는 커다란 책자 더미 위에 앉았습니다.

"내 딸아……." 답술 씨가 말했어요. "내 딸 안나야, 방금 기분이 어땠느냐? 무슨 생각을 했고, 무엇을 느꼈느냐? 네 마음속 영혼의 눈으로 어떤 형상들을 보았느냐?"

"아……." 안나 양이 대답했습니다. "아주 좋았어요. 제가 한 번도 느껴보지 못했던 그런 기분이었어요. 그리고 아만두스 폰 네벨슈테른 씨를 생각했어요. 생생한 모습이었어요. 하지만 아만두스 씨는 평소보다 더 잘생겼고, 제가 보낸 버지니아 잎담배 파이프를 피우고 있었어요. 그런 모습이 그에게 아주 잘 어울렸어요. 그런데 갑자기 어린 당근과 구운 소시지가 너무나 먹고 싶은 거예요. 그리고 제 앞에 그 음식이 차려져 있어서 얼마나 기뻤는지. 막 음식에 손을 대려고 하는데 갑작스럽고 고통스러운 충격과 함께 꿈에서 깨어났어요."

"아만두스 폰 네벨슈테른, 버지니아 담배, 당근, 구운 소시지라!"

답술 폰 차벨타우 씨는 깊은 생각에 잠겨 이렇게 말하고는 자리를 뜨려는 딸에게 그냥 있으라고 손짓했습니다.

"행복하고 솔직한 아이야……."

답술 씨는 평소보다 훨씬 더 울먹이는 목소리로 말하기 시작했어요.

"너는 천지만물의 심오한 신비를 소상히 알지 못하고, 너를

---

7) 중세 유대교의 신비주의로, 히브리어로 전승(傳承)을 뜻한다. 구약성서 『창세기』의 천지 창조 이야기나 『에제키엘』의 하느님이 나타나신 이야기를 둘러싼 『탈무드』의 신비주의적 교리로 말미암아 실천적 내용은 13세기의 독일에서, 이론적 내용은 14세기의 에스파냐에서 성행했다. 그들의 교리에 따르면, 창조 과정에서 악이 세계에 혼입되었는데, 그 악으로부터의 구제, 질서의 회복은 하느님 나라의 수립이라는 형태로 종말론적으로 실현된다.

둘러싼 무서운 위험을 모른단다. 성스러운 카발라[7]의 초자연적 학문에 대해서 아무것도 모르지. 그 때문에 현자들이 누리는 천상의 쾌락 또한 절대로 함께할 수 없을 것이다. 최고 단계에 도달한 그들은 단순히 욕구를 위해서 먹고 마시지 않으며, 그들에게서는 인간적인 요소를 찾아볼 수 없단다. 너 역시 현자의 그 단계에 올라가는 공포를 이겨 낼 수 없을 거다, 네 불행한 아비처럼. 내게는 여전히 아주 인간적인 현혹들이 엄습하고, 애써 탐구한 것들은 나에게 전율과 공포만을 불러일으킬 뿐이며, 나는 언제나 순전히 세속적인 욕망에서 먹고 마시고, 어쨌거나 인간적인 행동을 하지 않을 수 없다. 사랑스럽고 무지하여 행복한 아이야, 깊은 땅, 바람, 물, 불은 인간보다 더 고귀하지만 또 다른 한편으로는 제한된 자연의 영적인 존재들로 채워져 있음을 알아라. 어리석은 것아, 너에게 땅의 정령 그놈, 불의 정령 샐러맨더, 바람의 정령 실피데, 물의 정령 운디네와 같은 특별한 자연에 대해 설명한들 부질없을 것 같다. 그래 봤자 너는 그것들을 이해할 수 없을 거다. 네 주위를 맴도는 위험을 너에게 알려 주기 위해서는, 이 정령들이 아직도 인간과 결합하려고 애쓴다는 것, 그리고 이 정령들은 사람들이 보통 그런 결합을 아주 꺼린다는 것을 알기 때문에 자신들의 호감을 산 인간을 유혹하기 위해 온갖 교활한 수단들을 써먹는 점을 얘기해 주는 것으로 충분할 것 같구나. 목적을 달성하기 위해 그들이 사용하는 수단

은 나뭇가지 하나, 꽃 한 송이, 물 한 잔, 한 가닥 불꽃 혹은 아주
미미하게 보이는 그 어떤 것일 수도 있다. 옛날에 두 성직자가
40년간 그 같은 한 정령과 아주 행복한 결혼 생활을 누리며 살
았다는 미란돌라[8] 영주의 이야기처럼 그런 결합이 종종 아주
효율적인 결말로 끝나는 게 사실이다. 또한 위대한 현자들은 한
인간이 4대 정령의 하나와 결합해서 태어난 후예들이란 말도
사실이란다. 이를테면 위대한 조로아스터[9]는 샐러맨더 오로마
시스의 아들이고, 위대한 아폴로니우스[10], 현자 멀린[11], 용감
한 클레베 백작, 위대한 카발라 학자 벤지라는 그런 결혼의 눈
부신 결실들이었다. 파라셀수스[12]의 말에 의하면 아름다운 멜
루지네[13] 또한 바로 실피데의 후손이라고 한다. 그런데도 그러
한 결합은 대단히 위험하단다. 4대 정령들은 자신들이 총애를
기울인 인간에게 심오하기 이를 데 없는 지혜의 명징한 깨달음
을 요구한다는 사실은 제쳐 놓고서라도, 그 정령들은 극도로 예
민하여 조금만 모욕을 받아도 아주 무섭게 보복을 하기 때문이
지. 그래서 예전에 이런 일도 있었단다. 실피데와 결혼한 한 철
학자가 있었는데, 그는 친구들과 어울려 어떤 미모의 귀부인에

---

8) 피코 델라 미란돌라Giovanni Pico della Mirandola(1463~1494). 이탈리아의 인문학자이며 철
학자 **9)** 고대 페르시아 종교 조로아스터교의 교조 **10)** 1세기에 카파도키아 타냐에서 활
동한 신 피타고라스 주의자 **11)** 아서왕의 전설에 등장하는 위대한 대마법사 **12)** 파라셀
수스(본명은 Philippus Aureolus Theophrast Bombast von, 1493~1541). 스위스의 의학자
이자 화학자 **13)** 중세 전설의 바다의 정령

대해 화제를 삼다가 아마도 그 얘기에 지나치게 열을 냈던 모양이다. 그때 아내 실피데는, 말하자면 친구들에게 자신의 미모를 입증해 보이려고 당장에 공중에서 눈처럼 흰 아름다운 다리를 내보이고는 불쌍한 철학자를 그 자리에서 죽였단다. 그러나아, 다른 사람들에 대해 얘기를 할 필요도 없다. 나 자신에 대해서 얘기를 하지. 나는 이미 12년 전부터 한 실피데가 나를 사랑하는 걸 알고 있단다. 그녀는 겁이 많고 소심하지. 그래서 카발라 학문의 수단을 써서 그녀를 사로잡을까 하는 위험한 생각이 나를 괴롭히고 있단다. 나는 여전히 아주 세속적인 욕구에 매달려 있고, 충분한 지혜가 부족하기 때문이다. 매일 아침 나는 단식을 결심하고 성공적으로 아침은 거르지만 점심때가 되면, 오…… 안나, 내 딸 안나야, 너도 알다시피 나는 끔찍하게 먹어 치운다!"

이 마지막 말을 답슐 폰 차벨타우 씨는 거의 울부짖는 소리로 말했고, 이때 마르고 움푹 들어간 그의 뺨에서 고통의 눈물이 흘렀어요. 그 뒤 그는 다시 마음을 가라앉히고 말했습니다.

"그러나 나는 아주 세련된 태도로, 정중한 행동거지로 내게 호감을 품은 그 정령을 대하려고 노력한다. 나는 파이프 담배도 카발라에서 정해진 예방책을 쓰지 않고는 결코 피운 적이 없다. 왜냐하면 나의 섬세한 실피데가 과연 그 품종의 담배를 좋아하는지, 그 정령의 원소를 오염시킨 것에 대해 기분 상하지 않을

지, 나로서는 알 수 없으니까. 사냥용 담배를 피우거나, '작센의 만발한 꽃'을 피우는 사람들은, 정령의 원소를 오염시킨 탓에 결코 현명해질 수도 없고 실피데의 사랑을 함께 나눌 수 없는 것이란다. 나는 개암나무 줄기를 자르거나 꽃 한 송이를 꺾거나, 과일을 먹거나 불을 지필 때에도 똑같이 카발라의 예방 규칙을 따른단다. 그럴 때 내 모든 노력은 전적으로 그 어떤 자연의 정령의 기분도 망치지 않으려는 데 기울여진다. 그런데 너도, 거기 호두가 보이느냐? 내가 그걸 밟고 미끄러져 뒤로 자빠지면서, 반지의 비밀을 완전히 열어 줄 실험을 망쳐 놓은 호두 껍질 말이다. 지금껏 오로지 학문에다만 바친 이 방 안에서(내가 왜 층계에서 아침을 먹는지 너도 이제 알았을 거다) 호두를 까먹은 기억이 없으니, 이 껍질 안에 난쟁이 그놈이 숨어 있었던 게 확실하구나. 어쩌면 내 손님이 되어 나의 실험을 엿보려고 했는지 모르지. 실상 자연의 정령들은 인간의 학문을 사랑한단다. 특히나 전문가가 아닌 대중이 불합리하고 비상식적이라고 말하지는 않더라도 인간의 정신력을 초월하는 것이며 그렇기 때문에 위험하다고 칭하는 그런 학문을 좋아하지. 그래서 그들은 신성한 최면술이 벌어지는 곳에 자주 나타난단다. 특히 장난기를 버리지 못하는 땅의 정령 그놈들이 그렇다. 그놈들은 내가 처음에 설명했던 지혜의 단계에 미처 이르지도 못하고 세속적 욕망에 지나치게 집착하는 최면술사가 순수하게 정화된 완전한 욕구에서 한 실피데를 포옹했다고 믿었던 그 순간에, 그 최면술사에게 사랑에 빠진 한 인간의 자식을 밀어 넣기도 한다. 내가 인간의 학문을 좋아하는 난쟁이 그놈gnom의 머리통을 밟자, 그는 화가 나서 나를 넘어뜨렸지. 그놈에게는 내가 반지의 비밀을 해독하지 못하게 하려는 심오한 이유가 있었던 모양이다. 안나! 내 딸 안나야, 듣거라. 내가 알아낸 바로는 한 그놈이 너에게 애정을 품고 있다. 반지의 속성으로 판단하건대 그는 부자에다가 품위 있고 특별히 교양 있는 남자임에 틀림없다. 하지만 내 소중한 안나, 사랑하는 귀여운 딸아, 최악의 위험을 겪지 않고 그런 정령과 그 어떤 관계를 맺는 일을 어떻게 할 거냐? 네가 카시오도르[14]의 『레무스』를 읽었더라면, 나에게 대답을 할 수 있을 텐데. 그의 진실한 보고에 의하면 에스파냐 코르두아에 있는 어떤 수녀원의 원장 수녀인 유명한 막달레나 드라 크루아는 30년 동안 한 난쟁이 그놈과 만족스런 결혼 생활을 했고, 쾰른 근방의 나사렛 수녀원의 수녀인 젊은 게르트루트와 실피데도 이와 같은 일이 있었다. 하지만 성직에 몸담은 그 여인들의 지적인 일과 너의 일을 생각해 보거라. 분명 차이가 있단다! 지혜로운 책을 읽는 대신 너는 닭, 거위, 오리와 모든 카발라 학자들을 괴롭히는 동물들에게 먹이를 주고 있다. 하늘

---

14) 카시오도르Flavius Magnus Aurelius Cassiodorus(490~583). 고대 로마의 정치가이자 학자이며 작가

과 별의 운행을 관찰하는 대신 너는 땅을 파고 있지. 정교한 점성의 구도 안에서 미래의 흔적을 추구하는 대신, 우유를 버터로 응고시키고 궁색한 겨울나기 양식으로 양배추를 소금에 절여 둔다. 나조차도 그런 음식을 어쩔 수 없이 아쉬워하기는 하지만. 말해 보거라! 이 모든 것이 민감하게 철학을 하는 정령의 마음에 들 수 있을 성싶으냐? 오, 안나! 네 덕분에 답술하임은 꽃들로 만발하구나. 네 영혼은 이 세속적인 직업을 결코 멀리하고 싶어 하지 않으며 그럴 수도 없을 것이다. 그런데도 너는 반지로 인해 급작스러운 통증을 느꼈으면서도, 그것을 보고 별 생각 없이 무작정 기쁨을 느끼지 않았더냐! 나는 너를 구제하기 위해 조금 전의 실험을 통해 반지의 힘을 꺾어 너를 함정에 빠뜨린 땅의 정령으로부터 너를 자유롭게 하려고 했다. 그런데 호두껍질 속에 있던 그 난쟁이가 그놈의 간계로 실패하고 말았구나. 그렇지만! 나에게 그 정령과 맞서 싸울 용기가 생긴다. 전에는 한 번도 느껴 본 적이 없는 용기란다! 너는 내 딸이다. 너는 실피데나 샐러맨더 또는 그 밖의 정령과의 사이에서가 아니라, 착실한 가정에서 태어난 가난한 시골 처녀와의 사이에서 태어난 아이란다. 매일처럼 아름답고 새하얀 염소 떼를 손수 푸른 언덕으로 몰고 가 꼴을 먹이는 그녀의 목가적 천성을 가리켜 불경스러운 이웃들은 염소치기 소녀라고 별명을 부르며 어리석다고 비웃었지. 그때 사랑에 빠진 바보였던 나는 탑 위에서 그 언덕을 향해 갈대 피리를 불었단다. 너는 언제까지나 나의 자식이요, 나의 혈육이다! 내가 너를 구해 주마. 여기 이 마법의 줄칼이 너를 위험한 반지로부터 구해 줄 것이다!"

답술 폰 차벨타우 씨는 작은 줄칼을 손에 쥐고 반지에 줄질을 시작했습니다. 그러나 몇 차례 줄칼을 앞뒤로 긁어 대자, 안나 양은 아파서 비명을 질러 댔어요.

"아버지, 아버지, 아버지는 지금 제 손가락을 깎아 내고 계세요!"

안나 양이 소리쳤고, 과연 반지 아래로 시커멓고 진한 피가 콸콸 솟고 있었어요. 답술 씨는 줄칼을 떨어뜨리고 반쯤 정신이 나간 듯 안락의자에 털썩 주저앉아 절망하여 외쳤습니다.

"아! 아! 아! 이제 나는 끝장이다! 실피데가 도와주지 않는다면, 격노한 그놈이 당장 나타나서 내 목을 물어뜯을 것이다! 오, 안나. 안나, 가거라. 도망치거라!"

아버지가 기이한 이야기를 할 때부터 멀리 도망치고 싶었던 안나 양은 부리나케 아래로 뛰어 내려갔지요.

3장

답술하임에 한 별난 남자가 도착하고,
그 후에 벌어진 사건에 관한 이야기

●

답술 폰 차벨타우 씨는 눈물을 뚝뚝 흘리며 딸과 포옹한 뒤 막 탑에 올라가려고 했습니다. 당장이라도 진노한 그놈이 기세등등하게 찾아올세라 겁이 났어요. 그때 맑고 유쾌한 피리 소리가 들리더니, 아주 우스꽝스럽고 별난 모습의 한 작달만한 기사가 마당 안으로 돌진해 왔습니다. 그가 타고 앉은 노란 말은 전혀 큰 몸집은 아니지만 제법 품위 있고 우아해서 작달만한 남자는 기형적으로 큰 머리통에도 불구하고 난쟁이처럼 보이지 않고, 말 머리 위로 우뚝 버티고 있었습니다. 그러나 그것은 단지 상체가 긴 덕분이었어요. 안장 위로 걸쳐져 있는 다리와 발로 말할 것 같으면 신체의 길이에다 계산해 넣을 정도도 못 되었거든요. 그 밖에도 그 난쟁이는 황금빛 공단으로 만든 우아한 의복에, 요란한 녹색 깃털 장식이 달린, 역시 같은 비단의 모자와, 번쩍이는 마호가니 나무로 만든 승마용 장화를 신

●

188

고 있었어요. 날카로운 '히히힝!' 소리와 함께 기사는 차벨타우

씨 바로 앞에 멈춰 섰습니다. 그는 말에서 내리려고 하다가 갑

자기 번개처럼 말의 배 아래를 통과해 반대편에서 두세 번 연

달아 12엘레[15] 높이만큼 공중으로 펄쩍 뛰어올랐어요. 그러니

까 안장 머리에 물구나무하고 설 때까지 매 엘레마다 여섯 번

공중제비를 했답니다. 그렇게 그는 말 위에 거꾸로 선 채 공중

의 작은 양발로 강약격, 약약격, 강약약격 등의 박자에 맞춰 온

갖 신기한 방향 전환과 커브 돌기를 하며 앞으로, 뒤로, 옆으로

갤러핑을 했어요. 마침내 마장 묘기 체조를 마친 기사가 멈춰

서서 공손하게 인사를 했을 때, 사람들은 마당의 땅바닥에서 다

음과 같은 글을 알아보았습니다.

"존경하는 답술 폰 차벨타우 님과 그의 따님께 삼가 인사를

드립니다!"

기사는 말을 타고 묘기를 부리면서 아름다운 언셜 자체[16]로

이 글을 땅에 써 놓았던 것이지요. 그러고 나서 난쟁이 기사는

말에서 뛰어내려 세 번 옆으로 바퀴를 그리는 재주를 넘고는,

답술 폰 차벨타우 님께 코르두안슈피츠라 불리는 자신의 주인

님 포르피리오 폰 오커로다스테스 남작의 인사를 전하며, 답술

폰 차벨타우 님께서 괜찮으시다면 남작님께서 며칠 후 차벨타

---

15) 독일의 옛 치수 이름으로 약 66cm **16)** 옛 문서에서 라틴어 및 그리스어의 두頭문자로
쓰인 동그스름한 수사체

우 님 댁을 방문하고 싶어 하신다고, 또 앞으로 가까운 이웃이 되기를 희망하신다고 말했습니다.

답술 폰 차벨타우 씨는 산송장처럼 창백하게 굳어서 딸에게 기대어 서 있었습니다. 그가 "매우 기쁘겠군요"라는 말만 떨리는 입술로 힘겹게 내뱉자마자, 난쟁이 기사는 왔을 때와 똑같은 예식을 치른 후 번개같이 떠났습니다.

"오, 내 딸아……."

답술 폰 차벨타우 씨는 흐느껴 울면서 말했어요.

"오, 내 딸, 가여운 내 딸아, 틀림없이 그가 바로 그놈이다. 그가 너를 납치하고 내 목을 비틀려고 오겠다는 거다! 그래도 우리에게 남아 있는 마지막 용기를 내어 보자꾸나! 어쩌면 분노한 그 정령과 화해할 가능성이 있을지도 모르니, 우리는 그저 최대한 그에게 예의 바르게 행동하는 수밖에 없구나. 내 소중한 아가야, 네가 버릇없는 과실을 범하지 않도록 내 당장 너에게 라크탄츠나 토마스 아퀴나스[17]의 책에서 정령들과 교제하는 방법에 대해 몇 장을 읽어 주마."

그러나 답술 씨가 라크탄츠, 토마스 아퀴나스 혹은 기본적인 예의범절을 다룬 다른 책을 가져오기도 전에, 이미 가까이에서 음악 소리가 들려왔고, 그 소리는 어린이 합창단이 즐거운 크리

---

17) 토마스 아퀴나스Thomas Aquinas, (1225?-1274). 중세 유럽의 스콜라 철학을 대표하는 이탈리아의 신학자

스마스 날에 맘껏 공연하는 음악과 매우 흡사했어요. 긴 행렬이 거리를 올라오고 있었습니다. 행렬의 선두에는 육칠십 명의 난쟁이 기사들이 노란 조랑말을 타고 있었는데, 모조리 아까 왔던 사절처럼 노란 의복에 뾰족 모자 그리고 번쩍이는 마호가니 장화를 신고 있었어요. 그 뒤로 여덟 필의 노란 말이 끄는 투명한 수정으로 된 마차가 한 대 오고 있었고, 그 마차에 이어 네 필이나 여섯 필의 말이 끄는, 앞의 것보다는 덜 화려한 40대 가량의 다른 마차들이 뒤따랐습니다. 게다가 화려한 옷을 입은 한 무리의 시동, 급사, 그 밖의 하인들도 옆에서 들쑥날쑥 떼를 지어 오고 있어서, 이 모든 광경은 기이하면서도 재미있는 구경거리를 선사했어요. 답술 폰 차벨타우 씨는 어안이 벙벙해 있었어요. 그러나 세상에 이렇게 작은 말과 작은 사람들처럼 앙증맞은 존재가 있다니, 여태껏 그 점을 몰랐던 안나 양은 완전히 넋을 잃고 만사를 잊어버렸어요. 감탄을 하느라 딱 벌린 입을 다시 다무는 일마저도.

여덟 필의 말이 끄는 마차가 답술 폰 차벨타우 씨 바로 앞에 멈춰 섰습니다. 기사들이 말에서 뛰어내리고, 시동과 하인들이 서둘러 다가왔습니다. 마차 문이 열리자 누군가 시종들의 팔에 들려 흔들리면서 마차에서 나왔어요. 그 사람이 다름 아닌 코르두안슈피츠라고 불리는 포르피리오 폰 오커로다스테스 남작이었지요. 용모에 관해 말하자면, 남작께서는 벨베데레의 아폴론[18]과는 너무나 거리가 멀게 생겼고, 심지어는 죽어 가는 검투사와도 비교를 불허했어요. 그럴 것이 우선은 미처 3피트도 되지 않는 키에다가, 그 짤따란 신체의 3분의 1은 누가 봐도 너무나 큰 얼굴이 차지하고 있는데, 그 얼굴에서 지나치게 긴 매부리코와 왕방울처럼 튀어나온 커다란 두 눈이 그냥 보통 장식이 아니었던 것입니다. 거기에다 몸통 역시 꽤나 길어서 발을 위해 남은 기장이라고는 고작 4인치에 불과했어요. 그래도 이 작은 여분의 길이는 제법 쓸모 있게 사용된 셈이었어요. 왜냐하면 눈에 보이는 한, 남작의 작은 발은 그 자체로 무척 귀여웠으니까요. 물론 위엄 있는 두상을 지탱하기에는 너무 연약해 보이기는 했어요. 남작은 비틀거리며 걸었고 곧잘 넘어지기도 했지만 오뚝이처럼 금방 다시 일어났어요. 그 행동은 마치 우아하게 소용돌이 모양의 춤을 추는 것처럼 보였지요. 남작은 번쩍이는 금실로 짠 꽉 끼는 의상에, 화관과 거의 비슷한 모양의, 초록색 깃털로 된 장식이 달린 모자를 쓰고 있었어요. 그는 땅에 내려서자마자, 답슬 폰 차벨타우 씨에게 달려가 그의 두 손을 잡고

---

18) 벨베데레란 이탈리아어로 좋은 전망 혹은 전망대란 뜻으로, 건축 용어로는 건물의 위층 또는 가장 위층에 마련된 전망대나 지붕에 있는 옥상의 테라스를 가리킨다. 1485년 교황 인노첸시오 8세에 의해 바티칸 언덕에 세워진 빌라가 빌라벨베데레로 불리어 최초의 고유명사가 되었다. 16세기 초 D. 브라만테는 이 빌라와 교황궁을 2개의 긴 회랑으로 잇고 그 안쪽에 장대한 벨베데레 정원을 계획하였다. 정원을 에워싼 바티칸 미술관이 소장한 아폴론상은 '벨베데레의 아폴론'이란 이름으로 알려져 있다.

팔짝 뛰어올라 목에 매달려서는 그 작은 몸에서 나올 거라고는
생각할 수 없이 우렁찬 목소리로 말했습니다.

"오, 답술 폰 차벨타우 님! 진심으로 사랑하는 나의 소중한
아버님!"

이어서 남작은 오를 때와 똑같이 날렵하게 다시 답술 폰 차
벨타우 씨의 목에서 뛰어내려 안나 양을 향해 팔짝 뛰어서, 아
니 그보다는 몸을 날려서 갔고 안나 양의 반지 낀 손을 잡고 쩝
쩝대며 키스를 하고는 아까와 마찬가지로 우렁찬 목소리로 말
했습니다.

"오, 너무나 아름다운 안나 폰 차벨타우 양! 나의 사랑하는
신부여!"

곧이어 남작이 손뼉을 치자 당장 째지는 시끌벅적한 어린이
합창이 흘러나왔고, 수백 명의 난쟁이 신사들이 마차와 말에서
내려 먼저 왔던 사절처럼 처음에는 물구나무를 선 채 머리를
땅에 대더니, 곧 다시 똑바로 서서 우아한 강약격, 강강격, 약강
격, 약약격, 약약강격, 약약약격, 약강강격, 강강약격, 강약약강
격, 강약약격에 맞춰 춤을 추는 것이었어요. 흥겨운 분위기였습
니다. 그러나 이 여흥이 벌어지는 동안 안나 양은 난쟁이 남작
이 자기를 보고 부른 호칭 때문에 받은 커다란 충격에서 벗어
나, 당연히 근거가 있는 실제적인 고민에 빠졌습니다.

'이 작은 집에 이 난쟁이족이 어떻게 묵는담? 적어도 하인

들을 커다란 헛간에서 자게 하면, 그들 역시 자리를 얻을 수 있을 텐데. 그렇게 하면 비상수단으로 변명이 될까? 그렇다고 해도 마차를 타고 온 귀족들은 어떻게 하면 좋지? 그들은 분명 아름다운 방에서 폭신한 침대에서 자는 데 익숙할 텐데. 농사일을 돕는 말 두 마리도 마구간 밖으로 쫓아내야겠지? 절름거리는 늙은 여우를 풀밭으로 내쫓을 만큼 내가 모질게 군다 해도, 저 흉측한 남작이 끌고 온 이 조랑말들이 모조리 들어갈 만큼 자리가 날까? 또 마흔한 대의 마차는 어쩐담! 하지만 최악의 걱정거리가 또 있어! 오, 사랑하는 하느님, 1년 치의 비축 양식으로 이 난쟁이족을 몽땅 이틀간 배불리 먹일 수 있을까요?'

이 마지막 생각이 제일 끔찍했어요. 안나 양은 모든 비축 양식이 동이 난 상황을 눈앞에 그렸어요. 새로 난 채소들, 뿔 없는 숫양 떼, 가금, 소금에 절인 고기, 사탕무로 만든 술까지도. 그러자 눈에 눈물이 고였어요. 때마침 코르두안슈피츠 남작이 그녀를 향해 그야말로 뻔뻔스럽고 심술궂은 표정을 보내고 있는 것처럼 보였어요. 그러자 그녀는 그의 신하들이 한창 춤을 추고 있는 동안 그에게 단호히 통고를 해야겠다는 용기가 생겼습니다. 아버지에게 남작의 방문은 매우 기쁜 일이지만, 헤아릴 수 없는 시종들과 아울러 이토록 고상하고 부유한 분을 맞아 신분에 맞게 접대를 하기에는 방도 부족하고 그 밖의 물자도 턱없이 부족하니까 답술하임에 두 시간 이상 머물 생각은 하지 말라고요. 그러자 난쟁이 코르두안슈피츠는 갑자기 마르치판[19] 처럼 굉장히 달콤하고 부드럽게 보였어요. 그는 눈을 감고는 약간 거칠고 하얗지도 않은 안나 양의 손에 입술을 갖다 대며, 자신은 사랑하는 아버지와 아름다운 딸에게 눈곱만큼도 폐를 끼칠 생각이 없노라고 확답했습니다. 그는 산해진미와 고급술은 모두 갖고 있지만, 주거지로 말할 것 같으면 단지 한 조각 땅과 열린 하늘만 요구하노라고 했어요. 그러면 그의 시종들이 소박한 여행용 궁전을 지어서 그 안에 하인들 전부와 그 자신이, 그리고 가축에 딸린 일체가 묵을 수 있겠다는 것이었어요.

포르피리오 폰 오커로다스테스 남작의 이 말을 듣고 안나 양은 매우 만족하여 자신의 맛있는 음식을 내어 주는 것이 문제가 아니라는 점을 보여 주기 위해, 지난번 큰 장이 섰을 때 챙겨 두었던 딱딱하게 구워진 빵과, 남작께서 특별히 독한 브랜디만 좋아하는 게 아니라면 우두머리 하녀가 시내에서 가져와 위장에 좋다면서 권했던 사탕무 술을 대접하려던 참이었어요. 그러나 그 순간 코르두안슈피츠 남작은 궁전을 짓기 위한 부지로 채소밭을 골랐다는 말을 덧붙였고, 안나 양의 기쁨은 물거품이 되었지요! 하인들은 주인님께서 답술하임에 도착한 것을 축하하기 위해 올림픽 경기를 계속하고 있었어요. 때로는 커다란 머

---

19) 아몬드와 설탕을 갈아서 만든 빵

벼룩의 신부

리통을 쑥 들어간 배에 처박고 뒤로 벌렁 자빠지고, 때로는 공중으로 펄쩍 뛰고, 때로는 직접 볼링 핀, 볼링공, 볼링 선수 역할을 맡아 하면서 함께 볼링을 하는 등 경기를 하고 있었지요. 그사이 난쟁이 포르피리오 폰 오커로다스테스 남작은 답술 폰 차벨타우 씨와 대화에 빠져 있었습니다. 대화가 점점 더 중대해지는 듯 보이더니, 결국 두 사람은 손을 잡고 자리를 떠서 천문탑으로 올라갔습니다.

안나 양은 불안과 공포에 휩싸여 아직 건질 수 있는 것들이라도 건져 보려고 서둘러 채소밭으로 달려갔습니다. 우두머리 하녀가 이미 밭에 나와 서 있었어요. 그녀는 마치 롯의 아내처럼 소금 기둥으로 변해 버린 듯[20] 꼼짝 않고 입을 딱 벌린 채 멍하니 앞을 바라보고 있었어요. 안나 양도 하녀 옆에 서서 매한가지로 굳어 버렸고요. 결국 두 사람은 소리 내어 울었고, 그 소리는 하늘 멀리 울려 퍼졌습니다.

"이럴 수가. 대체 이 무슨 재앙이람!"

그들은 아름다운 채소밭이 몽땅 불모지로 변한 것을 보았습니다. 거기에는 더 이상 푸른 잎이 난 채소도, 꽃이 핀 관목도 없었어요. 한낱 황폐해진 들판이었어요.

"세상에나!"

●

20) 성경에 등장하는 롯의 부인은 피난을 떠나다 천사의 말을 어기고 뒤를 돌아본 죄로 소금 기둥이 되었다.

하녀가 격분하여 소리쳤습니다. "방금 도착한 그 저주받을 난쟁이 놈들이 아니면 누가 이런 짓을 했겠어요? 마차를 타고 왔지요? 품위 있는 사람들처럼 연출하려고? 하하! 그놈들은 요괴예요. 안나 아가씨, 제 말이 틀림없어요, 이교도 마귀들이에요. 십자화十字花[21]가 수중에 있으면 아가씨에게 그 기적을 보여 드릴 수 있을 텐데요. 그 난쟁이 야수 놈들이 나타나기만 하면, 제가 이 삽으로 그놈들을 쳐 죽일 거예요!"

안나 양이 엉엉 우는 동안, 우두머리 하녀는 그 위협적인 무기를 한참 허공에 휘둘렀습니다.

그러는 사이 코르두안슈피츠의 수행원 중에서 네 명의 신사가 매우 우아하고 상냥한 표정으로 공손하게 인사하며 다가왔습니다. 그런 그들의 모습 또한 너무나 훌륭해 보였기에, 당장 쳐 죽이겠다던 우두머리 하녀는 천천히 삽을 아래로 내렸고 안나 양도 울음을 그쳤습니다.

코르두안슈피츠라 불리는 포르피리오 폰 오커로다스테스 남작의 가장 절친한 친구라고 소개한 그 신사들은 옷차림만 보아도 상징적으로 암시되듯이 각자 다른 나라 출신에 이름은 다음과 같았어요. 폴란드 출신의 카푸스토비츠 씨, 포메른 출신의 슈바르츠레티히 씨, 이탈리아 출신의 시뇨르 디 브로콜리, 프랑

---

21) 배추나 무처럼 십자꼴 꽃부리를 이룬 꽃을 말한다.

스 출신의 무슈 드 로캄블. 그들은 아주 듣기 좋은 어투로 당장 집을 지을 인부가 와서 최고로 아름다운 아가씨에게 온통 비단 으로 된 멋진 궁전을 삽시간에 짓는 광경을 보는 큰 기쁨을 드 릴 것이라고 말했습니다.

"비단 궁전이 나에게 무슨 소용이에요." 안나 양은 몹시 비통 한 마음에 크게 소리 내어 울며 말했습니다. "당신들이 내게서 아름다운 채소들을 몽땅 없애 버린 이 마당에, 대체 코르두안슈 피츠 남작이 나와 무슨 상관이 있죠? 당신들은 나쁜 사람들이에 요. 내 모든 기쁨은 사라져 버렸어요."

그러자 공손한 사람들은 안나 양을 위로하며 채소밭이 쑥밭 이 된 것은 결코 자기네 탓이 아니며, 오히려 그 채소밭은 곧 안 나 양이 이 세상 어디에서도 본 적이 없을 만큼 풍요롭게 번성 할 것이라고 장담했어요.

과연 집 짓는 난쟁이 인부들이 나타났습니다. 그리고 곧 채 소밭에서는 엄청나게 혼란스러운 소동이 일어났어요. 그 바람 에 안나 양과 우두머리 하녀는 기겁을 하고 한 덤불숲 가장자 리로 도망쳤고, 그곳에 서서 무슨 일이 벌어지는지 구경하기로 했습니다.

그러나 일이 어떻게 되어 가는지 미처 파악하기도 전에, 단 몇 분 만에 그들의 눈앞에서 오색의 화관과 깃털로 장식되고 황금색 천으로 이뤄진 높고 화려한 천막이 완성되었습니다. 그 천막은 넓은 채소밭의 공간을 모조리 차지해 버려, 천막의 끈들은 마을을 지나 근처 숲 속까지 가서 튼튼한 나무에 고정되었어요.

천막이 완성되자마자, 포르피리오 폰 오커로다스테스 남작이 답슐 폰 차벨타우 씨와 함께 천문 탑에서 내려왔습니다. 그리고 답슐 씨와 여러 번 포옹을 하고 헤어진 뒤 여덟 필의 말이 끄는 마차에 올라타고 시종들과 함께 답슐하임에 도착했을 때와 똑같은 순서의 행렬로 비단 궁전 안으로 들어갔고, 마지막 사람까지 들어간 뒤 궁전의 문이 닫혔습니다.

안나 양은 아버지의 그런 모습을 한 번도 본 적이 없었습니다. 평소 아버지를 늘 덮친 침울한 기분의 흔적이 한 가닥도 없이 말끔히 사라졌고, 미소마저 띤 것 같았거든요.

게다가 아버지의 눈빛에는 사실상 전혀 뜻밖에 닥쳐온 행운의 조짐이라고 해석하곤 하는 형형한 후광 같은 것이 서려 있었어요. 답슐 폰 차벨타우 씨는 아무런 말 없이 안나 양의 손을 잡고 집으로 데려가 세 번 연달아 포옹을 하고는 마침내 입을 열었습니다.

"운 좋은 안나야, 축복받은 아이야! 난 운이 좋은 아비로구나! 오, 딸아, 모든 근심과 모든 원한, 모든 번민은 지나갔다! 너는 어떤 인간에게도 그렇게 쉽사리 주어지지 않는 운을 만났구나! 코르두안슈피츠라 불리는 이 포르피리오 폰 오커로다스테스 남작은 그놈의 후손이기는 하나 절대로 적대적인 그놈이 아니라는 걸 명심하거라. 샐러맨더 오로마시스의 가르침을 통해 한 단계 높은 본성을 순화시키는 데 성공한 그놈이다. 그러나 그에게 주어진 순화된 불로부터 한 인간 여성에 대한 사랑이 싹텄고, 그는 그 여인과 결합하여 지극히 고귀한 가문의 조상이 되었지. 그 가문의 이름은 일찍이 한 고문서를 장식했었다. 사랑하는 딸 안나야, 내가 이미 너에게 이야기한 걸로 생각되는데, 위대한 샐러맨더 오로마시스의 이 제자가 곧 고귀한 그놈gnom 트실메네히인데 이는 갈데아 이름이며, 순수한 독일어로는 바보라는 뜻이다. 그가 에스파냐의 코르두아에 있는 한 수녀원의 원장인 유명한 막달레나 드 라 크루아를 사랑하여 30년 동안 그녀와 행복하고 만족스런 결혼 생활을 했었다. 바로 이 결합에서 이어진 한 단계 높은 본성을 지닌 고귀한 가문의 한 후손이 포르피리오 폰 오커로다스테스 남작이지. 남작은 자신의 에스파냐 혈통을 표시하기 위해 코르두안슈피츠라는 별명을 취했는데, 그것은 사피안이라는 별명을 쓰고 있는 방계傍系 후손과 구별하기 위해서란다. 이 방계 후손은 훨씬 건방지고 근본적으로는 품위가 덜하지. 이 코르두아 후손에게 슈피츠[22]라는 말이 덧붙여진 것에는 원소적이고 점성술적인 동기가 있을 거다. 하지만 나는

---

22) 독일어로 꼭대기란 뜻이다.

아직 그것에 대해서는 생각해 보지 않았다. 위대한 선조인 그놈 트실메네히는 막달레나 드 라 크루아가 열두 살일 때부터 그녀를 사랑했단다. 그 선례를 따라 훌륭한 오커로다스테스 역시 네가 열두 살이었을 때 너에게 애정을 기울였단다. 그는 너에게서 작은 금반지를 받아서 매우 행복했었다는구나. 그리고 이제 너도 그의 반지를 꼈으니, 너는 어쩔 수 없이 그의 신부가 되었다!"

"뭐라고요?" 안나 양은 몹시 놀라고 당황하여 소리쳤어요. "뭐라고 하셨어요? 그의 신부라고요? 제가 그 흉측한 난쟁이 괴물과 결혼을 해야 한다고요? 전 이미 오래전부터 아만두스 폰 네벨슈테른 씨의 신부가 아니었던가요? 안 돼요! 절대로 그 흉측한 마술사를 남편으로 맞아들일 수는 없어요. 그가 코르두아 출신이든 자피안 출신이든!"

답술 폰 차벨타우 씨는 더욱 진지해져서 말했습니다.

"하늘의 지혜가 너의 완고한 세속의 정신을 교화시키지 못하는 걸 보니 유감이구나! 너는 고귀한 정령인 포르피리오 폰 오커로다스테스를 흉측하고 구역질난다고 하는데, 아마 그 이유는, 그가 네가 생각하듯이 윗옷자락 때문에 아무리 긴 다리를 가져도 좋은 그런 세속적 맵시꾼이 아니고, 겨우 3피트의 키에다 머리를 빼고는 몸과 팔다리, 그 밖의 시시한 신체 부위에 이렇다 할 눈에 띄는 것을 걸치고 있지 않기 때문 아니냐? 오, 내 딸아, 너는 정말로 구제 불능의 착각에 사로잡혀 있구나! 모든 아름다움은 지혜에 있고, 모든 지혜는 생각에 있으며, 생각의 육체적 상징은 머리이다. 머리가 크면 클수록 아름다움과 지혜도 더하기 마련이다. 인간이 악에서 오는 유해한 사치품인 나머지 신체 부위들을 모두 포기할 수 있다면, 그는 최고의 이상형으로 우뚝 설 수 있을 텐데! 모든 고통, 모든 괴로움, 모든 불화, 모든 다툼, 한마디로 지상의 모든 파멸이 어디에서 생기느냐? 바로 저주스럽게 풍만한 팔다리에서 오는 것이 아니더냐? 몸통과 엉덩이, 팔과 다리 없이 인류가 생존할 수 있다면, 지상은 얼마나 평화롭고 고요하고 행복하겠느냐! 그러니까 위대한 정치가나 석학들을 흉상으로 나타내는 예술가들의 생각은 대단한 것이 아니겠느냐! 그것은 그들 정치가나 석학이 신분이나 저술로 드러내는, 그들에게 내재한 한 단계 높은 본성을 상징적으로 암시하려는 것이란다. 그러니! 내 딸 안나야, 정령들 중 가장 고귀한 정령, 훌륭한 포르피리오 폰 오커로다스테스 남작이 못생기고 추악하며 그 밖의 결점을 가지고 있는 것은 아무것도 아니다. 너는 언제까지나 그의 신부이니라! 그를 통해서 너의 아비 역시 오랫동안 헛되이 열망하던 행복의 최고 단계에 조만간 도달하게 된다는 점 역시 명심하거라. 포르피리오 폰 오커로다스테스는 실피데 네하힐라(시리아어로 뾰족코란 뜻이다)가 나를 사랑하고 있다는 것을 알게 되었고 내가 이 고귀한 정령과 결합하도록 온 힘으로 나를 도와주겠다고 했다. 사랑하는 아이야,

네 미래의 새어머니가 네 마음에 들거다. 너의 결혼식과 내 결혼식이 한날한시에 행복하게 거행될 수 있도록 길운이 작용했으면 좋겠구나!"

답습 폰 차벨타우 씨는 딸에게 의미심장한 시선을 던지며 격앙되어 방을 떠났습니다.

안나 양은 벌써 오래전에, 그녀가 아주 어릴 적에 불가사의하게 작은 금반지가 실제로 손가락에서 사라진 일을 떠올리고는 마음이 무거워졌습니다. 그 흉측한 난쟁이 마술사가 그녀를 자신의 함정으로 유혹해서 그곳에서 도저히 빠져나올 수 없게 만든 짓이 확실했어요. 안나 양은 극도로 침울한 상태에 빠져 울분을 터뜨릴 수밖에 없었고, 깃펜을 이용하게 되었습니다. 깃펜을 쥐고 속히 아만두스 폰 네벨슈테른 씨에게 다음과 같이 편지를 썼습니다.

사랑하는 아만두스!

모든 게 완전히 끝장났어요. 저는 이 세상에서 가장 불행한 인간이며 슬픔에 젖어 흐느끼고 울부짖고 있어요. 그래서 사랑하는 가금들마저 저를 동정하고 불쌍히 여기고 있어요. 아마 당신의 마음은 훨씬 더 동요되겠지요. 사실 이 불행은 저와 마찬가지로 당신에게도 관계된 일이며, 당신 역시 슬퍼하실 게 분명해요! 우리가 이 세상 어떤 연인보다도 서로를 진심으로 사랑하고, 제가 당신의 신부이며, 저희 아버지가 우리와 함께 교회에 동행하려고 한다는 것을 당신도 알고 계시죠? 그런데 지금! 난데없이 많은 신사 분들과 하인들을 대동하여 여덟 필의 말이 끄는 마차를 타고 이곳에 나타난 한 추하고 노란 난쟁이가 제가 자기와 반지를 교환했으니 신랑 신부가 되었다고 주장하고 있어요! 얼마나 끔찍한 일인지 생각해 보세요! 아버지 역시 그 난쟁이 괴물이 아주 고귀한 가문 출신이라면서 제가 그와 결혼해야 한다고 말씀하세요. 그의 시종들을 보거나 그들이 입고 있는 화려한 옷을 보고 판단하건대 훌륭한 가문 출신일지는 모르지만 그 인물은 아주 징그러운 이름을 갖고 있고, 저는 그 때문에라도 결코 그의 아내가 되고 싶지 않아요. 그의 이름을 구성하는 비기독교적인 단어들을 뒤따라 발음할 수도 없어요. 얘기를 그래도 하자면, 그는 코르두안슈피츠라 불리는데, 이건 가문의 성姓이에요. 그 가문이 과연 그렇게 지체 높고 품위 있는 집안인지 답장해 주세요. 도시에서라면 그런 걸 알 수 있을 거예요. 아버지가 노년에 이르러 무슨 엉뚱한 생각을 하시는지 저는 도통 이해가 안 돼요. 아버지도 결혼을 하고 싶으시대요. 그리고 그 추악한 코르두안슈피츠가 공기 중에 떠다니는 한 부인과 아버지 사이에 중매를 서겠대요. 신이 우리를 도와주길 바라요! 우두머리 하녀는 어깨를 으쓱하고는 공기 중에 떠다니며 물에서 헤엄치는 그런 숙녀들을 자기는 섬기지 않겠대요. 그리고 당장 일을 그만두겠다고 하면서 저를 위해 그 계모가 발푸르기스의 밤[23]에 첫나들이를 갈 때 목이 부러져 죽게 해 달라고 빌겠대요. 고마운 일이죠! 하지만 저의 모든 희망은 당신에게 달려 있어요! 저는 당신이 뭔가를 해야 하고 할 수밖에 없는 사람이며 저를 큰 위험에서 구해 주실 걸 알아요. 지금이 위험이 닥친 때이니, 서둘러 오셔서 당신의 죽을 만큼 우울한, 그러나 충실한 신부를 구해 주세요.

안나 폰 차벨타우

추신: 당신이 그 노란 난쟁이 코르두안슈피츠와 결투하실 수는 없나요? 당신이 이길 게 분명해요. 그는 다리에 힘이 없으니까요.

추신: 다시 한 번 부탁드려요. 어서 옷을 차려입고, 당신의 불행하지만 앞에 말한 것처럼 충실한 신부, 안나 폰 차벨타우에게 와 주세요.

---

23) 8세기 독일의 전통인 성 발부르가의 날 전야제에서 기인한 것으로, 나중에 스웨덴의 발보르가 되었으며, 괴테의『파우스트』에 묘사되면서 더욱 유명해졌다.

4장

막강한 왕의 궁전 풍경, 이후 피비린내 나는 결투와
그 밖의 사건에 관한 보고

●

안나 양은 몹시 우울하여 온몸이 마비된 느낌이었습
니다. 창가에 앉아 팔짱을 끼고 밖을 멍하니 내다보면서도, 어
스름이 깔리기 시작하여 여느 때처럼 안나 양의 인솔하에 쉬
러 가고 싶어 꽥꽥, 꼬끼오, 야옹, 삐악삐악대는 가금들에게도
신경을 쓰지 않았어요. 그래요, 그녀는 하녀가 그 일을 대신 맡
아 하다가 고분고분 말을 듣지 않고 대리인에게 반항하는 수탉
을 우악스럽게 매질하는 것도 그냥 내버려 두었어요. 그녀 자
신이 당하고 있는 가슴을 찢는 사랑의 고통이, 체스터필드[24]나
크니게[25]를 읽지도 않고, 장리 부인[26]이나 인간의 심리를 알고

●

24) 체스터필드Philip Dormer Stanhope, 4th Earl of Chesterfield (1694~1773). 영국의 정치가이자
문필가로 『아들에게 쓰는 편지Letters to His Son』로 유명하다. **25)** 크니게Adolph Freiherr von
Knigge(1752~1796). 독일의 저술가로 『인간교제술, Über den Umgang mit Menschen』로
유명하다. **26)** 장리 부인Comtesse de Genlis(1746~1830). 프랑스의 여류 작가

혈기 왕성한 젊은 기분을 제대로 주무르는 법을 속속들이 꿰고 있는 다른 귀부인들의 충고도 없이 가축 사육에 바친 가장 달콤한 시간 내내 그녀의 가장 총애하는 제자였던 수탉의 괴로움에 대해서 무감각하게 만들었습니다. 그건 아무래도 그녀가 경솔하다고 할 수도 있을 겁니다.

하루 종일 코르두안슈피츠는 코빼기도 보이지 않고 답술 폰 차벨타우 씨의 탑에서 머물고 있었는데, 그곳에서는 정말로 무슨 중대한 작업이 진행되고 있었던 모양이에요. 그런데 지금 안나 양은 이글거리는 저녁놀을 받으며 비틀거리면서 마당을 걸어오는 난쟁이 남작을 알아보았습니다. 샛노란 옷을 입은 그는 그 어느 때보다 훨씬 더 추악해 보였고, 이리저리 깡충대며 당장 뒤로 넘어질 것 같다가도 오뚝이처럼 일어나는 가소로운 모습은 남들에게는 배꼽을 잡고 웃을 일이었겠지만, 안나 양에게는 혐오감만 증폭시킬 뿐이었어요. 어느 정도였느냐 하면, 결국 그녀는 그 혐오스러운 꼭두각시를 먼발치에서라도 보지 않으려고 두 손으로 얼굴을 가렸답니다. 그런데 갑자기 누군가 앞치마를 잡아당기는 느낌이 들었습니다.

"얌전히 엎드려, 펠트만!"

안나 양은 자기를 잡아당기는 것이 개라고 여기고 그렇게 소리쳤어요. 그러나 그건 개가 아니었습니다. 안나 양이 얼굴에서 손을 떼자 보인 것은 포르피리오 폰 오커로다스테스 남작이었

왕의 신부

고, 그는 유례없이 민첩하게 안나 양의 품으로 뛰어올라 두 팔로 꽉 껴안는 것이었어요. 안나 양은 놀랍고도 징그러워 비명을 지르며 의자에서 벌떡 일어났습니다. 그런데도 코르두안슈피츠는 안나 양의 목에 여전히 매달린 채 그 일어나는 순간 엄청나게 무거워져서, 적어도 2,000파운드의 무게로 불쌍한 안나 양을 쏜살같이 다시 의자에 주저앉혔습니다. 그제야 코르두안슈피츠는 안나 양의 품에서 얼른 미끄러져 내려갔어요. 그러고는 제대로 균형을 잡지 못하면서도 자신의 힘이 닿는 한 우아하고 예의 바르게 오른쪽 무릎을 버티고 꿇어앉아 좀 별나게 카랑카랑하지만 그렇게 거슬리지는 않는 목소리로 말했습니다.

"사모하는 안나 폰 차벨타우 양, 나무랄 데 없는 숙녀여, 선택된 신부여, 노여워 말아요. 부탁이오. 간청하오! 제발 노여워 말아요. 노여움을 푸시오! 당신은 내 신하들이 내 궁전을 지으려고 당신의 아름다운 채소밭을 황무지로 만들었다고 생각하겠지요? 오, 삼라만상의 신들이시여! 당신이 내 보잘것없는 몸속을 들여다보고 온통 사랑과 고결한 마음으로 고동치는 내 심장을 들여다볼 수 있다면! 이 노란 비단옷 속 내 가슴에 가득 찬 모든 근본적인 덕목들을 발견할 수 있다면! 나는 당신이 생각하듯이 파렴치한 잔인함과는 거리가 멀다오! 그것이 될 법한 소리요? 온화한 군주가 어찌 자신의 신하들을, 아니 그만! 그만! 이 무슨 허튼 소리인지! 당신이 직접 봐야 하오! 오, 신부여! 당신을 배려하는 이 훌륭한 장관을 직접 보시오! 나와 함께 가야 하오! 나와 함께 당장 말이오. 기쁨에 찬 백성들이 내가 사모하는 사람을 애타게 기다리고 있는 나의 궁전으로 당신을 안내하리다!"

코르두안슈피츠의 떼거지 같은 요구에 얼마나 놀랐을지, 이 위협적인 괴물을 한 발짝만이라도 따라가는 게 얼마나 모골이 송연한 일인지 상상이 가고도 남는 일이지요. 그러나 코르두안슈피츠는 원래 그의 궁전이 곧 채소밭이라면서, 그 채소밭의 비상한 아름다움과 무진장한 풍요로움에 대해 감동 어린 말투로 집요하게 묘사했어요. 그래서 결국 안나 양도 천막을 살짝 들여다보기로 작정했지요. 그 정도야 전혀 해로울 것 없다고 생각하면서요. 난쟁이 남작은 환호작약하면서 적어도 열두 번은 연달아 재주넘기를 한 후, 매우 우아하게 안나 양의 손을 잡고 정원을 가로질러 비단 궁전으로 안내했습니다.

천막 입구의 롤커튼이 올라가자, 안나 양은 "와!" 하는 탄성과 함께 땅에 뿌리가 박힌 듯이 우뚝 섰습니다. 그녀의 눈앞에 펼쳐진 끝도 없이 넓은 채소밭의 풍경은 일찍이 그녀가 수없이 꾸었던 잘 익은 배추와 채소에 관한 더없이 멋진 꿈속에서도 한 번도 본 적 없는 대단한 장관이었어요. 그곳에서는 채소와 배추, 무와 상추, 완두와 콩이라고 이름 붙일 수 있는 모든 것이 이루 말할 수 없을 정도로 풍요롭게 빛을 발하며 자라고 있었

❖

어요. 피리와 북, 심벌즈가 울리는 음악 소리는 점점 커졌고 안
나 양이 이미 알고 있는 네 명의 점잖은 신사, 다시 말해 슈바르
츠레티히 씨, 무슈 드 로캄블, 시뇨르 디 브로콜리와 카푸스토
비츠 씨가 여러 차례 격식을 갖춘 인사를 하면서 다가왔습니다.

"내 시종장들이오."

포르피리오 폰 오커로다스테스는 웃으며 말했어요. 그러고
는 소개한 시종장들을 앞세우고 붉은 영국산 당근 친위대의 이
열 종대를 지나 밭 한가운데로 안나 양을 이끌었습니다. 그곳에
는 높고 화려한 옥좌가 높이 자리 잡고 있었어요. 옥좌 주위에
는 왕국의 거물들이 집결해 있었습니다. 콩 공주들과 상추 왕자
들, 멜론 제후를 선두로 오이 공작들, 양배추 대신들, 양파와 무
장성들, 양배추 귀부인들 등이 저마다 지위와 신분에 걸맞은 화
려한 성장을 하고 있었어요. 그리고 그 사이로 너무나 사랑스
러운 라벤더와 회향 시동 수백 명이 주위를 돌아다니며 달콤한
향기를 퍼뜨렸습니다. 오커로다스테스가 안나 양과 옥좌에 오
르자, 궁정 악장인 순무가 긴 지휘봉으로 신호를 했고, 이내 음
악이 멈췄어요. 그리고 모두들 경외하는 마음으로 조용히 귀를
기울였지요. 오커로다스테스는 목청을 높여 매우 엄숙하게 말
했습니다.

"충성스럽고 사랑스런 나의 신하들이여! 내가 나의 반려로
삼으려는 여기 내 옆의 고귀한 안나 폰 차벨타우 양을 보라. 미

모와 덕목을 갖춘 그녀는 벌써 오래전부터 어머니 같은 자애로운 눈길로 너희들을 지켜 왔다. 말하자면 너희들에게 부드럽고 기름진 잠자리를 마련해 주었고 너희들을 보듬고 길러주었다. 이제 그녀가 언제나 너희들의 충실하고 권위 있는 국모로 머물 것이다. 이제 경의를 표하는 갈채를 보내어라. 동시에 내가 이제 너희들에게 자비롭게 베풀고자 하는 은혜에 대해 질서 있는 환호를 보내어라."

궁정 악장 순무가 두 번째 신호를 보내자 수천 명이 한 목소리로 환호를 했고, 양파 포병대는 대포를 발사했으며 당근 친위대 군악대는 귀에 익은 축가 〈샐러드-샐러드 그리고 녹색의 파슬리!〉를 연주했어요. 장엄한 순간이었습니다. 이 왕국의 지도급 인사들, 특히 양배추 귀부인들은 기쁨의 눈물을 흘렸어요. 난쟁이 남작이 반짝이는 다이아몬드 왕관을 쓰고, 손에 황금 왕홀까지 들고 있는 걸 알아보았을 때, 안나 양은 거의 정신을 잃을 지경이었어요. 그녀는 놀라움에 손뼉을 치면서 소리쳤어요.

"세상에, 이럴 수가! 당신은 겉모습을 훨씬 능가하는 분이시군요, 사랑하는 코르두안슈피츠 님."

"경애하는 안나 양."

오커로다스테스가 부드러운 어조로 대답했습니다. "별들이 내게 당신 아버지의 집에 이름을 숨기고 나타나라고 강요했다오. 아가씨, 이제 내가 막강한 왕 중의 한 명이며, 지도에서도 명확한 경계를 밝히는 걸 잊을 만큼 그 끝을 알 수 없는 왕국을 지배하고 있다는 것을 알게 되기를 바라오. 오, 사랑스러운 안나 양, 당신에게 손과 왕관을 내밀고 있는 나는 실상 채소의 왕 다우쿠스 카로타 1세라오. 모든 채소 영주들이 나의 신하들이며, 오랜 관례에 따라 일년에 딱 하루 동안만 콩의 왕이 지배한다오."

"그럼⋯⋯." 안나 양은 기뻐하며 말했습니다. "그럼 제가 왕비가 되어 이 훌륭하고 멋진 채소밭을 갖게 되는 건가요?"

다우쿠스 카로타 왕은 다시 한 번 바로 그렇다고 확언하면서, 자신과 그녀가 땅에서 싹트는 모든 채소를 지배하게 될 거란 말도 덧붙였어요. 물론 안나 양은 그런 일을 기대한 적도 없었어요. 그런데 이 난쟁이 코르두안슈피츠가 다우쿠스 카로타 1세로 바뀐 순간부터 그가 전처럼 그렇게 추해 보이지 않으며, 왕관과 왕홀, 어의 또한 그에게 잘 어울린다는 생각이 들었습니다. 그의 예의 바른 태도와 그와의 결합을 통해 자신에게 돌아올 재산까지도 계산에 넣자, 안나 양은 별안간 왕의 신부가 된 자신보다 더 좋은 지참금을 얻을 수 있는 시골 처녀는 이 세상에 없을 거라는 분명한 확신을 얻었어요. 그 때문에 꽤나 흡족해하며 자신이 당장 아름다운 궁전에 머물러야 하는지, 다음 날 결혼식이 거행될 수 있는지를 신랑인 왕에게 물었습니다. 다우쿠스 왕은 사모하는 신부의 갈망이 자기에겐 황홀할 지경이지만, 어떤 별자리 때문에 자신의 행운을 약간 미룰 수밖에 없다고 대답했어요. 그러니까 당장에는 답술 폰 차벨타우 씨가 사위의 신분이 왕이라는 것을 절대로 알아서는 안 된다는 것, 만약 알게 된다면 그가 그토록 바라는 실피데 네하힐라와의 결혼을 성사시키는 데 장애가 생길 수 있다고 말입니다. 게다가 그 자신 답술 폰 차벨타우 씨에게 두 쌍의 결혼이 동시에 이루어지도록 하겠다고 약속했다고 말이지요. 안나 양은 자신에게 일어난 일을 아버지에게는 한마디도 하지 않겠다고 엄숙하게 약속해야 했습니다. 이후 그녀의 아름다움과 상냥하고 겸손한 태도에 도취되어 열광하는 백성들의 떠들썩한 환호를 받으며 비단 궁전을 떠났습니다.

꿈속에서 안나 양은 너무나 사랑스런 다우쿠스 카로타의 왕국을 다시 한 번 보았고 행복감에 떠다녔어요.

안나 양이 아만두스 폰 네벨슈테른 씨에게 써 보낸 편지는 가련한 젊은이에게 혹독한 영향을 끼쳤습니다. 얼마 후 안나 양은 다음과 같은 답장을 받았지요.

내 마음의 여신인 천사 같은 안나!

당신의 편지에 적힌 말들은 비수처럼 내 가슴을 찔렀습니다. 날카롭고 달아오른, 독이 묻은 살인의 비수 말이오. 오, 안나! 당신이 어떻게 나를 떠날 수 있단 말이오? 말도 안 되는 생각이오!

도무지 그 일을 이해할 수가 없어서, 나는 바로 실성하여 무섭고도 잔인한 소란을 피웠다오. 어쨌든 나는 치명적인 불운에 격분하며 사람들을 피해 늘 치던 당구도 치지 않고 식사 후 곧장 숲으로 나갔소. 그곳에서 절망하여 손을 비비며 당신의 이름을 수천 번도 더 불러 보았다오! 세차게 비가 내리기 시작했소. 그때 마침 나는 화려한 금술이 달린 빨간 우단으로 만든 새 모자를 쓰고 있었소. 사람들 말로는 내 얼굴에 가장 잘 어울린다는 모자였소. 빗줄기가 화려한 모자 장식을 망가뜨릴 수도 있었지만 사랑의 절망 앞에서 모자며 우단이며 금실이 무슨 소용이겠소! 그렇게 한참을 방황하다 보니 결국 온몸이 비에 흠뻑 젖고 전신이 추워 떨리면서 심한 복통을 느꼈소. 그래서 근처의 주막으로 가서 따끈한 포도주를 만들어 달라고 하고 당신이 보내 준 훌륭한 버지니아 파이프 담배를 피웠다오. 그러자 곧 신성한 영감이 떠오르는 것을 느꼈고, 작은 가방을 열어서 열두 줄의 멋진 시들을 허겁지겁 메모해 두었소. 오, 시를 쓴다는 것은 얼마나 놀라운 천부의 선물인지! 사랑의 절망과 복통도 사라져 버렸소. 그 시들 중 마지막에 쓴 것만을 당신께 전하리다. 모든 처녀들의 귀감인 당신 또한 나처럼 기쁨의 희망으로 충만하길 바라오.

나는 고통 속에서 뒤틀리고 있다.

마음속에 켜졌던

사랑의 촛불들이 꺼져 버렸다.

다시는 웃음 띤 농담도 할 수 없구나!

하지만 정신이 고개를 숙여 인사하여,

말과 운율이 생겨나니,

나는 시를 써 내려간다.

그러자 어느새 다시 기쁨이 나를 찾아오고,

마음속에서는 사랑의 촛불들이

위로하며 타오른다.

모든 고통이 사라지고,

이제 나는 다정하게 웃음 띤 농담을 할 수 있네!

사랑하는 안나! 수호 기사인 내가 곧 서둘러 가서 당신을 내게서
빼앗아 가려는 악당에게서 당신을 구해 내겠소! 그때까지 당신
이 절망에 빠지지 않도록, 나의 훌륭한 스승의 소중한 책자에서
위안을 주는 신성한 경구들을 써 보내겠소. 이를 읽고 그대가 기
운을 얻었으면 좋겠소.

가슴이 넓어지면, 정신에서 날개가 자랄까?

어쨌거나 유쾌한 익살꾼이여! 마음이 되고 정서가 되렴!

*

사랑은 사랑을 증오할 수 있다,

시간 역시 시간을 놓칠 수 있다.

*

사랑은 꽃향기, 끊임없는 하나의 존재,
오 젊은이여, 모피를 씻어도 젖게는 하지 마라!

*

겨울에는 차가운 바람이 분다고 그대는 말하는가?
그렇지만 언제나 그런 것처럼 외투들은 따뜻한 법!

이 얼마나 신성하고 숭고하고 충만한 경구들인지! 그리고 얼마
나 간결하고, 얼마나 수수하고, 얼마나 야무지게 표현되었는지!
나의 사랑하는 아가씨! 걱정 말아요. 여느 때처럼 마음속으로 날
생각해 주오. 내가 가서 당신을 구하여 사랑의 폭풍이 휘몰아치
는 내 가슴에 당신을 품겠소.

당신의 충실한
아만두스 폰 네벨슈테른

추신: 나는 코르두안슈피츠 씨와 결코 결투할 수 없소. 오, 안나!
왜냐하면 저돌적인 결투 상대의 적의에 찬 공격을 받아 당신의
아만두스가 흘릴지도 모르는 피 한 방울 한 방울은 숭고한 시인
의 피이며, 섣불리 흘려선 안 되는 신들의 신성한 피이기 때문이

라오. 세상은 나 같은 정신이 세상을 위해 가능한 한 몸을 아끼고 보존하기를 마땅히 요구하지요. 시인의 무기는 말이요, 노래라오. 나는 나의 라이벌의 몸에 티르테우스[27]의 전투가로 달려들고, 날카로운 경구를 써서 그를 찌르고, 열광적인 사랑의 송가로 쓰러뜨릴 것이오. 이것이 진정한 시인의 무기이며, 이 무기가 언제나 승승장구하여 어떠한 공격에도 맞서서 시인을 지켜 준다오. 나는 그렇게 무장을 하고 나타나 그대와의 결합을 쟁취할 것이오. 오, 안나!

건강하시오. 다시 한 번 그대를 포옹하며! 나의 사랑에 모든 희망을, 특히 어떠한 위험도 불사할 나의 영웅 같은 용기에 희망을 걸기 바라오. 아무리 보아도 악마 같은 괴물이 당신을 끌어들인 그 치욕의 그물에서 그대를 구출해 낼 거요!

이 편지를 받았을 때 마침 안나 양은 신랑이 될 왕 다우쿠스 카로타 1세와 채소밭 뒤 초원에서 술래잡기를 하며 즐거워하고 있었답니다. 그녀가 힘껏 달려가 몸을 웅크리면 난쟁이 왕이 그녀에게 몸을 던졌지요. 그녀는 평소와 달리 애인의 편지를 읽지도 않고 호주머니에 쑤셔 넣었고, 우리가 곧 알게 되겠지만, 때가 늦어서야 읽게 되었어요.

---

27) 티르테우스Tyrtaeus. 기원전 7세기 그리스의 서정시인

왕의 신부

답술 폰 차벨타우 씨는 안나 양이 어떻게 갑자기 생각을 바꿔 처음에 그렇게 추하다고 여기던 포르피리오 폰 오커로다스테스를 사랑하게 되었는지 도무지 납득이 되지 않았습니다. 그 일에 대해 별들에게 물어 봤지만 만족스런 대답을 얻지 못했어요. 그래서 사람 속은 삼라만상의 모든 비밀보다 밝혀 내기 어렵고 어떤 별자리를 통해서도 파악할 수 없다고 여길 수밖에 없었답니다. 다시 말해 육신의 아름다움이라고는 눈을 씻고 보아도 찾아볼 수 없는 그 난쟁이 신랑이 순전히 한층 높은 본성만으로 안나 양의 사랑을 얻어 냈으리라고는 생각할 수 없었어요. 친애하는 독자께서 이미 아시다시피, 답술 폰 차벨타우 씨가 정해 놓은 아름다움의 개념은 젊은 처녀들이 품고 있는 잘생겼다는 개념과는 천지 차이였습니다. 그렇다 해도 그는 그런 처녀들은 오성과 재치, 정신과 감정을 한통속으로 여긴다는 것, 또한 유행하는 연미복이 어울리지 않고, 제아무리 셰익스피어, 괴테, 티크, 프리드리히 리히터[28]를 자처하는 남자라 할지라도, 젊은 처녀를 자기 것으로 삼으려는 생각이 들면 군복 차림의 어떤 건장한 경기병 소위의 손에 격퇴당할 위험을 감수한다는 것을 알 만큼은 많은 세속적 경험을 갖고 있었습니다. 하긴 지금 안나 양의 경우에는 일이 전혀 달리 벌어졌고, 아름다움이나

---

28) 프리드리히 리히터Johann Paul Friedrich Richter(1763-1825). 장 파울Jean Paul로 알려져 있는 독일의 소설가

이성이 중요한 문제가 아니긴 했어요. 그렇기는 해도 한 보잘것 없는 시골 처녀가 갑자기 왕비가 되는 것은 희귀한 일이지요. 게다가 이 판에 별들까지 그를 아랑곳하지 않았기 때문에 답술 폰 차벨타우 씨는 아무것도 예측할 수가 없었습니다.

포르피리오 폰 오커로다스테스 남작과 답술 폰 차벨타우 씨 그리고 안나 양, 이 세 사람은 한마음 한뜻이었다고 생각할 수도 있습니다. 답술 폰 차벨타우 씨는 존경받는 사위와 온갖 즐거운 일들에 대해 잡담을 나누려고 전에 없이 탑을 떠나는 일이 잦아졌고, 특히 아침을 매번 아래에 내려와 먹곤 했습니다. 이 시간에는 포르피리오 폰 오커로다스테스 남작 역시 비단 궁전에서 나와 안나 양이 주는 버터 빵을 먹었습니다.

"아, 아…….." 안나 양은 곧잘 웃음을 참아 가며 그의 귀에 대고 소곤거렸어요. "아, 아, 위대한 코르두안슈피츠 님, 당신이 왕이라는 것을 아버지께서 아신다면."

"진정해요." 다우쿠스 카로타 1세가 대답했어요. "진정해요. 그러지 않으면 기쁨이 사라져 버리오. 조만간 당신에게 기쁨의 날이 올 거요!"

어느 날 교장 선생님이 안나 양에게 그의 밭에서 난 제일 좋은 무를 몇 다발 선물했습니다. 안나 양은 무척이나 기뻤어요. 답술 폰 차벨타우 씨가 무를 즐겨 먹는데, 궁전이 지어진 채소밭에서는 아무것도 거둘 수 없었으니까요. 게다가 궁전 안의 온

갓 채소와 뿌리채소들 가운데 유독 무만은 없었다는 사실이 지금에서야 떠올랐어요.

안나 양은 선물받은 무를 얼른 씻어서 아버지의 아침 식탁에 올렸습니다. 답술 폰 차벨타우 씨는 몇 개의 무 이파리들을 싹둑 잘라 내고 소금 통에 살짝 찍어 만족스럽게 먹어 치웠습니다. 그때 마침 남작이 안으로 들어왔어요.

"오커로다스테스 님, 이 무 한번 먹어 보십시오!"

답술 폰 차벨타우 씨가 그에게 말했어요. 접시에는 크고, 유난히 잘생긴 무 한 개가 남아 있었습니다. 그러나 그 무를 보자 코르두안슈피츠의 눈은 불을 켠 듯 번뜩이기 시작했고, 그는 무시무시하게 큰 목소리로 고함을 쳤어요.

"이런, 비열한 공작 녀석, 네가 감히 내 눈앞에 나타나다니! 그것도 내 권력의 비호를 받고 있는 이 집에 파렴치하게 침입한 것이냐? 적법한 나의 왕권에 맞서려는 너를 내가 영원히 추방하지 않았더냐? 가거라, 썩 꺼지거라! 반역을 꾀한 신하 놈아!"

갑자기 무의 뚱뚱한 머리 아래로 두 다리가 자라났고, 무는 그 두 다리로 재빨리 접시에서 뛰어내려 코르두안슈피츠 바로 앞에 서서 말했습니다.

"잔인한 다우쿠스 카로타 1세여, 너는 헛되이 나의 종족을 절멸시키려고 했다! 너의 혈통 중 그 누가 나와 나의 친척들만큼 큰 머리를 가진 자가 있단 말이냐? 우리는 이성과 지혜, 예리한 통찰력, 예의 바른 태도, 이 모든 것을 갖추고 있다. 너희들은 부엌과 가축의 우리들을 싸돌아다니며 한창 나이의 젊은 이들 가운데에서만 힘을 발한다. 그럼으로써 근본적으로는 젊은 악마가 단지 너희들의 후딱 스쳐 가는 행복을 만들어 줄 뿐이다. 그러나 우리는 고귀한 인품들과 즐겨 어울려서 우리의 초록빛 얼굴을 들기만 하면 환호와 함께 환영을 받는다! 나는 너, 다우쿠스 카로타에게 도전한다. 너 역시 너의 아류들과 마찬가지로 기형의 개구쟁이에 불과할 뿐이다! 이 자리에서 누가 강자인지 밝혀 보자!"

무 공작은 이 말과 함께 긴 채찍을 휘두르며 순식간에 다우쿠스 카로타 1세를 덮쳤습니다. 그러나 왕은 재빨리 작은 검을 빼들고 용감하게 방어했지요. 그리고 이 두 난쟁이는 방 안에서 기이하고 놀랍게 도약을 하며 격투를 벌였고, 마침내 다우쿠스 카로타가 무 공작을 궁지에 몰아넣자, 공작은 펄쩍 뛰어 열린 창문을 통해 멀리 도망치는 수밖에 없었답니다. 친애하는 독자께서 이미 알고 있듯이, 다우쿠스 카로타 왕은 아주 민첩하게 밖으로 몸을 날려 무 공작을 쫓아 밭으로 달려갔습니다. 답술폰 차벨타우 씨는 너무 놀라 온몸이 마비된 채 아무 말 없이 둘 사이의 무시무시한 싸움을 지켜보았고요. 그러고는 마침내 울부짖으며 소리쳤어요.

"오, 내 딸 안나야! 가련하고 불쌍한 내 딸 안나! 끝장났다.

나도 너도, 우리 둘 다 끝장났구나."

그는 그 말을 하며 방을 뛰쳐나가 가능한 한 빨리 천문 탑으로 올라갔습니다.

안나 양은 세상에 무엇이 갑자기 아버지를 저런 끝도 없는 비애에 젖게 한 것인지 도무지 이해할 수도, 추측할 수도 없었어요. 그녀는 이 모든 소동에 대단히 만족하였고, 신랑이 신분이나 재산뿐 아니라 용기까지 겸비하고 있음을 알게 되자 내심 기뻤습니다. 하긴 이 세상 어디에도 겁쟁이를 사랑할 수 있는 소녀는 없을 겁니다. 이제 그녀는 다우쿠스 카로타 1세 왕의 용맹에 확신을 가졌고, 아만두스 폰 네벨슈테른 씨가 왕과 결투를 원치 않았다는 사실을 아주 민감하게 떠올렸어요.

다우쿠스 1세 왕에게 아만두스 씨를 희생시키는 데에 그녀는 지금껏 갈등을 느꼈을지 모릅니다. 그런데 이제 그녀의 새로운 신부의 신분이 가져다줄 그 모든 영광을 인식하자, 아만두스 씨를 희생시키기로 결심을 굳혔던 모양입니다. 그녀는 당장 자리에 앉아 다음과 같은 편지를 썼습니다.

사랑하는 아만두스!

"이 세상 모든 것은 변할 수 있으며 모든 것은 헛되다"라고 교장 선생님은 말씀하십니다. 그 말씀은 전적으로 옳아요. 사랑하는 아만두스, 당신은 굉장히 현명하고 박식한 학생이니, 제 생각과 마음속에 작은 변화가 생겼다고 말한다 해도, 교장 선생님의 말씀에 동의하면서 조금도 의아하게 생각하지 않을 거예요. 제가 당신에게 여전히 호의를 가지고 있으며, 금술 장식의 빨간 우단 모자를 쓴 당신의 모습이 얼마나 멋져 보일지 눈에 선하게 그린다는 건 확실해요. 하지만 결혼에 관해서는, 생각해 보세요. 사랑하는 아만두스, 당신이 아무리 영리하고, 또 아무리 아름다운 시를 쓸 수 있다 해도, 당신은 결코 왕이 될 수는 없어요. 그리고 놀라지 마세요, 사랑하는 이여. 난쟁이 코르두안슈피츠 님은 코르두안슈피츠가 아니라 다우쿠스 카로타 1세라는 이름의 막강한 권력을 가진 왕이고, 거대한 채소 왕국 전체를 지배하고 있으며, 저를 그의 왕비로 선택했답니다! 사랑하는 그 난쟁이 왕이 익명을 벗어던진 이후에, 그분은 훨씬 더 멋있어졌어요. 이제야 저는 아버지의 말씀이 옳았다는 것을 깨달았어요. 아버지께서는, 머리야말로 남자의 자랑거리이며, 그러니까 아무리 커도 좋은 거라고 주장하셨거든요. 하지만 다우쿠스 카로타 1세는—보시다시피 저는 그 멋진 이름을 완전히 외워서 쓸 수 있을 만큼, 그 이름은 저에게 친숙하다고요—제가 말하려고 하는 건, 왕이신 저의 난쟁이 신랑이 말로 표현할 수 없을 만큼 우아하고 사랑스러운 행동을 한다는 거예요. 게다가 얼마나 용감무쌍한지! 그분은 제가 보는 앞에서 무례하고 적의에 찬 인물처럼 보이는 무 공작을 때려 도망시키고…… 세상에! 그를 쫓아 창문을 뛰어넘던 그분의 모습이라니! 당신이 보셔야 했는데! 저의 다우쿠스 카로타 님을 당신의 무기로 어떻게 할 수 있을 거라고는 생각하지 않아요. 그분은 불사신처럼 보여요. 시 작품이 아무리 섬세하고 날카 롭다 해도 시를 갖고는 그분을 털끝만큼도 다치게 못할 거예요. 그러니 사랑하는 아만두스, 경건한 사람처럼 당신을 섭리에 맡기시고 제가 당신의 부인이 아니라 왕의 부인이 되는 것을 나쁘게 생각하지 마세요. 그러나 저는 언제나 당신에게 호의를 가진 친구로 남을 테니 안심하세요. 그리고 당신이 앞으로 당근 친위대나, 아니 학문도 무기도 싫어하니까 학술원이나 호박 내각에서 일하고 싶으시면 한마디만 하세요. 그러면 당신의 행복은 이루어질 거예요. 건강하시고 저에게 화내지 마세요.

당신의 예전 신부이자, 지금은 호의 가득한 친구이며
미래의 왕비인
안나 폰 차벨타우
(조만간 폰 차벨타우라는 성을 쓰지 않고 그냥 안나라고만 쓰겠네요)

추신: 아름다운 버지니아 담배 역시 당신에게 충분히 공급될 테니 단단히 믿으셔도 좋아요. 추측건대, 저의 궁전에서는 담배를 피우는 일이 없겠지만, 그래도 즉시 저의 특별한 감독하에 왕실에서 멀지 않은 곳에 화단을 만들어 버지니아 담배를 재배할 거

예요. 그것에는 문화와 윤리가 필요하니, 저의 다우쿠스 님께 그걸 위해 특별법을 제정하시라고 해야겠어요.

5장

사건의 참혹한 파국에 대한 보고와
이후의 사건 전개

·

안나 양이 막 아만두스 폰 네벨슈테른 씨에게 편지
를 부쳤을 때, 답술 폰 차벨타우 씨가 안으로 들어와 매우 고통
스럽게 울먹이는 어조로 말했습니다.

"오, 내 딸 안나! 우리 둘 다 치욕스럽게 속았구나! 그 흉악한
놈이 너를 유혹하여 덫에 몰아넣고 나를 속여 자기를 코르두안
슈피츠라 불리는, 포르피리오 폰 오커로다스테스 남작이며, 위
대한 그놈 트실메네히와 고귀한 코르두아 원장 수녀의 결합으
로 생긴 빛나는 가문의 자손이라 믿게 하다니, 못된 놈 같으니
라고! 네가 사실을 알면 실신하여 쓰러질 거다! 그는 그놈이기
는 하나, 채소나 가꾸는 가장 천박한 가문이란다! 그놈 트실메
네히는 가장 고귀한 가문 출신, 말하자면 다이아몬드를 보호하
는 임무를 띤 가문 출신이었지. 그다음으로 고귀한 가문이 금속
왕국에서 금속을 만드는 가문이고, 그다음이 꽃을 돌보는 가문

인데, 그들은 실피데에게 의존하기 때문에 그다지 품위 있는 가문은 아니란다. 하지만 가장 저질이고 품위가 떨어지는 가문이 바로 채소를 재배하는 그놈들이다. 그런데 사기꾼 같은 코르두안슈피츠는 바로 그런 그놈일 뿐만 아니라, 글쎄, 바로 그 가문의 왕이며 이름은 다우쿠스 카로타란다!"

안나 양은 기절하여 쓰러지지도 놀라지도 않고, 오히려 한탄하는 아버지에게 다정하게 미소를 지었습니다. 친애하는 독자께서는 이미 그 이유를 알고 있지요! 그러나 답술 폰 차벨타우 씨는 그런 안나 양을 보고 크게 놀라며 제발 무시무시한 운명을 직시하고 원통해하라고 더욱 열렬히 설득했어요. 그러자 안나 양은 더 이상 자기만이 간직했던 비밀을 지킬 필요가 없다고 생각했어요. 그래서 이른바 코르두안슈피츠 남작은 이미 오래전에 자신에게 그의 본래 신분을 밝혔으며, 그때부터 자신은 그에게 호감을 갖게 되었고, 그 외의 다른 어떤 남자도 남편으로 맞이하고 싶지 않다고 말했어요. 그러고는 다우쿠스 카로타 1세가 데리고 간 채소 왕국의 놀랍도록 아름다운 광경을 상세하게 묘사했고, 그 광대한 왕국에 사는 다양한 백성의 기이한 기품에 대한 칭찬도 잊지 않았답니다.

답술 폰 차벨타우 씨는 여러 차례 손뼉을 치고 그놈 왕의 사악한 행동을 떠올리며 울었습니다. 그 그놈은 가장 교묘하고, 정령 자신에게조차 위험하기 짝이 없는 방법으로 가엾은 안나 양을 어두운 악마의 왕국으로 끌어내린 것이었어요.

"그건 대단히 훌륭할 수도 있다." 답술 폰 차벨타우 씨는 귀 기울여 듣는 딸에게 그제야 설명해 주었습니다. "그 어떤 자연의 정령이 인간의 원칙과 결합하는 것이 대단히 훌륭하고 유익할 수도 있단 말이다. 이를테면 그놈 트실메네히와 막달레나 드라 크루아의 결혼이 그 표본을 제공하고 있지. 바로 그런 연유로, 그 사기꾼 다우쿠스 카로타가 그 혈통의 한 후손이라고 주장하고 있다 해도 그것의 경우는 정령족들의 다른 왕과 군주의 경우와는 사정이 전혀 다르단 말이다. 샐러맨더 왕들은 순전히 불같이 격분하고, 실피데 왕들은 순전히 교만하고, 운디네 여왕들은 순전히 사랑에 빠지고 질투심이 강하기만 한 데 비해, 그놈gnom 왕들은 음흉하고 간악하고 잔인하단다. 순전히 자신의 신하들을 유괴해 가는 인간의 자손들에게 보복하기 위해, 그 어떤 인간의 자식이든 유혹하려고 애써 왔다. 그렇게 유혹당한 인간 자식은 인간적 본성을 벗어던지게 되고, 그놈gnom과 똑같이 기형의 모습이 되어 땅속으로 끌려가 다시는 모습을 드러내지 못하게 된단다."

답술 폰 차벨타우 씨가 사랑하는 다우쿠스를 헐뜯는 온갖 결점들을 안나 양은 전혀 믿으려 들지 않아 보였고, 오히려 자신이 곧 지배할 거라 여기는 아름다운 채소 왕국의 경이로움에 대해 또 한 번 이야기하기 시작했어요.

"눈이 멀었구나." 분기탱천한 답술 폰 차벨타우 씨가 버럭 소리쳤습니다. "눈이 먼 어리석은 것! 너는 아비가 카발라의 지혜에 통달해 있다는 것을 못 믿는구나. 흉악한 다우쿠스 카로타가 너를 홀려 믿게 한 모든 것이 온통 기만이라는 것을 아비가 모르겠느냐? 그런데 너는 나를 못 믿는구나. 하지만 내 하나뿐인 자식인 너를 구하기 위해 널 설득하지 않을 수 없다. 무슨 수를 써서라도 널 납득시켜야겠구나. 나와 함께 가자!"

안나 양은 두 번째로 아버지와 함께 천문 탑으로 올라가야 했습니다. 답술 폰 차벨타우 씨는 커다란 상자에서 노랑, 빨강, 하양, 초록색 끈을 잔뜩 꺼내 이상한 의식을 치르면서 그 끈으로 안나 양의 머리에서 발끝까지 둘둘 감았습니다. 그리고 자신도 똑같이 했어요. 그러고 나서 안나 양과 답술 폰 차벨타우 씨 부녀는 다우쿠스 카로타 1세의 비단 궁전으로 조심스럽게 다가갔습니다. 안나 양은 아버지의 명령에 따라 가져온 날카로운 가위로 천막의 솔기를 자른 뒤 그 틈으로 안을 들여다보아야 했어요.

맙소사! 안나 양은 아름다운 채소밭 대신에, 당근 친위대, 양배추 귀부인, 라벤더 시종, 상추 왕자, 그토록 훌륭해 보였던 그 모든 것 대신에 무엇을 보았을까요? 아무런 색채도 없는 구역질나는 진창이 들어찬 듯 보이는 깊은 웅덩이를 보았습니다. 그 진창 속에는 대지의 품에서 나온 온갖 추악한 무리가 꿈틀거리

고 있었어요. 살진 지렁이들이 느릿느릿 꿈틀거리며 뒤엉켰고,
그런 한편 딱정벌레 같은 짐승들이 짤막한 다리를 뻗으며 힘겹
게 앞으로 기어가고 있었습니다. 그 짐승들은 커다란 양파들을
등에 지고 있었는데, 그것들은 흉측한 사람 얼굴을 하고 있었어
요. 그 얼굴들이 히죽 웃으며 탁하고 노란 눈으로 곁눈질을 하
면서 귀에 바짝 붙어 난 작은 발톱으로 서로 다른 얼굴의 긴 매
부리코를 잡아 진창 속으로 끌어내리려 들었어요. 그런 한편으
로는 껍질을 빠져나온 달팽이들이 징그럽게 느릿느릿 꿈틀대
며 뒤엉켜서 긴 촉각을 웅덩이 밖으로 뻗고 있었고요. 이 소름
끼치는 광경을 본 안나 양은 기절하기 일보 직전이었지요. 그녀
는 두 손으로 얼굴을 가리고 서둘러 그곳에서 도망쳤어요.

"잘 보았느냐?" 답술 폰 차벨타우 씨가 안나 양에게 말했습
니다. "추악한 다우쿠스 카로타가 너를 얼마나 파렴치하게 속
였는지 이제 알았느냐? 그자는 일순간만 지속되는 화려한 광경
만 너에게 보여 주었다. 오! 그자는 휘황찬란한 화려함으로 너
를 유혹하기 위해 신하들에게 축제 의상을 입히고 친위대에게
제복을 입혔던 거다! 하지만 이제 너는 네가 다스릴 왕국의 속
옷 차림을 보았다. 네가 그 끔찍스러운 다우쿠스 카로타의 아내
가 되면, 너는 지하 왕국에 머물러야 하고 다시는 지상으로 올
라오지 못할 것이다! 그렇지만, 아! 아! 이런 꼴을 보게 되다니!
나는 최고로 불행한 아비로다!"

그때 갑자기 답술 폰 차벨타우 씨가 혼비백산하고 놀랐습니다. 그 순간 뭔가 또 다른 불행이 닥쳤구나 짐작한 안나 양은 대체 뭣 때문에 아버지가 그토록 비통해하는지 걱정스럽게 물었어요. 하지만 답술 씨는 흐느끼느라 "오, 네-모-습-이-어-떻-게-이-럴-수-가!"라고 더듬거릴 뿐이었어요. 방으로 달려가 거울을 들여다본 안나 양은 기겁을 하고 흠칫 물러섰습니다.

그녀가 그렇게 놀란 데에는 이유가 있었고, 사정은 이랬어요. 답술 폰 차벨타우 씨가 다우쿠스 카로타 왕의 신부에게 그녀가 직면하고 있는 위험에 대해 눈을 뜨게 하려고 했을 때, 그녀는 차츰차츰 본래의 외모와 모양새를 잃고 어느새 그놈의 왕비에 걸맞은 모습으로 바뀌어 갔고, 그때 답술 씨는 이미 끔찍한 일이 벌어졌음을 알아봤던 겁니다. 안나 양의 머리는 훨씬 커졌고 피부는 사프란처럼 노랗게 되어, 그것만으로도 충분히 눈 뜨고 보기 역겨운 몰골이었습니다. 안나 양은 특별히 허영심에 부푼 처녀는 아닐지라도, 추해지는 것이 세상에서 겪을 수 있는 가장 크고 끔찍한 불행이라는 것을 인식하기에는 어디까지나 젊은 처녀였어요. 장차 여왕으로서 머리에 왕관을 쓰고 비단옷에 다이아몬드와 금으로 된 팔찌와 반지를 끼고 남편인 왕의 옆자리에 앉아 여덟 필의 말이 끄는 마차를 타고 일요일에 교회에 가면, 교장 선생님의 사모님을 포함한 모든 아낙네들이 감탄하고, 심지어는 답술하임이 교구로 포함된 마을의 뻐기는 대영주의 부인네들까지도 존경의 시선을 보낸다면 얼마나 멋질까를 안나 양은 수없이 상상했었지요. 오, 얼마나 자주 이런저런 기상천외한 꿈에 잠겼던지! 안나 양은 하염없이 눈물을 흘렸습니다.

"안나, 내 딸 안나야, 당장 이리로 올라오너라!"

답술 폰 차벨타우 씨가 확성기를 통해 아래로 소리쳤습니다.

안나 양은 광부 차림을 한 아버지를 보았어요. 아버지가 차분하게 말했습니다.

"벼랑 끝에 섰을 때 도움은 가장 가까운 곳에 있는 법이다. 내가 방금 전해 들은 바에 따르면, 다우쿠스 카로타는 오늘, 아마 내일 오전까지도 궁전을 떠나지 않는다는구나. 올겨울 양배추에 대한 조언을 구하려고 왕자들과 대신들 그리고 왕국의 거물급을 소집시켰단다. 회의가 중요한 만큼 아마 오래 걸릴 것이고, 어쩌면 올해에는 우리가 양배추를 얻지 못할지도 모르겠구나. 다우쿠스 카로타가 나랏일에 정신이 팔려서 너와 내가 하는 일에 신경 쓰지 못하는 이 시간을 나는 한 가지 무기를 장만하는 데 쓸 생각이다. 그 무기를 써서 비열한 그놈과 싸워 이겨 너를 자유롭게 해 줄 것이다. 내가 여기에서 일하는 동안 너는 저망원경에서 눈을 떼지 말고 천막을 지켜보다가, 누군가 밖을 내다보거나 밖으로 나오는 낌새가 있으면 지체 없이 나에게 말해 다오."

안나 양은 지시받은 대로 행동했습니다. 그렇지만 천막은 닫혀져 있었어요. 다만 불과 몇 발자국 뒤에서 답술 폰 차벨타우 씨가 금속판을 망치질하는 소리에도 불구하고, 천막에서 나는 듯한 어수선한 비명 소리와 따귀를 때리는 듯한 찰싹하는 소리가 자주 들려왔어요. 안나 양이 그 얘기를 전해 주자, 답술 폰 차벨타우 씨는 흡족해하며, 그놈들이 저 안에서 저희끼리 광분해서 헐뜯으며 싸울수록 밖에서 그들을 몰락시키려고 무슨 일이 꾸며지고 있는지 눈치챌 수 없을 거라고 말했어요.

안나 양은 답술 폰 차벨타우 씨가 놋쇠를 두드려서 아주 예쁜 냄비랑 전골 프라이팬을 만들어 놓은 것을 보고는 적잖이 의아하게 여겼습니다. 식기를 알아보는 눈을 가진 그녀는, 도금이 기막히게 잘되었다는 것을, 아버지가 대장장이들이 지켜야 할 규정을 제대로 관찰하고 준수했음을 확인하고는 그 멋진 식기들을 부엌에서 사용하게 가져가도 좋으냐고 물었습니다. 그러나 답술 폰 차벨타우 씨는 의미심장한 미소를 지어 보이며 이렇게만 말했어요.

"지금은, 지금은, 안나야, 그냥 아래로 내려가거라. 사랑하는 아이야. 그리고 내일 우리 집에 무슨 일이 일어날지 조용히 기다리거라!"

답술 폰 차벨타우 씨는 미소를 지었지요. 그 웃음은 불행한 안나 양에게 희망과 신뢰감을 불어넣었습니다.

다음 날 점심때가 되자, 답술 폰 차벨타우 씨는 냄비와 전골 프라이팬을 들고 내려와 부엌으로 가서는, 오늘은 자기 혼자서 점심 준비를 하려고 하니까 안나 양과 하녀에게 밖에 나가 있으라고 명했어요. 그리고 안나 양에게 조금 있으면 나타날 코르두안슈피츠에게 될 수 있는 한 애교 있고 얌전하게 행동하라고 특별히 당부했어요.

코르두안슈피츠인지 다우쿠스 카로타 1세 왕인지 하는 자가 정말로 금세 나타났고, 전에는 사랑에 빠진 연인처럼 굴었다면, 오늘은 유난히 들뜨고 기쁜 기색이었습니다. 안나 양은 다우쿠스가 별로 힘들이지 않고 자신의 품에 뛰어올라 껴안고 키스할 만큼 자신이 작아진 걸 깨닫고는 깜짝 놀랐습니다. 불행한 안나 양은 이 흉측한 난쟁이 괴물이 너무나 혐오스러웠지만 그런 행동을 참을 수밖에 없었어요.

이윽고 답술 폰 차벨타우 씨가 방으로 들어와 말했습니다.

"오, 훌륭하신 포르피리오 폰 오커로다스테스여, 나와 내 딸과 함께 부엌으로 가셔서 당신의 미래의 아내가 얼마나 멋지고 알뜰하게 식탁을 차려 놓았는지 한번 보시지 않겠습니까?"

안나 양은 아버지의 얼굴에서 그렇게 음흉스럽고 짓궂은 눈빛을 본 적이 없었습니다. 그는 그런 표정으로 난쟁이 다우쿠스의 팔을 잡고 억지로 방에서 부엌으로 끌고 갔습니다. 안나 양은 아버지의 신호에 따랐고요.

타닥거리며 타오르는 불길, 익어 가는 양배추들, 아궁이에 올려놓은 멋진 놋쇠 냄비와 전골 프라이팬들을 보았을 때, 안나 양의 온몸이 달아올랐습니다. 답술 폰 차벨타우 씨가 코르두안 슈피츠를 아궁이로 가까이 끌고 가자, 냄비와 전골 프라이팬 안은 쉭쉭, 부글부글 더욱 요란하게 끓기 시작했고, 그 쉭쉭거림과 부글거림은 겁먹은 울음소리와 신음소리로 변했습니다. 한 냄비에서 울부짖는 소리가 들려왔어요.

"오, 다우쿠스 카로타여! 우리의 왕이시여! 당신의 충실한 신하들을 구하소서. 불쌍한 당근들을 구해 주소서! 잘게 썰어져서 볼품없는 물속에 던져진 후 버터와 소금이 쳐진 저희들은 고통스럽기 그지없습니다. 표현할 길 없는 슬픔에 젖어 고귀한 파슬리 소년들이 저희와 슬픔을 나누고 있지요!"

그리고 전골 프라이팬에서도 한탄의 소리가 들려왔어요.

"오, 다우쿠스 카로타여! 우리의 왕이시여! 당신의 충실한 신하들을 구하소서. 불쌍한 당근들을 구해 주소서! 저희들은 지옥에서 구워지고 있습니다. 저희에게 물을 너무 적게 주어 엄청난 갈증으로 저희들 자신의 심장의 피를 마시도록 강요당하고 있답니다."

또 다른 냄비에서도 울먹이는 소리가 났어요.

"오, 다우쿠스 카로타여! 우리의 왕이시여! 당신의 충실한 신하들을 구하소서. 불쌍한 당근들을 구해 주소서! 웬 잔인한 요리사가 저희들의 속을 후벼 파서는 저희의 가장 깊은 곳을 도려낸 후 달걀, 크림, 버터와 같은 온갖 이상한 것들을 쑤셔 넣었습니다. 그래서 저희들의 모든 생각과 그 밖의 분별력들이 뒤범벅이 되어 저희들 스스로도 저희가 무슨 생각을 하는지 모르겠습니다!"

이제 모든 냄비와 전골 프라이팬에서 울부짖음과 비명이 뒤범벅되어 나왔습니다.

"오, 다우쿠스 카로타여, 막강하신 왕이시여, 구해 주소서. 당신의 충실한 신하들을 구하소서. 불쌍한 당근들을 구해 주소서!"

그때 다우쿠스가 날카롭게 고함을 쳤습니다.

"저주받을 멍청한 바보 짓거리로다!"

그는 평소처럼 날쌔게 아궁이로 뛰어올라 여러 냄비들 중 한 냄비 안을 들여다보더니 갑자기 그 안으로 풍덩 하고 들어갔습니다. 답술 폰 차벨타우 씨는 부리나케 달려가 "잡았다!"라고 환호성을 지르며 냄비 뚜껑을 닫으려고 했어요. 그렇지만 용수철 같은 탄력으로 코르두안슈피츠가 공중으로 뛰어오르더니 이 갈리는 소리가 나도록 답술 폰 차벨타우 씨의 따귀를 두어 번 때리고는 호통을 쳤습니다.

"난순하고 건방진 카발라 학자야, 너는 벌을 받아 마땅하다! 나오너라, 너희들 어린 백성들아, 모두 함께 나오너라!"

그러자 모든 냄비와 전골 프라이팬에서 도깨비 떼처럼 쑥쑥대는 소리가 났어요. 그리고 손가락만 한 수백의 추물醜物이 답술 폰 차벨타우 씨의 전신에 달라붙어 그를 뒤로 밀쳐 커다란 사발 속으로 던져 넣고는 요리 준비를 하였습니다. 온갖 냄비들에서 끓여진 걸쭉한 국물을 그의 몸뚱이 위에 끼얹고 잘게 썬 달걀, 육두구꽃, 빵가루를 뿌렸어요. 그 후 다우쿠스 카로타는 창문 밖으로 몸을 날렸고, 그의 신하들도 그의 뒤를 따랐습니다.

기겁을 한 안나 양은 불쌍한 아버지가 요리 준비가 되어 누워 있는 사발 옆에 털썩 주저앉았습니다. 아버지에게서 살아 있는 사람의 흔적이라고는 찾을 수 없자, 죽었다고 여기고 한탄하기 시작했어요.

"오, 불쌍하신 아버지. 오, 돌아가시다니요. 이제 악마 같은 다우쿠스 손에서 저를 구해 줄 사람은 아무도 없네요!"

그 순간 답술 폰 차벨타우 씨가 눈을 뜨고 젖 먹던 힘을 다해 사발에서 뛰어내려 안나 양이 한 번도 들어 본 적 없는 무시무시한 목청으로 말했습니다.

"두고 보자, 저주받을 다우쿠스 카로타. 아직 내 힘이 다하지 않았다! 네놈은 단순하고 건방진 카발라 학자가 뭘 할 수 있는지 곧 보게 될 것이다!"

곧이어 안나 양은 잘게 썬 달걀과 육두구꽃, 빵가루를 부엌 빗자루로 재빨리 쓸어 냈지요. 답술 폰 차벨타우 씨는 놋쇠 냄

비를 하나 들고 투구처럼 머리에 쓰고는 왼손에는 전골 프라이
팬을, 오른손에는 커다란 양철 스푼을 들고, 그렇게 뛰쳐나갔습
니다. 안나 양은 답술 폰 차벨타우 씨가 전력 질주하여 코르두
안슈피츠의 천막으로 달려가는 것까지는 알아보았지만, 거기
서 나오는 것은 보지 못했어요. 그녀는 기절을 해 버린 겁니다.

안나 양이 정신을 차렸을 때 답술 폰 차벨타우 씨는 사라지
고 없었어요. 그날 저녁이 가고, 밤이 가고 그리고 다음 날 아침
이 되어도 아버지가 돌아오지 않자, 안나 양은 극도로 불안해졌
습니다. 새로운 계획이 불길하게 끝났다고 추측할 수밖에 없었
습니다.

6장

마지막인 동시에 감동적인 사건

•

　안나 양이 깊은 상심에 빠져 방 안에 덩그러니 앉아 있는데, 문이 열리고 아만두스 폰 네벨슈테른 씨가 들어왔습니다. 후회와 부끄러움에 어쩔 줄 모르며 안나 양은 하염없이 눈물을 흘리며 한탄하는 어조로 말했지요.

　"오, 사랑하는 아만두스, 제가 눈이 멀어 당신께 쓴 편지에 대해 용서하세요! 하지만 그때 저는 마법에 걸려 그랬던 것이고 지금도 아마 그럴 거예요. 저를 구해 주세요, 구해 주세요, 아만두스! 저는 노랗고 꼴불견이 되었어요. 정신이 나갔었나 봐요. 하지만 진실한 마음만은 간직하고 있고, 왕의 신부는 되지 않겠어요!"

　"모르겠소." 아만두스 폰 네벨슈테른 씨가 대답했어요. "그대가 그렇게 한탄하는 이유를 모르겠소. 나의 소중한 아가씨, 당신에게 가장 멋진 최고의 운명이 주어졌는데 말이오."

왕의 신부

✢

"조롱하지 마세요." 안나 양이 말했습니다. "왕비가 되려고 했던 어리석은 교만 때문에 저는 혹독한 벌을 받았어요!"

"참으로······."

아만두스 폰 네벨슈테른 씨가 계속 말했어요. "그대를 이해하지 못하겠소, 나의 충실한 아가씨. 솔직히 그대의 마지막 편지를 받고 나는 기막힌 분노와 절망에 빠졌었다오. 나는 친구들을 때리고, 그다음에는 푸들을 패고 유리잔 몇 개도 깨뜨렸다오. 그런데 당신도 아시다시피 복수심에 불타는 대학생은 놀림감도 되지 못하지요! 미친 듯이 혼자 분풀이를 한 후, 나는 어떻게 사랑하는 신부를 잃게 되었는지, 왜 그리고 누가 빼앗아 갔는지를 내 눈으로 직접 서둘러 가서 확인해 보기로 결심했소. 사랑에는 신분이나 지위가 없는 법이오. 나는 다우쿠스 카로타 왕을 직접 만나서 나의 약혼녀와 결혼한다니 그것이 파렴치한 짓인지 아닌지 따지고 물으려고 했소. 그러나 여기에 와서 모든 사정이 달라졌소. 다시 말해 내가 야외에 쳐져 있는 아름다운 천막을 지나는데, 마침 다우쿠스 카로타 왕이 천막에서 나왔소. 나는 여태 그런 인물을 만나 본 적이 없지만, 있을 수 있는 가장 친절한 군주가 내 앞에 있음을 단박에 알아챘다오. 생각해 봐요. 글쎄 그가 즉각 내가 고귀한 시인임을 알아보고, 그가 읽어 본 적도 없는 나의 시들을 극구 칭찬하더니 궁정 시인으로 일하지 않겠냐고 제안했다오. 오래전부터 그런 일을 하는 것이 내가 열망하던 목표였기에 나는 뛸 듯이 기뻐하며 그 제안을 승낙했소. 오, 나의 소중한 그대! 나는 열광적으로 그대를 찬양하는 노래를 부를 것이오! 시인이라면 여왕이나 군주의 부인을 사랑할 수 있소. 아니, 그런 고귀한 인물을 마음의 여인으로 선택하는 것이 시인의 의무이기도 하다오. 그로 인해 다소 광기에 빠진다 해도, 바로 그 광기를 통해 신적神的인 무아경에 이르며 그것 없이는 그 어떤 시도 생겨나지 못하는 법이오. 그리고 그 누구도 어떻게 보면 좀 기이한 시인의 행동에 대해 이상스럽게 생각해서는 안 되며, 오히려 위대한 타소를 연상해야 한다오. 타소 역시 레오노레 1세 공주를 사랑한 탓에 속된 상식이라는 병으로 어지간히 고통을 당했다고 하오.[29] 나의 소중한 그대, 그대도 곧 여왕이 될 터이니 내 마음속의 여인으로 남아 주시오. 나는 고귀하고 거룩한 시 안에서 그대를 높이 뜬 별에 이르기까지 찬양할 것이오!"

"아, 당신이 그를 보았군요. 그 음흉한 괴물을요. 그런데 그

---

29) 1790년에 완성된 괴테의 『토르크바토 타소』는 이탈리아의 시인 타소Torquato Tasso(1544-1595)를 소재로 한 5막의 고전주의 희곡이다. 대작 『예루살렘의 해방』을 완성한 타소는 궁정에서 대우를 받지만, 현실가인 대신 안토니오와 충돌한다. 안토니오는 풋내기 타소가 세인으로부터 인기를 얻는 것이 비위에 거슬렸고, 타소는 안토니오의 늙은 속물근성이 마음에 들지 않았다. 타소는 정신 상태가 불안정하여 주위 사람들이 자기를 박해한다고 생각하는 일종의 피해망상자로, 결국에 궁정에서 칼을 뽑아 안토니오에게 도전하고, 그를 아껴 주는 레오노레 공주에게 구애를 한다. 하지만 궁중에서 늘 말썽만 부리던 타소는 시적 자유가 현실 전반에 미치지 못함을 깨닫고 안토니오와 화해한다.

가……."

안나 양이 기겁을 하고 소리를 치는데, 그 순간 난쟁이 그놈 왕이 방으로 들어와 아주 상냥하게 말했습니다.

"오, 나의 사랑스러운 신부여, 내 마음의 우상이여, 두려워 마시오. 답술 폰 차벨타우 씨가 저지른 작은 실수 때문에 난 화가 났었소. 이제는 아니오! 그 덕분에 나의 행복이 앞당겨졌으니! 사랑하는 이여, 당신과의 경사스러운 결혼이 뜻하지도 않게 내일 거행되게 되었다오. 그리고 당신은 내가 아만두스 폰 네벨슈테른 씨를 궁정 시인으로 선택한 것을 보게 될 거요. 그가 당장에 자신의 재능을 펼쳐 우리에게 노래를 하나 해 주었으면 좋겠소. 나는 탁 트인 자연이 좋으니, 우리 정자로 나갑시다. 나는 당신의 품에 안길 거요. 그럼, 사랑스런 신부여, 노래가 불리는 동안 당신은 내 머리를 어루만져 주구려. 당신이 그렇게 해 주는 것이 나는 참 좋다오!"

안나 양은 두려움과 공포에 마비된 채 모든 일이 벌어지는 대로 내버려 두었습니다. 다우쿠스 카로타는 바깥 정자에서 안나 양의 품에 안겼고, 그녀는 그의 머리를 어루만져 주었고요. 아만두스 폰 네벨슈테른 씨는 기타를 반주하며 모조리 그가 직접 짓고 작곡하여 두꺼운 책에 적어 둔 2다스의 노래들 중 첫 번째 것을 부르기 시작했습니다.

유감스럽게도 지금의 이 모든 이야기가 들어 있는 답술하임의 연대기에는 그 노래들이 전부 기록되어 있지는 않습니다. 다만 지나가는 농부들이 발길을 멈추고, 대체 어떤 사람이 답술폰 차벨타우 씨의 정자에서 저다지도 괴로워하며 끔찍스러운 비탄의 소리를 내는지 호기심에 차서 물었다는 사실만 언급되어 있을 뿐입니다.

다우쿠스 카로타는 몸을 돌려 안나 양의 품에 바싹 매달려 지독한 복통에 시달리는 것처럼 점점 더 처절하게 신음하고 흐느꼈어요. 안나 양도 노래가 불리는 동안 코르두안슈피츠가 점점 작아지는 것을 알아채고는 적잖이 놀랐습니다. 마지막으로 아만두스 폰 네벨슈테른 씨는 다음의 숭고한 시구를 노래했습니다(딱 이 한 곡이 실제로 연대기에 실려 있지요).

아! 그 시인은 얼마나 즐겁게 노래하는지!
꽃향기와 빛나는 꿈들이
장밋빛 하늘 공간을 지나
황홀하고 경건하게 어드멘가로 흘러가는구나!
아, 너 황금빛의 어드멘가,
너는 정다운 무지개 속에 떠 있구나.
그곳 꽃물결 위에 거하는
너는 바로, 바로 어린아이같이 천진한 곳!
바로, 바로 밝은 마음, 하나의 가슴,

오로지 사랑하고, 오로지 믿으며

비둘기와 더불어 장난질 치며 구구거리는 바로 그것,

그것을 시인은 즐겁게 노래한다.

시인은 황금빛 공간들을 지나

머나먼 복된 어드멘가로 향해 가는데,

달콤한 꿈들이 그를 감싼다.

하여, 시인이 하나의 영원한 바로 그것이 되리!

동경을 타고 가는 시인에게 그곳이 열리면,

곧 사랑의 불길이 타오르고,

환영의 키스, 다정한 결합,

그리고 만발한 꽃, 향기, 꿈들,

생명과 사랑과 희망의 씨앗들

그리고—

다우쿠스 카로타는 째지는 듯 비명을 지르며 아주아주 작은 당근으로 변하여 안나 양의 품에서 미끄러져 땅속으로 들어가 순식간에 흔적 없이 사라졌습니다. 동시에 그곳에 밤새 벤치 바로 곁에서 자란 듯 보이는 회색 버섯이 공중으로 치솟았어요. 하지만 그 버섯은 다름 아닌 답술 폰 차벨타우 씨의 회색 털모자였고, 모자 아래에 숨어 있던 답술 씨는 아만두스 폰 네벨슈테른 씨의 가슴으로 돌진하여 얼싸안으며 기쁨에 들떠 외쳤어요.

"오, 나의 소중하고 훌륭하며 사랑스러운 아만두스 폰 네벨슈테른 군! 자네는 강력한 마법의 시구로 나의 모든 카발라 학문의 지혜를 쓰러뜨렸네. 그 어떤 심오한 마법도, 하릴없는 철학자의 무모한 용기도 해낼 수 없는 일을 자네의 시가 해냈네. 자네의 시는 음험한 다우쿠스 카로타의 몸에 강력한 독을 침투시켰지. 만약 그자가 재빨리 자기 왕국으로 돌아가지 못했더라면, 그놈으로서의 본성에도 불구하고 복통 때문에 비참하게 죽고 말았을 걸세! 내 딸 안나를 구했네. 무서운 마법으로부터 나를 구해 냈어. 나는 마법에 걸려 여기에서 볼품없는 버섯 꼬락서니로 있다가 내 딸 손에 죽을 운명이었지! 내 이 착한 것은 송이버섯같이 당장에 고귀한 특성을 드러내지 않는 것이면, 정원과 밭에 난 모든 버섯들을 날카로운 삽으로 인정사정없이 없애 버리니 말일세. 고맙네. 진심으로 고마우이. 존경하는 아만두스 폰 네벨슈테른 군, 내 딸을 생각해서 예전으로 돌아가지 않겠나? 하긴, 하늘도 무심하시지. 그 애의 예쁜 모습은 그놈의 간악한 장난질에 속아 넘어가 찾아볼 수 없게 되었지만 말일세. 하지만 자네는 대단한 철학자이니 뭐 그런 걸 가지고……."

"오, 아버지, 아버지!"

안나 양이 환호성을 쳤습니다. "저기를 보세요, 저기를 좀 보세요. 비단 궁전이 사라졌다고요. 그는 떠났어요. 그 추악한 괴물이 상추 왕자랑 호박 대신 같은 시종들과 함께 가 버렸어요.

왕의 신부

✧

그 밖의 일은 아무래도 좋아요!"

안나 양은 이 말을 하며 채소밭으로 뛰어갔어요. 답술 폰 차벨타우 씨도 힘껏 딸을 뒤쫓아 갔고, 그 뒤를 아만두스 폰 네벨슈테른 씨가 따라가며 혼자서 중얼거렸습니다.

"이 모든 것에 대해 어떻게 생각해야 할지 모르겠군. 하지만 그 꼴불견의 쪼그만 당근 녀석은 파렴치하고 산문적인 악동이지, 결코 시적인 왕은 아니라는 것만은 확실해. 그렇지 않았다면 그놈이 나의 더없이 숭고한 노래를 듣고 복통을 얻어 땅속으로 기어들어 가진 않았을 테니 말이야."

안나 양은 풀 한 포기도 보이지 않는 채소밭에 서자, 불운한 반지를 끼고 있던 손가락에서 엄청난 통증을 느꼈어요. 그 순간 가슴을 찢는 듯한 비탄의 소리가 땅 밑에서 흘러나왔고, 뾰족한 당근의 끝이 올라왔습니다. 안나 양은 떠오르는 예감에 따라 지금껏 좀처럼 손에서 뺄 수 없었던 반지를 재빨리 쉽게 빼냈어요. 그리고 그것을 당근에게 꽂자 당근이 사라졌고 비탄의 소리도 사라졌지요. 뿐만 아니라 놀라운 일이! 그 즉시 안나 양도 예전처럼 아름답고 균형 잡힌 몸매에, 하얀 피부, 알뜰한 시골 처녀에게서만 기대할 수 있는 예쁜 모습이 되었습니다. 안나 양과 답술 폰 차벨타우 씨 부녀가 환호성을 지르는 동안 아만두스 폰 네벨슈테른 씨는 완전히 넋을 잃고 서서 여진히 뭐가 뭔지 갈피를 잡지 못했어요.

안나 양은 달려오는 우두머리 하녀의 손에서 삽을 받아 들고 신이 나서 "이제 일하자!"라고 소리치며 허공에 삽을 흔들었습니다. 그런데 그러다가 불행하게도 아만두스 폰 네벨슈테른 씨의 이마(지각 기관이 존재하는 바로 그 부분)를 세차게 쳤고, 그래서 그는 죽은 것처럼 쓰러져 버렸어요. 안나 양은 그 살인 도구를 멀리 던져 버리고 사랑하는 남자 곁에 주저앉아 절망에 찬 고통의 비명을 질렀고, 그사이에 우두머리 하녀는 물뿌리개에 가득 든 물을 그에게 통째 쏟아부었으며, 답술 폰 차벨타우 씨는 정말로 아만두스 씨가 죽은 것인지 별들에게 물어보려고 쏜살같이 천문 탑으로 올라갔습니다. 하지만 얼마 후 아만두스 폰 네벨슈테른 씨는 다시 눈을 뜨고 벌떡 일어나 온몸이 흠뻑 젖은 채 안나 양을 품에 안고 사랑의 기쁨에 취해서 소리쳤어요.

"오 더없이 훌륭하고 소중한 안나! 이제 우리는 다시 하나가 되었소!"

이 사건이 사랑하는 두 남녀에게 가져다준 기묘하고도 믿을 수 없는 결과는 금방 드러났습니다. 두 사람의 생각이 아주 묘하게 뒤바뀌고 말았지요.

안나 양은 삽을 직접 다루는 일을 꺼리게 되었고, 진짜 여왕처럼 채소의 왕국을 지배했답니다. 그러니까 애정을 가지고 그녀의 신하들이 적절히 보호 육성될 수 있도록 마음을 쓰면서 그 일을 손수 하지 않고 충실한 하녀들에게 맡겼던 것입니다.

반대로 아만두스 폰 네벨슈테른 씨는 자신이 지었던 모든 시들을, 자신의 모든 시적 노력을 지극히 시시하고 어리석다고 여기게 되었고 고대와 근대의 위대하고 참된 시인들의 작품에 심취했습니다. 그러는 가운데 흐뭇한 열광이 그의 내면을 거의 충만하게 하여, 그 자신의 자아에 대한 생각을 할 여지가 없었어요. 그리고 시라는 것은 모름지기 한낱 무미건조한 착란 상태가 노출시키는 엉클린 말장난과는 다른 무엇이어야 한다는 확신에 이르러, 지금껏 그가 자조하거나 연모의 정을 그리거나 고상한 척하면서 써 왔던 모든 시 나부랭이들을 불 속에 던져 버린 후, 다시 옛날처럼 사려 깊고 마음과 기분이 밝은 젊은이가 되었답니다.

어느 날 아침 답술 폰 차벨타우 씨는 정말로 안나 양과 아만두스 폰 네벨슈테른 씨의 결혼식에 참석하려고 천문 탑에서 내려왔습니다.

그들은 곧이어 행복하고 즐거운 결혼 생활을 했습니다. 그러나 그 후 답술 폰 차벨타우 씨가 실피데 네하힐라와 결혼까지 했는지에 관해서는 답술하임의 연대기에 기록되어 있지 않습니다.

●
이미화
옮김

황금 항아리
새로운 시대의 옛 이야기

Der golden Topf, 1813

에른스트 테오도르 아마데우스 호프만
Ernst Theodor Amadeus Hoffmann

에른스트 테오도르 아마데우스 호프만
Ernst Theodor Amadeus Hoffmann
1776~1822

문학사적으로 낭만주의와 사실주의의 경계선에 서 있는 독특한 작가다. 어떤 문학사가들은 미국 작가 에드거 앨런 포가 그의 영향을 받았으리라고 추정하기도 한다. 또한 일부 평자들은 그의 소설 『모래 사나이』가 SF 소설의 효시가 되었다는 평가를 내리기도 한다. 이처럼 다양한 평가가 보여 주듯이 그의 작품들은 당대로서는 보기 드문 복잡한 구조와 환상적인 내용을 담고 있다. 호프만 소설의 환상성은 낭만주의 작품의 기조인 환상적인 분위기와는 많은 차이를 보인다. 그의 소설은 인간 내면에 내재한 이상 심리와 불안, 외부 세계와의 대립 또는 괴리에서 오는 뒤틀린 현실을 환상적인 이야기 속에 담아 반영하고 있다.

「왕의 신부」는 호프만의 작품 가운데서도 가장 '동화'적인 작품으로, 낮에는 법률관으로 밤에는 예술가이자 술꾼으로 활약했던, 결코 평범하다고 할 수는 없는 작가 자신의 정신세계가 지향하고 있는 지점을 확인할 수 있다. 「황금 항아리」는 작가가 자신의 대표작으로 손꼽는 작품으로, 현실과 환상의 경계가 무너진 상황이 계속해서 이어지면서 도대체 어떤 세계가 진실인지 의문을 품게 한다.

호프만의 작품 가운데 차이콥스키의 발레 극으로 더 잘 알려진 『호두까기 인형』이 있으며, 앞서 언급한 『모래 사나이』 외에 『악마의 묘약』, 『브람빌라 공주』 등도 문학 전공자와 평론가들 사이에 끊임없이 회자되는 작품이다.

첫 번째 깨어 있는 밤

학생 안젤무스[1]에게 벌어진 불운한 일들
교감 선생 파울만의 고급 담배와 초록빛 황금 뱀들

그리스도의 승천 축일[2] 오후 3시, 한 청년이 드레스
덴의 슈바르츠 성문을 황급히 지나치다가 사과랑 과자가 담긴
광주리를 직통으로 밟고 넘어지는 사건이 벌어졌습니다. 그것
은 한 추한 몰골의 노파가 좌판에 내놓은 상품들이었지요. 그리
하여 황망한 그 청년이 내던진 상품들 중에서 다행히 으깨지지
않은 사과며 과자들이 뿔뿔이 날아가고, 거리의 사내 녀석들이
신나라고 그 전리품들을 나누어 챙기는 소동이 벌어졌습니다.
노파가 질러 대는 째지는 비명 소리를 듣고 과자랑 소주를 앞

1) Anselmus는 작가 호프만이 밤베르크에 머물던 시절(1812) 플라토닉한 사랑에 빠졌던
율리아 마르크Julia Marc의 생일인 3월 18일의 수호 성자의 이름이다. 음악을 공부하던 이 여
성에 대한 사랑의 좌절은 호프만을 광기와 자살에 대한 생각으로까지 몰아갔다고 전해진
다. 이 작품에서 초록 뱀 세르펜티나의 짙푸른 눈은 율리아 마르크에게서, 또 베로니카의
푸른 눈은 호프만의 정식 아내인 미샤Mischa에게서 나온 것이다. 2) 부활제 40일 후, 그리
스도의 승천을 기리는 축일

황금 항아리

✦

에 놓고 수다를 떨던 여인네들이 테이블을 떠나 청년을 둘러싸고 야비한 욕설을 퍼부었습니다. 울화와 수치감에 말을 잃은 청년은 대단한 내용물도 없는 자신의 돈지갑을 내밀었고, 추한 몽골의 노파는 날쌔게 지갑을 챙겨 넣었어요. 그러자 빽빽이 둘러싸였던 구경꾼들의 벽이 열렸습니다. 하지만 쏜살같이 빠져나가는 청년의 등 뒤에 대고 노파는 악을 썼어요.

"그래, 도망쳐라. 도망치라구, 악마 같은 녀석아. 너는 곧 크리스털 속으로 떨어질 거다. 크리스털 속으로!"

노파의 째지는 듯한 쇳소리에는 끔찍스러운 기운이 서려 있었어요. 그 괴성을 듣고 지나가던 산보객들도 어리둥절하니 걸음을 멈추었고, 뒤늦게 퍼져 나가던 주변의 웃음소리도 돌연 그쳤습니다. 학생 안젤무스(바로 문제의 그 청년이지요)는 노파의 괴이한 악담을 전혀 이해할 수 없었으면서도 알 수 없는 전율에 사로잡혔고, 자신에게 박혀 있는 호기심 어린 구경꾼들의 눈총을 벗어나기 위해 발걸음을 더욱 서둘렀습니다. 나들이 옷차림의 인파를 겨우 헤집고 빠져나오는데, 사방에서 웅성거리는 소리가 들렸어요.

"가엾은 젊은이로군, 쯧쯧! 하필이면 저 고약한 노파한테 걸리다니!"

노파의 수수께끼 같은 아담이 이 어이없는 사건에 묘한 비극적 반전을 불러온 셈이랄까, 바로 조금 전까지는 아예 눈에 들어오지도 않았던 이 청년을 사람들은 새삼 동정 어린 시선으로 찬찬히 뜯어보았어요. 그리고 울분으로 붉게 상기한 청년의 잘 다듬어진 얼굴이며 건강한 체격을 알아본 여인네들은 청년이 저지른 서투른 실수며, 유행과는 거리가 먼 그의 행색도 너그러이 용서했습니다. 실상 청년이 걸친 담회색 연미복은 신식 복장을 귀동냥으로만 주워들은 재단사가 대충 잘라 만든 모양새였으며, 잘 손질된 검정색 공단 바지도 훈장 같은 인상만 풍길 뿐 걸음걸이랑 자세에는 전혀 맞지를 않았거든요. 주점 링키셰 바트[3]로 통하는 거리의 막바지에 이르렀을 때 숨이 턱에 닿은 학생 안젤무스는, 이젠 좀 걸음걸이를 늦추어야겠다고 생각했습니다. 하지만 용기를 내어 시선을 들자마자, 눈앞에는 여전히 자신을 둘러싸고 춤추는 사과랑 과자들이 어른거렸고, 지나치는 처녀들의 친절한 눈길도 슈바르츠 성문 앞에서 남의 불운을 보고 즐기던 구경꾼의 비웃음의 반영처럼 비쳤습니다. 그렇게 그는 링키셰 바트의 입구에 이르렀지요. 예복 차림의 귀빈들이 줄지어 안으로 들어가고 있었습니다. 취주 악기가 연주하는 음악이 안에서 울려 나오고, 북적대는 손님들의 즐거운 환성은 점점 고조되어 갔고요. 가엾은 학생 안젤무스는 사뭇 울고 싶은 기분이었습니다. 그에게 승천 축일은 늘 특별한 가족 잔치였던

3) Das Linkische Bad. 오늘날에도 엘베 강 우측 강변에 있는 야외 주점. 지금보다 한결 도심에서 떨어져 있던 20세기 초까지만 해도 드레스덴 시민이 즐겨 찾던 소풍의 목적지였다.

만큼, 오늘도 링키셰 바트에서의 잔치에 어울릴 작정이었답니다. 그래요, 럼주를 탄 커피 반 잔이랑 진한 맥주를 한 병 들이켜려 했고, 그렇게 호식을 누리려고 애당초 자신에게는 과분한 액수의 돈을 준비했었지요. 그런데 사과 광주리를 밟는 치명적 사고가 이 모든 즐거움을 앗아 가 버린 겁니다. 커피며 진한 맥주, 음악, 맵시 부린 처녀들을 바라보는 즐거움, 요컨대 꿈꾸었던 그 모든 즐거움은 생각조차 할 수 없게 된 것이지요. 그는 무거운 발걸음으로 잔치 마당을 빠져나와, 엘베 강변로로 접어들었습니다. 그곳은 마침 매우 한적했습니다. 성벽에 뿌리를 내리고 자란 정향나무 아래에 정다운 잔디밭이 눈에 띄었어요. 그는 잔디밭에 주저앉아 파이프에 고급 시가를 채워 넣었습니다. 절친한 교감 선생 파울만이 선사한 것이었지요. 바로 눈앞에는 아름다운 엘베 강의 황금빛 물결이 출렁이고 있고, 그 너머로 장엄한 드레스덴 시가 정경이 안개 낀 하늘을 배경으로 밝은 탑들의 위용을 뽐내며 펼쳐져 있었습니다. 또 몽롱한 대기가 꽃 핀 들판이며 신록이 돋아난 숲을 감싸고 있고, 짙은 어스름 빛 사이로 뾰족뾰족한 산봉우리들이 먼 뵈메 땅의 소식을 전해 주고 있었어요. 하지만 학생 안젤무스는 침울하게 멍하니 앞을 보며 담배 연기를 허공에 뿜어 내면서 불쾌한 기분을 못 이겨 결국 큰 소리로 혼잣말을 했습니다.

"정말로, 나는 온갖 불운을 타고난 놈이야! 주현절土顯節 축제[4] 때에도 콩 박힌 과자를 받는 행운을 누린 적이 있나, 홀짝 놀이를 할 때도 늘상 잘못 짚었지, 내가 먹던 버터 빵은 번번이 기름진 쪽으로 굴러떨어졌고. 이런 모든 비참한 과거지사는 입에 올리고 싶지도 않아. 하지만 천신만고 끝에 학생이 되고 나서, 허풍쟁이 백수白手[5]로 주저앉은 신세야말로 끔찍한 천형이 아니고 무엇이겠어? 설사 새 양복을 걸칠 수 있다 해도, 당장에 기름 얼룩을 묻히거나 삐딱하게 박힌 못에 걸려 빌어먹을 구멍을 내고 말겠지? 또 어쩌다 추밀 고문관 어른이나 귀부인을 만나 인사를 할라 쳐도, 모자를 멀리 떨어뜨리거나 미끄러운 바닥에 걸려 넘어지는 꼴불견의 실수를 저지르고 말 테고. 할레에 있을 때도 장날마다 항아리를 밟은 값으로 3그로셴이나 4그로셴의 금액을 꼬박 지불했었지. 북극의 나그네쥐[6]처럼 일직선으로 걸어야 한다는 귀신이 내 머릿속에 박혀 있어서 말이야. 강의 시간에나, 그 밖에도 사람들이 호의를 품고 나를 불러 준 자리에 단 한 번이라도 시간을 맞춰 간 적이 있었던가. 반 시간이나 일찍 집을 나서서 문 앞에 도착해 문손잡이를 잡았다 한들

---

4) Bohnenkönigsfest. 동방박사가 아기 예수께 경배하러 온 날(1월 6일)을 기리는 기독교의 관습으로 콩을 감춰 넣은 과자를 굽는데, 축제 때 그것을 뽑는 사람은 그날의 왕이 되어 여왕이나 신하 등을 정한다. **5)** 독일어로 Kümmeltürke. 카룸 열매Kümmel와 터키인Türke이라는 두 단어의 합성어인데, 18세기 말에 카룸 열매를 많이 재배하던 소도시 할레 출신의 대학생들이 고향 출신이 아닌 건달 대학생을 비하시켜 불렀던 유행어다. **6)** Lemming은 북구의 고산 지대에 사는 들쥐. 떼를 지어 다니다가 협만이나 강물에 떨어져 죽는 특성을 보이는데, 그 이유는 부주의와 근시 탓이라고 일러진다.

허사가 되었지. 초인종을 누르려는 순간 웬 악마가 물 대야를
내 머리에 쏟아붓든가, 아니면 막 문을 나서는 사람과 맞부딪치
게 하든가, 그래서 잡다한 싸움질에 걸려들고 그것으로 만사를
그르쳤으니까. 아! 아! 내가 이 도시에서 그래도 추밀 서기관에
오를 수 있지 않을까, 긍지에 차서 공상하던 앞날의 행운의 꿈
은 어디에 갔단 말인가? 나의 불운이 최고의 후원자들을 내게
서 등 돌리게 만들지 않았던가? 추천을 받고 찾은 추밀 고문관
께서는 단발머리를 싫어한다는 것을 나는 알고 있었지. 그래서
이발사는 애를 써서 내 뒤통수에 짧은 편발을 붙여 주었고. 하
지만 첫 대면 인사를 하는 순간 그놈의 재수 없는 새끼줄이 뒤
통수에서 튕겨져 나오고, 나를 맴돌며 킁킁 냄새를 맡던 날쌘
불독 새끼가 신바람 나서 그 가랑머리를 추밀 고문관에게 물어
다 주고, 기겁을 하고 놀라 뒤쫓아 가던 나는 마침 추밀 고문관
께서 아침 식사를 들며 일하던 식탁에 걸려 넘어지고, 그 바람
에 찻잔이며 접시며 잉크 통, 잉크를 말리는 모래 상자까지 우
르르 쏟아져 내리고, 초콜릿이며 잉크 물줄기가 막 작성해 놓은
보고서 위로 쏟아지고, '여보게, 자네 미쳤나?' 화가 잔뜩 난 추
밀 고문관은 호통을 치면서 나를 문밖으로 밀어내었지. 교감 선
생 파울만이 서기직의 희망을 마련해 준들 무슨 소용이 있담.
이렇게 어디를 가나 나의 불운이 따라다니며 끼어드는걸! 오늘
만 해도 그렇지! 좋은 승천일 잔치에 기분 좋게 어울리려 했었

는데. 제대로 돈도 쓰고 싶었어. 다른 사람들처럼 링키셰 바트에서 호기롭게 '여봐요, 여기 진한 맥주 한 병, 최고의 것으로 부탁해요!'라고 큰소리칠 수도 있었는데. 옹기종기 모여 있는 화려하게 성장한 예쁜 처녀들과 아주 가까이 앉아 밤이 이슥하도록 있을 수도 있었는데. 제법 용기도 생겨났을 거야. 영 딴 인물이 될 수도 있었을 거라고. 암, 그렇고말고. 처녀들이 '지금 몇 시인가요?' 또는 '지금 연주하는 곡이 무엇이지요?'라고 질문해 오면, 술잔을 엎지르거나 의자에 걸려 넘어지는 일 없이 은근하게 예의를 갖춰 날렵하게 일어나 몸을 굽히고 한두 발짝 앞으로 나서서, '마드모아젤, 제가 도와드릴까요? 저 곡은 〈도나우 아가씨〉[7]의 서곡이랍니다', 아니면 '곧 여섯 시가 될 겁니다'라고 응답할 수 있었을 텐데. 그렇게 했다고 세상의 어떤 사람이 나를 나쁘게 보겠어? 어림도 없지! 나도 상류 사회의 예절을 알고 귀부인을 상대할 줄 안다는 것을 실천해 보여 줄 용기만 갖추면, 그럴 때 흔히 그렇듯이 아가씨들은 장난기 어린 미소로 반응을 보였을 거야. 그런데 악마가 나를 빌어먹을 사과 광주리 속으로 끌고 가서, 지금 나는 외로이 담뱃갑을……."

　그때 학생 안젤무스는 문득 들려오는 기묘하게 살랑거리는

---

7) 〈Donauweibchen〉 '자알 강의 요정'이라고도 제목이 붙여졌던, 18세기 초에 인기 있던 낭만적인 코미디 오페라. F. 카우어Kauer 작곡에 K. F. 호이슬러Heusler의 텍스트였다. 훗날 요한 슈트라우스 2세도 같은 제목의 왈츠를 작곡했다.

소리 때문에 혼잣말을 멈추었습니다. 그 소리는 바로 가까이 풀밭에서 들려오는가 싶더니, 어느새 그의 머리 위로 둥글게 퍼져 있는 정향나무 가지랑 잎사귀 사이로 미끄러져 올라갔습니다. 그것은 저녁 바람이 잎사귀를 흔드는 소리 같기도 하고 나뭇가지 사이의 새들이 작은 깃털을 세차게 펄럭이며 애무하는 소리 같기도 했어요. 이어서 속삭이는 소리가 들리기 시작했습니다. 작은 크리스털 종처럼 나무에 걸린 꽃들이 내는 소리인 듯도 싶었어요. 안젤무스는 열심히 귀를 기울였습니다. 그런데 어찌 된 영문인지 그 속삭임은 나직한 말이 되어 바람에 흩날리며 들려왔습니다.

사이로 빠져나가, 한가운데로. 나뭇가지 사이로, 터지는 꽃봉오리 사이로, 우리 자매들은 꿈틀꿈틀 휘감으며 그네를 탄다. 얘들아, 얘들아, 빛을 받으며 그네를 타렴. 빨리, 빨리 위로, 아래로. 저녁 햇살이 빛을 내쏟고, 저녁 바람이 살랑거리는구나. 이슬이 속삭이고 꽃들이 노래한다. 우리도 혀를 움직여, 꽃과 나뭇가지랑 더불어 노래하자. 별들이 곧 빛날 텐데. 내려가야겠다. 사이로 빠져나가, 한가운데로. 우리 자매들은 꿈틀꿈틀 휘감으며 그네를 탄다.

그렇게 혼란스러운 말로 속삭임은 계속되었습니다. 학생 안젤무스는 "이건 저녁 바람 소리일 거야. 바람 소리가 오늘 제법 알아들을 수 있는 말로 속삭이네"라고 생각했지요. 하지만 그 순간, 그의 머리 위에서 맑은 크리스털 종의 삼협 화음 같은 울림이 들려왔습니다. 고개를 들어 보니, 초록 황금빛으로 반짝이는 세 마리의 작은 뱀이 나뭇가지를 휘감고 저녁 햇살을 향해 앙증스러운 머리를 내뻗고 있는 광경이 눈에 들어오는 것이었어요. 그리고 똑같은 속삭임이 또다시 들려왔고, 작은 뱀들은 나뭇가지랑 잎사귀 사이로 오르락내리락 미끄러지며 서로 애무하고 있었습니다. 그렇게 뱀들이 날쌔게 움직이자, 정향나무 덤불은 짙은 잎사귀들 사이로 수천 갈래의 번득이는 에메랄드 광채를 내뿜는 것 같았어요.

'저렇게 정향나무 덤불 속에서 놀고 있는 것은 저녁노을일 거야'라고 학생 안젤무스는 생각했지요. 하지만 그때 종소리가 다시 울려 왔고, 안젤무스는 뱀들의 앙증스러운 머리가 자신을 향해 내리뻗고 있는 모습을 보았습니다. 전기에 감전된 듯한 충격이 온몸으로 흘러, 그는 뼛속 깊이 몸을 떨었지요. 그리고 위를 쳐다보니, 뭐라 말할 수 없는 그리움을 품은 짙푸른 두 눈이 현란하게 그를 마주 보고 있었습니다. 그러자 지금껏 한 번도 느껴 보지 못한 드높은 희열과 깊은 고통의 느낌으로 가슴이 터질 것만 같았어요. 그가 그토록 뜨거운 갈망에 사로잡혀 요염한 눈을 계속 마주 보노라니, 크리스털 종의 아름다운 화음이 한층 우렁차게 커지면서 번득이는 에메랄드 빛이 그에게로 쏟아져 내려 에워쌌습니다. 수천 갈래의 작은 불꽃이 빛나는 황금 가닥으로 그의 주변을 맴돌며 번득였지요. 정향나무가 움직이며 말했습니다.

"너는 내 그늘에 누워 있었고, 흐르는 나의 향기에 감싸여 있었단다. 그런데 너는 나를 알아보지 못했지. 향기는 사랑이 불을 붙일 때의 나의 언어란다."

저녁 바람이 쓰다듬고 지나가며 말했습니다.

"내가 너의 이마를 맴돌며 놀았는데, 너는 나를 알아보지 못했지. 숨결은 사랑이 불을 붙일 때의 나의 언어란다."

햇살이 구름장을 뚫고 나와 말을 하듯 빛을 발했습니다.

"나는 타오르는 금빛을 네게 쏟아부었는데, 너는 나를 알아보지 못했지. 불꽃은 사랑이 불을 붙일 때의 나의 언어란다."

이어서 안젤무스는 현란한 두 눈을 마주 응시하며 그 시선에 깊이 빨려들어 가면서, 마음속의 동경과 갈망은 더욱 뜨겁게 달아올랐습니다. 이제 만물은 기쁜 생명을 향해 깨어난 듯 생동했지요. 꽃과 꽃봉오리들이 그를 에워싸고 향기를 내뿜는데, 그 향기는 수천 개의 피리가 내는 장엄한 합창 같았고, 황금빛으로 흘러가는 저녁 구름이 메아리치며 그 노래를 먼 땅으로 실어가고 있었어요. 하지만 곧 마지막 햇살이 산자락 뒤로 사라지고 어둠의 너울이 주변을 덮었습니다. 그때 멀리서 거칠고 낮은 웬 목소리가 들려왔습니다.

"쯧쯧, 거기서 무슨 비밀스러운 속삭임이냐? 이런, 원, 산자락 뒤에서 햇살을 찾고 있는 게 누구냐? 해바라기도 충분히 했고, 노래도 실컷 불렀잖니? 자자, 덤불이랑 풀밭을 지나 풀밭과 강물을 통과해라! 자자, 아래로, 아래로 내려가라!"

그렇게 그 중얼거림이 멀리서 치는 천둥처럼 사라지자, 크리스털 종도 째지는 듯한 불협화음을 내면서 깨졌습니다. 만물이 침묵에 잠겼습니다. 이어서 안젤무스는 세 마리의 뱀이 희미하게 번쩍이는 빛을 발하며 풀밭을 지나 강물을 향해 미끄러져 가는 모습을 보았어요. 뱀들은 살랑거리는 소리를 내며 엘베 강으로 뛰어들었고, 뱀들이 사라진 물결 위로는 초록색 불꽃이 바삭거리는 소리를 내었지요. 그리고 그 불꽃은 비스듬히 시가를 향해 반짝이며 증발했습니다.

두 번째 깨어 있는 밤

학생 안젤무스가 주정뱅이며 미치광이로 취급받는 장면
엘베 강에서의 배 타기
악장 그라운의 고난도 아리아
콘라디의 리큐르와 청동에 도금된 사과 행상

•

"저 젊은이가 아무래도 제정신이 아니야!"

가족과 함께 산책길에서 돌아오던 착실한 시민의 아내가 걸음을 멈추고 말하며, 학생 안젤무스의 미치광이 같은 행동을 팔짱을 끼고 구경했습니다. 안젤무스는 과연 정향나무 둥치를 부둥켜 안고 나뭇가지 잎사귀들을 향해 끝없이 소리치고 있었어요.

"오, 그대들 사랑스러운 황금 뱀들이여, 다시 한 번 번쩍이는 빛을 비추어 주려무나. 다시 한 번 그대들의 종 울림을 들려다오! 다시 한 번만 나를 마주 보아 다오. 요염한 푸른 눈이여, 다시 한 번만! 안 그러면 나는 고통과 뜨거운 갈망에 못 이겨 사라질 것만 같구나!"

그러면서 깊은 한숨과 신음 소리를 처량하게 내며 안타깝게 정향나무를 흔들어 대는 것이었어요. 하지만 정향나무는 대답은커녕 무심하게 잎사귀를 살랑거리며 학생 안젤무스의 고통

•

을 비웃는 듯 보였습니다.

"저 사람은 아무래도 제정신이 아니야."

시민의 아내가 거듭 말했어요. 그 말에 안젤무스는 누가 흔들어 깨우거나 찬물 세례를 받은 듯이 깊은 꿈에서 후다닥 정신이 들었습니다. 이제야 자기가 어디에 있는지 보였어요. 그리고 자신이 웬 도깨비에 홀려 큰 소리로 혼잣말을 내지르는 지경에 이르렀는지 곰곰 생각했어요. 그는 당황스레 시민의 아내를 쳐다보다가 땅에 떨어진 모자를 집어 들고 허겁지겁 자리를 뜨려 했습니다. 그러는 사이에 그 가족의 아버지도 다가왔어요. 아버지는 안고 있던 아이를 풀밭에 앉힌 다음, 지팡이를 짚고 서서 얼떨떨한 표정으로 학생의 말에 귀 기울이며 구경하고 있다가, 학생이 방금 떨어뜨린 파이프와 담배쌈지를 주워 건네주면서 말했습니다.

"어둠 속에서 그렇게 처량하게 한탄하지 마시오. 그리고 풀밭을 너무 골똘히 들여다본 것 이외에 다른 별일이 없다면, 사람들을 그렇게 당황하게 만들지 마시오. 이제 집으로 돌아가 잠이나 주무시오!"

학생 안젤무스는 수치심에 울상이 되어 한탄을 했습니다.

"자, 그만하면 됐소" 하고 시민은 말을 이었어요. "이쯤 해 두지요. 이런 일은 품위 있는 양반들한테도 벌어지는 법이오. 기쁜 승천일에 유쾌한 마음에 한잔했을 수도 있지요. 신앙인에게도 벌어지는 일이라오. 보아하니 신학생 같은데. 그건 그렇고, 괜찮으시다면, 당신의 담배를 한 줌 채워 넣겠소. 내 것은 아까 떨어졌거든요."

학생 안젤무스가 파이프와 쌈지를 챙겨 넣으려는데 시민이 한 말이었어요. 그리고 시민은 꼼꼼하게 그의 파이프를 깨끗이 닦고, 역시 느릿느릿 담배를 채워 넣기 시작했습니다. 몇몇 시민 처녀들이 다가와 시민의 아내랑 쿡쿡 웃으면서 이야기를 주고받으며 안젤무스를 쳐다보고 있었어요. 안젤무스는 뜨거운 가시방석을 밟고 있는 기분이었지요. 파이프랑 담배쌈지를 돌려받자마자 줄행랑을 쳤습니다. 좀 전에 보았던 모든 놀라운 광경은 말끔히 기억에서 사라졌고, 단지 자신이 정향나무 밑에서 얼토당토않은 소리를 크게 떠들었다는 사실만 생각났습니다. 안젤무스는 전부터 혼잣말을 뇌는 사람에 대해 내심 거부감을 품고 있었던 터라, 자신의 이런 어이없는 실책이 더욱 끔찍스럽게 여겨졌습니다.

"혼잣말은 악마의 지껄임일세."

교장 선생의 말씀이었고, 학생 안젤무스도 실상 그렇게 믿었지요. 승천일에 주정뱅이 신학생 취급을 받다니, 생각만 해도 참을 수가 없었습니다. 코젤 정원[8] 근처에서 파펠 가街로 굽어

---

8) Koselscher Garten 지난날 개인 정원이었는데, 호프만의 시대에 공공 야외 주점이 되었음.

들려고 하는데 등 뒤에서 부르는 소리가 들렸습니다.

"안젤무스 군! 안젤무스 군! 어디를 그렇게 정신없이 서둘러 가나?"

학생은 땅에 두 발이 박힌 듯 멈춰 섰습니다. 이제 또 다른 불운이 닥치는구나, 하는 확신이 들었던 거지요. 목소리가 다시 들려왔습니다.

"안젤무스 군, 돌아오게나! 우리는 여기 물가에서 기다릴 테니!"

그제야 학생은 그것이 절친한 교감 선생 파울만의 목소리임을 알아들었어요. 그래서 엘베 강가로 되돌아가 보니, 교감 선생이 두 딸과 서기관 헤르브란트와 더불어 막 배를 타려던 참이었습니다. 교감 선생 파울만은 함께 배를 타고 엘베 강을 건너 피르나 교외에 있는 자기 집에서 저녁 시간을 같이 보내자고 초대했어요. 학생 안젤무스는 기꺼이 그 초대에 응했지요. 그렇게 해서 오늘 하루 종일 그를 덮쳐 온 불운에서 빠져나올 수 있을 거라고 여겼던 겁니다. 그들이 강을 건너고 있을 때, 건너편 강변 안톤 정원9)에서 불꽃놀이가 시작되고 있었어요. 꽃불들이 타다닥 공중으로 날아 허공에 반짝이는 별처럼 수천 갈래 불꽃과 광채를 뿌리며 터졌습니다. 학생 안젤무스는 노 젓는

---

9) Anton Garten, 드레스덴 교외 구시가지

사공 곁에 앉아 혼자 골똘한 생각에 잠겨 있었어요. 그러나 허공에서 타닥거리며 퍼지는 불꽃이 물속에 비추이는 영상을 바라보노라니, 황금 뱀들이 자신을 강물로 유혹하는 듯한 느낌이 들었어요. 정향나무 아래서 보았던 기묘한 장면이 기억 속에 생생하게 되살아났고, 그곳에서 전율스러운 고통과 희열로 그를 뒤흔들었던 뜨거운 갈망, 말로 표현할 수 없는 그리움에 다시금 사로잡혔습니다.

"아, 그대들이 다시 왔구나. 황금 뱀들이여, 노래를 불러 다오, 노래를! 그대들의 노랫소리에 사랑스러운 두 눈망울이 다시 나타나는구나. 아, 그대들은 강물 속에 있구나!"

그렇게 학생 안젤무스는 외치며 당장 강물로 뛰어들려는 듯 황급한 몸짓을 했습니다.

"이 친구 미쳤나?"

사공이 소리치며 그의 윗도리 자락을 얼른 붙잡았지요. 곁에 앉아 있던 처녀들은 놀라 비명을 지르며 반대편 뱃전으로 도망을 쳤고요. 서기 헤르브란트가 교감 선생 파울만에게 뭐라고 귀엣말을 했고, 파울만이 몇 마디 대꾸를 했습니다. 하지만 학생 안젤무스가 알아들은 소리는 "그런 종류의 발작은……", "……지금껏 눈치채지 못하셨나?"라는 토막말뿐이었습니다. 이어서 곧 교감선생 파울만도 일어나 자못 엄숙한 표정으로 학생 안젤무스의 곁에 앉더니 그의 손을 잡으며 말했습니다.

"어떻게 된 일인가, 안젤무스 군?"

학생 안젤무스는 거의 혼이 나간 상태였어요. 그의 내면에서
는 미친 듯한 분열이 일어났고, 아무리 진정시키려 해도 소용없
었어요. 마침내 그는 자신이 황금 뱀의 광채라고 여겼던 것이
실제로는 안톤 정원에서 벌이는 불꽃놀이의 물속 그림자라는
것을 확실히 알아채었어요. 하지만 희열인지 고통인지 알 수 없
는, 지금껏 한 번도 느껴 보지 못한 감정이 그의 가슴을 쥐어짜
고 있었어요. 사공이 물을 치며 노를 젓자 강물은 화가 난 듯 격
랑을 일으키며 철썩대었고, 그 요란한 물결 소리 사이로 비밀스
러운 속삭임이 그의 귀에 들려왔습니다.

"안젤무스! 안젤무스! 우리가 앞장서서 당신을 계속 동반했
다는 것을 모르셨나요? 동생은 당신을 다시 보게 될 거예요. 믿
으세요…… 믿으세요…… 우리를 믿으세요."

그리고 불꽃놀이의 영상 속에서 세 줄기 초록빛 광채를 본
듯했어요. 하지만 곧이어 그 요염한 두 눈망울이 혹시나 물결
사이로 마주 쳐다보지 않을까, 울적한 마음으로 물속을 들여다
보았을 때, 그 빛은 단지 가까이 있는 집들의 불 밝힌 창이 물에
비추인 것임을 알아보았지요. 그는 마음속에서 격렬하게 자신
과 싸우면서 말없이 앉아 있었습니다. 교감 선생 파울만이 언성
을 높여 말했어요.

"어떻게 된 일인가, 안젤무스 군?"

학생은 의기소침해서 대답했습니다.

"아, 교감 선생님, 제가 조금 전 링키셰 정원 성벽 근처 정향 나무 밑에서 특별한 백일몽을 꾸었다는 사실을 아신다면, 선생님께서도 이렇게 멍해 있는 제 상태를 곡해하지는……."

"쯧쯧, 안젤무스 군."

교감 선생이 말을 잘랐습니다. "나는 자네를 늘 착실한 청년이라고 여겨 왔다네. 그렇지만 꿈을 꾼다는 것은, 멀쩡하게 눈을 뜨고 꿈을 꾼다는 것은, 그리고 느닷없이 물속으로 뛰어들려고 하는 행동은, 용서하게, 미치광이나 바보들이 하는 짓일세!"

학생 안젤무스는 절친한 교감 선생의 혹독한 말에 의기소침해졌습니다. 그때 문자 그대로 꽃다운 열여섯의 나이인 파울만의 맏딸 베로니카가 입을 떼었어요.

"그렇지만 아버지, 안젤무스 씨는 진짜로 특별한 무슨 일을 만난 것에 틀림없어요. 실제로 정향나무 아래서 잠든 동안 지금 기억 속에 남아 있는 불가사의한 장면을 보았는데, 안젤무스 씨 자신은 그때 깨어 있었다고 믿고 계신지도 몰라요."

"그리고 아가씨, 교감 선생님……" 하고 서기관 헤르브란트도 입을 떼었습니다.

"깨어 있으면서도 꿈을 꾸는 상태에 빠져들 수 있는 것 아닙니까? 실제로 저도 어느 날 오후에 커피를 마시며 심신의 소화를 꾀하는 순간, 그렇게 멍한 상태에서 분실했던 서류의 위치가 영감靈感처럼 후딱 떠오른 경험을 갖고 있답니다. 그리고 어제만 해도 똑같은 식으로 멋진 라틴어 고어체 대문자가 저의 뜬 눈 앞에 춤추듯 어른거렸고요."

"아, 서기관……" 하고 교감 선생 파울만이 응수했어요. "자네는 늘 그런 식의 문학적 경향을 갖고 있더군. 그런 사람은 쉽사리 환상적이고 소설적인 상황에 빠져들지."

어쨌거나 학생 안젤무스의 입장에서는 주정뱅이나 미치광이로 취급받는 매우 침울한 상황에서 원군援軍을 얻은 것이 기분 좋았습니다. 그리고 주변이 상당히 어두워졌는데도, 정향나무 아래에서 보았던 저 경이로운 눈망울과는 달라도 베로니카역시 매우 아름답고 푸른 눈을 갖고 있다는 걸 처음으로 깨달았습니다. 요컨대 정향나무 아래에서의 모험은 학생 안젤무스의 기억에서 다시금 말끔히 사라졌어요. 이제 그는 홀가분하고 유쾌해졌습니다. 배에서 내릴 때에는 들뜬 기분에 밀려 자신을 변호해 준 베로니카에게 도움의 손을 내밀고, 자신의 팔짱을 낀 그녀를 스스럼없이 깍듯이 예우하며 성공적으로 집에까지 동반할 수 있었어요. 물론 딱 한 번 미끄러지는 실수를 했고, 그것이 지금까지의 여정에서 베로니카의 새하얀 드레스에 작은 얼룩을 만든 유일한 오점汚點이 되기는 했지만요. 교감 선생 파울만은 학생 안젤무스의 다행스러운 변모를 놓치지 않고 다시 호감을 회복하여 조금 아까 퍼부었던 혹독한 언사에 대해 용서를 구했고요.

"그렇다네!"

교감 선생은 덧붙여 말했습니다. "흔히 어떤 환상이 몰려와 사람을 진실로 괴롭고 불안하게 만드는 실례가 있긴 하지. 그렇지만 결국 그건 신체적 질병이라네. 그럴 때에는 이미 작고한 저명한 한 스승[10])께서 입증했듯이, 입 밖에 내기는 좀 뭣하지만 거머리를 엉덩이에 붙이면 효험이 있다더군."

학생 안젤무스는 이제 자기가 과연 주정뱅이인지 미치광이인지 아니면 환자인지 종잡을 수 없어졌습니다. 하지만 어쨌거나 거머리 따위는 자기에겐 전혀 해당되지 않는다고 여겼어요. 혹시나 염려되던 환상들도 말끔히 사라졌고, 예의를 갖춰 아름다운 베로니카에게 마음을 잘 쓰고 있는 한 점점 유쾌한 기분이 들었으니까요. 늘 그랬듯이 소박한 저녁 식사가 끝난 후 음악이 연주되었습니다. 학생 안젤무스는 피아노 앞에 앉혀졌고, 베로니카가 청아한 목청으로 노래를 불렀어요.

"마드모아젤……" 하고 서기관 헤르브란트가 칭찬의 말을 했어요. "아가씨 음성은 크리스털 종소리 같군요!"

"그럴 리가 있나요!"

학생 안젤무스한테서 불쑥 튀어나온 말이었습니다. 스스로

---

10) C. F. 니콜라이Nicolai(1733-1811)의 강연 '여러 환상의 한 가지 징후의 예'(1799)를 의식한 말

도 어찌 된 영문인지 알 수 없었어요. 하지만 모두가 당황하고 의아한 눈빛으로 그를 쳐다보았습니다.

"크리스털 종은 정향나무 속에서 신비롭게 울립니다! 경이롭게!"

학생 안젤무스는 뒤이어 나직이 중얼거렸어요. 그때 베로니카가 그의 어깨에 손을 얹고 "무슨 말씀을 하시는 거예요, 안젤무스 씨?"라고 말했고, 그녀의 말에 안젤무스는 곧 유쾌한 기분을 회복하여 연주를 계속했어요. 교감 선생 파울만이 침울한 시선으로 그를 바라보는 한편에서, 서기관 헤르브란트가 악보대 위에 악보를 한 장 올려놓고 악장 그라운[11]의 고난도 아리아를 감동스럽게 불렀습니다. 학생 안젤무스는 그 밖에도 몇 곡을 더 반주했고, 교감 선생 파울만이 작곡한 푸가 형식의 이중창을 베로니카와 함께 부를 때에는 화기애애한 분위기가 절정에 달했지요. 밤이 꽤 깊어 서기관 헤르브란트가 모자와 지팡이를 집어드는데 교감 선생 파울만이 은근히 그에게 다가가 소곤거렸습니다.

"저, 서기관, 안젤무스 군에게 직접…… 어서! 아까 우리가 나눴던 얘기를…….."

●

[11] K. H. 그라운Graun(1701~1759). 소년 시절인 13세에 드레스덴의 크로이츠 학교에서 미성으로 두각을 드러낸 오페라 가수. 프리드리히 대제 등극 이후에 드레스덴의 악장으로 임명되었고, 수많은 오페라와 교회 음악을 작곡했다.

"물론 그렇게 하지요."

서기관 헤르브란트는 대답하고, 모두가 빙 둘러앉자 거침없
이 다음과 같은 말을 했습니다.

"여기 이 지역에는 괴짜 어른이 한 분 살고 계십니다. 사람들
말로는 그분이 온갖 비술秘術을 행한다고 하더군요. 하지만 비
술 따위는 기본적으로 존재하지도 않는 것인 만큼 저는 그분을
고서古書 연구가라고 여기고 있습니다. 어쩌면 실험 화학자를
겸하고 있는지도 모르지요. 다름 아닌 우리의 추밀 사서관 린트
호르스트 어른입니다. 아시다시피 그분은 외딴 곳에 있는 당신
의 고가古家에 살고 계십니다. 직무로 바쁘지 않으면 자기 집 장
서실이나 화학 실험실에 은둔해 계시는데, 아무도 출입을 시키
지 않는답니다. 그분은 수많은 진귀본을 갖고 있고, 그 밖에도
아랍어, 콥트어[12], 심지어는 전혀 알려지지 않은 언어에 속한
기묘한 기호로 씌어진 문서들을 소장하고 있지요. 그런데 이 문
서들을 숙련된 솜씨로 복사하려는 뜻을 가지고 계셔서, 그 작업
을 해낼 만한 펜화에 능숙한 인재가 필요하답니다. 그 모든 기
호를 고도의 정밀성으로, 그것도 붓으로 양피지에 베끼는 일이
지요. 그분은 자기 집의 특별한 방에서 직접 감독하에 그 작업

---

[12] Koptisch. 고대 이집트의 상형문자로, 32개의 알파벳으로 이루어져 있다. 5개 문자를
제외한 모든 문자가 그리스 문자에서 전수된 것으로 14세기에서 16세기까지는 언어로 사
용되기도 했지만, 그 후 아랍어에 밀려 사라졌다.

을 시키는데, 일하는 시간 동안 식사 제공 이외에 매일 금화 1
탈러를 지불하고, 또 복사 작업이 성공적으로 끝나면 상당한 선
물까지 약속하고 있습니다. 작업 시간은 매일 12시에서 6시까
지고요, 3시에서 4시 사이에는 휴식을 취하고 식사를 합니다.
이미 몇몇 젊은이한테 그 문서 복사 작업을 시켜 보았는데 실
패했기 때문에, 결국 제게 숙련된 펜화가를 한 사람 소개해 달
라고 부탁해 온 것입니다. 그래서 안젤무스 군, 나는 자네를 염
두에 두었다네. 자네는 훌륭한 필치를 갖고 있는 데다가, 섬세
하고 깔끔하게 펜화를 그리는 재능까지 겸비하고 있는 것을 알
고 있던 터라 말일세. 그러니 지금처럼 곤궁한 시기에 다음 일
자리가 생길 때까지, 일당 금화 1탈러에다가 선물까지 벌어 들
일 의향이 있으면, 내일 정각 12시에 자네도 알고 있을 추밀 사
서관의 자택으로 출두하게나. 하지만 잉크 얼룩을 조심해야 하
네. 복사본에 얼룩이 떨어지면 처음부터 다시 시작해야 하고,
원본에 얼룩이 떨어지는 불상사가 일어나면 사서관께서 자네
를 창밖으로 내던지실 테니까. 그분은 불처럼 급한 성미를 지니
셨네."

　학생 안젤무스는 서기관 헤르브란트의 제안을 듣고 진심으
로 기뻤습니다. 그 자신이 깨끗한 필치의 재능을 갖고 있고, 펜
화를 다룰 줄 알기 때문만은 아니었어요. 무엇보다 까다로운 붓
을 써서 복사하는 일이야말로 그의 진정한 열정이었으니까요.

그래서 자신의 후원자들에게 정중하게 감사의 말을 하고, 내일 정오에 늦지 않겠노라고 약속했습니다. 그날 밤 학생 안젤무스는 오로지 번쩍이는 금화를 눈앞에 보며 그 쩔렁거리는 울림을 들었습니다. 숱한 희망이 변덕스러운 불운의 개입으로 꺾이는 바람에 푼돈을 아껴 써야 하며, 젊은이다운 삶의 욕구에서 우러나는 온갖 쾌락을 단념할 수밖에 없는 이 가엾은 청년의 이 같은 상상을 누가 나무랄 수 있을까요? 이른 아침부터 그는 연필과 까마귀 깃털 펜, 중국제 붓을 챙겼습니다. 사서관도 더 좋은 필기도구를 찾아낼 수 없을 거라고 생각하면서요. 그리고 특히 묵필로 그린 자신의 걸작품과 펜화들을 검토하고 챙겼습니다. 작업을 수행할 자기 능력의 증거물로 사서관에게 제시할 참으로 말이지요. 만사가 성공적으로 진행되었습니다. 특별한 행운이 그의 머리 위에서 지배하는 것 같았어요. 넥타이를 매는데도 매듭이 단번에 제자리에 앉았고, 옷의 솔기도 터지지 않았고, 검정 비단 양말의 올도 풀리지 않았으며, 모자에 솔질을 하는데도 모자를 먼지 속에 떨어뜨리는 불상사도 일어나지 않았어요. 거두절미하고! 학생 안젤무스는 정각 11시 반에 담회색 연미복에 검정 공단 바지 차림으로 펜화와 묵화 두루마리를 호주머니에 넣은 채, 슐로스 가에 있는 콘라디 주점에 서서 한 잔, 두 잔 품질 좋은 리큐르를 홀짝거리고 있었습니다. 여전히 빈털터리인 호주머니를 툭툭 치면서, 여기에 곧 금화가 쩔렁거릴 테지,

라고 생각하면서 말이지요. 사서관 린트호르스트의 낡은 저택이 있는 한적한 길에 이르기까지는 제법 먼 길이었는데도 학생 안젤무스는 12시 전에 집 앞에 이르렀고, 대문 앞에 서서 문을 두드리는 청동 장식을 바라보고 있었습니다. 하지만 크로이츠 교회의 탑시계가 허공을 가르며 우렁차게 마지막 종소리를 내는 순간 막 청동 장식을 잡으려 하는데, 그 금속의 얼굴이 불쾌하게 어른거리는 푸른빛 속에서 징그러운 웃음을 띠며 일그러지는 것이었습니다. 아! 바로 슈바르츠 성문 앞 사과 행상의 얼굴이었어요! 늘어진 입술 사이로 삐죽삐죽한 이빨들이 따다닥 마주치며 호통치는 소리가 들렸습니다.

"이런 바보야! 멍청아! 바보야! 기다려, 기다리라고! 왜 도망쳤니, 바보야?"

학생 안젤무스는 기겁을 하고 물러섰습니다. 그리고 문설주를 잡으려다가, 부지중에 초인종 줄을 움켜잡고 잡아당겼지요. 그러자 째지는 듯한 불협화음이 점점 세차게 울렸고, 적막한 저택 전체가 울리도록 조롱의 메아리가 들려왔습니다.

"너는 곧 크리스털 속으로 떨어질 거다!"

학생 안젤무스는 공포에 사로잡혀 식은땀을 처참하게 흘리며 온몸을 떨었습니다. 초인종 줄을 놓자, 그 줄은 하얗게 투명한 거대한 뱀으로 변했고, 그 뱀이 그를 휘감고 점점 거세게 똬리를 조여 오는 것이었어요. 그리하여 흐물흐물 으깨진 팔다리가 우두둑 부서지고, 그의 혈관에서 튕겨져 나온 핏줄기가 투명한 뱀의 몸체에 스며들며 붉게 물들였습니다.

"나를 죽여 다오, 죽여 다오!"

끔찍스러운 공포감에 사로잡혀 그는 악을 쓰고 싶었지요. 하지만 그의 비명은 불분명하게 그르렁거리는 울림으로 나올 뿐이었어요. 뱀은 고개를 들어 뜨겁게 달아오른 길쭉한 청동 혓바닥을 안젤무스의 가슴에 겨누고 날름대었습니다. 그리고 칼로 에이는 듯한 고통이 순식간에 생명의 맥을 찢었지요. 동시에 안젤무스의 의식은 꺼졌습니다. 다시 제정신으로 돌아왔을 때 그는 초라한 자신의 침대에 누워 있었습니다. 그리고 눈앞에는 교감 선생 파울만이 서서 말했어요.

"원, 자네 무슨 미친 짓을 벌이고 있나, 안젤무스 군!"

세 번째 깨어 있는 밤

사서관 린트호르스트의 혈통에 관한 보고
베로니카의 푸른 눈
서기관 헤르브란트

"정신이 물을 보았습니다. 그러자 물은 동요하며 거품 이는 파도가 되어 소용돌이치다가 요란한 소리를 내며 심연으로 떨어졌습니다. 심연은 그 시커먼 아가리를 벌리고 물을 탐욕스럽게 삼켰지요. 화강암들이 개선장군처럼 뾰족뾰족한 관을 쓴 고개를 쳐들고 계곡을 보호하고 있는데, 마침내 태양이 어머니 같은 품 안에 계곡을 받아 안고, 따스한 팔처럼 햇살을 뻗어 감싸 안으며 온기와 양분을 주었습니다. 그러자 척박한 모래땅 밑에서 잠자던 수천 개의 씨앗이 깊은 잠에서 깨어나 어머니를 향해 초록빛 줄기와 작은 잎사귀들을 뻗었고, 어린 꽃들이 초록빛 요람 속에서 방실 웃는 갓난아기처럼 꽃봉오리 속에서 쉬고 있었지요. 마침내 이 어린 꽃들도 어머니에 의해 깨어나 밝은 빛으로 치장했고, 어머니는 수천 가지 색깔로 그 빛을 물들여 주어 어린 꽃들을 기쁘게 했습니다. 이 계곡의 한가운데에는 시커먼 언덕이 하나 솟아 있었는데, 그 언덕은 애타는 그리움에 부푼 사람의 가슴처럼 아래위로 요동치고 있었습니다. 그런 한편 심연으로부터 안개가 솟아올라 거대한 덩어리로 뭉치면서 적개심을 갖고 어머니의 얼굴을 뒤덮으려고 기를 쓰고 있었어요. 그러나 어머니는 폭풍을 불러왔고, 폭풍이 내리치며 안개를 흩날렸습니다. 그러고 나서 투명한 햇살이 시커먼 언덕을 건드리자, 엄청난 기쁨 속에서 한 송이 찬란한 불꽃 백합이 피어나 요염한 입술처럼 아름다운 꽃잎을 열고 어머니의 달콤한 키스를 받았습니다. 그때 한 줄기 빛나는 광채가 계곡으로 걸어 들어왔습니다. 청년 포스포루스였지요. 그를 본 불꽃 백합은 뜨겁고 애절한 사랑에 사로잡혀 애원했습니다. '영원히 나의 사랑이 되어 주세요, 아름다운 당신! 나는 당신을 사랑하고 있고, 당신이 떠나면 사라질 테니까요.' 그러자 청년 포스포루스가 말했습니다. '나는 그대의 사랑이 될 것이오, 아름다운 꽃이여. 하지만 그렇게 되면 그대는 타락한 자식처럼 아버지와 어머니를 떠나게 될 터이고, 그대가 벌이는 모험을 모르게 될 것이오. 또 지금 그대와 같은 종류의 꽃들이 더불어 즐기는 것을 능가하는 힘과 위대함을 누리고자 할 것이오. 지금 그대의 온 존재를 달콤하게 달아오르게 하는 동경의 마음은 수백 갈래로 찢어져 그대를 괴롭히고 시달리게 할 것이오. 왜냐하면 관능은 수많은 관능을 잉태하기 때문이라오. 그리고 내가 그대의 마음속으로 던진 불꽃으로 인해 피어오른 무한한 희열은 희망 없는 고통이라오. 그 고통 속에서 그대는 새로이 낯선 모습으로 싹 트기 위하여 시들어 갈 것이오. 이 불꽃이 바로 생각이라는 것이지요!' '아!' 하고 백합은 비탄의 소리를 냈습니다. '지금 내 마음속에서 타오르는 불꽃에 싸인 그대로 당신의 사랑이 될 수는 없나요? 당신이 나를 사라지게 하는 경우, 그때에는 지금보다 더 많이 당신을 사랑할 수 있나요? 지금처럼 당신을 바라볼 수 있는 것인가요?' 그때 청년 포스포루스는 백합에게 키스를 했고, 그러자 전류가 관통한 듯이 백합은 불꽃이 되어 타올랐습니다. 이어서 그 불꽃으로부터 한 낯선 존재가 튀어나와 계곡을 향해 도망치면서, 젊음의 모험이나 사랑하는 청년은 아랑곳하지 않고 끝없는 공간을 배회했습니다. 청년은 잃어버린 연인을 그리워하며 비탄에 잠겼지요. 아름다운 백합을 향한 끝없는 사랑이 청년마저 외로운 계곡으로 끌고 갔으니까요. 청년의 슬픔을 보고 동정심을 느낀 화강암들이 굽어보았습니다. 그중 한 화강암이 품을 열자, 검정색 날개를 단 용 한 마리가 퍼드득 날갯짓을 하며 튀어나와 말하겠지요. '내 형제인 금속들은 저 안에 잠들어 있어. 그렇지만 나는 늘 유쾌하게 깨어 있고, 너를 돕고 싶거든.' 용은 오르락내리락 날면서 마침내 백합에서 돋아 나온 존재를 찾아내어 언덕으로 끌고 가서는 자신의 날갯 죽지에 품었습니다. 그러자 그 존재는 다시 백합의 모습으로 화했어요.

하지만 남아 있던 생각이 백합의 심장을 갈기갈기 찢어, 청년 포스포루스를 향한 그녀의 사랑은 칼로 에이는 듯한 고통으로 바뀌었습니다. 아울러 전에는 백합을 즐겁게 바라보던 어린 꽃 망울들마저 백합의 고통 앞에서 독기 서린 안개에 쐬어 시들어 죽어 갔어요. 청년 포스포루스는 광채를 발산하는 번득이는 갑옷을 챙겨 입고 용과 격투를 벌였습니다. 용이 검정 날개로 그의 갑옷을 치자, 갑옷에서는 청아한 울림이 났어요. 그러자 그 장려한 울림을 듣고 작은 꽃망울들이 다시 깨어나 용을 에워싸고 각양각색의 새들처럼 파닥였습니다. 그렇게 하여 용은 기운을 잃고 패배하여 땅속 깊이 묻혔지요. 백합은 풀려났고 청년 포스포루스는 천상적인 사랑의 갈망에 젖어 백합을 뜨겁게 포옹했습니다. 아울러 꽃들과 새들, 우뚝 솟은 화강암들까지 환호의 찬가를 부르며 백합을 계곡의 여왕으로 추대했답니다."

"죄송하지만, 사서관님, 그건 동양적인 과장법의 이야기로군요!"

서기관 헤르브란트가 말했습니다. "우리는, 평소에 늘 그랬듯이 사서관님의 진기한 인생에서 나온 이야기, 모험적인 여행담, 말하자면 사실적인 이야기를 들려주시기를 요청했었는데요."

"자, 그렇다면……." 하고 사서관 린트호르스트가 대답했어요. "방금 내가 이야기한 내용은 내가 여러분께 들려드릴 수 있는 가장 사실적인 이야기랍니다. 그리고 어느 정도는 내 인생에서 나온 것이기도 합니다. 왜냐하면 나는 바로 그 계곡 출신이니까요. 마지막에 여왕이 되어 지배한 불꽃 백합은 아아주 하얀 참을 거슬러 올라간 나의 할머니랍니다. 그러니까 나도 원래는 왕자인 셈이지요."

좌중의 모두가 폭소를 터뜨렸습니다.

"그래요, 맘껏 웃으십시오."

사서관 린트호르스트는 말을 이었어요. "물론 내가 대충 추려서 들려드린 이 이야기가 여러분에게는 얼토당토않게 여겨질는지 모르지요. 그렇지만 그것은 그럼에도 불구하고 결코 불합리하거나 비유적인 의미에 그치지 않고, 문자 그대로 사실입니다. 그 은덕을 입고 내가 생겨난 이 멋진 사랑 이야기가 여러분의 마음에 탐탁치 않을 것을 알았다면, 차라리 어제 방문해온 내 동생이 가져온 잡다한 새로운 소식을 전해 드릴 걸 그랬군요."

"네, 뭐라고요? 사서관님께 동생분이 있었나요? 그럼 어디, 대체 어디에 살고 계십니까? 역시 궁중에 봉직하시나요, 아니면 사인私人으로 계신 학자이신가요?"

그렇게 사방에서 질문을 던졌습니다.

"아닙니다!"

사서관은 어림없다는 투로 냉정하고 단호히 대꾸했습니다. "동생은 악의 편에 섰다가 용들의 처소로 갔습니다."

"어떻게 아무렇지도 않게 그런 말씀을 하십니까, 사서관님?" 서기관 헤르브란트가 발언했어요. "용들의 처소라니요?"

"용들의 처소라고?"

사방에서 메아리처럼 웅성거렸습니다.

"그렇습니다, 용들이 있는 곳으로……" 하고 사서관 린트호르스트는 말을 이었습니다. "애당초 그것은 자포자기에서 나온 행동이지요. 여러분도 아시다시피 나의 부친은 바로 얼마 전에 돌아가셨어요. 돌아가신 지가 385년밖에 안 되었지요. 그래서 나는 아직도 상복을 입고 있는 중입니다. 부친은 특별히 사랑했던 내게 아주 값진 마노를 한 점 유산으로 남기셨는데, 내 동생이 악착같이 그것을 갖겠다고 우겼어요. 우리는 그것을 놓고 부친의 시신 곁에서 철면피처럼 싸웠습니다. 결국은 참을 수 없었던 고인이 벌떡 일어나 악한 동생을 계단 아래로 던지시는 것으로 싸움은 끝났지요. 화가 난 동생은 곧장 그길로 용들의 처소로 갔습니다. 지금 동생은 튀니지 근처의 사이프러스 숲에 머물면서, 한 악당 무술사가 추적하고 있는 유명한 신비의 석류석을 지키는 일을 맡고 있지요. 그 마법사는 여름에는 북구의 라플란드에 있는 별장으로 이주하기 때문에, 동생은 그 마법사가 정원의 샐러맨더 텃밭을 가꿀 때에만 겨우 15분 동안 빠져나올 수 있답니다. 그래서 나일 강 원천에서 무슨 새로운 일이 벌어지고 있는지 내게 속사포처럼 들려주지요."

두 번째로 좌중의 모두가 폭소를 터뜨렸습니다. 하지만 학생 안젤무스는 무척 으스스한 기분에 사로잡혔습니다. 사서관 린트호르스트의 진지하게 굳은 시선을 보자 뭐라 설명할 길 없이 마음속 깊이 전율이 일었어요. 또 사서관의 거칠면서도 야릇한 금속성의 음성도 기묘하게 파고드는 무엇을 지니고 있어 뼛속까지 부들부들 떨려 왔습니다. 서기관 헤르브란트가 그를 이 카페로 데려온 애당초의 목적은 오늘은 성사될 성싶지 않았어요. 실상 그의 저택 앞에서 지난번 사건을 겪은 이후 학생 안젤무스는 사서관 린트호르스트를 재차 방문할 엄두를 못 내고 있던 중이었지요. 그리고 죽음까지는 아니더라도 미쳐 버릴 위험의 문턱에서 그를 구해 준 것은 순전한 우연의 덕이었다고 진심으로 확신하고 있었습니다. 그가 완전히 정신을 잃고 대문 앞에 쓰러져 있고, 노파가 과자랑 사과가 담긴 광주리를 옆으로 밀쳐 놓은 채 기절한 그를 상대하고 있을 때, 마침 그 거리를 지나치던 교감 선생 파울만이 당장 마차를 불러 그를 집으로 데려갔던 겁니다.

'나에 대해 멋대로들 생각하라지.'

학생 안젤무스는 생각했어요. '나를 바보로 여기든 말든 좋다고! 대문 쇠 장식에서는 슈바르츠 성문 앞의 고약한 마녀의 얼굴이 정말로 징그럽게 마주 보고 웃고 있었단 말이야. 그다음에 벌어진 일에 대해서는 말도 하고 싶지 않고. 그렇지만 정신

황금 항아리

　✤

을 차렸을 때 그 저주스런 사과 행상을 눈앞에 보았다면(나를 상대하고 있던 사람은 다른 누구도 아닌 그 노파였으니까), 그 자리에서 혼절했거나 미쳐 버렸을 거야.'

　교감 선생 파울만과 서기관 헤르브란트의 온갖 설득도 분별 있는 추론도 아무 소용 없었습니다. 푸른 눈의 베로니카조차 그를 그 같은 망상의 상태에서 끌어낼 수는 없었지요. 사람들은 이제 그를 진짜 정신 질환자로 여기고 그의 관심을 다른 곳으로 돌릴 방편을 궁리했고, 그러는 데에는 사서관 린트호르스트 집에서의 일, 즉 문서를 베껴 그리는 작업이 안성맞춤일 것이라고 서기관 헤르브란트가 제안했어요. 문제는 학생 안젤무스를 사서관 린트호르스트에게 자연스럽게 소개해 주는 일이었지요. 그런데 마침 사서관이 거의 매일 저녁 정해진 카페에 나타난다는 사실을 알고 있던 서기관 헤르브란트가, 비용은 자신이 낼 테니까 저녁마다 바로 그 카페에 가서 맥주나 마시고 담배를 피우자고 학생 안젤무스를 초대했던 거지요. 그러다가 기회를 보아 학생 안젤무스를 사서관에게 자연스럽게 소개하고 문서 복사 작업에 대해 합의를 보자는 계획이었습니다. 학생 안젤무스는 진심으로 감사하며 그 제안에 응했습니다.

　"서기관, 자네가 그렇게 해서 저 젊은이를 분별 있는 사람으로 되돌려 놓을 수 있다면, 자넨 하느님의 보상을 받을 걸세."

　교감 선생 파울만이 말했어요.

"하느님의 보상을!" 하고 베로니카도 뒤따라 뇌며 경건한 표정으로 위를 올려다보았습니다. 동시에 생기에 차서, '학생 안젤무스 씨는 분별이 없는지는 몰라도 지금 그대로 정말 매력 있는 청년인걸!' 하고 속으로 생각했어요. 사서관 린트호르스트가 모자와 지팡이를 집어 들고 카페의 문을 나서려는데, 서기관 헤르브란트가 서둘러 학생 안젤무스의 손목을 잡고 길을 막으며 말했습니다.

"존경하는 추밀 사서관님, 학생 안젤무스 군을 소개합니다. 묵필 서화에 비상한 재능을 지닌 청년인데, 사서관님의 진귀한 문서를 복사하고 싶어 합니다."

"그것 참 대단히 고마운 일이오."

사서관 린트호르스트는 불쑥 대꾸하더니, 군대식의 삼각 모자를 머리에 얹고 서기관 헤르브란트와 학생 안젤무스를 옆으로 밀치면서 쿵쾅거리며 서둘러 층계를 내려갔습니다. 두 사람은 어안이 벙벙하여 요란하게 삐걱대는 돌쩌귀 소리를 내며 코앞에서 쾅 닫힌 카페의 출입문을 바라볼 수밖에 없었지요.

"참 못말리게 별난 노인이로군."

서기관 헤르브란트가 말했습니다.

"별난 노인이네요."

학생 안젤무스도 뒤따라 더듬거리며, 자신의 온몸 혈관 구석 구석에 싸늘한 얼음물이 흘러 얼음 동상으로 굳어 버리는 느낌이 들었어요. 하지만 좌중의 모든 손님들은 웃음보를 터뜨리며 말했지요.

"사서관께서는 오늘 또다시 당신의 유별난 기분에 빠지셨어요. 내일이면 분명코 다시 차분한 기분을 회복해, 한마디 말도 없이 파이프 담배의 연기를 바라보거나 신문을 읽으시겠지요. 그분의 변덕에 대해서는 전혀 신경 쓸 필요가 없답니다."

'맞는 말이야'라고 학생 안젤무스는 생각했어요.

'누가 그런 것에 신경을 쓴담! 사서관께서는 내가 당신의 문서 복사 작업을 하고 싶어 하는 것은 대단히 고마운 일이라고 말씀하셨잖아? 그리고 그분이 막 집으로 가려는데 서기관 헤르브란트가 길을 막은 셈이잖아? 아니, 그렇지 않아. 근본적으로는 좋은 분이셔. 사서관 린트호르스트는 편견이 없고 놀라운 구석이 있어. 다만 유별난 말투가 괴상할 뿐이지. 하지만 그것이 내게 무슨 해로울 것이 있겠어? 내일 나는 12시 정각에 갈 거야. 수백 명의 청동 사과 행상이 장애물로 앉아 있더라도.'

네 번째 깨어 있는 밤

학생 안젤무스의 우울증
에메랄드 거울
사서관 린트호르스트가 독수리 모습으로 날아가고,
학생 안젤무스는 아무도 못 만나게 된 전말

·

　　운 좋은 독자여, 당신에게 직접 물어보아야 할 것 같
습니다. 살아오는 동안 당신에겐 별것 아닌 당신의 평범한 행동
이 실로 난처한 상황을 불러오고, 평소에는 진정으로 값진 중대
사라고 여겼던 일들이 시들하고 무가치해 보이는 그런 시간들,
아니 며칠, 몇 주일이 없었는지요? 그럴 때 당신은 어찌해야 할
지, 어디로 향해야 할지를 모릅니다. 다른 장소와 다른 시간에
서는 눈앞의 이 모든 세속적 쾌락을 초월하는 무엇, 엄하게 길
들여진 겁쟁이 아이처럼 정신은 감히 입에 올리지도 못하는 어
떤 숭고한 소망이 성취되고 있을지도 모른다는 막연한 느낌이
당신의 마음을 부풀게 만듭니다. 달콤한 꿈을 꾸듯 투명하지만
자세히 보면 녹아 버리는 형상들로 어디를 가든 당신을 에워싸
는 이 알 수 없는 무엇에 대한 동경심에 사로잡혀, 당신은 그 밖
의 주변 만사에 대해 입을 다물게 됩니다. 마치 실연당한 연인

처럼 뒷전에서 어슬렁거리며 남들이 뒤얽혀 벌이는 잡다한 일상사를 보아도 아무런 고통이나 기쁨도 느끼지 않는 무감각한 상태에 빠지는 겁니다. 마치 이 세상 사람이 아닌 것처럼 말이지요. 운 좋은 독자여, 살아오는 동안 당신이 한 번이라도 이런 기분에 빠진 적이 있다면, 경험으로 미루어 학생 안젤무스가 지금 처한 상황을 충분히 이해할 수 있을 겁니다. 그리고 나로서는 무엇보다 친애하는 독자께서 이젠 학생 안젤무스를 생생하게 눈앞에 볼 수 있도록 하는 일에 성공했기를 바랍니다. 솔직히 말하면 나는 이 글을 읽는 독자들에 대해 한 가지 우려를 품고 있습니다. 왜냐하면 학생 안젤무스의 지극히 기묘한 이야기를 쓰는 것에 바치고 있는 이 깨어 있는 밤들에, 나로선 그 밖의 평범한 사람들의 일상마저 도깨비놀음처럼 허공에 날려 버리는 또 다른 진기한 이야기까지 부득이 덧붙이지 않을 수 없기 때문이랍니다. 이 이야기를 읽는 당신이 학생 안젤무스나 사서관 린트호르스트의 존재를 믿지 못하는 것은 물론이고, 교감 선생 파울만이나 서기관 헤르브란트의 실존에 대해서까지 부당한 의혹을 품지 않을까 하는 걱정이 생깁니다. 뒤에 말한 존경할 만한 두 남자는 아직도 드레스덴에서 부지런히 살아가고 있는데도 말이지요. 운 좋은 독자여, 희열의 극치와 아울러 공포감을 전광석화처럼 불러일으키는 기적들로 가득 찬 이 불가사의한 왕국에서, 그렇습니다, 이곳은 엄숙한 여신이 베일을 살짝 들어 올려 우리가 그 여신의 얼굴을 보는 듯이 망상하는 왕국이지요. 하지만 여신의 엄한 시선에서는 흔히 한 가닥 미소가 내비칩니다. 그리고 이 미소야말로 어머니가 사랑하는 자식을 데리고 장난치듯이 온갖 혼란스러운 마법으로 우리를 홀리는 익살스러운 장난입니다. 그렇습니다! 운 좋은 독자여, 정신이 수시로 우리에게 열어 보이는 이 왕국, 적어도 꿈속에서는 열리는 이 왕국에서, 보통 삶이라고 흔히 말하는 일상생활에서 당신 주변을 맴도는 낯익은 인물들을 다시 알아보도록 시도해 보십시오. 그럼 당신은 저 경이로운 왕국이 생각보다 훨씬 가까이 있다는 것을 믿게 될 것입니다. 바로 이것이 내가 진심으로 바라는 바이며, 학생 안젤무스의 기묘한 이야기에서 당신에게 전하고자 하는 핵심입니다. 그러니까 이미 말했듯이, 학생 안젤무스는 사서관 린트호르스트를 만난 그날 저녁 이후로 몽롱한 꿈의 상태에 빠져들었습니다. 그리고 그 상태는 그로 하여금 일상생활에서의 일체의 외형적 접촉에 대해 무감각하게 만들었어요. 그는 미지의 그 무엇이 마음 깊은 곳에서 움직이며 저 희열에 찬 고통을 불러일으키고 있음을 느끼고 있었습니다. 그 고통은 바로 한층 높은 다른 존재를 약속해 주는 동경심이지요. 그는 홀로 들판이나 숲 속을 배회하며 빈곤한 일상에 자신을 묶어 놓는 일체의 것에서 빠져나와 오로지 내면에서 솟구치는 다양한 영상들을 바라보는 가운데 이른바 자아自我를 되찾기를 간절히 원했습니다. 그리하여 한번은 좀 긴 산책길에서 귀가하던 길에 지난날 그 아래 앉아 환각처럼 진기한 현상을 목격했던 바로 그 정향나무를 지나가게 되었어요. 고향 같은 초록빛 잔디 자락이 이상하게 그를 끌어당기는 느낌이었어요. 그리고 그곳에 앉자마자, 지난날 천상의 황홀경 속에서 나타났다가 어떤 낯선 힘이 작용한 듯 그의 마음속에서 빠져나갔던 그 모든 광경이 생생한 빛깔로 눈앞에 재연되는 것이었습니다. 아니, 그때보다도 더욱 선명하게 정향나무 가운데 둥치를 휘감고 있는 황금 초록 뱀의 요염하고 짙푸른 눈을 알아보았고, 또 희열과 황홀감으로 가슴을 벅차게 했던 찬란한 크리스털 종의 울림은 그 뱀의 날씬한 똬리에서 번득이며 나온다는 것도 알아보았어요. 그때 승천 축일에 그랬던 것처럼 그는 정향나무를 얼싸안고 나뭇가지와 잎사귀를 향해 외쳤습니다.

"아, 다시 한 번만 나뭇가지 속에서 꿈틀꿈틀 똬리를 틀어 다오, 그대 아름다운 초록빛 작은 뱀이여. 내가 그대를 볼 수 있도록. 다시 한 번만 그대의 요염한 눈으로 나를 바라보려무나! 아, 나는 그대를 사랑한다. 그대가 다시 오지 않으면 나는 슬픔과 고통을 못 이겨 죽을 것만 같구나!"

하지만 그때처럼 정향나무는 무심하게 가지와 잎사귀를 살랑거릴 뿐, 만물은 침묵하고 있었습니다. 그럼에도 학생 안젤무스는 내면에서 꿈틀거리는 것이 무엇인지를, 그래요, 끝없는 동경의 고통 속에서 그의 가슴을 찢고 있는 것의 실체를 알 것만 같았습니다.

"이것은 무언가 다른 것이야."

그는 소리 내어 말했어요. "황홀한 작은 황금 뱀이여, 나는 죽는 날까지 혼신을 다해 그대를 사랑할 것이며, 진실로 그대 없이는 살 수 없을 것이오. 그대를 다시 만나지 못하면, 마음의 연인으로 그대를 갖지 못하면, 처참한 절망 속에서 사라질 수밖에 없을 것이오. 하지만 그 이상의 것을 나는 알고 있소. 나는 그대가 나의 것이 될 것을 알고 있다오. 그렇게 되면 한층 높은 세계로부터 황홀한 꿈들이 내게 약속하는 모든 것이 성취될 것이오."

그때부터 학생 안젤무스는 매일 저녁 태양이 나무 꼭대기에 눈부신 황금 햇살을 뿌릴 때마다 정향나무 아래로 가서 나뭇가지와 잎사귀를 향해 사랑스러운 연인, 황금 초록 뱀을 애절하게 불렀습니다. 그가 습관적으로 이런 행동을 반복하고 있던 어느 날, 담회색 상의를 걸치고 비쩍 마르고 키가 큰 한 남자가 이글거리는 눈으로 그를 응시하며 불쑥 눈앞에 나타났습니다.

"원, 원……. 왜 그렇게 울상이 되어 한탄을 하나? 쯧쯧, 내 문서를 복사하겠다던 안젤무스 군이로군."

학생 안젤무스는 우렁찬 음성을 듣고 가슴이 철렁했지요. 그것은 지난 승천 축일에 "원, 원, 거기서 무슨 비밀스러운 속삭임이냐?" 어쩌고 하면서 고함쳤던 바로 그 음성이었거든요. 기겁을 하고 놀란 그는 입을 열 수가 없었습니다.

"자, 무슨 일인가, 안젤무스 군?"

사서관 린트호르스트가(담회색 상의를 입은 남자는 다름 아닌 사서관이었지요) 말을 이었습니다. "정향나무한테 바라는 것이 뭔가? 그리고 왜 내 집에 와서 맡아 하겠다던 작업을 시작하지 않는 건가?"

과연 학생 안젤무스는 그날 밤에는 제법 그럴싸하게 용기를 되살렸지만, 여지껏 사서관 린트호르스트를 찾아갈 엄두를 못 내었습니다. 게다가 지난번 자신의 연인의 영상을 앗아 간 바로 그 적대적 음성이 지금의 아름다운 꿈을 산산조각 내는 것을 확인하는 순간 절망감에 정신없이 말을 쏟았지요.

"사서관님께서 저를 미치광이로 여기든 말든 상관없습니다! 그런 거야 아무래도 좋지만, 승천 축일에 저는 이 나무 위에 있는 황금 초록 뱀을 보았습니다. 아, 내 마음의 영원한 연인을 말입니다. 그리고 그녀는 황홀한 크리스털 울림으로 내게 말을 걸어 왔지요. 그리고 사서관님께서! 바로 사서관님께서 강물 건너편에서 고함치시는 바람에 깜짝 놀랐고요."

"무슨 말인가, 내 후원자께서!"

사서관 린트호르스트는 묘한 미소를 띠며 어림없다는 투로 그의 말을 잘랐습니다. 학생 안젤무스는 그 기이한 모험의 실마리를 잡았다는 것만으로도 홀가분해진 기분이었어요. 그때 멀리서 호통을 친 장본인이 바로 당신이라고 사서관에게 직통으로 혐의를 씌운 것도 당연하게 생각되었어요. 그는 마음을 가다듬고 말했지요.

"자, 그럼 승천 축일 저녁에 제게 어떤 숙명적 사건이 벌어졌는지 말씀드리지요. 그 얘기를 듣고 사서관님께서 저를 어떻게 취급하시든, 뭐라고 생각하고 말씀하시든 좋을 대로 하십시오."

이어서 학생 안젤무스는 경이로운 사건의 자초지종을, 사과 광주리를 밟은 불상사로부터 세 마리 뱀이 물속으로 도망치던 장면까지, 또 사람들이 그를 주정뱅이나 미치광이로 취급했던 전말을 설명하고 나서 다음과 같은 말로 얘기를 맺었어요.

"그 모든 장면을 저는 정말로 목격했습니다. 내 마음 깊은 곳에서는 그 사랑스러운 목소리의 청아한 여운이 아직도 울리고 있습니다. 그것은 결코 꿈이 아니었어요. 사랑과 동경에 못 이겨 죽어 가지 않으려면, 저는 황금 초록 뱀들의 존재를 믿지 않을 수 없습니다. 사서관님께서는 그 존재를 저의 지나친 망상에서 나온 것이라 여기시겠지만, 그렇게 미소를 짓고 계시는 걸 보면 그렇군요."

"결코 그렇지 않네."

사서관이 차분하게 대답했습니다. "안젤무스 군, 자네가 정향나무 덤불에서 보았던 황금 초록 뱀들은 바로 나의 세 딸이라네. 그리고 자네가 아무래도 내 막내딸에게, 세르펜티나라는 이름일세, 그 애의 짙푸른 눈에 홀딱 빠져 있음이 확실하군. 얘기가 나온 김에 말이지만 이 사실을 나는 승천 축일에 이미 알고 있었지. 집에서 책상 앞에 앉아 있는데, 속삭이는 소리랑 종 울리는 소리가 어찌나 요란하던지 그 장난꾸러기 계집애들한테 서둘러 집으로 돌아갈 시간이라고 소리쳐 주었지. 해는 벌써 졌고, 그 아이들은 노래와 해바라기를 충분히 즐겼으니까."

학생 안젤무스는 자신이 오래전부터 막연히 예감했던 것을 이제 어느 정도 분명한 언어로 들었다는 느낌이 들었어요. 그리고 곧이어 정향 덤불이며 성벽, 잔디 등 주변의 모든 사물이 소리 없이 빙글 돌아가기 시작하는 것이었어요. 얼른 정신을 가다듬고 뭔가 말을 하려 했지요. 하지만 사서관이 그의 입을 막고 후딱 자신의 왼손 장갑을 벗더니, 찬란하게 빛나는 보석 알을 학생의 눈앞에 내밀면서 말했습니다.

"이걸 보게, 안젤무스 군. 자네를 기쁘게 하는 영상이 보일 걸세."

학생 안젤무스는 바라보았지요. 그런데, 오, 이렇게 놀라운 일이 있을 수가! 보석은 불타는 듯한 초점으로부터 사방으로 광채를 내뿜었어요. 이어서 그 광채들이 팽팽하게 펴져 투명한 크리스털 거울을 이루었고, 그 거울 속에서는 세 마리 황금 초록 뱀이 도망치거나 뒤얽히거나 갖가지 똬리를 틀면서 춤을 추고 있는 게 아니겠어요? 불꽃을 확산시키는 날씬한 몸체들이 서로 부딪히면 크리스털 종소리 같은 화음이 울려 나왔어요. 그뿐이 아니었습니다. 한가운데 뱀은 작은 몸체를 거울 밖으로 내밀며 동경과 갈망에 찬 짙푸른 두 눈으로 말을 걸어오겠지요.

"나를 알아보시나요? 나의 존재를 믿으시나요, 안젤무스? 오로지 믿음 속에만 사랑이 있답니다. 당신은 사랑할 수 있나요?"

"오, 세르펜티나! 세르펜티나!"

학생 안젤무스는 미친 듯한 황홀경에 빠져 소리쳤습니다. 하지만 사서관 린트호르스트는 재빨리 거울에 대고 입김을 불었어요. 그러자 광채들은 타다닥 전기 소리를 내며 초점으로 되돌아갔고, 사서관의 손에는 단지 작은 에메랄드만이 빛을 발하고 있었고, 그 위로 그가 장갑을 끼어 덮었습니다.

"황금 뱀들을 보았나, 안젤무스 군?"

사서관 린트호르스트가 물었습니다.

"아, 이럴 수가! 그렇습니다!" 학생이 대답했어요. "그리고 사랑스러운 세르펜티나도요."

"입 다물게."

사서관 린트호르스트가 말을 이었어요. "오늘은 이쯤 하세. 그건 그렇고, 내 집에서 작업을 시작할 결단을 내리면, 자네는 내 딸들을 자주 볼 수 있을 것이네. 그뿐 아니라 자네가 작업을 착실히 잘 수행하면, 다시 말해 모든 기호를 정확하고 깨끗하게 복사하고 나면 이런 식의 즐거움을 또 마련해 주겠네. 그렇지만 자네는 아예 코빼기도 보이지 않더군. 서기관 헤르브란트는 곧 올 것이라고 장담하더니만. 그래서 여러 날 나로 하여금 헛물켜며 기다리게 했네."

사서관 린트호르스트가 헤르브란트라는 이름을 입에 올리자 학생 안젤무스는 자신이 비로소 두 발로 땅을 디디고 있다는 느낌, 자기는 다름 아닌 학생 안젤무스이고 앞에 서 있는 사람은 사서관 린트호르스트라는 실감이 들었습니다. 사서관의 지금의 냉정한 어투는, 진짜 마법사 같은 괴이한 그의 인상, 전율스러운 외관과는 판이한 대비를 이루었습니다. 바싹 마르고 주름진 얼굴의 앙상한 동공으로부터 마치 누에가 고치를 벗고 튀어나오듯이 뿜어져 나오는 날카롭게 번득이는 눈초리가 전율스런 느낌을 배가시켰어요. 사서관이 갖가지 모험담을 들려주던 카페에서의 그날 밤 간신히 이겨 내었던 것과 똑같은 으스스한 느낌이 학생을 세차게 사로잡았지요.

"그런데 왜 자네는 나한테 오지 않았나?"

재차 채근하는 사서관의 질문에 학생 안젤무스는 겨우 정신을 차리고, 그의 집 대문 앞에서 부닥친 사건의 전모를 설명할 수 있었습니다. 학생의 이야기가 끝나자 사서관이 말했어요.

"여보게, 안젤무스 군, 자네가 말하는 사과 행상은 내가 잘 아는 인물이라네. 그 노파는 내게 대고 온갖 장난질을 치는 나의 숙적宿敵일세. 그 할망구가 스스로 청동 도금을 하고 대문 장식이 되어 나를 찾아오는 반가운 손님을 문전박대하는 간악스러운 수작은 정말로 참을 수가 없네그려. 그렇지만 안젤무스 군, 내일 12시 정각에 우리 집에 왔을 때 또다시 그 징그러운 웃음과 중얼대는 소리의 낌새가 느껴지면, 이 리큐르를 몇 방울 노파의 코에 떨어뜨리게. 그럼 당장 괜찮아질 걸세. 그럼 이제 잘 가게, 친애하는 안젤무스 군! 내 걸음은 좀 빠르거든. 그래서 지금 함께 시내로 돌아가자고 강요하고 싶진 않네. 안녕! 다시 만나세, 내일 12시에."

사서관은 황금빛 리큐르가 든 작은 병을 학생 안젤무스에게 건네주고 총총걸음으로 자리를 떴습니다. 그사이에 짙게 덮인 어둠 속에서 사라지는 그의 모습은 걷는다기보다 계곡을 향해 둥실 떠가는 것처럼 보였어요. 그는 어느새 코젤 정원 근처에 이르렀고, 그때 바람이 널찍한 그의 윗옷으로 파고들며 옷자락을 갈라 놓아 한 쌍의 커다란 날개처럼 허공에서 펄럭였습니다. 어리둥절하니 사서관의 뒷모습을 바라보던 학생 안젤무스의 눈에는 그 모습이 마치 커다란 새가 날쌘 비상을 위해 깃털을 활짝 펼치는 것처럼 보였어요. 학생 안젤무스가 그렇게 어둠 속을 응시하고 있는 사이에, 한 마리 커다란 담회색 독수리가 끼익 울음소리를 내며 공중으로 솟구쳐 올랐습니다. 그리고 안젤무스는 떠나간 사서관이라고 여겼던 새하얀 날갯짓이 바로 이 독수리의 비상이었다는 것을 깨달았어요. 하지만 대체 사서관 자신은 어디로 홀연 종적을 감추었는지 아무래도 불가사의였지요.

"그렇지만 그분 자신이 날아간 것일 수도 있어, 사서관 린트호르스트 말이야."

학생 안젤무스는 혼잣말을 했습니다. "다른 때는 기묘한 꿈속에만 나타나던 아득하니 경이로운 세계의 낯선 형상들이 깨어 움직이는 지금의 내 삶 속으로 파고들어 와 나랑 유희를 벌이고 있는 것을, 내 두 눈으로 목격하고 온몸으로 느끼고 있는 판이니 말이야. 그것이야 어떻든 간에! 사랑스러운 세르펜티나, 그대는 내 가슴속에서 살아 타오르고 있소. 오로지 그대만이 내 가슴을 에이는 이 끝없는 동경심을 잠재울 수 있다오. 아, 언제 그대의 요염한 눈을 다시 볼 수 있을까. 사랑하는, 사랑하는 세르펜티나!"

그렇게 학생 안젤무스는 큰 소리로 외쳤습니다.

"야비하고 불경스러운 이름이로군."[13]

한 낮은 음성이 그의 곁에서 중얼거렸습니다. 집으로 돌아가는 산책객 가운데 한 사람이었지요. 학생 안젤무스는 얼른 자기

---

13) Serpentina는 뱀의 여성을 뜻하는 라틴어이지만, 두꺼비 종의 학명으로도 쓰인다.

가 어디 있는지 기억을 가다듬고 서둘러 그 자리를 떠났습니다. 그러면서 혼자 생각했지요.

'지금 교감 선생 파울만이나 서기관 헤르브란트를 만난다면 그거야말로 불운이겠지?'

하지만 두 사람 중에 누구도 만나지 않았습니다.

다섯 번째 깨어 있는 밤

추밀 고문관 안젤무스 부인
키케로의『의무에 관하여』[14]
긴꼬리원숭이와 그 밖의 무리들
늙은 리제
추분일 밤

•

"안젤무스 군은 아무래도 구제 불능인 것 같군."

교감 선생 파울만이 말했습니다. "아무리 가르치고 경고를 해도 소용이 없네그려. 학교 성적은 최고인데도 만사에 적응하려 들지를 않아. 어쨌거나 학업 성적이 모든 것의 토대이긴 한데 말일세."

하지만 서기관 헤르브란트는 교활하게 비밀스러운 웃음을 띠며 대꾸했습니다.

"친애하는 교감 선생님, 안젤무스 군에게 시간과 여유를 주십시오! 별난 인물이긴 합니다만, 대단한 잠재력을 갖고 있어요. 대단하다고 하는 제 말의 뜻은, 추밀 서기관이나 잘하면 궁중 고문관까지도 출세할 수 있다는 얘기입니다."

•

14) 로마의 정치가이자 철인이었던 M. T. 키케로Marcus Tullius Cicero(기원전 106~기원전 43)의 3권으로 된 철학서『의무에 관하여De Officiis』

"추밀······" 하고 교감 선생은 크게 놀라 입을 벌렸다가 말문이 막혔어요.

"가만, 가만히 계십시오."

서기관 헤르브란트가 말을 이었어요. "저는 알고 있습니다! 이틀 전부터 그 친구는 사서관 린트호르스트 집에 앉아 복사 작업을 하고 있지요. 그리고 어제저녁 사서관께서는 카페에서 만나 제게 말씀하셨어요. '아주 유능한 사람을 추천해 주셨더군요, 선생! 그 청년 큰 인물이 되겠습니다'라고요. 그러니 사서관께서 지닌 훌륭한 연고緣故를 염두에 두시고······. 가만! 가만히 기다려 보십시오. 한참 뒤에 얘기합시다!"

이런 말을 하며 서기관은 여전히 교활한 미소를 짓고는 방을 나갔고, 놀라움과 호기심으로 입을 다문 교감 선생은 의자에 붙박인 채 앉아 있었어요. 하지만 이 대화는 베로니카에게 아주 특별한 인상을 남겼습니다.

'벌써부터 나는 알고 있었어.'

그녀는 생각했지요. '안젤무스 씨는 아주 우수하고 다감한 청년이라는 것을, 큰 인물이 되리라는 것을! 우리가 엘베 강을 건너던 그날 저녁에 그분은 두 번이나 내 손을 잡아 주지 않았겠어? 우리가 함께 이중창을 부를 때에도 가슴 속을 파고드는 아주 특별한 눈길로 나를 쳐다보셨잖아? 그래, 맞아! 그분은 내게 진정으로 호감을 갖고 계셔. 그리고 나도.'

✦

베로니카는 젊은 처녀들이 흔히 그러듯이 밝은 앞날에 대한 달콤한 꿈에 젖어 들었습니다. 궁중 고문관의 부인이 되어 슐로스 가이든지 노이마르크트, 아니면 모리츠 가의 아름다운 저택에 살고 있는 그녀 자신의 모습이 보였어요. 신식 유행의 모자, 새 터키 숄이 그녀에게 썩 잘 어울렸지요. 그녀는 우아한 네글리제 차림으로 발코니 창 앞에서 아침 식사를 하면서 여자 요리사에게 그날 하루의 일과를 지시합니다.

"접시들을 깨끗이 닦아요. 이건 궁중 고문관께서 좋아하는 요리라고요!"

지나가는 멋쟁이 미남들이 곁눈질로 올려다봅니다. 그들의 목소리가 똑똑히 들려옵니다.

"선녀 같은 여인이야, 궁중 고문관 부인께서는. 어쩌면 레이스 모자가 저렇게 잘 어울릴까!"

추밀 고문관 부인인 입실론 여사가 하인을 보내, 혹시 궁중 고문관 사모님께서 오늘 링키셰 바트에 가실 의향이 있으신지 물어 옵니다.

"오늘 저는 벌써 교장 선생님 사모님 테체트 여사 집에서 다과 약속이 되어 있다고, 심심한 유감의 뜻을 전해 주세요."

그때 새벽부터 출근했던 궁중 고문관 안젤무스가 귀가합니다. 최신 유행의 옷차림이지요.

"벌써 10시로군."

금시계가 치는 소리가 들리자 그는 말하고, 젊은 아내에게 키스를 합니다.

　"어떻게 지냈어, 당신은? 오늘 내가 당신을 위해 무슨 선물을 가져왔는지 알아?"

　그는 장난스럽게 말을 이으며, 최신 유행으로 세팅한 멋진 귀고리를 한 쌍 조끼 주머니에서 꺼내어 평소에 그녀가 달고 있던 평범한 귀고리 대신에 걸어 줍니다.

　"아, 귀고리가 너무 예쁘고 우아해요."

　베로니카는 일거리를 치우고 벌떡 일어나, 거울 앞에서 귀고리를 직접 들여다보며 탄성을 발합니다.

　"원, 대체 무슨 소란이람!"

　마침 키케로의 라틴어 판『의무에 관하여』에 몰두해 있던 교감 선생 파울만이 책을 떨어뜨릴 뻔하며 말했습니다.

　"너도 안젤무스 군과 비슷한 발작이로구나."

　그러나 바로 그 순간에 한동안 코빼기도 비치지 않던 학생 안젤무스가 방 안으로 들어섰고, 베로니카는 깜짝 놀라지 않을 수 없었어요. 과연 그는 딴 인물이 된 것 같았습니다. 여느 때와는 달리 확신에 찬 어조로, 분명하게 눈앞에 열린 자기 삶의 전혀 다른 경로에 관하여, 하지만 대다수 사람들은 볼 줄 모르는 놀라운 전망에 관하여 말했습니다. 교감 선생 파울만은 서기관 헤르브란트의 수수께끼 같은 말을 상기하면서 더욱 어안이 벙

병해져서 입을 열 수가 없었어요. 학생 안젤무스는 사서관 린트
호르스트 자택에서의 다급한 작업에 관해 간략하게 설명한 뒤,
세련되게 예의를 갖추어 베로니카의 손에 키스를 하고 나서 어
느새 층계를 내려가 사라졌습니다.

"벌써 궁중 고문관이 되신 셈이야."

베로니카는 혼자 중얼거렸어요. "더구나 다른 때처럼 미끄러
지거나 내 발을 밟는 실수도 하시지 않고 내 손에 키스를 하셨
어! 내게 정말 다정한 눈길을 주셨지. 나한테 정말로 호감을 가
지신 거야."

베로니카는 아까의 몽상에 다시 자신을 맡겼습니다. 하지만
이번에는 자신이 미래의 궁중 고문관 부인으로 등장하는 달콤
한 집 안 장면을 상상할 때마다 번번이 적의에 찬 한 형상이 나
타나 차갑게 조롱하며 끼어드는 것이었어요.

"그 모든 것은 어리석고 시시한 망상일뿐더러 한낱 속임수
야. 왜냐하면 안젤무스라는 녀석은 결코 궁중 고문관도, 너의
남편도 될 수 없을 테니까. 아무리 네가 푸른 눈에 날씬한 몸매,
섬세한 손을 가졌다 해도 그 녀석은 너를 사랑하지 않거든."

그러자 얼음 같은 냉기가 베로니카의 뼛속 깊이 흘러내렸고,
놀란 나머지 레이스 모자랑 우아한 귀고리와 더불어 아까의 장
면에서 맛보았던 안락한 기분도 싹 가셔 버렸습니다. 그녀는 눈
물이 쏟아질 듯이 큰 소리로 말했어요.

"아, 그것이 사실이야. 그분은 나를 사랑하지 않으셔. 그리고 나는 결코 궁중 고문관 부인이 되지 못할 거야!"

게다가 교감 선생 파울만까지 "소설 같은 짓거리야. 소설 쓰는 짓은 집어치워라!" 하고 버럭 화를 내더니 모자랑 지팡이를 집어 들고 그 자리를 떠나 버리지 않겠어요?

"엎친 데 덮치는군."

베로니카는 한숨을 내쉬고, 이번에는 아랑곳없이 자수틀 앞에 앉아 계속 수를 놓고 있는 열두 살짜리 여동생에게 발칵 화가 났습니다. 그럭저럭 3시가 가까워졌습니다. 이제 방 청소를 하고 차탁을 차릴 시간이었어요. 친구인 오스테르 자매가 방문하겠다는 전갈이 왔었거든요. 그렇지만 베로니카가 작은 장롱을 옆으로 치우거나, 피아노에서 악보를 집어 들거나, 찬장에서 찻잔과 커피 주전자를 꺼내거나 할 때마다 그 뒤에서 작은 요마 같은 형상이 튀어나와 조롱하며 가느다란 거미 손가락을 튕기면서 외쳤습니다.

"그 위인은 네 남편이 못 될 거야. 그 위인은 네 남편이 못 된다고!"

그녀가 모든 물건을 팽개치고 방 한가운데로 도망치자, 그 형상은 이번에는 길다란 코에 거대한 몸집을 하고 난로 뒤에서 나타나 으르렁거리는 것이었어요.

"그 위인은 결코 네 남편이 못 돼!"

✤

　베로니카는 아무것도 건드릴 엄두를 못 내며 무서워 떨면서 여동생을 향해 외쳤습니다.

　"애야, 네 귀에는 안 들리니? 네 눈에는 안 보여?"

　어린 프란치스카가 정색을 하고 차분히 자수틀을 놓고 일어서며 말했어요.

　"대체 오늘 왜 그래, 언니? 물건들을 모조리 닥치는 대로 던져 와장창 떨그럭거리고 난리잖아? 아무래도 내가 도와야겠어."

　하지만 그때 벌써 명랑한 소녀들이 웃음보를 터뜨리며 들어섰습니다. 그 순간 베로니카는 자신이 난로 위에 달린 장식을 괴물로 착각했고, 잘못 닫힌 난로 문이 덜컥대는 소리를 적의에 찬 괴물의 악담으로 알아들었다는 것을 깨달았지요. 하지만 얼마나 놀랐던지 얼른 정신을 가다듬을 수는 없었어요. 핏기 가신 그녀의 당황한 표정이 과민한 초조감을 노출했고, 친구들도 그 점을 눈치챘어요. 그녀들은 지금 막 쏟아 놓으려던 우스갯소리를 얼른 삼키고, 대체 무슨 일이 벌어졌느냐고 베로니카를 다그쳤어요. 그녀는 자신이 아주 이상한 생각에 몰두하다가 전에 없이 밝은 대낮에 괴이한 귀신을 보는 공포감에 사로잡혔었노라고 고백하지 않을 수 없었어요. 곧 활기를 되찾아, 방 안 구석구석에서 회색 난쟁이들이 튀어나와 자신을 우롱했다는 얘기를 털어놓았지요. 그러자 오스테르 집안 아가씨들도 겁을 내며 사방을 둘러보면서 불쾌하고 섬뜩한 기분에 사로잡혔어요. 하지만 그때 어린 프란치스카가 뜨거운 커피를 갖고 들어왔고, 세 명의 아가씨들도 곧 정신을 가다듬고는 자기들이 참 바보 같았다고 웃음보를 터뜨렸습니다. 오스테르 집안의 언니인 안젤리카는 한 장교와 약혼한 사이였는데, 군복무 중인 약혼자로부터 너무 오래 소식이 두절된 상태였어요. 그래서 그가 전사했거나 최소한 중상을 입었다는 추측을 할 수밖에 없는 상황이라 안젤리카는 요즘 깊은 우울증에 빠져 있는 참이었어요. 그런데 오늘 그녀는 지나칠 정도로 명랑한 기분이라, 베로니카는 내심 괴이하게 여기면서 솔직히 물어보았어요. 그러자 "이런, 귀여운 아가씨" 하고 안젤리카가 대답하겠지요.

"넌 모르니? 내가 나의 빅토르를 항상 머리와 가슴속에 품고 있다는 걸. 바로 그렇기 때문에 난 이렇게 즐겁단다! 아, 정말로 행복하고, 진정으로 축복받은 기분이야! 왜냐하면 나의 빅토르가 무사하거든. 그리고 그의 대단한 용기 덕분에 훈장을 단 기병의 모습으로 곧 다시 만나게 될 거란다. 오른팔을 심하게 다쳤지만 위험한 상태는 결코 아니래. 적군 경기병의 칼에 맞았는데, 그래서 편지를 쓸 수 없었다는구나. 게다가 그가 자신의 소속 연대를 떠나려 하지 않기 때문에, 체류지가 속속 바뀌는 통에 소식을 전할 수 없었던 거래. 하지만 오늘 저녁에 그는 완치될 때까지 군대를 떠나 있으라는 확정 지시를 받았대. 내일

이곳을 향해 출발할 거야. 그리고 기차에 오를 때에 기병 임명을 받을 테고."

"어쩜, 안젤리카……" 하고 베로니카가 끼어들었습니다. "너는 그 일을 어떻게 벌써 그렇게 소상하게 알고 있는 거야?"

"나를 비웃지 마라, 사랑하는 친구야" 하고 안젤리카가 말을 이었어요. "하긴 네가 나를 비웃지는 못할 거다. 그랬다간 그 벌로 당장에 작은 회색 난쟁이가 저 거울 뒤에서 뛰쳐나오지 않을까? 어쨌거나, 어떤 불가사의한 일이 존재한다는 믿음을 나는 떨칠 수가 없어. 그런 일들이 너무나 자주 눈에 보이고 손에 잡힐 듯이 내 삶에 들어섰으니까 말이야. 특히 특별한 예시력을 갖고서 고유한 수단을 써서 그 힘을 끌어낼 줄 아는 인물들이 내겐 그렇게 이상스럽게 여겨지지를 않는단다. 대부분 사람들은 그런 걸 믿지 않지만 말이야. 바로 이 지역에 그런 재능을 지닌 한 노파가 살고 있어. 그런 아류들이 흔히 그러듯이, 카드 점을 치거나 부어 놓은 납덩이나 커피 찌꺼기를 보고 점을 치는 게 아니야. 운명을 알고 싶은 사람이 일정한 준비를 마치면, 맑게 닦은 금속 거울 안에 여러 인물과 형상들이 묘하게 얽힌 영상이 비춰지고, 그 영상을 노파가 해석해서 해답을 찾아내는 그런 방식이란다. 엊저녁에 나는 그 노파한테 가서 나의 빅토르에 관한 소식을 받아 냈어. 그것이 진실이라는 걸 나는 눈곱만치도 의심하지 않아."

안젤리카의 이야기는 베로니카의 마음에 불똥을 던져 안젤무스와 자신의 소망에 관해 노파에게 물어보고 싶은 욕구에 불을 지폈습니다. 그녀는 그 노파의 이름이 라우어린이라는 것, 제에 성문 밖 외딴 거리에 산다는 것, 화요일과 수요일, 금요일에만 저녁 7시부터 다음 날 해뜨기까지 밤새도록 만날 수 있으며, 고객이 혼자 오는 것을 좋아한다는 것 등을 알아내었습니다. 그날은 바로 수요일이었어요. 베로니카는 오스테르 자매를 집에 바래다준다는 핑계를 대고 노파를 찾아가기로 결심하고, 과연 그렇게 실천했습니다. 그리고는 노이슈타트에 사는 오스테르 자매와 엘베 橋橋 앞에서 헤어지자마자, 서둘러 제에 성문 밖을 향했지요. 이미 설명을 들은 대로 외딴 골목에 이르자, 라우어린 부인이 살고 있음직한 붉은 오두막이 거리 끝에 보였습니다.

그 집의 문 앞에 섰을 때 오싹한 느낌이 들었습니다. 그래요, 속으로 전율이 일었어요. 그래도 그녀는 마음 한구석에 일어나는 저항을 무릅쓰고 단단히 작정한 뒤 초인종 줄을 잡아당겼고, 문이 열렸습니다. 이어서 안젤리카의 설명에 따라 어두운 복도를 지나 위층으로 통하는 층계를 찾았지요.

"여기 라우어린 부인이 계시나요?"

사람 모습이 보이지 않자 적막한 현관을 향해 소리쳤어요. 하지만 사람의 대답 대신에 길고 낭랑하게 야옹 하는 소리가 울리더니, 등이 잔뜩 굽은 커다란 검정 수고양이가 나타났어요. 고양이는 꼬리를 요란하게 흔들면서 그녀를 방문 앞까지 근엄하게 안내했고, 또 한 번 야옹 하는 소리와 함께 방문이 열렸습니다.

"아, 이런, 아가씨, 벌써 왔어? 들어와요, 어서!"라는 외침과 함께 방문에 나타난 인물을 보자 베로니카의 두 발은 바닥에 붙어 버렸습니다. 검정 누더기를 걸친 바싹 마른 키다리 노파의 몰골이라니! 말을 하는 동안 툭 튀어나온 뾰족 턱이 요란하게 흔들거리고, 이빨 빠진 주둥이는 앙상하게 불거진 매부리코 그림자 때문에 일그러져 징그러운 웃음기를 띤 데다가, 커다란 안경 너머로 번득이는 고양이 눈이 불똥을 튀며 이글거리는 것이었어요. 또 머리에 휘감은 알록달록한 두건 밑으로 검정색 머리칼이 뻣뻣하게 삐져나와 있었고요. 징그러운 얼굴을 더욱 도드라지게 하는 가장 흉측스러운 것은 단연 왼쪽 뺨에서 코를 가로지르며 길게 뻗어 있는 두 갈래 화상 자국이었습니다. 베로니카는 숨이 막혔어요. 답답한 가슴을 열어 줄 비명이라도 질러야 할 판이었어요. 하지만 마녀가 앙상한 손을 내밀어 그녀를 잡아 방 안으로 끌어들일 때는 비명 대신에 깊은 한숨이 나왔습니다. 방 안에서는 온갖 것이 움직이고 있었어요. 꽥꽥, 야옹야옹, 까악까악, 삐악삐악하는 소리들이 뒤범벅되어 혼을 빼놓는 판이었지요. 노파가 주먹으로 테이블을 치며 외쳤습니다.

"조용히 해, 이놈들아!"

그러자 긴꼬리원숭이들이 훌쩍거리며 높은 천개 달린 침대 위로 기어올랐고, 기니피그들은 난로 밑에 누웠고, 까마귀는 둥근 거울 위로 날아갔어요. 다만 검정 수고양이만이 노파의 힐책에 아랑곳 않고, 방 안에 들어오자마자 뛰어오른 커다란 안락의자에 태연히 앉아 있었습니다. 그렇게 잠잠해지자, 베로니카는 약간 용기가 났어요. 바깥 복도에 있을 때처럼 그렇게까지 오싹한 기분은 아니었고, 이제는 노파까지도 과히 끔찍스러워 보이지를 않았어요. 하지만 제대로 둘러본 방 안의 살풍경이라니! 사방에는 흉측스런 동물의 박제들이 천장에서부터 늘어져 있고, 방바닥에는 알 수 없는 이상한 도구들이 널브러져 있고, 벽난로에서 가느다란 푸른 불꽃이 한 가닥 피어오르고 있는데, 그 불꽃이 이따금 노란 불똥을 튀며 타다닥 소리를 냈습니다. 곧이어 천장으로부터 쉭 하는 바람 소리가 들리더니, 흉물스러운 박쥐들이 사람처럼 일그러진 미소를 띠고 푸드덕거리다가 까맣게 그을음 진 벽을 따라 불꽃을 핥고 올라가면서 날카로운 비명을 지르는 것이었습니다. 베로니카는 공포에 사로잡혔지요.

"실례해요, 아가씨."

노파는 싱긋 웃으며 말하고, 커다란 총채를 들어 놋쇠 솥에 담갔다가 벽난로에 물을 뿌렸습니다. 그러자 불꽃이 꺼졌고, 짙은 연기에 싸인 듯 방 안이 깜깜해졌습니다. 하지만 골방으로 갔던 노파가 곧 등불을 켜 들고 다시 들어왔어요. 그러자 동물들이며 별난 도구들은 오간 데 없이 사라지고, 베로니카의 눈에는 그곳이 그저 가난뱅이의 보통 방으로 보였습니다. 노파가 다가서며 콧소리로 말했어요.

"아가씨가 나한테서 뭘 원하는지 알고 있지. 안젤무스라는 인간이 궁중 고문관이 되면 아가씨와 결혼을 할 건지 어떤지를 알고 싶은 거 아닌가?"

베로니카는 놀라움과 공포로 숨이 막혔지만, 노파는 말을 이었어요. "아가씨가 아버지 집에서 커피 주전자를 앞에 놓고 있었을 때, 그런 이야기를 내게 모조리 들려주었다오. 그때 그 커피 주전자가 바로 나였거든. 눈치채지 못했나? 아가씨, 들어 봐요! 집어치워요. 안젤무스라는 인간을 단념하라고. 그 작자는 내 아들들의 얼굴을 직통으로 밟은 무례한 놈이야. 내 사랑스러운 아들들, 빨간 뺨을 가진 사과 말이야. 그 아이들은 고객한테 팔려 가더라도, 그 사람의 호주머니에서 굴러 나와 내 광주리로 다시 되돌아오곤 하지. 안젤무스라는 그 인간은 늙은이랑 한통속이 되었어. 그저께는 빌어먹을 유황을 내 얼굴에다 쏟아부어서 나는 장님이 될 뻔했단 말이야. 아가씨, 여기 화상 자국이 보이지? 그놈한테서 손을 떼라고, 집어치워! 그놈은 아가씨를 사랑하지 않아. 황금 초록 뱀을 사랑하고 있으니까. 그 인간은 죽었다 깨도 궁중 고문관에 오르지는 못해. 왜냐하면 샐러맨더한

테 고용되어 초록 뱀과 결혼하고 싶어 하니까. 그놈한테서 손을
떼라고. 집어치워!"

원래 담대한 성품인지라 소녀다운 공포감을 얼른 이겨 낼 줄
아는 베로니카는 한 발짝 물러서서 진지하고 차분한 어조로 말
했습니다.

"이것 봐요, 할머니. 앞날을 보는 할머니의 재능에 관한 소문
만 듣고 호기심에 밀려 성급하게 굴었어요. 사실 나는 내가 사
랑하고 존경하는 안젤무스 씨가 언제이고 과연 나의 사람이 될
수 있을지 할머니에게 묻고 싶었어요. 그런데 내 소망이 이뤄
지도록 도와주기는커녕 얼토당토않은 잡소리로 나를 우롱하다
니, 그럴 수가 있어요? 내가 원했던 것은 다만 나도 이미 들어
서 알고 있는 대로 할머니가 남들에게도 해 주는 그런 일이에
요. 할머니는 내 생각을 속속들이 알고 있으니까, 지금 나를 불
안과 고통으로 몰아넣는 많은 문제를 쉽게 풀어 줄 것이라고
여겼거든요. 그런데 선량한 안젤무스 씨에 대한 할머니의 어이
없는 악담을 듣고 나니, 더 이상 할머니한테서 기대할 게 없네
요. 안녕히 주무시라고요!"

베로니카는 서둘러 떠나려 했습니다. 하지만 그때 노파가 무
릎을 꿇고 베로니카의 옷자락을 잡으며 울부짖었어요.

"베로니카 아가씨, 어린 아가씨를 팔에 보듬고 얼러 주었던
리제 할머니를 알아보지 못하나요?"

베로니카는 자신의 눈을 믿을 수가 없었습니다. 물론 나이가 든 탓에, 또 무엇보다 화상 자국으로 인해 일그러진 모습이지만, 수년 전 교감 선생 파울만의 집에서 사라진 그 옛날의 유모 얼굴을 알아보았거든요. 이 순간의 노파는 전혀 딴판의 모습이었습니다. 얼룩덜룩한 흉측한 두건이 아닌, 그 옛날 그대로의 단정한 모자를 쓰고 있었고, 검정 누더기가 아닌 커다란 꽃무늬 윗도리를 입고 있었어요. 그녀는 바닥에서 일어나 베로니카를 품에 안고 말을 이었습니다.

"내 말이 아가씨에게는 모조리 미친 소리로 들릴는지 모르지요. 하지만 유감스럽게도 그건 사실이랍니다. 안젤무스라는 인간은 나를 참으로 괴롭혔어요. 물론 자기 뜻은 아니었지만. 그는 사서관 린트호르스트의 손아귀로 들어갔고, 사서관은 그 사람을 자기 딸과 결혼시키려 한답니다. 사서관은 나의 철천지원수이지요. 아가씨에게 사서관의 정체에 관해 많은 이야기를 들려줄 수도 있지만, 이해하지도 못할뿐더러 공포에 사로잡힐 거예요. 그는 마법사랍니다. 하지만 나는 여자 마법사이지요. 이것이 문제예요! 아가씨가 안젤무스라는 인간을 진정으로 사랑한다는 걸 알겠어요. 그러니 아가씨가 정말 행복해지고 소망대로 결혼에 이를 수 있도록 내 온 힘을 다해 아가씨를 도와 드리시오."

"그럼 제발 말해 줘요, 리제!"

베로니카가 끼어들며 말했어요.

"가만 있어요, 아가씨. 조용히!"

노파는 베로니카의 말을 끊었습니다.

"아가씨가 무엇을 말하려는지 알고 있어요. 나는 그렇게 될 수밖에 없었기 때문에 지금의 내가 되었지요. 불가피한 일이었어요. 그럼, 자! 나는 안젤무스가 초록 뱀을 향한 어리석은 사랑의 병에서 치유되어, 다정한 궁중 고문관 신분으로 아가씨의 품에 돌아가게 할 수단을 알고 있답니다. 하지만 아가씨의 도움이 필요해요."

"얼른 말해 줘요, 리제! 뭐든지 하겠어. 그만큼 나는 안젤무스 씨를 사랑하니까!"

베로니카는 들릴락말락 소곤거렸습니다.

"나는 아가씨를 알고 있답니다."

노파가 말을 이었어요. "대담한 어린이였어요. 도깨비의 힘을 빌려 어린 아가씨를 잠재우려 했는데 헛수고였지요. 그럴 때 아가씨는 도깨비를 보겠다고 눈을 떴으니까요. 아가씨는 등불도 없이 구석방으로 가서 머리 분 바를 때 걸치는 아버지 가운을 걸치고 이웃 아이들을 곧잘 놀래키기도 했지요. 자, 그럼! 아가씨가 진실로 내 기술을 빌려 사서관 린트호르스트와 초록 뱀을 이기기를 원한다면, 또 그렇게 해서 궁중 고문관 신분의 안젤무스를 남편으로 맞고 싶다면, 다가올 추분날 밤 정각 11시에 아버지 집에서 몰래 빠져나와 내게로 오세요. 그럼 나는 저 아래쪽 들판을 횡단하는 가까운 십자로로 아가씨를 모시고 가서 필요한 절차를 함께 준비할 겁니다. 그러고 나서 닥칠 온갖 경이로운 일은 아가씨를 더 이상 괴롭지 않게 만들 거예요. 그럼 아가씨, 잘 자요. 아버지께서 수프를 앞에 놓고 기다리고 계실 테니."

베로니카는 서둘러 떠났습니다. 추분날 밤을 놓치지 않겠다고 단단히 결심을 하면서요.

'왜냐하면……' 하고 그녀는 생각했지요.

'안젤무스 씨가 괴상한 패거리에 얽혀 들었다는 리제의 말이 맞으니까. 그렇지만 나는 그분을 수렁에서 구해 낼 거야. 그리고 영원한 나의 사람으로 만들겠어. 궁정 고문관 안젤무스는 내 곁에 있게 될 거야.'

여섯 번째 깨어 있는 밤

사서관 린트호르스트의 정원과 몇 마리 앵무새
황금 항아리
영어 이탤릭체
건방진 닭의 발
유령의 황제

"그랬을 수도 있어"라고 학생 안젤무스는 혼잣말을 했습니다. "무슈 콘라디의 주막에서 좀 지나치게 마셨던 독한 리큐르가 사서관 린트호르스트의 대문 앞에서 나를 공포로 몰아넣었던 미치광이 환상을 만들었는지도 몰라. 그러니까 오늘은 말짱한 정신으로 혹시나 닥칠지도 모를 재앙에 맞서야겠어."

처음 사서관 린트호르스트를 방문하러 나섰을 때 장비를 갖추었듯이, 그는 또다시 자신이 그린 펜화와 묵필 작품들, 화필, 뾰족하게 다듬어진 까마귀 깃털 펜을 챙겨 넣었습니다. 그러고 나서 문을 나서려는데 사서관 린트호르스트가 건네준 노란색 리큐르가 든 작은 병이 눈에 띄었습니다. 그러자 그가 겪었던 기묘한 모험이 알알이 되살아나면서 이루 말할 수 없는 기쁨과 고통의 느낌이 가슴을 에이듯 파고들었습니다. 자신도 모르게 탄식이 나왔어요.

"아, 내가 사서관에게 가는 것은 오로지 그대를 보기 위해서 라오, 사랑스러운 세르펜티나!"

그 순간 그는 세르펜티나의 사랑이야말로 그가 감당해야 할 험난하고 어려운 작업에 대한 보상이 되리라는 것, 또 그 작업 은 바로 린트호르스트의 문서를 복사하는 일이라는 점을 다짐 했습니다. 그런데 그 집에 들어설 때, 아니 들어서기도 전에 지 난번과 똑같은 괴이한 사건에 부딪힐 것 같은 예감이 들었어 요. 그래서 콘라디 주점에 들러 리큐르를 한 모금 들이켜고 싶 은 생각을 몰아내고, 사서관이 건네준 리큐르 병을 조끼에 찔러 넣었습니다. 청동 도금을 한 사과 행상이 건방지게 흉측한 웃음 을 보내올 경우에 대비해서 사서관 린트호르스트의 처방을 전 적으로 따를 요량으로 말이지요. 그리고 과연 정각 12시를 칠 때 그가 사서관 저택의 대문 쇠 장식을 막 잡으려는 순간, 그 장 식으로부터 뾰죽한 코가 불거져 나오고 고양이 눈이 번득이는 것이었어요. 그는 주저하지 않고 그 불길한 낯짝에 리큐르를 뿌 렸어요. 그러자 그 낯짝은 순식간에 매끈하게 펴져 반짝이는 공 모양 대문 장식으로 되돌아갔습니다. 대문이 열렸고, 종소리가 사뭇 다정하게 집 안에 울려 퍼졌습니다. '뎅그렁.' 젊은이, 어 서어서 뛰어올라. 뛰어올라 기라고. '뎅그렁.' 그는 널찍하고 멋 진 계단을 느긋한 마음으로 오르며 집 안에 퍼져 있는 묘한 연기의 향내를 기분 좋게 맡았습니다. 그렇게 현관 복도에 이르렀지만, 주춤 멈출 수밖에 없었어요. 수많은 멋진 문들 가운데 어떤 문을 두드려야 할지 알 수가 없었거든요. 그때 사서관 린트호르스트가 헐렁한 다마스트 천으로 만든 가운 차림으로 나오면서 외쳤습니다.

"자, 드디어 약속을 지키다니, 안젤무스 군, 반갑네. 나를 따라오게. 어쨌거나 자네를 곧장 연구실로 안내해야 될 듯싶네."

그 말과 함께 그는 빠른 걸음으로 긴 복도를 거슬러 올라가 측면으로 난 한 작은 문을 열었는데, 그 문은 다시 통로로 이어졌습니다. 안젤무스는 편안한 마음으로 사서관의 뒤를 따랐지요. 그들은 통로를 지나 큰 홀, 아니 차라리 화려한 온실이라고 불릴 것 같은 널찍한 방으로 들어섰습니다. 방의 양쪽 벽면에는 천장에 이르기까지 희귀한 화초들이, 말하자면 희한한 모양의 잎사귀와 꽃들이 달린 수목들이 우람하게 서 있었으니까요. 신비스러운 빛이 눈부시게 방 안에 퍼져 있었습니다. 창문은 전혀 보이지도 않는데 어디서 나오는지 알 수 없는 빛이었어요. 덤불이며 나무들을 바라보는 학생 안젤무스의 눈에는 긴 통로가 아득히 먼 곳까지 이어지는 느낌이었습니다. 그리고 짙은 어둠에 싸인 무성한 사이프러스 관목 한가운데 대리석 수반水盤이 아롱거리는 빛을 내뿜고 있는데, 그곳으로부터 신기한 형상들이 올라와 크리스털 광채를 뿌리면서 반짝이는 백합 꽃받침으로 찰싹거리며 내려앉고 있었습니다. 동시에 신비스러운 덤불숲 사이로 기묘한 목소리가 속삭이듯 살랑거리고, 아찔한 향내가 아래위로 퍼지는 것이었어요. 사서관의 모습은 보이지 않았습니다. 안젤무스의 눈앞에는 단지 이글거리는 불꽃 백합의 거대한 덤불이 펼쳐져 있었어요. 신비한 정원 풍경과 그 달콤한 향기에 취하여 안젤무스는 마법에 걸린 듯 얼어붙었습니다. 그때 사방에서 킬킬거리며 웃는 소리, 야유하며 빈정대는 가느다란 음성이 들려왔어요.

"학생, 학생! 어디서 오는 길인가요? 대체 무엇 때문에 그렇게 멋을 부렸나요, 안젤무스 군? 어떻게 할머니가 달걀을 엉덩이로 으깼는지, 귀공자께서 나들이 조끼에 얼룩을 묻혔는지, 우리와 어울려 수다를 떨어 보지 않을래요? 찌르레기 아빠한테서 배운 새로운 영창을 벌써 외울 수 있나요, 안젤무스 군? 유리 가발假髮에다, 편지지로 접은 장화를 신은 당신의 꼴은 정말로 가관이로군요!"

그렇게 킬킬대고 조롱하는 소리가 사방 구석구석에서, 아니, 바로 곁에서 들려왔습니다. 그제야 학생은 잡다한 색깔의 새들이 그를 에워싸고 퍼덕이면서 한껏 조롱하고 있다는 것을 알아챘어요. 그 순간 불꽃 백합 덤불이 그를 향해 걸어오고 있었습니다. 그리고 곧 그는 그 덤불이 다름 아닌 사서관 린드호르스트라는 것을 알아보았습니다. 그가 걸친 노랑 빨강 꽃무늬의 반짝이는 가운 때문에 착각했던 것이지요.

"미안하게 됐네, 친애하는 안젤무스 군. 자네를 여기 혼자 세워 두었네그려."

사서관이 말했어요. "오늘 밤 꽃을 피울 아름다운 선인장을 얼핏 살펴보노라고 그랬네. 그건 그렇고, 나의 아담한 실내 정원이 마음에 드나?"

"아, 그럼요. 비할 나위 없이 아름다운 곳이로군요, 존경하는 사서관님."

학생이 대답했습니다. "그런데 저 온갖 새들이 초라한 내 몰골을 심하게 놀려 대는군요!"

"대체 웬 수다가 그렇게 심하냐?"

사서관은 덤불숲을 향해 호통을 쳤습니다. 그러자 한 커다란 회색 앵무새가 퍼드덕 날아올라 사서관 옆 몰약沒藥 나뭇가지에 앉으면서 매부리코에 걸친 안경 너머로 근엄하게 사서관을 바라보며 툴툴대었어요.

"노여움을 거두시지요, 사서관님. 저의 버릇없는 어린것들이 또다시 방자하게 굴었군요. 그렇지만 이렇게 된 데에는 학생한 테도 책임이 있습니다. 사실……."

"조용히! 입 다물라고!"

사서관이 늙은 앵무새의 말을 잘랐어요. "나도 그 개구쟁이들을 잘 알고 있지. 하지만 자네가 좀 더 버릇을 잘 가르쳐야지,

이 친구야! 안젤무스 군, 이리 오게!"

그러고 나서 사서관은 학생이 쫓아가기 숨찰 만큼 서둘러서 낯설게 치장한 여러 방들을 통과했습니다. 방마다 꽉 들어찬 별난 모양의 번쩍이는 가구며 기이한 물건들에 눈길을 돌릴 틈도 없었어요. 마침내 그들은 한 커다란 방 안에 들어섰고, 그제야 사서관은 천장에다 시선을 향한 채 걸음을 멈추었습니다. 안젤무스도 단순하게 장식된 이 방의 풍치를 여유롭게 즐길 수 있었고요. 맑은 하늘빛 벽에서 황금 도금을 한 청동빛 종려나무 줄기들이 뻗어 올라 반짝이는 에메랄드빛 잎사귀들로 천장을 뒤덮으면서 웅장한 아치를 이루고 있었어요. 또 방 한가운데에는 짙은 빛 청동으로 주조된 세 마리 이집트 사자상 위로 무늬가 새겨진 암반巖盤이 얹혀 있고, 그 위에 단순한 모양의 황금 항아리가 하나 놓여 있었습니다. 그 항아리를 보는 순간 안젤무스의 눈길은 그곳에 박혀 버렸어요. 반짝이는 항아리의 황금빛 표면 위로 온갖 형상들이 현란하게 반영되고 있었는데 얼핏……! 아, 정향나무 덤불 곁에서 갈망에 차서 두 손을 내밀고 있는 안젤무스 자신의 모습, 또한 요염한 눈길로 그를 마주 보며 오르락내리락 꿈틀거리는 세르펜티나의 모습도 보였습니다. 미칠 듯한 황홀경에 빠져 제정신을 잃은 안젤무스는 "세르펜티나, 세르펜티나!" 하고 큰 소리로 외쳤습니다. 그때 사서관 린트호르스트가 후딱 돌아보며 말했어요.

"친애하는 안젤무스 군, 무슨 소리를 하고 있나? 자네는 내 딸을 부르려고 했던 모양인데, 실상 지금 그 아이는 내 집의 정반대편 자기 방에 앉아 피아노 연습 중일세. 어서 가던 길이나 가세."

앞장선 사서관을 비몽사몽으로 따라가는 안젤무스의 눈과 귀에는 아무것도 보이지도 들리지도 않았습니다. 마침내 사서관이 그의 손을 잡으며 말했지요.

"이제 다 왔네!"

안젤무스는 꿈을 꾸다 깨어난 듯, 사면이 높은 책장들로 둘러싸인 방 안에 들어선 자신을 발견했습니다. 보통 도서관이나 서재와 별반 다를 바 없는 방이었지요. 방 한가운데 커다란 책상이 있고 그 앞에는 푹신한 안락의자가 놓여 있었고요. 사서관 린트호르스트가 입을 떼었습니다.

"이 방이 우선은 자네의 작업실일세. 아까 자네가 느닷없이 내 딸의 이름을 불렀던 푸른 장서실에서도 일을 해야겠지만, 자네가 그렇게 될지는 나도 아직은 모르겠네. 어쨌거나 우선은 맡은 바 과제를 내가 바라는 대로 수행할 수 있는 자네 능력을 보여 주길 바라네."

이 말에 은근히 분발한 학생 안젤무스는 내심 자신감과 아울러 자신의 비상한 재능에 사서관이 당연히 만족할 것이라는 확신을 품고, 들고 온 스케치며 필기도구들을 호주머니에서 꺼내었습니다. 하지만 사서관은 우아한 서체의 영어를 필사한 첫 번째 스케치를 보자마자 묘한 웃음을 띠며 고개를 절레절레 흔들었습니다. 다음 장을 넘길 때마다 같은 반응이 반복되었어요. 학생 안젤무스는 피가 거꾸로 솟는 느낌이었습니다. 그리고 사서관의 미소가 결국 경멸감으로 바뀌자 격분하여 소리쳤어요.

"사서관님께서는 제 재능을 하찮게 보시고 불만이신 것 같군요!"

"친애하는 안젤무스 군."

사서관 린트호르스트가 말했어요. "자네는 붓글씨 기술에는 과연 탁월한 소질이 보이네. 하지만 자네의 재간보다는 근면성과 꿋꿋한 의지를 우선순위에 두게나. 하긴 자네가 사용한 재료들이 볼품없는 것인 탓일 수도 있겠지만."

학생 안젤무스는 평소에 인정받았던 자신의 숙련된 솜씨와, 중국제 붓이며 정선된 까마귀 깃털 펜에 관해 열을 내어 설명했어요. 그러자 사서관 린트호르스트는 영어 필사본을 내밀면서 "자네 스스로 판단하게!"라고 말했습니다. 자신의 필치가 그토록 졸필이었다니, 안젤무스로서는 벼락을 맞은 느낌이었어요. 지금 다시 보니, 매끈하게 굴러간 획도 없고, 힘을 주어야 할 획도 엉망이고, 대문자와 소문자의 균형도 맞지 않았습니다. 이릴 수가! 주제님은 수습생의 졸필이 가지런한 行들을 망치고 있었어요.

"이런 판이니, 자네의 붓도 쓸모없단 말일세."

사서관 린트호르스트는 말을 이으며 물이 가득 담긴 잔에 손가락을 담갔다가 가볍게 그 문자들을 문질렀습니다. 그러자 그것들은 흔적 없이 사라지는 것이 아니겠어요? 학생 안젤무스는 괴물한테 목이 조이는 느낌이었고 아무 말도 입 밖에 낼 수 없었지요. 그렇게 그는 그 불운의 복사지를 엉거주춤 손에 들고 멍하니 서 있었습니다. 하지만 사서관 린트호르스트가 호탕하게 웃으며 말했어요.

"이 정도 일을 두고 너무 마음 쓰지 말게나, 친애하는 안젤무스 군. 자네는 이곳 내 집에서 여지껏 성취해 낼 수 없었던 일을 훨씬 훌륭하게 수행해 낼 수도 있으니까. 뿐만 아니라 자네가 조달할 수 있었던 것보다 훨씬 좋은 묵필 재료들이 여기 있네! 마음 놓고 시작하게!"

사서관 린트호르스트는 독특한 향내를 풍기는 새까만 유동액과 별난 색깔로 물들여 뾰족하게 다듬어진 깃털 펜, 그리고 유난히 매끄럽고 새하얀 종이를 가져왔습니다. 곧이어 잠가 두었던 한 책장에서 아라비아 문서를 한 점 꺼내 오더니, 안젤무스가 책상에 앉자 방을 나갔습니다. 학생 안젤무스는 이미 여러 차례 아라비아 문자를 복사한 경험을 가졌던 터라, 이 첫 번째 과제를 쉽사리 해낼 수 있을 것 같았습니다.

"그놈의 빌어먹을 졸필이 내 이탤릭체 영문 달필에 어떻게

황금 항아리

끼어들었는지는 하느님과 사서관 린트호르스트만이 알 테지. 하지만 그 졸필이 내 손에서 나온 것이 아니라는 점은 죽기를 맹세하고 장담하겠어."

그는 스스로에게 말했어요. 그리고 나서 성공적으로 양피지에 씌어지는 단어 하나하나마다 그의 용기와 기술도 세련되어 갔습니다. 과연 펜은 놀랍게 잘 씌어졌고 신비한 잉크는 눈부시게 하얀 양피지에 새까맣게 착색되었어요. 그렇게 혼신을 다해 작업에 몰두하다 보니 썰렁한 방 안도 점차 정답게 느껴졌습니다. 이제 성공적인 완성을 희망하며 마무리 작업을 하려는데 3시를 알리는 종이 쳤고, 사서관이 옆방에 잘 차려진 점심 식탁으로 그를 불렀습니다. 식사를 하는 동안 사서관 린트호르스트는 무척 유쾌한 기분이었어요. 학생 안젤무스와 친분 있는 교감선생 파울만과 서기관 헤르브란트에 관해 이것저것 물어보고, 특히 서기관에 관해서는 여러가지 흥겨운 이야기를 늘어놓았어요. 고급 라인산 포도주는 안젤무스의 입맛에도 썩 잘 맞았고, 보통 때보다 그를 수다스럽게 만들었습니다. 4시를 알리는 종이 울리자 그는 일을 다시 시작하려고 일어섰어요. 이러한 정확성도 사서관 린트호르스트의 마음에 든 듯싶었습니다. 아라비아 기호의 복사 작업은 점심 식사 이전에도 원활히 이뤄졌지만, 지금은 더욱 수월하게 진행되었습니다. 낯선 문자의 꼬불꼬불한 획들을 어떻게 그렇게 신속하고 쉽게 뒤따라 그릴 수 있는지, 그 자신도 이해할 수 없을 지경이었어요. 그런 와중에 한 음성이 마음 밑바닥으로부터 소리 내어 속삭이는 것 같았습니다.

"아! 네가 가슴과 머릿속에 그녀를 품고 있지 않다면, 그녀의 존재와 그녀의 사랑을 믿지 않는다면, 대체 이 일을 성취시킬 수 있을 성싶으냐?"

그때 크리스털의 울림 같은 나지막한 속삭임이 미풍처럼 방 안에 불어왔어요.

"나는 당신 곁에 가까이…… 아주 가까이 있어요! 내가 당신을 도울 겁니다. 용기를 내세요. 의연하게 행동하세요, 사랑하는 안젤무스! 당신이 나의 사람이 되도록 함께 애쓰겠어요!"

마음 깊이 황홀감에 젖어 그 울림을 듣고 있노라니 생소한 기호들이 점점 다루기 쉬워졌습니다. 원본을 들여다보자마자…… 어쩌면! 기호들은 마치 투명한 문자처럼 어느새 양피지에 옮겨 찍혀 있고, 그는 다만 익숙한 솜씨로 까맣게 칠만 마감하면 완성되는 식이었습니다. 그렇게 그는 달콤한 향기처럼 포근하고 다정한 울림에 감싸여 6시를 알리는 종이 치고 사서관 린트호르스트가 방 안에 들어설 때까지 작업을 계속했지요. 사서관은 이번에도 묘한 웃음을 띠며 책상으로 다가섰고, 안젤무스는 말없이 일어섰습니다. 여전히 엷은 냉소를 띤 표정이던 사서관은 그의 복사본을 바라본 순간 웃음기가 가시고 얼굴의 모든 근육이 굳은 듯 근엄하게 가라앉았습니다. 그리고 곧이어 그는 전혀 다른 사람이 되어 있었어요. 번득이는 불꽃을 일으키던 두 눈이 더없이 온화한 표정으로 안젤무스를 바라보았습니다. 창백하던 볼은 상기되어 붉게 물들었고, 평소의 꽉 다문 입술의 특징이었던 냉소기가 가시고 부드럽고 다정한 입술이 지혜롭고 심부를 파고드는 말을 건네려는 것 같았어요. 그의 온 자태가 한층 크고 위엄에 차 보였습니다. 헐렁한 가운은 널찍하게 주름잡힌 왕의 외투처럼 가슴과 어깨를 덮고 있고, 넓고 훤한 이마에 드리워진 흰 고수머리 사이로 한 가닥 금빛 머리털이 빛났어요.

"여보게, 젊은이."

사서관은 엄숙한 어조로 입을 떼었습니다. "여보게, 나는 자네가 예감하기 훨씬 전에, 내 가장 사랑하는 신성한 딸과 자네를 묶고 있는 비밀스런 관계를 알아보았다네! 세르펜티나는 자네를 사랑하고 있네. 그런데 그 아이가 자네의 사람이 되려면, 또한 자네가 그 아이의 것인 황금 항아리를 필수적인 혼수물로 얻으려면, 우선 적대적 힘들이 그 숙명적인 끈을 쥐고 있는 기묘한 운명을 치러 내야 한다네. 한 단계 높은 삶 속의 자네의 행운은 투쟁을 뿌리로 하여 돋아나는 것일세. 적대적 원칙들이 자네를 기습해 올 때 그 공격에 맞서는 내면의 힘만이 치욕과 몰락으로부터 자네를 구해 낼 수 있다네. 그런데 자네는 이곳에서의 작업을 수행하는 것으로써 그 수습 과정을 통과하는 셈이지.

맡은 바 일을 충실히 이행하다 보면 믿음과 인식이 자네를 가까운 목표로 안내할 걸세. 그 아이, 자네가 사랑하는 그 아이를 마음속에 충실하게 품고 있게나. 그럼 황금 항아리의 경이로움을 보게 될 터이고 영원한 행복을 얻을 것이네. 잘 가게! 사서관 린트호르스트가 내일 12시에 자네 작업실에서 기다리겠네! 잘 가게나!"

사서관은 학생 안젤무스를 문밖으로 살그머니 밀어내고 문을 닫았습니다. 이제 안젤무스는 아까 점심 식사를 했던 방으로 들어섰고, 그 방에 있는 유일한 문은 복도로 통했어요. 그는 이제까지 이 집 안에서 겪은 별난 현상들로 인해 완전히 얼이 빠진 채 대문 밖으로 나섰습니다. 그때 머리 위에서 창문 열리는 소리에 위를 쳐다보니, 사서관 린트호르스트였어요. 평소와 다름없이 담회색 상의를 입은 노인이었지요. 그가 안젤무스를 향해 외쳤습니다.

"원, 친애하는 안젤무스 군, 무슨 생각을 그렇게 골똘히 하고 있나? 아라비아 문자가 머리에서 떠나지 않는 건가? 교감 선생 파울만을 방문하면 안부를 전해 주게. 그리고 내일 정각 12시에 다시 오게나. 오늘 치 보수는 벌써 자네 오른편 조끼 주머니에 들어 있을 걸세."

과연 학생 안젤무스는 조끼 호주머니에서 반짝이는 금화를 곧바로 발견했어요. 하지만 전혀 기쁘지가 않았습니다.

"이 모든 일이 어떻게 전개될지 나로서는 알 수 없는 일이야."

그는 스스로에게 말했어요. "광기와 귀신이 나를 사로잡고 있는 것에 불과할는지 모르지만, 어쨌거나 내 마음 깊은 곳에 사랑스러운 세르펜티나가 살아 움직이고 있는 건 분명해. 그리고 그녀를 떠나느니, 차라리 완전히 몰락해 갈 거야. 내 마음속이 생각은 영원하다는 것을 알고 있으니까. 그 어떤 적대적 원칙도 이 생각을 없앨 수는 없어. 하지만 이 생각은 세르펜티나를 향한 나의 사랑과는 다른 무엇이 아닐까?"

파이프 청소를 하고 나서 잠자리에 든 교감선생 파울만
렘브란트와 지옥의 브뤼겔[15]
마술 거울과 알 수 없는 난치병에 대한
의사 에크슈타인의 처방전

•

"이제 아무래도 잠을 자야겠다."

파이프 청소를 마친 교감 선생 파울만이 드디어 파이프를 톡
톡 치면서 말했습니다.

"아무렴요."

늦은 시간까지 깨어 있는 아버지를 초조히 기다리던 베로니
카의 대답이었어요. 한참 전에 10시를 쳤습니다. 교감 선생이
서재 겸용 자신의 침실로 마침내 퇴각하고, 어린 프란치스카도
깊은 숨결로 미루어 곤히 잠들었음이 확실해지자, 침대에 누워
짐짓 잠든 척했던 베로니카는 살금살금 일어나 옷을 입고 외투
를 걸치고는 집을 빠져나왔습니다. 늙은 리제의 집을 다녀온 순
간부터 베로니카의 눈앞에는 줄곧 안젤무스가 어른거렸습니

15) Rembrandt van der Ryn(1606~1669)과 Pieter Bruegel(1565~1625). 그들의 그림에
자주 나오는 지옥과 어둠의 불길 장면들을 연관시킨 것이다.

다. 그녀 자신도 알 수 없는 마음속 한 낯선 음성을 끊임없이 되뇌고 있었어요. 안젤무스의 저항은 그가 그녀와는 적대적인 한 인물과 손을 잡은 데서 오는 것이며, 그녀 자신이 신기한 마법적 수단을 통해 그들의 동맹을 파기시킬 수 있노라고 말이지요. 늙은 리제에 대한 신뢰감이 시간이 갈수록 무럭무럭 자랐고, 한때의 오싹하고 공포스럽던 느낌조차 무디어졌습니다. 오로지 노파와의 기묘한 관계만이 비상하고 낭만적인 빛 속에서 명멸하면서 그녀를 강력히 끌어당기고 있었지요. 그리하여 그녀 자신 사라져 버리거나 불쾌한 사건에 말려들 위험을 무릅쓰고라도 추분날의 모험을 감행하리라는 생각도 확고해졌습니다. 마침내 늙은 리제가 도움과 위안을 약속했던 숙명의 밤이 닥쳐왔고, 어둠 속에서의 방황을 오랜 기간 익숙하게 상상해 온 베로니카는 오히려 용기가 솟는 것을 느꼈어요. 그녀는 공기를 가르며 굵은 빗방울로 얼굴을 때려오는 폭풍에도 아랑곳 않고 쏜살같이 한적한 거리를 달렸습니다. 크로이츠 교회의 종탑이 둔탁하게 11시를 치는 순간, 베로니카는 물에 빠진 생쥐가 되어 노파의 집 앞에 서 있었습니다.

"쯧쯧, 귀여운 아가씨, 벌써 왔군요! 잠깐 기다려요!"

위에서 노파가 외치는 소리가 들렸어요. 곧이어 노파 자신이 광주리를 챙겨 들고 수고양이를 데리고 문밖에 나타났습니다.

"자, 어서 가서 우리 일에 유리한 오밤중에 무성한 것들을 끌어내어 작업에 임하자꾸나."

이 말을 하면서 노파는 섬뜩하도록 싸늘한 손으로 바들바들 떨고 있는 베로니카를 잡아끌어 무거운 광주리를 들리고, 자신은 솥과 삼발이와 삽을 꺼내 들었습니다. 야외로 나서자 빗줄기는 그쳤지만, 폭풍은 더욱 세차게 몰아치며 허공에서 으르렁거렸어요. 검은 구름장으로부터 가슴을 찢는 듯한 명동鳴動이 내려와 삽시간에 뭉치더니 만물을 짙은 어둠으로 덮었습니다. 하지만 노파는 걸음을 재촉하며 카랑카랑한 음성으로 외쳤어요.

"빛을 비추렴, 얘야, 빛을 비추렴!"

그러자 그들 앞으로 푸른 빛줄기가 뒤엉키며 꿈틀거리는 것이었어요. 곧이어 베로니카는 수고양이가 타닥이는 불똥을 뿌리면서 껑충대며 앞장서 뛰어가는 모습을 알아보았지요. 폭풍이 잦아든 순간에는 고양이의 불안하고 소름 끼치는 비명 소리도 들렸습니다. 베로니카는 숨이 끊어질 듯했고, 얼음같이 차가운 고양이의 발톱이 심장을 할퀴는 느낌이었어요. 하지만 온 힘을 다해 정신을 가다듬고 노파에게 바짝 매달리며 말했지요.

"이제 모든 일이 성취되겠지요, 소망이 이뤄지겠지요?"

"그렇고말고, 아가씨."

노파가 대꾸했어요.

"꿋꿋하게 조용히 기다려요. 아가씨한테 놀라운 장면과 아울러 안젤무스를 선사할게요."

마침내 노파가 걸음을 멈추고 말했습니다.

"이제 다 왔어요!"

노파는 땅에다 구멍을 파고 석탄을 넣은 뒤 그 위에 삼발이를 놓고 솥을 얹었습니다. 이 모든 절차는 노파의 기묘한 동작을 동반했고, 그러는 동안 수고양이가 그 주변을 맴돌면서 뿜는 불똥으로 둥근 불꽃 테를 이루었어요. 곧 석탄이 달아오르고 삼발이 밑에서 푸른 불꽃이 일었습니다. 베로니카는 외투와 베일을 벗고 노파의 곁에 주저앉았지요. 노파가 번득이는 눈으로 그녀를 뚫어지게 바라보며 그녀의 손을 힘껏 부여잡았습니다. 이어서 기묘한 것들—꽃인지 금속인지 풀인지 동물인지 분간할 수 없는 것들—을 광주리에서 꺼내어 솥에다 던졌고, 그것들이 곧 지글지글 끓기 시작했습니다. 그러자 노파는 베로니카의 손을 놓고, 뜨거운 용해물에 무쇠 국자를 담가 휘젓기 시작했어요. 그러는 사이에 베로니카는 노파의 지시에 따라 가마솥 안에 시선을 모으고 안젤무스에 대한 생각에 전념해야 했고요. 이어서 노파는 번쩍이는 금속들과 베로니카의 머리털에서 잘라 낸 고수머리 한 가닥, 그녀가 오랫동안 끼고 있던 반지를 솥 안에 다시 던지면서 알 수 없는 주문을 뇌었습니다. 그 주문 소리가 소름 끼치도록 날카롭게 어둠을 가르며 퍼져 갔어요. 그러는 동안 고양이는 끊임없이 뺑뺑이를 돌며 야옹거리는 신음 소리를 내고 있었고요. 운 좋은 독자여, 당신이 만약 9월 23일에 드레스덴으로의 여행길에 올라 있다면 어떤 일이 벌어질까요? 밤은 이슥해지는데 마지막 정류장에서 당신에게 속행을 만류해 봤자 소용없습니다. 친절한 주막 주인은 바깥에 폭우가 너무 심하다고, 또한 추분날 밤에 어둠 속을 달리는 것은 위험하다고 알아듣게 설득하지만 당신은 개의치 않고 이렇게 생각할 겁니다. 역마차 마부한테 은화 한 닢을 팁으로 쥐어 주면 늦어도 새벽 1시에는 드레스덴에 닿겠지. 거기서는 황금 천사장莊이나 헬름옥屋, 아니면 나움부르크 시가에서 푸짐한 만찬과 푹신한 침대가 나를 기다리고 있을 텐데. 그렇게 하여 당신이 칠흑 같은 어둠 속을 달리고 있는데, 멀리서 괴이하게 타오르는 불빛이 갑자기 시야에 들어옵니다. 가까이 다가가 보니, 둥근 불 바퀴의 한가운데 짙은 연기랑 번득이는 붉은 빛살과 불똥을 뿜어내는 가마솥 곁에 두 명의 여인이 앉아 있는 겁니다. 마찻 길은 바로 그 불을 통과하게 되어 있어요. 하지만 말들은 숨을 헐떡이면서 발을 굴러 대며 막무가냅니다. 마부는 욕설을 퍼붓거나 사정을 하다가 채찍질을 가하지요. 그래도 말들은 그 자리에서 한 발짝도 움직이지 않습니다. 당신은 부지중에 마차에서 뛰어내려 몇 걸음 다가가 봅니다. 그리고 새하얀 얇은 잠옷 차림으로 가마솥 곁에 무릎을 꿇고 앉아 있는 날씬하고 아리따운 처녀의 모습을 똑똑히 보게 되지요. 폭풍이 땋은 머리를 풀어헤쳐 짙은 밤색 긴 머리칼이 공중에 휘날리고 있습니다. 삼발이 밑에서 타닥거리며

335

올라오는 눈부신 불꽃 속에 천사처럼 아름다운 얼굴이 보입니다. 하지만 그 얼굴은 싸늘한 공포감에 질려 시체처럼 창백하게 굳어 있지요. 멍한 시선, 추켜진 눈썹, 죽음 같은 공포에 외마디 조차 내지르지 못하고 벌어진 입, 이름 모를 고문으로 억눌린 가슴에서 터져 나오지 못하고 있는 비명……. 그런 모습에서 당신은 그녀의 경악을, 전율을 알아봅니다. 그녀는 마치 수호천사에게 간구하듯이 작은 두 손을 하늘을 향해 꽉 부여잡고 있습니다. 강력한 마법의 힘으로 이제 곧 나타나게 될 지옥의 괴물들 앞에서 자신을 보호해 달라고 말이지요! 그렇게 그녀는 대리석상처럼 요지부동으로 그곳에 앉아 있습니다. 맞은편에는 뾰족한 매부리코에 번득이는 고양이 눈을 한, 바짝 마르고 키가 큰 황동빛 얼굴의 노파가 땅바닥에 웅크리고 앉아 있고요. 노파가 걸친 까만 외투에서는 앙상한 두 팔이 삐져나와 지옥의 죽을 휘젓고 있습니다. 그러면서 노파는 몰아치는 폭풍을 가르며 날카롭게 웃어 대며 소리치고 있습니다. 운 좋은 독자여, 평소에는 공포나 겁을 몰랐던 당신일지라도, 실제 삶 속에 들어선 이 같은 렘브란트 화풍의, 또는 브뤼겔 화풍의 지옥 풍경을 목격하게 되면 공포에 질려 모골이 송연해질 것입니다. 하지만 아울러 당신은 이 지옥 짓거리에 사로잡힌 처녀에게서 시선을 뗄 수가 없겠지요. 당신의 온몸을 선류처럼 파고드는 충격이 저 불바퀴의 불가사의한 힘에 도전하겠다는 대담한 용기에 불을 붙일 것입니다. 그리고 그런 생각을 하는 가운데 당신의 공포감도 잦아들겠지요. 하긴, 도전하겠다는 생각 자체가 바로 공포와 경악감에서 싹터 나온 그것들의 산물이지만 말입니다. 당신 스스로가 죽음의 공포에 사로잡힌 처녀가 구원을 청하며 매달리는 수호천사가 된 듯이, 당장에 회중 권총을 뽑아 노파를 쏘아 죽여야 할 것 같은 생각이 들 테지요! 하지만 그런 무용담을 생생하게 머릿속에 그리면서도 당신은 다만 큰 소리로 외칠 겁니다. '여봐요!', '거기 무슨 일이오?' 아니면 '당신들 거기서 무슨 짓을 벌이고 있는 거요?'라고. 마부가 요란하게 뿔피리를 불자 노파는 자신이 쑤던 죽속으로 빠져 들어가고, 그 모든 지옥 풍경이 순식간에 짙은 연기 속에 사라집니다. 그러고 나서, 당신이 진심으로 갈구하며 어둠 속에서 찾았던 처녀를 발견했으리라고는 나도 주장하지 않겠습니다. 하지만 당신은 어쨌든 노파의 망령을 깨부수고, 베로니카가 경솔하게 빠져들었던 마술의 쳇바퀴 끈을 풀어 놓는 역할을 한 셈이 될 테지요. 하지만 운 좋은 독자여, 당신이든 그 누구이든 간에, 마녀의 술책에 유리한 9월 23일 폭풍이 몰아치는 밤에 그 길을 걸어간 사람도 마차를 타고 간 사람도 없었습니다. 그리하여 베로니카는 그 마법이 끝날 때까지 죽음 같은 공포에 사로잡혀 가마솥 곁에 도사리고 있을 수밖에 없었고요. 사방에서 윙윙 울부짖는 소리, 온갖 불쾌한 소음이 뒤섞여 꽥꽥거리는 소리가 들려왔지만 그녀는 눈을 뜨진 않았습니다. 지금 그녀를 에워싸고 있는 끔찍스러운 광경을 목격하면 되돌이킬 수 없이 미쳐 버릴 것 같은 느낌이 들었기 때문이지요. 노파가 가마솥 휘젓기를 멈추자, 연기가 점점 약해졌고 결국 솥 밑바닥에 남은 알코올의 불꽃만 한 가닥 타오르고 있었어요. 그때 노파가 외쳤습니다.

"베로니카, 나의 어린 것, 아가씨! 솥 밑바닥을 봐요! 무엇이 보이지요? 무엇이 보이나요?"

뒤엉킨 형상들이 솥 안에서 뒤죽박죽 돌아가는 듯싶었지만 베로니카는 대답을 할 수가 없었어요. 그 형상들은 점점 뚜렷해지더니, 돌연 학생 안젤무스가 솥 밑바닥에서 나타나 그녀를 다정하게 바라보며 손을 내밀었습니다. 그래서 그녀는 큰 소리로 외쳤지요.

"아, 안젤무스 씨! 안젤무스 씨!"

노파가 잽싸게 솥에 붙은 마개를 열었습니다. 그러자 뜨거운 금속이 지지직 소리를 내며 흘러내려 웬 작은 형태로 뭉쳐졌는데, 노파가 그것을 옆에 세워 놓았어요. 그리고 벌떡 일어나 꼴불견의 거친 몸짓으로 주변을 펄쩍펄쩍 맴돌며 날카롭게 외치는 것이었어요.

"이제 일이 끝났다. 고맙구나, 녀석아! 네가 파수를 잘 보았다. 어서 서둘러. 그가 온다! 그를 물어뜯어. 물어뜯어 죽여라!"

하지만 그 순간 공중에 세찬 바람이 일었습니다. 마치 어마

어마한 독수리가 날개를 치면서 내려앉는 듯싶었어요. 이어서 우레 같은 음성이 호통쳤습니다.

"원, 원! 이런 천박한 것아! 이제 끝장이다, 끝장이야. 썩 집으로 가라!"

노파가 울부짖으며 주저앉았고, 베로니카는 정신을 잃었습니다. 그녀가 제정신을 차렸을 때는 밝은 대낮이었습니다. 그녀는 자신의 침대에 누워 있고, 눈앞에는 어린 프란치스카가 김나는 찻잔을 들고 말했어요.

"말 좀 해 봐, 언니. 어떻게 된 거야? 벌써 한 시간이 넘도록 언니를 지켜보고 있는 중이야. 마치 열병에 걸린 것처럼 의식을 잃고 누워서 끙끙 신음을 하고 있겠지. 우리 모두 겁먹고 걱정했잖아. 아버지는 언니 때문에 오늘 수업에도 불참하시고, 이제 곧 의사 선생님을 모시고 오실 거야."

베로니카는 말없이 차를 마셨어요. 차를 마시는 동안 지난밤의 끔찍한 영상들이 생생하게 눈앞에 떠올랐습니다.

"그건 나를 괴롭힌 악몽에 불과한 것이었나? 하지만 어젯밤에 나는 진짜로 노파한테 갔었는데, 9월 23일이었잖아? 아니면 내가 어제부터 정말로 병이 나서 그 모든 일을 망상했는지도 몰라. 안젤무스 씨에 대해, 그리고 리제라고 자처했던 그 괴상한 노파에 대해 끝없이 생각하다 보니 병이 난 거야. 그런 생각에 빠진 나를 그 노파가 우롱했던 거라고."

밖에 나갔던 어린 프란치스카가 흠뻑 젖은 베로니카의 외투를 들고 들어와 말했습니다.

"이것 좀 봐, 언니. 언니 외투가 어떤 꼴이 되었는지. 어젯밤 불어닥친 폭풍이 창문을 열어젖히고 언니 외투가 걸쳐져 있던 의자까지 뒤엎었어. 아마 빗줄기가 들이친 모양이야. 외투가 이 지경으로 흠뻑 젖은 걸 보면 말야."

그 말을 듣자 베로니카는 마음이 무거워졌습니다. 자신을 괴롭힌 것이 한낱 악몽이 아니라, 자기가 실제로 노파한테 갔었음이 확실했으니까요. 불안과 공포에 사로잡힌 그녀는 오한으로 전신을 바들바들 떨면서 이불을 머리끝까지 끌어올려 여몄습니다. 그때 뭔가 딱딱한 것이 가슴을 짓누르는 느낌이 들어 더듬어 보니 둥근 메달인 것 같았어요. 어린 프란치스카가 외투를 들고 나간 뒤 그것을 꺼내 보았지요. 그것은 매끈하게 윤나는 작고 둥근 금속 거울이었어요.

"이건 노파의 선물이야!"

그녀는 다시 활기에 차서 탄성을 질렀어요. 뜨거운 광채가 거울에서 뿜어져 나와 몸 안으로 스며들면서 마음을 편안하고 따스하게 해 주는 것 같았습니다. 오한이 사라지고 뭐라 말할 수 없이 안락한 느낌이 전신으로 흘렀어요. 그녀는 안젤무스를 떠올리지 않을 수 없었습니다. 그렇게 점점 확고히 그에 대한 생각에 집중하노라니, 그가 거울로부터 살아 있는 축소판 초상처럼 그녀를 향해 미소를 짓고 있겠지요. 곧이어 눈앞의 영상은 초상이 아니라 과연! 바로 살아 있는 학생 안젤무스 자체인 듯 여겨졌습니다. 지금 그는 기묘하게 실내 장식이 된 높은 천장의 방 안에 앉아 기록 작업에 몰두하고 있었어요. 베로니카는 그에게 다가가 어깨를 두드리며 말을 걸려고 했지요.

"안젤무스 씨, 좀 돌아다보세요. 여기 내가 왔어요!"

하지만 도저히 그에게 접근할 수가 없었습니다. 번쩍이는 불줄기가 그를 둘러싸고 그녀와의 사이를 막는 것 같았어요. 하지만 다시 자세히 살펴보니 그 불줄기는 책갈피에 도금된 큼직한 책들에 불과했어요. 이제 베로니카는 안젤무스를 똑바로 바라볼 수 있었습니다. 그는 그녀를 마주 바라보며 처음에는 그녀에 대한 기억을 더듬는 듯싶더니 곧이어 미소를 지으며 말했습니다.

"아, 당신이군요, 사랑하는 파울만 양! 하지만 당신은 왜 이따금씩 작은 뱀처럼 행동하지 않지요?"

이런 야릇한 말에 베로니카는 웃음보를 터뜨리지 않을 수 없었어요. 자신의 웃음소리에 베로니카는 깊은 꿈에서 깨어나듯 후다닥 제정신이 났고, 문이 열리고 교감 선생 파울만이 의사 에크슈타인과 함께 방 안으로 들어서자 후다닥 작은 거울을 감추었습니다. 의사 에크슈타인은 곧장 침대로 다가와 베로니카의 맥을 짚고 한동안 깊은 생각에 잠겨 있더니, "이런! 이런!" 하고 입을 뗐어요. 이어서 처방전을 써 주고, 다시 한 번 맥을 짚고 나서 또다시 "이런! 이런!" 하더니 환자를 떠났습니다. 하지만 교감 선생 파울만은 의사 에크슈타인의 이런 발언을 듣고 베로니카에게 대체 무엇이 잘못되었는지 가늠할 길이 없었습니다.

여덟 번째 깨어 있는 밤

종려나무 장서실
한 불운한 샐러맨더의 운명
검은 깃털이 사탕무와 사랑에 빠진 사연과
서기관 헤르브란트가 만취하게 된 전말

학생 안젤무스는 벌써 여러 날째 사서관 린트호르스트의 집에서 작업을 계속하고 있었습니다. 이 시간이야말로 그에게는 생애 최고의 행복한 시간이었어요. 그럴 것이, 줄곧 다정한 울림과 세르펜티나의 위안의 속삭임에 에워싸여 때로는 스쳐 가는 그녀의 입김까지 감촉하면서, 지금껏 알지 못했던 편안함이 그의 전신을 타고 흘렀고, 문득문득 최고조의 희열을 만끽할 수도 있었으니까요. 구차스러운 생존에서 오는 일체의 고난과 자질구레한 걱정은 그의 머리에서 사라졌습니다. 밝은 햇살처럼 떠오른 이 새로운 삶 속에서 그는 평소에는 그저 놀랍고 심지어 공포스럽기까지 했던 한층 높은 세계의 온갖 기적을 이해하게 되었던 것이지요. 복사 작업은 신속히 진행되었습니다. 그 일은 마치 그가 이미 오래전부터 알았던 획들을 양피지에 긋기만 하면 되는, 단지 원본을 자세히 들여다보기만 해도

황금 항아리

엄밀하고 정확하게 베껴지는 그런 식으로 진행되는 것 같았어요. 식사 시간 외에도 사서관 린트호르스트가 이따금 나타났습니다. 하지만 번번이 그는 정확히 안젤무스가 육필의 마지막 획을 막 끝낸 순간에 등장하곤 했어요. 그리고 다음 복사할 육필본을 그에게 건네주고 나서, 짤막한 검정 막대로 잉크를 휘젓고 헌 펜들을 뾰족한 새 펜과 바꾸어 놓은 다음 여전히 소리 없이 이내 방을 나갔어요. 어느 날 12시 치는 종소리와 함께 층계를 올라갔을 때, 안젤무스는 지금까지의 작업실 방문이 잠겨 있는 것을 발견했습니다. 그리고 반대편에서 사서관 린트호르스트가 반짝이는 꽃들을 뿌려 놓은 듯한 괴상한 가운 차림으로 나타나 큰 소리로 외쳤어요.

"오늘은 이리로 들어오게, 친애하는 안젤무스 군. 「바가바드기타」[16] 스승께서 우리를 기다리고 있는 방으로 가야 하니까."

그는 복도를 지나 처음 방문했을 때처럼 크고 작은 방들을 통과하며 안젤무스를 안내했습니다. 학생 안젤무스는 정원의 놀라운 광경을 보고 새삼스럽게 감탄했지요. 하지만 어두운 덤불 사이에 피어 있다고 여겼던 진기한 꽃봉오리들이 실제로는 현란한 색깔을 띤 곤충들이 날갯짓을 하고 있는 것임을 이제야 분명히 알아보았습니다. 그 곤충들은 뒤엉겨 회오리치듯 날면

---

16) Bhagavad-Gita. '성스러운 노래', '신의 노래'라는 뜻의, 인도의 종교 철학적 교훈시의 제목

서 작은 주둥이로 서로를 애무하는 듯 보였어요. 그런가 하면 그와는 반대로 장밋빛과 하늘빛 새들인 줄 알았던 것은 새가 아니라 실제로는 향기로운 꽃들이었어요. 꽃향기가 꽃받침으로부터 다정하고 은은한 소리로 피어올라, 멀리서 들려오는 샘물의 찰싹임과 키 큰 관목과 나무들의 살랑거림과 어우러져 신비스러운 화음을 이루며 애절한 동경심을 불러일으켰습니다. 처음 왔을 때 그를 마구 조롱했던 앵무새들은 이번에도 그의 머리를 맴돌며 가느다란 음성으로 줄곧 외쳐 대었습니다.

"학생, 학생, 그렇게 서둘지 말아. 그렇게 구름을 쳐다보지 말라고. 코방아를 찧겠어. 이봐, 학생! 화장용 외투를 두르게. 수리부엉이 아저씨가 자네 앞머리를 고불고불하게 이발해 주겠다는군."

안젤무스가 정원 방을 떠날 때까지 그런 투의 얼토당토않는 수다가 계속되었어요. 사서관 린트호르스트는 마침내 하늘빛 방으로 들어섰습니다. 황금 항아리와 그것을 받치고 있던 무늬 암반은 사라지고 없었어요. 그 대신 방 한가운데 보랏빛 벨벳을 씌운 책상이 놓여 있고, 그 위로 안젤무스에게 낯익은 필사도구들이 얹혀 있었으며, 역시 낯익은 안락의자가 책상 앞에 놓여 있었습니다. 사서관 린트호르스트가 입을 떼었어요.

"친애하는 안젤무스 군, 자네는 지금까지 여러 본의 문서를 내가 대단히 만족할 만큼 신속하고 정확하게 복사해 주었네. 나의 신뢰를 얻은 셈이지. 하지만 중요한 작업이 아직 남아 있네. 특별한 기호로 씌어진 작품들을 필사하는, 아니 그보다는 모사해 내는 작업일세. 그 작품들을 나는 이 방에 보관하고 있는데, 바로 현장에서 복사 작업이 이루어져야만 하지. 그러니 앞으로 이 방에서 작업을 하게. 그렇지만 부탁하건대, 혼신을 다해 주의력과 조심성을 기울이게나. 제발 그런 일이 없기를 바라지만, 잘못 그어진 획 하나, 원본에 뿌려진 잉크 얼룩 한 점이 자네를 불행으로 빠뜨릴 터이니."

종려나무의 황금 줄기들로부터 에메랄드빛 작은 잎사귀들이 뻗어 나와 매달려 있는 것이 안젤무스의 눈에 띄었습니다. 하지만 사서관이 그 잎사귀들 중의 한 잎을 떼어 잡자, 그제야 안젤무스는 그것이 애당초 양피지 두루마리라는 것을 알아보았어요. 사서관은 두루마리를 책상 위에 펼쳐 놓았습니다. 안젤무스는 양피지 위의 야릇하게 뒤얽힌 기호들을 보자 가슴이 철렁 내려앉았어요. 더러는 식물을, 더러는 이끼를, 더러는 동물의 형상을 나타내는 듯싶은 무수한 점과 선, 획과 당초唐草 무늬를 보자, 자신이 과연 그 모든 형상을 정확히 모사해 낼 수 있을지 용기가 꺾였어요. 그리고는 과연 어떻게 해야 하나, 골똘한 생각에 잠겼습니다. 하지만 사서관이 말했어요.

"용기를 내게, 젊은이! 자네가 참된 믿음과 사랑을 품고 있는 한, 세르펜티나가 자네를 도울 걸세!"

그의 음성이 금속의 울림처럼 들려왔습니다. 흠칫 놀란 안젤
무스가 눈을 들어 보니 사서관 린트호르스트는 처음 방문했을
때의 장서실에서처럼 제왕 같은 위용으로 그의 앞에 서 있는
것이었어요. 경외감에 사로잡힌 안젤무스는 무릎을 꿇어야 할
것 같았지요. 하지만 그때 이미 사서관 린트호르스트는 한 종려
나무 줄기를 타고 올라가 에메랄드빛 잎사귀 속으로 사라져 버
렸습니다. 학생 안젤무스는 마왕이 자신과 대화를 나누고 나서
사랑스러운 세르펜티나와 안젤무스 자신의 앞날에 관해 어떤
행성에서 사절로 보낸 광채와 의논하려고 서재로 올라간 모양
이라고 이해했어요. '아니면 나일 강 상류로부터 새로운 소식
이 그를 기다리고 있는지도 모르지'라고 추측을 계속했지요.

　'또는 라플란드의 마법사가 찾아왔을 수도 있어. 하긴, 나로
서야 열심히 작업에 임하는 것이 마땅한 일이야.'

　그리고 양피지 두루마리의 낯선 기호들을 꼼꼼히 살펴보기
시작했습니다. 정원에서 울려 오는 신비로운 음악이 감미로운
향기로 그를 감쌌어요. 앵무새의 킬킬대는 소리도 들려오는 듯
싶었는데, 무슨 말인지 알아들을 수 없어도 어쨌든 듣기에 좋았
습니다. 종려나무의 에메랄드 잎사귀들이 간간이 살랑거렸고,
그럴 때면 저 숙명적인 승천 축일의 밤 정향나무 덤불 아래서
들었던 크리스털 종소리가 방 안에 햇살처럼 울려 퍼지는 것
같았어요. 학생 안젤무스는 이 같은 울림과 광채로부터 신기하

게 기운을 얻어 양피지 두루마리의 표제를 판독하는 일에 혼신을 모았습니다. 그리고 곧 그 기호는 샐러맨더와 초록 뱀의 결합을 의미한다는 것을 마음 밑바닥으로부터 느꼈지요. 그때 맑은 크리스털 종의 우렁찬 삼화음이 울렸습니다.

"안젤무스, 사랑하는 안젤무스."

그를 부르는 소리가 미풍처럼 나무 잎사귀로부터 불어왔어요. 그리고, 오, 이런 놀라운 일이! 종려나무 줄기로 초록 뱀이 꿈틀대며 내려오고 있는 것이 아니겠어요?

"세르펜티나! 사랑스런 세르펜티나!"

안젤무스는 황홀경에 젖어 정신없이 외쳤어요. 자세히 살펴보니, 과연 사랑스럽고 아리따운 처녀의 모습이 생생하게 그의 마음속에 살아 있는 저 짙푸른 두 눈에 무한한 동경을 가득 싣고서 그를 향해 둥실 떠 있는 것이었어요. 늘어진 잎사귀들이 가로막고, 나무 줄기들에서도 가시들이 불쑥불쑥 돋아 나왔지만, 세르펜티나는 현란하고 하늘하늘한 옷자락을 여미면서 그 사이를 날렵하게 빠져 내려오고 있었어요. 날씬한 몸매에 찰싹 휘감긴 옷자락이 뾰족뾰족한 종려나무 가시에 한 번도 걸리지 않고 말이지요. 그리고 마침내 안젤무스가 앉아 있는 의자에 나란히 내려앉아 두 팔로 그를 포옹했습니다. 그녀의 입김과 전류가 흐르는 듯한 그녀의 체온이 안젤무스에게 느껴져 왔어요.

"사랑하는 안젤무스."

세르펜티나가 입을 떼었어요. "이제 곧 당신은 완전히 나의 사람이 될 거예요. 당신의 믿음, 당신의 사랑의 힘으로 나를 얻게 될 거예요. 그리고 나는 우리 둘을 영원한 행복으로 안내해 줄 황금 항아리를 당신에게 가져갈 겁니다."

"오, 사랑스러운 세르펜티나."

안젤무스가 말했습니다. "그대를 나의 사람으로 품을 수만 있다면, 다른 모든 것이 내게는 상관없소. 그대만 나의 사람으로 품을 수 있다면, 그대를 만난 순간부터 나를 사로잡은 이 모든 경이로움과 진기함에 묻혀 기꺼이 몰락해 갈 것이오."

세르펜티나가 말을 이었어요.

"알고 있어요. 저의 부친이 심심풀이로 당신을 기습하는 낯설고 경이로운 일들이 당신 마음속에 전율과 공포를 일으킨다는 것을요. 그렇지만 이건 제 소망이기도 하지만, 이제는 다시는 그런 일이 벌어지지 않을 거예요. 이 순간 제가 여기에 온 것은, 사랑하는 안젤무스, 아버지와 내가 어떤 관계에 있는지, 그 모든 자초지종을 당신에게 진심으로 들려주기 위해서랍니다. 그 상황을 아는 것은 저의 부친을 완전히 알기 위해서, 무엇보다 제대로 똑똑히 보기 위해서 당신에게 꼭 필요한 일이니까요."

안젤무스는 감미롭고 사랑스런 그녀의 자태에 완전히 휘감겨 그녀와 한 몸의 상태로서만 움직일 수 있을 것 같은, 세상에 오직 그녀의 심장의 고동만 살아 있어 그 고동 소리가 그의 골수에 침투하여 진동시키는 것 같은 느낌이 들었습니다. 그리고 자신의 심부까지 울려 퍼지며 섬광처럼 천상의 기쁨을 불붙이는 그녀의 말 한마디 한마디에 귀를 기울였지요. 비할 데 없이 날씬한 그녀의 몸을 끌어안고 말입니다. 하지만 그녀를 감싸고 있는 옷의 현란하게 반짝이는 천이 어쩌나 매끄러운지, 순식간에 그녀가 빠져나가 도망쳐 버릴 것 같은 느낌이 문득문득 들어, 그 생각에 몸을 떨었습니다.

"아, 나를 떠나지 말아요, 사랑스러운 세르펜티나!"

그는 자기도 모르게 외쳤지요. "오로지 그대만이 나의 삶이라오!"

"오늘은 우선……" 하고 세르펜티나가 말했습니다.

"제 이야기를 전부 들려드리기 전에는 떠나지 않을 거예요. 그건 당신이 나를 사랑하는 한에서만 이해할 수 있는 이야기이지요. 그러니까, 사랑하는 이여, 저의 부친은 경이로운 샐러맨더 종족 출신이라는 것, 그리고 저의 현존은 초록 뱀에 대한 부친의 사랑의 은덕을 입고 있다는 사실을 아셔야 해요. 태곳적에 경이의 왕국 아틀란티스는 막강한 마왕 포스포루스가 다스리고 있었고, 자연의 정령들이 그 마왕에게 봉사하고 있었답니다. 한번은 마왕이 가장 총애하는 신하인 샐러맨더(바로 저의 부친이었지요)가 마왕의 모친이 친부의 재능으로 꾸며 놓은 장려한 정원을 거닐다가 키 큰 백합이 나직이 부르는 노랫소리를 듣게 되었어요. '나의 연인인 아침 바람이 너를 깨울 때까지, 아가야, 눈을 꼭 감고 잠자고 있으려무나.' 그는 가까이 다가갔어요. 그의 뜨거운 입김이 건드리자, 백합이 꽃잎을 열었지요. 그래서 그는 백합의 딸인 초록 뱀이 꽃받침 속에 잠들어 있는 모습을 보게 되었답니다. 그 순간 샐러맨더는 그 어여쁜 뱀을 향한 불 같은 사랑에 빠졌고, 그래서 백합으로부터 뱀을 억지로 빼앗았습니다. 백합의 향기는 사랑하는 딸을 부르는 이름 없는 탄식이 되어 온 정원에 퍼졌지만 소용이 없었어요. 샐러맨더가 백합의 딸을 마왕 포스포루스의 궁전으로 데려가 마왕에게 간청했기 때문이지요. '나와 사랑하는 이 초록 뱀을 결합시켜 주십시오. 이 아이는 영원히 나의 사람이 되어야 하니까요.' '어리석은 것아, 그런 엄청난 요구를 하다니!' 포스포루스가 말했어요. '한때 백합은 나의 연인이었고 지금 나와 더불어 이 땅을 지배하고 있다는 점을 명심하게. 내가 한때 백합의 마음속에 던진 불씨가 그녀를 하마터면 사라져 버릴 위험에 처하게 했지. 그런데 지금껏 백합이 생명을 보존할 수 있었던 것은 땅의 정령들이 용을 제압하여 사슬에 묶어 놓은 덕분이었다네. 불씨를 마음에 품고 간직할 수 있을 만큼 꽃잎들이 튼실하게 남아 있게 되었으니까. 그렇지만 만약 자네가 초록 뱀을 포옹하게 되면, 자네의 불꽃이 뱀의 몸체를 살라 버릴 것이고 거기서 새로운 괴물이 삽시간에 싹터 나올 걸세.' 하지만 샐러맨더는 포스포루스의 경고를 무시했습니다. 열망에 차서 초록 뱀을 품에 안았지요. 그러자 과연 초록 뱀은 잿가루가 되었고, 그 잿가루에서 날개 달린 괴물이 튀어나와 푸드덕 공중으로 날아갔어요. 샐러맨더는 미칠 듯한 절망감에 빠져 불길과 불똥을 뿌리면서 정원을 질주하며 다녔지요. 그렇게 그가 격분에 못 이겨 정원을 황폐하게 만든 탓에 아름다운 꽃과 꽃망울들은 불에 타서 시들어 버리고 꽃들의 비탄이 하늘을 채웠습니다. 격노한 마왕 포스포루스가 샐러맨더를 움켜잡고 말했어요. '자네의 불길은 식었고 자네의 불꽃은 꺼졌고 자네의 광채는 빛을 잃었노라. 땅의 정령들이 있는 곳으로 꺼져 버려라. 그들이 자네를 가둬 놓고 조롱하고 야유하리라. 그러다 언젠가 다시 불길이 살아나, 달라진 존재인 자네와 묶여 땅에서 뽑어져 나오겠지.' 가엾은 샐러맨더는 불이 꺼진 채 땅속으로 내려갔습니다. 하지만 그때 포스포루스의 정원사인 늙은 심술쟁이 땅의 정령이 다가와 말했어요. '주인님! 샐러맨더에 대해 소인보다 더 유감스럽게 여길 자가 또 어디 있겠습니까? 소인은 그자가 태워 버린 예쁜 꽃들을 소인의 아름다운 금속들로 치장해 주었고, 그 꽃의 씨앗들을 대담하게 품에 안고 보듬어 갖가지 아름다운 색깔로 물들여 주지 않았습니까? 그럼에도 불구하고 소인은 불쌍한 샐러맨더를 받아들이겠습니다. 이미 여러 번 주인님께서도 빠져 들었던 사랑 놀음 때문에 절망에 휘몰려 정원을 쑥밭으로 만든 존재이

긴 합니다만. 그자에게 너무 혹독한 벌은 면하게 해 주시지요!'
'그의 불은 지금은 꺼져 버렸다.' 포스포루스가 말했어요. '타
락한 인간 종족에게 자연의 언어가 더 이상 소통되지 않는 시
대, 각기 자기네 영역에 갇혀 버린 자연의 정령들이 인간을 향
해서는 까마득하게 몽롱한 울림으로만 말을 거는 시대, 조화로
운 세계에서 빠져나온 시대, 한 가닥 끝없는 동경만이 인간에게
경이로운 왕국의 어두운 소식을 전해 주는 이 불행한 시대에,
하긴 인간도 믿음과 사랑을 마음에 품고 있는 한, 그 왕국에 거
주할 수 있었으련만, 바로 이런 불행한 시대에 샐러맨더의 불꽃
이 새로이 점화되기 마련이지만, 그 불꽃은 오로지 인간을 향해
서만 불씨를 싹틔워 인간의 결핍된 삶 속으로 철두철미 파고들
어 그 궁핍을 견디어 내어야만 한다네. 그렇지만 샐러맨더는 태
곳적의 기억에만 매달릴 것이 아니라, 전체 자연과 성스러운 조
화를 이루는 가운데 소생해야만 하네. 자연의 경이로움을 이해
하는 그에게 의형제를 맺은 정령들의 힘이 예속될 것이네. 그다
음에 그는 한 백합 덤불 속에서 초록 뱀을 다시 만날 테지. 초록
뱀과 그의 결합에서 나온 결실이 곧 세 딸인데, 그 딸들은 인간
에게 어머니의 모습으로 나타날 것이라네. 봄철이 되면 딸들은
어두운 정향나무 덤불에 매달려 정다운 크리스털 음성을 울려
퍼지게 할 걸세. 그러면 인간 내면이 냉혹하게 얼어붙은 이 결
핍과 곤궁의 시대에 한 젊은이가 나타나 그 딸들의 노랫소리를

들게 되네. 뿐 아니라 어린 뱀 중의 하나가 요염한 눈길로 그를 바라보고, 그 눈길이 젊은이의 마음속에 아득한 경이의 왕국에 대한 예감에 불을 붙일 것이네. 그 왕국은 속세의 짐만 벗어던진다면 그 젊은이도 대담하게 솟아오를 수 있는 곳이라네. 초록 뱀을 향한 사랑과 아울러 자연의 경이로움에 대한 믿음, 아울러 그 경이의 세계 속에서 펼쳐질 자신의 실존에 대한 믿음이 열렬하고 생생하게 싹터 오르면, 그 뱀은 그의 것이 될 수 있을 걸세. 하지만 이런 젊은이가 세 명 나타나 세 딸과 결합하기 전에는, 샐러맨더는 자신의 괴로운 짐을 벗을 수도, 형제들에게 갈 수도 없다네.' '허락해 주십시오, 주인님' 하고 땅의 정령이 말했어요. '이 세 딸들에게 각기 찾아낸 신랑과의 삶을 풍요롭게 해 줄 선물을 하나씩 소인이 준비하겠습니다. 딸들은 각기 더없이 아름다운 금속 항아리를 받을 것입니다. 제가 금강석에서 채취하여 햇살로 윤을 낸 금속이지요. 그 항아리의 광채에는 온 자연과 조화를 이룬 우리의 경이로운 왕국이 눈부시도록 아름답게 고스란히 반영될 것입니다. 뿐만 아니라 딸들과 젊은이들이 결합하는 순간 항아리에서는 한 송이 불꽃 백합이 피어올라, 시험을 거쳐 확증된 그 젊은이를 그 꽃봉오리의 감미로운 향기로 영원히 감쌀 것입니다. 그는 곧 그녀의 언어, 우리 왕국의 경이로움을 이해하게 될 터이고, 이어서 사랑하는 여인과 더불어 아틀란티스에서 살게 될 것입니다.' 사랑하는 안젤무스, 이제 당신은 바로 지금 제가 들려준 이야기에 등장한 샐러맨더가 곧 저의 부친이라는 걸 알게 되었을 거예요. 저의 부친은 고귀한 품성을 타고났음에도 불구하고 속세의 자질구레한 압박에 굴종하지 않을 수 없는 운명이었지요. 그래서 부친은 곧잘 사람들을 우롱하는 심술궂은 기분에 빠져드는 모양이에요. 마왕 포스포루스가 그 당시 저와 저의 자매들의 배필이 될 젊은이들이 지녀야 할 조건으로 제시한 정신적 소질로 말할 것 같으면, 그 소질을 지칭하는 표현이 하나 있긴 하지만 너무 부적절하게 오용되어 왔노라고 부친께서는 제게 여러 번 말씀하셨지요. 사람들은 그 것을 천진스러운 시적 감성이라고 칭한다고 했어요. 이런 감성은 너무나 단순 소박한 그들의 행동 때문에, 또는 이른바 사교적인 교육을 전혀 받지 못했기 때문에 속물들에게는 놀림감이 되는 젊은이들한테서 흔히 발견할 수 있다고 했어요. 아, 사랑하는 안젤무스! 당신은 정향나무 덤불 아래서 저의 노래와 저의 시선을 알아듣고 알아보았지요. 당신은 초록 뱀을 사랑하고 있고, 제 존재를 믿고 영원히 저의 사람이 되고 싶어 하고요! 아름다운 백합이 황금 항아리에서 피어오를 거예요. 그리고 우리는 한 몸이 되어 아틀란티스에서 행복하게 살 것이고요! 그렇지만 또 한 가지 사실을 털어놓지 않을 수 없네요. 샐러맨더 및 땅의 정령들과 치열한 격투를 벌였던 검정색 용이 그 싸움의 와중에 빠져나가 공중으로 날아갔다는 사실 말이에요. 마왕 포스포루스가 용을 다시 묶어 놓기는 했지만, 그 격투 중에 땅 위에 흩어진 용의 검정 깃털로부터 적대적 영들이 싹터 나와서 지금도 도처에서 샐러맨더와 땅의 정령들에게 맞서고 있거든요. 사랑하는 안젤무스, 당신에게 적개심을 지닌 노파, 제 부친께서도 잘 알고 있다시피 황금 항아리를 차지하려 악을 쓰는 문제의 노파는 그때의 용의 날갯죽지에서 흩날린 깃털 하나가 사탕무와 사랑에 빠져 생겨난 변종이랍니다. 노파는 자신의 근본과 힘을 잘 알고 있어요. 지금 잡혀 있는 용이 신음하거나 경련을 일으킬 때마다 경이로운 상황의 비밀을 노파에게 쉽게 알려 주기 때문이지요. 노파는 외계로부터 내면으로 파고들어 작용하는 온갖 수단을 동원하고 있고, 제 부친은 샐러맨더의 내면에서 뿜어져 나오는 번갯불로 노파에 맞서 싸우고 있는 거랍니다. 노파는 독초라든가 해악한 동물 속에 숨겨진 온갖 적대적 원칙들을 수집하여 유리한 상황에다 뒤섞으면서 수많은 악령을 도발시키는 거예요. 그러고 나면 흥분한 악령이 인간 감각을 공포와 경악감으로 사로잡아, 지난날 용이 격투에 패배하면서 만들어 낸 저 악령들의 손아귀에 인간을 던져 버리지요. 노파를 조심하세요, 사랑하는 안젤무스. 노파는 당신과 적대 관계에 있어요. 왜냐하면 당신의 천진하고 순수한 심성이 이미 노파의 많은 해악한 마술을 무력하게 했으니까요. 저에게 충실하세요. 충실……하세요. 곧 딩신은 목표에 이를 거예요!"

"오, 나의, 나의 세르펜티나!"

학생 안젤무스는 외쳤습니다. "내가 어떻게 그대를 떠날 수 있겠소, 어떻게 그대를 영원히 사랑하지 않을 수 있단 말이오?"

한 점 키스의 여운이 그의 입에서 불타고 있는데, 안젤무스는 깊은 꿈에서 깨어난 것 같았습니다. 세르펜티나는 사라지고 없고 6시를 알리는 종소리가 울렸어요. 그제야 복사 작업을 단 한 줄도 진척시키지 못했다는 자책감이 그를 짓눌렀습니다. 사서관이 뭐라고 할지, 걱정스러운 마음으로 종이를 내려다보았지요. 그런데 이럴 수가! 수수께끼같이 복잡한 문서의 복사 작업이 어느새 말끔하게 끝내져 있는 것이었어요. 그 획들을 자세히 살펴보노라니, 그는 지금껏 바로 세르펜티나가 들려준 이야기, 즉 경이의 나라 아틀란티스의 마왕 포스포루스의 총신이자 그녀의 부친에 관한 이야기를 복사하고 있었다는 걸 알게 되었어요. 그때 사서관 린트호르스트가 담회색 외투에 모자를 쓰고 지팡이까지 든 차림으로 들어섰습니다. 그는 안젤무스가 필사한 양피지를 들여다보며 그럴 줄 알았다는 표정에다 미소를 머금고 말했어요.

"이렇게 될 줄 알았네! 자, 여기 금화 한 닢일세. 안젤무스 군, 이제 링키셰 바트로 가세나. 나를 따라오게!"

사서관은 서둘러 정원을 통과했습니다. 정원은 노래와 휘파람과 속삭임이 뒤섞여 시끄럽기 짝이 없었어요. 그 소음에 완전히 얼이 빠진 학생 안젤무스는 거리에 나서자 하늘에 감사하는 마음이 들 지경이었지요. 그들이 몇 발자국 걷기도 전에 서기관 헤르브란트를 만났고, 그도 기꺼이 동행했습니다. 성문 앞에 이르자 그들은 가져온 파이프에 담배를 채웠는데, 서기관 헤르브란트가 부시 도구를 두고 왔다고 투덜대었습니다. 그때 사서관 린트호르스트는 매우 못마땅한 투로 말했어요.

"부시 도구라! 여기 불이 있어요. 맘껏 쓰시오!"

그 말과 함께 그는 손가락을 튕겼고, 그 바람에 커다란 불똥이 튀자 얼른 파이프에 불을 붙였어요.

"화학적인 요술이로군요."

서기관 헤르브란트가 말했어요. 하지만 학생 안젤무스는 마음속으로 전율을 느끼며 샐러맨더를 생각했습니다. 링키셰 바트에서 서기관 헤르브란트는 진한 맥주를 여러 잔 마셨습니다. 그러고는 조용하고 유순한 평소의 태도와는 달리 꽥꽥대는 테너로 학생들의 가요를 부르기 시작했어요. 모두들 과연 저 사람이 당신의 친구가 맞느냐고 열을 내며 물어 올 지경이었지요. 사서관 린트호르스트는 결국 벌써 일어나 퇴장했고, 그러고도 한참 있다가 학생 안젤무스가 서기관을 집으로 데려다 주어야 했습니다.

아홉 번째 깨어 있는 밤

학생 안젤무스가 얼마간 분별을 찾은 기간
펀치 시음회
학생 안젤무스가 교감 선생 파울만을 수리부엉이로 여겨
교감 선생이 격노한 사건
잉크 얼룩과 그 파장

•

학생 안젤무스에게 매일처럼 벌어지는 온갖 기묘하고 놀라운 일들은 그를 일상의 삶에서 완전히 동떨어지게 했습니다. 그는 이제 아예 친구를 만나는 일도 없이, 아침에 눈만 뜨면 그에게 천국을 열어 줄 12시가 되기만 초조하게 기다렸어요. 그렇게 온 마음이 사서관 린트호르스트 집에서 겪는 몽상적인 경이로운 사건과 사랑스러운 세르펜티나에게 기울어져 있었음에도 불구하고, 그는 자기도 모르는 새에 종종 베로니카를 떠올리지 않을 수 없었습니다. 때로는 그녀가 다가와 얼굴을 붉히며 자신이 얼마나 그를 사랑하고 있는지, 또한 한낱 허깨비들의 조롱감이 된 그를 구해 내려고 얼마나 애를 쓰는지를 고백하는 것 같았어요. 또 어떨 때는 갑자기 웬 낯선 힘이 갑자기 엄습하여 그를 잊고 있던 베로니카에게로 막무가내로 끌고 갔고, 그러면 둘이 한 사슬에 묶인 듯 그는 그녀의 뜻대로 좇아

황금 단지

갈 수밖에 없다는 느낌이 들기도 했지요. 하필이면 그가 세르 펜티나를 놀랍도록 요염한 여인의 모습으로 최초로 만나 샐러 맨더와 초록 뱀의 기묘한 결합의 비밀을 들었던 바로 그날 밤, 베로니카는 그 어느 때보다도 생생하게 그의 눈앞에 다가왔습 니다. 정말로 생생하게! 정신이 깨어났을 때에야 그는 단지 꿈 을 꾸었을 뿐임을 분명히 깨달았지만요. 꿈속에서 그는 베로니 카가 실제로 찾아와서 깊은 고통을 호소한다고 확신했어요. 베 로니카는 그가 그의 내면의 파괴만을 불러올 망상적 현상들에 빠져 그녀의 진정한 사랑을 희생시키고 있을 뿐 아니라 불행과 몰락을 자초하고 있노라고 애타게 호소했고, 그 호소는 그의 마 음 깊숙이 파고들었습니다. 베로니카는 그 어느 때보다 사랑스 러워 보였어요. 그는 그녀에 대한 생각을 떨쳐 버릴 수 없었고, 그런 상태가 괴로웠습니다. 그리고 아침 산책을 하면서 그 고통 에서 빠져나오기를 희망했지요. 알 수 없는 마력에 끌려 피르나 성문 밖으로 갔습니다. 그리고 막 옆길로 굽어 들려는데, 교감 선생 파울만이 뒤따라오며 부르고 있겠지요.

"원, 원! 친애하는 안젤무스 군! 여보게, 친구! 세상에, 대체 어디에 숨어 있었나? 도통 얼굴을 볼 수 없더군. 베로니카가 자 네랑 다시 한 번 듀엣을 부르기를 얼마나 간절히 원하는지 알 고 있나? 한번 들르게. 지금 마침 우리 집에 오려던 길이 아니 었나?"

학생 안젤무스는 어쩔 수 없이 교감 선생을 따라나섰습니다. 집에 들어섰을 때 베로니카가 말쑥하고 정성스럽게 단장한 모습으로 그들을 맞았어요. 놀란 교감 선생 파울만이 물었습니다.

"원, 왜 그렇게 치장을 했니? 누가 방문하기로 한 거냐? 어쨌거나 내가 안젤무스 군을 데려왔다!"

학생 안젤무스는 예의 바르게 베로니카의 손에 키스를 하면서 뜨거운 분류처럼 전신으로 퍼져 가는 소리 없는 압박을 느꼈어요. 베로니카는 명랑함과 우아함 그 자체였습니다. 파울만이 자신의 서재로 물러간 후, 그녀는 온갖 유쾌한 장난질로 안젤무스의 기분을 돋우었고, 결국 그는 모든 멍청한 일들을 까맣게 잊고 개구쟁이 처녀와 어울려 방 안에서 술래잡기 놀이를 했습니다. 하지만 그때 서투름의 귀신이 다시 한 번 그를 기습했지요. 그가 식탁에 부딪치자, 베로니카의 깔끔한 바느질 상자가 굴러떨어진 겁니다. 안젤무스는 상자를 들어 올렸어요. 뚜껑이 열려 있었고, 작고 둥근 금속 거울이 반짝이며 그를 마주 보고 있었어요. 그는 유쾌한 기분에 실려 거울을 들여다보았지요. 베로니카가 살그머니 뒤로 와서 그의 팔을 잡고 찰싹 기대면서 어깨너머로 함께 거울을 들여다보았습니다. 그때 안젤무스는 내면에서 하나의 투쟁이 시작되는 느낌이 들었습니다. 여러 생각들과 영상들, 사서관 린트호르스트, 세르펜티나, 초록 뱀이 후딱 떠올랐다가 다시 사라졌고 그러다가 마침내 평온이 찾아왔고, 뒤얽힌 모든 영상들이 명백한 하나의 의식으로 짜 맞추어 졌습니다. 자신은 지금껏 오로지 베로니카만을 줄곧 생각했다 는 것, 어제 하늘빛 방에서 눈앞에 나타난 형상도 다름 아닌 베 로니카였다는 것, 샐러맨더와 초록 뱀의 결합에 관한 환상적 이 야기도 그가 베껴 쓴 원고에 불과할 뿐 결코 실제로 들은 것이 아니라는 점이 이제 분명해졌습니다. 그는 자신의 몽상에 대해 스스로 놀라워하며 그 몽상들은 베로니카를 향한 사랑으로 황 홀해진 자신의 심적 상태와, 기묘한 마취성 향내를 풍기는 방들 이 즐비한 사서관 린트호르스트 집에서의 작업 환경 때문에 생 겨난 것이라고 생각을 밀어붙였어요. 한낱 작은 뱀한테 반하다 니, 또한 훌륭한 직분에 종사하는 추밀 사서관을 샐러맨더라고 믿다니, 그런 어처구니없는 공상에 대해 진심으로 웃지 않을 수 없었습니다.

"그래, 맞았어! 그건 베로니카야!"

그는 큰 소리로 외쳤어요. 그리고 고개를 돌리자, 사랑과 동 경이 실린 베로니카의 빛나는 푸른 눈에 곧장 마주쳤습니다. 그 녀의 입술이 그의 입술 위에서 불타는 순간, 가느다랗게 아! 하 는 탄성이 베로니카의 입에서 새어 나왔어요.

"오, 나는 행운아야."

황홀경에 빠진 학생 안젤무스도 한숨을 내쉬듯 말했지요. "어젯밤 꿈을 꾸었을 뿐인데, 그것이 오늘 실제로 내게 실현되다니."

"그럼, 당신이 궁중 고문관이 되면 저와 정말로 결혼하실 건가요?"

베로니카가 물었어요.

"물론입니다!"

학생 안젤무스는 대답했고요. 방문이 열리는 소리가 나고 교감 선생 파울만이 들어서며 말했습니다.

"자, 친애하는 안젤무스 군, 오늘은 내가 자네를 붙들어야겠네. 우리 집에서 수프를 드는 것으로 만족하게나. 그러고 나면 베로니카가 맛있는 커피를 준비해 줄 걸세. 이곳으로 오기로 약속한 서기관 헤르브란트와 어울려 커피 맛을 즐기도록 하세."

"아, 존경하는 교감 선생님."

학생 안젤무스가 대답했어요. "제가 사서관 린트호르스트 댁에 가야 한다는 것을 모르고 계셨나요? 복사 작업을 해야 하니까요."

"이것 좀 보게, 친구!"

교감 선생 파울만이 회중시계를 내밀면서 말했습니다. 시계는 12시 반을 가리키고 있었습니다. 학생 안젤무스는 이제 사서관 린트호르스트에게 가기에는 너무 늦었다는 것을 인정할 수밖에 없었지요. 그래서 교감 선생의 요청에 순순히 따르면서, 아니, 그보다는 하루 종일 베로니카를 바라보며 그녀의 비밀스러운 눈길과 다정한 손길을 받기를, 잘하면 키스까지도 얻어 내기를 내심 희망했습니다. 지금 학생 안젤무스의 소망은 그렇게까지 잔뜩 고조되어 있었지요. 그리고 그를 영영 멍청한 바보로 낙인찍을 수도 있는 그 온갖 환상적 망상이 물러가는 것을 실제로 확인하면 할수록 점점 편안한 기분이 되었습니다. 식사를 한 후 과연 서기관 헤르브란트가 나타났고, 커피를 즐긴 후 저녁 어스름이 내리기 시작할 무렵, 헤르브란트는 유쾌하게 의미심장한 웃음을 띠고 두 손을 비비면서 변죽을 울렸습니다. 자신이 무엇인가를 가져왔는데, 그것은 베로니카의 아름다운 손으로 뒤섞이어 정식으로 격을 갖추면, 말하자면 쪽이 분류되어 제목이 붙여지면, 서늘한 시월 저녁에 좌중의 모두를 즐겁게 할 것이라고 말이지요.

"그럼 가져온 그 수수께끼 같은 물건을 어서 꺼내 보게, 친애하는 서기관."

교감 선생 파울만이 다그쳤어요. 그러자 서기관 헤르브란트는 자기 예복의 깊은 호주머니에 손을 넣더니, 화주火酒 한 병, 레몬과 설탕 약간을 차례대로 꺼내 놓는 것이었어요. 반 시간도 채 못 되어 멋들어진 펀치가 파울만의 식탁에서 향기를 뿜었습니다. 베로니카가 펀치를 권했고, 친구들 사이에 이런저런 유쾌하고 즐거운 대화가 오갔습니다. 하지만 술기운이 오르자, 학생 안젤무스는 최근에 겪은 기묘하고 놀라운 영상들이 되돌아오는 느낌이었습니다. 인광처럼 반짝이는 다마스트 천 가운 차림의 사서관 린트호르스트가 보였고, 하늘빛 방, 황금 종려나무가 눈앞에 어른거렸어요. 어쨌거나 세르펜티나의 존재를 다시 믿어야 할 것 같은 기분이 들었어요. 그렇게 그의 내면은 부글부글 끓어올랐습니다. 베로니카가 펀치를 건네 오는 순간 그는 잔을 받으면서 그녀의 손을 살짝 건드렸습니다. 그리고 "세르펜티나! 베로니카!" 하면서 몰래 한숨을 쉬었어요. 이어서 깊은 몽상의 상태에 빠져들었습니다. 그때 서기관 헤르브란트가 큰 소리로 말했습니다.

"도저히 가늠할 수 없는 괴짜 노인네야. 여전하시단 말이야, 사서관 린트호르스트는. 자, 린트호르스트 만세. 우리 건배하세, 안젤무스 군!"

그때 학생 안젤무스는 몽상에서 빠져나와 서기관 헤르브란트와 잔을 부딪치며 말했어요.

"그 이유는, 경애하는 서기관 님, 사서관 린트호르스트께서는 원래 샐러맨더이기 때문이랍니다. 초록 뱀이 그에게서 도망쳤기 때문에 분노에 못 이겨 마왕 포스포루스의 정원을 황폐하게 만든 샐러맨더 말입니다."

"뭐, 뭐라고?"

교감 선생 파울만의 반응이었어요.

"그렇습니다."

✧

학생 안젤무스는 말을 이었어요. "그렇기 때문에 그는 왕실 사서관이 되어 이곳 드레스덴에서 세 딸들과 더불어 생계를 꾸려 가고 있는 겁니다. 그 딸들로 말할 것 같으면 다름 아닌 황금 초록 뱀들인데, 정향나무 덤불에서 해바라기를 하며 매혹적인 노래를 불러 시레네처럼 젊은이들을 유혹하고 있지요."

"안젤무스 군! 안젤무스 군!" 하고 교감 선생 파울만이 소리쳤어요. "자네 실성했나? 세상에, 무슨 얼토당토않은 수다를 떨고 있는 건가?"

"그의 말이 옳습니다."

서기관 헤르브란트가 끼어들었습니다. "그 작자, 사서관은 손가락을 튕겨서 불똥을 일으켜 남의 외투에 불을 붙이는 저주받은 샐러맨더입니다. 불구멍투성이의 외투가 뜨거운 해면이 될 지경으로 말입니다. 맞네, 맞아, 자네 말이 옳아, 안젤무스 형제. 그것을 믿지 않는 사람은 나의 적일세!"

이렇게 말하면서 서기관 헤르브란트는 술잔이 쩌르릉 울리도록 주먹으로 식탁을 쾅 쳤습니다.

"서기관! 당신, 미쳤소?"

격노한 교감 선생이 고함을 쳤지요. "학생! 학생! 자네는 지금 또 무슨 일을 벌이고 있는 건가?"

"이!" 하고 안젤무스가 말했어요. "교감 선생님도 한 마리 새에 불과하지요. 곱슬곱슬한 머리칼을 만드는 수리부엉이랍니다!"

"뭐라고? 내가 새라고? 수리부엉이…… 이발사라고?"

교감 선생은 분기탱천해서 소리쳤지요. "이봐, 자네 미쳤나? 미쳤어?"

"그렇지만 노파가 수리부엉이를 덮쳤답니다."

서기관 헤르브란트가 외쳤습니다.

"그렇습니다, 노파는 막강하거든요."

학생 안젤무스가 끼어들었어요.

"물론 노파는 천박한 혈통이긴 하지만요. 노파의 아버지는 초라한 깃털에 불과하고 어머니는 시시한 사탕무이거든요. 하지만 노파는 자신의 대부분 힘을 주변에 있는 갖가지 악성 피조물들, 독기 있는 악당들한테서 가져온답니다."

"그건 구역질 나는 중상모략이에요!"

베로니카가 성난 눈초리를 번득이며 소리쳤습니다. "늙은 리제는 여자 마술사이고, 검정 수고양이는 악성 피조물이 아니라 깍듯이 예절 바른 교양 있는 청년이자 노파의 사촌이라고요."

"샐러맨더가 음식을 처먹으면, 수염이 불에 그을려 비참하게 죽지는 않을까?"

서기관 헤르브란트가 중얼거렸어요.

"아니, 절대로 그런 일은 없어요!"

학생 안젤무스가 외쳤습니다. "그분은 절대로, 영원히 그럴

황금 항아리

리가 없어요. 그리고 초록 뱀이 나를 사랑하거든요. 나는 천진한 정서를 품고 있는 데다가, 세르펜티나의 눈을 보았으니까요."

"고양이가 그 눈을 파먹을 거예요!"

베로니카가 외쳤어요.

"샐러맨더…… 샐러맨더가 저들 모두를…… 모두를 손아귀에 넣고 있어."

교감 선생 파울만이 격분해서 고함쳤습니다. "대체 내가 정신병원에 와 있는 건가? 내가 실성한 건가? 내가 대체 무슨 얼토당토않은 수다를 떨고 있담? 그래, 나도 미쳤어. 나도 미쳤어!"

이 말과 동시에 교감 선생 파울만은 벌떡 일어나 머리에 썼던 가발을 벗어 방구석에 던졌고, 가발은 신음 소리를 내며 뭉개져 만신창이가 되면서 멀리까지 머리분을 뿌렸습니다. 그때 학생 안젤무스와 서기관이 환호작약하며 펀치 항아리와 술잔들을 집어 방구석에 던지기 시작했고, 깨어진 유리 조각들이 쩔 그렁거리며 사방에 튀었어요.

"만세, 샐러맨더! 타도하라! 노파를 타도하라! 금속 거울을 깨부수고, 고양이 눈깔을 뽑아라! 작은 새야, 공중의 작은 새야! 만세! 만세! 만만세, 샐러맨더!"

이렇게 세 남자는 신들린 것처럼 얼토당토않게 고함을 지르고 호통을 쳤습니다. 어린 프란치스카는 엉엉 소리 내어 울며 도망쳤고, 베로니카는 슬픔과 괴로움에 훌쩍거리며 소파에 누워 있었고요. 그때 문이 열렸고, 갑자기 쥐죽은 듯 조용해졌습니다. 그리고 회색 외투 차림의 한 작은 남자가 들어섰습니다. 그는 묘하게 엄숙한 표정을 짓고 있었고, 커다란 안경을 걸친 매부리코가 별나게 눈에 띄었어요. 게다가 깃털 모자처럼 보이는 괴상한 가발을 쓰고 있었고요.

"아유, 안녕들 하십니까?"

우스꽝스러운 난쟁이가 숨을 몰아쉬며 말했습니다. "제 생각에는 아무래도 여기에 학생 안젤무스 님이 있을 듯싶은데요. 삼가 사서관 린트호르스트 님의 전갈입니다. 오늘 사서관님께서는 헛되이 안젤무스 님을 기다리셨는데, 내일은 정해진 시간에 늦지 않기를 꼭 부탁드리신답니다."

이 말을 던지고 그는 다시 방을 나갔어요. 이제 모두들 방금 나타났던 엄숙한 난쟁이의 정체가 회색 앵무새라는 것을 알게 되었습니다. 교감 선생 파울만과 사서관 헤르브란트는 방 안이 쩌렁 울리도록 폭소를 터뜨렸고, 알 수 없는 비통함에 가슴이 찢긴 듯이 신음 섞인 베로니카의 훌쩍임이 그 웃음소리 사이로 들렸어요. 한편 학생 안젤무스의 내면으로는 경악감이 광란하듯이 파고들었습니다. 그는 자신도 모르게 밖으로 뛰쳐나와 거리를 달렸지요. 무의식적으로 자신의 집과 방을 찾아들었습니다. 곧이어 베로니카가 평온하고 친절한 모습으로 다가와, 왜

그렇게 만취 상태가 되어 자기를 불안하게 했느냐고 묻고, 사서
관 린트호르스트 집에서 일할 때 또다시 망상에 빠져들지 않도
록 하라고 주의를 주었어요.

"안녕히 주무세요. 안녕, 나의 사랑하는 친구여."

베로니카는 나직이 소곤거리며 그의 입술에 가벼운 키스를
했고, 안젤무스는 그녀를 포옹하려 했지요. 하지만 어느새 꿈
속의 형상은 사라지고 없었습니다. 그 후 그는 상쾌한 기분으로
잠에서 깨어났고요. 이제야 그는 펀치의 파급 효과에 대해 진심
으로 웃지 않을 수 없었어요. 한편 베로니카를 머릿속에 떠올리
자 편안한 느낌에 흠뻑 젖었습니다.

"그녀 덕분이야."

그는 혼잣말을 했습니다. "내가 어리석은 망상에서 빠져나올
수 있었던 것은 오로지 그녀 덕분이라고. 정말로 나는, 자기가
유리 그릇이라고 공상하는 자나, 자신이 보리알이라고 망상하
여 행여 닭의 모이가 될세라 겁이 나 방구석에 박혀 있는 자보
다 더 나을 것이 없었지. 그렇지만 이제 궁중 고문관이 되면 거
칠 것 없이 파울만 양과 결혼할 것이고 행복해질 거야."

그리고 정오가 되어 사서관 린트호르스트의 정원을 통과하
면서, 이 모든 것이 어떻게 전에는 그토록 기묘하고 경이롭게
보였는지 의아스럽지 않을 수 없었습니다. 그의 눈에 보이는 것
은 평범한 분재들, 각종 제라늄, 도금양 나무 둥치 등 그런 것들

에 불과했으니까요. 지난번 그를 놀려 대었던 알록달록한 색깔의 새들은 오간 데 없고, 몇 마리 참새만이 이리저리 날며 안젤무스를 보자 종잡을 수 없는 불쾌한 비명을 질렀습니다. 하늘빛 방도 전혀 딴판으로 보였어요. 이토록 야한 푸른색과 부자연스럽게 번질거리는 잎사귀들이 어떻게 단 한 순간이라도 마음에 들 수 있었는지 이해할 수가 없었어요. 사서관이 특유의 냉소를 띠고 그를 뚫어지게 바라보며 물었습니다.

"자, 어제의 펀치 맛이 어땠었나, 친애하는 안젤무스 군?"

"아, 분명히 사서관님에게 그 앵무새가……." 하고 학생 안젤무스는 심히 부끄러워하며 대꾸하려 했지만 말이 막혔어요. 앵무새의 출현조차 자신의 마비된 감각의 환영일지 모른다는 생각이 들었기 때문이었어요.

"이보게, 내가 몸소 그 모임에 참석했었거든."

사서관 린트호르스트가 안젤무스의 말을 자르며 끼어들었습니다. "나를 알아보지 못했었나? 하지만 자네들이 미친 듯이 난동을 부리는 통에 나는 심한 부상을 당할 뻔했다네. 서기관이 천장에 던지려고 펀치 항아리에 손을 뻗는 순간까지도 나는 그 항아리 속에 앉아 있었으니까. 어쩔 수 없이 날쌔게 교감 선생의 파이프 대롱으로 퇴각했지. 그럼 또 보세, 안젤무스 군! 부지런히 일하게. 결근했던 어제의 일당도 금화로 지불하겠네. 자네가 이제껏 착실히 일했으니까."

"사서관은 어떻게 저런 얼토당토않은 사설을 풀어 놓을 수 있담."

학생 안젤무스는 혼잣말을 하며 여느 때처럼 사서관이 눈앞에 펼쳐 놓은 문서를 복사하려고 책상에 앉았습니다. 하지만 양피지 위에는 기묘하게 꼬불꼬불한 획과 당초 문양이 끝도 없이 뒤얽혀 시각을 혼란시키고 있어서 어느 한 지점에도 시선을 맞출 수가 없었어요. 안젤무스로서는 그걸 모조리 정확하게 모사한다는 것이 불가능하게 여겨졌어요. 전체적으로 보아 그 양피지는 알록달록 줄무늬 진 대리석 덩어리, 아니면 이끼로 얼룩진 바윗덩이 같았지요. 그럼에도 불구하고 그는 가능한 대로 시도하기로 작심하고 용기를 내어 펜을 잉크에 담갔습니다. 그런데 잉크가 전혀 흘러내릴 기색이 아니었어요. 조급해진 그는 얼른 펜을 흔들어 보았지요. 그런데…… 아, 맙소사! 커다란 얼룩이 펼쳐진 원본에 떨어진 것입니다. 얼룩으로부터 한 줄기 푸른 섬광이 흘러나와 지지직 끓어오르며 꼬불꼬불 방을 가로질러 철썩하며 천장까지 튀었습니다. 그러자 짙은 연기가 사방 벽에서 피어오르고, 잎사귀들이 폭풍을 맞은 듯 술렁이기 시작했어요. 곧이어 잎사귀들로부터 번득이는 바실리스크 도마뱀들이 불길에 싸여 떨어져 내리면서 연기에다 불을 붙였고, 급기야는 타닥거리는 불덩어리들이 안젤무스를 에워싸고 넘실거렸습니다. 종려나무의 황금 둥줄기들은 거대한 뱀들로 변하여 날카로운 금속성을 내며 흉측한 대가리들을 맞부딪치며 비늘 덮인 몸뚱이 안젤무스를 휘감았고요.

"미친 놈! 경거망동을 저지른 벌을 받아라!"

왕관을 쓴 샐러맨더가 불길 속에서 눈부신 햇살처럼 뱀들 위로 나타나 와장창 호통을 치더니, 아가리를 딱 벌리고 안젤무스를 향해 폭포처럼 불길을 쏟아부었습니다. 하지만 이 불길의 분류奔流는 그의 몸을 감싸고 응고되면서 어느덧 얼음처럼 차가운 고체 덩어리로 변하는 것이었어요. 그렇게 팔다리가 점점 조여들어 마비되면서 안젤무스는 의식을 잃었습니다. 다시 정신을 차렸을 때, 그는 옴짝달싹할 수 없는 상태였습니다. 마치 투명한 광채에 갇혀 있어서, 손을 들거나 조금만 움직여도 그 광채에 부딪히는 형국이었지요. 아! 그는 사서관 린트호르스트의 장서실 안의 한 서가 위, 단단히 밀봉된 크리스털 병 안에 앉아 있게 된 것입니다.

열 번째 깨어 있는 밤

유리병 안의 학생 안젤무스의 고뇌
크로이츠 고교 생도들과 법관 시보試補들의 행복한 나날
사서관 린트호르스트의 장서실 안에서의 살육
샐러맨더의 승리와 학생 안젤무스의 해방

운 좋은 독자여, 당신이 언제이고 유리병 안에 갇히는 불운을 겪었을 거라고는 나는 당연히 생각하지 않습니다. 하지만 생생한 악몽 속에서 그와 비슷한 불가사의한 괴물한테 사로잡힌 경험은 일찍이 당신에게도 있었을 테지요. 그렇다면 가엾은 안젤무스의 곤경을 생생하게 공감할 수 있을 겁니다. 하지만 당신이 설사 그런 악몽을 한 번도 꾼 적이 없더라도, 나와 안젤무스를 위해 잠시나마 당신의 생동하는 환상을 크리스털 병속에 가두어 보십시오. 당신은 눈부신 광채에 단단하게 밀봉되어 있습니다. 주변의 만물이 현란한 무지갯빛으로 당신 눈앞에 어른거립니다. 만물이 명멸하는 빛 속에 흔들리고 있지요. 하지만 당신은 꽁꽁 얼어붙은 에테르의 압박을 받으며 요지부동으로 떠 있어서, 죽은 육체를 향해 당신의 정신이 뭐라고 명령을 내려도 소용없습니다. 갈수록 짓누르는 엄청난 무게가 당신의 가슴을 조여 오고 비좁은 공간 안에 그나마 남은 희박한 공기도 한 번 호흡할 때마다 소진되고 당신의 동맥은 팽창하고, 끔찍한 공포로 인해 끊어진 당신의 모든 신경줄은 단말마의 고통 속에서 경련을 일으키며 피를 흘립니다. 유리한 입장에 있는 독자여, 이런 유리병 감옥 안에서 이름 모를 고문을 겪고 있는 학생 안젤무스에 대해 동정심을 가져 보십시오. 게다가 그는 죽음마저 자신을 구제할 수 없으리라는 것을 실감하고 있었습니다. 아침 햇살이 밝고 다정하게 방 안으로 비쳐 들 때, 엄청난 고통 속에서 빠져들었던 깊은 가사 상태에서 깨어난 그에게는 다시 고문이 시작되는 것이었어요. 팔다리는 옴짝달싹할 수 없는데, 그의 생각들이 병의 유리 면을 쳤고, 그 불쾌한 울림이 그를 다시 마비시켰습니다. 평소에 내면으로부터 건네 오던 정신의 언어는 사라지고, 그 대신 몽롱하게 끓어오르는 광란의 소음만 들려왔어요. 그는 절망의 외침을 내질렀어요.

"오, 세르펜티나, 세르펜티나, 이 지옥의 고통에서 나를 구해 주구려!"

그때 나직한 탄식이 그를 맴도는 것 같았어요. 그리고 그 탄식이 투명한 초록빛 정향나무 잎사귀처럼 그를 가두고 있는 병을 감쌌습니다. 곧이어 광란의 소음이 멎고, 혼란스러운 빛도 사라지고, 이제 그는 한결 편하게 숨 쉴 수 있게 되었습니다.

"지금의 나의 곤경은 순전히 내 탓이라오! 아, 사랑스러운 세르펜티나! 나는 그대를 향해 경거망동했고, 그대의 존재에 무례한 의혹을 품었지요. 믿음을 잃고, 아울러 나를 지극히 행복하게 했을 모든 것을 잃은 것이오. 아, 그대는 결코 나의 사람이 될 수 없을 것이오. 황금 항아리는 내 몫이 될 수 없고, 나는 항아리의 기적을 영원히 볼 수 없겠지요. 아, 단 한 번만이라도 그대를 보고 싶소, 그대의 달콤한 음성을 듣고 싶소, 사랑스러운 세르펜티나!"

학생 안젤무스는 가슴을 에는 고통에 사로잡혀 그렇게 호소했습니다. 그때 바로 가까이에서 누군가의 음성이 들려왔어요.

"당신이 무엇을 원하는지 나로선 종잡을 수 없군요. 학생, 왜 당신은 그토록 터무니없는 한탄을 하고 있나요?"

학생 안젤무스는 같은 책장 위에 또 다른 다섯 개의 병이 나란히 놓여 있는 것을 발견했고, 그 병들 안에서 세 명의 크로이츠 고교[17] 생도들과 두 명의 법관 시보를 알아보았습니다.

"아, 불행에 빠진 나의 동반자들이여."

그는 외쳤지요. "보아하니 자네들은 꽤나 유쾌한 기색인데, 어떻게 그렇게 유유자적할 수 있나? 자네들도 나와 똑같이 유리병 속에 갇혀 옴짝달싹할 수 없는 지경에 빠져 있는데. 쩔렁거리는 살인적인 소음만 들으면서, 머릿속이 끔찍하게 부글부

---

17) Kreuzschule. 드레스덴의 기독교 김나지움

글 끓어올라 이렇다 할 분별 있는 생각을 할 수 없는 처지일 터인데 말일세. 어쨌거나 보아하니 자네들은 샐러맨더나 초록 뱀의 존재를 믿지 않는 게 분명하군."

"무슨 허튼 소리를 하고 있나요, 선배님."

한 크로이츠 고교 생도가 대꾸했습니다. "우린 지금보다 더편한 상태인 적이 없었어요. 온갖 뒤죽박죽의 복사 작업을 해준 대가로 정신 나간 사서관이 지불한 금화 덕분이지요. 지금우린 더 이상 이탈리아의 합창곡을 암기하지 않아도 된답니다. 요즈음 우린 매일 요제프 주점이나 그 밖의 다른 주막에 가서진한 맥주를 즐기면서 예쁜 처녀들도 눈요기하고, 어엿한 대학생들처럼 〈가우데아무스 이기투르〉[18]를 노래하면서 진심으로만족하고 있답니다."

"이 생도들의 말이 전적으로 맞아요."

한 법관 시보가 끼어들어 말했습니다. "나도 여기 옆에 있는내 동료와 마찬가지로 금화를 듬뿍 받았답니다. 그래서 사방 벽에 갇혀 서류를 베끼는 고역을 치르느니, 차라리 부지런히 포도원으로 산책을 나간답니다."

"그렇지만 친애하는 여러분!"

학생 안젤무스가 말했습니다. "자네들 모조리 유리병에 갇혀

---

18) Gaudeamus Igitur. '기뻐할지어다'라는 뜻의 라틴어로, 중세에까지 거슬러 올라가는 가장 오래된 독일 대학생들의 애창곡

옴짝달싹할 수 없다는 것을, 산책을 즐기기에는 어림도 없는 처지인 것을 느끼지 못한단 말이오?"

그러자 크로이츠 고교 생도들과 법관 시보들은 폭소를 터뜨리며 외쳤어요.

"학생께서는 제정신이 아니야. 유리병 속에 갇혔다고 망상하고 계시는군. 엘베 강 다리 위에 서서 강물을 내려다보고 있으면서 말이야. 우리는 갈 길이나 갑시다!"

"아……" 하고 학생은 한숨을 내쉬었습니다. "저들은 사랑스러운 세르펜티나를 결코 보지 못하고 있어. 믿음과 사랑 속의 삶이 무엇인지, 자유가 무엇인지를 모르고 있단 말이야. 어리석고 속된 생각 때문에, 샐러맨더가 가두어 놓은 감옥의 압박을 느끼지 못하는 거라고. 하지만 나는 불행하게도 그녀가, 이루 말할 수 없이 내가 사랑하는 그녀가 나를 구해 주지 않으면, 이 치욕과 곤경 속에서 사라지고 말 테지."

그때 세르펜티나의 음성이 미풍처럼 방 안에 살랑거렸어요.

"안젤무스! 믿음과 사랑과 소망을 품으세요!"

그 한마디 한마디 음절이 햇살처럼 안젤무스의 감방 안으로 비춰 들어왔고, 그래서 그 힘에 굴복한 크리스털이 팽창했던 것에 틀림없었습니다. 크리스털 감방에 갇힌 안젤무스의 심장이 고동치기 시작하고 움직일 수도 있게 되었으니까요! 결박 상태에서 오는 고통이 서서히 감소되었습니다. 그는 세르펜티나가 여전히 자신을 사랑하고 있으며, 이 크리스털 결박 속에서 머무는 것을 그나마 가능케 해 주는 힘은 바로 그녀의 존재임을 여실히 깨달았습니다. 그는 경박한 불행의 동반자들에 대해서는 더 이상 신경 쓰지 않고, 오로지 사랑스러운 세르펜티나에게 생각과 마음을 집중했습니다. 그때 다른 편에서 갑자기 불분명하게 중얼대는 불쾌한 소음이 들려왔어요. 그리고 그 소음은 맞은편 작은 장롱 뒤에 놓인, 뚜껑이 반쯤 깨어진 낡은 커피 주전자에서 나오는 소리임을 곧 알아채었지요. 그 주전자를 유심히 살펴보노라니, 주름투성이의 흉한 몰골이 점점 윤곽을 드러내고 곧이어 슈바르츠 성문 앞 사과 행상이 책장 앞에 서 있었습니다. 노파는 삐죽이 비웃음을 띠며 째지는 듯한 음성으로 외쳤어요.

"쯧쯧, 딱도 하지, 이놈아! 이제 견딜 수밖에 없지? 크리스털 속으로 떨어져라! 벌써 전에 내가 예언하지 않았더냐?"

"얼마든지 비웃고 놀리시라지, 저주받은 마귀할멈."

학생 안젤무스도 응수했습니다. "모든 게 당신 탓이야, 그래도 샐러맨더가 곧 당신을 때려눕힐 거라고, 비열한 사탕무 할멈!"

"호, 호!" 노파가 대꾸했어요. "그렇게 뻐기지 말아라! 네 놈은 내 어린 아들들의 얼굴을 직통으로 밟았고, 내 코에다 화상을 입혔지. 그렇지만 나는 네게 호감을 갖고 있다고, 이 악당아. 왜냐하면 평소의 너는 착실한 청년이고, 또 내 어린 딸이 너를 좋아하니까. 그렇지만 너는 내 도움 없이는 크리스털에서 빠져나오지 못할 거다. 너한테 내가 직접 손을 쓸 수는 없지만, 바로 네 머리 위 천장에 살고 있는 나의 친척인 쥐가 너를 받치고 있는 판자를 갉아 쪼갤 수 있을 거다. 그럼 너는 공중제비를 넘으며 떨어질 테고, 내가 앞치마로 너를 받으마. 코방아를 찧어 코가 뭉개지지 않도록, 네 반반한 상판이 상하지 않도록 말이다. 그리고 곧장 너를 베로니카 양에게 데려갈 참이다. 네가 궁중 고문관이 되면 그 아이랑 결혼을 해야 하니까."

"나한테서 손을 떼라고, 악마 같은 할망구야."

학생 안젤무스는 격분해서 소리쳤어요. "바로 당신의 악마 같은 술책이 나를 경거망동하게 부추겼고, 그 값을 지금 내가 치르고 있는 거니까. 하지만 나는 이 모든 수난을 꿋꿋이 참아낼 거라고. 왜냐하면 사랑스러운 세르펜티나가 사랑과 위안으로 감싸고 있는 한 나는 여기서 버틸 수 있으니까! 내 말을 잘 듣고, 절망으로 떨어지시지, 할망구야! 나는 당신 힘에 맞서면서 영원히 세르펜티나만을 사랑할 테니까. 나는 결단코 궁중 고문관에 오르지도 않을 것이며 당신의 힘을 빌려 나를 악으로 유혹한 베로니카 양도 다시는 만나지 않을 것이다! 초록 뱀을 나의 것으로 만들 수 없다면, 나는 차라리 동경과 고통 속에서 몰락해 갈 것이다! 꺼져라! 꺼지라고, 천박한 괴물 할망구야!"

그러자 노파는 방 안이 쩌렁쩌렁 울리도록 웃음을 터뜨리며 외쳤습니다.

"그렇다면 그렇게 갇힌 채로 몰락해 가려무나. 어쨌거나 나는 일을 해야 할 시간이다. 이곳에서 내가 할 일은 다른 종류의 것이니까."

노파는 검정 외투를 벗어던지고 흉측한 벌거숭이 몸뚱이를 드러냈습니다. 그리고 곧 방 안을 빙빙 돌기 시작했어요. 그러자 대형 고서적들이 떨어져 내렸고, 노파는 서적의 양피지들을 찢어 잽싸게 뜯어 맞추어 몸에다 둘렀습니다. 그렇게 순식간에 기묘하게 알록달록한 비늘 갑옷으로 무장한 셈이지요. 이어서 책상에 놓여 있던 잉크통으로부터 검정 수고양이가 불꽃을 뿌리며 튀어나와 노파를 향해 야옹대며 돌진했고, 노파는 큰 소리로 환호하며 고양이와 함께 문밖으로 사라졌어요. 안젤무스는 그들이 하늘빛 방으로 갔다는 것을 곧 알아챘지요. 멀리서 쉭쉭거리는 소음이 들려왔습니다. 정원의 새들이 후다닥 비명을 지르고, 앵무새가 울상으로 조잘대었어요.

"살려 줘! 살려 줘! 도둑이다, 도둑이야!"

그 순간 노파가 황금 항아리를 부둥켜안고 방 안으로 뛰쳐들어와 수선스럽게 흉측한 몸짓을 하며 허공에 대고 소리를 쳤습니다.

"조심해! 조심하라고! 아들아, 초록 뱀을 죽여라! 자, 아들아, 어서!"

❧

안젤무스의 귀에는 땅이 꺼지는 듯한 신음 소리, 세르펜티나의 음성이 들리는 것 같았어요. 동시에 경악감과 절망감에 사로잡혔지요. 그는 혼신을 다해 모든 신경줄과 혈관이 터져라 하고 힘껏 크리스털에 부딪쳤습니다. 그러자 날카로운 울림이 방 안에 퍼졌고, 그 순간 사서관이 번쩍이는 다마스트 천 외투 차림으로 방 안에 들어섰습니다.

"원, 원! 무례한 것! 미친 도깨비! 마술아, 이리 와라. 자!"

그는 그렇게 소리쳤습니다. 그러자 노파의 검은 머리털이 가시처럼 곤두서고 새빨간 눈알이 지옥 불처럼 이글거렸어요. 그리고 딱 벌린 아가리 사이로 뾰족한 이빨을 뿌드득 갈면서 쉿 소리를 내겠지요.

"자, 어서! 어서 나와라! 쉿, 쉿, 나와라."

그렇게 깔깔 조롱하면서 황금 항아리를 꼭 붙안고 빛나는 흙을 한 움큼씩 꺼내 사서관을 향해 던졌습니다. 하지만 그 흙덩이는 사서관의 외투에 닿자마자 꽃이 되어 떨어지는 것이었어요. 그때 외투에서 반짝이던 백합들이 불길을 일으키며 타올랐고, 사서관은 타오르는 백합들을 마녀를 향해 던졌습니다. 마녀는 고통의 비명을 질렀어요. 하지만 마녀가 껑충껑충 뛰며 양피지 갑옷을 흔들어 대자, 백합에 붙은 불이 꺼지며 잿가루가 떨어졌습니다.

"어서 덤벼라, 내 아들아!"

노파가 쳇소리로 외치자, 수고양이가 공중으로 펄쩍 뛰어 문께의 사서관을 향해 돌진했습니다. 그때 회색 앵무새가 날아와 고양이와 맞붙으며 꼬부라진 부리로 덥석 물어 고양이 목에서 새빨간 피가 콸콸 흘렀습니다. 그때 세르펜티나의 음성이 외쳤어요.

"구해 냈어! 구해 내었어!"

절망과 분노에 휩싸인 노파는 사서관을 향해 달려들었지요. 항아리를 팽개치고, 앙상하고 긴 손가락을 뻗어 사서관을 할퀴려 했어요. 하지만 사서관이 어느새 외투를 벗어 노파를 향해 던졌고, 그러자 양피지들이 지지직 타다닥 푸른 불꽃을 일으키며 타오르기 시작했습니다. 노파는 단말마의 비명을 지르며 떼굴떼굴 굴렀지요. 그러면서도 연방 항아리에서 흙을 끄집어내고 책에서 양피지들을 찢어 내면서 불길을 끄려고 안간힘을 썼어요. 그렇게 노파는 흙덩이와 양피지들을 자신의 몸 위에 쏟아부어서 결국 불을 껐습니다. 하지만 이번에는 사서관의 내부에서 뿜어져 나온 이글거리는 불길이 노파를 덮쳤습니다.

"자자, 덤벼라! 샐러맨더에게 승리를!"

사서관의 음성이 방 안에 우렁차게 울려 퍼지는 것과 동시에, 무수한 가닥의 번갯불이 넘실대며 비명을 질러 대는 노파를 휘감았습니다. 그런 한편에서 수고양이와 앵무새도 치열하게 격투하느라 식식대며 날뛰고 있었고요. 하지만 결국 앵무새

가 세찬 날갯짓으로 고양이를 바닥에 넘어뜨린 다음, 발톱으로
움켜잡아 바싹 조이면서 날카로운 부리로 고양이의 번득이는
눈알을 후벼 파내었어요. 고양이는 단말마의 비명을 지르며 신
음하다가 결국 뜨거운 거품을 내뿜으며 죽고 말았지요. 외투 자
락을 덮고 노파가 쓰러진 바닥에선 짙은 연기가 뿜어져 나왔습
니다. 그리고 노파의 울부짖음, 날카로운 비명 소리가 멀리까지
메아리쳤고요. 악취를 풍기며 퍼졌던 연기가 잦아들었습니다.
사서관이 외투 자락을 들추자 그 밑에는 흉측한 사탕무가 하나
놓여 있을 뿐이었어요.

"존경하는 사서관님, 여기 쳐부순 적을 데리고 왔습니다."

앵무새가 겨우 까만 머리카락 한 가닥 부리에 물고 와서 사
서관 린트호르스트에게 내밀며 말했지요.

"아주 잘했네, 친구." 사서관이 대답했어요. "여기 내가 쳐부
순 노파도 누워 있네. 나머지 일은 자네가 알아서 처리하게. 자
네한테 작은 사례로 오늘 중으로 야자열매 여섯 알이랑 새 안
경도 하나 마련해 주지. 보아하니 고양이 놈이 자네 안경을 못
쓰게 망가뜨렸더군."

"평생토록 충성하겠습니다, 친애하는 후원자시여!"

앵무새는 흡족해서 말을 덧붙이더니 사탕무를 부리에 물고
사서관이 열어 준 창문을 통해 밖으로 날아갔습니다. 이제 사서
관은 황금 항아리를 부여잡고 큰 소리로 불렀습니다.

"세르펜티나, 세르펜티나!"

학생 안젤무스는 자신을 파멸시킨 비열한 노파가 죽어 간 것이 꽤나 기뻤어요. 그래서 후련한 마음으로 사서관을 바라보았을 때, 그곳에는 다시금 위용을 갖춘 마왕이 근엄한 시선으로 그를 건너다보고 있었습니다.

"안젤무스 군……" 하고 마왕이 말했어요. "자네의 불신은 자네 자신의 탓이 아니라, 자네 마음속에 파고들어 불화를 일으키는 적대적 원칙의 탓이라네. 자네는 충직함을 입증해 보여 주었네, 자유와 행복을 누리게."

한 줄기 섬광이 안젤무스의 내면을 파고들었고, 크리스털 종소리의 아름다운 삼화음이 더없이 장엄하고 우렁차게 울려 왔습니다. 그렇게 그 화음은 그의 온몸을 파고들어 진동시키면서 동시에 점점 더 커지며 온 방 안을 뒤흔들더니 급기야 안젤무스를 가두었던 유리병을 깨뜨렸습니다. 이어서 그는 사랑스러운 세르펜티나의 품에 떨어졌습니다.

열한 번째 깨어 있는 밤

집 안에서 벌어진 어이없는 소란,
그에 대한 교감 선생 파울만의 불만
궁중 고문관으로 출세한 헤르브란트가
비단 양말을 신은 구둣발로 혹한 속을 걸어온 사연
베로니카의 고백
김 나는 수프 접시 앞에서의 약혼

●

　"어제 그 망할 놈의 펀치가 어쩌자고 머리 꼭대기까
지 치솟아 우리로 하여금 온갖 난동을 부리게 했는지, 뭐라고
말 좀 해 보게나, 친애하는 서기관!"

　다음 날 아침 교감 선생 파울만은 깨진 유리 조각들이 널브
러져 있는 방 안으로 들어서며 말했어요. 방 한가운데에는 풀어
진 모양새의 불운의 가발이 펀치 속에 둥둥 떠 있었습니다. 학
생 안젤무스가 문밖으로 뛰쳐나간 후, 교감 선생 파울만과 서기
관 헤르브란트는 미치광이처럼 고함을 지르고 머리를 맞부딪
치면서 온 방 안을 비틀거리며 헤매었어요. 그러다 마침내 어린
프란치스카가 곤드레가 된 아빠를 낑낑대며 침대로 끌어다 눕
혔고, 서기관은 기진맥진하여 소파에 쓰러졌고, 베로니카는 소
파를 떠나 침실로 도망쳤더랬어요. 서기관 헤르브란트는 푸른
색 손수건을 머리에 동여매고서, 해쓱해진 얼굴에 침울한 표정

을 지으며 신음조로 말했습니다.

"아, 친애하는 교감 선생님, 베로니카 양이 솜씨 있게 준비한 펀치 탓이 아닙니다. 그건 아니지요! 이 모든 소동은 순전히 빌어먹을 안젤무스 탓입니다. 그 친구가 벌써부터 '제정신이 아니라는 것'[19]을 눈치채지 못하셨나요? 또한 광기에는 전염성이 있다는 걸 선생님께서도 아시잖아요? 한 바보는 수많은 바보들을 만든답니다. 용서하십시오, 하긴 이건 낡은 속담이지요. 특히 술이 한잔 들어가면 사람들은 쉽게 바보가 되어 자기도 모르게 뒤따라 기동 훈련을 하고, 정신 나간 향도嚮導 병사의 전형적인 연습 장면을 돌발적으로 연출하지요. 교감 선생님, 제가 회색 앵무새를 기억하고 있는데, 그래도 아직 만취한 상태라고 여기십니까?"

"아, 그건 아닐세."

교감 선생이 얼른 끼어들었어요. "그건 장난이었지! 회색 외투 차림으로 학생 안젤무스를 찾아왔던, 사서관이 보낸 키 작은 조수였을 뿐이네."

"그럴 수도 있지요."

서기관 헤르브란트가 말을 이었습니다. "그렇지만 지금 저는 매우 비참한 기분이 드는 걸 고백하지 않을 수 없습니다. 밤새

---

19) mente captus라는 라틴어

도록 너무나 이상스럽게 오르간 소리며 휘파람 소리가 귓속에 울렸거든요."

"그건 내가 낸 소리에 지나지 않네." 교감 선생이 대꾸했습니다. "왜냐하면 나는 심하게 코를 골거든."

"하긴, 그럴 수도 있겠네요."

사서관이 말을 이었어요. "그렇지만 교감 선생님, 교감 선생님! 제가 어제 우리끼리 제법 즐거운 자리를 마련하려 마음먹었던 데에는 그럴만한 이유가 있었습니다. 그런데 안젤무스라는 녀석이 깡그리 망쳤지요. 선생님께서는 모르십니다, 오, 교감 선생님, 교감 선생님!"

서기관 헤르브란트는 벌떡 일어나 머리의 수건을 벗어던지고 교감 선생을 얼싸안고 열렬히 악수를 하며 다시 한 번 애절하게 "교감 선생님, 교감 선생님!"을 부르더니, 모자와 지팡이를 챙겨 쏜살같이 달아났습니다.

"안젤무스라는 녀석을 다시는 내 집 문턱에 들여놓지 않을 테다." 교감 선생 파울만은 혼잣말을 했습니다. "그 녀석의 완고한 내면의 광기가 선량한 사람들의 그나마의 분별마저 흐리게 한다는 것을 이젠 확실히 알았으니까. 그래도 나는 지금껏 잘 버텨 온 셈인데, 어제 취중에 밀고 들어온 악마가 공략해서 장난을 친 모양이야. 그러니 사탄아, 물러가라![20] 안젤무스는 꺼져라!"

베로니카는 매우 심각한 모습이었습니다. 한마디 말도 않고 이따금 묘한 미소를 띠며 되도록 혼자 있고 싶어 했어요.

"저 아이도 안젤무스라는 놈이 꺼림칙한 거야."

교감 선생은 이를 악물고 말했어요. "어쨌거나 그 녀석이 나타나지 않는 건 잘된 일이야. 그놈은 내가 두려운 거야. 그렇고말고! 안젤무스 녀석, 그래서 코빼기도 보이지 않는 거라고."

교감 선생은 마지막 말을 큰 소리로 내뱉었습니다. 그러자 바로 옆에 있던 베로니카가 울음보를 터뜨리며 탄식했어요.

"아, 안젤무스 씨가 어떻게 올 수 있겠어요? 벌써 오래전부터 유리병에 갇혀 있는걸요."

"뭐, 뭐라고?"

교감 선생 파울만이 소리쳤지요.

"아, 맙소사! 하느님 맙소사! 저 아이마저 서기관처럼 허튼소리를 하고 있네. 곧 폭발하겠어. 이런 빌어먹을. 구역질 나는 안젤무스 녀석!"

그는 곧장 의사 에크슈타인에게 달려갔습니다. 하지만 의사는 싱긋 웃으면서 이번에도 "쯧쯧, 딱하군!" 하고 말했지요. 그리고 아무런 처방도 내리지 않고, 방금 말한 몇 마디에 지나가는 투로 덧붙였습니다.

20) apage Satanas라는 라틴어

❖

"신경성 발작이오! 저절로 치유될 겁니다. 바람을 쏘이고 산책을 나가고 휴식을 취하고 극장 구경을 하면. 〈행운아〉라든가 〈프라하의 자매들〉[21] 같은 것 말이지요. 곧 나을 겁니다!"

'저 의사가 저렇게 말을 많이 한 적은 없었는데.' 교감 선생은 생각했어요. '참 수다스러웠다니까.'

여러 날과 여러 주일, 여러 달이 흘러갔습니다. 안젤무스는 사라졌고, 서기관 헤르브란트마저 나타나지 않았어요. 그러다 마침내 2월 4일 정각 12시에, 최신 유행의 옷차림과 구두, 게다가 비단 양말까지 신은 서기관이 혹한을 무릅쓰고 거창한 생화 다발을 손에 든 채 교감 선생 파울만의 방에 나타났습니다. 교감 선생은 유난히 모양을 낸 그의 모습을 보고 적잖이 놀랐지요. 서기관 헤르브란트는 정중하게 교감 선생 파울만에게 다가가 예의 바르게 포옹하고 나서 말했습니다.

"오늘 선생님의 사랑하는 따님 베로니카 양의 성명 축일을 맞아 저는 오래전부터 마음속에 품어 왔던 이야기를 솔직히 털어놓겠습니다! 그때 화근이 된 펀치의 재료들을 제가 윗도리 호주머니 속에 넣고 왔던 그 불운의 밤에, 저는 선생님께 기쁜 소식을 전하고 행운의 날을 즐겁게 축하하려는 계획을 품고 있었답

---

21) 〈Sonntagskind〉, 〈Schwestern von Prag〉, 1794년 빈의 레오폴드슈타트 극장에서 초연된 악극. 당시 극장의 전속 작곡가 벤첼 뮐러Wenzel Müler(1767~1835)의 곡에 전속 작가 요아힘 페리네트Joachim Perinet(1763~1816)의 텍스트였다.

니다. 그때 이미 제가 궁중 고문관으로 진급된 소식을 들었기 때문이죠. 저의 승진을 인정하는 '군주의 자필 서명과 봉인이 찍힌'[22] 임명 칙서를 받아 지금 제 호주머니에 갖고 있습니다."

"아, 아! 서기관, 아니, 궁중 고문관 헤르브란트가 옳은 칭호지."

교감 선생이 더듬거렸습니다.

"그렇지만, 존경하는 교감 선생님⋯⋯" 하고 이제 궁중 고문관이 된 헤르브란트가 말을 이었어요. "선생님께서 저의 행운을 마무리 지어 주셔야겠습니다. 벌써 오래전부터 저는 베로니카 양을 마음속으로 사랑해 왔고, 아가씨가 내게 보내는 다정한 시선, 아가씨 편에서도 나를 싫어하지 않는다는 것을 알려 주는 여러 차례의 시선을 마음 뿌듯하게 여겨 왔습니다. 거두절미하고, 존경하는 교감 선생님! 나 궁중 고문관 헤르브란트는 사랑스러운 따님 베로니카 양에게 삼가 청혼합니다. 그리고 선생님께서 반대하시지 않는다면, 조만간 저의 집으로 품고 갈 생각입니다."

교감 선생 파울만은 어리둥절해서 손뼉을 치며 외쳤습니다.

"원, 이런 이런! 서기관, 아니, 궁중 고문관, 누가 이런 일을 짐작이나 했겠나! 음, 베로니카가 진실로 자네를 사랑한다면 나로서야 반대할 근거가 없네. 어쩌면 그 아이가 요즘 우울증에

---

22) cum nomine et sigillo principis라는 라틴어

빠진 것은 자네를 향한 숨겨 놓은 사랑 때문인지도 모르지. 존경하는 궁중 고문관! 이런 코미디가 어디 있겠나."

그 순간 베로니카가 들어섰습니다. 요즈음 늘 그렇듯이 창백하고 심란한 모습이었어요. 그때 궁중 고문관 헤르브란트가 다가가 적절한 말로 그녀의 성명 축일을 치하하고 향기로운 꽃다발과 아울러 작은 선물 포장을 건넸습니다. 그녀가 포장을 열어 보니 한 쌍의 반짝이는 귀고리가 환하게 그녀를 맞겠지요. 후딱 떠오른 홍조가 그녀의 양볼을 물들였고, 생기에 넘친 눈이 번쩍 빛을 발했습니다. 그녀가 외쳤지요.

"아, 이럴 수가! 이건 벌써 몇 주일 전에 제가 걸어 보고 기뻐했던 것과 똑같은 바로 그 귀고리예요!"

"그럴 리가 있겠습니까?"

궁중 고문관 헤르브란트가 약간 당황하고 기분이 상해서 끼어들었어요.

"이 장신구는 내가 바로 한 시간 전에 슐로스 가에서 과분한 금액을 지불하고 구입한 것인데요?"

하지만 베로니카는 그의 말은 듣는 둥 마는 둥하고, 귀에 건 장신구의 효과를 확인해 보고 싶어서 어느새 거울 앞에 섰습니다. 교감 선생 파울만은 근엄한 표정에다 진지한 음성으로, 친구 헤르브란트의 신분 승격과 청혼에 대해 딸에게 통고했어요. 베로니카는 궁중 고문관을 뚫어져라 쳐다보고 나서 말했습니다.

"당신이 나와 결혼하고 싶어 한다는 걸 벌써부터 알고 있었다고요. 좋아요! 고문관님께 몸과 마음을 바칠 것을 약속하겠어요. 그렇지만 우선 고문관님에게, 아니, 두 분에게, 그러니까 아버지와 미래의 남편에게, 저의 머리와 가슴을 짓누르고 있는 몇 가지 비밀을 털어놓아야겠어요. 지금 당장에요. 어린 프란치스카가 막 차려 놓은 수프가 식더라도 할 수 없어요."

교감 선생도 궁중 고문관도 뭔가 할 말이 있는 눈치를 여실히 보이는데도 베로니카는 두 남자의 뜻을 무시하고 말을 이었어요.

"제가 안젤무스 씨를 진심으로 사랑했다는 걸 아버지는 아실 거예요. 그리고 지금은 궁중 고문관에 오르신 지난날 서기관 헤르브란트 님이 안젤무스 씨야말로 확실히 그만한 직위에 오를 만한 인물이라고 장담하셨을 때, 저는 다른 누구도 아닌 그런 인물을 제 남편으로 삼겠다고 결심했지요. 그렇지만 그 당시에 이미 어떤 낯설고 적대적인 존재들이 내게서 그분을 앗아 가는 느낌이 들었어요. 그래서 늙은 리제한테 도움을 요청했지요. 어릴 때 저의 보모였지만 지금은 점쟁이, 위대한 여자 마술사예요. 리제는 나를 도와주겠다고, 안젤무스 씨를 완전히 내 사람이 되게 해 주겠다고 약속했어요. 추분날 밤 자정에 우리는 크로이츠 베크(십자로)로 갔고, 그녀가 지옥의 망령들을 주문으로 불러내었어요. 그리고 검정 수고양이의 도움을 받아 우린

작은 금속 거울을 만들어 내었고요. 저는 온 마음을 집중하여
안젤무스 씨를 생각하면서 그 거울을 들여다보아야만 했어요.
그래야만 머리와 가슴으로 그를 지배할 수 있다고 했어요. 그렇
지만 지금 저는 그런 어리석은 일에 말려든 저 자신을 진심으
로 후회하고 있어요. 모든 악마의 술책을 떠나겠다고 맹세하겠
어요. 샐러맨더가 노파를 제압했고, 나는 노파의 비명을 들었답
니다. 하지만 노파를 도와줄 수도 없었지요. 사탕무로 변한 노
파를 앵무새가 먹어 버리자, 칼로 치듯 쨍그렁 소리를 내며 저
의 금속 거울도 깨어져 버렸답니다."

베로니카는 바느질 상자에서 깨어진 거울 조각과 고수머리
한 가닥을 들고 와, 두 가지 물건 모두 궁중 고문관 헤르브란트
에게 건네주며 말을 이었어요. "사랑하는 궁중 고문관님, 이걸
받으세요. 깨어진 거울 조각은 오늘 밤 자정에 엘베 교의 바로
십자가가 서 있는 지점에서[23], 아직 얼어붙지 않은 강물에다
던지세요. 그렇지만 고수머리는 품에 간직하고 계세요. 저는 악
마의 술책과 결별할 것을 다시 한 번 맹세할게요. 그리고 안젤
무스 씨에게도 진심으로 행복을 빌겠어요. 그분은 나보다 훨씬
아름답고 부유한 초록뱀과 결합했으니까요. 사랑하는 궁중 고

---

23) 드레스덴의 엘베 강에 세워진 다리들 중에 가장 오래되고(13세기) 아름다운 다리인
아우구스투스 교에는 18세기 전반까지는 다섯 번째 교각 위에 돌로 된 십자가가 있었는데,
1845년 3월 31일 홍수 때에 무너졌다고 한다.

문관님, 이제 저는 착실한 아내로서 당신을 사랑하고 존경하겠어요!"

"아, 하느님 맙소사! 아, 하느님."

교감 선생 파울만이 비통한 어조로 외쳤습니다. "저 아이는 미쳤어, 제정신이 아니야. 결단코 궁중 고문관 부인이 될 수는 없어. 저 아이는 실성했다고!"

"결코 그렇지 않습니다."

궁중 고문관 헤르브란트가 끼어들었어요. "베로니카 양이 어딘가 삐딱하게 꼬인 안젤무스 군에게 얼마간의 호감을 품고 있다는 걸 저는 잘 알고 있습니다. 어쩌면 베로니카 양은 좀 지나친 긴장 상태에서 그 점쟁이를 찾았을 수도 있어요. 그 노파는 보아하니 제에 성문 앞에서 카드 점이나 커피 찌꺼기 점을 쳐 주는, 바로 라우어린이라는 이름의 늙은이랍니다. 어쨌거나 사람들에게 적대적인 영향력을 적나라하게 드러내는 마법이 실재한다는 사실을 부인할 수는 없습니다. 그런 사실은 고대 문서들에서 얼마든지 확인할 수 있지요. 하지만 베로니카 양이 샐러맨더의 승리나 안젤무스 군과 초록 뱀의 결합에 관해 한 이야기는 필시 시적인 비유에 불과할 겁니다. 말하자면 학생 안젤무스와의 철두철미한 결별을 노래한 한 편의 시이지요."

"궁중 고문관님 마음대로 해석하세요!" 베로니카가 끼어들었어요. "한낱 멍청한 꿈으로 여기시든가."

"결코 그렇지는 않습니다."

궁중 고문관 헤르브란트가 맞섰습니다. "안젤무스 군이 그 자신을 우롱하며 온갖 상식 밖의 행동을 하게끔 몰아가는, 비밀스런 힘의 포로가 되어 있다는 점을 저도 잘 알고 있으니까요."

더 이상 참을 수 없어진 교감 선생 파울만이 폭발하듯 말했습니다.

"그만두게, 제발! 집어치우라고! 우리는 빌어먹을 펀치를 과음했던 게 아닌가? 아니면 안젤무스 녀석의 광기가 우리에게 영향을 미치고 있는 것인지? 궁중 고문관, 대체 무슨 얘기를 하고 있는 건가? 하지만 나는 자네들의 머릿속에 유령처럼 출몰하는 것의 실체는 다름 아니라 결혼에서 드러나게 되는 사랑이라고 믿고 싶네. 그렇지 않다면, 경애하는 궁중 고문관, 자네마저 살짝 광기에 빠져들지 않을까 불안할뿐더러, 부모의 고질병을 물려받을 후손들이 걱정스럽기 때문이라네. 자, 그럼 이 행복한 결합에 대해 아버지로서 축복을 보내며, 신부와 신랑으로서 그대들의 입맞춤을 허락하네."

그 일은 즉각 수행되었고, 식탁에 차려진 수프가 식기도 전에 정식으로 약혼이 성사되었습니다. 그리고 몇 주일이 지나지 않아 궁중 고문관 헤르브란트 부인은 지난날 머릿속에서 그렸던 그대로, 실제로 노이마르크트 광장에 있는 한 아름다운 저택의 베란다 창 앞에 앉아, 위를 쳐다보며 "천사 같은 여인이야,

궁중 고문관 헤르브란트 부인께서는!" 하고 찬탄하며 지나가는 멋쟁이 미남들을 미소를 지으며 내려다보고 있었습니다.

열두 번째 깨어 있는 밤

안젤무스가 사서관 린트호르스트의 사위로서 구입한 기사령騎士領에 관한 보고 그리고 그곳에서 세르펜티나와의 삶 결말

사랑스러운 세르펜티나와 진심으로 결합하여, 기묘한 예감에 부푼 그의 가슴이 그토록 오래 동경해 왔고 드디어 자신의 고향임을 알아본 저 불가사의하고 경이로운 왕국으로 옮겨 간 학생 안젤무스의 극치의 희열감을 내가 어찌 제대로 느낄 수 있었겠습니까? 어쨌거나, 운 좋은 독자여, 안젤무스를 에워싼 놀랍고 충일한 기쁨을 그 언저리나마 언어로 잡으려 했던 나의 노력은 무력함을 드러내었습니다. 한마디 표현마다 맥없이 풀어지는 게 못마땅하지만 인정하지 않을 수 없었지요. 지금 나는 하찮고 궁색한 일상생활의 노예가 되었음을 실감합니다. 불만이라는 질병을 앓고 있으며, 몽유병자처럼 슬금거리며 돌아다닙니다. 한마디로, 운 좋은 독자여, 내가 네 번째 깨어 있던 밤에 묘사했던 학생 안젤무스와 똑같은 상태에 빠져든 것입니다. 끝까지 써 내려간 열한 번째 깨어 있는 밤의 내용을 훑어보며 나는 아무래도 열두 번째 장을 종석宗石으로 첨가할 수 없으리라는 불길한 느낌으로 노심초사했습니다. 밤 시간에 이 작품을 끝내려고 자리 잡을 때마다, 음흉스런 귀신들(어쩌면 친척들—죽은 마녀의 사촌일지도 모르지요)이 반짝이는 금속 거울을 내게 내미는 것 같았어요. 거울을 들여다보면, 펀치로 만취 상태가 된 서기관 헤르브란트처럼 불면으로 지친 창백하고 침울한 내 모습이 비쳤습니다. 그럴 때마다 펜을 집어던지고 서둘러 잠자리로 갔지요. 최소한 행복한 안젤무스와 사랑스러운 세르펜티나에 관한 꿈이라도 꿀 생각으로 말입니다. 그렇게 여러 밤낮이 지나갔습니다. 그러다 마침내 느닷없이 사서관 린트호르스트로부터 쪽지 서한을 받게 된 것입니다. 그 내용은 다음과 같았어요.

귀하께서는 열한 번째 깨어 있는 밤에 나의 착한 사위, 즉 지난날 학생이었으며 지금은 시인인 안젤무스의 기묘한 운명을 서술하셨고, 지금은 열두 번째이자 마지막 깨어 있는 밤에 아틀란티스에서의 그의 행복한 삶에 관한 소식을 전달하려고 고심하고 계시다는 것을 잘 알고 있소이다. 지금 그 친구는 나의 소유인 아틀란티스의 아름다운 기사령에 나의 딸과 함께 옮겨 가 있지요. 귀하께서 나의 본질적인 실체를 독자에게 알리는 것이 나로서는 썩 반가운 일은 아니외다. 왜냐하면 그것은 추밀 사서관의 직분을 맡고 있는 내게 갖가지 불쾌한 일을 가져올 수 있기 때문이지요.

✤

이를테면 일개 샐러맨더가 얼마만큼 구속력 있게 책임지고 합법
적인 국가 관리로서의 서약을 지킬 수 있는가, 또는 그런 자에게
과연 견실한 사무를 맡길 수 있는가…… 하긴 가발리스[24]와 스
베덴보르크 이후로는 자연의 정령들의 존재는 믿지 않게 된 판이
니 말이오 등등, 동료들 간에 분분한 의문이 야기될 수 있기 때문
이오. 그래서 나의 절친한 친구들마저 내가 즉흥적 장난기로 약
간의 전광을 일으켜 자기네 머리 모양이나 나들이옷을 망쳐 놓지
않을까 겁나서 나와의 포옹을 꺼리게 될지 모르겠지만, 이 모든
우려에도 불구하고, 귀하께서 이 작품을 완성하는 데 도움을 주
고자 하는 내 뜻을 전합니다. 왜냐하면 그 안에는 나와 사랑하는
딸의 결혼에 관해(나머지 두 딸도 어서 치우고 싶군요) 여러 가
지 좋은 내용이 포함되어 있기 때문이외다. 그러니 귀하께서 열
두 번째 깨어 있는 밤을 완성하고 싶으시다면, 빌어먹을 계단 다
섯 개를 내려와 귀하가 박혀 있던 골방에서 나와 내 집으로 오십
시오. 귀하께도 이미 낯익은 푸른 종려나무 방에 적절한 필기도
구들이 준비되어 있소이다. 그럼 귀하는 귀하가 직접 목격한 것
을 단 몇 마디로 독자에게 알릴 수 있을 것입니다. 그것이 한 인

•
24) Gabalis. 1670년에 파리에서 나온 아베 드 빌라르Abbé Montfaucon de Villars(1638-1673)의
유대의 밀료 카발라에 관한 유명한 저술 『가발리스 백작, 또는 신비스러운 학문에 관한 대
화Comte Gabalis, ou entretiens sur les sciences secrètes』에서 화자에게 이야기를 들려주는 주인공 이름이
다. 대화의 내용은 주로 '현자들의 비밀'에 대한 백작의 경험, 4대 원소의 정령들과 접하는
기술 등이다. 이 책의 독일어 번역서는 1782년에 베를린에서 나왔다.

간의 삶에 대해 귀하가 간접으로 들어 알고 있는 것을 장황하게 기술하는 것보다 훨씬 나을 것입니다.

삼가 귀하를 존경하는,
샐러맨더 린트호르스트
궁중 추밀 사서관 올립니다.

사서관 린트호르스트의, 물론 좀 거칠기는 하지만 그래도 친절한 이 쪽지 편지를 받고 나는 무척 반가웠습니다. 이 별종의 기인奇人에 관해 나는 그의 사위의 운명을 통해 알게 되었고, 나로서는 어쨌든 그에 관해 비밀을 지켜 침묵했어야 할 부분이었는데, 운 좋은 독자여, 어쩔 수 없이 당신에게도 알리게 된 것 같습니다. 하지만 그분은 자신이 알려지는 것을 내가 우려했던 것만큼 나쁘게 해석하지는 않았어요. 내 작품이 마무리되도록 직접 도움의 손길을 내밀었으니까요. 그러니까 그분은 정령의 세계 속에서의 자신의 기묘한 실존이 인쇄되어 공개되는 것에 대해 근본적으로는 동의했다고 추론하고, 나는 생각했지요.

'그분은 이 작품을 통해 나머지 두 딸마저 남편에게 건네주려는 희망을 품고 있는 건지도 몰라. 왜냐하면 혹시 한 점 불씨가 어떤 청년 독자의 가슴에 떨어져 그것이 초록 뱀을 향한 동경에 불을 붙이면, 그 청년도 승천 축일에 정향나무 덤불에서 초록 뱀을 더듬어 찾게 되는 일이 생길지 모르니까. 그 청년은 또 안젤무스가 유리병 속에 갇혔을 때 겪은 불행을 보고, 그 어떤 의혹이나 불신에 대해 진지하게 경계하라는 교훈을 얻을 터이고.'

정각 11시에 나는 서재의 등불을 끄고 사서관 린트호르스트의 집으로 갔습니다. 사서관은 벌써 현관 복도에서 나를 기다리고 있었어요.

"오셨군요, 작가 선생! 나의 선의를 곡해하지 않으셔서 고맙구려. 어서 들어오시오!"

그는 휘황하게 빛나는 정원을 지나 하늘빛 방으로 안내했습니다. 방 안에는 안젤무스가 작업하던 보랏빛 책상이 얼른 눈에 띄었어요. 사서관 린트호르스트는 어느새 사라지고 없었고요. 하지만 그는 곧, 타오르는 푸른 불꽃이 한 가닥 담긴 아름답고 목이 긴 황금 잔을 손에 들고 나타났습니다. 그리고 말했지요.

"여기 작가 선생의 친구 분이신 악장 요하네스 크라이슬러[25)가 즐겨 마시는 술을 가져왔습니다. 불을 붙인 인도의 화주인데, 내가 설탕을 좀 넣었지요. 아주 조금만 맛보십시오. 선생께서 앉아 눈요기를 하며 집필하시는 동안 나도 즐기면서 선생의 동무가 되어 드리기 위해, 지금 당장 가운을 벗어던지고 술잔

---

25) Johannes Kreisler. 1809년부터 E. T. A. 호프만이 라이프치히의 『알게마이네 무지칼리셰 차이퉁』을 위한 음악 평을 쓸 때 익명으로 사용했던 이름. 이 명칭의 인물은 작가의 소설 『수고양이 무르의 인생관Lebensgeschichte des Katers Murr』에도 등장한다.

속에 들어가 떠 있겠습니다."

"좋으실 대로 하십시오, 존경하는 사서관님." 나는 대답했지요. "그렇지만 제가 그 술을 마시면, 사서관께서는……."

"염려 놓으십시오, 친구여."

사서관은 외치고, 재빨리 가운을 벗어던지고는 술잔 속으로 들어가 불꽃에 합류해 버렸습니다. 물론 나는 대단히 놀랄 수밖에요. 하지만 불꽃을 살그머니 입김으로 불어 치우면서, 거리낌 없이 술을 마셨습니다. 술맛은 정말 훌륭했어요!

종려나무의 에메랄드빛 잎사귀들이 아침 바람의 입김으로 애무를 받은 듯 산들거리고 있지 않은가? 막 깊은 잠에서 깨어난 잎사귀들은 기지개를 켜면서, 매혹적인 하프의 선율이 아득히 먼 곳으로부터 전해 주는 경이로움에 대해 비밀스럽게 속삭이고 있는 것이리라! 푸른 하늘빛이 사면 벽에서 떨어져 나와 보드라운 아지랑이처럼 아른거린다. 그리고 어느새 이 아지랑이 사이로 눈부신 햇살이 뚫고 나와 즐거운 어린아이들의 환호성처럼 소용돌이치며 종려나무 위로 둥글게 아치를 이룬 높은 곳으로 뻗어 가고 있다. 햇살의 광채가 점점 더 눈부시게 퍼지면서 찬란한 태양 아래 아담한 숲이 열린다. 이제 나는 그곳에서 마침내 안젤무스를 알아본다. 작열하는 빛깔의 히아신스와 튤립과 장미꽃들이 아름다운 고개를 쳐들고 그 향기로 행복한 사나이를 향해 다정하게 외치고 있다.

"거닐어요, 우리들 사이로 거닐어요. 우리를 알아보는 사랑하는 이여, 우리의 향기는 사랑의 동경이랍니다. 우리는 당신을 사랑하고 있고, 영원히 당신의 것이지요! 황금빛 햇살이 달아오른 화음 속에서 타오르고 있네요. 우리는 사랑의 부싯깃으로 불붙은 불길이랍니다. 우리의 향기는 동경이지만, 불길은 갈망이지요. 그렇게 우리는 당신의 마음속에 살고 있지 않나요? 그래요, 우리는 당신의 것입니다!"

어두운 덤불, 키 큰 나무들이 술렁거린다.

"우리에게로 와요! 행운의 사랑하는 이여! 불길은 갈망이고, 우리의 서늘한 그늘은 희망이지요! 우리는 다정하게 당신의 머리를 감싸고 산들거립니다. 왜냐하면 당신은 가슴속에 사랑을 품고 우리를 알아보기 때문이지요."

샘물과 시냇물들이 찰싹거리며 내뿜으며 말한다.

"사랑하는 이여, 그렇게 빨리 지나치지 말아요 우리의 크리스털을 들여다보세요. 당신의 모습이 우리 안에 비추이고 있어요. 당신이 우리를 알아보았기 때문에 우리가 사랑을 품고 보존한 모습이랍니다!"

다채로운 새들이 환호성 치며 지저귄다.

"우리의 노랫소리를 들어요, 우리의 노래에 귀 기울어요. 우리는 기쁨이며, 희열이며, 사랑의 황홀경이랍니다!"

하지만 안젤무스는 아득히 솟은 장엄한 사원을 동경 어린 시선으로 바라본다. 정교한 사원의 기둥들은 살아 있는 나무줄기처럼 보이고, 그 기둥 꼭대기와 처마는 아칸서스 잎사귀처럼 신비스러운 당초문으로 현란한 장식을 이루고 있다. 안젤무스는 사원을 향해 걸어간다. 그는 마음 밑바닥부터 기쁨을 느끼며, 알록달록한 대리석이며 신비롭게 이끼 낀 계단들을 눈여겨본다.

　　"아, 그렇고말고."

　　그는 황홀경에 젖어 외친다. "그녀는 멀리 있지 않아!"

　　그때 더없이 아름답고 우아한 자태로 세르펜티나가 사원에서 걸어 나온다. 그녀는 한 송이 백합이 찬란하게 피어오른 황금 항아리를 들고 있다. 끝없는 동경을 품은 이루 말할 수 없는 기쁨이 그녀의 요염한 눈에서 빛을 발하고, 그런 눈길로 그녀는 안젤무스를 바라보며 입을 연다.

　　"아, 사랑하는 이여! 백합이 꽃받침을 열었어요. 최고의 소망이 성취된 것이지요. 그렇다면 이제 우리들에게 어울리는 축복도 주어지는 것이 아닌가요?"

　　안젤무스가 뜨거운 갈망에 차서 그녀를 포옹하자, 백합이 불길 같은 광채로 안젤무스의 머리 위에서 빛을 발하고, 이어서 나무와 덤불들이 더 세차게 술렁이고, 샘물들은 한결 청아한 소리로 기쁘게 환호하고, 새들과 온갖 다채로운 곤충들마저 소용돌이치며 춤추고, 공중에서, 물속에서 터져 나오는 기쁨에 찬 환호성……. 땅 위에서는 사랑의 축제가 벌어진다! 나무 덤불을 헤치며 도처에서 번갯불처럼 섬광이 뿜어져 나오고, 번득이는 시선처럼 땅속으로부터 금강석들이 쳐다보고, 샘물들이 광선처럼 뿜어져 오르고, 기묘한 향내가 살랑이는 날갯짓을 치며 다가오는데, 이 모든 것은 바로 백합에게 경배를 올리며 안젤무스의 행복을 전하는 자연의 정령들인 것이다. 그때 안젤무스는 찬란한 후광에 휩싸인 모습으로 고개를 든다. 그것은 시선일까? 말일까? 노래일까? 알아들을 수 있게 그 소리가 울린다.

"세르펜티나! 그대의 존재에 대한 믿음, 사랑이 내게 자연의 깊디깊은 바닥을 열어 주었다오! 그대는 포스포루스의 생각이 점화시키기 이전의, 땅의 근원적인 힘을, 황금으로부터 싹터 나온 백합을 가져다주었소. 그것은 만물의 성스러운 조화에 대한 인식이며, 이 같은 인식 속에서 나는 지고의 행복을 누리며 영원히 살아갈 것이오. 그렇다오, 최고의 행운아인 나는 최고의 가치를 인식했소. 나는 영원히 그대를 사랑하지 않을 수 없을 것이오. 오, 세르펜티나! 백합의 황금빛 광채는 영원히 퇴색하지 않을 것이오. 왜냐하면 믿음과 사랑처럼 인식도 영원하니까."

아틀란티스의 기사령에 있는 안젤무스를 생생하게 목격한 이 환영은 샐러맨더의 마술 덕분인지 모릅니다. 그리고 그 모든 장면들이 안개 속에 묻힌 듯 사라져 버린 다음, 그 환영을 보랏빛 책상 위의 종이 위에다 분명하게 정서해 놓은 나의 육필을 발견하다니, 참으로 놀랍지 않을 수 없었습니다. 하지만 곧 나는 찌르는 듯한 고통으로 가슴이 찢어지는 느낌이었어요.

"아, 행복한 안젤무스, 일상의 짐을 벗어던지고, 요염한 세르펜티나에의 사랑을 향해 과감한 비상을 시도하여 아틀란티스의 기사령에서 지복의 기쁨을 누리며 살아가는 안젤무스! 그런데 나는…… 초라한 나는! 곧, 불과 몇 분 안에, 그렇다고 아틀란티스의 기사령도 아닌 이 아름다운 방을 떠나 내 지붕 밑 골방으로 돌아가야 하는 처지로구나. 내 감각은 고달프고 비천한 삶에 사로잡히고, 내 눈은 수천 가지 불운이 짙은 안개처럼 가려 버려, 아무래도 백합의 모습은 영원히 보지 못할 터."

그때 사서관 린트호르스트가 내 어깨를 토닥이며 말했습니다.

"가만, 조용히, 작가 선생! 그렇게 한탄하지 마시오! 선생께서도 방금 아틀란티스에 가 계시지 않았습니까? 최소한 그곳에 선생 마음속의 시적 재산으로서 참한 농장을 하나 소유하고 있지 않습니까? 안젤무스의 축복도 만물의 성스러운 조화가 심오한 자연의 비밀로 계시되는 시 속의 삶이 아닌 다른 무엇이겠습니까?"

차경아
옮김

아라비아의 예언자, 멜뤽 마리아 블랭빌

Melück Maria Blainville, die Hausprophetin aus Arabien, 1812

아힘 폰 아르님
Achim von Arnim

아힘 폰 아르님
Achim von Arnim
1781-1831

독일 낭만파의 대표적인 인물이다. 브렌타노와 함께 독일의 민간
전승 문학을 집대성한 독일 최초의 민요집 『소년의 마적Des Knaben
Wunderhorn』(1805-1808)은 『그림 동화집』과 더불어 당대 최고의
문헌적 성과로 후대의 시인들에게 큰 영향을 끼쳤다.

이 책에 실린 「아라비아의 예언자, 멜뤽 마리아 블랭빌」은 혁명으
로 인한 낭만적 귀족 계급의 몰락을 한 신비로운 이방인 여성의 목
격과 비극적인 예언을 통해 고민하게 하는 작품으로, 마법적인 환
상성과 리얼리티의 경계를 넘나들고 있다. 그리고 「종손들 이야기」
는 뒤바뀐 두 운명 속에 숨어 있는 음모와, 등장인물들 간의 원한과
회한을 제치 있고 위트 넘치는 문체로 펼쳐 나가는 수작이다.

작가의 또 다른 작품들로는 미완성 역사 소설 『왕관을 지키는 사
람들Die Kronenwächter』, 『돌로레스 백작 부인의 가난, 부, 죄와 벌
Armut, Reichtum, Schuld und Buße der Gräfin Dolores』(1810), 『이집트의
이사벨라Isabella von Ägypten』(1811), 『할레와 예루살렘』 등이 유명
하다. 아힘 폰 아르님의 작품들은 내용과 구성 면에서 분방함을 추
구하면서도 괴기스럽고 역설적인 상황을 연출하여 독자들의 시선
을 끌어당기는 힘을 지니고 있나.

우리가 사랑하는 것은 너무나 무서운 것이다.
오, 우리는 왜 이토록 무서운 것을 사랑하는가![1]

●

　　　　터키 배 한 척이 오랫동안 몰타[2]의 갤리선[3] 추격을
받다가 행운의 돌풍을 만났습니다. 그 덕분에 적들의 추격에서
벗어나 표류하다가 두 배가 거의 동시에 툴롱[4]의 고지 항구에
도착하게 되었습니다. 두 배의 성난 선원들은 비록 칼은 칼집에
꽂아 둔 채였지만 말로는 더욱 신랄하게 상대방을 헐뜯었어요.
그들 모두 제가끔 심한 욕지거리를 골라 쓸 만큼은 상대방의
말을 배운 모양이었어요. 몰타 섬 출신의 젊은 선원들은 터키
배를 포획하는 것으로 처음 시작한 선상 생활을 끝장낼 작정이
었어요. 항해 생활에 넌덜머리가 난 데다가, 출항할 때 전리품

●
1) 아르님이 1810년에 쓴 소설 『돌로레스 백작 부인의 가난, 부, 죄와 참회』의 4부 15장에
나오는 표현이다. **2)** 지중해 중앙부에 있는 몰타 제도로 이루어진 섬나라 **3)** 11세기에서
18세기경까지 쓰던 단갑판의 군함으로 주로 노예나 죄인이 저었다. **4)** 프랑스 프로방스
알프코트 다쥐르 주 바르 현에 있는 소도시

과 포로 없이는 돌아오지 않겠다고 맹세했거든요. 그런데 이번 포획은 한 불가사의한 일 때문에 날아간 것 같았습니다. 늙은 선원들 중 한 명은 터키 배 안에 바람을 일으키는 주술사가 있었던 게 틀림없노라 장담했어요. 더욱이 그 기사들은 그들이 배를 놓치고 만 그 우연으로 인해 명예를 잃었다고 생각하고, 이 평화로운 항구 바닥에서 싸움에 끝장을 보기로 결심했어요. 프랑스 해안 경비대에 붙잡혀 중벌에 처해질 위험마저 안중에 없었지요. 그들은 다시 더 자세한 협상도 하지 않고 검을 뽑아 들고 터키 배에 막 올라타려고 했습니다. 그런데 그 순간 우아한 자태의 한 여인이 뱃전에 나타나, 프랑스어로 기독교 교회의 품 안에서 구원받고자 하는 한 가엾은 영혼에게 관용을 베풀어 달라고 간청했습니다.

대부분 프랑스인인 기사들은 여인의 모습을 보고 모국어의 울림을 듣는 순간 무기를 거두어들이고 전력을 상실했습니다. 그들의 대장인 생 뢱은 그녀에게, 우리 기사들은 보통 남자들끼리만 결투를 벌이는 법이니 안심하라고 말했어요. 뢱의 명령으로 그의 배는 상당히 안전한 거리로 물러났고 터키 배의 선장과 협정을 맺었습니다. 이 과정에서 평화의 중재자인 그 여인은 통역사 역할을 했지요. 마침내 몰타 섬사람들은 몇 권의 종교 서적들을 주고 터키산 말린 무화과와 대추야자 열매, 장미유를 교환했어요. 생 뢱은 헤어지면서 아름다운 미지의 여인에게 일종의 사랑 고백을 하면서 그녀의 사람이 될 수도 없고, 그녀의 마음을 얻을 수도 없는 자신의 운명을 애석해했습니다. 그러고는 자신이 맹세한 바에 따라, 프랑스 항만 감독관에게 간단한 보고를 한 뒤 육지에 오르지도 않고 천국 같은 그 지역을 떠났습니다. 마침 그 지역의 여러 섬들로부터는 오렌지 숲의 감미로운 꽃향기가 풍겨 오며 그에게 천국을 알리고 있었어요. 그에게 있어서 그곳은 믿음 깊은 사람들이 말하는 천국 이상이었습니다. 그곳은 다름 아니라 그가 10년 동안 찾지 못했던 그의 고향이었으니까요. 그는 무거운 마음으로 항해를 계속할 밖에요!

터키 배의 선장은 검역소에 배를 댔습니다. 큰 불행에 대처하여 의연하고 신중하게 행동했던 미지의 여인에 관한 소문은 삽시간에 도시 안에 퍼졌고, 모두들 호기심이 발동하여 그녀를 보려 들어 초조하게 검역 기간이 끝나기를 기다렸어요.

그러나 미지의 여인은 모두의 기대를 저버렸습니다. 검역 기간이 끝나기 하루 전날 감독관의 중재로 덮개를 씌운 마차를 타고 홀로 그 도시를 빠져나갔으며, 그녀의 행선지는 비밀에 부쳐졌지요.

두 달 후 그 여인은 마르세유 본당에서 쉴 새 없이 구경꾼이 몰려드는 가운데 성대하게 세례식을 치르며, 멜뢱 마리아 블랭빌이라는 세례명을 받았습니다. 멜뢱은 고향 아라비아에서, 마리아는 매일 기도하며 그 이름을 부르도록 되어 있는 성모 마

리아에서, 블랭빌은 그가 베푼 종교적인 노력에 아무리 해도 감
사를 다할 수 없었던 고해 신부의 이름에서 따온 것이었어요.
바로 그제야 그녀의 존재는 앞서 말한 항구에서의 사건 현장에
있었던 한 툴롱인에 의해 그녀의 세례명 첫 이름 때문에 알려
지게 되었습니다. 세례식 직후 그녀는 고해 신부에게 미리 그녀
편에서 말한 대로 성 클라라 수녀원으로 들어갔습니다. 그곳에
상당한 재산을 기탁하고 조용하고 엄숙하게 수련 생활을 시작
한 것이지요. 하지만 그 툴롱인의 이야기가 세례식 이야기보다
도 훨씬 더, 한가로운 모든 상류 계층의 관심을 그녀에게로 돌
려놓았습니다. 남자들은 수도원의 엄한 규율로 인해 그녀와 얘
기할 수 없어서 낙담했고, 한편 그녀에게 접근할 수 있었던 여
자들은 이 아라비아 여인의 품위 있는 여성다운 성품에, 그리고
남성과 여성의 장점을 두루 갖춘 듯한 온화함에 열광했습니다.
곧 대부분의 사람들은 짙은 피부색 때문에 쉽게 분간할 수는
없지만 아주 젊어 보이지는 않는 이 여인의 과거사에 관해 이
렇다 하게 알아내지 못해 약간 서운해했습니다. 그녀가 유복한
아라비아 가정에서 태어나 서머나[5]로 추방당했고, 그곳의 명
망 있는 상인들 집에서 유럽의 언어와 예의범절, 기독교를 배웠
다는 정도였지요. 그녀는 당시 여성들에게 흔히 인기 있던 가볍

[5] 터키의 도시 이즈미르Izmir의 그리스어 이름

게 미소를 짓는 태도와는 달리, 재치가 있지만 농담이 아닌 아주 진지한 태도로 지금 자신이 속해 있는 나라의 모든 새로운 상황을 캐묻고 파악했으며, 그런 그녀의 태도가 여인들로 하여금 더 자주 그녀를 찾을 마음이 들게 했습니다. 사람들은 그녀의 많은 의미심장한 말들을 마음에 새겼는데, 아마도 그녀의 이색적인 성품이 그녀 자신 그런 뜻으로 한 것이 아닌 많은 말들을 의미심장하게 만들었을 겁니다. 우쭐대지 않는 착실한 이국의 여성에게는 쉽게 호감이 가는 법이지요. 모두가 그녀를 좋아했고, 특히 존경받는 늙은 여배우 바날이 유난히 그녀에게 집착했습니다. 바날에게 그녀는 여신과 다름없는 존재였어요.

온 도시가 깜짝 놀라는 사건이 벌어졌습니다. 수련 기간이 끝나기 직전 멜뢱이 수녀가 되기를 포기하고 수녀원에 돈을 기부한 후, 예술가로서의 수업을 받기 위해 이 늙은 여자 친구에게로 거처를 옮긴 것이었어요. 많은 이들은 그녀의 경건한 태도와 세례식 참여를 그녀가 해낸 첫 번째 역할이었다고 말하며, 그것은 성공적인 데뷔였다고 인정할 수밖에 없었어요. 또 다른 이들은 그녀에게 기대를 걸어 보는 재미로, 또한 그녀의 예를 위선적인 신자들을 향해 적용하여 농담을 일삼는 것으로써 그녀를 용서했습니다. 과연 멜뢱이 이 예술 분야에 재능이 있을까 하는 문제는 늙은 바날의 집안 지인들이자 비극 분야에서 비판적인 전문인들이 멜뢱에게 매혹되어 그녀를 탁월한 재능을 지닌 인물로 환영했을 때에야 비로소 화두가 되었습니다. 이러한 평판은 상류층의 사교 모임에서 그녀를 애써 초대하려 드는 계기를 만들어 주었어요. 사교 모임에서 보인 그녀의 시험적 연기는 삽시간에 그녀에게 모든 사람들의 호감을 안겨 주었을뿐더러, 그녀의 인기는 마찬가지로 삽시간에 이들의 호감을 한 단계 높은 것으로 바꾸어 놓았습니다. 사람들은 선물 공세로 그녀를 기쁘게 하려고 애썼습니다. 그녀는 친절하게 모든 선물을 받았지만 종종 더욱 값진 것으로 답례를 했어요. 그래서 누구나 그녀가 돈벌이를 목적으로 연기 예술을 선택한 것은 아니라는 것, 따라서 돈벌이를 목적으로 호의를 베푸는 것은 더더욱 아닐 거라는 추론을 할 수 있었습니다. 그녀가 들어선 새로운 신분 사회에서는 희귀한 경우였지요.

그러나 얼마 지나지 않아 멜뢱은 또 한 번 놀라운 일을 보여 주었습니다. 처음에 그녀는 이국적인 존재로서 사람들을 놀라게 하더니, 곧 사교적인 예의범절에 대한 탁월한 감각을 보여 주었습니다. 그녀는 자신이 속해 있는 신분의 관습을 온 존재로 받아들였어요. 그녀는 우리네의 경우 낮은 신분의 사람들의 특성이자 그들에게만 허용되는 부산스럽고 너저분한 이야기 태도를 벗어던지고, 보편적으로 이해되는 주제에 한정해서 자신의 소견을 간명히 피력하곤 했어요. 그것도 타고난 섬세한 감각으로 스스럼없이 몸에 밴 익숙한 태도로 말이지요. 처음에는 순전히 호기심만을 지녔던 일군의 젊은이들이 그녀에게 이끌리게 된 것은, 아라비아의 여인이며 상류 사회 출신의 여배우라는 신선한 매력 때문만은 아니었어요. 그녀가 범접할 수 없을 만큼 훌륭한 예절을 갖췄다는 소문은 이 같은 그녀의 숭배자들의 수를 늘려 놓았습니다. 새로이 숭배자의 대열에 끼어든 젊은이는 누구나 퇴짜를 맞은 숭배자들의 수가 늘어날수록 그가 희망하는 정복의 영광이 그만큼 더 커진다고 믿었지만, 결국은 그 자신도 조급하지 않게 행운을 기다리려는 조용한 숭배자들 무리로 퇴각하곤 했습니다. 이들 중 많은 사람들은 공동의 목표를 추구하는 가운데 서로 친숙해졌고, 그런 완강한 거부를 순결이라 할지, 아니면 책략이나 염증이라고 이름 붙일지를 함께 탐구했습니다. 대부분 숭배자들은 후자의 근거에 동의했습니다. 그건 우선 천진한 처녀라기보다는 재치 있는 여인과 같은 인상을 풍기는 그녀의 외관 때문이기도 했어요. 하지만 별로 많이 알려지지도 않은 그녀의 삶의 역정을 보아 또한 그녀의 적응력과 노련미를 보아서 그녀는 필시 동방 여인네들의 일반적 삶의 경계 안에 주저앉아 있지는 않았을 거라는 귀결을 끌어내었습니다. 방탕한 숭배자들은 자기네 방식에 따라 악덕을 멀리하는 그녀의 태도에서 오히려 어떤 악덕의 근거를 찾아내려 들었고, 뿐만 아니라 온갖 나쁜 소문을 퍼뜨리려고 했습니다. 하지만 이러한 시도는 그녀의 기품 있는 행동 앞에서 수포로 돌아가곤 했

❀

어요.

바다에서 멜뤽을 정복할 수 없어서 분연한 마음으로 우리 곁을 떠났던 생 뤽은 그사이 운 좋게도 알제리의 호화선을 포획하는 것으로 항해를 끝마쳤습니다. 이제 그는 존경받는 기사로서 조국 프랑스로 귀환했어요. 그는 그 옛날 짧은 순간의 진했던 인연을 되살리려는 욕구에 멜뤽을 찾아갔습니다. 멜뤽에게 매혹된 생 뤽은 친구들에게서 그녀를 차지하는 것의 어려움을 듣고 나자, 지난날 바다에서는 아주 기이한 우연 때문에 그녀를 놓쳤지만 육지에서만큼은 어떤 대가를 치르더라도 그녀를 차지하겠노라고 엄숙히 맹세했습니다. 온갖 진부한 계략들을 쓰고도 생 뤽이 번번이 퇴짜를 맞자, 친구들은 그의 맹세를 들추며 놀려 댔습니다. 생 뤽은 수단 방법을 가리지 않을 만큼 분별없고 비열했어요. 그는 여행을 주선하고, 그때 마춰 약을 탄 음료로 그녀를 기절시킬 계획이었답니다. 하지만 그 일에 대해 사전에 아무런 귀띔도 받지 못한 멜뤽이 노련한 경험에서였는지 아니면 그저 우연이었는지 잔들을 살짝 바꿔치기했어요. 그래서 생 뤽은 만장의 조롱을 받으며 파티 장소에서 끌려 나올 수밖에 없었고, 그 후 수치심에 마르세유에서 얼굴을 내밀 엄두를 내지 못했습니다. 우리는 그를 앞으로 일어날 아주 참혹한 상황에서 다시 만나게 될 것입니다.

멜뤽이 써먹었던 것처럼 인기와 숭배에 맞서서 이런 식으로 완강히 버티는 것은 자신감을 부추기지만, 그 고집도 결국은 우쭐해진 자를 지루하게 만들기 마련입니다. 반면에 퇴짜를 당한 사람들은 남들이 당한 똑같은 운명을 보고 거듭 자기 위안을 삼고 재미있어하지요. 멜뢱은 숭배자들에게 둘러싸여 있으면서도 자주 고향을 그리워했고 다가오는 겨울에 공식적으로 데뷔한다는 구실을 내세워 수많은 사교 모임을 멀리했습니다. 그러나 그녀의 퇴각은 그녀에 대한 관심을 한층 고조시켰지요. 그녀는 모든 사교 모임의 화제의 중심이 되었습니다.

멜뢱이 데뷔하기 약 두 달 전, 연애 사건으로 궁정에서 쫓겨난 생트레 백작이 휴양차 마르세유에 왔습니다. 그는 상류 사회에서 꽤나 호감 가는 남자로 정평이 나 있었어요. 하지만 이러한 좋은 평판이 가져다주는 온갖 이점들을 누릴 기분이 별로 나지 않았어요. 마르세유에서 그에게 몰려드는 여자들에게 그는 자신의 애인 마틸데에 관한 이야기가 나올 때에만 그토록 상세하게 열을 내어 감동적으로 얘기할 뿐이었습니다. 그는 마틸데와 작별할 때 입었던 푸른색 비단 양복 윗도리를 늘 입고 다녔어요. 그 윗도리 왼쪽 가슴팍에 그녀가 눈물을 흘렸었는데, 그는 그 이야기를 한 친척 여인에게 털어놓았고, 그래서 곧 모두에게 퍼져 나갔어요.

멜뢱은 백작을 즐겁게 해 주기 위한 한 파티에 초대되었습니다. 이미 여러 귀부인들을 통해 백작에 대해, 그의 열정, 그리고

앙리 보르도

양복 윗도리에 대한 그의 각별한 애착에 관해 이야기를 들은 바 있는 멜뢰은 백작의 주의를 끌고 싶은 모양이었어요. 평소 그녀의 습관과는 달리, 그가 가벼운 부탁이나 손짓을 할 필요도 없이, 자진해서 『페드르』[6]의 가장 격정적인 대목의 몇 구절을 그녀 특유의 동방적인 열정을 담아 낭송했으니까요. 그녀가 이토록 아름답게 암송한 적은 한 번도 없었어요. 모두가 만족스러운 표정을 지으며 문득이 백작을 쳐다보았습니다. 마치 '당신은 프로방스에 이렇게 재능 있는 인물이 있다고 짐작이나 하셨나요?'라고 말하려는 듯이. 그러나 예전에 마틸데와 함께 이 연극을 관람한 적이 있었던 백작은 마틸데에 대한 생각에 빠져, 멜뢰의 연기에서 특별히 탁월한 점을 찾아낼 수 없었어요. 그저 몇 가지 실수만 눈에 띌 뿐이었지요. 모두가 그에게 요구하는 열광 대신에 그는 단지 의례적인 찬사만 보냈습니다. 그러고는 그녀가 놓쳤는지는 몰라도 몇 군데 빼먹은 대목을 지적하고, 그 대목을 다시 한 번 암송해 달라고 부탁했습니다. 하지만 이 모

6) 『페드르Phèdre』는 1677년에 초연된 라신Jean-Baptiste Racine(1639~1699, 프랑스의 극작가이자 소설가)의 5막 운문 비극으로, 에우리피데스의 『히폴리토스』를 전거로 했다. 전실의 자식인 이폴리트에 대한 불륜의 사랑에 고민하는 아테네의 왕비 페드르는 남편 테세의 죽음에 관한 오보誤報를 접한 후 유모의 권고로 사랑을 고백한다. 아리시를 사랑하는 이폴리트는 페드르의 사랑을 거절한다. 이때 남편 테세가 돌아온다. 유모는 페드르를 구하기 위하여 이폴리트가 왕비 페드르에게 사련을 품고 있다고 참언한다. 테세는 노하여 아들을 저주하여 죽게 하고, 페드르도 죄를 고백하고 자살한다.

든 말을 전혀 기분 상하지 않게, 상류 사회의 품위 있는 언어로 말했어요.

마치 선생님 앞에 선 것처럼 젊은 남자 앞에 서 있는 일이 멜뢱에게는 아주 생소한 일이었을 겁니다. 그녀는 농담을 하려 했어요. 그러나 그는 그녀를 그렇게 쉽게 졸업시키려 하지를 않았습니다. 오히려 그녀에게 문제의 대목들을 듣기 좋은 음성으로 감동적으로 자신에 넘쳐 들려주었고, 그래서 그녀는 그가 우월하다는 점을 인정하지 않을 수 없었지요. 그리고 그에게 이곳에 머무는 동안 더 자주 자신의 연기를 비판해 달라는 부탁까지 하였어요. 이런 말을 하는 동안 그녀의 온 존재는 딴사람으로 변한 듯 보였습니다. 평소의 자신감은 간데없이 안절부절못하며 말을 골라 했고 백작의 말 한마디 한마디를 경청했어요. 처음으로 반대되는 것을 확신했던 대목에서조차 이의를 말하지 않았지요. 작별을 하면서 그녀는 시간이 너무 빨리 흘러간 것을 유감스러워했습니다. 그녀 자신은 그 모임을 마지막으로 떠난 여자였는데도 말이에요. 멜뢱의 숭배자들은 뒤에 남아서 그녀에 관한 이야기를 나누었고, 백작을 시샘하기는커녕 프랑스가 이 자부심 강한 동방의 여인을 길들일 수 있는 남자를 보낸 것을 기뻐했습니다.

다음 날 생트레 백작은 아름답게 꾸며진 멜뢱의 집을 방문했습니다. 멜뢱이 아주 다정한 말씨로 사랑의 행복을 화제로 삼았어요. 그 화제는 백작에게 마틸데를 처음 만난 날과 마지막으로 만난 날에 대해 이야기할 계기를 주었고, 그는 마틸데의 눈물이 스며든 상의 부위에 애써 입술을 갖다 대고는 주변 만사를, 심지어 신중한 예의마저 잊어버렸습니다. 신중함이란 모든 사랑에 요구되는 것이지만, 신중해지기는 드문 법이지요. 하지만 멜뢱은 서서히 자신과 좀더 관련 있는, 이를테면 예술에 관해 화제를 돌렸어요. 파리의 대여배우들은 어떤 식으로 의상을 입고 어떤 몸짓을 하는가를 물었어요. 생트레는 그 점에 관해 일반적인 이야기를 펼쳤습니다. 하지만 멜뢱이 그것에 대해 완전히 백지 상태라는 것이 드러나자, 그는 예술에 대한 열정에서 온갖 자세, 동작 그리고 유행하는 주름 장식까지 그녀에게 직접 연출해 보이는 노력을 했고, 그러기 위해 방 안에서 눈에 띄는 커다란 고풍의 붉은 외투까지 활용했습니다. 그런데 그날의 날씨는 예외적으로 더워서 그가 좋아하는 양복 윗도리가 너무 답답하게 느껴졌어요. 만족스러운 동작을 해 보일 수 없었던 그는 그 이유를 말했습니다. 멜뢱은 보는 사람이 아무도 없으니 양복 윗도리를 벗으라고 권했어요. 백작은 여러 차례 양해를 구한 뒤 그녀의 제안을 받아들였어요. 방에는 손발이 움직이는 커다란 마네킹이 세워져 있었습니다. 그때까지만 해도 새로 유행하는 옷을 입혀 보고 옷의 주름을 잡기 위혜 시골에서는 흔히 이용하던 마네킹이었는데, 이를테면 화가에게 있어서 인체 모델의 대용품 같은 것이었지요. 경솔한 성품을 타고난 데다 익숙지 않은 자유로움에 객기가 발동한 백작은 자신의 양복 윗도리를 이 마네킹에게 입혀 봐도 괜찮겠느냐고 농담조로 부탁했어요. 그렇게 되면 자신이 자세를 취할 때 자기의 옷을 걸친 마네킹을 엄격한 비평가로 삼아 스스로를 두려워하게 될 거라고 말하면서요. 멜뢱은 그 비밀스러운 양복 저고리를 입는다고 해서 마네킹이 생명을 갖게 되지는 않을 것이라고 농담조의 경고를 했습니다. 백작은 신바람이 나서 마네킹에게 옷을 입히고, 늘 쓰고 다니는 모자도 씌워 주고, 멜뢱의 작은 책상에서 발견한 꽃이 만발한 석류 화관을 명예의 징표로 손에 쥐여 주었어요. 그리고 그 자신은 금실로 수를 놓은 붉은 외투를 걸치고 마네킹을 향해, 4막 종결부의 2행으로 끝나는 페드르의 마지막 대사를 암송했어요.

가증스런 아첨꾼들은 가장 끔찍한 선물,
하늘이 임금들에게 내릴 수 있는 분노일지니.

백작이 격한 마지막 몸짓과 함께 이 마지막 대사를 암송하는데, 마네킹이 두 손을 들어 분명히 들릴 정도로 세 차례 박수를 치고, 깜짝 놀란 백작의 머리 위로 화관을 던졌습니다. 그러고는 심장이 요동을 칠 때 방관자의 침착한 태도를 유지하려는

사람처럼 가슴 위로 손을 올려 팔짱을 꼈습니다. 처음에 백작은
꽤나 놀랐지요. 그래도 필수적 위장술에 너무나 익숙해 있어서,
그는 놀라움을 눈빛에만 드러냈고, 곧 멜뤽이 인위적 장치를 작
동시켜 마네킹에게 그런 동작을 유발시켰다고 확신하고는 농
담에 빠져들었어요. 하지만 정작 그녀 자신은 이 사건에 혼비백
산한 듯이 보였어요. 그리고 마네킹의 그런 장치에 대해서는 아
는 바가 없다고 역설했지요. 호기심이 발동한 백작은 그제야 그
녀의 장난을 밝히려고 마네킹에게 다가가, 마네킹이 세워져 있
는 받침대를 자세히 살펴보고 마네킹을 들어 올려 보기까지 했
지만 어디에서도 연결 장치는 찾을 수가 없었습니다. 그는 마네
킹을 더 자세히 조사하려고 옷을 벗기려고 했어요. 하지만 그가
힘이 아주 셌음에도 불구하고 단단히 팔짱을 낀 마네킹의 팔을
들어 올리지도 풀지도 못했어요. 마네킹은 마치 오랫동안 움직
이며 살아온 상태에서 이제 영원한 부동자세로 넘어간 것 같았
어요.

이 사건에 대한 대화는 식사 시간에까지 이어졌습니다. 이제
백작은 예의상 떠날 채비를 해야만 했어요. 멜뤽은 백작에게 양
복 윗도리를 돌려주려고 옷의 솔기들을 뜯어내자고 했어요. 하
지만 어떻게 그가 너덜너덜 뜯어진 윗도리를 입고 거리로 나갈
수 있을 것이며 그렇다고 꿰매기에는 시간이 없었습니다. 다른
윗도리를 조달하는 것은, 혹시나 곡해될세라 두 사람이 도시 전

체에 대고 비밀에 부치기를 원했던 이 사건이 쉽게 퍼져 나갈 여지가 있었어요. 이처럼 난감한 상황에서 멜뤼은 백작에게 먹을 것을 충분히 제공할 테니까 어둠이 귀갓길을 덮어 줄 때까지 자기의 서재에 숨어 머물기를 제안했습니다(옷을 입은 마네킹은 커튼 뒤 벽감 속에 감추어 놓았고요). 밤이 되면 그가 어처구니없는 모험을 당해서 윗도리를 입지 않은 상태라고 쉽게 둘러댈 수 있을 거라고요. 백작은 멜뤼이 내놓은 해결책이 아주 고마웠습니다. 이 낯선 도시에서 마틸데의 귀에까지도 쉬이 들어갈 수 있는 괴상한 소문의 주인공으로 회자될 생각을 하니 견딜 수 없었거든요. 그는 자신의 수호 여신의 손에 키스를 하고, 그날 하루 자신을 완전히 그녀에게 맡기고 아주 멋진 작은 곁방으로 안내받았습니다.

도시의 가장 매혹적인 정원들을 전망할 수 있는 방이었어요. 특히 그 방의 창밖으로 여러 벽감들에 인접하여 보이는 정원은 온 감각에다 동방의 봄기운을 생생하게 일깨워 주었습니다. 방 전체의 기본은 금빛 바탕에 그려진 장미꽃들로 이뤄져 있었고, 바닥에서 양탄자를 제외하고 반짝이지 않는 것은 다양한 색깔의 부드러운 모직을 씌운 긴 의자뿐이었습니다. 새들이 종들 사이에 숨겨져 있는 모이를 찾아 날아갈 때마다 은은한 종소리가 즐거운 화음을 내며 연주되었어요. 한 수정 어항 속에서는 셀 수 없이 많은 금붕어들이 노닐면서 길이 든 카나리아들로부터 수면에서 먹이를 받아먹었습니다. 카나리아들은 사람들처럼 이 다른 종의 귀여운 피조물들에게 자기네 여분의 모이를 나눠 주는 데 특별한 애착을 느끼는 것 같았어요. 이 작은 동물들은 백작을 매료시켰습니다. 그렇게 그는 그것들을 구경하고 있다고 여기고 있었는데, 벌써 몇 분 전부터 실제로 그의 눈에 아른거린 것은 수면에 신비롭게 비친 멜뢱의 얼굴이었어요. 놀라운 일이었어요. 그 순간 마틸데에 대한 생각은 완전히 떨어져 나갔어요. 그는 우연히도 이처럼 멋진 여자 친구를 얻게 된 것에 기뻐 어쩔 줄 몰랐습니다. 친밀감은 순식간에 형성되는 법이며 비밀은 친밀감을 만들지요. 비상한 상황은 금지된 일을 재촉하는 법. 그가 그렇게 쉽게 복장을 갖추지 못한 상황에 처했는데, 이제 예절마저 벗어던진다면 훨씬 더 쉽게 행동할 수 있지 않겠어요? 방 안은 너무나 향기롭고 화려하고 아늑했으며, 백작의 나약한 마음은 멜뢱의 손안에서 값진 향유처럼 녹아내렸습니다. 모든 것이 쾌락을 재촉하였고 멜뢱은 그에게 아무것도 거절하지 않았어요.

동이 뿌옇게 트면서 하루만 더 달콤한 포로 생활을 하고 싶은 마음이 굴뚝같은데도 백작은 멜뢱의 집을 떠났습니다. 그녀 외에는 아무도 그를 보지 못했고 그를 배웅하지도 않았어요. 그녀의 집에서 멀리 떨어져서야 비로소 백작은 정신을 가다듬었지만, 자신에게 무슨 일이 벌어졌는지 알 수가 없었어요. 마틸데가 너무나 생생하게 그의 앞에 서 있었어요. 그는 생각에 잠겨 그녀를 향해 한숨을 지었어요. 마틸데, 그 일에 대해 나를 용서해 주겠소? 그리고 머리를 쥐어박다가 석류 화관이 여전히 머리에 얹힌 것이 느껴졌습니다. 부끄러운 마음으로 화관을 벗어 보니, 이마의 열 때문에 꽃은 어느새 시들어 있었어요. 그런데도 차마 화관을 버릴 수가 없어서 호주머니에 집어넣었지요. 한기가 느껴졌어요. 그는 우회로를 택해 집으로 달음박질쳐 갔습니다. 그리고 시종이 옷을 벗겨 주는 동안 꾸며 낸 모험담을 들려주었어요. 한 작은 마을에서 세 명의 무장 괴한의 기습을 받았는데, 창문에서 뛰어내려 그곳에서 무사히 도망쳐 나오다 보니 그만 옷을 두고 왔다고요.

잠을 푹 자고 난 후 백작은 다시 자신의 부정한 행실이 조금은 후회스러웠습니다. 하지만 이내 그럴싸한 논리를 만들어 냈어요. 온 세상 사람은 두 종류의 사랑을 하고 있다는 게 그의 주장이었어요. 고귀한 사랑을 다치지 않은 채, 마틸데에게 비밀만 지켜지면 아라비아 여인과도 저급한 사랑에 빠질 수 있다고 생각했어요. 다만 어떻게 비밀에 부치느냐가 그의 유일한 고민거리가 되었습니다. 멜뢱이 백작의 이런 생각을 느꼈는지는 알 수 없는 일이지요. 그녀의 총명함조차 사랑에 속아서, 한 달도 못 되는 그 기간 중 단 몇 시간의 행복을 누렸을 뿐 나머지 시간은 괴로움에 시달렸던 이 관계가 영원히 지속될 거라 믿었습니다.

주위의 나뭇잎들이 이미 떨어져 버렸는데도 그녀는 여전히 초록빛 희망 속에서 살았습니다.

거의 한 달 동안 이러한 관계를 은밀히 즐기던 백작에게 어느 날 사랑하는 마틸데로부터 전갈이 왔습니다. 마침내 왕이 백작과 마틸데의 결혼을 윤허해 달라는 그녀 백부의 청을 들어주었고, 단 그녀 자신은 궁으로부터 멀리 떨어져 살아야 한다는 내용이었어요. 마틸데는 백작에게 지난날의 영화를 포기하는 이런 희생을 감수할 수 있느냐고 물으며, 진지하게 생각해 달라고 부탁했습니다. 그리고 그녀가 부모와 함께 마르세유 근방에 올 때 그녀의 행복에 찬 희망과 조바심에 찬 우려가 어떻게 결정지어질지 그녀 자신과 함께 합의를 보자고 했습니다. 의심하고 물어보고 할 것도 없이, 백작의 반응은 환호작약이었습니다. 모든 소원이 이루어지는 듯했어요. 그런데 저녁때 다시 아라비아 여인과 함께 푹신한 베개에 누워 쉬는데, 왠지 불만과 불안이 느껴졌습니다. 마치 파리 한 마리가 베개 속에 갇혀서 눌릴 때마다 윙윙거리며 분노를 터뜨리는 것 같았어요. 멜뢱도 백작의 이 같은 불만을 감지하고 더욱 격정적으로 그에게 자신을 맡기려고 애를 썼습니다. 그러나 모든 걸 사양함으로써 더 많은 것을 줄 줄 아는 온순한 마틸데와의 현격한 차이가 그를 더욱더 압박해 왔어요. 이제 생트레 백작은 가능한 한 빨리 멜뢱과의 관계를 청산하려고 했습니다. 그 첫 번째 구실은 지난날 두고 간 양복에 관해 물을 때 생겼어요. 멜뢱은 그가 그 양복 때문에 체면이 깎이지 않게 하려는 배려에서 태워 버렸노라고 말했습니다. 백작은 흥분하여 사랑하는 사람의 눈물을 그렇게 지워 버린 그녀의 비정함을 비난했고 아울러 마틸데에 대한 자신의 열정을 끝도 없이 늘어놓았습니다. 그래서 멜뢱은 쥐구멍을 찾으며 절망감에 얼어붙었어요. 백작은 떠났고 이제 그녀와 완전한 결별이라고 믿었습니다. 그랬던 만큼 다음 날 아침 멜뢱에게서 받은 애정 어린 편지 한 통은 그의 마음을 더욱 불편하게 했어요. 편지에서 멜뢱은 배려에서 나온 자신의 부당한 행동을 인정하며, 마틸데와 영원히 나누어 갖는 것일지라도 그의 지속적인 애정을 간청했고, 백작이 없이는 자신은 살 수 없을 거라고 썼습니다. 그제야 백작은 이전에 종종 프랑스 여인들과 애정 행각을 벌이다 써먹었던 온갖 관계 청산 방법이 이 특별한 여인에게는 먹히지 않는다는 것을 깨달았어요. 이 여인은 모든 모욕과 홀대를 뼈저리게 느끼면서도 오기가 아니라 한층 더한 애정으로 그 멸시를 거두려고 애쓰는 것이었어요. 그래서 백작은 그녀의 편지에 냉혹한 답장을 보낸 후 그녀를 멀리했습니다. 그만큼 쉽게 그는 자신을 제어할 수 있었어요.

거의 매시간 그에게 편지가 쇄도했습니다. 곧 그는 더 이상 답장을 보내지 않았지요. 그러다 한 파티에서 우연히 멜뢱을 만났습니다. 그곳에서 그녀는 그를 만나기를 기대했지만, 그는 전혀 아니었어요. 멜뢱은 사람들 앞에서 백작을 줄곧 비난했어요.
그녀가 백작을 사랑하는 것보다 그녀에 대한 백작의 사랑은 훨
씬 못 미쳤으니 그가 이 사랑싸움에서 우월해 보인 것은 놀랄
일이 아니었지요. 그가 그녀와의 관계를 끊은 것은 미덕의 승리
로 보였고, 이 시간 이후 그녀의 모든 행동은 의혹의 대상이 되
었습니다. 이제 그녀는 자주 파티에 참석하길 바랐지만, 평소에
는 감언이설로 그녀와의 교우를 원했던 많은 집들이 그녀를 받
아들이지 않았습니다. 자존심이 상한 그녀는 곧 모든 모임을 회
피하게 되었고요.

백작은 적잖이 불안했습니다. 많은 시간 동안 떠오르는 애정
의 잔재 때문이기도 했고, 멜뢱과의 관계가 도시 전체에 파다하
게 퍼졌으니 그 소문이 마틸데에게 알려질지 모른다는 걱정 때
문이기도 했어요. 그래서 언제 있을지 모를 멜뢱의 격렬한 언행
을 피하기 위해 시골로 갔는데, 그곳에서 우연히 마틸데를 만
나는 행운을 얻었습니다. 지난 세월 나날이 아름다워지고 성숙
해진 사랑하는 여인과의 해후의 기쁨은 뭐라 표현할 길이 없었
습니다. 두 사람의 생각은 지나간 불행을 겪으면서 성숙해졌어
요. 몇 차례 가족 간의 행사에서 이렇다 할 반대에 부딪치지도
않고 결혼은 서둘러 진행되었습니다. 결혼식은 그 시골 축제가
열릴 때 거행되었는데, 그녀 몫의 시종 중 열두 명의 가난한 처
녀들을 들러리로 세웠어요. 그날 마틸데는 얼마나 화려하게 성

장했던지, 화관의 단순한 장식이 얼마나 그녀의 아름다움을 더해 주었던지! 백작은 그녀의 간청에 따라 그들이 작별할 때 입었던 푸른색 비단 양복을 입어야 했는데, 그것은 그가 만약을 대비해서 똑같은 색깔의 양복을 마련해 둔 것이었습니다. 이토록 멋진 두 사람이 하나가 되다니, 그야말로 행복한 시간이라고 누구나가 인정했습니다. 결혼 후 며칠이 지나서 백작은 젊은 부인과 함께 마르세유로 여행을 갔습니다. 젊은 호기심에 부인이 그곳에 가고 싶어 했어요. 대도시를 구경하고 싶은 소망 외에도 그녀의 짝이 된 이 멋진 남자 옆에 서서 그곳 사람들에게 자기를 과시하고 싶은 허영심을 속으로 느꼈는지도 모르지요. 백작은 너무나 행복한 나머지 마르세유에서의 지난 인간관계를 염려하지 않았어요. 멜뢱이 그녀와 자신을 더 이상 괴롭히지 않을 만큼 분별을 지녔다고 믿었어요. 그가 마르세유에 도착한 바로 그날 저녁에 가까운 친구로부터 멜뢱이 페드르의 역할을 맡아 데뷔한다는 말을 들었을 때도 대수롭지 않게 여겼지요.

그런데 이 수다쟁이 친구가 부인 앞에서 백작을 추켜올리려는 심산으로, 쌀쌀맞은 성품의 여자를 정복해서 얻은 백작의 화려한 명성을 거론하고, 이 멜뢱이라는 여자가 백작에게 열정적인 사랑에 빠졌는데 백작께서는 마틸데를 향한 사랑 때문에 그 여자를 공개적으로 퇴짜 놓았다는 얘기를 늘어놓았습니다. 그러자 백작은 얼굴이 빨갛게 상기되었고, 그의 특유의 노련한 자제력에도 불구하고 당황해서 어쩔 줄 몰라 했습니다. 그 바람에 마틸데는 질투심에 부들부들 떨며 화가 치밀었고요. 그 친구는 사태를 전혀 파악하지 못하고 계속해서 떠들어 댔어요. 지금 도시는 두 파로 갈라져 있다는 것, 대다수는 지금까지 페드르 역할을 맡았던 토르시의 편이라는 겁니다. 그 이유인즉슨, 멜뢱은 토르시와는 달리 때가 되기도 전에 면목을 잃었다는 것, 특히 백작과의 관계 때문에 평판이 나빠졌다는 것이었지요. 그리고 자기는 그녀가 무자비하게 야유를 받게 될 걸 확신한다고 했습니다.

마틸데는 남편과 단둘이 있게 될 때까지 기다릴 수가 없었습니다. 어떤 여인이 남편에게 특별한 열정을 품고 있다는, 세상 사람들이 다 아는 사실을 자신에게만 숨겨 온 점을 호되게 비난하면서, 그건 남편도 그 여자의 사랑에 맞장구쳤기 때문이라고 결론을 내렸어요. 그 말에 대해 그는 자신의 결백을 거듭 맹세하며 답변을 했습니다. 사랑의 행각에서 거짓 맹세를 한 것이 처음이 아니었지만, 이번에는 마음이 아팠고 말이 쉽게 나오지 않았어요. 결국 백작 부인은 남편이 토르시의 편이 되어 멜뢱을 야유하는 휘파람을 같이 분다는 조건하에서 그를 믿겠노라고 말했습니다. 백작은 아주 가볍게 아내에게 그렇게 하겠다고 약속했습니다. 왜냐하면 멜뢱과 토르시, 이 두 사람을 모두 잘 아는 그로서는 천부적 재능을 지닌 멜뢱을 어설프게 울부짖는 여배우 토르시의 뒷전에 둘 생각을 감히 누구도 하지 않으리라 여겼으니까요. 이로써 백작 부인은 남편과 화해했습니다.

그날 저녁 일찌감치 극장은 만원이었어요. 어느 편도 아닌 관객들도 여배우보다는 싸움을 구경하러 극장에 갔습니다. 각 각의 편은 자기네 의견을 좀더 잘 전달하고 공감을 얻기 위해 유리한 자리를 차지하려 들었어요. 모두가 자신들의 의견을 터 뜨릴 첫 번째 계기를 잡으려고 팽팽하게 촉각을 곤두세우고 있 었지요. 양쪽 편 중 어느 쪽도 근거 없는 비판을 하기보다는 보 편적으로 수긍이 가는 근거를 원했습니다. 처음 두 장면이 약 간의 술렁거림이 뒤섞인 가운데 경청되었고, 어떤 이들은 그제 야 다른 자리로 몰려갔습니다. 이제 페드르가 등장했어요. 모두 들 조용해졌습니다. 하지만 곧 뗄뤽을 지지하던 친구들은 얼마 나 놀랐던지요. 그녀는 첫 대사 "이제 앞으로 가지 말자……"를 평소에 그토록 감동적으로 연기하던 대로 엄청난 격정 후에 오 는 탈진한 어조로 읊지 않고, 마치 악령에 사로잡힌 듯이 격하 게 내뱉고 나더니, 그 다음 대사를 잊어버린 듯, 그래서 관객들 의 입에서 대사를 더듬어 찾는 듯이, 온 극장 안을 휘둘러보는 것이었어요. 물론 관객들 대부분은 그 대목을 줄줄 외고 있어서 조그만 소리로 읊고 있었지만요. 이처럼 소란스런 가운데 그녀 는 몇 마디 시구를 더 암송하다가, 마침내 무대와 가까운 칸막 이 특별석에서 백작을 발견했습니다. 백작이 여기 왔다는 소식 을 그녀는 바로 수다스러운 친구를 통해 이미 전해 들었던 참이었지요. 그때부터 그녀는 백작에게 뚫어져라 시선을 고정한 채 계속 대사를 읊었습니다. 마치 말문을 막는 폭풍이 고의적으로 그녀의 입 앞으로 휙휙 지나가듯이, 때로는 소리를 확 줄였다가 때로는 격정적으로. 그렇게 "모든 것이 나를 괴롭히고 나를 해코지하고 있구나"라는 대사에 이르자, 멜뢱의 반대파는 더 이상 참지 못했습니다. 웃음보와 휘파람이 묶여 즉각 모조리 그녀의 망신으로 통했어요. 그녀의 절친한 친구들조차 침묵을 지키며 이 같은 박대는 자업자득이라고 인정할 수밖에 없었습니다.

백작은 너무나 난처하고 당황스러웠어요. 멜뢱이 무시무시할 정도로 뚫어져라 그에게 시선을 보내는 한편, 그의 아내도 소동이 시작되는 가운데 멜뢱이 야유를 받을 때 함께 휘파람을 불겠다고 한 맹세를 지키라고 조르면서 그에게 잔뜩 질투 어린 시선을 보내고 있었거든요. 백작은 어쩔 수 없이 휘파람을 불어야 했습니다. 그에게 명예보다 중요한 것은 없었으니까요. 마음속 깊은 곳에서 절망을 느끼며 지난날 사랑했던 여인에게 야유의 휘파람을 보냈습니다. 멜뢱은 순간적으로 그걸 알아채고 그를 바라보고 있었어요. 백작은 잠시 눈앞이 캄캄해지고 경련을 일으키며 주저앉았습니다. 그러는 사이 멜뢱은 침착하고 당당한 걸음걸이로 무대를 떠났습니다. 관객들의 분노가 가라앉았고, 모두들 아주 큰 소리가 들렸던 백작의 특별석을 쳐다보았어요. 그리고 그 나라의 풍습에 어긋나게 그들에게서 등을 돌린 한 여인(그 여인은 남편을 향해 몸을 돌린 백작 부인이었지요)을 알아보았습니다. 요란하게 발을 구르는 소리, 고함 소리가 높아졌어요. 백작이 아무 소리도 듣지 못한 것은 천만다행이었어요. 부인의 손상된 체면을 알았더라면 그는 잔뜩 화가 나서 무슨 어리석은 짓을 저질렀을지도 모르니까요. 주변 사람들이 그녀에게 사람들이 광분하는 대상이 바로 당신이라고 귀띔을 해 주자, 그녀는 하얗게 질려서 약간 제정신이 돌아온 백작과 함께 아무 말 없이 집으로 떠났습니다.

불과 몇 시간 만에 이 집은 그녀에게 전혀 다른 집이 되어 버렸어요. 그녀는 백작이 자신의 사랑을 배신했다는 사실을 부인할 수가 없었습니다. 아울러 백작과 함께 대중 앞에 모습을 보일 때 누려야 할 영예 대신에, 그 누구도 배상해 줄 수 없는 공개적인 모욕도 당한 겁니다. 하지만 또 다른 더 큰 걱정거리가 두 사람을 압박해 왔습니다. 백작은 그저 잠시 아픈 것이 아니었어요. 계속해서 열이 났고 며칠 뒤에는 심상찮은 증상을 보였습니다. 백작이 심장의 통증을 호소하는데, 의사들은 모두 그 고통의 원인을 밝혀내지 못하는 것이었어요. 뿐만 아니라 일과 오락에 대한 일체의 흥미를 잃고 하루가 다르게 여위어 갔습니다. 이렇게 남편이 근 반년 동안 병에 시달려 쇠약해지자, 아내 또한 조만간 남편을 잃게 되리라는 끔찍한 생각에 비통해하며 아프기 시작했어요.

　어느 날 저녁 두 사람은 고통스런 생각에 잠겨 각기 서로를 성가시게 하지 않으려고 조용히 함께 앉아 있었습니다. 그때 수년간 동양으로 학술 여행을 떠났던 백작의 절친한 학교 친구, 프레넬 박사가 찾아왔습니다. 두 친구는 서로 반가워하기보다는 마음 아파하며 인사를 나누었어요. 그들은 같은 원대한 희망을 품고 인생을 살아왔는데, 이제 백작에게는 삶이 그리 많이 남아 있지 않은 듯 보였어요. 프레넬은 전문가로서 병세를 이것저것 물어보고는 마침내 벌떡 일어나며 소리쳤습니다.

　"여보게, 자네는 심장을 좀먹는 마녀의 손에 걸린 것일세. 아마 자네에게 살길이 있을 것이네."

　백작은 심장을 좀먹는 비탄에 대해서는 들어 본 적이 있지만, 심장을 좀먹는 마녀에 대해서는 들어 본 적 없었습니다. 그는 자기 친구가 여행을 많이 하는 사람들의 특성이 그렇듯이 온갖 별난 것을 상상한다고 생각했어요. 하지만 그런 것을 그렇게 진지하게 인정하다니, 그건 아무래도 시대 정신에 어긋나는 일이었어요. 그런데도 그 의사 친구는 곧이어 동방에서는 그런 마법의 기술은 사랑을 배신한 행위를 보복하기 위해 흔히 쓰이는 방법이라는 것, 하지만 그 마법은 추적의 표적인 배신자가 그렇게 배신을 하도록 만든 운 좋은 상대편에 대한 진정한 사랑의 징표를 필요로 한다고 심각하게 강조하는 것이었습니다.

이 말을 듣고 백작은 흠칫 놀랐고, 여태까지 아내에게 숨겨 왔던 비밀을 털어놓았습니다. 그녀의 신성한 눈물이 밴 양복을 잃어버린 일과 그때 무슨 일이 있었는지를 말이지요. 아내는 한숨을 쉬었습니다. 그러나 친구는 벌떡 일어나며 다음과 같이 말했습니다.

"이보게, 지금 자네 부인에 대한 자네의 지조가 충실하다면, 자네는 구원을 받을 걸세. 자네는 건강해질 거야. 그걸로 그 마녀는 화가 나서 펄펄 뛰겠지만, 내가 그녀의 온 뼈마디가 박자에 맞춰 으스러질 노래를 한 소절 그녀에게 불러 줄 걸세."

그는 펄쩍펄쩍 뛰며 어안이 벙벙해 있는 부부에게 등을 보이고 사라졌습니다.

프레넬은 실제로 학구적인 관심을 갖고 동방에서, 이를테면 놀랍게 아름다운 모직 염색술이며 알려지지 않은 신비한 향내의 제조 따위의 공공연한 기술과 아울러 그 비법을 조사해 왔고 비상한 노력으로 구명해 온 터였습니다. 그는 멜뢱에게 재치 있는 편지를 한 통 썼습니다. 그녀는 첫 무대에서의 실패 이후 아무도 초대하지 않으면서도 집은 아주 화려하게 꾸며 놓았어요. 프레넬은 곧 그녀의 집에 초대를 받았습니다. 그녀는 프레넬이 온갖 방면의 기술의 대가임을 알아보았거든요. 그가 그녀 집에 갔을 때, 그녀는 완전히 넋을 놓고 있는 상태였어요. 궁극의 비밀을 캐려는 욕구 외에는 그녀를 자극하는 것은 아무것도 없는 듯 보였어요. 그녀는 그에게 탈바꿈을 시키는 향유류에 관해 캐물었습니다. 그러자 프레넬은 마침 한 석류나무를 기어오르고 있는 애벌레를 예로 들며, 석류나무에 그런 향유가 함유되어 있다고 제시했습니다. 과연 그 향유는 애벌레를 5분 만에 나비로 완전히 탈바꿈시켰어요. 애벌레가 고치를 벗는 데는 불과 1분도 걸리지 않았고, 그 나머지 시간 동안 번데기의 상태로 반짝이며 꿈틀거리다가 마침내 나비가 환호하며 날아올라 멜뤽의 머리 위에 앉았습니다. 그러고는 마치 보석을 짜 맞춘 양 다채롭게 날개를 나풀거렸습니다. 그러나 그 순간 멜뤽의 품에서 쉬던 질투심 많은 카나리아가 나비를 잡아먹는 바람에 작은 기적은 사라졌습니다. 그 일에 화가 난 프레넬은 자신이 제시할 수 있는 기술들을 무시한다면, 그녀 자신이 부릴 수 있는 것 중 한 가지만 보여 달라며 멜뤽을 다그쳤어요. 프레넬은 눈에 띄게 격하게 석류나무에서 열매를 하나 홱 낚아서 식탁 위에 놓고는, 껍질을 손상시키지 않고 석류 알맹이를 꺼낼 자신이 있느냐고 비아냥거리며 물었습니다. 멜뤽은 교만하게 고개를 흔들며 그를 쳐다보았어요. 그러고는 곧 심장을 꿰뚫는 듯한 시선으로 석류를 한참 응시한 후 말짱한 그대로의 그것을 프레넬에게 건네주었어요. 그는 석류를 잘라 보았지요. 과연 알맹이는 빠져나가고 없었습니다. 그제야 그는 밀했어요.

"하지만 알맹이를 다시 껍질 속에 채워 넣을 수 있는 사람이라면 더 많은 것을 할 수 있겠지요."

멜뤽은 입에서 석류 씨앗 하나를 뱉어 빈 껍질 속에 넣고 그
것을 자신의 가슴에 품었습니다. 그리고 몇 분 후 석류는 원래
의 모습이 되어 있었어요. 이제 우리는 이로써 프레넬이 노린
바 목적을 달성했다는 것을 쉽게 알아볼 수 있습니다. 그는 그
녀가 뭘 할 수 있는지를 간파한 겁니다. 그는 표정과 목소리를
바꾸어 버럭 화를 내며 소리쳤습니다.

"물속으로, 물속으로 들어가거라, 마녀야! 문밖에 이미 포졸
들이 와 있다. 그러니까 너는 꼼짝없이 잡힌 거다. 물속으로, 물
속으로 들어가거라!"

멜뤽은 얼굴이 해쓱해졌지만 위협적이었어요. 온 방 안의 새
들이 무섭게 울어 대었고, 그녀의 안면 근육들은 마치 중국의
오색 불꽃처럼 붉으락푸르락 실룩거렸습니다. 하지만 프레넬
은 그녀의 눈을 보지 않으려고 조심했습니다. 멜뤽은 자신의 위
협이 무력하다는 것을 깨닫자 엎드려 애원을 했어요. 프레넬은
그녀 앞에서 냉정하게 꼿꼿이 서 있었습니다. 그리고 마침내 양
복 윗도리에 스며든 사랑의 징표를 없애고 가공스러운 시선을
퍼붓는 술수로써 친구에게서 앗아 간 심장을 되돌려준다면 그
녀를 자유롭게 해 주겠다고 단호히 말했습니다. 그러지 않으면
그녀는 목숨을 잃게 될 거라고요. 그가 그녀에게 친구의 불행
한 처지를 설명하자, 그녀는 하염없이 눈물을 흘리면서, 왜 진

아라비아의 예언자, 멜뤽 마리아 블랑켓

작 백작 자신이 자기에게 직접 도움을 청하지 않았는지, 지금으로서는 설사 그가 더 살기를 원한다 해도 너무 늦은 것 같아 두렵다고 말했어요. 또한 그녀 자신 백작으로 인해 파멸된 이승의 삶을 벗어나기 위해 그가 죽었다는 소식을 매일같이 학수고대해 왔다고 했습니다.

"아……."

그녀가 외쳤어요. "확실히 너무 늦었어요. 나는 지금껏 원한에 사무쳐 조바심치며 그의 심장을 마구 갉아먹었어요. 하지만 지금은 그의 몸이 다시 회복되길 바라요!"

이 말을 하며 멜뢱은 한편의 커튼을 걷어 젖혔고, 프레넬은 마네킹을 보고 깜짝 놀랐습니다. 그 마네킹은 멜뢱의 탁월한 조각 솜씨에 힘입어, 백작을 그대로 빼쏜 얼굴에 그녀 앞에 나타났던 한창 시절의 그의 체격과 피부 빛을 갖추고 있었습니다. 또한 여전히 팔짱을 꽉 낀 채 눈물 자국이 배어 있는 백작의 양복을 그대로 입고 있었어요. 멜뢱이 살짝 누르자, 마네킹의 팔짱이 풀렸습니다. 그녀는 서둘러 윗도리를 벗기고, 가슴 부위에 움푹 들어간 어두운 홈을 꼼꼼히 들여다보고는 심상치 않은 기색으로 말했어요.

"빨리 가세요, 프레넬 씨. 한 시간 후면 너무 늦습니다. 그는 심장의 마지막 힘줄로 목숨을 부지하고 있어요. 당신 친구에게 신성한 눈물이 밴 이 양복을 어서 입혀 주세요. 외형이 완전히 회복될 때까지, 밤낮없이 이 양복을 벗으면 안 됩니다. 그렇다고 해도 제가 그의 곁에 없으면 그는 다시는 자기 심장을 얻지 못할 거예요. 왜냐하면 그의 심장은 제 안에 있으니까요. 그가 저를 불행하게 만들었다는 사실을 그에게 전해 주세요. 항상 그의 곁에 있는 것 말고는 제가 바라는 것은 아무것도 없다는 얘기도요. 그의 부인은 전체적인 질서 속의 남편의 현존을 기뻐하라고 전하세요. 그의 심장은 제 안에 있고, 제가 없으면 그도 살 수 없으며, 제가 사는 날까지만 그 사람도 살 것이라고요!"

프레넬은 이 말들 중에서 자신이 믿고 싶은 만큼만 믿었습니다. 그리고 어쨌든 서둘러 양복을 친구에게 가져갔지요. 잃어버렸다고 여겼던 이 순결한 사랑의 징표를 보는 순간, 희망의 빛이 백작에게 퍼져 나갔어요. 그는 반가운 나머지 당장 그 옷을 입었지요. 그리고 전에는 몸에 꼭 맞았던 그 옷이 삐쩍 마른 그의 몸뚱이에 헐렁하게 주름이 잡히며 걸쳐진 것을 보고 깜짝 놀랐어요. 그렇긴 해도 그것을 걸친 순간부터 시시각각 그는 건강해졌어요. 프레넬이 굳이 그런 얘기를 전하지 않았는데도, 아마 그는 밤이고 낮이고 간에 그 옷을 벗지 않았던 모양이에요. 마틸데는 백작이 그렇게 하도록 용납했습니다. 그건 그녀의 애정에 비위를 맞추는 행동이었으니까요. 그는 불과 몇 주 후에 양복 안에서 몸이 불어나 다시 꼭 맞을 만큼 완전히 회복되었습니다. 하지만 그에게는 삶을 향한 심장이 없었습니다. 심장으

441

로부터 뿜어져 나오는 것이 아무것도 없었어요. 심지어 그는 이전에 그의 심장이 세차게 고동쳤던 바로 그 자리에 빈 구석이 느껴진다고 주장하기까지 했어요.

그리고 한 달 동안 마음의 부담을 느끼고 지내 왔던 프레넬은 드디어 백작 부부에게 멜뢱에게서 들은 이야기를 처음으로 털어놓았습니다. 그리고 그들 부부의 앞날의 운명을 쥐고 있는 이 막강하고 불행한 여인을 그들 집으로 받아들이라고 조언했어요. 백작은 마틸데에게 결정권을 넘겼고, 마틸데의 넓은 도량은 고결한 망설임에 재빨리 종지부를 찍었습니다. 그녀는 직접 멜뢱을 찾아가, 자기 집이라 여기고 평생 그녀의 집에서 같이 살자고 청을 했어요. 그것도 남편의 목숨이 달려 있는 남편의 가장 가까운 친지로서 말이지요. 멜뢱은 백작 부인이 말하는 동안 부인의 맑고 온화한 얼굴 윤곽을 예기치 않게 호감에 찬 시선으로 바라다보았습니다. 그리고 질투심마저 사랑의 제물로 바치는 부인의 고결한 마음씨에 감동을 받아, 이 사랑스러운 백작 부인을 향해 기우는 솔직한 애정을 뒤따라 털어놓았습니다. 멜뢱은 결심을 굳히고 백작 부인의 마차에 올라탔고, 두 여인은 동시에 백작의 방에 들어섰어요. 백작은 마침 건성으로 어떤 책을 읽고 있었습니다. 그는 두 여인을 보자 비명을 질렀고, 그 순간 그의 심장의 빈 구멍이 메워지는 것 같았어요. 세상이 젊음으로 꽉 찬 듯, 충만한 느낌이었습니다. 그의 젊은 날의 용기,

생각하는 삶이 되돌아온 것이었어요. 그는 이렇게 운명과 화해를 했고, 그를 파괴했던 불가사의한 것이 이제 그의 삶을 더욱 가치 있게 받쳐 주고 그를 받아들였습니다.

멜뢰은 그날 이후로 온 도시를 깜짝 놀라게 하며 백작과 한 집에서 살았습니다. 백작은 곧 식솔들을 이끌고 마르세유 근교의 영지로 이사를 했습니다. 그들은 즐거운 나날을 보냈어요. 프레넬은 자신이 만들어 낸 행복을 지켜보며 우쭐해서 그 행복이 자신의 주선으로 성취된 것임을 느끼도록 멜뢰에게 강조하였습니다. 멜뢰은 그런 그를 조용히 참아 냈어요. 하긴, 프레넬을 사심 없는 한 숭배자로 자기 곁에 붙잡아 두고 싶었던 모양이에요. 하지만 발전을 추구하는 프레넬의 영혼은 한 가지 관심거리에 계속 머물지 못했습니다.

어느 날 갑자기 프레넬이 숨이 턱에 닿아 느닷없이 나타나서는, 지금 자기는 새로운 학술적 발견을 위해 멜뢰의 고향으로 떠나려 하는데, 고향에서 주문할 것이 있으면 부탁하라고 멜뢰에게 말했습니다. 그러나 그녀는 백작 곁에 있고자 한 소원을 성취함으로써 고향의 숨겨진 기술 따위에 대한 흥미는 사라진 듯 보였어요. 그녀는 자기가 동방에서 갖고 있는 것이라고는, 아라비아 왕족이었던 부친의 적이 일으킨 일어난 민중 봉기로 자신의 가문이 몰락했던 끔찍한 기억이 전부라고 말했습니다.

"부탁할 것이 없다는 말씀입니까?"

프레넬이 물었습니다. "제가 어떤 불가능한 것이라도 이뤄 드릴 텐데요. 원하는 것을 요구하기만 하십시오!"

프레넬은 우쭐대는 버릇대로 말했어요. 멜뢱은 그를 예리하게 쳐다보며 대답했습니다.

"당신은 지금 제가 무언가 부탁하길 원하시는군요. 제가 아주 작은 것을 부탁드릴 때가 올 겁니다. 하지만 그때 당신은 제 부탁을 거절하실 거예요."

프레넬은 그 말에 미소를 지으며 말도 안 되는 의혹이라며 비난했어요. 그러나 멜뢱은 그 일이 조만간 드러날 것이라고 말했습니다. 프레넬은 '다른 사람의 생각은 복잡해서 아무래도 알 수가 없다'는, 모두가 아는 평범한 진리를 주장하며 작별을 하고, 백작 부인에게는 숄을, 백작에게는 꽃씨를 약속하고 헤어졌지요.

세 사람이 함께하는 시골의 일상생활은 지루하지 않게 제대로 자리를 잡았습니다. 멜뢱은 안살림을 관리하는 데 신경을 썼어요. 처음 해 보는 일이었지만 마틸데보다 훨씬 쉽게 그 일을 터득했어요. 마틸데는 생활에 필수적인 기본적인 일들을 도저히 알지 못했고 배울 엄두도 내지 못했어요. 시종과 관리들은 곧 많은 상황을 파악하고 동시에 총괄할 줄 아는 멜뢱의 날카롭고 민첩한 시선을 인식했습니다. 그녀는 마틸데의 아이들 시중도 들었습니다. 그녀와 특별히 닮았을 뿐만 아니라 그녀에 대한 유난한 애착을 타고난 아이들이었어요. 종종 멜뢱은, 원죄 이래로 어머니가 되는 기쁨과 엮인 진통을 자신은 겪지도 않고 어머니가 된 행운을 농담조로 자랑하곤 했습니다. 또한 마틸데도 자기 아이들의 동양적인 눈과 긴 속눈썹에 매료되어, 그 안에 담긴 수수께끼는 잊어버리고 오히려 자신의 아이들을 통해 멜뢱을 더욱 사랑하는 법을 배웠어요. 지난날 이 집의 운명에 결정적인 영향을 끼쳤던 문제의 무서운 마네킹은 이제 다른 종류의 기념물들과 함께 성의 비밀 다락방에 세워져 있었습니다. 이따금 일요일에 멜뢱이 다락방에 가 아이들에게 놀이 도구로 또는 착한 행동에 대한 상으로 그 마네킹을 보여 주곤 했어요. 그때 마네킹은 아이들을 하나씩 번갈아 가며 꼭 안아 주었는데, 모두들 그것을 얼마나 좋아했던지. 하지만 어떤 아이들도 그 일을 불가사의하다고 여기지 않았어요. 그만큼 새롭다는 이유로 아이들이 매일같이 놀라워하는 일은 무수히 많았으니까요. 그리고 우리도 이처럼 천진난만한 그림으로 이 이야기를 끝낼 수 있기를 바랐습니다. 그러나 이 이야기는 행복의 아름다운 그림으로 그치지를 않습니다.

이처럼 평화로운 가운데 거의 8년의 세월이 흘렀습니다. 그때 이 땅의 모든 상황을 쇄신하려는 소망, 즉 몇몇 문필가들이 즐겨 제시한 특정한 망상들을 실현하려는 소망이 일어났습니다. 그 소망은 이 필연적 역사의 발전에 관한 대중의 관심을 엉뚱한 곳으로 돌려놓았고, 보다 나은 사람들을 최저급의 악의의 놀잇감으로 만들었습니다. 이 새로운 소망들은 백작마저 감동시켰고, 프레넬을 다시 마르세유로 돌아오게 만들었습니다. 두 사람은 마르세유에서 만났지요. 어느 날 그들은 마틸데와 멜뤽을 데리고 항구에 갔습니다. 선원들이 자유를 구가하는 많은 새로운 노래들을 찬미하고 있었어요. 그 노래들은 선원들이 바다에 나가 없는 동안에 그들의 고향 사람들이 지어 낸 것이었어요. 개개인의 이윤은 전체의 복지 앞에서 사라진 것 같은 아름다운 시절이었습니다. 백작과 백작 부인은 자신들이 누렸던 특권의 몰락을 뜻하는 이 징후를 보고 화를 내기는커녕, 오히려이 같은 만인의 상승을 기뻐했습니다.

"이제까지……."

백작이 말했습니다. "프랑스 역사는 귀족의 역사와 다를 바 없었네. 귀족들은 피를 흘리며 수백 년간 프랑스를 안전하게 지켰고 영토를 넓혀 왔지. 그러나 이제 집집마다 영웅들이 등장해, 우리는 전 국민의 역사를 만들어 낼 걸세. 나는 지금 정상에 있는 인물들을 알고 있네. 그들은 최고의 것을 원하고, 모든 지방에서 맡은 바 일을 수행할 명망 있는 인물들을 찾을 걸세."

백작 부인은 이 말을 이어 자신을 부르는 호칭을 웃음거리로 삼았습니다. 그 호칭을 부끄러워하면서도 평등한 하나의 친칭親稱이 모든 사람을 묶어 주었으면 하는 소망을 말하기까지 했어요. 프레넬은 프랑스의 사정을 가장 모르고 있었어요. 그의 예리한 관찰력이 온당하게 발휘되기에는, 그는 너무 오래 떠나 있었습니다. 하지만 당시의 출판물이 그에게 일반적인 도덕 교양을 조달해 주었는데, 그런 교양은 지극히 보편적인 인문 철학의 결과를 쉽게 하나의 놀라운 현존, 즉 이성의 왕국으로 옮겨 놓을 수 있는 것이었지요. 오랫동안 침묵하고 있던 멜뢱이 평소와 달리 격한 어조로 말했어요.

"이성의 왕국이라고요? 어떻게 이성이 갑자기 한순간에 세상에 나타날 수 있단 말인가요? 도덕이 넘치고 활기에 찼던 지나간 수세기 동안, 이성이란 단지 예외적인 이방인 노릇을 하지 않았나요? 극심한 핍박에 대해서도 이렇다 할 설명을 할 수도 없었고, 바로 세속적 폭력과 종교적 폭력이 음영을 교차하는 이 마당에 겨우 입을 벌린 것이 이성이 아닌가요? 인간들 간에 이런 구분을 짓는 것이 불가피했다는 것, 그것에 대고 우리 같은 보잘것없는 사람들은 구분을 짓든 포기하든 간에 구경할 수밖에 없었다는 점을 생각해 보세요. 당신들이 세상에서 존경하는 최고의 이성을 지닌 인간들이 단지 사변에만 빠져 있고, 그 사변의 산물을 놓고 서로 간에 공박만 일삼는다면, 대체 무엇이 그 이성을 하나의 행동으로 끌어올린단 말입니까? 말씀드립니다만, 모든 비이성이 입을 열 뿐 아니라 행동으로 드러나게 하기 위해서는 이성적인 자들이 입을 빌려 주어야 할 것입니다.

그러고 나면 이성의 이름으로 비이성이 망친 것들이 노출될 테지요. 당신네의 고상한 교양이 비이성이 깨부술 끔찍스런 몰락이 닥치도록 커다란 길을 놓아 주는 거지요!"

프레넬은 어안이 벙벙하여 그녀를 쳐다보았고, 지나가는 사람들이 들으니 그렇게 과격하게 말하지 말라고 부탁했습니다. 하지만 그녀는 수그러들지 않고 계속 말했어요.

"그것 보세요. 내게는 한 번도 그렇게 필요한 적이 없었던 예의범절을 당신네들은 여전히 지키고 싶어 하시는군요. 바로 그렇기 때문에 나는 지금 당신들에게 큰 소리로 역설하고 있고, 바로 그런 이유로 당신들은 앞으로 거친 군중들에 의해 수천 갑절의 함성을 듣게 될 거예요. 그리고 지금 나 때문에 당황한 것처럼 당신들 자신 때문에 훨씬 더 당황하게 될 겁니다. 저기, 짐을 내려놓고 나서 타르가 묻은 주먹으로 턱을 고이고 귀를 기울이는 선원들의 모습을 보세요. 배는 출항하려고 그들을 기다리고 있는데 말입니다. 이와 똑같이 공허한 말장난에 팔려 일체의 외형적 삶이 갑자기 정지할 거예요. 이제까지는 일부의 사람이 굶었지만, 앞으로는 이 땅과 바다의 행복과 자유를 제가 끔 공공연하게 찬미하고 있는 한편에서, 모든 사람이 굶주림을 겪는다고 느낄 겁니다. 지금 오색 깃발을 달고 즐겁게 항해하며 미끄러져 들어오는 배들을 보세요. 강물에 맞춰 건조되지 않은 그 배들은 민물에 갇혀 부서지고 말 겁니다. 마찬가지로 국도마다 왕의 신하들이 아닌 수많은 도둑 떼들이 훨씬 비싼 통행세를 여행객들에게서 거두어들일 테고요. 그렇지만 이 정도는 아직 이렇다 할 불행도 못됩니다."

프레넬은 놀라워하며 말했어요.

"당신이 그렇게 많은 것을 예견할 수 있다면, 모든 것을 말해봐요!"

그러자 멜뢱은 계속해서 말했습니다.

"이성의 왕국을 세우려고 하는 사람들은 바로 그 이성의 법칙에 의해 피를 흘리게 될 겁니다. 귀족에 힘입어 왕가를 일으켰음을 생각하지 않는 왕, 선조들이 흘린 피를 망각하고 교회를 소홀히 하는 귀족은 피를 흘리게 될 겁니다. 가장 소중한 나의 영혼의 친구인 우리의 백작님도."

"그럼 당신은?"

프레넬이 물었습니다.

"저 역시 죽을 겁니다." 그녀가 말했어요. "제가 백작님의 죽음을 준비한 후에 말이죠."

"그럼 내가, 내가 당신들 둘을 구할 수도 없겠군요?"

프레넬이 물었어요.

"구할 수 없어요." 멜뢱은 외면하며 말했습니다. "당신은 우리가 죽을 때 명령을 해야만 할 것이고, 우리를 구하지 못할 거예요."

프레넬이 웃었습니다.

"이 모든 것을 예견했다면, 어째서 새로운 선지자인 당신이 수도원에 머물지 않았나요?"

"왜냐고요?"

멜뢱이 소리쳤습니다. "왜냐하면 그 믿음 깊은 영혼들을 이성의 왕국을 주창하는 이들이 모독하고 있기 때문이지요. 하지만 나는 내가 과오를 범한 바로 그곳에서 자발적으로 예언자 노릇을 하고자 했어요. 또 그 때문에 나 자신 벌 받을 것도 알고 있고요."

백작은 인내심을 잃고 강제로 멜뢱의 손을 잡아끌고 서둘러 집으로 데려갔습니다. 집에 와서 한 시간 후, 그녀는 아까의 모든 대화를 부인하고 그런 얘기를 한 적이 없노라고 주장했습니다.

하지만 멜뢱의 예언적 발언은 백작에게 인상적으로 남아, 그에게 많은 것을 다른 모습으로 보게 했습니다. 그와는 달리 맹목적인 이론가인 프레넬은 이 예언을 몽상이라고 일소에 부쳤어요. 그는 자신의 역량과 열광적 성품에 휘몰려 희망에 부푼 채 서슴없이 서둘러 파리로 갔습니다. 하지만 그곳 대도시의 생활, 파당 간의 싸움은 그의 판단을 점점 제한시켰고 그의 결단을 마비시켰어요. 한편 백작은 여러 지방에서 파괴적 힘이 교양적 힘을 압도하는 양상을 곧 보게 되었습니다. 악한 자들은 뭉치고, 그 자신을 포함하여 선한 자들은 우유부단한 것을 보았어요. 그는 스스로도 마음을 정할 수가 없어 모든 것을 포기했습니다. 많은 귀족들이 해외로 떠났습니다. 이것은 남은 귀족들의 상황을 더 힘들게 하고, 그들에 대한 증오심을 배가시켰어요. 백작은 다른 나라에 대한 믿음이 없었어요. 프랑스는 그에게 유일한 세상이었지요. 또한 그의 재산과, 자기는 늘 그 재산의 대부분을 불쌍한 하인들을 위해 사용했다는 확신이 그를 머물게 했습니다. 그러나 어느 국가든 폭력 혁명을 일으키는 사람들은 결코 그런 가난한 하류 계층이 아니지요. 혁명을 일으키는 자들은 국가의 전반적 소유 형태와 신분의 제도가 바뀌지 않는 한 자신의 상황을 뛰어넘어 상류 계층에 올라갈 수 없는 중산층인 겁니다. 사유 재산가로 살아온 이런 계층의 부유한 소작인들 그리고 부채를 진 사유 재산가들이 여러 도시들과 연대하여 대중을 부추기고 있었지만, 아직은 폭력을 기피하는 상태였어요. 프레넬이 남쪽에서 이런 민중 운동을 주도하는 사절이 되어 파리에서 돌아왔습니다. 그러나 그가 마르세유에 도착하기도 전에, 남쪽의 시민들은 남쪽 사람들 특유의 과격한 성품으로 스스로 끌어가는 법을 배웠어요. 누구의 말을 따를 것인가에 대해서는 이미 많은 격한 논쟁을 통해 결정되었고, 프레넬은 자신의 뜻에 반하는 대중의 목소리가 속속 등장하는 것을 목격했습니다.

그사이에 생 뤽은 헤아릴 수 없는 비열한 짓거리로, 특히 노름에서의 사기 치기로 파렴치한의 악평을 얻은 탓에 몰타 섬

사람 행세를 할 수도, 애당초 명망 높은 사람들 틈에 끼어들 수도 없는 처지였는데, 이 판에 가장 인기 있는 대중 연설가의 한 사람으로 나타났습니다. 나약하고 선량한 성품을 내동댕이칠 만큼 충분한 용기를 가졌고, 도처에서 일어나는 파괴에 눈 하나 꿈쩍하지 않을 만큼 명예심도 잃었으며 마음도 황폐해져 있었고, 게다가 많은 모험을 겪으면서 교육받지 못한 계층의 생각과 언어를 이해하고 악용하는 법을 배웠던 것입니다. 그는 자신이 속했던 귀족 계급으로부터 어디를 가든 추방된 신세였다는 데 대한 뿌리 깊은 분노에서 귀족을 타도하는 일에 뛰어들었고 이제는 그 일에 선봉이 되어 피로 맹세를 했습니다. 이런 경우에 빠져드는 인간은 술에 취한 사람들과 다름없지요. 과음을 했다고 느끼는 술꾼들은 더욱 심하게 술을 퍼마십니다. 왜냐하면 그는 완전히 말짱한 정신 상태도 못되고, 그만 마셔서 술에서 깨어날 수도 없기 때문이지요. 자신의 신념을 거스르고 불의를 방치해 두었던 사람은 곧 스스로 불의를 행하는 법이지요.

귀족으로 간주되지 않으려고 일단 자신의 지조를 입 밖에 내지 않았던 프레넬은, 어느새 프로방스를 훑고 있는 이 공화파 수색자들의 대열에 합류할 수밖에 없었고, 생 뢱이 저지르는 파렴치한 행위에 그의 이름을 빌려 주기에 이르렀습니다.

수상쩍은 귀족 집안에 대한 개별적인 살해 행위가 이미 시작되었습니다. 그러나 백작은 시골길들을 불안하게 만드는 수많은 도적 떼 때문에 오히려 이런 사건에 대해서는 아무것도 듣지 못했어요. 또한 혁명의 그릇된 방향에 대해 분노를 느끼면서 자구책을 포기하고 있던 그의 오기는 일체의 소식을 기피하고, 방해받지 않는 집안의 행복을 유지한 가운데 이 모든 사건이 끝장나기를 기다리고 있었어요.

성 세례 요한 축일[7]의 청명한 저녁이었습니다. 백작은 막 잠자리에 들려던 참에 지평선 여기저기 밝은 빛을 보고 세례 요한 축제의 불꽃이라고 생각했어요. 그는 이 새로운 불꽃 장식이 밝게 어우러진 별 하늘을 구경하라며 아내를 불렀습니다. 아내도 일어났고, 두 사람은 즐거워졌습니다. 그때 그들은 정원을 살그머니 지나치는 한 형체를 발견하고 그를 불렀어요. 바로 멜뢱이었어요. 그녀는 아직 잠을 잘 생각이 없었어요. 백작과 백작 부인은 다시 옷을 입고 그녀에게 내려갔습니다. 바람이 향기로운 정원 위를 한가로이 떠돌며 떠날 줄 몰랐어요. 게다가 분수에서는 서늘한 물줄기가 졸졸 흘러나왔고요. 그들은 말없이 오렌지 나무가 가득한 산언덕으로 갔습니다. 그곳에서는 그 지역 전체를 조망할 수 있었어요. 그들은 산꼭대기에 있는 넓은 포도덩굴 정자 아래에 섰습니다. 그 정자는 양탄자를 펼쳐 놓은 듯 그들 머리 위의 별들을 감춰 버렸지만, 사방의 불꽃들은 아

---

7) 세례자 성 요한의 축일은 6월 24일이다.

주 또렷이 구별해서 볼 수 있게 했습니다. 멜뢱은 아무 말 없이 두 친구를 껴안았어요. 그녀는 진실을 알아본 모양이었어요. 하지만 이 아름다운 착각의 환영을 그녀가 왜 굳이 깨어 버려야 한단 말입니까!

"모든 것이 변하고 있소."

백작이 말했습니다. "그래도 아이들의 축제만은 없애서는 안 되지. 아이들은 그 나름의 인격체이고, 아이들만의 고집이 있지. 이따금 나는 집회가 열릴 때 부모들이 아닌 아이들에게 투표를 시키면 좋겠다는 생각이 든다오."

하지만 곧 백작 부인이 심상찮은 기색을 보이고 물었습니다.

"저것이 어떻게 세례 요한 축제 불꽃일 수 있어요? 아이들이 짚이 꽉 찬 헛간을 홀랑 태울 만큼, 덤불숲의 절반을 태울 만큼 불이 엄청나게 활활 타오르는데요."

백작은 그것이 물기를 머금은 구름 탓이라고, 그 구름에 가려 먼 곳의 불꽃이 훨씬 확대되어 보이는 것이라고 말했습니다. 하지만 그도 마침내 그들이 매일처럼 보던 이웃의 성채가 불길에 싸인 것을 보았고, 먼 곳에서 들려오는 비명 소리, 사방에서 울리는 경종 소리를 들었습니다. 뿐만 아니라 그들의 하인들도 떠나고 없다는 것을 알게 되었지요. 이제 멜뢱은 이미 한 시간 전부터 예견했던 것을, 즉 그들의 몰락이 운명지어져 있다는 사실을 숨길 수가 없었습니다.

"오, 멜뢱······."

백작 부인이 한숨을 쉬며 말했습니다.

"왜 우리가 당신의 말을 따라 당신 나라로 가는 배를 타지 않았는지!"

"아니오."

백작이 말했어요. "고향에서 도망쳐 조국도 보지 못하고 시름시름 여위어 가느니, 차라리 내 집의 낡은 의자에 앉아 맞아죽는 게 낫소. 내 피는 내 땅에 뿌리겠소."

백작 부인은 이 말에 거의 정신을 잃었어요. 그러나 환상이 알아냈다고 여기는 것과는 다른 실체를 현실은 이미 수백 번도 더 말해 주었습니다.

들판에서 나는 거친 비명 소리가 점점 더 가까이 들려왔습니다. 백작은 두 여인을 데리고 다시 성으로 돌아가 직접 도개교들을 올렸어요. 그러고는 그 자신도 격분한 나머지 시민들의 피를 흘리게 하는 유혹에 빠지지 않으려고, 성을 둘러싼 해자에 무기들을 던져 버렸습니다. 그가 이 일을 마치자마자—때는 한밤중이었어요—반쯤 술에 취한 민중의 무리가 성곽 해자의 물이 없는 곳을 건너, 한 하녀가 열어 준 옆문을 통과해 성안으로 몰려들어왔습니다. 그리고 당장 백작을 잡아끌고 마을 광장에 마련한 그들의 집회 장소로 데려갔습니다. 그들을 들여보내 준 하녀는 도둑질을 해서 마틸데에게 벌을 받은 적이 있었어요. 하녀는 마틸데에게 복수하기 위해 그녀를 찾아다녔어요. 그리고 이미 사람들에게 마틸데에 대해 무고한 거짓말을 퍼뜨려 놓았고요.

멜뢱은 사람들이 백작 부인을 찾아다니는 소리를 듣고, 두려움에 거의 정신을 잃은 백작 부인을 억지로 붙잡아 마네킹이 세워져 있는 비밀 다락방으로 끌고 갔습니다. 그리고 마지막으로 그녀의 마법을 써먹었지요. 백작 부인을 마네킹의 품에 안기우자, 마네킹은 해골처럼 차가운 두 팔로 백작 부인을 꼼짝 못하게 꽉 껴안았습니다. 멜뢱은 백작 부인에게 조용히 하라고 명령했어요. 아니면 목숨을 잃게 될 거라고요. 그러나 그럴 필요도 없었어요. 마틸데는 이미 기절하여 입을 다물고 있었으니까요. 멜뢱은 방에 자물쇠를 채웠습니다. 그리고 백작 부인의 숄로 얼굴을 가리고, 통로에서 백작 부인을 찾아다니는 무리들 사이로 걸어갔어요. 그곳에서 그녀는 하녀에 의해 백작 부인으로 오인되어 형장으로 끌려갔습니다.

프레넬은 절망에 빠져 그 자리에 앉아 있었습니다. 생 뢱이 옆자리에 있었어요. 프레넬은 마음으로는 백작을 도울 생각이었지만, 백작을 더 불리한 상황에 몰아넣지 않기 위해서는 아주 조심스럽게 행동을 자제해야 했습니다. 생 뢱이 백작의 가슴에 칼을 꽂으려는 순간, 프레넬은 이곳에 와서 처음으로 정부에서 파견한 위원으로서의 지위를 써먹었습니다. 그는 백작을 끌어냈고 일순간 구해 냈습니다. 그때 숄이 벗겨진 멜뢱이 모습을 드러내어 생 뢱이 그녀를 알아보지 못했더라면 그를 저지할 것은 아무것도 없었을 것입니다. 그는 소리쳤어요.

"너, 내게 치욕과 불행을 가져다준 계집이로구나. 사나이의 명예를 걸고 나는 두 번이나 너를 차지하려 했는데 허탕을 쳤었지. 자, 봐라. 그 치욕의 남자인 내가 오늘날 어떻게 성공했는지. 비둘기 새끼 같은 년, 나더러 네 목을 비틀라고 내 손안으로 날아온 거냐?"

멜뢱은 비열한 생 뢱에게는 눈길 한 번 주지 않고 프레넬을 향해 낮은 목소리로 말했습니다.

"나는 당신에게 한 시간 동안 목숨을 구해 달라고 청하지 않겠어요. 당신은 단 한 순간도 내 목숨을 부지시켜 줄 수 없을 테니까요. 그렇지만 당신에게 간청할 것이 있어요. 이 성이 불에 타는 것은 막아 주세요. 그리고 비밀 다락방에서 죽음의 팔에 붙잡혀 있는 한 불쌍한 임산부를 구해 주세요!"

그녀가 말을 마치자마자, 프레넬은 위험을 무릅쓰고 그녀를 구하려고 했습니다. 그 순간 그녀에게 무시를 당해 잔뜩 기분이 상한 생 뢱이 칼로 멜뢱의 등을 찔러 쓰러뜨렸습니다.

프레넬은 너무 늦었다는 것을 알았어요. 그리고 소스라치게 놀라며 그녀가 말한 예언 중 하나가 이루어진 것을 보았습니다. 그는 그녀에게 기꺼이 한 시간 동안의 목숨을 베풀어 주고 싶었습니다. 그러나 명령을 내릴 권한을 갖고 있었음에도 불구하

고, 그에게는 그런 은총을 베푸는 것이 한순간도 허락되지 않았
어요. 그는 그 살인마에게 멜뢱의 보복을 하고 싶었어요. 하지
만 새로운 경악감이 그의 주의를 끌었어요. 멜뢱이 칼에 찔리
는 순간 백작은 쓰러졌고 눈에 보이는 아무런 외상도 없이 죽
어 버린 겁니다. 이렇게 해서 멜뢱이 전에 했던 예언, 즉 그들
두 사람의 삶은 불가피하게 서로 연결되어 있으며, 백작은 멜뢱
없이 살 수 없다는 예언도 이루어졌어요. 이 새로운 사건으로
프레넬은 멜뢱의 마지막 부탁을 다시 유념하게 되었습니다. 그
는 가장 분별 있는 마을 주민 몇 명을 뽑아, 국가의 이름으로 성
을 국가 재산으로 감시하고 일체의 파괴를 막으라고 명령했어
요. 녹초가 된 난폭한 원정대가 휴식을 취하기 위해 여러 집안
에 분산 배치되지 않았더라면, 아마 이 지시도 아무 소용이 없
었을 것입니다. 프레넬은 조용히 잠든 때를 이용했습니다. 멜뢱
이 죽어가면서 맡긴 그 불쌍한 임산부가 바로 백작 부인이라는
것을 즉시 추측하고 성으로 살금살금 다가갔어요. 이제 그녀라
도 구하려고 했어요. 그러고 나면 두 친구의 불행한 죽음 이후
살아남은 자신이 할 일을 마치는 거라고 생각했어요. 그는 금세
굳게 잠긴 다락방을 발견하고 방문을 부수어 열었습니다. 밝아
오는 아침 햇살 속에서 백작 부인이 방금 자신의 눈앞에서 죽
었던 남편의 품에 안겨 있는 것을 보았을 때 그가 얼마나 놀랐
겠습니까. 그러나 그는 곧 그 입상의 움직이지 않는 눈을, 전에

도 한 번 이 집의 운명을 짊어졌던 그 마법의 마네킹을 알아보았습니다. 마네킹의 손아귀에서 기절해 있는 백작 부인을 알아보았어요. 친구를 죽음에서 직접 구할 수 없었던 그에게 친구의 모습을 한 입상을 부수는 일은 너무나 마음 아픈 일이었지만, 시간은 폭력을 강요했어요. 그 입상을 깨부수기로 결심할 수밖에 없었지요. 그것은 잠든 사람을 휘감고 있는 뱀을, 잠든 자가 다칠 위험을 무릅쓰고서야 죽일 수 있는 것과 같았습니다. 프레넬은 입상을 깨부수며 온갖 주의를 기울였지만 어쩔 수 없이 마틸데를 다치게 했습니다. 마틸데는 가볍게 생긴 상처 때문에 아파서 눈을 떴고, 깨어나면서 프레넬을 남편에게 미친 듯 덤벼든 살인자라고 생각할 수밖에 없었습니다.

비상한 상황에서 행해진 의도는 순발력 있게 올바로 설명되는 법이고, 비상한 상황은 훗날 돌이켜보자면 가슴이 찢어지도록 아픈 순간들을 뛰어넘게 합니다. 그런가 하면 최악의 불행에 처하면 머릿속의 갈팡질팡도 절망감도 온데간데없어집니다. 최악의 불행에 처한 자에게는 그 어떤 길도 상관없어지지요. 세 아이들을 구해야겠다는 소망은 마틸데로 하여금 백작과 고귀한 여자 친구의 주검을 후딱 뛰어넘게 했습니다. 소돔[8]을 떠나

---

8) 구약성서의 『창세기』 19장에 나오는 팔레스티나의 사해死海 근방에 있던 도시. 성서의 기록에 따르면 이 도시는 성적性的 문란 및 도덕적 퇴폐 때문에 하느님의 노여움을 사서 유황불 심판에 의해 멸망되었다. 지금은 '죄악의 도시'를 뜻하는 비유어로 쓰인다.

듯, 그녀는 뒤를 돌아볼 엄두도 내지 못하고 길을 떠났어요. 프레넬이 그들을 동행하며 지칠 줄 모르고 헌신적으로 돌보면서 가까운 부자 친척이 사는 스위스로 무사히 데려갔습니다. 친척들은 불행한 이들을 반갑게 맞아 주었습니다.

공포의 날 이후 침울해진 프레넬의 표정은 그곳에서도 달라지지 않았습니다. 어느 날 저녁 그는 백작 부인에게 지난 모든 사건에 관해 자세히 이야기하며, 그가 명령권을 가졌던 현장에서 친구가 피를 흘리고 죽기 전에 차라리 자기가 죽어 버릴 결단을 내리지 못한 자신은 스스로도 영원히 경멸해 마땅하다고 거듭 말했어요. 백작 부인은 그를 위로하려고 했지만 소용없는 일이었습니다. 그녀가 자리를 뜨자, 그는 아이들에게 진심 어린 키스를 하며 자기는 여행을 떠날 테니까 저녁 식사를 같이 하려고 기다리지 말라고, 자기는 자신의 만찬을, 훌륭한 심판[9]을 찾을 것이라고 말했습니다. 그는 그렇게 작별을 고했습니다. 마틸데가 그 자리에 왔습니다. 그녀는 그가 여행을 떠난다고 하자 마음이 흔들렸어요. 그녀는 아이들을 구해 준 그에게 고마움을 표했어요. 그가 곁에 있어서 위안이 되었는데, 잠시 떠난다는 것만으로도 불안해졌습니다. 하지만 그를 만류할 수는 없었어요.

다음 날 아침 프레넬의 시신이 그곳에서 한 시간 거리 떨어

---

[9] 독일어 Gericht는 '일품 요리'라는 뜻 외에도 '심판'이라는 뜻을 가진 단어이다.

진 곳에서 발견되었습니다. 그는 스스로 칼로 자결했고, 그 옆에는 쪽지가 하나 놓여 있었어요. 그는 행복과 불행의 발자국이 영원히 함께 디딘, 모두가 공유한 야외 시골길에서 자기 손으로 스스로를 심판했다는 것, 이로써 이 행복한 땅에서 살아갈 그 어떤 이의 눈곱만큼의 사유물도 피비린내 나는 기억과 묶어 괴롭게 하고 싶지 않노라고 썼습니다. 사유물을 상실한 백작 부인의 고통을 그 누가 말로 표현할 수 있겠습니까. 그런 지금 그녀는 무료한 시골 생활 속에서 지난날 가졌던 모든 것을 새삼 다시 절감하며 동시에 완전히 인식했습니다.

백작 부인은 평온을 찾은 후 동방적인 분위기를 풍기는 예쁜 아이들과 함께 다시 그녀의 영지를 찾았습니다. 그러나 그녀는 더 이상 아무것도 가진 것이 없었어요. 세상을 가졌다고 믿는 사람, 세상에 대해 그 어느 것도 자기 것이라고 말하지 않는 사람, 이 둘은 위대하고 숭고한 사람들입니다. 세상에 대해 일체의 감정을 버린 상태를 나는 위대하고 숭고하다고 말할 수밖에 없습니다. 내가 그녀의 집에 머문 동안, 그녀의 두 아이가 죽음에 임박했을 때 그녀는 바로 그런 호연한 감정으로 세상에 대해 말했습니다. 아이들은 신의 자비로 그녀에게 되돌려졌습니다. 하지만 이 무상의 느낌은 그녀에게 그대로 남아 있었어요. 그 밖에 그녀는 다만 또 하나의 다른 느낌만 활기 있게 표현했습니다. 즉, 말할 수 없이 위대한 친구 멜뢱에 대한 경탄의 감정이었습니다. 많은 순간 그녀를 무아경으로 몰아넣어, 그녀의 마음속에서 물결치는 무언의 파동으로부터 몇 마디 낱말로 표현되어 나오는 그 경탄의 감정은, 이 동방 여인의 지극히 숭고한 직관을 내 마음속에도 생생히 불러일으켜 주었습니다. 사랑의 열정으로 자기 집으로 삼았던 한 가문의 예언자가 되는 것으로 만족했던 이 동방의 영혼은 앞으로 수세기 동안 서방 전체 세계의 예언자가 될 자질을 지녔던 것인지도 모르겠습니다.

●
이미화
옮김

종손들 이야기
Die Majoratsherren, 1817

아힘 폰 아르님
Achim von Arnim

아힘 폰 아르님
Achim von Arnim
1781~1831

독일 낭만파의 대표적인 인물이다. 브렌타노와 함께 독일의 민간 전승 문학을 집대성한 독일 최초의 민요집 『소년의 마적Des Knaben Wunderhorn』(1805~1808)은 『그림 동화집』과 더불어 당대 최고의 문헌적 성과로 후대의 시인들에게 큰 영향을 끼쳤다.

이 책에 실린 「아라비아의 예언자, 멜뤽 마리아 블랭빌」은 혁명으로 인한 낭만적 귀족 계급의 몰락을 한 신비로운 이방인 여성의 목격과 비극적인 예언을 통해 고민하게 하는 작품으로, 마법적인 환상성과 리얼리티의 경계를 넘나들고 있다. 그리고 「종손들 이야기」는 뒤바뀐 두 운명 속에 숨어 있는 음모와, 등장인물들 간의 원한과 회한을 재치 있고 위트 넘치는 문체로 펼쳐 나가는 수작이다.

작가의 또 다른 작품들로는 미완성 역사 소설 『왕관을 지키는 사람들Die Kronenwächter』, 『돌로레스 백작 부인의 가난, 부, 죄와 벌Armut, Reichtum, Schuld und Buße der Gräfin Dolores』(1810), 『이집트의 이사벨라Isabella von Ägypten』(1811), 『할레와 예루살렘』 등이 유명하다. 아힘 폰 아르님의 작품들은 내용과 구성 면에서 분방함을 추구하면서도 괴기스럽고 역설적인 상황을 연출하여 독자들의 시선을 끌어딩기는 힘을 지니고 있다.

지금 우리는 그 시대의 갖가지 어리석은 해학을 투영한 동판화가 실린 한 낡은 달력을 넘겨다보고 있습니다. 어쨌거나 그 시대는 한 편의 동화처럼 과거지사가 되었군요! 프랑스라는 이름이 붙여진 보편적인 혁명이 모든 체제를 무너뜨리기 전, 그 당시 세상은 얼마나 충만했었는지! 이제 세상은 너무나도 천편일률로 무미건조해져 버렸습니다. 그 시기로부터 수 세기를 훌쩍 뛰어넘은 것 같습니다. 다만 우리들 젊은 날의 세월이 그 시대에 속했다는 것을 가까스로 기억해 낼 뿐. 코도뷔키가 대가의 손길로 우리에게 남겨 준 이 진기한 명작들의 깊이에서 우리는 당대의 정신적 명료함의 수준을 가늠할 수 있습니다. 심지어 그 정신에 걸림돌이 되었던 요소들을 투영한 화폭들에서도 쉽사리 판독할 수 있답니다. 이 동판화는 그 같은 요소들을 대담하게 초지상적으로 묘사했어요. 단순히 사회적인

465

외관만 드러내지 않은 그런 구성과 명암을! 모든 개개인은 어디까지나 자신의 외향과 복장으로 자신만의 고유한 세계를 나타내죠. 사람들은 하나같이 이 지구상에 불멸의 것을 남기려고 합니다. 모든 이들에게 그렇게 배려되었듯이, 유령을 불러내고 볼 줄 아는 강신술사, 비밀 결사원들과 기이한 모험가들, 외과 의사들과 예시력을 지닌 환자들까지도 닫힌 가슴을 꿰뚫고 내다볼 수 있는 심오한 마음의 동경을 누렸지요. 이처럼 풍요로운 장면들을 눈여겨보노라면, 인류는 고차원의 세계에 성급하게 서둘러 접근했다는 추측이 몰려옵니다. 그리고 인류는 반쯤 베일을 들춘 미래의 광채에 눈이 멀어서 밝아 오는 미래를 위해 무모한 자멸의 길로 치달으면서, 지상적 현존에 대한 절박함에 얽매였으리라는 추측도 듭니다. 현존이란 우리에게 온 힘을 요구합니다. 우리가 아무리 안간힘을 써도 그 보상은 느긋하게 돌아오는 법인데 말이지요.

그 같은 시대는 일체의 변화에 맞서서 진지하고 대단하게 고수된 온갖 종류의 후원 재단의 은덕으로 수많은 세기를 지탱해 왔습니다. 그리하여 ○○○라는 대도시에 ○○○라는 영주의 상속 저택이 남아 있게 되었지요. 30년 전부터 그 저택에는 아무도 살고 있지 않았어요. 하지만 그 누구도 사용하지 않지만 모두가 관람하도록 허용된 가재도구들이 후원 재단의 기부금으로 온전히 보존되어 있었습니다. 그래서 케케묵은 낡은 저택이었으나 여전히 그 도시의 특별한 명소로 인정받을 수 있었어요. 거기에는 해마다 기부금의 일정 금액이 은제 식기며 식탁보, 그림들을 늘리는 데에, 요컨대 한 집안을 꾸려 가는 데 지속적으로 요구되는 물건을 확충하는 데에 사용되었지요. 특히 지하실에는 해묵은 최고급 포도주들이 풍성하게 수집되어 있었습니다. 저택의 상속주는 모친과 함께 외지에 살고 있었으며, 그의 여타의 수입 규모로 보아 이 저택을 그가 쓰지도 않고 남겨 둔 것을 아쉬워할 필요가 없는 처지였습니다. 기부금에 맞게 저택 관리인은 모든 것을 조절했고, 곡식을 갉아 먹는 쥐를 잡을 몇 마리의 고양이를 길렀으며, 토요일마다 성에 사는 가난한 이들에게 몇 푼씩 나누어 주었습니다. 종손이 성장하는 동안 다른 후손들의 존재를 완전히 잊은 것을 가난한 사람들이 부끄러워하지 않았더라면 이들 가운데서 이 집안의 친척을 쉽게 찾을 수 있었을 것입니다. 도대체가 종손은 많은 행운을 가진 것 같지가 않았어요. 많은 것을 소유한 자들은 자신의 부유함을 그다지 기뻐하지 않지만 가진 것이 없는 사람들은 이들을 부러운 눈빛으로 바라보는 것이지요.

이를테면 매일처럼 일정한 시간에 이 종손의 저택 앞을 무거운 발걸음으로 지나치는 현재 저택 소유주의 한 사촌이 있었지요. 소유주보다 서른 살은 더 나이가 들었지만 재산은 형편없이 적은 인물이었습니다. 그는 고개를 흔들면서 한 줌 담배를 피웠어요. 아마 이 도시 전체에서 남녀노소를 막론하고 이 빨간 코의 노신사만큼 유명한 사람은 없었을 겁니다. 시청 시계에 달린 금속 기사처럼 그는 종탑이 울리기 전에 집을 나서 모습을 드러냄으로써 사내아이들에게는 학교 갈 시간을 상기시켜 주고, 또한 나이든 시민들에게는 목재 뻐꾸기시계의 시간을 맞출 수 있게끔 걸어 다니는 표준 시계 노릇을 했습니다. 그는 다양한 계층의 사람들에게 서로 다른 이름으로 불렸습니다. 귀족들에게는 사촌으로 불렸지요. 그가 왕족의 직계와 친척이라는 점을 부인할 수 없었으며, 그 자신도 그에게 남아 있는 유일한 명예인 이 같은 호칭으로 불리는 것을 좋아했으니까요. 한편 서민들은 그를 단지 소위라고 불렀습니다. 왜냐하면 그가 젊은 시절 소위 노릇을 했고 지금도 소위 계급의 복장을 하고 있기 때문이었습니다. 요컨대 지난 30년 사이에 의상도 유행 따라 많이 바뀌었다는 사실이 그와는 무관한 것 같았어요. 아마 30년 전에만 해도 천을 훨씬 질기게 만들었던 모양이에요. 털이 닳아 버린 뒤에도 지금 보이는 굵게 꼬아진 실올들이 그 점을 말해 주고 있었습니다. 붉은 옷깃은 벌써 겹겹이 해져 반질반질해졌고, 단추들은 그의 코처럼 붉은 구릿빛으로 퇴색했어요. 양모 깃이 달린 적갈색의 삼각 군모도 비슷하게 퇴색해 있었습니다. 하지만 전체 복장 중에서 가장 예사롭지 않은 것은 칼자루에 달린 장식 술이었습니다. 그것은 마치 해적의 머리 위에 있는 칼이 머리카락에 걸려 있는 것처럼 단 한 가닥 실올만이 칼에 달려 있었습니다. 이 칼은 유감스럽게도 이 가엾은 자에게 불행을 불러왔었지요. 한 귀부인을 놓고 경쟁을 벌이던 중 궁중의 총애를 받았던 연적의 생명줄을 끊어 버렸던 겁니다. 이 불운의 결투에 대한 책임은 그의 연적에게 전가됐고 아무도 그에게 죄를 묻지 않았습니다. 그러나 그 일은 군대에서의 그의 출셋길을 막아 버렸지요. 이 사건 이래 그가 어떻게 세상을 살며 자구책을 찾았는지는 기이한 행적으로 남아 있지만, 어쨌든 그는 성공했습니다. 끈질기고 대담하게 요청을 하고 지칠 줄 모르고 편지를 써 보냄으로써, 각종 가문의 문장紋章들을 최고로 완벽하게 수집한 것입니다. 또한 이렇게 수집한 것을 방대한 양으로 모조하고, 입수하지 못할 때는 복사까지 하고 말끔하게 붙이는 법을 터득했지요. 그리고는 이 수집본들을 한 서점상의 중재로 어른들과 아이들의 요구에 맞추어 고액을 받고 팔았지요. 그 밖에 또 다른 그의 취미는 칠면조나 날짐승을 기르고 야생 비둘기들을 도시 위로 날려 보내는 것이었습니다. 그러면 이 비둘기들은 몇 마리 새를 끌고 그의 지붕의 비밀 통로로 늘 다시 돌아오곤 했습니다. 이 사업은 인정 많은 하녀 우어줄라가 그에게 주선해 주었지요. 이 장사에 대해서는 아무도 그에게 언급할 수 없었습니다. 그랬다가는 싸움이 일어날 테니까요. 이렇게 번 돈으로 그는 유대인 골목 옆, 도시에서 가장 후미진 구역에다 초라하고 음침한 집 한 채를 구입하고는 경매장에서 온갖 낡은 잡동사니들을 사들였습니다. 이것들로 그는 방들을 꾸몄어요. 그 방들을 나름대로 정돈할 때면 오로지 혼자서 했기 때문에, 그 안이 대체 어떤 모습인지는 아무도 몰랐습니다. 그런 한편 그는 부지런히 교회에 가는 신도였습니다. 그럴 때 그는 굳이 여러 가족 묘지에 새겨진 해묵은 문장들로 장식된 한 벽 앞에 앉곤 했지만, 그러는 것 말고는 설교를 들으러 교회에 오는 여느 신도들과 다름없이 행동했어요. 하지만 예배가 끝나면 어김없이 나이든 귀부인을 방문했습니다. 다른 날에는 그녀의 집 앞에서 쉰 번이나 재채기를 해 대야 하는 슈네베르크산 코담배를 피우며 그녀의 집으로 밀고 들어갈 기세인 우스꽝스럽고 거드름 피우는 팔자걸음, 맵시꾼의 걸음걸이를 하기도 했습니다. 그럴 때면 그가 옛날식으로 상의 주머니에 꽂고 있는 칼이 그의 다리 사이에서 흔들거렸지요. 높이 부풀려 올린 머리 모양에 새하얀 분칠, 붉게 칠한 화장, 애교 점까지 붙인 이 늙은 귀부인은 그 불운의 결투 이후 30년이 지나도록 그에게 이렇다 할 응답의 표시를 주지 않은 채, 여전히 그에 대해 소리 없는 힘을 행사하고 있었습니다. 그는 거의 매일처럼 운을 정확히 맞추어서 온갖 허구의 상황을 담아 그녀를 향한 노래를 지었어요. 하지만 그녀의 영혼 앞에서 특별한 두려움을 품고 있었던 탓에, 자신의 뮤즈가 토로한 감성을 감히 그녀에게 보이지는 못했습니다. 일요일마다 그녀 주위를 맴돌다 그녀의 커다란 검정 푸들 강아지에 대해 질문하며 강아지 털을 쓰다듬어 주는 것이 간절히 기다렸던 일요일의 소득 전부였습니다. 하지만 그런 그의 행동에 대한 그녀의 답례인 온화한 미소로도 충분한 보상이 되었습니다. 그 누가 그런 것을 보상이라고 여겼을는지는 몰라도 말이지요. 창가에서 꼼짝 않고 그물 뜨개질거리를 보거나 가까운 화장대의 거울을 들여다보는 이 얼굴, 푸른 막대로 새하얗고 붉게 화장한 이 무표정한 얼굴은 다른 사람들에게는 차라리 기이한 술집 간판 같아 보였지요. 얘기가 나온 김에 말이지만, 지난날 그녀가 시중을 들었고 그녀보다 앞서 고인이 된 두 공주 몫의 은급으로 그녀는 제법 넉넉히 살고 있었습니다. 그녀의 은으로 된 화장실化粧室(화장에 필요한 시설과 도구를 갖춘 방)로 궁중 사람들과 사신들의 방문을 받는 것, 그리고 방문 시에 그녀 자신의 아름다움을 유지시킬 온갖 액즙을 바르며 즐기는 것이 의례적인 축제가 되어 버렸고, 동시에 그 일상의 새 소식을 나누는 기회가 되었습니다.

어느 봄 일요일이었어요. 거리에 사람들이 잔뜩 몰려 있어서 어떤 특별한 새로운 사건에 이 귀부인의 이목이 끌리는 일이 벌어졌습니다. 그런데 눈길을 끈 특별한 일의 대상이 이번에는 소위였습니다. 아니 봄 따라 회춘한 그의 외관이었습니다. 양털 대신 깃털을 단 최신 유행의 새 모자, 번쩍이는 검대, 좁아진 옷자

락의 새 제복, 짧게 달린 조끼 주머니, 그리고 검정 새 벨벳 바지
가 세계사의 새로운 장을 알리고 있었습니다. 소위도 기쁜 얼굴
을 하고 곧 방으로 들어왔고 귀부인에게 소식을 전했습니다.

"사랑하는 사촌이여, 조만간 종손께서 온답니다. 모친은 돌
아가셨고요. 극심한 열병으로 종손의 건강도 나빠졌는데 어떤
예언력을 지닌 여자 환자가 이곳으로 가라고, 여기서 안정을 찾
을 거라고 충고했다는군요. 그 젊은이는 어머니가 들려준 이야
기를 듣고 종가의 저택을 싫어한다는 것을 염두에 두세요. 그는
전적으로 내 집에 머물고 싶다면서, 방 하나를 안락하게 꾸며
달라고 부탁해 왔어요. 거금을 주겠다고 하면서요. 그런데 내
오두막은 호강에 길든 그런 부자 도련님에게는 어울리지 않아
요. 훌륭한 가문인 우리 집안의 사정이 이래요, 유감스럽게도!
고양이의 경우처럼 첫째로 태어난 아들은 배불리 먹이고 나머
지 새끼들은 내동댕이친답니다."

"당신도 지난날 상속을 받을 수도 있었잖아요."

귀부인이 말했습니다.

"물론이죠."

그가 대답했습니다. "내가 서른이었고 외삼촌이 예순이었지
요. 그런데 외삼촌과 첫 부인의 사이에는 아이가 없었어요. 그
래서 다시 한 번 젊은 여인과 결혼할 생각이 들었답니다. 잘된
일이라고 전 생각했었어요. 젊은 부인은 늙은 남편의 죽음을 재

촉할 테니까. 그런데 상황은 더 나쁘게 굴러갔어요. 젊은 부인은 노인이 죽기 직전에 아들을 낳았지요. 이 종손을 말입니다. 난 아무것도 얻은 게 없었지요!"

"이 젊은 종손이 죽게 된다면 당신이 상속인이 되겠군요. 젊은이도 죽을 수 있는 것이고, 늙은이야 당연히 죽은 것이죠."

귀부인은 태연하게 말했습니다.

"공교롭게도 오늘 신부님도 그런 점에 대해 말씀하셨지요, 설교를 하시면서."

소위가 대꾸했습니다.

"그럼 찬송가는 무엇을 불렀나요? 우리 집에서 드리는 예배를 위해 알고 싶군요."

귀부인이 물었습니다. 소위가 찬송가를 펼쳐 주자 귀부인은 조용히 노래를 불렀습니다. 소위는 감탄하여 귀 기울여 들으며 습관적으로 푸들 강아지를 쓰다듬어 주었어요. 소위가 인사를 하고 자리를 뜰 때 귀부인은 어린 사촌이 도착하면 얼른 자신의 집에 데려와 달라고 당부했습니다.

소위가 집에 돌아왔을 때, 창백하고 키가 큰 젊은 남자와 맞닥뜨렸습니다. 젊은이는 지금껏 소위가 한 번도 본 적이 없는 차림새였어요. 엄격한 격식에 맞추지 않은 헤어스타일은 가히 환상적이었습니다. 가볍고 가느다랗게 말아 올린 피가로식 웨이브는 반원을 그리며 두 귀를 감싸고 흘러내리고 있었어요. 뒤

쪽으로는 한 가닥 고수머리로 빗질한 머리칼이 굵직한 카틸론
과 잘 어울렸고요. 소위는 화려한 금속 단추가 달린 줄무늬 재
킷과 구두의 큼직한 은장식만 보아도 종손의 풍족함을 알아볼
수 있었습니다. 종손도 소위가 모친에게 보낸 편지들로 금방 사
촌을 알아보았습니다. 그리고 소위에게 밤낮을 역마차로 여행
해 왔으며, 집이 얼마나 마음에 드는지 뭐라 표현할 길이 없을
뿐더러 완전히 자기의 취향에 맞는다는 것, 다만 자신을 위해
마련된 큰 방 옆의 좁은 골목을 내다보는 작은 방도 쓰게 해 달
라고 말했습니다. 왜냐하면 자신은 전혀, 또는 거의 외출을 하
지 않아서 좁은 거리의 활기를 특히 좋아하기 때문이라고 말이
지요. 소위는 기꺼이 종손에게 유대인 거리와 접한 그 초라한
방을 쓰라고 했고, 햇빛에 바래 흐릿해진 창유리들을 다른 커다
란 창으로 바꿀 채비를 했습니다. 하지만 종손은 소리쳤어요.

"고마운 사촌! 이 희뿌연 창유리들은 내게는 대단히 기쁨을
준답니다. 왜 그런지 아십니까? 여기 한군데 맑은 부분을 통해
그녀가 눈치채지 않게 그녀의 방을 들여다볼 수 있으니까요. 그
표정이나 몸짓이 내 어머니를 연상시키는 소녀랍니다."

"아니, 이런 일이" 하며 사촌은 어깨를 축 늘어뜨리고 그 특
유의 걸음걸이로 창 쪽으로 어슬렁거리며 다가갔습니다. 그러
고는 허겁지겁 한 줌 코담배를 피우고 재채기를 한 뒤 딱 잘라
말했습니다.

"저기 운명이 있군요."

"나의 운명?"

당황하여 종손이 물었습니다.

"무엇이라고 이름 붙이든."

사촌이 말을 이었어요. "하여튼 운명이지. 유대인 소녀요. 이름은 에스터. 골목 저 아래에 가게를 하나 가지고 있지. 교육도 받은 소녀라네. 예전에는 큰 말 상인이었던 아버지와 여러 도시를 방문하면서 온갖 지체 높은 분들을 상대했으니까. 저 소녀는 여러 나라 말도 구사할 줄 안다네. 저 아이가 이 고장에 올 때마다 볼만한 구경거리였지. 그런데 어린 자식들이 딸린 계모 바스티가 이들 부녀를 휠뜯고 다녔다네. 그렇다고 누구도 그것에 대해 반대의 말을 할 수 없었지. 왜냐고? 그 계모는 타고난 성품으로 괜찮은 고객을 꾀여 아버지에게 조달했으니까. 그러다 끝내는 아버지에게 큰 불행이 닥쳤지. 한 동업자가 그의 재산을 가지고 도망쳐 버린 걸세. 결국 가난뱅이가 된 그는 그 처지를 참을 수 없어 하다 죽음을 맞게 되었지. 그는 첫 결혼에서 태어난 딸 에스터에게 약간의 재산을 남겨 주었네. 계모에게 죽도록 구박을 당하지 않게 하려고 말일세. 그런데 계모 바스티는 그 몫마저 악착같이 챙기려 들고 있지."

"끔찍스러운 일이로군요."

종손이 소리쳤어요. "서로 미워하고 증오하는 두 사람이 한

종손들 이야기

집에 있다니! 나도 창가에서 바스티를 한 번 본 적이 있어요. 심술궂은 인상이었어요!"

"한 집에서 살기는 하지만 각자 자신의 가게와 생활 공간을 가지고 있다네."

사촌이 대답했습니다.

"조만간 내가 그 소녀한테 뭔가 돈 벌 거리를 마련해 주겠어요. 여기에 유대인이 많이 사는 것 같아요."

종손이 말했어요.

"유대인만 살고 있지."

사촌이 외쳤습니다.

"여긴 유대인 거리라네. 유대인들이 개미처럼 우글거리며 몰려 있어. 끊임없이 값을 후려치면서 물건을 팔고 싸움질을 하고 예배 의식을 치르고 하는 일이 벌어지지. 또 한 줌 입에 들어가는 음식을 갖고 늘 번거로운 치다꺼리를 벌이고. 어떤 것은 금지되어 있고, 또 어떤 것은 율법에 쓰여 있고, 또 어떤 것은 익혀 먹으면 안 되고 뭐 그런 식이지. 한마디로 그들에게는 허구한 날 그런 악마의 푸닥거리가 벌어지고 있다네."

"그렇지 않습니다. 사촌, 당신이 잘못 아는 겁니다."

종손이 사촌의 손을 잡으며 말했습니다. "파리에서 내가 한 여자 환자 곁에서 본 것을 당신이 보았더라면, 악마를 믿음의 아버지로 여길 수는 없을 겁니다. 아니, 장담컨대 악마는 어디까지나 모든 믿음의 적이랍니다! 신도가 지닌 모든 신앙은 신에게서 나온 겁니다. 그리고 진실한 것입니다. 맹세코 우리가 단지 우스꽝스러운 장식물이라고 보는 이교도의 신들도 고스란히 살아 있답니다. 그 신들은 옛 힘을 발휘하고 있지는 못하지만 여전히 평범한 인간들보다는 무엇인가 더 큰 작용을 합니다. 그래서 나는 누구에 대해서든 나쁘게 말하고 싶지 않아요. 나는 그 신들을 나의 제2의 눈으로 똑똑히 보았을 뿐만 아니라 이야기까지 나누었어요."

"빌어먹을! 어안이 벙벙해지는걸."

사촌이 외쳤어요.

"우리가 그 신을 군주에게 보여 줄 수만 있다면 궁중에서 엄청난 세력을 손에 쥘 수 있겠군."

"그렇게 간단히 되는 게 아닙니다, 사촌."

종손이 진지하게 대답했습니다.

"신을 보는 인간은 수년간의 명상을 통해서 자신에게 현시될 영들보다 더 많은 준비를 해야만 합니다. 그러지 않으면 양자는 서로를 무서워하게 되고 인간 편에서 견디지를 못합니다. 그러나 내면의 세계까지 들어간 자라도—나처럼 겉보기에는 여전히 살아 있다 해도—정진하는 명상 과정에서 소멸됩니다. 이런 점을 어머니는 나로 인해 알게 되셨지요. 그 때문에 어머니는 돌아가시면서도 내가 무엇이 될지 걱정을 하셨어요. 내가 학업과 내면 성찰에 몰두하는 동안 어머니는 돌아가시기까지 모든 사업을 뛰어난 통찰력을 갖고 정연하게 관리하셨어요. 나는 내 시간을 혼신을 다해 활용하였고 누구 못지않게 노력했으며 소수에게만 주어지는 경지에 도달했습니다. 그러나 어머니가 돌아가신 후 내게 닥쳐온 일거리들이 나를 압박했으며, 감당할 수가 없었어요. 미칠 지경으로 정신이 산만해졌지요. 나는 체념하려고 했으며, 한 단계 높은 일을 저속한 일에 희생시키려고 했지요. 이런 고통이 나의 건강을 해쳤어요. 예시력을 지닌 한 여자 환자가 내게 말해 주었어요. 이곳 사촌 곁에서라면 내가 안정을 찾게 될 것이라고요. 당신은 현실적인 삶에 드문 재주를 지녔으며 나의 재산을 당신의 투기 능력으로 서너 갑절로 늘릴 거라고 말입니다. 오, 사촌이여! 돈과 재산의 짐을 나에게서 덜어 주십시오. 당신이 부를 향유하십시오. 저는 조금만 있으면 돼요. 그리고 혹시 내가 세속의 영과 다시 손을 잡는 경우나 아이들이 내 집에 넘쳐나는 경우에, 저의 수입의 절반을 전반적인 관리를 위해 당신에게 맡기겠습니다.”

이렇게 장황한 말을 하는 동안 종손의 눈에서는 두 줄기의 진심에 찬 눈물이 흘렀습니다. 한편 사촌은 종손의 그럴싸한 말을 믿을 수 없다는 듯 눈썹을 치켜세우고 어리둥절한 듯 눈을 휘둥그렇게 뜨고 옆으로 그를 응시하고 있었습니다. 곧이어 종손은 화제를 돌리려고 말을 이었습니다.

"나의 삶의 세계가 시작되었던 이 도시 안에서 이제 나를 기다리고 있는 것이 무엇일지 벅찬 느낌으로 마차를 타고 큰길을 내려올 때, 나는 무척 초췌한 모습의 사람들이 카페를 향해서 제대로 발걸음을 옮기지조차 못하는 광경을 보았습니다. 그럴 것이, 끝나지 않은 소송들 때문에 평안을 찾지 못한 불행한 영혼들이 그들의 옷자락을 뒤에서 와락 잡아당기면서 그들에게 처참한 상상을 뒤따라 안겨 주었기 때문이지요. 그 영혼의 무리 중에서 나의 아버지도 보았습니다. 한 파산 소송을 끝맺지 못했기 때문이랍니다. 당신이 아버지의 영혼을 평온하게 해 주세요. 나는 너무 힘이 없어요."

"실상……."

사촌이 외쳤습니다.

"일요일마다 대법정의 고문관과 서기, 그리고 회계사들이 부인과 아이들을 거느리고 정원이 있는 카페로 가려고 성문 쪽으로 나가는 거라네."

"마부도 그들의 옷자락에 매달려 있는 것은 아이들이라고 그랬어요."

종손이 말을 이었습니다.

"하지만 아이들은 그렇게 처참한 얼굴을 하고 있진 않지요. 그것은 그들의 태만 때문에 그들을 에워싼 악령들이랍니다. 사촌! 사촌에게 외삼촌이기도 한 내 부친의 불쌍한 영혼을 편안

좋은들 이야기

사촌은 겁에 질려 침침한 방을 둘러보았습니다. 마치 혼령들이 코담배 연기처럼 공중에 떠 있는 듯한 기분이 들었습니다. 그리고 곧이어 외쳤어요.

"자네가 원하는 것은 뭐든지 하겠네. 그런 일거리가 없으면 난 불행하다네. 소송 사건이 내겐 연애 사건보다 더 좋아. 그리고 자네의 사건들은 곧 해결될 걸세. 나의 문장 수집처럼."

이렇게 말하며 그는 종손을 문간방으로 데리고 갔습니다. 그러면서 말끔하게 왁스칠이 된 자신의 서랍 상자들을 구경시켜주면 종손이 마음을 딴 데로 돌리고 가다듬지 않을까 희망했어요. 상자 안에는 휘황찬란한 문장들이 들어 있었는데, 그중에는 적색 진사로 찍혀 있고 프락투어 고문자로 이름이 새겨진 것들도 있었습니다. 종손은 다른 분야에 대해서와 마찬가지로 이 분야에도 해박한 것 같았습니다. 사촌은 그의 한마디 한마디 촌평에 귀를 기울일 수밖에 없었지요. 그런데 사촌이 프랑스 문장들이 들어 있는 서랍을 열자 종손은 흥분해서 소리쳤습니다.

"맙소사! 이 무슨 소란이람! 늙은 기사들이 자신의 투구를 찾는 꼴이로군요. 투구들은 그들에게 너무 작아졌고, 문장들은 좀이 쏠았어요. 방패가 녹이 슬어 구멍이 났단 말입니다. 폭삭 내려앉아요. 참을 수가 없어요. 어지러워요. 이 처참한 꼴을 내 가슴은 견딜 수가 없어요."

사촌은 그 불운의 서랍장을 밀쳐 내고 종손이 숨을 돌리게
하려고 창가로 데리고 갔습니다.

"누가 떠나가는 거지요?"

　종손이 소리쳤어요.

"주검이 마부석에 앉아 있고, 배고픔과 고통이 말들 사이에
있어요. 외팔에다 외다리인 혼령들이 마차 주위를 떠돌면서, 카
니발의 들뜬 기분으로 혼령들을 바라보는 잔혹한 자에게 팔과
다리를 달라고 하고 있고요. 잔혹한 자를 고발한 무리들이 고
함을 치며 그를 뒤쫓습니다. 그들은 때 이르게 세상에서 쫓겨난
영혼들입니다. 사촌! 여기 어디 경찰이 없나요?"

"자네의 맥박을 짚을 사람을 부르겠네."

　사촌이 대꾸했습니다. "이곳의 가장 뛰어난 외과 의사라네.
자네는 일인용 의자의 좁다란 마차를 타고 있던 그 사람을 알
아볼 걸세. 마부는 물론 비쩍 말랐고 말들은 마차를 끄느라 지
쳐 있지만, 참새들이 마차 주변을 에워싸고 날고 있고 골목의
개들이 마차를 뒤따라가며 짖어 대지."

"안 돼요."

　종손이 대답했어요.

"의사는 절대 부르지 마세요! 그자들은 항상 들쑥날쑥 뛰다
가 소리 없이 멎는 나의 맥박을 짚어 보고 나서는 십중팔구 내
가 이미 죽었다고 소리를 지를 겁니다. 그리고 결론적으론 그들

의 말이 맞아요. 왜냐하면 역시 옳고 있는 선한 영혼의 이성만이 나를 지탱시키고 있으니까요. 그건 그렇고, 사촌, 내가 이번에는 뜬금없이 당신을 놀라게 했군요. 다만 프랑스 귀족이 처한 위험을 말한 것입니다. 나는 프랑스가 낡은 성들에서 혼령들로 인해 혼란을 겪고 있으리라고 망상했답니다. 당신의 수집품에는 혼령이 없어요. 나는 내가 진리의 눈으로 보아야 할 것과 나 자신 구상해 내는 것을 엄밀히 구분할 수 있어요. 진실로 나는 나 자신에 대한 훌륭한 관찰자랍니다. 그리고 심령 과학은 예로부터 내가 좋아하는 연구 분야였어요."

이런 심령 과학과는 아무런 연관도 갖고 싶지 않았던 소위는 집 안을 설명하는 것으로 말꼬리를 돌렸습니다. 종손은 하인은 별로 필요 없고 단지 최소한의 환경만으로 견딜 수 있다고, 그래서 손수 머리 손질도 하고 수염도 깎을 것이니 모든 하인들을 내보내라고 설명했습니다.

"이 집 하녀는……."

종손이 말했습니다. "숭고한 영혼입니다. 머리에 후광을 두르고 있는 것이 당연하지요."

"후광이라니! 그건 머리에 둘러 묶은 흰색 수건일 뿐이야."

사촌이 투덜대며 말하고는 이어서 목청을 높였습니다. "하느님께서 하잘것없는 것에서 성녀를 조각해 내려 드신다면야!"

그리고 종손은, 자신은 대개 낮에 잠을 자고 해가 떨어져야

침대에서 나와 자신의 조용한 작업을 이행한다고 덧붙였습니다. 그러자 사촌은 몰래 중얼거렸어요.

"머릿속의 도깨비가 그렇게 해서 생기는구먼. 부엉이처럼 살아서."

저녁 식사 후 사촌은 밤 인사를 하고 물러났습니다. 하녀도 잠자리에 들었어요. 그런 한편 종손은 자기의 큰방을 밀랍 양초로 낮처럼 환하게 밝혀 놓고 서성대면서 책과 필사본들을 느긋하게 뒤적이고 자신의 일생의 중요 과제인 일기 쓰기를 했습니다. 이렇게 켜진 양초의 환한 불빛은 이웃에게는 새로운 현상, 즉 종손이 그들에게 마련해 준 최초의 불안한 현상이었습니다. 절약하며 사는 소위의 성품으로 보아 그곳에 화재가 난 것이라고 추측할 수밖에 없었으니까요. 이웃들은 집 앞으로 모여들었고, 열린 창으로 플루트의 구슬픈 가락이 울려 퍼지는 것을 듣고 나서는 다시 안심을 하고 거리의 지저분한 것을 밝혀 주는 불빛을 반가워했습니다. 플루트 연주자는 종손이었습니다. 하지만 그의 연주는 본래 에스터만을 위한 것이었어요. 그는 바로 이웃한 방의 어두운 창가에서 그녀가 옷을 벗어 던지고 사랑스런 잠옷 차림으로 우아한 화장대 앞에 앉아 머리를 땋는 소리에 귀를 기울였답니다. 그 골목의 촘촘하게 세워진 건축물들은 방 안 공간을 조금이라도 늘리려고 집집마다 들보를 살짝씩 돌출시켜 놓았지요. 그 덕분에 종손이 한 번 펄쩍 뛰면 그녀의 방으로 날아들 만큼 두 사람의 창문은 바싹 붙어 있었어요. 하지만 뛰어넘는 것이 그에게는 중요하지가 않았습니다. 그 대신 그는 다른 사람들에게는 들리지 않는 상당한 거리에서 나는 소리도 들을 수 있는 유난히 섬세한 자신의 청력을 동원했어요. 맨처음 그에게 들린 것은 쾅 하는 소리, 아니면 그 비슷하게 뭔가 부딪치는 소리였어요. 그때 에스터는 벌떡 일어나 한 편의 이탈리아 시를 온갖 감정을 담아 읽었습니다. 화장대에서 사랑의 신들이 봉사하는 모습을 그린 시였지요. 그러자 곧 보드라운 날개를 단 수많은 사랑의 신들이 방 안에 활기를 채우는 광경을 그는 보았습니다. 사랑의 신들은 에스터에게 머리빗과 머리띠를 주고, 앙증스러운 물병도 건네주었어요. 또 던져진 옷가지를 정돈했고요. 에스터의 손짓에 따라 모든 일을 하는 것을 보았습니다. 그렇지만 곧이어 그녀가 침대에 들자, 사랑의 신들은 요술을 부릴 때 그려지는 둥근 테처럼 그녀의 머리를 에워싸고 맴돌다가 점점 희미하게 빛이 바래더니 꺼져 가는 침실 등불 속의 연기 속에서 사라져 버렸습니다. 그리고 그 대신에 등불의 연기 속에서 그의 어머니의 모습이 나타나더니, 에스터의 이마에서 날개 달린 한 작은 빛의 형체를 들어 올려 품에 안았지요 (아기가 어머니의 옷자락에서 잠을 청하는 밤의 영상처럼). 그리고 어머니는 그 빛의 형체를 안고 한밤중까지 방 안에서 요람을 흔들듯 아래위로 둥실 떠다녔습니다. 마치 아기에게서 불안한 꿈을 몰아내려는 듯. 그러나 곧이어 어머니는 아찔하게 깊은 골목길을 훌쩍 넘어, 그녀가 안고 있던 빛의 형체 안에서 환한 후광에 싸인 에스터의 모습을 확연히 알아보고 감탄스럽게 바라보던 종손의 눈앞으로 바싹 그 형체를 끌고 왔어요. 하지만 그녀의 그 모습은 경악의 비명 소리와 함께 홀연히 흩어져 버렸지요. 그도 그럴 것이, 이 비명 소리와 함께 그는 한 단계 높은 영적인 상태, 즉 껍질 속 알맹이에서 돌아가 주저앉아 버렸고, 그 어떤 염원도 그에게 그 같은 축복에 찬 광경을 되돌려 주지 않았으니까요. 침대에 누워 있는 에스터의 모습이 보이지 않았습니다. 그녀의 방은 어두웠어요. 쥐들이 하수 도랑의 다리 밑에서 먹이 사냥을 하는 소리만 요란할 뿐 골목에는 정적이 감돌았습니다. 그 밖에는 털모자를 추켜 쓴 늙은 계모 바스티가 창밖으로 기침을 해 대다가 기도를 올리기 시작했는데, 그때 웬 황소가 가까이에서 요란하게 울부짖는 소리가 들렸습니다. 집 안에서 종손은 황소 울음이 들리는 쪽으로 따라갔습니다. 그리고 뒤쪽 창문을 통해 엄청나게 덩치가 큰 황소 한 마리가 묘석들이 박혀 있고 울타리가 쳐진 초록빛 풀밭에서 떠오르는 달빛을 받으며 한 묘비를 파헤치고 있는 광경을 보았습니다. 그런 한편에서 숫염소 두 마리가 갑자기 방향을 바꾸어 공중제비를 넘으며 황소의 존재를 괴상야릇하게 여기는 것 같았어요. 순간 종손은 이성을 잃었습니다. 신성한 묘지에서 벌어지는 이런 어이없는 소동에 잔뜩 화가 나서 하녀의 방문을 두드렸습니다. 하녀는 곧 문을 열고 무엇이 필요한지를 물었어요.

"아니, 아무것도 필요 없소."

그가 대답했지요.

"그런데 이 도깨비놀음은 대체 뭔가?"

하녀는 창가로 가서 살펴보고 말했습니다.

"제 눈에는 유대인의 종손들 외엔 아무것도 보이지 않는데요. 저것은 그들이 율법에 따라 신에게 바치는 첫 번째로 태어난 짐승들이지요. 그 짐승들은 여기서 충분히 잘 길러지고 있답니다. 종손들이 할 일은 없고요. 그렇지만 누구든 기독교인이 저 짐승들을 때려죽인다면 유대인들에게는 좋은 일을 하는 거예요. 그들의 지출을 줄여 줄 테니까요."

"불쌍한 종손들" 하고 속으로 한숨을 쉬며 그는 물었습니다.

"그런데 왜 저놈들은 밤에 조용히 쉬지 못하는 건가?"

"저들 짐승들이 밤중에 무덤을 파헤치면 혈통 중의 누구인가가 죽어 가고 있는 거라고 유대인들은 말해요."

여인이 대답했습니다.

"저놈이 파헤치는 무덤에는 에스터의 부친이 묻혀 있지요. 그분은 말을 팔던 대상인이었답니다."

"오, 안 돼" 하고 종손은 외치고는 침울한 기분으로 자신의 방으로 돌아갔고, 다시 열정적으로 플루트를 불며 울적한 기분을 풀려고 했습니다.

드디어 날이 밝았습니다. 청명한 하늘 아래로 집들의 거대한 그림자가 드리워졌습니다. 소녀들이 이날만은 깨끗한 신발을 더럽히지 않으려는 듯 마른 디딤돌만을 골라 팔짝거리며 뛰어다녔어요. 그런가 하면 제비들은 어제 내린 비가 장만해 준 그럴싸한 진흙 반죽이 있는 곳으로 다투어 날아가 그것으로 사람이 사는 건물의 여기저기 틈새를 메우고 있었어요. 에스터의 방을 향한 창가에도 오늘은 두 마리 잿빛 제비가 지저귀면서 유일하게 깨끗한 창유리를 통해 그가 에스터를 보는 바로 그 지점에다 둥지를 틀려 하고 있었어요. 그때 종손은 망설이며 서 있었습니다. 그놈들을 방해해야 할지, 그가 보기에 꽤나 의미심장해 보이는 그 모든 일을 두고 보며 기다려야 할지. 그의 육감은 기다리는 쪽으로 무게가 기울었습니다. 그의 시야에서 에스터는 가려졌고, 이제 그는 즐겁고 부지런하게 집을 짓는 제비들의 귀여운 모습을 줄곧 바라볼 수가 없었습니다. 마치 그 자신이 그곳에서 집을 짓는 것 같은, 잠자리에 들기 전에 제비들이 집을 완성하는 것에 자신의 행운이 달려 있는 것 같은 기분이 들었어요. 그래서 만돌린에 맞추어 노래를 불렀습니다.

햇빛이 벽에 비치는데
제비가 벽에다 집을 짓네.

종손들 이야기

오, 햇빛이여, 오늘은 멈추어 서렴,

제비가 집을 온전히 지을 수 있도록.

제비의 보금자리는 수없이 부서졌지,

미처 완성되기도 전에.

그래도 제비는 홀린 듯이 집을 짓고 있네.

햇빛은 눈부시게 빛나고 있네!

여기에다 집을 짓는 그 마음은

어리석으면서 애틋하구나.

드높이 비상하는 중에는

멀리 허공에서 바라보는 것이 아무것도 아닌 법

그것은 이미 사라져 버린 것이니

그것은 지금의 시대에 맞지 않는다네.

이 시대의 즐거움과는

천차만별의 것이라네.

저녁 무렵, 종손이 깨어났을 때 벌써 훌륭한 저녁 식사를 가지고 사촌이 그의 방에 들어와 있었습니다. 또한 그는 사촌이 베풀어 준 뜻밖의 배려에 대해 이야기했어요. 그러자 사촌은 골목을 내다볼 수 있는 옆방으로 그를 안내했어요. 그곳에는 소파와 의자들, 옷장과 책상이 들어와 있었고, 창문도 깨끗이 닦여 있었습니다. 하지만 제비들은 보이지 않았어요. '내 착한 수호

천사들이 쫓겨났군' 하고 종손은 생각했어요. '내 죽음의 천사를 봐야 하는데…… 나를 괴롭혔던 그 모든 꿈을 겪어야만 하는 건데…… 내가 그 꿈에서 보았던 것 중의 한 가지가 벌써 실현되었으니까 말이야.'

"아니, 왜 그리 슬퍼 보이나, 자네?"

소위가 물었습니다.

"편안하게 자지 못했어요."

종손이 말했어요. "에스터 꿈을 꾸었지요. 그녀가 나의 죽음의 천사로 나오더라고요. 말도 안 되는 개꿈이겠죠! 에스터는 수많은 눈이 달린 옷을 입고 나에게 고통의 잔을 주었어요. 죽음의 잔을 말입니다. 그리고 난 마지막 한 방울까지 다 마셔 버렸어요!"

"자면서 갈증이 났던 모양일세."

소위가 말했습니다. "이리 와서 앉아 식사를 하지. 좋은 포도주가 있네. 진짜 웅거산이지. 건포도와 흑빵으로 내가 직접 빚은 걸세. 아 참! 자네가 조만간 노 귀부인을 한번 방문해야겠네. 자네를 자기 집으로 데리고 오라고 하는 통에 오늘 죽도록 시달렸지. 그 부인은 자네 부모님의 친구 분일 걸세."

"그러려면 하루 낮을 잡아야 해요. 그런데 난 낮 동안 자는 것이 더 좋거든요."

종손이 대답했어요. "그 일은 그만두세요. 방을 꾸며 줘서 고맙습니다! 한 가지 더 사고 싶은 게 있는데, 창에 칠 비단 커튼 입니다. 창유리를 너무 깨끗이 닦아 놓으셨더군요. 그래서 골목 을 내다볼 때 나를 숨길 수가 없네요."

"그건 저 골목 아래 아름다운 에스터의 상점에서 살 수 있 네."

사촌이 말했습니다.

"그럼 창유리를 통해서보다는 훨씬 가까이서 그녀에게 자네 를 소개할 수 있지. 우리네 종손들은 모조리 사랑에 빠지는 집 단이었지. 오, 자네도 예외일 리가 없네! 물건을 속아 사지 않도 록, 또 그 처녀가 쌀쌀맞게 구는 경우 자네가 당황하지 않게 내 가 동행을 하도록 하지."

그리하여 종손은 소위에게 이끌려 골목으로 들어섰습니다. 뒤따르던 종손은 구경꾼으로부터 몸을 감출 길이 없었습니다. 그에게는 높은 목조 건물들이 마치 마분지 조각을 짜 맞추어 놓은 것처럼 여겨졌어요. 사람들은 어린아이들의 장난감처럼 실에 매달려 있는 것 같았고 거대한 태양의 궤도가 돌아가며 시키는 대로 움직이고 있었어요. 그들은 상점 문을 닫기 시작 했습니다. 청소를 하고 하루의 매상을 계산하고 있었어요. 그런 와자지껄한 분위기 속에서 종손은 제대로 쳐다볼 엄두를 내지 못했습니다.

"여기, 여기일세!"

소위가 불렀습니다. 종손은 막 한 상점 안으로 들어가려는
참이었는데, 상점 안에는 에스터가 아니라 한 심술 맞게 생긴
유대인 여인이 있었어요. 독수리 같은 코에다 석류석처럼 번득
이는 눈, 그을린 거위 가슴 같은 피부, 시장처럼 불쑥 나온 배를
가진 여인이었어요. 그녀는 어느새 상품을 추천하면서, 자신이
그의 방을 직접 봐야 하는지를 물었습니다.

"손님께서 단 한 치도 사시지 않더라도 최상품을 보여 드리
지요. 지체 높은 양반이시잖아요!"

종손이 막 상점 안으로 발을 들여놓으려는데, 소위가 그의
윗옷 자락을 잡아끌며 소곤거렸습니다.

"예쁜 에스터는 다른 상점에 있네!"

그러자 종손은 몸을 돌리고 어색해하며, 뭘 사려고 했던 것
이 아니라 다만 구석에 희극 포스터가 있는지 살펴보았을 뿐이
라고 말했습니다. 그러면서 에스터가 있을 것으로 기대되는 옆
상점으로 몸을 돌렸어요. 그러나 유대인 노파는 그를 놓치지 않
으려고 열심히 소리를 질러 댔습니다.

"젊은 양반! 여기 우리 가게에도 포스터가 있어요. 아마 한
장은 있을 거예요! 들어와 보세요. 에스파냐 기사의 포스터도
있다고요!"

이 바람에 종손은 정신이 헷갈려 뒤를 돌아보았지요. 하지만
유대 노파의 머리 위에 까만 까마귀가 한 마리 앉아 있는 것을

보고 깜짝 놀라 멈칫거렸어요. 이러는 사이 소위는 벌써 에스터와 이야기를 나누고 있었고, 그녀는 성가시게 하려는 기색 없이 답변을 해 주었습니다. 소위가 종손을 에스터의 가게로 끌고 들어가자, 유대 노파의 입에서 터져 나오는 끔찍스럽게 꽥꽥대는 비명 소리가 그의 뒤통수에서 맴돌았습니다. 반쯤은 히브리어 욕지거리로, 상스럽기 짝이 없는 유대 사투리로 노파는 가엾은 딸을 향해, 방정치 못하게 꼬리를 치면서 기독교인들을 자기 가게로 꼬여 가서 어머니인 자신의 돈벌이를 가로채고 있다고 비난을 퍼부으면서, 있을 수 있는 모든 고통을 당하라고 저주했습니다. 마침내 따스한 날씨인데도 겨울철처럼 김을 내뿜으며 격분하던 여인의 거친 숨결이 잦아들었어요. 그러고 나자 이번에는 지나가는 어린 사내 녀석 몇 명에게 과자를 주겠노라 약속하고 그 대신 욕을 퍼붓는 일을 도와달라고 부추겼지만 헛수고였습니다. 에스터는 창피해서 얼굴이 상기되었지만 아무런 대꾸도 하지 않았어요. 마침내 그녀의 가게에 손님이 오자 노파는 서둘러 가 버렸습니다. 종손은 머리 위에 까마귀를 앉힌 험상궂은 노파가 누구인지 물었습니다.

"저의 계모입니다."

에스터가 대답했습니다. "선생께서는 아마도 뾰족하게 길게 올려 쓴 검정 스카프를 까마귀로 착각하셨나 보군요."

에스터의 목소리를 가까이서 듣고 나서야 비로소 그는 그 울

림이 친숙하다는 느낌이 들었던 것 같습니다. 창을 통해 들었을
때보다 한결 그의 어머니와 닮았다는 생각이 몰려왔어요. 에스
터는 그의 어머니만큼 생기에 넘쳐 있지는 않았어요. 하지만 젊
은 나이였지요. 안쓰러운 창백한 기운이 으스스한 봄 안개처럼
그녀의 고운 얼굴, 심지어는 예쁜 윤곽의 입술에도 뒤덮여 있었
습니다. 그녀의 두 눈 역시 빛을 이기지 못하는 것 같았으며, 해
질 녘 꽃잎들이 꽃받침을 싸고 오므라들듯이 자신도 모르게 가
느스름하게 뜨고 있었지요. 그녀가 황급하게 비단 천을 펴 보
이는 사이에 소위는 계모가 곧 죽을 것이라며 희망을 장담하는
식으로 얼토당토않게 그녀를 위로하려 들었어요.

"어머니가 오래 살길 바라요."

착한 에스터가 대답했습니다. "돌보아야 할 아이들이 있거든
요. 죽음의 천사의 쓴잔을 누가 먼저 맛볼지 누가 알겠어요! 오
늘 신경을 너무 써서인지 피곤하군요."

종손은 죽음의 천사가 날아가는 것뿐 아니라 날갯짓을 치는
소리까지 들린다고 말했어요.

"날갯짓을 치는 소리가 참 대단하군요!"

그러나 에스터는 뒷문으로 가서 문을 닫고는 바람이 세차게
들어오게 두어서 죄송하다고 말했어요. 남동생이 뒷문을 열어
놓았다고 변명하면서요.

종손은 비단 천을 고르며 재고품 중에 또 다른 색상이 있는

지 물었습니다. 에스터는 곧장 어머니의 상점으로 달려갔습니다. 그리고 먹구름이 한숨에 걷힌 것 같은 환한 얼굴로 에스터의 계모가 종손이 찾던 천을 들고 왔어요. 소위는 값을 많이 깎으려고 들었지만 종손은 요구한 대로 돈을 치렀습니다. 어머니가 부른 값이 너무 지나치다면서 에스터는 은화 몇 닢을 종손에게 되돌려주었어요. 그러자 계모는 다시 호통을 치기 시작했는데, 이번에는 히브리어로만 떠들었습니다. 에스터가 이번에도 지그시 참으며 눈을 감자, 소위가 히브리어로 대꾸했습니다. 그러자 노파는 흔하지 않은 그의 언어 능력에 혼비백산하여 뛰쳐나가 달팽이처럼 그녀의 가게로 움츠리며 들어가 버렸습니다. 이 일에 대해 에스터는 참고 욕설을 듣는 편보다 더 마음의 상처를 입은 듯했어요. 그래서 종손은 에스터를 배려하여, 승리의 환호성을 지르려는 사촌을 잡아끄는 동시에 비단 천을 손수 다른 팔에 끼고 나왔습니다.

집으로 돌아와서 종손이 소위에게 어디서 히브리어를 배웠는지 묻자 그가 대답했습니다.

"유대인들과 교제하기 위해서는 히브리어가 필요했다네. 그러느라 지불한 책값이며 수업료는 충분히 거둬들인 셈이지. 이제는 그들의 모든 비밀을 이해할 수 있으니까. 여보게, 책장에는 유대인의 설화집, 그들의 관습과 전통에 관한 책자들이 잔뜩 있네. 그 늙은 계모가 마지막에 무어라고 했는지 아나? 에스터가 죽으면 좋겠다고 했네. 그러면 실속 있는 흥정을 붙일 수 있을 테니까! 실제로 에스터는 부친의 유산으로 온갖 고급 가구들을 장만했다네. 그리고 사람들 말로는, 부친의 생존 시처럼 훌륭한 신사들이 그녀를 방문하는 일이 없기 때문에 그녀는 저녁마다 혼자서 화려하게 치장을 하고 마치 파티를 열듯이 차를 끓여 놓고 온갖 나라 말로 얘기를 한다네."

그러나 종손은 모든 정신이 설화집에 쏠려 있었기에 건성으로 들었습니다. 소위가 잘 자라는 인사를 하고 방을 나가자마자 종손은 해묵은 책들을 읽어 내려갔습니다. 그러자 모든 대주교, 예언자, 랍비 그리고 그들의 기이한 행적들이 설화집에서 빠져나와 방에 나타났습니다. 그 엄청난 수에 방이 비좁아 보였어요. 그리고 결국은 죽음의 천사가 그들 모두를 날개에 싣고 가버렸습니다. 이 죽음의 천사 이야기야말로 아무리 읽고 또 읽어도 싫증이 나지 않았어요.

"릴리스는 에덴동산에서 아담과 함께 창조된 여인이다. 그러나 아담은 너무 수줍음을 많이 탔고 릴리스는 너무나 청순하여 그들은 서로에게 자신의 감정을 표현하지 못했다. 그러자 생명 창조의 욕구에 쫓기던 하느님께서는 아담의 갈비뼈를 떼어 한 여인을 창조하여 아담에게 주었다. 아담이 꿈에서 보았던 여인과 닮은 여인이었다. 이 첫사랑을 나누어 가져야 하는 여인의 탄생에 마음을 다친 릴리스는 아담에게서 도망쳐 최초의 인간

들이 원죄를 저지른 후 죽음의 천사 일을 떠맡았다. 에덴동산의
아이들이 탄생하자마자 죽음으로 위협하며, 그녀의 칼에서 떨
어지는 쓰디쓴 방울들을 아이들의 입 속으로 떨어뜨릴 수 있는
마지막 순간까지 아이들의 주변에서 기회를 엿본다. 쓰디쓴 방
울이 죽음을 불러온다. 또한 죽음을 불러오는 그 물에다 죽음의
천사는 칼을 씻는다."

이 구절을 읽으며 종손은 불안하게 방 안을 서성거리다가 힘
주어 말했습니다.

"모든 인간은 세상을 시작하고 세상을 끝낸다. 나도 경외심
을 갖고 한 순결한 릴리스를 사랑했었지. 바로 나의 어머니였
어. 어머니의 완전무결한 사랑 속에 내 젊은 날의 행복이 머무
르고 있다. 에스터는 나의 이브야. 어머니에게서 나를 끌어내어
죽음에게 넘겨 주는 거야."

등 뒤에서 도사리고 있는 것만 같은 죽음의 천사의 두 눈빛
을 그는 견딜 수가 없어서, 한낮의 여운을 즐기며 기분을 풀려
고 외투를 둘러 입고 서둘러 거리로 나갔습니다. 마침내 지치
고 힘들어지자 한 고가古家의 오목한 벽에 세워진 조각상 발판
뒤에 걸터앉았습니다. 그리고 한 마차 앞을 달리며 횃불로 밝혀
주는 사람들을 바라보았습니다. 릴리스가 마차 뒤를 따르고 있
었고요. 환호성을 치는 젊은이들이 시끌벅적 술집에서 나와 집
으로 향하면서 여전히 손톱으로 현을 뜯었고, 그 소리는 한참

동안 울려 퍼졌습니다. 이들 또한 죽음의 천사가 뒤쫓고 있었는데, 야경꾼의 나팔을 불고 있었어요. 죽음의 천사는 그의 눈앞에서 수없이 불어나면서 어울려 등장했고 연인들처럼 정다운 이야기를 나누며 나란히 나타나기도 했습니다. 그는 에스터에게 자신의 사랑을 어떻게 전해야 할지 알아내고 싶은 듯 귀를 기울였습니다. 그러나 이들 연인들의 이야기는 장사꾼들에게 밀려나 버려 더 이상 듣고 싶지 않았습니다. 그리고 마침내 늙은 랍비와 함께 지나가던 바스티의 음성이 들려왔습니다.

"제가 에스터를 어떻게 돌보아야 한다는 말씀인가요? 그 아이는 어쨌든 제 남편의 자식이 아니라 입양된 기독교도의 자식이랍니다. 제 남편은 자기 재산 대부분을 그 아이에게 다 써 버렸고요."

"안심하십시오."

랍비가 말했습니다. "남편이 아이와 함께 얼마나 많은 돈을 받았는지 알기나 하시오? 그게 전부였단 말입니다. 그 사람은 무일푼이었고, 그렇게 받은 돈을 몽땅 큰 장사에 투자할 수 있었지요. 남편이 돈을 날린 것이 그 아이의 책임이란 말이오?"

들을 수 있는 거리를 벗어나 버려 그가 쫑긋 귀를 세웠어도 더 이상 그들의 대화를 들을 수가 없었습니다. 종손이 황급히 뒤따라갔지만 그들은 이미 어느 집 안으로 들어가 버렸어요. 늘 그랬던 것처럼 그는 이번에도 너무 늦게 결단을 내렸습니다. 하지만 그런 상황이 가리키는 암시가 이상하게 의미심장하게 여겨져서 생각에 잠겨 집으로 향했지요.

휴식을 취한 지 채 몇 분도 지나지 않아 총성 같은 것이 들렸습니다. 창밖을 내다보았지만 누구도 그 소리를 들은 것 같지 않았어요. 마음이 놓인 그는 창가에서 늘 바라보던 자리로 가서, 아름다운 에스터의 방을 전날 밤보다 더 자세히 보려고 용기를 내어 창문 한 짝을 열어젖혔습니다. 그녀의 방은 많이 달라져 있었습니다. 원래 덮개가 벗겨지고 하얀 공단 천을 씌운 의자들이 화려한 찻상 주위에서 환하게 빛나고 있었고, 찻상 위에서 은주전자가 김을 내뿜고 있었습니다. 에스터는 뜨겁게 달구어진 삽에 향내 나는 물을 붓고 허공에 대고 말했습니다.

"나니, 머리를 곱슬하게 손질해야 할 시간이야. 손님들이 곧 도착할 거야."

그러고 나서 에스터는 목소리를 바꾸어 대꾸했어요.

"아가씨! 모든 것이 다 준비되었어요."

이 말을 하는 순간 귀여운 시녀가 에스터 앞에 나타나더니 그녀의 곱슬머리를 풀어 매만져 주고는 거울을 건네주었습니다. 그러자 에스터는 곱슬머리를 한탄했어요.

"세상에! 내 얼굴이 왜 이렇게 창백하담, 죽은 것도 아닌데. 대체 어떻게 이렇게 핏기가 없을 수가 있지? 화장을 하라고? 안돼! 그러면 종손의 마음에 들지 않을 거야. 그분도 창백하거든,

나처럼. 나처럼 선량하고, 나처럼 불행하시지. 그분이 오늘 오신다면 좋을 텐데. 그분이 없는 파티는 즐겁지가 않아."

이제 방 안의 모든 것이 정돈이 되었습니다. 우아하게 치장한 에스터는 소파 위에 예쁘게 장정된 영어책을 몇 권 올려놓았어요. 그러고는 역시 영어로 최초의 허공의 존재를 환영하며 자신의 아마추어 희극에 등장시켰습니다. 그녀가 그 존재 대신에 영어로 답변을 채 마치기도 전에 침울한 표정의 껑다리 영국 신사가 예절 바른 태도로 그녀 앞에 서 있었어요. 당시 그녀가 유럽의 모든 나라 사람들 앞에서 보였던 예의범절이었답니다. 프랑스인들, 폴란드인들, 이탈리아인들, 또한 칸트학파의 한 철학자, 말 상인이 된 한 독일 영주, 또 한 사람의 젊은 계몽주의 신학자, 그리고 여행 중인 몇 명의 귀족들과 같은 허공의 영상들로 찻상은 혼잡해졌습니다. 에스터는 온갖 나라의 언어들 사이를 끊임없이 누비고 있었어요. 그러다가 프랑스에 관한 일련의 사건들을 주제로 언쟁이 터져 분위기가 무거워졌어요. 칸트주의자는 실례를 들어 논증을 펼쳤지만 프랑스인은 격분했어요. 에스터는 논쟁을 벌이는 두 사람을 재치 있게 떼어놓으려고 애를 썼어요. 그러다가 마침내 좌중의 관심을 딴 데로 돌리려고 일부러 부딪친 것처럼 굴면서 뜨거운 찻잔을 칸트주의자의 바지에 엎질렀습니다. 그 일은 성공적이었어요. 사과를 했고, 바지를 닦아 주었어요. 그러고 나서 그녀는 종손의 발자국 소리를 들었다고 확언하고, 그녀 자신도 이제 비로소 알게 되는 새로운 손님으로서 바로 얼마 전에 프랑스를 떠나 온 훌륭한 젊은이인데 그 사람이 문제의 논쟁에 대해 가장 적절한 답변을 해 줄 수 있을 것이라고 했습니다. 이 말을 하는 동안 한 차가운 손이 종손을 부여잡았습니다. 그 자신이 등장하는 장면을 보고 소스라치게 놀랐습니다. 그건 마치 뒤집혀 끌어내려진 장갑처럼 그 자신이 홀랑 뒤집히는 느낌이었어요. 그러고 나서 에스터가 내민 의자 위에 아무것도 보이지 않자 적이 마음이 놓였습니다. 그러나 그 우아한 모임의 다른 손님들에게는 그의 출현이 섬뜩했던 모양이었어요. 에스터가 그에게 소곤거리는 동안 그들은 차례차례 작별을 고하는 것이었습니다. 그렇게 모두가 떠나자, 에스터가 빈 의자를 향해 큰 소리로 말했어요.

"당신은 겉으로 보이는 내가, 내가 아니라고 딱 잘라서 말했지요. 겉으로 보이는 당신도 당신이 아니에요."

곧이어 에스터는 대화 상대인 종손의 입장에서 답변을 했습니다. 그 음성이 얼마나 자신의 것과 똑같은지 당사자인 종손이 놀랄 지경이었어요.

"내가 해명을 하겠소. 당신은 세상 사람들이 당신의 아버지라고 부르는 사람의 딸이 아니라오. 당신은 유괴된 기독교인의 자식이지요. 당신의 진짜 부모에게서, 당신의 참된 신앙에서 빼앗겼다는 말이오. 그리고 당신을 참된 신앙으로 되돌려야겠다는 나의 결단이 당신을 방문하게 만들었소. 나에게 좀 더 상세히 설명해 보세요."

(에스터:) "그렇게 하지요. 나는 당신이고 당신은 저입니다. 그렇지만 이 일이 제자리로 돌아간다 해도, 그로 인해 제가 거기서 얻게 될 것이 있을 것 같지는 않군요. 당신은 엄청나게 많은 것을 잃게 될 거고요. 단지 징글맞은 빨간 코의 사촌만이 현기증이 일 정도로 높이 신분이 상승될 거예요."

에스터는 입을 다물었습니다. 그러고는 이번에는 종손의 음성으로, 말을 계속해 달라고 스스로에게 간청했어요. 왜냐하면 사랑하는 어머니와 그녀가 닮은 비밀이 이제 반밖에 벗겨지지 않았으니까요. 에스터는 다시 말을 이었어요.

"자신의 사촌인 소위로 인해 수없이 마음의 상처를 입었던 선대의 종손께서 자신의 친아들에게 소중한 재산을 물려주고 싶어 하는 집념이 당신에게는 그렇게 불가사의한가요? 아내가 출산을 앞두고 있어서 그 같은 희망의 실현이 눈앞에 다가왔는데, 딸을 낳으면 만사가 수포로 돌아갈 수도 있다는 우려가 그를 괴롭혔다고 상상해 보세요. 그래서 그가 수차례 입 밖에 내었던 그 우려스러운 상황을 한 교활한 귀부인이 이용하려 들었다면? 그녀는 자신이 일주일 전에 비밀리에 낳은 사내아이를 그에게 팔아넘기려고 감언이설로 꼬드깁니다. 그 판에 우려되었던 상황이 막상 현실로 들어선다면, 그런 식으로 자주 매수되었던 산파한 사람 이상으로 뭐가 필요하겠어요? 그래서 아들 대신 내가 태어나는 것이고요. 나는 한 충실한 유대인에게 넘겨집니다. 그 유대인은 그 일을 통해 사례금 이외에도 자신의 종교에도 뭔가 기여하려고 희망합니다. 『현자 나탄』을 읽으셨나요?"

(종손:) "아뇨!"

(에스터:) "괜찮아요. 당신은 어머니의 젖을 먹습니다. 꾀꼬리가 뻐꾸기 알에서 부화되듯이. 그건 당연한 일이에요. 악의로 한 말은 아니에요. 제가 이 모든 일을 알게 된 것은 저의 양아버지가 임종 시에 해 주신 얘기 덕분이에요. 게다가 아버지는 자신이 내게 물려주는 재산이 종가의 재단에 요구할 수 있는 것보다 더 많은 액수라고 강조했어요. 비밀을 지키는 대가로 아버지는 선친 종손으로부터 실히 세 갑절이나 되는 큰돈을 받았으며, 그것이 아버지가 큰 사업을 벌일 투자금이 되었노라고. 말문이 막히시나 보군요. 어째야 할지 갈피를 잡지 못하시겠어요? 단지 자신의 명망만을 유지하려는 남성이라는 족속의 허영심이 저주스러우세요? 하지만 어쩌겠어요? 이미 당신이 그렇게 한 것처럼 가소로운 늙은 사촌더러 당신의 재산을 누리라고 하세요. 저의 길은 곧 끝날 거예요. 전 상황의 큰 변화를 견디지 못해요. 그런데 당신은 사랑한다고 말하고 있어요. 아, 처음 본 순간 당신의 눈빛을 알아보았어요. 하지만 우리의 사랑은 이 세상에서 이룰 수 없답니다. 이 세상은 모든 멍청한 짓거리로 저

를 망가뜨려 놓았어요. 당신! 모든 남자들이 당신처럼 다 그렇게 나를 성실하게 대하지는 않았어요. 그들은 유치한 지능에서 나온 허영심만으로 나를 현혹했지요. 오늘은 여기서 헤어져요. 당신에게 나의 마음을 더 이상 완전히 줄 수 없다고 말해야 하는 것이 힘이 드는군요. 내 마음은 부서져 산산조각이 났어요. 그리고 저세상에서 그 갈라진 틈이 치유될 거예요."

이 말에 종손의 눈은 주르륵 흐르는 눈물로 침침해졌습니다. 그가 다시 눈을 들어 건너다보니 에스터는 불을 끈 후 잠옷 차림으로 창가에 서서 찬 밤공기를 한껏 들이마시고 있었습니다. 그러고 나서 그녀는 잠자리에 들었어요. 종손은 그 불가사의한 모든 일을 되도록 충실하게 기록해 두려고 일기장 앞에 앉았습니다.

늘 그랬던 것처럼 점심경에 사촌이 그의 침대맡으로 왔습니다. 그리고 이제 드디어 귀부인을 방문할 의향이 생겼는지 물었습니다. 종손은 흔쾌히 동의를 표하여 사촌을 놀라게 했어요. 하지만 차라리 혼자 그녀를 방문하는 편이 좋겠다고 덧붙이고 싶었어요. 그는 서둘러 옷을 갈아입고 사촌과 길을 나섰지요. 사촌은 그녀가 아직은 분명히 혼자 있을 것이라면서 좋아했습니다. 그녀의 집이 가까워지자 종손의 가슴은 마구 뛰었습니다.

"도대체 을씨년스런 저 큰 저택은 무엇이죠?"

종손이 물었습니다. "거울 창유리들이 박힌 저 집 말이에요.

어느 날 밤 나는 저 건물의 오목한 구석에 세워져 있는 동상 뒤에 앉아 있었던 적이 있는데!"

"자네가 상속받은 저택을 아직도 모르고 있었나?"

사촌이 물었습니다. "내 초라한 둥지보다는 저 저택에서 지내는 것이 편할 텐데!"

"천만의 말씀이에요."

종손이 말했어요. "저 저택을 아예 보지 않았더라면 좋았을 거예요. 저 커다란 석재들은 굶주림과 근심으로 짜 맞추어 올려진 것처럼 보이네요."

"당연하지. 저걸 지은 사람은 제대로 배불리 먹을 형편이 못되었으니까. 자네 부친은 과외로 비용을 지출하는 위인이 아니었네. 한번은 내게 소송을 걸었었지. 나는 하루하루 근근이 연명하고 살 때였는데, 나 대신 자네 부친이 지불해 준 재단사의 계산서를 내가 약속한 날짜에 지불하지 않았기 때문이었네."

"세상에, 너무 심하군요."

종손이 말했습니다. "그렇게 해서 상속인들에게 복이 돌아갈 수는 없지요!"

이런 이야기를 나누며 그들은 귀부인의 접견실에 들어섰습니다. 귀부인은 끝내야 할 편지가 있으니 두 신사 분들께서는 반 시간만 더 기다려 주십사 하는 부탁을 전했습니다. 사촌은 일정한 시간에 하는 산책 때문에 그렇게 오래 기다릴 수 없다며 시계를 들여다보고는 종손을 홀로 남겨 두고 가 버렸습니다. 종손은 혼자 방에 있는 것이 으스스했습니다. 작은 사다리 위에서 울어 대는 청개구리는 악령에 씐 것 같았고, 여러 화분에 심어진 꽃들도 순수한 아름다움을 잃고 있었습니다. 잡동사니 장식물에서는 열두 명의 시대에 뒤진 외교관들이 숨어서 엿듣고 있는 느낌이었습니다. 그러나 그 무엇보다도 그를 괴롭힌 것은 검정색 푸들 강아지였어요. 물론 강아지 편에서도 그를 겁내는 것처럼 보이기는 했지만, 그는 그놈을 악마의 화신이라고 여겼습니다. 마침내 귀부인이 색깔을 연신 바꾸는 중국 폭죽처럼 옆방에서 등장했을 때, 그는 기절초풍할 뻔했어요. 그 혐오스러운 여인이 자기 어머니라는 느낌이 퍼뜩 들었기 때문이랍니다.

"어머니, 당신의 아들은 매우 슬프답니다."

그는 그렇게 말하고 부인을 뚫어지게 바라보았습니다. 그러면서 부인이 깜짝 놀랄 것이며 자신을 바보라고 단정 지을 것이라고 생각했지요. 하지만 그녀는 차분하게 그의 곁에 와 앉으며 말했습니다.

"아들아, 너의 어머니는 아주 잘 지낸단다."

부인은 커다란 칠보 향수병을 그에게 건네주려 했지만 종손은 그것을 피하면서 말했습니다.

"내가 보기엔 한 영혼이 그 병에 갇혀 있군요."

부인은 병을 옆에 내려놓으며 말했습니다.

"만약 그 안에 영혼이 들어 있다면, 그건 네 아버지의 영혼이란다. 훌륭한 분이었지. 너의 아버지가 사촌인 소위와 내 집 앞에서 느닷없이 벌인 결투에서 칼에 찔려 쓰러졌을 때 나는 이 병을 그분에게 주었었지."

"그럼 저는 내 아버지를 죽인 살인자와 한 지붕 아래 지내는 셈이군요. 그리고 당신은 그가 사랑했던 여인이고요?"

"너는 너무 많은 것을 아는구나, 내 아들아."

그녀가 말을 이었어요. "알지 않아도 될 것까지. 그 모든 일에 대해 너는 내게 어느 정도는 고마워해야겠지. 너의 부친은 이 도시에서 '미남 ooo'라고 불렸단다. 그런 명성이 나로 하여금 그분을 대할 때 조심성을 망각하게 했지. 하긴 우리의 사랑 행각은 비밀에 부쳐졌지만 말이야. 하지만 그 사랑 놀이로 내가 짊어지게 된 결과로 말할 것 같으면, 너의 부친이 나와 결혼하겠다던 약속을 이행하기도 전에 결투에서 찔려 돌아가시고 난 이후에라도 내가 그 결과를 감추지 않았더라면, 아마 나는 궁중 사회에서 추방되고 말았을 거다. 하지만 나는 끝내 성공적으로 숨겼지."

"알고 있어요."

"게다가 네 부친의 살인자에게 앙갚음을 했지. 정당하게 그자의 소유가 될 수 있었던 재신을 네가 받게 만들어 버렸거든. 나는 여기서 멈추지 않았어. 존경을 받으며 살아가고자 하는 그

자의 모든 시도를 궁중에 미치는 나의 영향력을 동원해 방해했 단다. 또한 그자를 내 매력의 덫에 옭아매 두었지. 그자의 분별 력도 용기도 사람들에게 적당한 인정을 받지 못했어. 그래서 그 자는 무의미한 소일거리로 호구지책에 전전긍긍하며 모든 세인 의 조롱을 사는 가소로운 얼굴로 그렇게 늙어 가고 있지. 반면에 연로한 어른들은 너의 아버지의 준수한 외모를 입에 침이 마르 도록 이야기한단다. 아직도 미남을 꼽을 때 그분을 표본으로 내 세우면서 말이다. 모든 상류층 인사와 어울린 네가 풍요로움을 누리며 귀하고 편하게 성장하는 것을 볼 때, 그리고 매일처럼 노 인들의 심술궂은 곁눈질과 부랑아들의 조롱을 받으며 우스꽝스 러운 절뚝발이 걸음으로 내 집 창 앞을 총총걸음으로 지나치거 나, 또는 일요일마다 내 강아지를 빗질하는 사촌을 떠올릴 때면 나는 너의 아버지를 위하여 보복을 했다고, 합당한 제물을 그의 영전에 바쳤다고 느끼곤 한단다. 아니면, 사촌에게 더 상처를 줄 일을 해 볼까? 그와 결혼이라도 해서 시내를 정기적으로 산책하 는 일을 방해하고 수집한 문장들을 내다 버릴까?"

종손은 그 모든 이야기를 끝까지 듣지 않았습니다. 그랬다면 아마 그의 반박의 말이 일찌감치 그녀의 이야기를 중단시켰을 겁니다. 그는 꿈을 꾸듯 혼잣말을 중얼거렸어요.

"그러니까 나는 귀하신 어머니의 품에 도둑으로 안기게 된 거 로군. 그렇다면 나로 인해 내쳐진 불쌍한 아이는 어디 있단 말인가? 알겠어. 에스터야. 당신네들의 비열함 때문에, 그녀 자신의 종교의 저주 때문에 꺾여 버린 여인, 재치 있고 불행한 여인!"

"그 점에 대해서는 대꾸할 말이 없구나."

귀부인이 말했습니다. "너의 선친인 종손께서 혼자 이 일을 처리했단다. 불륜으로 태어났다는 치욕에서 벗어나 호화로운 운명으로 상승된 너를 보고 난 안심했었어. 그 점에 대해 너는 고마워하지 않는구나!"

종손은 골똘히 생각에 잠긴 채 앉아서 아무 말도 듣지 않고 조용히 말했습니다.

"한 가엾은 사람을 희생으로 치르고 내가 풍족해도 되는가? 나는 참 많은 것을 배웠고 그것으로 생계를 유지할 수도 있지 않은가? 그 어떤 사람 못지않게 여러 악기를 연주할 실력을 갖고 있지. 그림도 그리고, 여러 외국어 교습도 할 수 있어. 부가 불러온 죄악의 굴레에서 벗어나자. 부가 나를 행복하게 한 적이 없었어!"

귀부인은 그의 말에 주의 깊게 귀 기울이며, 앞발을 그녀의 무릎에 디디고는 그녀의 귀에 머리를 대고 있는 푸들 강아지와 대화를 나누었습니다. 그리고 나서 그녀는 종손의 손을 잡으며 말했습니다.

"너의 어머니에게 최소한의 순종을 보여 줄 의무가 있다. 내가 바라는 것은 부당한 것이 아니란다. 단지 스물네 시간 동안

만은 네 출생의 비밀을 지켜 다오. 네 마음속에서 일고 있을 모든 결단도 보류하거라. 가슴에 손을 얹고 맹세하렴!"

종손은 스물네 시간 이내에 아무런 결단을 내리지 않아도 되는 것이 기뻤습니다. 그녀에게 악수를 청하고 손에 키스를 한 뒤에 작별 인사를 했습니다. 그러고는 마음의 평정을 찾으려고 서둘러 집으로 갔습니다.

그러나 그의 마음에 심한 동요를 일으킬 또 다른 사건이 집 쪽에서 벌어지고 있었습니다. 에스터의 집 앞에 유대인 남녀들이 우르르 몰려서서 열띤 이야기를 나누고 있었어요. 그는 그들과 어울리고 싶지 않아서 집 안으로 들어가 하녀 우어줄라에게 물어보았어요. 하녀는 어여쁜 에스터의 약혼자가 영국 여행에서 초라한 몰골로 한 시간 전에 돌아왔는데, 전 재산을 다 잃었다고 전했습니다. 늙은 바스티는 자기 집 문턱을 넘어서도 안 되고, 자신의 양녀를 꿈도 꾸지 말라고 그에게 선언했는데, 에스터는 지금이야말로 불행해진 그 사람의 청혼을 받아들여 결혼을 이행하겠노라고 큰 소리로 확언했다는 것이었어요. 그 사람이 자기를 필요로 하기 때문이라고, 그렇지 않다면 자신의 병약함을 이유로 그녀 편에서 약혼을 파기했을 것이라고 하면서요. 그 말을 들은 계모 바스티는 노발대발했고, 이웃 어른들이 끼어들어 말려도 분통을 삭이지 않았다는 이야기였습니다. 이웃들은 하나같이 계모가 기를 쓰고 결혼을 반대하는 이유는 양

녀를 배려해서가 아니라 상속을 탐해서라고 계모의 잘못을 입
에 담고 있는 참이라고요.

이리하여 종손 자신이 내쳐진 에스터와 결혼을 했더라면 하
는 한 가지 보상의 수단은 거의 사라졌고, 그의 애정은 당치도
않게 여겨졌습니다. 그는 약혼자가 자신이 당한 불행한 사건들
의 전말을 늘어놓는 동안, 창백한 시체처럼 요지부동으로 소파
에 누워 있는 에스터를 바라보았습니다. 등불이 밝혀졌어요. 에
스터는 기운을 차린 것 같았습니다. 약혼자를 위로하며 결혼을
하게 된다면 가게를 넘겨주겠다고 약속했습니다. 하지만 절대
로 그녀 방에 들어와서는 안 된다고 덧붙였습니다. 약혼자는 자
신을 곤경에서 벗어나게 해 주고 무시무시한 바스티의 분노를
피하게만 해 준다면 에스터가 제시하는 모든 조건을 지키겠다
고 맹세했어요.

"바스티는 죽음의 사자, 죽음의 천사요."

그는 말했어요. "나는 그렇다는 걸 확실히 알고 있소. 그 여
자는 저녁때면 소환된다오. 죽은 사람들이 밤을 넘겨 집 안에
머물지 않게 하려고 말이오. 그 여자는 죽은 자들의 숨결을 빨
아 마시지요. 그래서 그들은 오래 고통을 당하지 않게 되는데,
그들 존재가 당신네 가족에게는 짐이 되고 있다오. 그 여자가
내 어머니에게서 몰래 도망칠 때 나는 그 사실을 목격했소. 내
가 침대에 다가갔을 때 어머니는 돌아가 버린 후였소. 그런 사

실을 나는 매형에게서 들었소. 다만 그런 내용을 그 누구도 발설해서는 안 되지요. 이것은 일종의 자비심의 문제이지만, 나는 그것이 두렵소."

에스터는 그에게 그것은 사실이 아니라고 해명하다가 결국 이렇게 말했습니다.

"한 남자는 곰곰이 생각을 합니다. 그녀가 지나치게 두려우면 나와 결혼하지 않아요. 전 한 가지 생각뿐이에요. 제가 결혼하려는 것은 단지 그를 곤경에서 구하기 위해서랍니다. 그는 신중하게 생각을 하지요. 그리고 그 남자는 가지요. 그 남자는 나를 혼자 남겨 둡니다."

약혼자가 떠났습니다. 그가 나가자마자 에스터는 가까스로 일어섰고, 거울에 비친 자신의 모습을 보고 소스라치게 놀랐어요. 그리고 당황하여 손을 비볐습니다.

종손은 그들을 떼어 놓고 있는 좁은 공간을 주시했습니다. 그녀를 위로해야겠다는 마음이 들었어요. 그러나 용감히 뛰어넘을지, 아니면 안전하게 널빤지를 놓아 두 창문을 연결할지 미처 결정을 내리기도 전에 여느 저녁때처럼 총성을 들었습니다. 곧이어 어여쁜 에스터는 또다시 사교 모임의 망상에 빠져들었어요. 그녀는 서둘러 짧은 무도회 드레스로 갈아입고 그 위에 붉은 가장 무도 망토를 걸치고 가면까지 쓴 채 가면무도회로 갈 다른 가면 쓴 손님들을 기다렸습니다. 바로 전날 같은 일이 벌어졌는데, 훨씬 더 요란스러웠어요. 그로테스크하게 변장한 사람들, 악마, 굴뚝 청소부, 기사, 커다란 수탉들이 온갖 언어로 윙윙거리도록 중얼거리고 소리를 질러 댔습니다. 종손은 그 형체들을 보았는데, 이들의 음성이 에스터에게 생기를 불어넣는 것이었습니다. 그녀는 혼자서 주고받는 모든 논박에 적절하고 재치 있게 농을 던졌고, 그런 농담 속에 그녀 자신 일찍이 지녔던 약점들을 드러내기를 전혀 꺼리지 않았어요. 그러면서도 역시 모두에 대해 최선의 측면을 보여 줄 줄 알았습니다. 다만 결혼을 앞두고 그런 경박한 짓을 벌인다고 그녀를 질책하는 한 사람의 가면에 대고는 대답할 말을 잃었어요.

"제가 불쌍한 젊은이에게 베푸는 이 적선 행위를 결혼이라고 이름 붙이지 마세요. 저는 버림받았어요. 종손은 우유부단하게 끝도 없이 골똘히 생각만 하다가 결국 저를 위해 아무 행동도 못할 것이고, 저의 맥박은 곧 마지막 시간을 맞이할 겁니다. 한마디로, 다윗이 법궤[1] 앞에서 춤을 추었다면, 저는 거룩한 계약을 통해 춤을 출 겁니다."

이 말을 하며 에스터는 가면을 움켜잡고 빠른 왈츠를 미친

---

[1] 다윗이 법궤를 모셔 올 때 성경에 있는 하느님의 방법을 잊고 새 수레로 옮기다 웃사가 죽게 된다. 이 일로 자신을 돌아보고 잘못된 웃사와 동일하게 흐르고 있었던 마음을 발견하고, 하느님 앞에 죽임을 당해도 마땅한 인생인데 은혜를 입은 사실을 깨닫고 온 마음으로 법궤 앞에서 춤을 춘다. 이는 스스로 낮아지고자 하는 종교 의식의 의미를 담고 있다.

듯이 빙빙 돌며 추었고 그녀의 춤에 맞춰 다른 가면들도 돌았습니다. 동시에 그녀의 입은 놀라운 솜씨로 바이올린, 콘트라베이스, 오보에, 호른의 소리를 춤에 맞추어 흉내 내었어요. 이렇게 모두가 어울린 춤이 끝나자마자 에스터는 삼박자의 에스파냐 춤인 판당고를 추자는 신청을 받았습니다. 그러자 그녀는 가면과 무도 드레스를 벗어던지고 캐스터네츠를 들고는 기막히고 멋진 춤을 우아하게 선보였어요. 종손은 펼쳐진 광경을 바라보는 즐거움에 다른 모든 생각을 잊어버렸지요. 이제 좌중의 모두가 에스터의 춤 솜씨에 감사의 말을 보내고, 그녀 자신도 가까스로 숨을 돌리고 있다가 마침 한 작달만한 사내가 들어서는 것을 보고 깜짝 놀랐습니다. 그녀가 낡아 빠진 가면을 쓴 그 손님의 이름을 부르자마자 그 남자를 향해 좌중의 신사들이 인사를 하는 광경을 종손도 보았어요.

"세상에, 이분은 나의 가엾은 신랑이에요."

그녀가 말했습니다. "자신의 재주를 부리는 것으로 돈을 벌려고 한답니다."

초라한 가면의 사내는 작은 테이블과 의자를 등에 짊어지고서 자신이 보여 줄 재주를 소개하고는 접시를 돌려 돈을 모았어요. 그리고 능숙한 카드 요술을 피우는 무대를 펼쳤습니다. 곧이어 그가 컵이며 반지, 주머니, 촛대 따위의 잡동사니를 끄집어내자 사교 모임은 흥분의 도가니가 되었습니다. 끝으로 그는 하늘거리는 새하얀 옷차림으로, 이번에도 다시 가면을 쓰고는 더러운 가면무도회 외투 자락에서 일종의 혼령처럼 빠져나와서는, 자신의 몸을 써서 특이한 재주를 부려 보이겠다고 장담했어요. 그리고 배를 깔고 누워서는 실성한 딱정벌레처럼 빙글빙글 돌았어요. 그러나 에스터는 그렇게 일그러진 그의 몰골을 보고 얼마나 끔찍한 혐오감에 사로잡혔던지, 경련을 일으키며 눈을 질끈 감고 자신의 침대에 쓰러졌습니다. 그 순간 종손의 시야에서는 모든 형상들이 사라졌고, 다만 억압받고 있는 사랑하는 여인이 끔찍한 고통 속에 내동댕이쳐진 것을 보았어요. 그는 그녀에게 달려가기로 마음먹고는 계단을 뛰어 내려갔어요. 그러나 엉뚱한 방문을 열어 지금껏 들어가 본 적이 없는 방으로 들어갔어요. 부리 위로 나이트캡을 쓴 것 같은 털이 수북한 빨간 코의 흉측스런 형체가 등불을 든 그를 향해 우르르 달려들었습니다. 종손은 도망쳐 나와 자기 방을 찾으려고 지붕 쪽으로 황급히 올라갔습니다. 사방을 둘러보니, 성스러운 형체들과 경건의 상징인 새하얀 비둘기들이 조용히 그를 둘러싸고 있겠지요. 천당과 지옥 사이에 살고 있는 느낌, 그를 둘러싼 비둘기들이 상징하는 천상의 평화에 대한 갈망이 그의 내면을 뒤흔드는 격동의 파고를 기름처럼 가라앉혔습니다. 그리고 천상의 평화가 가까이 있다는 예감, 이 지상에서는 그 자신을 더 이상 필요로 하지 않는다는 예감이 에스터를 위해 달아올랐던 그의 행동을 다시 억눌렀습니다.

그러나 이처럼 한 단계 높은 꿈에서 현실로 돌아오게 한 것은, 색동 띠가 둘러진 뾰족한 나이트캡을 쓰고, 빨간 코에 안경을 걸치고, 현란한 일본식 잠옷을 휘감고는 칼을 뽑아 들고 다가온 것이었어요. 두말할 것 없이 사촌이었지요. 그는 집 안에서 나는 요란한 소음에 잠이 깨었어요. 사촌이 종손에게 인사를 했습니다.

"여보게, 자네로군. 아니면 자네의 혼령인가?"

"나의 혼령일 겁니다."

종손은 어찌할 바를 몰라 하며 대답했습니다.

"내가 어떻게 이곳 천사의 무리 속으로 옮겨져 왔는지 알 수 없는 걸 보면."

"자네 방으로 돌아가게."

사촌이 말했습니다.

"그러지 않으면 비둘기들이 알을 버리고 날아가 버릴 걸세. 안 그래도 아래쪽의 내 칠면조들도 말할 나위 없이 소란을 피우고 있어. 자네는 그곳에도 갔던 모양이지! 충계를 오르내리는 소리며 짐승들이 소란을 피우는 소리를 듣고, 유대인 골목에서 도둑이 기어들었다고밖에는 나로선 달리 설명할 길이 없었네. 그게 자네 소행이라니 차라리 다행이군. 여보게, 혹시 몽유병 증세가 있나? 그 치료법을 내가 알고 있는데."

  사촌은 이런 이야기를 하며 종손을 자신의 방으로 데리고 갔습니다. 종손은 사촌에게 사실을 털어놓기로 마음먹고는 경련을 일으킨 에스터가 완전히 혼자 있는 것을 창가에서 보았으며 그녀를 도와주러 서둘러 가다가 엉뚱한 방문을 열었노라고 말했습니다.

  "천만다행이로군."

  사촌이 말했어요.

  "골목으로 난 문들이 열려 있었더라면 자네는 사고를 당하거나 욕설을 듣는 것을 면치 못했을 걸세."

  종손은 창가로 다가가서 말했습니다.

  "그녀가 지금은 잠이 든 것 같군요. 이제 끔찍한 발작은 지나갔어요."

  하지만 소위는 이야기를 계속했습니다.

  "자네가 일 년 전에 에스터를 보았어야 하네. 그때까지만 해도 저 아이는 참으로 참했지. 그때 한 연대 병사의 아들이 지방에서 이곳의 경기병으로 전출되어 왔네. 그의 아버지가 한 소규모 전투에 투입된 다음에 그 아들은 어머니에게 남은 유일한 가족이었지. 그럴 것이, 소규모 전투들이 큰 전투보다 더 위험한 법이니까. 나는 어머니가 아들의 마지막 의장용 셔츠를 지어 주던 깃을 보았다네. 그것이 임종의 셔츠가 되리라고는 물론 어머니는 생각도 못했지. 그런데 그 청년은 경솔한 인간이었네. 말을 타고 가는 그의 모습만 보아도 금방 그 점을 알 수 있었지. 그는 늘 거리에서 재주를 보이려고만 했지, 자기 곁의 행인들은 염두에 두지도 않았다네. 아, 그건 그렇고, 그 청년이 아름다운 에스터에게 반해 버렸고 에스터도 그에게 반한 걸세. 젊은 청년은 저녁때면 몰래 에스터를 찾아갔지. 가엾은 유대인들이 그들의 골목을 벗어나면 홀대를 당하듯이 기독교도들도 유대인 골목 내에서는 학대를 당해도 된다는 것이 유대인들의 생각일세. 그래서 유대인들이 그 청년을 덮쳤지. 특히 늙은 바스티는 그 친구를 거의 목 졸라 죽일 뻔했네. 이 사건이 소문이 났고, 장교들은 젊은 사관후보생을 더 이상 복무하지 못하게 했네. 그 청년은 나에게 와서 어떻게 해야 할지를 상의하더군. '너 자신에게 방아쇠를 당겨라. 그 외에 아무것도 할 것이 없다'라고 나는 말해 주었지. 그런데 그 인간이 내 말을 곧이곧대로 받아들여서 총으로 자살을 해 버렸다네. 그때 나는 그 어머니에게 이 소식을 좋게 전할 방도를 찾느라 꽤 애썼지. 그런데 그때 이후로 에스터는 그가 총을 쏜 저녁 시간마다 총성이 가까이에서 울리는 듯한 느낌을 갖는 걸세(다른 사람들에겐 들리지도 않는데). 그러고는 어떤 누구도 못할 말로 떠들고 춤을 추는 발작을 일으킨다네. 집안의 다른 사람들은 그 아이를 홀로 내버려 두고 그녀를 꺼리고 있지!"

냉담하게 이어지는 사촌의 보고에 몸서리쳐져 종손은 소리쳤습니다.

"항상 사랑하면서 하나가 되고자 하는 인류를, 이 얼마나 깊은 골들이 갈라 놓고 있는가! 영원한 사랑은 그 같은 희생을, 기적 이상으로 성서의 진실을 보증해 줄 그 같은 징표들을 요구하는 것일까? 인류에게 예정된 숙명이란 이 같은 희생과 징표를 바탕으로 치러야 하는 감당할 수 없는 것이란 말인가? 오! 그들은 모두 실로 모든 민족의 성서의 역사로구나!"

잠시 있다가 종손이 물었습니다.

"그러면 바스티라는 노파가 정말로 교살을 하는 죽음의 사자인가요? 사람 말이 그 노파는 죽어 가는 사람들에게 치명적인 일격을 가한다고 하더군요."

"그런 경우라면……"

사촌이 말했습니다. "그들이 생매장되지 않도록 해 주는 자비 행위인 셈이지. 터무니없는 율법이 죽은 자를 세 시간 후에는 집 밖으로 끌어내도록 정해 놓고 있으니까 말일세."

사촌은 의사한테서 들은 증언이 있었지요. 바로 그 율법 때문에 그 의사는 발작증을 앓고 있는 환자에게 그의 곁에 머물러 있겠다고 맹세를 해야 했고, 사람들이 그를 죽은 것으로 간주하여 질식시키지 않도록 하겠다고 말이지요.

"그때 의사는, 친척들이 당황스러워하며 죽은 사람은 죽었으니 의사 선생님은 어서 가시라고 설득하려 드는 판국을 알아차렸지. 하지만 의사는 머물렀다네. 그리고 마비 상태의 환자를 구출했고, 살아난 환자는 오랫동안 의사에게 감사했다는군. 그때 당국에서는 진상을 파악하고 때 이른 장례를 금지시키게 되었다네. 이제 좀 유쾌한 주제로 화제를 바꾸지" 하고 사촌이 말을 계속했습니다. "자네한테 크게 감사해야 할 일이 있네. 자네가 내게 행운을 가져다주었거든. 내 마음의 귀부인께서 자네로 인해 따스한 어머니 같은 애정을 느끼고 있네. 30년 동안 거절했던 내 청혼을 받아들이려 하고 있다네. 다만 내가 자네를 사랑하는 아들로 삼아 그녀 가까이 두고 우리의 노년을 부양케하도록 한다는 조건으로 말일세. 그런데 여보게, 자네는 어차피종가의 관리 문제를 포함하여 자네의 외형적인 생존 기반 일체를 나에게 위임한 터이고, 또한 협상이 요구하는 엄밀한 지식으로 미루어 보아 하니 자네가 공부한 학문은 재산을 직접 책임지기에는 너무나 추상적인 것들인 만큼, 나는 이를테면 자네의당연한 후견인으로서 그녀의 요청을 승낙했다네."

에스터가 바스티의 뜻에 내맡겨진 것처럼, 종손도 자신이 사촌의 뜻에 속절없이 떠맡겨져 있음을 느꼈습니다. 사촌은 그에게 교살하는 죽음의 사자처럼 여겨졌어요. 그가 만약 종가의 비밀을 알게 된다면, 지난날 젊은 사관후보생에게 그랬던 것과 똑같이 냉담하게 자신에게도 권총을 내밀리라는 것을 짐작할 수있었습니다. 그러나 모든 병자와 허약자들이 그러하듯이 종손

은 자신의 삶을 사랑했습니다. 따라서 귀부인이 짜낸 방책, 즉
그 같은 결혼을 통해 종손을 집안의 아들로 묶어 두는 방책이
야말로 그에게는 일종의 유화적인 타협으로 여겨졌습니다. 그
녀의 나이에 다른 자식을 낳을 가능성이 희박하기에 종손 자신
만이 결혼으로 맺은 두 사람의 기대와 모든 희망의 구심점이
될 것이 틀림없었지요. 그리하여 종손은 어쩔 수 없이 사촌에
게 결혼을 축하하는 말을 하고 귀부인에게도 자식으로서 효도
하겠다고 다짐했습니다. 또한 앞으로 사촌과 함께 종가 저택에
서 살면서 사교 모임에 참석하며 궁중에서 행운을 찾겠다는 약
속도 했습니다. 그러고 나서 사촌은 그와 같은 행운을 노래한,
운율을 잘 맞춘 시 몇 편을 낭독해 주었습니다. 그 고상한 운율
의 예술을 그토록 졸렬한 솜씨로 다루는 것을 듣게 되자 종손
은 은근슬쩍 모든 시구들과 결별하고 잠에 취해 버렸답니다. 이
런 종손을 뒤늦게 알아차린 사촌은 인사를 하고 자리를 떴어요.
그럼에도 불구하고 종손은 몇 개의 소절을 절망스러울 지경으
로 반복해서 읊조렸어요. 어디서 들었던 시구인지도 알 수 없었
지만 어쨌든 저택의 동상 뒤에서 늙은 바스티의 노래를 엿들었
던 때가 떠올랐습니다.

한 유대 노파가 살고 있었네.
심술궂은 질투투성이 여자였지.

노파에게 아름다운 딸이 하나 있었네.
그녀의 머리는 예쁘게 땋아 올려졌지.
그녀가 원하는 만큼, 진주가 달렸네,
그녀의 웨딩드레스에.

아, 사랑하는 어머니,
꽃무늬 드레스를 입었는데—
내 가슴은 왜 이렇게 아프지요.
아, 나를 잠시 내버려 두세요.
초록 들판으로,
푸른 바닷가까지 산책을 갈래요.

안녕히 주무세요! 사랑하는 어머니,
이제는 더 이상 나를 보지 못할 거예요.
바다로 달려갈 거예요,
물속으로 가라앉을지라도.
오늘 세례를 받아야만 해요,
바람이 거칠게 휘몰아치더라도!

이처럼 끊임없이 시구를 떠올리다 늦게 잠들었던 종손은 저
녁경 늘 그 시각에 들려오는 권총 소리에 깨어났습니다. 그와

동시에 나이든 착한 하녀가 조용히 들어왔어요. 종손이 깨어 있는 것을 본 그녀는 뒤쪽 창문으로 유대인 결혼식을 구경하고 싶지 않은지 물었습니다.

"누가 결혼을 하나요?"

종손은 벌떡 일어났어요.

"어여쁜 에스터와 어제 돌아온 불쌍한 놈팡이요."

다행히도 종손은 옷을 입은 채 소파 위에서 잠들었었기 때문에 지체할 필요 없이 허겁지겁 집 뒤쪽으로 난 창으로 뛰어갔습니다. 야생 짐승들이 있는 공동묘지를 바라보던 창이었어요. 건물들의 기다란 그림자와 간간이 비치는 저녁 불빛이 공동묘지 옆 초원 위를 가볍게 스치고 있었고 꾀죄죄한 아이들의 뒤얽힌 말썽 소리가 묘지를 빙 둘러치고 있었습니다. 지금 막 시작된 음악의 유형은 동방의 나라를 떠올리게 했어요. 네 명의 소년이 앞장서 떠받들고 있는 자수가 잔뜩 놓인 천개도 그랬고요. 마찬가지로 구경꾼들 간에 벌어지는 온갖 여흥의 표현, 그러니까 나이팅게일과 메추라기를 인공적으로 만들어 놓고, 서로 꼬집고 얼굴을 찌푸리고 하는 것이 무척 이국적이었습니다. 마침내는 몇몇이 공중 도약을 하며 신랑을 맞았습니다. 신랑은 굴뚝 청소부처럼 검은 두건을 머리에 쓰고 여러 명의 친구들과 들어서고 있었지요. 그런네 예정된 시간이 지나도 신부가 나타나지 않자 사람들은 심히 초조하게 기다리며 온갖 기이한 추측을 했습니다. 그러다가 마침내 한 여인이 난처한 기색으로 손을 비비며 들어와 사정없이 외쳤습니다.

"에스터가 죽었어요!"

심벌즈와 작은 팀파니의 울림이 멎었습니다. 소년들이 천개를 떨어뜨렸고, 거센 황소가 끔찍하게 울부짖었습니다. 아니면 최소한 지금에야 그 소리가 들렸어요. 모두들 구경을 하려고 달려갔지만 비둘기들이 요란하게 날갯짓을 하며 둥지를 찾아들 때까지 종손은 홀로 창가 귀퉁이에서 기절하여 쓰러져 있었습니다. 하녀가 말했어요.

"저런 세상에! 비둘기들이 또 한 마리 비둘기를 데리고 왔네요. 이 비둘기는 어떤 가엾은 사람의 것일까! 그 사람이 얼마나 안타까워할지 그 누가 알까!"

"그녀야."

종손이 소리쳤습니다.

"천상의 비둘기. 이제 나는 에스터를 애도해서 울지 않아도 되겠어!"

종손은 자신의 방으로 되돌아가 에스터의 창문 쪽을 건너다보았습니다. 모두들 벌써 그녀의 방에서 도망치고 없었습니다. 죽은 자가 미칠 영향이 두려웠던 것이지요. 약혼자는 집 앞에서 자신의 예복을 찢는 등 괴로움의 몸부림을 치고 있었고, 그런 한편에서 연장자들은 장례 절차를 의논하고 있었어요. 에스터는 침대에 누워 있었습니다. 머리를 내려뜨리고 있어서 땋은 머리가 풀어 헤쳐져 바닥에 구르고 있었어요. 갖가지 꽃이 핀 가지들이 꽂힌 화병이 곁에 놓여 있고 물컵도 하나 있었습니다. 아마도 생명을 두고 벌어지는 치열한 싸움에서 그녀가 마지막으로 마신 생명수였겠지요.

"예시豫示적으로 그녀를 에워싸던 그대들, 천상의 무리들이여, 어디로 사라졌느냐?"

그제야 종손은 하늘을 향해 외쳤습니다. "내 어머니와 꼭 닮은 그대, 아름다운 죽음의 천사여, 어디에 있느냐! 믿음이란 이렇듯 비몽사몽 간에 벌어진 불확실한 착시 현상에 불과하단 말인가? 고통의 빛을 받으면 흩어지는 아침 안개란 말이냐! 언젠가 내가 순수한 곳에 가까이 가게 해 달라고 기원했던 날개 달린 영혼이여, 어디에 있느냐? 그리고 지금 내가 모든 것을 부인해 버린다면, 누가 저 한층 높은 세계에 대한 증언을 해 줄 것인가? 집 앞에서 남자들이 장례에 관해 말하고 있다. 그러고 나면 만사는 끝장이다. 그녀의 방은 점점 더 어두워지고, 사랑스러운 모습이 어둠 속으로 사라지는구나."

이렇듯 종손이 눈물을 삼키며 미친 듯이 혼잣말을 내뱉는 동안, 늙은 바스티가 도둑 촛불을 켜 들고 방으로 들어섰습니다. 그리고 장롱을 열더니 주머니 몇 개를 꺼내어 깊숙한 옆 주머니에 찔러 넣었어요. 그러고는 에스터의 굳은 시신의 머리에서 신부 장신구를 뽑고 나서, 줄자로 그녀의 키를 재었습니다. 분명 옷을 만들려고 재는 것이 아니라 관을 맞추기 위해서였겠지요. 이어서 그녀는 침대에 앉았는데, 기도를 올리는 것처럼 보였어요. 종손은 이 기도로 그녀의 도둑질도 용서하기로 하고 같이 기도를 올렸습니다. 기도를 마치자 온통 어둠에 묻혀 있던 그녀 얼굴의 모든 표정이 오그라들었습니다. 그것은 마치 오려 낸 카드 속의 얼굴들, 밝은 불빛을 피하는 얼굴들이 두루 비치는 광채를 받아 얼굴 자체로는 알아챌 수 없는 인간의 형상을 띠는 것 같았어요. 그녀는 인간의 모습이 아니라, 한참 동안 신의 은총의 빛을 받아 충전시킨 열기로 한 마리 비둘기를 향해 급강하하는 독수리처럼 보였습니다. 그렇게 바스티는 가위에 눌리는 악몽처럼 가엾은 에스터의 가슴을 타고 앉아 목에 손을 갖다 댔습니다. 종손은 아름다운 에스터의 머리, 손과 발이 움칫거리는 것을 본 것 같았어요. 하지만 그는 무슨 의지를 품거나 결단을 내리는 것과는 여전히 거리가 멀었습니다. 그 광경을, 살아남을 수 없을 거라는 생각에 빠져 바라보고만 있었지요.

"잔인한 독수리, 가엾은 비둘기!"

에스터가 버둥거림을 포기하고 팔을 머리 위로 내뻗자 불빛이 사그라졌습니다. 그러고 나서 최초의 순수한 피조물이, 숙명적인 나무 아래에 있는 아담과 이브가 방 안 어두운 구석에서 상냥한 인사를 하며 나타났습니다. 그들은 다시 찾은 천국의 영원한 봄 하늘로부터 죽어 가는 에스터를 위안의 눈길로 바라보았습니다. 그런 한편 죽음의 천사가 슬픈 얼굴을 한 에스터의 머리에 번득이는 불꽃 장검을 내려뜨리고 마지막 쓰디쓴 방울들이 흘러들 때를 눈을 부릅뜨고 도사리며 기다리고 있었어요. 그렇게 죽음의 천사는 마치 발명가가 공들였던 작업의 마지막 순간을 기다릴 때처럼 깊은 생각에 잠겨 앉아 있었습니다. 그러나 에스터가 메마른 목소리로 아담과 이브에게 말을 걸었습니다.

"당신들 때문에 나는 너무나 많은 고통을 겪는다고요."

그러자 아담과 이브가 답변을 했습니다.

"우리는 죄악을 단 한 번만 저질렀다. 그렇다면 너 역시 한 번만 저질렀느냐?"

그러자 에스터는 한숨을 쉬었습니다. 그렇게 에스터의 입술이 열리자 죽음의 사자의 칼에서 쓰디쓴 방울들이 그녀의 입 안으로 떨어졌습니다. 그러자 에스터의 영혼이 동요를 일으키며 그녀의 몸에서 빠져나와, 고통스럽게 사랑했던 거처와 작별을 했습니다. 죽음의 사자는 침대맡의 물컵에 칼끝을 씻어서 칼집에 집어넣었습니다. 그러고는 아름다운 에스터의 입술로부터 그녀 안에 숨겨져 있던 영혼을, 즉 그녀의 진수眞髓를 받았습니다. 이어 그 영혼이 죽음의 천사의 손을 잡고 발돋움하며 서서 두 손을 하늘을 향해 뻗자, 곧 둘 다 시야에서 사라졌습니다. 건물 따위는 그들이 날아가는 데 아무런 장애가 되지 않는 것 같았어요. 그리고 이 지상 세계의 건축물 도처에서 한 단계 높은 세계가 현시되었습니다. 그 높은 세계는 오로지 환상 속에서만 감지됩니다. 두 세계 사이의 중재자로서, 그리고 껍데기의 죽은 소재를 끊임없이 살아 있는 형상으로 승화시켜 보다 높은 것을 구현해 주는 환상 속에서. 하지만 늙은 바스티에게는 이 모든 놀라운 현상이 인식되지도 눈에 보이지도 않는 것 같았습니다. 그녀의 시선은 딴 곳을 향해 있었어요. 주검과의 싸움이 잠잠해지자, 그녀는 또 보석 몇 개를 챙겨 넣고 벽에 걸린 아담과 이브의 그림을 떼어 들고 나갔습니다.

그제야 겨우 종손은 자신이 목격한 것이 이 세상의 모든 것에도 현실로 일어날 수 있을 것이라는 생각이 떠올라 소리쳤습니다.

"이럴 수가! 늙은 바스티가 에스터를 교살했어."

그는 자신도 모르게 열린 에스터의 방 창으로 펄쩍 뛰어 들어갔습니다. 그의 외침은 장의사들과 약혼자를 집 안으로 불러들였습니다. 방으로 들어선 그들은 생면부지의 종손이 가엾은 에스터에게 생명의 입김을 불어넣으려고 애쓰는 장면을 보았어요. 하지만 헛수고였습니다. 종손은 그들에게 바스티가 에스터를 어떻게 교살했는지 본 대로 힘들게 이야기했습니다. 그러자 약혼자가 소리쳤어요.

"어쩌면 사실일 겁니다. 나도 그 노파가 몰래 올라갔다가 내려오는 것을 보았어요. 하지만 난 그 여자가 두려워요!"

그러나 장의사들은 약혼자에게 그런 얼토당토않은 말을 하
지 말라고 나무라면서 저 이방인은 형벌을 면하려고 거짓말을
꾸며 대는 도둑이거나 미치광이라고 말했습니다. 그때 종손은
물이 든 컵을 집어 들고 말했어요.

"죽음의 사자가 이 물에 칼을 씻었고, 그래서 치명적인 독이
든 것이 분명합니다. 마찬가지로 바스티가 가엾은 에스터의 목
을 조르는 것을 나는 내 두 눈으로 똑똑히 보았어요!"

이 말을 하면서 종손은 컵의 물을 모조리 들이켜더니 침대
곁에 주저앉았습니다. 모두들 그의 눈빛과 창백해진 입술에서
그의 고통을 읽었고 끊어질 듯 이어지는 그의 말을 귀담아 들
었습니다.

"바스티는 에스터를 벌써 몇 해 전에 교살했습니다."

그가 말했습니다.

"그때 에스터는 자신의 생명의 분신으로 죽었습니다. 그 분
신은 죽어서까지도 헛된 장신구로 노파의 탐욕을 부추기고 내
마음속에 허망한 사랑이 일게 했던 거지요. 에스터는 그녀가 믿
던 천국을 거부당하지 않았어요. 그녀의 천국을 찾았답니다. 그
리고 나도 나 자신의 천국을, 평안하고 영원한 푸르름이 불변하
는 곳을 찾아내겠습니다. 막내인 나를 첫 자식처럼 무한으로 감
싸 줄, 모든 인간을 평등하게 축복 속에 잠기게 할 그러한 푸르

름의 천국을 말입니다!"

　종손의 말은 곧 더 이상 알아들을 수 없게 되었고 그의 입술
도 거의 움직이지 않았습니다. 유대인들은 죽은 자의 방에 있는
물은 위험한 것이며, 치명적인 죽음 앞에서 곧잘 스스로 극단적
인 것을 지어 낸다고 이구동성으로 말했습니다. 그들은 종손을
소위의 집으로 옮겨 놓고, 종손이 자신들에게 들려주었던 사건
들을 이야기해 주었습니다. 소위는 그들에게 죽어 가는 종손은
이미 오래전부터 중병을 앓고 있었다고 안심시키고는 의사를
집으로 불렀습니다. 종손이 처음 마주쳤을 때 주검이 마차 위에
앉아 두 마리의 말과 굶주림과 고통을 모는 것으로 보았던 바
로 그 의사였어요. 의사는 어깨를 으쓱해 보이고는, 침이며 부
황이며 몇 가지 강한 약제로 시도해 보았어요. 하지만 불행한
종손의 영원한 안식을 더 이상 방해하지 못하고 죽음을 재촉했
을 뿐이었습니다.

　바로 그날 저녁 소위는 종가 저택을 소유하게 되었고 저택
의 호화로운 침실에서 행복한 첫 밤을 지내고 있었습니다. 종손
의 장례식 때 보여 준 소위의 훌륭한 접대와 화려한 취향에 사
람들은 경탄을 금치 못했어요. 소위는 여러 차례 성대한 오찬을
대접했어요. 일주일이 채 지나지도 않아 모두들 이 남자가 그동
안 겪은 부당한 일들에 대해 놀라게 되었습니다. 많은 이들은
인생의 갖가지 고난을 헤치고 살아 나온 그의 실천적 이성을

칭송했고, 어떤 이들은 그가 전쟁에서 보여 주었던 수많은 용기의 실천을 이제야 상기했습니다. 게다가 몇몇은 그의 시 작품을 칭송하며 그 시를 출판하자고 간청하기까지 했습니다. 그리고 얼마 지나지 않아 그는 군 복무 연수에 맞추어 군에 입대하여 장군의 신분이 되고 나서, 앞서의 의사가 발명한 효험 있는 치료 덕분으로 그의 붉은 코를 고친 뒤에 노부인에게 청혼을 했습니다.

결혼식을 축하하기 위해 그가 작은 집에서 오랫동안 길렀던 조류들을 모조리 잡았습니다. 상류층 인사들이 친히 참석하여 그를 영예롭게 만들었고, 모두가 즐겁고 성대한 파티를 칭송했습니다. 그랬던 만큼 그날 밤은 무척 소란스러웠어요. 의사는 장군이 포도주를 과음했다고 주장했습니다. 그러나 집 안 하인들의 말에 의하면 귀부인이 잠을 자러 갈 때 칼에 찔려 죽은 옛 애인의 혼령을 가둬 두었던 칠보 향수병을 깨뜨렸다고 했습니다. 그리고 사촌이 그녀의 침대에 접근하지 못하도록 그 혼령이 막는 바람에 두 라이벌이 밤새도록 대결했으며, 결국은 주인님께서 지쳐 혼령 앞에서 물러났다는 얘기였어요. 다음 날 아침 귀부인은 장군을 귀신에 홀린 바보라고 비웃었습니다. 장군이 화를 내며 대꾸하자 그녀는 그 사건과 그의 욕지거리까지 궁중에 소문내어 창피를 주겠노라고 을러 대었습니다. 장군이 그녀의 발치에 엎드려 입을 다물어 달라고 간청했고, 그녀는 무슨 일이 있어도 자신의 기분을 건드리지 않겠다는 약조를 그에게서 받아 내고 그의 청을 들어주었어요. 그리하여 그는 부인이 문장 수집품을 구경하다가 내버려 두었을 때, 부인의 개들이 달려들어 그 진귀한 소장품을 갖고 놀며 물어뜯는 경우에도 묵묵히 참을 수밖에 없었어요. 또한 그가 정해 놓은 일과의 쳇바퀴도 멈추어 버렸습니다. 부인이 그의 모든 시간의 흐름을 뒤바꾸어 놓았기 때문이었어요. 개들이 먼저 점심을 먹으려 들면 점심 식사 시간도 바뀌었지요. 또 그는 부인이 그에게 상당수의 어린 자고[2] 사냥개와 새끼 사냥개를 훈련시키라고 넘겨준 이후로 산책할 시간도 별로 없었습니다. 착한 하녀 우어줄라가 눈치를 보아 그에게 그래도 설득하고 거절도 하라고 부추기는 말을 해 주었습니다. 그렇지만 그는 당장 오늘 밤에라도 부인이 칠보 향수병에서 혼령을 불러낼세라 생각만 해도 지레 겁이 나서 하녀를 쫓아내었습니다. 장군은 싸우다가 물려 도망쳐 쫓기는 수탉처럼 정신적 공포감을 마음에 품고 있었습니다.

부인은 이런 약점을 잘 알고서 그의 공포감을 무기로 써서 그를 저택의 여러 안락한 방으로부터 다락방으로 내몰았습니다. 그리고 온갖 종의 개들로 구성된 그녀의 새로운 군체(群體)로 하여금 호화로운 방들을 차지하게 했습니다. 명예스런 지위에

---

2) 꿩과의, 메추라기와 비슷한 새

도 불구하고 그는 이런 치욕적인 상황에서 바깥세상으로 나설 용기가 없었습니다. 그러지 않아도 세인들 사이에 그녀의 분만의 비밀과 아이를 바꿔치기한 사실이 차츰 소문으로 퍼지면서, 부인은 바깥세상과 단절되어졌어요. 사정이 그랬던 만큼 그녀는 더더욱 아무런 방해도 받지 않고 온갖 종류의 동물들에게 애정을 쏟아부으면서 어느 누구도 그녀의 집 안으로 들어오는 것을 허용하지 않았습니다. 샹들리에의 밝은 빛이 덧창 틈새로 새어 나오는 저녁이면 호기심 많은 사람들이 창 앞에서 이 괴이한 축제를 엿듣고 엿보려고 창턱 가까이 오르기도 했던 모양입니다. 그러고 나서 자신들이 목격한 광경을 들려주었어요. 고급 요리들이 듬뿍 담긴 은식기들이 성대하게 차려진 여러 커다란 식탁에서 헤아릴 수 없는 개와 고양이가 식사를 하는 광경을 보았는데, 그때 부인이 교양 넘치는 프랑스어로 모두들 어서 먹으라고 권하고 있는 한편에서 장군은 애견이 자리 잡은 의자 뒤에서 접시를 하나 겨드랑이에 끼고 기다리고 서 있더라는 것이었습니다. 그들은 또한, 애견의 의자 뒤에서 남편이 들고 있는 접시가 억누르고 있는 분노로 부르르 떨리는 통에 그의 제복 단추들에 부딪쳐 금속성의 떨림음을 내고 있는 한편, 부인은 한 쌍의 개가 비단 식탁보에 새겨진 종가의 커다란 문장에 대고 더러운 앞발을 닦고 있는 모양을 보고 아주 귀여운 재롱이라고 즐겁게 웃었다는 얘기도 했어요. 그때 부인은 이렇게 얘기했답니다.

"지금 우리는 아주 기분이 좋아요. 내 카투쉬의 수호성인의 날에 맞는 당신의 시를 낭송해 줘요!"

밖에서 몰래 엿듣던 자가 이 말을 듣고 웃음을 터뜨리는 바람에 축제 전체가 파장이 났습니다. 부인은 소리를 쳤고, 개들이 짖어 대었고, 장군은 하인들을 밖으로 보내 살피게 했습니다. 구경꾼들은 모두 도망쳤습니다. 다음 날, 저택에는 높은 철창이 둘러쳐졌습니다. 그렇게 해서 어느 누구도 더 이상 그 같은 비밀스런 광경을 구경할 수 없게 되었습니다.

관점에 따라서 우연이었든 역사적이었든 이렇게 쳐진 철창과 함께 종손들에 관한 이야기도 끝을 맺습니다. 곧 혁명의 내전이 벌어지는 동안 이 도시는 다른 소위들과 장군들을 관찰하게 되는 기회를 맞이하게 되었습니다. 늙은이들은 도저히 함께 쫓아갈 수도 없을 정도로 혼란이 극에 달한 시기였지요. 그리하여 늙은이들은 눈에 띄지도 않게 죽어 갔습니다. 최소한 종손과 그의 부인, 그리고 부인의 개들은 그렇게 사라졌습니다. 물론 몇 차례 격렬한 사건을 치르고 난 후에. 그 사건 중의 하나는 보다 훌륭한 가문의 질서를 수립할 사명을 띠고 있다고 자각한 이방인 장교가 개들을 내쫓고, 노종손에게 가문의 주도권을 되돌려주려고 노력했던 일이었습니다. 그 후 도시는 이내 이방인들의 통치하에 놓이게 되었지요. 세습 종가는 보호 관리되었습니다. 유대인들은 좁은 골목으로부터 해방되었습니다. 그러나 유럽 대륙은 회부된 범죄자처럼 유폐되었어요. 그때 불법적인 통로로 많은 밀매 행위가 이루어졌지요. 바스티는 주어진 시기를 적절히 이용하여 염화암모니아 공장을 설립한다는 명목으로 새 정부의 인가를 받아 사멸된 종가 저택을 몇 푼 주지 않고 사들였습니다. 그리고 그 비용도 종가 저택 안의 그림 몇 점을 매각하여 완전히 충당했어요. 이렇게 해서 종가 저택은 이웃에게는 불편하지만 아주 실용적인 목적을 지니게 되었습니다. 봉건법 대신에 위임이 등장하게 된 것이지요.

●
황은미
옮김

가을의 마법
Die Zauberei im Herbste, 1808

요제프 폰 아이헨도르프
Joseph Freiherr von Eichendorff

요제프 폰 아이헨도르프
Joseph Freiherr von Eichendorff
1788-1857

프로이센 라티보르에서 태어났다. 루트비히 티크, 노발리스, 아르님, 브렌타노 등과 어울리며 문학 활동을 시작하여 1837년 첫 시집을 냈다. 향토색 짙은 서정시를 많이 남겨 '독일의 숲의 시인'이라고 불리고 있다. 하지만 이 책에 실린 「가을의 마법」은 자신의 세계에 침잠한 한 인간의 어두운 내면이 빚어 낸 환상을 마법적이고 몽환적인 분위기로 전개하다가 종국에 가서 극적인 반전을 통해 드러내 보이고 있다. 이 책에 실린 다른 작품인 「리버타스와 그녀의 청혼자들」은 독자를 깜빡 속여 넘기는 이야기 구성이 더없이 매력적인 이야기로, 동화적인 상상력과 풍자적인 위트가 잘 어울린 걸작이다. 이 외에 대표적인 소설로는 『어느 건달의 생활 Aus dem Leben eines Taugenichts』(1826)이 있다.

어느 맑은 가을날 저녁, 기사 우발도는 멀리 사냥을
나갔다 길을 잃고 숲이 우거진 외딴 산속을 말을 타고 달리고
있었다. 그때 그는 별난 행색의 한 남자가 산에서 내려오는 것
을 보았다. 그 남자는 우발도가 바싹 다가설 때까지 전혀 알아
차리지 못했다. 우발도는 그 낯선 남자가 유행이 한참 지나고
빛이 바래긴 했지만 제법 화려하게 장식된 짧은 상의를 입고
있는 것을 보고 의아하게 여겼다. 그의 얼굴은 잘생겼지만 창백
했고 수염이 덥수룩하게 자라 있었다.

　둘은 서로 놀라며 인사를 건넸고, 우발도는 불행히도 이 산
속에서 길을 잃었다고 말했다. 해는 이미 산 너머로 져 버렸고,
이곳은 민가로부터 멀리 떨어져 있었다. 낯선 남자는 우발도에
게, 내일 아침 일찍 이 산을 빠져나갈 유일한 길을 알려 줄 테니
오늘 밤은 자신의 집에서 묵으라고 권했다. 우발도는 흔쾌히 동

가을의 마법

의했고, 이제 그의 안내자가 된 낯선 남자를 따라 황량한 골짜기를 빠져나갔다.

그들은 곧 높은 절벽에 도착했는데, 그 밑부분에는 커다란 동굴이 뚫려 있었다. 그리고 동굴의 한가운데에는 십자가 상이 놓인 큰 돌이 하나 있었고, 그 맨 안쪽에는 마른 나뭇잎 침상이 깔려 있었다. 우발도가 동굴 입구에 말을 묶는 동안 집주인은 말없이 포도주와 빵을 가지고 왔다. 그들은 함께 앉았다. 낯선 남자의 옷차림이 은둔자에겐 좀처럼 어울리지 않는다고 여겼던 기사는 그에게 과거의 운명을 캐묻지 않을 수 없었다.

"내가 누구인지 알려고 하지 마시오."

단호하게 말하는 은둔자의 얼굴빛이 침울하고 무뚝뚝해졌다. 그렇지만 우발도가 젊은 시절에 겪었던 많은 항해와 명예로운 행적들을 얘기하기 시작하자, 그가 자신의 말을 열심히 경청하며 깊은 상념에 빠져드는 모습이 우발도의 눈에 띄었다. 마침내 피곤해진 우발도는 은둔자가 권하는 나뭇잎 침상에 몸을 쭉 펴고 이내 잠이 들었고, 그사이에 은신처의 주인은 동굴 입구에 앉아 있었다.

한밤중에 기사는 불안한 꿈을 꾸다가 놀라 깨어났다. 몸을 반쯤 일으켜 보니 동굴 밖에는 달빛이 고요한 산 주변을 환하게 비추고 있었다. 동굴 앞 공터의 흔들거리는 높은 나무 아래에서 집주인이 불안하게 서성거리는 모습도 보였다. 그러면서 그는 공허한 목소리로 노래를 부르고 있었는데, 그중 다음과 같은 몇 소절만 알아들을 수 있었다.

두려움이 나를 동굴 밖으로 몰아내는구나.
옛 노랫가락이 나를 사로잡는다.
달콤한 죄악이여, 나를 놓아 주려무나!
아니면 나를 완전히 내동댕이쳐 주려무나.
이 노래의 마법을 피해 대지의 품에 숨도록 해 다오!

주여! 나는 간절히 기도를 드리고 싶습니다.
하지만 당신과 나 사이에는 항상
속세의 상념들이 끼어듭니다.
그리고 사방 숲의 바람 소리가
내 영혼을 공포의 전율로 가득 채웁니다.
존엄하신 주여! 당신이 두렵습니다.

아! 그러니 나를 얽매고 있는 사슬도 풀어 주십시오!
당신께서는 모든 인간을 구하기 위하여
고통스러운 죽음의 길을 가셨는데,
아, 나는 지옥의 문턱에서 헤매면서
얼마나 빨리 길을 잃었는지요!

가을의 마녀

주여, 곤경 속의 나를 도와주십시오!

노래를 부르던 은둔자는 다시 침묵하고 돌 위에 앉아, 알아
듣기 어려운 기도문을 중얼거리는 것 같았다. 하지만 그 기도
는 오히려 뒤엉킨 마법의 주문처럼 들렸다. 근처 산속의 시냇물
이 졸졸 흐르는 소리와 전나무들이 조용히 살랑거리는 소리가
기도 소리와 함께 뒤섞여 기묘하게 들려왔다. 우발도는 잠에 못
이겨 다시 잠자리에 누웠다.

나무들 사이로 아침 첫 햇살이 비추자, 은둔자가 어느새 우
발도 앞에 나타나 은신처에서 나가는 길을 가르쳐 주었다. 우발
도는 기분 좋게 말 위에 올라탔고, 특별한 그의 안내자는 말없
이 그의 옆에서 걸어갔다. 그들은 곧 마지막 산봉우리에 다다랐
고, 그곳에서 갑자기 그들 발아래로 강과 마을, 그리고 성들이
있는 평지가 아름다운 아침 햇살을 받으며 환히 펼쳐졌다. 은둔
자도 깜짝 놀라는 것 같았다.

"아, 이 얼마나 아름다운 세상인가!"

그는 당황스런 목소리로 소리치며 두 손으로 얼굴을 가렸고,
그렇게 황급히 숲 속으로 되돌아갔다. 우발도는 머리를 가로저
으며, 이제는 자신의 성으로 통하는 낯익은 길로 접어들었다.

그렇지만 얼마 안 가 호기심이 그를 또다시 외딴 산속으로
몰아갔고, 몇 차례 애를 쓰다가 결국 그 동굴을 다시 찾아냈다.

하지만 이번에 은둔자는 어두운 표정으로 탐탁지 않게 그를 맞이하였다.

그날 밤에 은둔자가 불렀던 노래를 듣고 우발도는 그가 무거운 죄를 간절히 속죄하고자 한다는 것을 미루어 짐작할 수는 있었지만, 그 마음은 아무런 성과 없이 적과 싸움을 벌이고 있는 것처럼 보였다. 그의 거동에서는 믿음 깊은 사람이 지닌 밝은 확신을 조금도 찾아볼 수 없었기 때문이었다. 그들이 함께 앉아 대화할 때에도 종종 그의 이글거리는 눈빛에서는 잔뜩 억누른 세속적인 동경이 뿜어져 나왔고, 그럴 때 그의 표정은 묘하게 험악해지면서 완전히 딴 사람처럼 보였다.

이러한 점이 믿음 깊은 기사로 하여금 그 번뇌하고 있는 사람을 사심 없이 힘껏 보듬어 지켜 주기 위해, 더 자주 찾도록 마음을 움직였다. 그럼에도 불구하고 그 은둔자는 자신의 이름과 이전의 행적을 계속 비밀로 하였고 지난날에 대해 공포를 느끼는 것 같았다. 하지만 그는 기사가 찾아갈 때마다 눈에 띄게 평온을 되찾고 신뢰감을 더하게 되었다. 그랬다, 마침내 이 선량한 기사는 그의 마음을 움직여 자신의 성으로 데려갈 수 있게 되었다.

그들이 성에 도착했을 때는 이미 저녁이 되었다. 그래서 기사는 따뜻하게 벽난로 불을 지피고, 그가 가진 최고급 포도주를 가져왔다. 그 은둔자는 이곳에서 처음으로 안락함을 느끼는 것

가을의 마법

처럼 보였다. 그는 벽난로 불에 반사되어 반짝이는 벽에 걸린 검이며 다른 무기들을 주의 깊게 바라보고 나서, 다시금 기사를 한동안 말없이 쳐다보았다. 그러고는 "당신은 행복하군요"라고 입을 떼었다.

"당신의 당당하면서도 쾌활하며 사내다운 모습들이 참으로 왠지 가까이할 수 없이 존경스럽게 보였습니다. 당신은 행선지를 정확히 알면서 항해 중에 사이렌들의 매혹적인 노랫소리에 현혹되지 않는 선장에게 당신 자신을 의탁하고서, 고통과 기쁨에 얽매이지 않고 의연하게 당신의 삶을 다스리는 것처럼 보입니다. 당신 곁에 있으니 나 자신이 이따금씩 비겁한 바보나 미치광이처럼 여겨졌습니다. 인생에 도취해 있는 사람들이지요. 아, 그러다 문득 그 도취감이 가시면 얼마나 끔찍한지!"

손님의 이 비상한 행동을 놓치고 싶지 않았던 기사는 선의에서 그의 인생사를 털어놓아 달라고 졸랐다. 은둔자는 생각에 잠겼다가 입을 떼었다.

"내가 당신에게 말하는 것을 영원히 비밀로 지켜 준다고 약속하고, 사람들의 이름을 밝히지 않아도 된다면 얘기를 들려드리지요."

기사는 은둔자에게 손을 내밀어 기꺼이 그의 요구를 지키겠다고 약속하고는, 아내 역시 반드시 입을 다물게 하겠다는 보증을 하고 두 부부가 오랫동안 듣고 싶었던 이야기를 듣는 자리에 아내를 참석토록 했다.

그녀는 한 팔에 한 아이를 안고, 또 한 손으로는 다른 아이의 손을 잡고 들어왔다. 시들어 가는 젊음 속에서도 지는 해처럼 기품 있고 매우 아름다운 그 모습은 사랑스러운 아이들의 모습 속에 그 고유의 아름다움이 그대로 반영되어 있었다. 낯선 남자는 그녀를 보자 어찌할 바를 몰랐다. 그는 정신을 차리기 위해 창문을 열어젖히고 잠시 한밤중의 숲을 내다보았다. 그런 후에 그는 가라앉은 마음으로 그들에게 다시 다가갔고, 그들 모두 불타오르는 벽난로 가까이 옮겨 앉자 그가 이야기를 시작했다.

"가을 햇볕이 나의 성 주변의 골짜기를 뒤덮은 안개를 형형색색으로 따스하게 비추며 떠올랐습니다. 음악이 그치고, 파티가 끝나고, 흥에 겨운 손님들은 사방으로 흩어져 갔습니다. 그건 나의 가장 사랑하는 친구에게 내가 해 준 이별의 파티였지요. 그 친구는 바로 그날 기독교의 대원정군이 약속의 땅을 정복하는 것을 지원하기 위해 그의 지원 부대와 더불어 십자군에 합류하도록 되어 있었습니다. 십자군 원정은 우리들이 아주 어렸을 때부터 유일한 희망이었고 꿈을 실은 목표였지요. 지금도 나는 곧잘 이루 표현할 수 없는 비애에 젖어 그 시절의 고요한 아침 시간으로 되돌아가곤 합니다. 그때 우리는 나의 성의 암벽 위에 서 있던 키 큰 보리수나무 아래 앉아 생각에 잠긴 채 고트프리트와 다른 영웅들이 빛나는 명예 속에 살면서 투쟁했던 저

축복받은 경이로운 땅을 향해 흘러가는 구름을 바라보았습니다. 하지만 내 마음속의 모든 것이 얼마나 돌변했는지요!

나를 산속의 이 적막한 우리 속에 가둬 놓게 만든 것은 꽃처럼 아름다운 한 여인이었습니다. 그 여인은 그 사실을 알지도 못했고, 나는 그녀를 몇 차례밖에 보지 못했지만 첫눈에 억누를 수 없는 사랑에 빠진 겁니다. 그때 나는 원정대에 나갈 수 있을 정도로 충분히 힘이 세었지만, 나는 그녀 곁을 떠날 수 없어서 친구만 떠나게 한 겁니다.

그녀도 파티 때 있었지요. 나는 그녀의 아름다움에서 뿜어져 나오는 광채 속에 행복하게 빠져 있었습니다. 다음 날 아침 그녀가 자신의 성으로 돌아가려고 말 위에 올라타는 것을 도와주었을 때, 그때야 나는 용기를 내어 오로지 그녀 때문에 내가 출정을 포기했다는 것을 그녀에게 털어놓았습니다. 그녀는 그 말에 대해 아무 말도 안 했지만, 마치 놀란 듯이 눈을 커다랗게 뜨고 나를 바라보더니 재빨리 말을 타고 떠났습니다."

이 말을 듣자 기사와 부인은 눈에 띄게 깜짝 놀라며 마주 보았다. 하지만 낯선 남자는 그것을 알아차리지 못하고 이야기를 계속했다.

"모두들 다 가 버렸습니다. 높은 아치형 창문 사이로 내리쬐는 태양만이 내 고독한 발소리만 메아리치는 그 텅 빈 거실 안을 비추고 있었어요. 한참 동안 나는 창밖으로 몸을 내밀고 있었고, 저 아래 고요한 숲 속에서는 몇몇의 나무꾼들의 나무 패는 소리가 위쪽으로 울려 퍼졌습니다. 이루 말할 수 없는 그리움이 나의 고독한 마음을 사로잡았고, 더 이상 견딜 수 없었던 나는 억눌린 마음을 풀기 위해 날렵하게 말 위에 올라타 사냥길에 올랐습니다.

한참을 이리저리 헤매던 나는 놀랍게도 이제까지 한 번도 들어 본 적도, 머문 적도 없는 깊은 산속에 있었어요. 나는 생각에 잠긴 채 나의 매를 손 위에 얹고 말을 타고 아름다운 황야로 내달렸습니다. 그곳에는 저물어 가는 태양빛이 드리워져 있었고, 가을철 방직물들이 너울처럼 맑고 푸른 하늘을 가르며 펄럭이고 있었지요. 그리고 저 멀리 산꼭대기에서는 철 따라 이동하는 새들의 이별 노래가 맴돌고 있었습니다.

그때 갑자기 나는 산에서 조금 떨어진 곳에서 서로 대답을 주고받는 것 같은 여러 가지 호른의 선율을 들었습니다. 그리고 이 중 몇몇은 노랫가락과 함께 들려왔습니다. 이전에는 단 한 번도 이러한 선율의 노래가 나의 이 타는 듯한 그리움을 채운 적이 없었는데 오늘은 마치 바람이 선율 사이로 실어 온 것처럼 몇 구절의 노랫가락이 내 머릿속을 스치고 지나갔습니다.

울긋불긋한 지평선 위로
새들이 높게 날아가네.

생각은 갈피를 잡지 못하고 배회하며
아! 쉴 곳을 찾지 못하네.
호른의 어둡고 구슬픈 선율만이
쓸쓸히 그대의 심장을 건드려 온다.

숲 위로 아득히 솟은
푸른 산자락을 그대는 보고 있는가?
고요한 대지의 시내들이
졸졸 소리를 내며 멀리 흐르는 것을 보는가?
구름, 시냇물, 새들
이 모든 것들이 함께 흥겹게 아래로 움직이는구나.

내 금빛 곱슬머리가 물결치고
내 젊은 육신은 아직 감미롭게 꽃피고 있지만
곧 아름다움도 져 버리겠지.
여름의 햇살이 사라지듯이
젊음은 꽃들을 기울이게 하고,
호른 소리는 사방의 만물을 잠잠하게 한다.

호른의 울림은 그대를
얼싸안을 날씬한 팔,

감미로운 키스를 할 붉은 입술,

따뜻하고 하얀 가슴,

풍만한 사랑의 인사를 베푼다.

사랑하는 이여! 호른의 선율이 사라지기 전에 오라!

온 심장을 파고드는 그 선율을 듣고 나는 혼란스러워졌습니다. 그 소리가 높아지자 나의 매는 무서워하며 사납게 꿱 소리를 지르며 높이 날아올라 사라지더니 다시 돌아오지 않았습니다. 그러나 나는 유혹을 이기지 못하고 그 매혹적인 호른의 노랫가락을 계속 쫓아갔어요. 그 소리는 때로는 먼 곳에서 울려오는 듯하다가 바람을 타고 아주 가깝게 커지면서 정신을 혼미하게 했습니다.

마침내 숲에서 빠져나오자 내 앞 산정에서 반짝이고 있는 성채 하나가 보였습니다. 산꼭대기에서 숲에 이르기까지 성 주변에는 형형색색의 아름다운 정원이 환하게 빛나고 있었어요. 그 정원은 마치 마법의 반지처럼 성을 에워싸고 있었지요. 다른 어떤 곳보다도 가을의 기운이 역력한 그곳 정원에는 모든 나무와 관목들이 보랏빛, 황금빛 그리고 붉은빛으로 불타오르고 있었어요. 늦여름에 마지막 빛을 발하는 별 모양의 키 큰 과꽃이 온갖 색깔을 어슴푸레 발하고 있었습니다. 마침 석양이 평화로운 언덕과 분수 그리고 성의 창문에 햇살을 던지고 있어, 그 모든 것들이 눈부시게 반짝이고 있었습니다.

그제야 나는 조금 전에 들었던 호른의 선율이 이 정원에서부터 울려 퍼졌다는 것을 알아차렸습니다. 그리고 빛나는 정원 한가운데 야생의 포도 넝쿨 아래에서 나는 보았습니다. 놀랍게도 내 온 생각을 사로잡고 있는 바로 그 여인이 호른의 선율에 에워싸여 노래를 부르며 거닐고 있지 않겠습니까? 그녀는 나를 보자 노래를 멈추었습니다. 하지만 호른은 계속 울리고 있었지요. 비단옷을 입은 예쁜 사내아이들이 서둘러 아래로 내려와 내가 타고 온 말을 받아 주었습니다.

나는 우아하게 도금된 격자문을 통해 나의 사랑하는 여인이 서 있는 정원 테라스로 달려갔어요. 그리고 나는 그녀의 아름다움에 압도되어 그녀의 발치에 주저앉고 말았지요. 그녀는 자줏빛 옷을 입고, 가을날 공중에 걸린 거미줄처럼 투명한 긴 베일을 쓰고 금빛 곱슬머리를 나부끼고 있었고, 이마 위로는 화려한 별 모양의 반짝이는 보석들이 장식되어 있었어요.

그녀는 다정하게 나를 일으켜 세우며, 사랑과 고통으로 가슴이 미어지는 것 같은 목소리로 말했습니다.

'불행한 청년이여, 내가 당신을 얼마나 사랑하는지! 이미 오래전부터 나는 당신을 사랑하고 있었어요. 가을이 비밀스러운 축제를 시작할 때면, 해가 갈수록 누를 수 없이 새로운 갈망이 깨어나곤 한답니다. 불행한 당신! 당신은 어쩌다가 나의 선율

의 파장 안으로 들어오게 되었나요? 나를 버리고 멀리 가 버리세요!'

이 말을 듣자 나는 전율을 느끼고, 그녀에게 좀 더 자세히 이야기해 달라고 간청했습니다. 하지만 그녀는 아무 대답도 하지 않았고, 우리는 말없이 나란히 정원을 가로질러 갔습니다.

그사이 날이 어두워졌습니다. 그러자 그녀의 표정은 진지하게 변했습니다.

'자, 이제 당신이 알아야 될 것이 있어요.'

그녀가 말했습니다. '오늘 당신이 떠나보낸 당신의 친구는 배신자예요. 난 강제로 그와 약혼한 그의 약혼녀예요. 그는 지나친 질투심으로 인해 당신에게 자신의 애인을 비밀로 해 왔어요. 그는 팔레스타인으로 떠나지 않았어요. 그는 나를 데리러 내일 올 거예요. 세상 사람들의 눈을 피해 나를 외딴섬에 영원히 감춰 두려고 올 거예요. 나는 이제 가야 해요. 그가 죽지 않는 한, 우리는 결코 다시 볼 수 없어요.'

이 말을 하며 그녀는 내 입술에 키스를 하고 어두운 길로 사라졌습니다. 떠나가는 길에 그녀의 별 모양 보석 중 하나가 내 두 눈에 차갑게 번쩍였고, 그녀의 키스가 참을 수 없는 욕정으로 내 온몸에 불길을 지폈습니다.

그때 나는 소스라치게 놀라면서 그녀가 헤어지면서 내 건강한 핏속에 독처럼 던진 끔찍한 말을 곰곰이 생각했습니다. 그리

고 오랫동안 생각에 잠긴 채 황량한 오솔길을 헤매 다니다 피
곤에 지쳐 성문 앞 돌계단 위에 쓰러졌지요. 호른 소리가 여전
히 울려 퍼지고 있었고, 나는 기묘한 생각에 빠져 잠들어 버렸
습니다.

눈을 떴을 때는 날이 훤히 밝아 있었습니다. 성의 모든 문과
창문은 굳게 잠겨 있었고, 정원과 주변은 모두 고요했습니다.
이런 적막 속에서 사랑하는 여인의 모습과 간밤의 꿈과도 같은
일들이 다시 떠오른 아침 빛깔과 함께 내 마음속에서 깨어났고,
다시 사랑받고 있다는 엄청난 행복감을 느꼈습니다. 물론 이따
금씩 그녀의 무시무시한 말들이 다시 떠오를 때면 그곳에서 멀
리 도망가고 싶은 충동에 사로잡혔지만, 내 입술에는 여전히 뜨
거운 키스의 여운이 남아 있었기에 나는 떠날 수 없었습니다.

여름이 다시 되돌아오려는 듯이 후덥지근한 바람이 불어왔
습니다. 그래서 나는 꿈을 꾸듯이 사냥으로 기분 전환을 하기
위해 근처 숲 속을 배회했습니다. 그러다가 나무 꼭대기에서 난
생처음 보는 아름다운 깃털을 가진 새 한 마리를 보았습니다.
새를 쏘아 맞추기 위해 활을 당기자 새는 재빨리 다른 나무로
날아갔습니다. 나는 안달이 나서 새를 쫓아갔지만, 아름다운 새
는 햇빛 속에서 매혹적으로 금빛 날갯짓을 하며 눈앞의 이 나
무에서 저 나무로 연방 날아갔습니다.

그러다가 나는 높은 절벽으로 둘러싸인 한 협곡에 이르게 되

었습니다. 그곳에는 바람 한 점 불어 들어오지 않고, 만물이 여름날처럼 여전히 푸르고 꽃이 만발해 있었습니다. 그 계곡 한가운데에서 신비한 노랫가락이 울려 퍼졌습니다. 나는 깜짝 놀라내 앞을 가리고 있는 빽빽한 덤불을 헤쳐 보았습니다. 그리고눈앞에 펼쳐진 마법에 매혹되어 두 눈을 감고 말았습니다.

사방으로 담쟁이 넝쿨과 희귀한 갈대들이 울창하게 휘감겨올라간 높은 절벽 틈 한가운데 고요한 연못이 하나 있었습니다.그리고 그 연못 물속에서 여러 명의 처녀들이 아름다운 자태를띄웠다 잠겼다 하면서 노래를 부르고 있었어요. 그런데 다른 처녀들 위로 그녀가 눈부시게 빛나는 나신으로 우뚝 솟아 있는것이 아니겠습니까? 다른 처녀들이 노래를 부르는 동안, 그녀는 마치 호면에 비친 자신의 아름다운 영상에 취한 듯이 말없이 자신의 발목을 애무하는 물결을 들여다보고 있었습니다. 나는 격정적인 전율을 느끼며 한동안 옴짝달싹할 수 없었어요. 그때 아름다운 처녀들이 뭍으로 나왔고, 나는 들키지 않으려고 서둘러 자리를 떴습니다.

나는 내 마음을 뒤흔들어 놓은 불꽃을 식히기 위해 울창한숲 속으로 달려갔습니다. 하지만 멀리 달아날수록 젊은 여인들의 자태가 아른거려 나를 더 애타게 만들었습니다.

숲 속에 다시 밤이 찾아들었습니다. 하늘이 온통 어둡게 변했고 거친 폭풍우가 산 위를 뒤덮었습니다.

가을의 마법

'그가 죽지 않는 한 우리는 다시 볼 수 없어!'

나는 마음속으로 계속 소리치면서 유령에 쫓기는 것처럼 달렸습니다.

이때 이따금씩 숲 속에서 말발굽 소리가 들리는 것 같았습니다. 나는 사람들을 만나는 것이 두려웠기 때문에 소리가 가까워질 때마다 그 소리로부터 도망쳤습니다. 나는 자주 언덕 위에 올라가 멀리 서서 나의 사랑하는 여인의 성을 바라보았어요. 호른은 어제저녁처럼 다시 노래하고 있었고, 창문마다 촛불이 온화한 달빛처럼 새어 나와 주변의 나무와 꽃들을 오묘하게 비추고 있었습니다. 그 바깥 지역은 온통 폭풍우와 암흑이 뒤섞여 사납게 싸우고 있는데 말입니다.

마침내 나는 정신없이 절벽으로 올라갔습니다. 절벽 밑으로는 쏴쏴 소리를 내며 계곡 물이 흐르고 있었어요. 절벽 꼭대기에 도달했을 때, 석상처럼 꼼짝 않고 바위 위에 앉아 있는 한 어두운 형체가 보였습니다. 때마침 하늘의 구름이 흩어졌습니다. 순식간에 새빨간 달이 떴고, 나는 나의 사랑하는 여인의 약혼자인 내 친구를 알아보았습니다.

그는 나를 알아보자마자 전율을 느낄 정도로 순식간에 벌떡 일어나 칼을 잡았습니다. 나는 미친 듯이 그에게 달려들었습니다. 그렇게 우리는 얼마 동안 싸움을 하다가, 마침내 내가 그를 절벽 아래 낭떠러지로 던져 버렸습니다.

그러자 저 아래 계곡과 사방이 고요해졌습니다. 저 아래 강물만이 점점 더 요란하게 흐르고 있었습니다. 마치 이전의 내 모든 삶이 그 소용돌이치는 파랑 가운데 묻히고 모든 것이 끝날 것처럼 말입니다.

그러고 나서 나는 그 소름 끼치는 장소를 허겁지겁 떠났습니다. 그때 나무 꼭대기에서 커다랗고 기분 나쁜 웃음소리가 내 등 뒤로 울려 오는 듯싶었습니다. 동시에 정신이 혼란한 가운데 나는 조금 전에 내가 쫓아갔던 새를 내 머리 위의 나뭇가지에서 본 듯싶었습니다. 그렇게 쫓기듯 불안에 떨며 반쯤 이성을 잃은 채 나는 황야를 가로질러 정원 담을 넘어 그 여인의 성으로 달려갔습니다. 나는 온 힘을 다해 닫힌 성문의 경첩을 잡아당겼습니다.

'문 열어요. 내가 나의 가장 친한 친구를 죽였단 말이오! 이제 당신은 이승에서든 저승에서든 내 사람이오!'

나는 이성을 잃고 소리쳤습니다.

그러자 성문이 활짝 열렸습니다. 이전에 보았을 때보다 더 아름다운 모습의 그 여인이 폭풍우에 시달리고 찢긴 내 가슴에 열정적으로 키스하며 안겼습니다.

화려한 방들, 이국적인 꽃과 나무의 향기, 그 사이로 노래하며 내다보던 아름다운 여인들, 빛과 음악의 물결, 그 여인의 품 안에서 이루 말할 수 없이 몰려오던 욕정에 관해서는 더 말할

가을의 마법

것도 없습니다."

그때 갑자기 낯선 남자가 자리에서 벌떡 일어났다. 성의 창문으로 지나가는 기이한 노랫소리가 밖에서 들려왔기 때문이었다. 불과 몇 소절밖에 되지 않는 노랫가락이었는데, 때로는 사람이 부르는 소리 같기도 하고, 때로는 고음의 클라리넷 소리처럼도 들렸다. 마치 아득한 산 너머에서 바람에 실려 오는 듯한 그 소리는 온 마음을 사로잡았다가 순식간에 사라졌다.

"안심하세요."

기사가 말했다. "우리는 저 소리에 오랫동안 길들어 있답니다. 근처 숲 속에 마법사가 산다고 하는데, 가을철 밤이면 종종 이러한 선율이 우리 성까지 스쳐 지나가요. 평소처럼 오늘도 빠르게 지나가네요. 우리는 더 이상 이 노랫소리에 신경 쓰지 않아요."

하지만 기사의 마음속에는 그가 단지 애써서 억제하고 있을 뿐, 커다란 동요가 일어나는 것 같았다. 바깥에서는 선율이 어느새 사라져 버렸다. 낯선 남자는 정신이 나간 것처럼 깊은 생각에 빠진 채 앉아 있었다. 한참을 쉰 후에야 그는 생각을 다시 가다듬고, 아까처럼 침착하지는 않아도 이야기를 계속 이어 갔다.

"이제 마침내 가을도 모든 초원에서 작별을 고하려 하고 있었습니다. 성 밖의 그런 풍경을 볼 때 그녀의 아름다운 모습에도 알 수 없는 비애가 드리워지는 것을 나는 눈치챘습니다. 그래도 하룻밤 깊이 잘 자고 나면 만사가 회복되었습니다. 아침이 되면 그녀의 아름다운 얼굴, 정원, 주변의 모든 것이 새로 태어 난 듯 다시 생기를 찾았습니다.

다만 언젠가 내가 그녀와 함께 창가에 서 있었는데, 그때 그 녀는 평소보다 말이 없고 슬픈 모습이었습니다. 바깥 정원에서 는 낙엽이 겨울바람에 흩날리고 있었습니다. 완전히 빛 바랜 풍 경을 보면서 그녀가 남몰래 곧잘 전율하는 것을 나는 알아챘 습니다. 그녀와 함께 있던 다른 여인들은 우리를 떠났고, 그 날 은 흐른 소리도 아주 먼 곳에서 들려오다가 완전히 사라졌습니 다. 사랑하는 그녀의 눈은 광채를 잃고 꺼져 가는 것 같았습니 다. 산 너머로 해가 막 지면서, 석양빛이 정원과 골짜기 주변을 비추고 있었습니다. 그때 그 여인은 두 팔로 나를 감싸 안으며 묘한 노래를 부르기 시작했어요. 전에는 그녀가 부르는 것을 한 번도 본 적이 없는 끝없이 비애에 찬 화음이 온 집 안에 울려 퍼 졌습니다. 나는 노랫소리에 매혹되어 귀를 기울였습니다. 그 선 율은 지고 있는 저녁노을과 함께 나를 서서히 아래로 끌어내리 는 것 같았지요. 뜻하지도 않았는데 눈이 감겼고, 나는 꿈속으 로 빠져들었습니다.

깨어났을 때는 밤이 되었고 성안은 고요했습니다. 달빛이 환 히 빛나고 있었습니다. 사랑하는 내 여인은 내 곁 비단 침대 위 에 누워 있었어요. 나는 깜짝 놀라 그녀를 바라보았습니다. 그녀는 시체처럼 창백했고, 곱슬머리는 바람을 맞은 듯이 엉클어져 얼굴과 가슴 주변에 흘러내려 있었습니다. 다른 모든 것들은 내가 잠들 때 있던 그대로 놓여 있었습니다. 하지만 까마득하게 시간이 흐른 듯한 느낌이었어요. 나는 열려 있는 창문 쪽으로 다가섰습니다. 바깥 주변 풍경이 평소에 보던 것과는 전혀 달라 보였습니다.

나무들이 이상하게 쏴쏴 소리를 냈습니다. 그때 나는 성의 담장 아래에서 두 명의 남자가 서 있는 것을 보았습니다. 그들은 수상하게 중얼거리고 무언가 의논을 하면서 마치 직조를 하듯이 몸을 굽히고 똑같은 동작으로 이리저리 움직였어요. 그들이 내 이름을 자주 거론하는 것만 들었을 뿐, 무슨 소리인지는 알아들을 수 없었습니다. 다시 몸을 돌려 달빛을 환히 받고 있는 그녀의 모습을 바라보았습니다. 아름답지만 죽은 듯 싸늘하고, 움직임이 없는 석상을 보는 것 같았습니다. 그녀의 경직된 가슴에서는 마치 바실리스크 도마뱀[1]의 눈알처럼 보석이 하나 반짝였고, 그녀의 입은 이상하게 일그러져 보였습니다.

평생 처음 느껴 보는 공포감이 나를 엄습했습니다. 나는 허겁지겁 모든 빛이 꺼져 버린 황량하고 텅 빈 홀을 가로질러 도망쳤습니다. 성 밖으로 나오자, 얼마 떨어진 곳에서 낯선 남자

---

1) 사람을 노려봄으로써 죽인다고 하는 전설적인 뱀

두 명이 별안간 하던 일을 멈추고 입상처럼 굳어 있는 것이 보였습니다. 저 산 아래 옆쪽으로는 외딴 연못가에서 눈처럼 흰 옷을 입은 여러 명의 여인들이 보였습니다. 여인들은 아름답게 노래를 부르며 초원 위에 진기한 천들을 펴서 달빛에 말리는 일에 몰두해 있는 것 같았어요. 그런 광경과 노랫소리가 나의 공포감을 더욱 부추겼습니다. 그래서 무작정 정원 담을 넘어 도망쳤습니다. 내 머리 위로는 구름이 쏜살같이 지나갔고, 등 뒤로는 나무들이 쏴쏴 소리를 냈습니다. 나는 숨 가쁘게 계속 달아났습니다.

밤은 점차 고요하고 따뜻해졌고, 나이팅게일이 덤불 속에서 퍼덕거렸습니다. 산 아래 저 멀리에서 사람들의 목소리가 들려왔습니다. 그러자 오랫동안 잊혀졌던 옛 기억들이 몽롱하게 타버린 내 가슴속에 되살아났어요. 그러는 동안 내 눈앞에는 찬란한 봄의 아침노을이 산 위로 솟아올랐습니다.

'이것은 뭐지? 도대체 나는 어디에 있는 것인가?'

나는 놀라 소리쳤습니다. 나에게 무슨 일이 일어났는지 알 수가 없었습니다.

'가을과 겨울이 지나가고, 세상에 봄이 다시 찾아왔구나. 오, 맙소사! 그렇게 오랫동안 나는 어디에 있었단 말인가?'

그렇게 나는 마침내 마지막 산봉우리에 이르렀습니다. 태양이 찬란하게 떠올랐습니다. 황홀한 빛이 대지 위로 흐르고, 강물과 성채들이 반짝였고, 사람들은 아, 예나 다름없이 조용하고 즐겁게 일상의 일들을 하고 있었고, 많은 종달새들이 하늘 높이 날며 환호했습니다. 나는 털썩 주저앉아 잃어버린 나의 삶이 슬퍼 흐느껴 울었습니다.

그 모든 일들이 어떻게 일어났는지 나는 알 수가 없었고, 지금도 알 수가 없습니다. 하지만 무절제한 욕망과 죄악으로 가득한 이 가슴으로는 밝고 죄 없는 세상으로 뛰어들고 싶지 않았습니다. 외딴 곳에 숨어 하늘에 용서를 구하고 사람들이 사는 곳을 다시는 보지 않으려고 했지요. 나의 모든 잘못, 그리고 나 자신이 너무나 분명히 의식했던 지난날의 그 유일한 과오를 뜨거운 참회의 눈물로 씻어 버릴 수 있을 때까지는 말입니다.

당신이 동굴에서 나를 처음 만났을 때, 나는 일 년 동안 그렇게 살고 있었습니다. 불안에 떠는 나의 가슴에서는 곧잘 열렬한 기도가 나왔지요. 때로는 이제 극복되었구나, 신의 용서를 받았구나 하는 망상을 하기도 했습니다. 그렇지만 그건 아주 드문 순간의 행복한 착각에 불과했을 뿐, 모든 것은 다시 금방 지나가 버렸습니다. 그리고 이제 가을이 또다시 산과 계곡 위로 현란한 빛깔의 그물을 펼쳤을 때, 귀에 익은 그 몇 가닥 선율들이 다시금 숲으로부터 울려와 고독한 내 마음속으로 파고들었습니다. 내 마음속의 이두운 음성은 그 선율에 메아리치며 응답했습니다. 그리고 청명한 일요일 아침 아득히 멀리 있는 대성당의 종소리가 산 너머로 내 귓가에 들려오면, 나는 여전히 마음 깊이 소스라치게 놀라곤 했습니다. 그 종소리는 어린 시절의 옛 천국을 내 마음속에서 찾으려는 것처럼 울려왔습니다. 사실 그 천국은 내 마음에서 사라져 버렸는데 말입니다. 보십시오. 이 것은 인간의 마음속에 있는 경이롭고 어두운 생각의 왕국이랍 니다. 이 왕국 깊은 곳에서는 수정과 루비, 온갖 심연의 화석화 된 꽃들이 반짝이며 전율스러운 추파를 던지며 올려다봅니다. 그 사이로는 마법의 선율들이 바람결에 실려 옵니다. 어디서 와 서 어디로 가는지도 모를 그런 선율입니다. 세속의 아름다움이 밖에서 안으로 희미하게 새어 들어오고, 보이지 않는 샘물이 유 혹하며 구슬프게 계속 소리 내며 흐르고, 당신을 영원히 아래로 끌어내리는 겁니다. 아래로!"

"불쌍한 라이문트!"

꿈을 꾸듯 이야기 속에 빠져 있는 낯선 남자를 오랫동안 진 심으로 동정하며 바라보던 기사가 소리쳤다.

"아니 이럴 수가, 내 이름을 알다니. 당신은 누구죠!"

낯선 남자는 소리치며 벼락을 맞은 것처럼 벌떡 일어났다.

"맙소사!"

기사는 대꾸하고는 진심 어린 애정으로, 떨고 있는 낯선 남 자를 품에 안았다. "정말로 자네는 우리를 못 알아보겠나? 나는 자네의 변함없는 옛 전우 우발도라네. 그리고 저긴 자네가 짝사

가을의 마법

랑했던 베르타라고. 자네 성에서 송별연이 끝나고 그녀를 말 위에 올려 주지 않았나. 그때 이후 세월과 변화무쌍한 삶이 우리의 생기발랄했던 모습을 희미하게 지워 버렸네. 그래서 나는 자네가 이야기를 시작했을 때야 비로소 자네를 다시 알아보았네. 그런데 나는 자네가 말한 그 장소에는 간 적도 없고, 자네와 절벽 위에서 싸운 적도 없네. 송별연이 끝난 직후 나는 바로 팔레스타인으로 갔고, 그곳에서 여러 해 동안 참전했지. 그리고 저 아름다운 베르타는 내가 돌아온 후에 나의 아내가 되었다네. 베르타도 송별연 후에는 자네를 다시 만난 적이 없어. 자네가 말한 모든 것은 온통 환상일 뿐이야. 불쌍한 라이문트, 가을이 되면 새롭게 깨어나 자네를 빠져들게 하는 사악한 마법이 여러 해 동안 거짓 놀음으로 자네를 현혹시켰던 걸세. 자네는 의식하지도 못한 채 몇 달을 며칠처럼 허송한 걸세. 내가 팔레스타인에서 돌아왔을 때 자네가 어디로 갔는지 아무도 모르더군. 우리는 자네를 오래전에 잃었다고 믿었네."

우발도는 기쁨에 찬 나머지 자신의 친구가 자신의 말 한마디 한마디에 점점 더 격렬하게 몸을 떨고 있다는 것을 알아차리지 못했다. 그는 푹 꺼지고 멍하게 뜬 눈으로 둘을 번갈아 바라보았다. 그리고 갑자기 친구와 그가 사랑하던 여인을 알아보았다. 세월이 흘러 꽃다움은 가셨지만 마음을 움직이게 하는 그녀의 자태 위로 벽난로의 불꽃이 하늘거리며 반짝이는 빛을 비추고 있었다.

"그래, 잃어버렸네. 모든 것을 잃었어!"

그는 마음 밑바닥부터 소리치며 우발도의 팔을 뿌리치고 쏜살같이 성에서 나가 어두운 숲 속으로 내달렸다.

"그래, 잃었어. 내 사랑과 내 모든 삶은 오랜 기만이었어!"

그는 계속해서 혼잣말을 하며 우발도의 성안의 불빛이 그의 등 뒤에서 사라질 때까지 달렸다. 그리고 거의 무의식적으로 자신의 성 쪽으로 방향을 돌렸다. 성에 도착하자 태양이 떠올랐다.

그가 여러 해 전에 이 성을 떠날 때처럼 또다시 쾌청한 가을 아침이었다. 그 시절에 대한 기억과 잃어버린 젊음의 광채와 명예에 대한 고통이 불현듯 그의 온 마음을 사로잡았다. 돌로 된 성 안뜰의 키 큰 보리수나무는 여전히 살랑거리는 소리를 내고 있었지만 마당과 성 전체는 텅 비어 있었고 황량했다. 깨진 아치형 창문들을 통해 바람이 도처에 스며들고 있었다.

그는 정원으로 나갔다. 정원도 황량하고 폐허가 되어 있었고, 단지 철 늦은 몇몇 꽃들만 누런 잔디 여기저기에 희미한 빛을 발하고 있었다. 한 키가 큰 꽃 위로 새 한 마리가 앉아 끝없는 동경으로 가슴을 채우는 신비한 노래를 부르고 있었다. 그것은 그가 어제저녁 우발도의 성에서 이야기를 들려주는 동안 들었던 것과 같은 선율이었다.

그는 깜짝 놀라 마법의 숲에서 온 아름다운 황금빛 새를 다시 알아보았다. 하지만 노래가 이어지는 동안 그의 뒤에 있는 성의 높다란 아치형 창문에서는 한 키 큰 남자가 조용히, 창백하게, 그리고 피투성이가 되어 밖을 내다보고 있었다. 이것은 실제 우발도의 모습이었다.

깜짝 놀란 라이문트는 말없이 서 있는 형상의 얼굴에서 등을 돌려, 자신 앞에 놓여 있는 청명한 아침 빛을 내려다보았다. 그때 갑자기 그 신비의 여인이 아름다운 모습으로 날렵하게 말 위에 올라타며 싱그러운 젊음의 미소를 띠고 순식간에 지나쳐 갔다. 그녀 뒤로는 은빛의 거미줄이 나부꼈고, 그녀의 이마에 있는 별 모양의 보석은 초록빛이 감도는 황금빛을 길게 숲 위로 남겼다.

정신이 온통 혼란스러워진 라이문트는 정원을 빠져나와 그 아름다운 자태를 황급히 쫓아갔다. 그가 가고 있는 길 앞으로 새의 신비스러운 노랫소리가 계속 들렸다. 그리고 멀리 계속 걸어갈수록 그 노랫소리는 야릇하게도 예전에 그를 유혹했던 호른의 소리로 변해 갔다.

나의 금빛 곱슬머리는 물결치고
달콤한 나의 젊은 육체는 아직 한창이네.

노랫소리는 중간중간 끊어졌다가 다시 멀리서 메아리쳐 왔다.

562

고요한 대지의 시내들은
졸졸 소리를 내며 멀리 흘러가네.

그의 성과 산, 그리고 온 세상이 그의 등 뒤에서 희미하게 사라져 갔다.

호른의 선율이 그대에게
풍요롭고 충만한 사랑의 인사를 하네.
오라. 아, 오라! 호른의 선율이 사라지기 전에!

호른의 노랫소리가 다시 메아리쳤다. 가엾은 라이문트는 망상에 빠져 그 선율을 따라 숲 속으로 들어갔고, 그를 다시는 볼 수 없게 되었다.

●
이진금
옮김

리버타스와
그녀의 청혼자들
Libertas und ihre Freier, 1849

요제프 폰 아이헨도르프
Joseph Freiherr von Eichendorff

요제프 폰 아이헨도르프
Joseph Freiherr von Eichendorff
1788-1857

프로이센 라티보르에서 태어났다. 루트비히 티
크, 노발리스, 아르님, 브렌타노 등과 어울리며
문학 활동을 시작하여 1837년 첫 시집을 냈다.
향토색 짙은 서정시를 많이 남겨 '독일의 숲의
시인'이라고 불리고 있다. 하지만 이 책에 실린
「가을의 마법」은 자신의 세계에 침잠한 한 인
간의 어두운 내면이 빚어 낸 환상을 마법적이
고 몽환적인 분위기로 전개하다가 중국에 가
서 극적인 반전을 통해 드러내 보이고 있다. 이
책에 실린 다른 작품인 「리버타스와 그녀의 청
혼자들」은 독자를 깜빡 속여 넘기는 이야기 구
성이 더없이 매력적인 이야기로, 동화적인 상
상력과 풍자적인 위트가 잘 어울린 걸작이다.
이 외에 대표적인 소설로는 『어느 건달의 생활
Aus dem Leben eines Taugenichts』(1826)이 있다.

옛날 독일에 바람과 비로 인해 장식들이 이미 많이 떨어져 나간 굵은 교각과 아치문 그리고 작은 탑이 있는 성이 한 채 있었습니다. 숲의 한가운데 자리한 이 성은 그 안에 누가 사는지 알지 못했기 때문에 온 지역에 나쁜 소문이 퍼져 있었지요. 성안에는 정말 아무도 살지 않는 것 같았습니다. 그렇지 않다면 가끔이라도 창문 밖으로 누군가가 보였을 테니까요. 그렇다고 아무도 없는 것도 아니었습니다. 왜냐하면 성안에서는 무시무시한 떠들썩한 소리, 탄식하는 소리, 신음 소리, 쉭쉭거리는 소리가 새로이 세상을 창조하는 것처럼 밤낮으로 끊임없이 들려왔기 때문이지요. 뿐만 아니라 밤이 되면 긴 굴뚝이나 창문에서, 마치 고통에 시달리는 영혼들이 타들어 가는 혓바닥을 날름거리는 것처럼 불꽃이 뻗어 나왔습니다. 또한 성문 위로는 지극히 정교한 시계 하나가 걸려 있어서 요란하게 삐걱거리며 시간과 분과 초를 정확하게 알려 주었습니다. 하지만 실수로 거꾸로 돌게 되어 있어서 거의 50년이나 늦게 가고 있었지요. 매시간마다 이 시계는 인간을 교화시키기 위한 의미심장한 구절들을 결합시킨 세련된 영창들을 연주했는데, 예컨대 이런 것이었습니다.

이 성스러운 울림을 들으면
사람들은 복수라는 것을 알지 못하지.
평안은 시민의 그 어떤 의무보다도
첫 번째의 의무로다.

하지만 근처에 살고 있던 목동과 사냥꾼, 그 밖의 보통 사람들은 이 소리에 이미 익숙해져서 대수롭지 않게 생각했습니다. 어차피 그들은 시계보다는 해를 보면서 무엇을 해야 할 시간인지를 알았기 때문에 아랑곳하지 않고 자기네 나름의 생활 가락에 맞추었지요. 그런데 이 시계를 주의 깊게 바라본 사람이라면 밤 시간이나 무덥고 고요한 정오에 성의 주인이 커다란 시계탑에서 나와 화원의 한적한 자갈길 위를 산책하는 모습을 볼 수 있었습니다. 마르고 약간 안짱다리에 매부리코를 가진 그는 긴 나이트가운을 입고 있었는데, 그 옷은 온갖 종류의 상형 문자와 마법의 주문들이 찍혀 무늬를 이루고 있었고, 밑단에는 작은 심벌즈 몇 개가 달려 있었습니다. 하지만 그 악기들은 그의 사색을 방해하지 않도록 항상 소리가 나지 않게 장치되어 있었지요. 이 사람은 다름 아닌 위대한 마법사 핀쿠스 남작이었는데, 지금의 사정이 벌어진 사연은 다음과 같았습니다.

오래전에, 남작이 되기 이전의 핀쿠스는 베를린의 벼룩시장에서 고인이 된 니콜라이[1]의 유물[2]을 헐값에 몽땅 구입하고는 묘책을 떠올렸습니다. 약삭빠른 사람이었던 그는 아직 그 물건들이 희귀한 곳을 찾아다니며 물건을 팔았습니다. 그러던 어느날 그는 어느 백작의 외진 성에 이르게 되었습니다. 마침 백작은 마구간지기, 시종장, 그 밖의 시종들과 함께 즐겁게 이야기하며 점심 식사를 하는 중이었습니다. 그때 갑자기 현관의 종이 요란하게 울려댔고, 그 바람에 카나리아, 앵무새, 공작새들이 모조리 놀라 비명을 질렀고, 마당에서는 칠면조들이 사납게 꿱 소리치기 시작했습니다.

"거기 문밖에 누가 왔느냐?"

---

1) 니콜라이Christoph Friedrich Nicolai(1733-1811)는 베를린 태생으로 출판업자인 동시에 18세기의 유명한 작가로서, 괴테의 『파우스트』에 나오는 현학자 중 한 명이다. 계몽주의의 선구자인 그의 출판물에는 계몽주의의 색이 농후하며, 계몽주의를 비합리적인 것으로 여기는 기독교에 대항하는 입장을 밝히고 있다. 따라서 신비주의자, 경건주의자는 물론 예수회원들과 이른바 계몽주의에 반대하는 모든 이들에게 그의 책은 거부되었다. **2)** 계몽주의의 선구자인 니콜라이의 유물은 그 당시 막 낭만주의가 일어났기 때문에 유행에 뒤떨어지는 것이 되었다.

❖

백작이 소리쳤습니다. 그러자 시종이 소리쳐 물었습니다.

"뭘 원하십니까, 손님?"

"인류의 안녕을, 예수회원[3])에게 관용을 베푸시길 원합니다."

시종이 돌아왔습니다.

"저 사람이 안녕치 못하답니다. 그는 화주 한 잔이나 오렌지 나무 한 그루를 원한답니다."

"그 사람 뜻을 나쁘게 받아들이고 싶지 않구나. 어서 가서 그 손님이 누구인지 다시 한 번 정확히 물어보거라."

백작이 대꾸했습니다. 시종이 가서 물었습니다.

"손님, 누구시지요?"

"코스모폴리탄입니다."

시종이 돌아와 말했습니다.

"큰 궁전의 근위병이랍니다."

당시에는 낱말을 뒤져 볼 브록하우스 담화 사전 같은 것이 없었으므로 모두들 고개를 절레절레 흔들었고, 백작은 새로운 궁중 관직의 인물을 알게 된다는 것에 호기심이 동했습니다. 그

•

3) 예수회Jesuiten는 1534년 파리에서 Ignatius von Loyola에 의해 설립된 작은 친목단체에 서, 1540년 '예수회Gesellschaft Jesu'로 발전했다. 1550년부터는 독일에서 교회의 내부 개혁을 위해 일했고, 무엇보다도 학교와 대학을 설립했으며, 17세기부터는 신앙의 전파를 위해 힘썼다. 1773년 교황 클레멘스 14세의 정치적인 압박에 의해 예수회를 강제로 해체하게 되었는데, 단 프로이센과 러시아에서는 가능했다. 하지만 1814년 교황 비오 7세에 의해 부활된 이후 현재까지 지속되고 있다.

렇게 해서 핀쿠스는 입장을 허용받아 위풍당당하게 홀 안에 들어섰지요. 그리고 쌍방이 만족할 만큼 좌중의 인물들과 필수적인 치하의 인사말을 주고받은 뒤, 밑도 끝도 없이 유창한 언변으로 교활한 예수회원들이 이 땅을 뒤덮은 긴 암흑의 밤에 대해 말문을 열었고, 곧이어 위대한 니콜라이로 화제를 옮겼습니다. 칠흑 같은 어둠 속에서 모두들 머리를 맞부딪치며 싸우고 있던 판에 그 위대한 니콜라이가 숭고한 절망 상태에서 어떻게 자신의 불멸의 댕기 머리를 움켜잡아 서재의 램프 불에 불을 붙였는지, 그리고 그 횃불을 들고 오로지 도덕을 먹고 사는 투겐두젠의 백성을 교황권 지상주의자들의 한복판으로 의기양양하게 끌고 갔는지를 말입니다. 그러자 시종장은 절망스럽게 지겹다는 표정을 지었고, 몇몇 기사들은 몰래 하품을 해 댔습니다. 하지만 핀쿠스는 그런 분위기에 아랑곳 않고 앞서 말한 니콜라이의 댕기 머리 횃불에 대해 그것이 지닌 철학적인 구성 요소로까지 발전시켜 시시콜콜 늘어놓기 시작했습니다.

"도저히 참을 수가 없군!"

시종장은 울상이 되어 조그만 소리로 내뱉었고, 좌중의 다른 사람들은 어느새 꾸벅꾸벅 졸면서 머리통들을 부딪치는 바람에 머리분이 흩날렸습니다. 바깥의 공작새들도 체념을 한 채 벌써부터 머리를 날개 속에 처박고 있었고, 현관에서는 하인들이 크고 작은 의자에 쓰러져 코를 드르렁거리며 잠들어 있었습니다. 하지만 아무 소용이 없었어요. 핀쿠스는 지치지도 않고 자신이 구입해 들인 유물 중에서 누렇게 퇴색한 종이 나부랭이들을 연방 꺼내어 펼쳐 놓고 계몽주의며, 지식인층, 인류의 행복에 대해 중얼대기를 계속했습니다.

"이런 사기꾼!"

울화가 치민 백작은 드디어 자리를 박차고 일어서려 했지만 그럴 수가 없었습니다. 그는 모든 시종들과 함께 풀릴 수 없는 마법의 잠에 빠져들어 오늘까지도 깨어나지 못하고 있답니다.

"분별없는 것들!"

그제야 사악한 마법사 핀쿠스는 외치며 흡족스럽게 두 손을 비볐습니다. 하지만 한가하게 두 손을 무릎에 내려놓을 틈이 없었어요. 그럴 것이, 문을 닫을 사람이 아무도 없었던 탓에 열려 있던 여러 개의 문들을 통해 바람이 쌩 불어 들어와 그의 종이 나부랭이들을 사정없이 흩날렸기 때문입니다. 게다가 시종장이 잠에 빠져들 때 엎질러진 커다란 크리스털 병으로부터는 물이 줄줄 그의 구두 속으로 흘러들었고, 시종들이 파이프 담배에 불을 붙이곤 했던 양초들은 마구 불꽃을 일으키며 비단 커튼에까지 옮겨 붙을 기세였습니다. 하지만 핀쿠스는 그 모든 것을 염두에 두고 눈여겨보고 있었습니다. 그는 공기며 물, 불을 근본적으로 하찮은 것이라고 보았지요. 공기란 땅 위를 떠도는 바람 주머니에 다름 아니며, 물은 이렇다 할 받침대도 없이 늘 이 돌에서 저 돌로 튀어 반짝이며 굽이치면서 시시한 물망초들에게 입맞춤이나 하는 것이며, 불이란 소모적인 일 말고는 하는 일이 없는 그런 것에 불과하다고 말입니다. 그래서 그는 분연히 정원으로 나가 지체 없이, 어떤 피조물도 오래 버틸 수 없는 장황한 마법의 주문을 써서 그 모든 미개한 원소들을 길들였습니다. 그러고는 죽어 버린 성안에다 개화된 그 원소들을 배치하고, 당장에 사상의 증기 공장을 하나 세웠습니다. 그 공장의 생산품은 벤요프스키[4] 시대에는 캄차카 반도[5]에 이르기까지 팔렸는데, 바로 그래서 인근의 우둔한 사람들로서는 정체를 알 수 없는 요란한 소음을 내고 있었습니다.

이렇게 시민 핀쿠스는 엄청난 부호 남작이 되었습니다. 만사가 잘되었다고 생각했지요.

그로부터 여러 해가 지났습니다. 그러던 어느 날 밤, 사람들은 마치 하늘에서 무언가 아주 특별한 조짐을 보여 주듯, 그 지

4) 벤요프스키Maurice Benyowsky(1746-1786)는 세 대륙에 걸쳐 자유의 깃발을 전달한 기사이자 탐험가이다. 슬로바키아 귀족 출신인 그는 7년 전쟁의 장교로서 이름을 날리기 시작했는데, 종교 반역죄로 나라를 떠나 폴란드 연합국과 결합해 러시아령으로부터 폴란드의 독립을 위해 싸우게 된다. 그 후 러시아인들에게 체포되어 1770년 캄차카 반도로 유배당하지만, 간신히 탈출에 성공한 후 여러 곳을 떠돌다 아프리카 해안에서 떨어진 마다가스카 섬에 머물게 된다. 그 후 그는 프랑스, 영국, 미국 등을 떠돌면서, 자유의 정신을 전달하며 명성을 날린다. 그의 이름은 그가 머물렀던 나라의 말로 다양하게 불리고 있다. **5)** 캄차카 반도는 러시아 극동 지역의 동쪽 끝에 자리 잡고 있으며, 동쪽으로는 베링 해협과 태평양을 끼고 있다.

역 공중에서 기묘한 진동과 번득이는 불빛을 알아보았어요. 그
바람에 깨어난 새들이 여전히 잠에 취한 채 날개를 펼쳤습니다.
그리고 공중 높이 독수리가 이미 깨어 있는 것을 보고 물었습
니다.

무슨 일인가요, 독수리님.
만물이 아직 침묵하고 있는데,
당신은 가지 무성한 계곡의
둥지에서 빠져나와
수풀 높이 고요한 대기 속을 날고 있는 이유는 무언가요?

이 소리를 들은 독수리가 아래를 향해 소리쳤습니다.

나는 꿈속에서
살랑거리는 소리를 듣고,
산줄기의 봉우리마다
띠를 두르는 것을 보았단다.
불이 난 걸까, 태양이 뜬 걸까,
알 수는 없지만,
한 줄기 기쁨이
숲 속을 뚫고 지나가는 것은 분명하단다.

＊

　그러자 새들은 알록달록한 깃털에서 후두둑 이슬을 털어 낸 후, 그들의 초록 집 맨 꼭대기까지 폴짝 날거나 기어올랐습니다. 그리고 아득히 먼 땅을 내다보며 노래를 했습니다.

저것은 번개일까, 별일까?
과연, 독수리 님이 제대로 보았어.
아득히 먼 곳인데도
눈이 부실 지경으로 빛이 나네.

이 아침의 섬광 속에
말을 타고 오는 한 기품 있는 여인.
바위들이 불쑥 솟은
저 산줄기가 마치 그녀의 성인 것 같네.
대기를 가르는 울림,
강물이 심연으로부터 흘러나오고
샘물이 골짜기로부터 솟아올라
기품 있는 그녀에게 인사를 하네.
어스름을 뚫고 그녀가 홀연 모습을 드러내자
잿빛 그림자들은 사라지고
모든 피조물들은 다시금
허겁지겁 빛을 들이마시네.

그래요, 그녀예요. 우리에게 보이는 그녀는
이 계곡 안의 우리의 여왕!
오, 리버타스! 아름다운 여인,
진심으로 반가워요!

"고맙구나, 유쾌한 나의 친구들!"

그때 적막을 뚫고 울려 퍼지는 은방울같이 다정한 목소리가
소리쳤습니다. 그러자 종달새가 곧장 하늘 높이 솟아 올라가 환
호성을 질렀습니다.

"리버타스가 오셨다! 리버타스가 오셨어!"

어느 누구도 믿으려 하지 않았지만 그녀는 정말 그곳에 와
있었습니다. 막 덤불숲에서 빠져나와 성 언덕으로 걸어왔습니
다. 그녀는 타고 온 말이 그녀 옆에서 자유롭게 풀을 뜯어 먹게
놓아 두고, 이마에 물결치며 흘러내린 긴 곱슬머리를 흔들었습
니다. 나무와 관목들이 반짝이는 이슬로 그녀를 완전히 뒤덮고
있어 그녀는 마치 전쟁의 여신처럼 금빛 갑옷을 입은 것 같았
습니다. 게다가 그녀가 말을 타고 질주해 지나 온 땅에는 반짝
이는 빛의 오솔길 같은 것이 한 줄기 그어졌습니다. 그럴 것이,
그녀는 밤길을 달려온 데다가 달빛이 영롱하게 비치고 있었고,
숲들도 기묘하게 술렁이며 움직였으니까요. 하지만 계곡에는
아직 만물이 잠들어 있고, 다만 그녀가 지나오는 곳마다 먼 마

을의 개들이 놀라 짖어 대고 종탑들이 저절로 울렸습니다.

"나는 꼭 한 번 내 고향에 다시 와 보고 싶었어."

그녀가 말했습니다. "내가 자란 아름다운 숲을. 하지만 그때 이래 나무들이 많이 잘려 나갔고, 민둥산 위에는 나무들이 쉽게 다시 자라지 않고 있구나."

그때야 비로소 그녀는 비밀에 싸인 성과 화원을 알아보았습니다.

"여기가 대체 어디야?"

그녀는 깜짝 놀라 물었습니다. 모두가 침묵하고 있었지요. 새들이 핀쿠스 남작에 대해 뭘 알겠어요? 그녀로서는 모든 것이 너무나 낯설어서 갈피를 잡을 수가 없었습니다.

"이곳은 더 이상 나의 사랑하는 친구들이 살던 예전의 그 성이 아니야. 맙소사! 그 옛날 우리가 함께 그 아래 자주 앉아 있던 해묵은 보리수나무들은 어디로 간 거지?"

갑자기 진지해진 그녀는 산중턱으로 다가가서 큰 소리로 심연에 대고 말했습니다.

결박된 채 그곳에서 도사리고 있는 이들이여,
빗장을 깨고 무덤을 뛰쳐나오려무나.
너, 바위의 갈라진 틈에서 예감을 드러내는 두려움이여,
고요한 대기 속에서 벌어지는

눈에 보이지 않는 치열한 싸움이여,

너, 아침 향기 속에서 꿈꾸는 노래여,

박차고 나오려무나.

푸른 기운이 계곡을 통해 부르고 있단다.

그러자 새들이 다시 환호성을 질렀습니다.

오, 리버타스! 아름다운 여인이여,

안녕하세요!

그때야 비로소 회양목을 들고 나무 울타리 사이에서 바삭거리는 소리와 속삭이는 소리가 으스스할 정도로 나기 시작했어요. 그것들은 이 엄청난 고요 속에서 몰래 이야기를 나누려는 것 같았지요. 곧이어 갑자기 산자락 숲 지대에서 쏴 하는 소리가 들리더니 잇달아 커지면서 온 정원을 덮었습니다. 마치 숲 전체가 덤불과 격자 울타리들을 사방에서 마구 뒤섞으려는 것처럼 말이에요. 샘물이 크리스틸 옷을 걸친 요정처럼 춤을 추기 시작했고, 사프란, 튤립, 현삼, 왕관초들이 즐겁게 웃음소리를 주고받았습니다. 하지만 바로 그 시간에 성안에서는 쾅 하고 어마어마한 굉음이 들리면서 문이라는 문이 모조리 열렸습니다. 그리고 갑자기 핀쿠스가 혼비백산한 모습으로 정문 앞에 불쑥 나타났습니다. 그가 얼마나 허겁지겁 뛰쳐나왔는지, 점이 찍힌 그의 나이트가운 자락이 그의 뒤로 길고 요란하게 펄럭였어요. 그는 차근히 말을 하려 했지만 봄의 폭풍이 그마저 사로잡았습니다. 그래서 엄청난 분노에 사로잡혔음에도 불구하고 자신이 하려 하는 말을 순전한 시구에 담아 울분을 터뜨렸지요.

나 또한 정신을 잃었던 것인가?
성안에서는
한 번의 쿵쾅대는 굉음으로
모든 것이 사라졌군!
내가 주문을 걸어 놓은
물, 바람,
눈이 멀었던 불,
그 모든 것이 제멋대로 뛰쳐나왔어.
그것들이 미친 듯이 날뛰며,
뜨거운 콧김,
이글거리는 눈길을 내뱉으면서
모든 것을 산산조각 내고 있단 말이야!

여기서 그는 문득 입을 다물었습니다. 바로 리버타스를 알아보았던 겁니다. 그러자 갑자기 그의 태도가 돌변했어요. 그녀를 직접 만나 본 적이 없긴 했지만, 이 약삭빠른 마법사는 이 모든 혼란을 야기시킨 장본인이 누구라는 것을 얼른 알아차렸습니다. 그래서 주저하지 않고 그녀에게 다가가서 통행증을 요구했어요. 그녀는 그를 머리끝에서 발끝까지 훑어보았습니다. 그는 놀란 나머지 허물어지고 혼이 나간 몰골이었어요. 그녀는 그의 얼굴에 맞대고 큰 소리로 웃지 않을 수 없었지요. 그제야 그는 본격적으로 거칠어져서 비장의 무기를 불러내었습니다. 그러자 그 마법의 힘이 전력을 다해 사방에서 힘을 가동하기 시작했어요. 그들이 지금껏 상당히 유지하고 있었던 평화 상태가 그 힘 앞에서 이제 막 사그라졌으니까요. 한편 리버타스는 이 어리석은 자들이 대체 뭘 원하는지 속셈을 알 수가 없었습니다. 하지만 곧 알게 될 수밖에 없었어요. 다름 아니라 핀쿠스는 풍기 단속이라는 명목하에 이 위험한 떠돌이 여인을 체포하라고 명령했거든요. 순식간에 그녀는 젖먹이 아이처럼 오랏줄로 묶였고, 만일에 대비해 죄수들을 구속하기 위해 쓰는 가죽 조끼까지 덧끼어 입혀졌습니다. 그때 그녀를 잡아 묶었던 근엄한 많은 군인들의 숱 많은 콧수염에서 눈물이 진주처럼 방울방울 흐르는 모습은 참 볼만했습니다. 하지만 애국심은 막강한 것이었고 몽둥이 찜질은 아픈 법이니 어쩔 수 없었지요. 이렇게 하여 리버타스는 떠들썩한 소동 가운데 성과 연결된 작업장 안으로 압송되었습니다.

한편 핀쿠스는 격분이 어느 정도 가라앉자, 거창한 문예 부흥 축제를 알리는 글을 즉시 공표했습니다. 그 축제는 중국식 별채에서 본 성채로 이어지는 엄숙한 행렬이었는데, 한결 장중한 필치로 묘사할 만한 것이었지요. 이를테면 맨 먼저 열두 명의 새하얀 옷차림의 소녀들이 일렬로 나란히 중국식 홀 안으로 날아들었어요. 그녀들은 엄청나게 기다란 소시지나 잿빛 벌레 모양의 진기한 축제 제물을 나란히 어깨에 메고 핀쿠스 앞에 열 지어 나타났습니다. 그리고 한쪽 다리로 서고 다른 발은 우아하게 공중으로 뻗은 자세로, 오른손은 가슴에 얹고 왼손으로는 기다란 봉헌 제물을 높이 추켜들고는 다 같이 사랑스럽게 노래를 불렀습니다.

우리는 당신께 충성의 댕기 머리를 바칩니다.
우리 자신의 비단 같은 곱슬머리로 만든 것이지요.
당신의 숭고한 머리에 이 머리털을 길게 붙이세요.
당신의 나라가 기뻐하도록
머리, 댕기 머리, 그리고 비단 같은 곱슬머리를!

그것은 과연 소녀들이 서둘러 자신들의 곱슬머리를 모아 엮은 어마어마한 길이의 댕기 머리였습니다. 감동을 받은 핀쿠스는 즉시 머리에 쓰고 있던 모대 가발[6]을 벗어서 그것을 적절한 치하의 말과 함께 소녀들에게 선사했습니다. 소중한 기념품으로 그녀들의 기숙 학교 실험실에 걸어 놓으라고 말이지요. 그러고 나서는 그 충성의 댕기 머리를 목덜미에 고정시키게 했습니다. 그 모습은 실로 거창하게 두드러졌어요. 그가 걸을 때면 그 댕기 자락이 그의 뒤로 길게 끌렸기 때문에 무심코 그걸 밟지 않으려면 누구든 그에게서 세 걸음은 떨어져 있어야 했거든요. 그러고 나서 정원을 통과하는 행렬이 시작되었습니다. 순백의 거위 무리처럼 행복한 소녀들이 벨벳 쿠션 위에 놓인 모대가발을 들고 선두에 섰고, 집사가 그녀들을 따랐습니다. 집사의 긴 곱슬머리 가발이 축축한 저녁 공기 속에 풀어져 군주의 망토처럼 거의 발꿈치까지 치렁거렸습니다. 그리고 마지막으로 핀쿠스 자신이 등장했어요. 시종이 그의 뒤로 제물 가발의 끝자락을 공손하게 받쳐 들고 따랐습니다. 한편 리버타스가 묶여 있는 동안에 화원도 이전의 장엄한 모습을 다시 찾았습니다. 핀쿠스가 지나쳐 간 곳에는 헤라클레스의 대리석 상이 곤봉을 들고 서 있었고, 하프를 켜는 아폴론이 악기의 활로 거수경례를 하였으며, 석조 저수조 안의 트리톤이 온 힘으로 조개 나팔을 불었습니다.

  "승리의 화환 속에서 만세!"

6) 뒷머리를 주머니로 싸는 방식의 가발

이 사건은 그 당시 독일에서 엄청난 물의를 일으켰습니다. 제비가 안절부절 못하며 이리저리 쏜살같이 움직이면서 온 지붕과 울타리에서 지지배배 소리쳤어요.

"이럴 수가, 이럴 수가, 리버타스가 잡혔대요!"

종달새는 다시 곧장 하늘 높이 올라가 독수리에게 이 사실을 알렸고, 나이팅게일은 그칠 줄 모르고 흐느껴 울었습니다. 수리부엉이조차 몇 차례 깊은 한숨을 내쉬었어요. 알락백로는 즉시 비상경보를 울렸고, 황새는 분열 행진을 하며 온 초원과 평야를 누비면서 끊임없이 부리를 달싹이며 호소했습니다. 그러자 숲 속에서 이내 모두가 깨어났어요. 하지만 토끼는 양배추 속에 웅크리고 숨어 그 모든 일에 대해 나 몰라라 하고 있었고, 여우는 어떤 변화가 일어날지 일단 지켜보려고만 했어요. 이에 반해 우직한 곰은 헐떡이면서 돌아다니며 점점 더 크게 으르렁거렸고, 몹시 낙담한 사슴들은 무기를 벼르기 위해 가장 굵은 떡갈나무를 향해 뿔을 곤두세우고 달려가거나 따다닥 소리를 내며 서로 뿔싸움을 벌였습니다.

바로 그때 출판업자를 찾지 못해 마침 당혹스러운 처지에 있던 마곡 박사가 이리저리 떠돌다 이곳에 오게 되었습니다. 그는 보통 때와 다른 새들의 비명을 듣고 깜짝 놀랐어요. 말하는 것을 배운 찌르레기가 그에게 날아와 무슨 일이 일어났는지 모조리 들려주었습니다. 그는 이 소식을 듣자 노발대발하였습니다.

"아니, 이런!"

그는 소리치며 소매를 팔꿈치까지 걷어 올렸지요. 그러고는
당장에 결심을 하고 성급히 숲으로 향했습니다. 그때 멀리서 그
를 알아본 한 숯쟁이가 어디로 가느냐고 소리쳐 물었습니다.

"울창한 숲 속으로 가오."

마곡이 대답했습니다.

"당신 제정신이오?"

숯쟁이가 다시 마주 소리쳤어요.

당장 돌아서요.

그곳엔 집 한 채가 있는데,

그곳에서는 지옥 불이 붙어

굴뚝으로 불길이 솟아나고

문지방에서는

악마가 마지막 춤을 추고 있다고요.

"악마가 춤을 출 테면 추라지!"

마곡은 대꾸하고는 의기양양하게 걸음을 계속했습니다. 신
실한 숯쟁이는 마곡이 숲 속으로 사라질 때까지 말없이 뒷모습
을 바라보았어요. 그러고는 십자가를 그리며 말했습니다.

"신께서 그와 함께하시길."

한편 마곡은 여전히 속으로 중얼거렸습니다.

'중세와 종교에 처박혀 미신을 믿는 민중들! 그 때문에 여기이 숲도 발전을 이루지 못하고 이렇게 멍청하게 마구잡이로 나무들이 자라고 있단 말이야.'

그렇게 그는 한동안 울창한 숲을 가로질러 나아갔지요. 그러다 뜻밖에 한 가느다란 형체가 서둘러 마주 오고 있는 것을 보았습니다. 빛바랜 구식 궁정 복장을 한 키가 크고 깡마른 노부인이었어요. 그녀는 지방을 채워 넣은 해골처럼 백발을 온통 은박지로 말고는, 양쪽 겨드랑이에 큰 종이 상자를 끼고 있었는데, 게다가 한 손으로는 찢어진 양산을 받쳐 들고 다른 한 손으로는 모자걸이를 잡고 있었어요.

"이쪽이 울창한 숲으로 가는 길이 맞습니까?"

마곡이 물었습니다.

"유감스럽게도, 맞아요."

노부인은 정중하게 절하며 대답했습니다. 그리고 재빨리 이야기를 덧붙였어요.

"맞아요. 예의도 모르는 미개한 이웃들이 날마다 더 넓은 지역을 차지하고 있어요. 특히 며칠 전부터는 사람들이 그러는데, 그 훌륭한 리버타스가 다시 허공으로 사라졌답니다. 더 이상 이런 천박한 분위기는 견딜 수가 없어요. 오래된 가문에 대한 외경심도 더는 없고요. 하지만 나는 이렇게 되리라고 고인이 된

나의 남편 네뵈에게 항상 예언했었어요. 사람들이 칭하듯이 그
는 주제넘은 민중의 벗이기도 했지요. 그가 천민과 단 한 차례
포옹을 했는데, 그때 그들이 그를 비참하게 질식시켰답니다. 그
리고 지금 우리 젊은 여인네들은 끊임없는 공격에 완전히 내맡
겨져 있어요. 그래서 저는 이제 다른 곳으로 떠나지 않을 수 없
는 처지에 있는 겁니다. 오, 선생은 도저히 모를 겁니다. 신분에
대한 일체의 미덕이 사라진 이 마당에 버려진 불쌍한 한 인간
이 차별에 대해 화가 났다는 것을요!"

이 대목에서 열을 내던 나머지 그녀의 목소리는 노랫가락으
로 넘어갔고, 갑자기 망가진 오르골 시계처럼 길고 가느다란 떨
리는 소리를 내더니 마침내 심한 기침을 했습니다. 놀라워하며
그녀의 소리에 귀 기울이던 마곡은 요란한 웃음보를 터뜨렸어
요. 그러자 잔뜩 화가 난 노부인은 깔보는 태도로 작별 인사도
하지 않은 채 다시 피난길에 올랐습니다.

'숲에 산다는 노파가 틀림없어. 이제 다 와 가는군.'

마곡은 생각하고, 안심하며 가던 길을 계속 갔습니다.

하지만 곧 그의 발 앞에서 길이 사라졌고 산림은 점점 더 험
하고 빽빽해졌으며, 다만 멀리서 이상한 연기 기둥이 올라가는
것이 나무 꼭대기 위로 보였습니다. 지옥 불이타고 있는 황량한
집에 대한 숯쟁이의 경고의 말이 생각났습니다. 하지만 예전부
터 연기 나는 굴뚝은 그에게 매력적인 풍경이었기 때문에, 그는

고대하던 집을 찾으려고 애써 언덕바지를 기어올랐습니다. 하지만 사방이 이미 어두워지기 시작했다는 것을 알아차리고 깜짝 놀랐지요. 언덕 아래에서도 은밀한 움직임이 일어나기 시작했습니다. 도마뱀들이 마른 나뭇잎 사이로 바스락거리며 지나갔고, 박쥐들은 어스름 사이를 낮게 날아다녔으며, 축축한 초원으로부터 긴 안개 띠가 기어 올라와 온 풍경을 희미하게 휘감으면서 검은 베일 자락처럼 전나무 가지에 걸렸습니다. 그리고 마침내 마곡이 언덕 위쪽 탁 트인 곳으로 나섰을 때는 싸늘하고 고요한 밤이 숲을 뒤덮으며 달빛으로 만물을 감싸 버렸습니다. 연기 기둥도 더 이상 알아볼 수 없었습니다. 마치 경건한 밤이 지옥 불을 꺼 버린 것 같았어요. 결국 그는 그곳 언덕 위에서 아침을 기다리기로 작심하고 푹신한 이끼 위에 몸을 쭉 펴고 누워, 원고 뭉치로 채워진 여행 꾸러미를 베개 삼아 머리 밑에 밀어 넣었습니다. 그러고도 한참 동안 흩어진 구름을 바라보았어요. 구름은 그의 머리 위에서 경주를 벌이면서 이따금 용처럼 달을 덥석 무는 것처럼 보였습니다. 그리고 마침내 엄청난 피곤에 몰려 깊은 잠에 빠져들었지요.

그는 그렇게 꽤 오랜 시간 잠을 잤을 겁니다. 하지만 잠결에도 끊임없이 속삭이는 소리와 그 사이사이에 돌에다 칼을 갈 때 날 법한 기묘한 소음이 들리는 것 같았습니다. 그 소리들은 점점 더 가까워졌어요.

"그가 자고 있어. 바로 지금이 기회야!"

누군가 말했습니다.

"재수 없네. 너무 말랐어. 머리 밑에 베고 있는 여물 주머니를 살펴보니까 종이만 먹고 사나 봐."

또 다른 누군가가 낮은 목소리로 대꾸했습니다. 그때 마곡은 좀 전에 만났던 피난객 아주머니가 온갖 알 수 없는 언어로 소리를 죽인 채 열을 내어 이야기하고, 그 사이사이에 다른 사람들이 대답을 하는 모양이라고 생각했어요. 그 사이에 나무들이 어지럽게 쏴쏴 소리를 내고, 갑자기 그 노부인의 날카로운 떨리는 목소리가 터져 나왔어요. 그때 마곡은 깜짝 놀라 벌떡 일어났습니다. 그런데 그것은 멀리 계곡에서 쉰 목소리로 울어 대는 수탉의 소리였어요. 그는 당황해서 주변을 살펴보았습니다. 놀랍게도 아침 햇볕이 벌써 숲 위에 반짝이며 비치고 있었어요. 마곡은 그 모든 일이 꿈인지 생시인지 알 수가 없었습니다.

그제야 어제 보았던 연기 기둥이 다시 피어오르는 게 보였습니다. 그는 그것을 예기치 않게 불을 내뿜는 화산이라고 생각했습니다. 하지만 더 가까이 다가갔을 때 그것은 단지 거창한 점토 오두막이라는 것을 알아보았고, 그 안에서 아침 식사를 요리하고 있는 모양이었어요. 그래서 그는 그런 생각으로 위안을 삼으며 곧장 그곳으로 달려갔지요. 하지만 갑자기 깜짝 놀라 멈춰 서고 말았습니다. 왜냐하면 오두막 앞 잔디밭에서 웬 거대한 여자가 커다란 전투용 칼을 갈고 있었기 때문이었어요. 그녀는 마곡의 몸집이 너무 작아서 알아차리지 못했거나 무시하는 것처럼 보였습니다. 때마침 여러 명의 거인 아이들이 고함을 지르며 오두막에서 뛰쳐나와 서로 싸우고 목을 조르고 머리카락이 뽑힐 정도로 쥐어뜯었습니다. 하지만 그런 소동 가운데 갑자기 키가 크고 기묘하게 생긴 사람이 나타났고, 아침 햇살이 목구멍 속으로 비쳐 들 만큼 요란하게 하품을 했습니다. 그 남자의 몰골은 흉측했어요. 잡아 뜯어 놓은 지푸라기 둥지처럼 더럽고 산발을 한 데다가 온통 무두질도 하지 않은 것 같았습니다. 여우 가죽, 멧돼지 가죽, 곰 가죽 나부랭이를 기워 만든 징그러운 가죽 옷을 걸치고 있었지요.

"뤼펠 씨?"

마곡은 반색을 하며 소리쳤습니다.

"누가 나를 부르는 거야?"

거인은 아직 잠에서 덜 깬 채로 말하며 낯선 사람을 의아하다는 듯 바라보았습니다.

"바로 당신을 찾고 있었습니다. 아주 중요한 용건이 있어서요."

마곡이 대답했습니다. 하지만 뤼펠은 때마침 아이들 훈련에 여념이 없었습니다.

"덤벼 봐!"

여전히 잡아 뜯고 싸우고 있는 아이들을 향해 그는 소리쳤습니다. "저기 넌 말이야, 굴복하면 안 돼. 씩씩하게 덤벼!"

그리고 그가 불시에 자신의 긴 다리를 앞으로 뻗자, 이를 악문 아이들이 갑자기 미친 듯이 뒤엉켜 달려들었습니다. 그런 한편 거인 엄마는 잔뜩 화가 나서 얽힌 아이들을 향해 빗자루를 던졌습니다. 그러자 모두들 숲이 진동할 정도로 흔쾌하게 웃음을 터뜨렸습니다.

거인 가족을 흐뭇하게 바라본 마곡은 마음을 다잡고 곧장 자신의 원래 계획을 털어놓았습니다.

"뤼펠 씨, 나는 우직한 사람이오. 그리고 내 어머니의 양계장 말고는 그 어떤 농장도 모르고 아첨도 할 줄 모르오. 단도직입으로 말하지요. 당신의 힘과 지조는 전 유럽이 존경할 만큼 알려져 있고 두려워할 정도로 인정받고 있지요. 그 때문에 나는 자신 있게 당신의 넉넉한 마음을 향해 외칩니다. 슬프고 또 슬퍼라! 리버타스가 잡혀 있소! 우리가 이 상태를 참아야겠소?"

"리버타스? 그 인물이 누구요?"

뤼펠이 물었습니다.

"리버타스요? 리버타스는 모든 원시림의 수호천사라오. 이 지루한, 아니, 내 말은 만고에 성스러운 숲의 수호 여신이지요."

"당치도 않아요!"

이때 거인 부인이 그의 말을 가로막았습니다.

"저 밖에 있는 지빌라 양이 우리의 영주예요."

"뭐라고요? 머리에 은박지를 말고 큰 모자 상자를 들고 있는 부인 말인가요?"

뜻밖의 반박에 당황스러워진 마곡이 소리쳤습니다. 하지만 그는 곧 다시 마음을 가다듬고 말을 이었습니다.

"영주라! 귀뚜라미가 악어를, 개구리가 무소를, 하얀 물고기가 상어를 보호해 주나요? 힘을 가진 자가 주인이지요. 리버타스가 지배하는 한 당신들은 힘을 갖게 되고, 리버타스가 붙잡혀 있으면 당신들은 힘을 갖지 못한다오. 그런데 리버타스가 붙잡혔단 말이오. 다시 한 번 묻겠소. 우리가 이 상태를 참아야겠소?"

하지만 그의 이야기가 한참 무르익었을 때 웬 기이한 것이 나타나는 바람에 이야기가 중단되었습니다. 다름 아니라 왜가리 한 마리가 쏜살처럼 날아와 하필이면 마곡의 구겨진 챙 모자 위에 앉는 겁니다. 왜가리는 가느다란 목을 여러 번 돌리더니 그곳 모두들에게 정중하게 인사하고 말했습니다.

"우리의 심심한 존경을 표하지만, 유감스럽게 생각하고 있습니다. 우리로서는 하루 이틀 간에 아무것도 이뤄 낼 수 없을 거예요. 우리 모두가 해내야 할 비상한 중대사가 있어요. 좋은 아침입니다!"

왜가리는 또 한 번 정중히 인사하며 다시 하늘로 날아올라갔습니다.

"좋은 아침이오, 피셔 씨."

당황한 뤼펠은 자포자기한 표정으로 왜가리의 뒷모습을 보며 대답했습니다. 갑자기 숲 위로 엄청난 야생 기러기 떼가 지나가는 것이 보였습니다. 노련한 늙은 기러기 한 마리를 선두로 모두들 하늘을 뚫을 듯이 창처럼 목을 쭉 내밀고 쐐기 모양을 그리며 날면서 알아들을 수 없을 지경으로 끔찍스럽게 비명을 질렀습니다. 그사이에 거인 아이들 중 한 녀석이 땅바닥에 귀를 대고 말했습니다.

"저 땅 아래에서 계속 발 구르는 소리가 엄청 크게 들려요. 발자국 소리를 분명히 구분할 수 있어요. 사슴, 들소, 곰, 얼룩 사슴, 노루 할 것 없이 모조리 흥분한 채 뒤섞여 큰 호수를 따라 이동하고 있어요."

"정신 나간 놈들!"

거인 엄마가 소리쳤습니다. "그들은 분명 또다시 자비로운 영주 아가씨에게 불만을 품고 우리의 훌륭한 숲을 비방하면서 떠나는 거야. 지빌라 아가씨는 그들과 항상 원수지간이었으니까. 사냥개를 동원해 그들을 사냥해서 가죽을 벗기고 불에 구웠으니까."

"아니오, 그게 아니오. 그 늙은 말라깽이 부인 자신이 피난을 했다오. 내가 어제 부인을 만났지요."

마곡이 놀라 말했습니다. "그런데 뤼펠 부인, 부인께서는 도대체 무엇 때문에 그 일을 그토록 마음에 두고 있습니까?"

"어떻게 그러지 않을 수 있나요?"

거인 부인이 대답했습니다. "아, 우리 불쌍한 숲 사람들은 대가족이 근근이 꾸려 나가고 있어요. 보세요, 선생님. 나와 내 남편은 여기서 사슴과 암노루, 그 밖의 다른 고급 사냥감인 귀족 짐승들을 위해 일을 해 주고 그들에게서 자연의 산물로 일당을 받는답니다. 저녁때면 많은 고라니들이 우리 집에 들러 이야기를 나누고, 밤이 되어 신붓감을 구하러 가는 그들을 위해 내 남편은 그의 작은 모피 장화를 닦아 주지요. 그 대가로 우리는 불의의 사고를 당한 고라니 동료들의 털가죽이나 뿔을 얻어 살림을 꾸려요. 또 아침마다 곰들이 와서 그들의 털을 깨끗이 털어 달라고 하고는 우리에게 큼직한 벌꿀 과자를 주지요. 또는 암퇘지 몇몇은 수퇘지를 유인해 달라고 시키고 사례로 우리 집 문지방에 살진 멧돼지 새끼 한 마리를 던져 줍니다. 시절이 어려운 판이라 새끼 한 마리쯤 있건 없건 그들에겐 문제가 되지 않으니까요. 그런가 하면 나는 독수리와 매, 큰 뇌조를 위해 둥지를 엮어 주지요. 그러면 그들은 날아 지나가면서 우리에게 토끼 한 마리나 염소 새끼 한 마리를 떨어뜨려 주거나, 혹은 알 몇 개를 밤중에 문 앞에 놓아 줍니다. 물론 그들이 알을 모두 품어 까고 싶은 기분이 들지 않을 경우지만. 그런데 지금은 너무 불행해요! 지금 우리는 우리의 고객을 잃고 세상에서 완전히 버림 받은 신세라고요. 오! 오!"

그녀는 애처롭게 울부짖기 시작했고, 오랫동안 참고 있던 거인도 갑자기 같이 합창을 했습니다.

그러자 마곡은 용감하게 울부짖는 그들 사이로 끼어들었습니다.

"곧 달라질 거요!"

그가 소리쳤습니다. "당신들은 핀쿠스 남작의 성을 아나요?"

거인은 가끔 숯쟁이들과 다른 작은 사람들을 놀라게 하는 재미를 맛보려고 숲 가장자리까지 갈 때 멀리서 그의 성을 보았다고 대답했습니다.

"그럼 좋소."

마곡은 계속 이야기했습니다. "바로 거기에 리버타스가 잡혀 있소. 세상은 나 역시 초라한 월계수 잠자리에서만 잠을 자게 해서 그 뾰족한 가시들이 내 팔꿈치 소매를 꿰뚫어 버렸다오. 그런 연유로 나는 불쌍한 거인족에게 호감을 품고 있소. 리버타스는 부유한 배우잣감이오. 우리가 그녀를 풀어 줍시다! 하지만 그러노라면 몇 대는 호되게 얻어맞을 수 있소. 그거야 내가 알 바가 아니오! 하지만 당신은 두꺼운 낯가죽을 갖고 있잖소. 그것이 고통 받는 나의 형제들을 위해서 필요한 전부요. 한마디로 말해, 당신이 그녀를 구해 주면 나는 그녀와 결혼하고, 당신

은 순식간에 성의 문지기, 파수꾼, 집사가 되는 거요. 자, 악수합
시다. 하지만 제발 너무 세게 잡진 말아요."

이 말을 듣자 뤼펠은 잔뜩 사나운 표정을 짓고 일언반구도
없이 서둘러 오두막 안으로 들어가 버렸습니다. 그래서 마곡은
두 손을 뻗어 더듬으면서 가까스로 그를 뒤따를 수밖에 없었어
요. 왜냐하면 그들은 울퉁불퉁한 바위 계단을 수없이 지나 커다
란 동굴 속으로 내려갔기 때문이었어요. 그 동굴 위로 마곡이
오두막이라고 여겼던 산등성이가 바로 지붕과 굴뚝 노릇을 하
고 있었고요. 동굴 뒤 구석에는 불 위에 냄비가 얹혀 있었고, 번
득이는 큰 눈을 가진 길들여진 수리부엉이 한 마리가 그 옆 바
위틈에 앉아서 날개로 불꽃에 대고 부채질을 하면서 간간이 눈
이 멀어 불꽃을 향해 날아든 박쥐들을 덥석 물었습니다. 그 불
꽃은 기묘한 모양의 거친 석상 위로 희미한 빛을 던졌는데, 그
러면 타오르는 불빛 속에서 그 석상들이 슬그머니 움직이는 것
처럼 보였어요. 그런가 하면 사방 벽에는 우람한 나무뿌리들이
뱀처럼 뒤엉켜 있고, 땅속 깊은 곳에서는 곡괭이 소리, 망치 소
리, 보이지 않는 지하수가 흐르는 소리가 들렸고, 그 사이사이
열린 문을 통해 끊임없이 쏴쏴 하는 숲의 소리가 들려왔습니다.
뤼펠은 동굴 안에서 분주히 쿵쾅거리며 온갖 잡동사니를 주워
담는 것 같았어요. 갑자기 그가 마곡을 향해 소리쳤습니다.

"이제 다 됐소. 구하러 함께 가겠소!"

이때 거인 부인은 일의 진상을 알아차리고는 갑자기 매우 예민해져서 남편을 늙은 건달이라고, 마곡을 향해서는 남의 가정의 행복을 깨기 위해 뛰어든 거렁뱅이 떠돌이라고 욕을 했습니다. 마곡은 그녀에게 우국충정과 새로운 세계사를 만들기 위한 단호한 길이라고 반박했지만 소용없었어요. 그녀는 이미 이 집 안에는 갖가지 역사가 충분히 있으며 새로운 역사를 만들 필요가 없고 모든 역사는 이 세상과 전혀 무관하다고 주장했지요! 그렇게 예기치 않게 심각한 언쟁이 벌어졌습니다. 뤼펠은 욕을 퍼붓고, 거인 부인은 악을 썼고, 아이들은 울어 댔고, 이런 소동 바람에 밖에서는 메아리가 아침잠에서 깨어나 그 욕지거리를 다시 집 안에다 되돌려 붓고 있었습니다. 그 메아리가 뤼펠을 향한 것인지, 마곡을 향한 것인지, 거인 부인을 겨눈 것이지 알 수가 없었어요.

이때 갑자기 마곡 바로 곁 바닥으로부터 돌 하나가 치솟아 마곡은 깜짝 놀라 두 다리를 움츠렸습니다. 커다란 두더지가 그의 발가락을 물려는 줄 알았기 때문이었어요. 하지만 그것은 단지 바닥에 설치된 비밀 문이었어요. 그 돌덩이 문에서 늙은 얼굴에 뾰족모자를 쓴 난쟁이의 반신이 불쑥 튀어나왔습니다.

"너희들, 지금 이 위에서 또 무슨 소란을 피우는 거냐?"

화가 난 그는 가느다란 목소리로 말했습니다. "너희들, 예의 바르게 굴지 않으면 임대 계약을 해지하겠어!"

그러는 가운데 이글거리는 빛줄기가 땅속에서 올라왔고, 마곡은 열린 틈을 통해 땅 속 깊은 곳을 내려다볼 수 있었어요. 그곳에서 마곡은 헤아릴 수 없이 많은 난쟁이들을 보았어요. 하나같이 머리에 안전등을 매고, 금으로 된 통을 타고서 기묘한 노래를 흥얼거리며 위아래로 움직이고 있었고, 아주 밑바닥에서는 헤아릴 수 없는 다이아몬드, 크리스털, 사파이어가 웅장한 정원처럼 번쩍번쩍 눈부신 광채를 발하고 있었습니다.

"이런, 세상에!"

거인 부인이 뤼펠에게 소리를 죽여 걱정스럽게 말했어요.

"그렇게 보지 말아요. 저 아래를 오랫동안 내려다보게 되면 미친다고요. 저들은 우리 아래쪽에 사는 집주인, 난쟁이 광부들인데, 이 다락방을 헐값으로 우리에게 빌려 준 거예요."

하지만 앞서의 싸움 기운이 남아 아직도 팔다리가 근질거리던 뤼펠이 어느새 난쟁이를 향해 발길질을 했습니다. 그때 난쟁이가 잽싸게 몸을 움츠리고 머리 위의 돌덩이 문을 찰칵 닫지 않았더라면, 그는 분명코 짓밟혔을 겁니다.

곧이어 뤼펠은 서둘러 여러 마디가 있는 여행 지팡이를 집어 들고, 배낭을 어깨에 걸치고, 모피 노점상처럼 모피를 두르고 여행 채비를 끝낸 채 문 앞에 섰습니다. 감수성이 있는 사람의 마음을 뭉클하게 하기에 적절한 그때의 장엄한 이별 장면을 여러분께서 보셨더라면! 거인 아내는 머리를 풀어헤치고 사랑하는 남편의 목을 얼싸안고 서럽게 흐느껴 울었고, 남편 역시 못 지않은 고통으로 눈시울이 뜨거워졌으며, 어린 자식들은 아이답게 옹알거리면서 존경하는 아빠의 무릎을 붙잡았지요. 그때 들리는 말소리라고는 '아빠', '소중한 내 남편', '충실한 아내' 라는 감미로운 호칭뿐이었답니다. 하지만 뤼펠은 눈물을 꾹 참고 사내답게 몸을 뿌리쳤습니다.

"여보, 내 소식을 전하겠소!"

뤼펠은 소리치고는 위풍당당하게 숲으로 들어섰고, 마곡도 지체하지 않고 서둘러 그를 뒤쫓아 갔습니다. 가장을 떠나보낸 거인 부인의 목소리가 여전히 들렸기 때문이지요. 물론 그녀가 울고 있는지, 아니면 다시 욕을 하기 시작했는지는 제대로 구분할 수가 없었어요.

마침내 모든 소리가 사라지고 이제 고독한 방랑자의 발걸음 소리만 들렸습니다. 마곡은 긴 보폭으로 자신을 떼어 놓는 여행 동료의 발걸음을 흐뭇하게 바라보았고, 그의 어깨를 찬찬히 살펴보고는 그 넓은 등판에 반색하며 물론 별로 무겁지도 않은 자신의 여행 보따리까지 짊어지게 했습니다. 황야를 가로질러 가자 짙은 숲 내음이 불어왔고, 그들은 매우 기분이 좋아졌습니다. 뤼펠은 자신이 원래는 독일에서 유명한 게으름뱅이라고 말해 주었는데, 마곡은 이에 아랑곳하지 않고 자신이 좋아하는 노래를 부르기 시작했습니다.

시효가 없는 민중의 권리로

민중들을 바보와 노예로 만드는

제후들과 사이비 성직자, 관료들,

폭군들에게 암살을.

이 대목에서 뤼펠이 환호하며 끼어들었습니다.

"맥주와 구운 고기를! 당신이 그런 걸 좀 갖고 왔나?"

마곡은 재빨리 말을 돌렸습니다. 뤼펠은 고개를 가로저었습니다.

"아, 그러면 계속 앞으로, 앞으로 갑시다!"

마곡이 용기를 북돋아 주었습니다.

하지만 노래를 부르고 즐거운 대화를 나누느라고 뤼펠은 성으로 가는 길을 그만 잃어버렸습니다. 그는 다시 옳은 길을 찾기 위해 마주치는 산마다 모두 올라가 보았지만 소용이 없었습니다. 시야에 들어오는 것은 상쾌한 바람 속에서 초록 바다처럼 물결치는 숲과 하늘뿐이었습니다. 게다가 누구에게 물어 볼 수도 없었어요. 왜냐하면 그들이 가는 도중에 일으키는 요란한 소음 때문에 어쩌다 그 소리를 들은 외톨이 목동이나 사냥꾼도 끔찍한 거인의 모습을 보고 줄행랑을 치거나 그들이 완전히 지나갈 때까지 빽빽한 덤불 속에 숨어 버렸기 때문이었습니다. 그래서 마곡과 뤼펠은 온종일 길을 잃고 이리저리 헤매 다녔습니다.

저녁때가 되자 몹시 배가 고파진 그들은 마침내 아래쪽으로 강이 흐르는 운치 있는 언덕에 도착했습니다. 강 건너편에는 넓고 황량한 공터가 있었는데, 사방이 칠흑같이 어두운 숲으로 둘러싸인 데다가, 바윗덩어리 몇 개가 몰락한 폐허처럼 산재해 있어서 아주 쓸쓸한 풍경이었어요. 뤼펠은 그 언덕 위에 갑자기 멈춰 서서, 마곡에게 옆쪽 덤불 사이로 들어가서 조용히 있으라고 했습니다. 그리고 그 자신은 언덕 한가운데 앉더니 자신의 털투성이 재킷을 머리 위까지 끌어올렸습니다. 그러고 나자 그의 커다란 두 눈만이 번득이며 내다보이는 도깨비 모자를 쓴 것처럼 보였어요. 그러고는 털을 잡아 빼서 위에다 기묘한 두 귀를 만들고는 양팔을 뻗어 털외투를 날개처럼 펼쳤습니다. 이제 그의 모습은 영락없이 무시무시한 올빼미였어요. 얼마 지나지 않아 사방에서 야생 뇌조, 흑뇌조 수컷, 꿩 같은 흉측하기 이를 데 없는 새들이 큰 소리로 비명을 지르며 날아와 이 괴물을 찌르고 쪼아 댔습니다. 그리고 새떼들이 더할 수 없이 빽빽이 모여들었을 때 뤼펠은 재빨리 두 털가죽 날개로 그들을 덮쳐, 모조리 그의 넓은 외투 자락 안으로 밀어 넣었어요.

"이 방법은 증조할아버지 카우첸 마이텔에게 배운 것이오."

그는 매우 만족해하며 서서 마곡을 향해 소리쳤습니다. 그러고는 강으로 내려가 높은 갈대 숲 아래 물가에 몸을 쭉 펴고 누웠습니다. 마곡은 목이 말라 강물을 모조리 들이켜고 싶다고 말했어요. 하지만 뤼펠은 뒤엉킨 자신의 수염을 물속에 담갔습니다. 영리하다는 곤들매기들과 아가미가 큰 잉어들이 그의 수염을 장난치는 벌레라고 여기고 덥석 물려고 했어요. 하지만 그때마다 뤼펠이 선수를 쳐서 덥석 입으로 한 입 가득 낚아 맛있는 물고기를 여러 차례 뭍으로 날랐습니다. 그런 후 그는 다시 마곡이 있는 곳으로 와서 자신의 배낭에서 여행용 조리대, 고기 구이용 꼬챙이, 칼, 포크들을 꺼냈습니다. 그리고 불똥이 일 지경으로 자신의 두 눈을 주먹으로 쳤어요. 그렇게 해서 불똥이 일자 그는 큰 불을 붙였고, 곧장 열을 내어 끓이고 굽기 시작했습니다. 아직 어두워지기 전 두 나그네는 즐거운 모닥불 주변에 진을 치고 기쁨의 웃음을 터뜨리며 포식을 했습니다.

그러는 사이에 밤이 찾아왔습니다. 그들 옆에 있는 모닥불에서는 파란 불씨만 이따금 타닥타닥 타오르고 있었습니다. 이제 그들은 형편껏 마른 잎으로 침상을 펴고 둘 다 잠이 들었습니다. 하지만 미처 자정도 되지 않았을 때였습니다. 마곡은 여행 길에 오른 첫날 밤과 마찬가지로 때로는 잦아들었다가 곧 다시 커지는 기묘한 술렁거림과 중얼거림, 마치 아득히 먼 장터의 뒤얽힌 소음 같은 것을 들었습니다. 그는 일어나 앉았어요. 하지만 이번에는 순전한 꿈이 아니었습니다. 흘러가는 구름 사이로 달빛이 강 건너 황량한 공터를 후딱 비추긴 했지만 지금은 그 공터가 활기에 넘치는 것을 분명히 알아보고 놀라지 않을 수 없었어요. 다시 말해, 커다란 반원을 그리며 헤아릴 수 없는 들소들이 머리를 맞대고 열 지어 있었고, 그 바로 뒤로는 암노루와 사슴들이, 또 그 너머로는 온통 뿔 솟은 숲이 마주 보고 있었어요. 뿐만 아니라 그늘진 숲 속 깊은 곳에도 우글거리며 뒤엉켜 모인 무리들이 있는 것 같았어요. 달빛이 어둠을 스치고 지나갈 때마다 여기저기에서 일각수나 수염이 있는 고라니가 진기하게 고개를 뻗은 모습이 보였고, 그들 다리 사이로 담비, 스컹크 그 밖의 작은 동물들이 잽싸게 싸돌아다니는 것이 보이는 것이었어요. 심지어 공터의 한 면을 에워싸고 있는 나무들도 온갖 크고 작은 새들로 덮여 있어서 가을의 포도원처럼 보였고, 나뭇잎인지 새인지 분간할 수가 없었습니다. 또한 공터 주변에는 황새들이 근엄하게 순찰을 하며 멀리서 혹시나 적이 접근하는지 긴 주둥이를 바람을 향해 들어 올렸습니다.

'아, 이건 오늘 새벽에 거인 소년이 멀리서 행진하는 소리를 들었다는 그 동물들이 확실해.'

마곡은 생각하고는 처음의 놀라움이 어느 정도 가시자 얼른 뤼펠을 깨우려고 온 힘을 다해 그를 흔들어 대었어요. 하지만 만찬 후에 깊이 잠든 뤼펠은 그저 머리를 쳐들고 초점도 없이 멍하니 그를 쳐다보고는 뒤척이고 돌아누워 가까운 곳의 나무들이 위아래로 들썩일 정도로 요란하게 계속 코를 골았습니다.

이제 마곡은 꼼짝 않고 조용히 공터를 바라보았습니다. 동물들이 이 같은 적막함 속에서 대체 무슨 일을 벌이는지 매우 궁금했어요. 그러고는 들소 한 마리가 갑자기 앞 열에서 빠져나와 여기저기 널려 있는 돌덩이들 중 하나 위로 펄쩍 뛰어오르는 것을 보았습니다. 들소는 털투성이 고개를 숙여 무리 앞에서 세 번 인사를 하고 즉시 우레 같은 소리로 연설을 시작했습니다. 그는 말하는 도중에 종종 갑자기 무섭게 포효했고, 한쪽 앞발로 땅을 파헤치거나 화가 나서 긴 꼬리로 허공에 포물선을 그리거나, 갈기를 흔들어 대었는데 달빛 아래에서도 빨갛게 달아오른 눈을 굴리고 있는 게 보였습니다. 마곡은 영문을 알 수 없었지만 들소의 연설은 청중을 사로잡은 것이 분명했어요. 그가 마침내 돌에서 내려와 동료들 틈으로 펄쩍 뛰어 되돌아갔을 때, 무리들은 기쁨에 넘쳐 울부짖고 그르렁거리고 땅을 파헤쳤으며, 사슴들은 모조리 대담하게 뿔을 맞부딪쳤어요. 뒤이어 곰이 연설을 했습니다. 곰도 한 바위 위로 신중하게 기어 올라가 뒷다리로 섰습니다. 그리고 인사말을 하는 동안 앞발을 번갈아 가며 앞으로 뻗었다가 한쪽 앞발을 가슴에 얹었어요. 하지만 감정에 북받쳐 더 이상 말을 이을 수 없어 돌 연단에서 내려올 수밖에 없었습니다. 다른 새들은 수리부엉이의 행동을 도저히 용납하려 들지 않았습니다. 대담한 까마귀 한 마리가 불쑥 앞으로 나와 그를 쪼았어요. 하지만 보초를 서고 있던 황새들이 나서서 뭐라고 꿱꿱 떠들자 얼른 평온을 되찾았습니다. 그러자 수리부엉이는 깃털을 흔들어 한껏 부풀어 올렸는데, 그때 그의 모습은 길게 늘어뜨린 가발처럼 보였습니다. 이제 그는 부리를 세 번 딱딱 마주쳐 인사를 하고 안경을 쓰더니, 발톱으로 종이 한 장을 눈앞에 들고 읽기 시작했습니다. 그는 모든 것에 대해 매우 상세하고 철저하게 논의를 펼치는 것 같았어요. 그가 말하는 동안 황소들의 되새김질 소리조차 들릴 정도로 청중 모두가 박식한 연설가의 말에 숨죽여 경청하는 걸 보면 말이지요. 다만 나무 위의 조급한 새들만이 짜증이 나서 이따금씩 무례하게 불쑥 비명을 질러 엄숙하고 고요한 분위기를 방해했어요. 하지만 그사이에 강연은 졸졸 흐르는 시냇물처럼, 모험을 꾀하는 수고양이처럼, 콤마와 마침표도 없이 한 가락으로 쉬지 않고 이어졌어요. 그 연설이 얼마나 오랫동안 계속되었는지 마곡은 알 수 없었지요. 왜냐하면 연설이 미처 끝나기도 전에 그 단조로운 중얼거림이 자장가가 되어 졸음을 참으려고 버텼는데도 깜박 잠이 들었기 때문이지요.

한밤중에 갑자기 뤼펠이 끊임없이 불러서 깨우지 않았더라면, 아마 마곡은 날이 샐 때까지 잠을 잤을지도 모릅니다. 눈을 뜨자마자 그는 얼른 비밀스러운 공터를 바라보았어요. 하지만 그곳은 마치 아무 일도 없었다는 듯이, 어제처럼 다시 고요하고 한적했습니다. 뤼펠이 왕성한 식욕으로 어제 먹다 남긴 음식들을 이미 먹어 치운 뒤엔 마곡을 위해서도 한 몫을 남겨 두었어요. 마곡이 간밤에 강 건너에서 본 것을 이야기하자 뤼펠은 대수롭지 않게 여기며, "그건 의심의 여지 없이 비밀스런 음모로군요"라고 말했습니다.

"내가 먹을 것만 있으면 그런 건 상관하지 않아요. 그렇지만 바로 오늘은 사정이 고약하단 말예요. 실상 지금에야 별자리를 보고 올바른 방향을 알아챘는데, 우리는 생판 틀린 길로 들어섰어요. 그래서 갈 길이 더 멀어졌지요. 하지만 이 방향으로 가는 데는 물고기를 낚을 강도 없고, 카우첸 마이텔 선조한테서 물려받은 내 재주도 아무 소용이 없어요. 오늘은 새들이 음모에 가담해서 아무도 제자리에 없으니까요."

그래서 그들은 가능한 한 그날 밤으로 목적지에 도달하기 위해 서둘러야만 했습니다.

이렇게 해서 그들은 웬만큼 기운을 차리자마자 리버타스를 구하기 위한 원정을 계속하게 되었습니다. 그날 밤은 시작 무렵의 광경도 아름다웠지만, 지금은 수천 배는 더 아름다웠습니다. 별들은 어두운 나뭇잎 사이로 반짝여서 나무들이 마치 은빛 꽃을 피운 것 같았고, 달은 고요한 숲 위를 거닐며 잠든 땅과 쓸쓸한 유희를 벌이는 외로운 은둔자처럼 보였습니다. 이를테면 달은 한 바위 위에 얼핏 환한 빛을 비추는가 하면 어느새 적막한 대지를 짙은 그늘 속으로 몰아넣어 산과 숲과 계곡을 한통속으로 뒤섞어 놓는 것이었어요. 그래서 모든 풍경이 낯설고 기이해 보였습니다.

갑자기 뤼펠이 멈춰 섰습니다. 기이하게 배회하는 한줄기 빛이 그들 앞의 덤불숲 뾰족한 끝을 스치고 지나갔기 때문이었어요. 그들은 조심스럽게 나뭇가지를 헤쳐 보았습니다. 그러자 그곳에서는 반짝이는 옷을 입은 여러 명의 아름답고 날씬한 소녀들이 손에 손을 맞잡고 윤무를 추고 있는 것이었어요. 그녀들의 긴 금발이 미풍 속에 흩날려 달빛 너울처럼 그녀들을 감싸고 있었습니다. 어쨌거나 그녀들은 어린아이들처럼 보였는데, 그녀들의 작은 발은 땅을 딛는 것 같지도 않았어요. 그런데도 그녀들의 발이 닿는 곳에서는 금빛 광채가 잔디를 영롱하게 비추었습니다. 아울러 그녀들은 너무나 사랑스럽게 노래를 불렀어요.

우리는 당신의 여정에
노래와 달빛으로
공중의 둥근 경계, 투명한 길을 그리고 있답니다.
우리 요정들에게 들렀다 가 주세요!

두 나그네는 소녀들의 노랫가락을 단 한 번 듣고 나서 그 대단히 친절한 제안에 반색하면서 은신처에서 얼른 빠져나왔습니다. 하지만 그들이 탁 트인 공터로 나오자마자 그 모든 모습들이 홀연 소리 없이 사라지고 없었습니다. 그들은 풀밭이 뒤덮인 것으로 현혹되었던 질퍽한 땅에서 비틀거리고 있었고, 뤼펠은 당장 진창에 무릎까지 빠졌습니다. 아울러 여기저기에서 몰래 웃는 소리가 들리는 것 같았지만 아무도 보이질 않았어요. 뤼펠은 진창에서 빠져나오려고 막 단단한 뭍으로 뛰어 올라간 마곡의 옷자락을 와락 붙잡았고, 그 때문에 마곡의 낡은 연미복 자락이 뜯겨져 나갔어요. 이로 인해 마곡 박사는 잔뜩 화가 났고, 두 사람은 매우 큰 소리로 불쾌한 언쟁을 하게 되었습니다.

그들이 마침내 질퍽한 땅에서 빠져나와 이끼에 대고 대충 깨끗하게 몸을 닦은 후에 뤼펠이 말했습니다.

"그래요, 이 지역은 정말로 안전하지 않은 것 같네요. 분명히 가까이에 가라앉은 성이 있는 고요한 호수가 있을 겁니다. 바람이 잠들면 호수 바닥에서 탑들도 볼 수 있는데, 아름다운 여름 밤이면 첫닭이 울 때까지 성의 모습을 드러내기도 한답니다."

과연 그들이 악평이 나 있는 지역으로 깊이 들어갈수록 으스스한 기운은 더욱 심해졌습니다. 발걸음을 내딛는 곳마다 도깨비불들이 앞질러 깡충거리면서 새끼 고양이처럼 엉켜 빙빙 돌면서 희롱하였습니다. 그러고 나서 그것들은 뤼펠의 수염을 스치며 약을 올리거나 마곡의 모자에 앉거나 그나마 남아 있는 마곡의 연미복 자락을 잡아 떼려는 듯이 그의 등 쪽으로 몰려들었습니다. 뤼펠이 말했습니다.

"이 멍청한 물건들이 내 가죽옷에다 불을 붙이겠어."

그러고는 연방 도깨비불의 한 놈이라도 잡으려 했으나 번번이 허탕이었지요. 그러자 뤼펠은 결국 껄껄 웃음보를 터뜨렸고, 소리가 숲을 가로질러 멀리까지 메아리치는 바람에 놀란 도깨비불들이 사방으로 흩어져 갔습니다.

"내 말이 맞지 않나요?"

뤼펠이 갑자기 흠칫 놀라 우뚝 서서 손가락으로 어둠 속을 가리키며 말했습니다. 얼른 주변을 둘러본 마곡은 숲 속의 적막 속에서 크고 맑은 호수를 알아보았습니다. 그 호수 한가운데에는 금빛 첨탑들이 솟은 새하얀 성이 마치 곤히 잠든 한 마리 백조처럼 물속에 비쳐 있고, 성 주변으로는 은매화며 야자수, 그 밖의 진기한 나무들이 있는 정원이 역시 곤히 잠들어 있는 것처럼 에워싸고 있었어요. 그곳은 그만큼 고요했습니다. 하지만 이때 갑자기 야자나무 아래서 잠자고 있던 몇 명의 요정들이 깨어났고, 점점 더 많은 요정들이 깨어났어요. 깨어난 요정들은 곧이어 모조리 개똥벌레처럼 부지런히 이리저리 돌아다녔는데, 그곳에서 큰 잔치를 준비하는 것 같았습니다. 그렇게 날아다니면서 그들은 손가락 끝으로 나비, 꽃, 관목을 가볍게 건드렸고, 그러자 살짝 손을 댔을 뿐인데 그 모든 것들은 마치 큰 크리스털, 루비, 에메랄드, 사파이어처럼 서서히 백 가지 광채를 내기 시작했습니다. 그리고 바람이 정원을 가로질러 갈 때면 마치 달빛 자체가 노래를 부르듯이 신비로운 선율이 울렸어요.

"이건 저들의 꿈의 성이랍니다."

뤼펠은 마곡에게 속삭이며 웅장한 광채에서 눈을 떼지 못했습니다. 하지만 마곡은 거만하게 고개를 뒤로 젖히고 깔보는 투로 말했습니다.

"그저 숲의 바람 소리, 멍청한 요괴, 달빛과 흔들리는 꽃들에 불과한 것이오. 지난날 할 일 없는 유모가 아이들에게 들려주던 낭만적인 공상과 헛된 옛이야기일 뿐이라오. 하지만 그 이후로 인간 정신은 성숙했소. 자, 앞으로 갑시다! 저 밖에서는 세계가 우리를 기다리고 있소."

이 말과 함께 그는 전진하는 거인을 갑절로 서둘러 앞으로 가자고 재촉하며, 그들의 등 뒤에서 꽃의 노랫소리가 잦아들고 어른거리며 빛나는 정원이 가라앉을 때까지 걸음을 멈추지 않았습니다.

하지만 어찌 되었든 그 밤은 정말로 요술에 홀린 밤이었습니다. 그들이 채 한 시간도 더 걷지 않았는데, 어느새 괴상한 소음이 그들 앞쪽에서 들려왔어요. 나뭇가지가 흔들리고 바삭거리는 소리, 그 사이로 말발굽 소리가 점점 가까워졌습니다. 마치 누군가 서둘러 몰래 깊은 숲 속에 잠입해 들어온 것처럼 말이에요. 그리고 과연 그것은 도망치는 행렬로서, 그 일행이 막 그들을 향해 마주 오고 있었습니다. 선두에는 많은 도깨비불들이 떡갈나무 그늘 아래에서 길을 알려 주기 위해 즐겁게 있었고,

그 뒤로 사슴이 한 마리 뒤따랐는데, 사슴에는 대단히 아름다운 부인이 타고 있었습니다. 별들이 비치는 금빛 외투자락 같은 그녀의 곱슬머리가 사방에 나부끼고 있었고 그녀가 쓰고 있는 화환이 녹색과 황금색으로 반짝였어요. 두 명의 방랑자를 알아본 그녀는 흠칫 놀랐고 그녀의 손짓에 따라 사슴과 도깨비불이 갑자기 멈춰 섰습니다. 뤼펠은 최대한 몸을 굽혀 인사를 했고, 감히 눈길을 들지도 못했어요. 그사이에 한순간도 가만히 있지 못하는 도깨비불들은 짝을 잃은 마곡의 연미복 자락에 달려들기 시작했습니다.

"당신들은 여기서 무엇을 찾고 있지요?"

사슴 위에 탄 여인이 낯선 방랑자들을 준엄한 시선으로 훑어보며 물었습니다.

"리버타스요."

마곡은 당당하게 대답했습니다. 그러자 부인은 웃음을 터뜨리며 다시 손짓을 했습니다. 그러자 도깨비불들은 서둘러 앞장서 갔고, 아름다운 여주인을 태운 사슴도 풀밭을 지나 달려갔습니다. 그 행렬은 꿈의 성을 향해 가는 듯싶었습니다.

지나치게 공손하게 몸을 숙이고 있던 뤼펠이 비로소 가까스로 다시 일어섰습니다.

"틀림없이 요정의 여왕 폐하야."

뤼펠은 오랫동안 눈으로 행렬을 배웅하며 소리쳤습니다.

"미모의 여왕일는지는 몰라도 그녀의 관 모양의 머리 장식은 진짜가 아니오. 빛을 내는 개똥벌레에 지나지 않소."

마곡의 대답이었습니다.

마침내 동이 트기 시작했습니다. 멀리서는 벌써 닭이 울고 있었어요. 그때 뤼펠은 이곳저곳 나무 꼭대기를 헤치면서 불안하게 사방을 살펴보았어요. 그러다 느닷없이 외쳤습니다.

"이제 드디어 찾았어! 저기가 핀쿠스 남작의 성이라고요."

"아주 잘됐군."

마곡이 대답했습니다. "저 위에서는 모두가 아직 잠을 자고 있는 것 같소. 우리, 성을 기습합시다. 저기 성의 옥탑에 리버타스가 잡혀 있다고 찌르레기가 나에게 상세하게 설명해 주었소. 뤼펠 씨, 당신의 큰 키가 안성맞춤이오. 당신은 아무런 문제 없이 탑의 창문으로 들어가 감금된 그녀를 내 팔에 넘겨주면 되겠소. 자, 납치하여 결혼식을 올리느냐, 죽음이냐, 아니면 집사장이 되느냐!"

하지만 이제는 정작 거인 때문에 어려움을 겪게 되었습니다. 거인은 중차대한 순간에 요구되는 조용한 거동을 할 수가 없었고, 한술 더 떠서 도토리를 까먹는 둥, 이빨을 쑤시려고 가지를 꺾는 둥 딴청을 피웠습니다. 그때 성의 뜰 안에서 개 한 마리가 짖는 소리가 들리는 듯싶었습니다.

"이런, 제발! 조용히 해요. 살금살금!"

마곡이 뤼펠에게 속삭였습니다. 그렇게 그들은 마치 올빼미 둥지를 덮치려는 듯 조심스럽게 숲 가장자리로 진출했습니다.

그때 그들은 갑자기 별똥별처럼 반짝거리는 점 하나가 들판 위에서 움직이는 것을 보고는 적이 놀랐습니다. 그것은 점점 가까이 오고 있었어요. 그리고 곧 그들은 그것이 어떤 여인이며, 별똥별은 그녀가 입에 물고 있는 여송연의 불빛이라는 것을 분명하게 알아볼 수 있었어요. 그녀는 매우 조급하게 성으로부터 그들을 향해 곧장 질주해 오는 것 같았어요. 우아한 여행 보따리를 팔에 끼고 어깨에는 띠를 두르고 채찍질을 하며 요란하게 박차를 가하는 날씬한 미모의 여장부였습니다. 그녀는 하마터면 마곡을 넘어뜨릴 정도로 숨 가쁘게 마곡 바로 앞에 멈춰 섰습니다.

"나의 이상형!"

갑자기 그녀가 불렀어요.

"리버타스!"

황홀감에 빠진 마곡의 입에서 리버타스의 이름이 울려 퍼졌습니다. 그들은 첫 순간에 서로를 알아보았어요. 똑같은 기분에 사로잡힌 영혼들의 신비스러운 흡인력이 마음과 마음을 끌어당겼고, 그렇게 그들이 오랫동안 무언의 포옹을 하고 있는 동안 세계가 가라앉고 영원이 싹터 올랐습니다. 그러는 사이에 뤼펠도 호기심에 차서 나무 사이에서 걸어 나왔어요. 그러자 여인은 깜짝 놀라 겁을 내며 그를 곁눈질하였어요. 그녀의 발랄한 성품이 마음에 든 뤼펠은 갑자기 매우 신사답게 행동했고, 유쾌한 기분이 뻗친 그는 그녀에게 자신의 곰 가죽을 바닥에 깔아주고 그녀를 여물 주머니에 담아 숲을 통과하겠다고 제안했습니다. 심지어 언젠가 숲 속 늙은 노파가 추는 것을 본 적이 있는 미뉴에트를 잔디 위에서 연출하기까지 했어요. 이제 그녀 편에서도 매우 친근감을 느껴, 자신이 왜 저 야만적인 성에서 더 이상 버틸 수 없었는지에 대해 들려주었습니다. 곧이어 눈에 띄게 열을 내어 폭군의 자유, 언론의 자유, 출판의 자유, 그 밖의 가능한 모든 자유에 대해 이야기했습니다. 그러자 더 이상 지체할 수 없었던 마곡은 팔을 높이 뻗어 신들에게 충성을 맹세한 후 그녀에게 오른손을 내밀어 즉석에서 그녀와 약혼을 했습니다. 이를 보며 뤼펠은 계속해서 "만세!"를 외쳤고요.

하지만 기쁨의 환호성을 듣고 성에서는 점차 예사롭지 않은 소동이 벌어졌습니다. 우선은 몇 명의 보초병들이 의혹에 차서 고요한 들판을 지나 숲에 이르기까지 순찰을 하고 황급히 성으로 되돌아갔습니다. 물론 저 바깥의 마곡과 그의 연인은 이 사실을 전혀 눈치채지 못했고요. 그러고는 갑자기 성문이 열렸고, 무장한 전 군대가 "리버타스가 도망갔다!"라고 함성을 지르며 결사적으로 성 밖으로 뛰쳐나왔습니다. 그 함성 가운데에서 핀쿠스 남작의 목소리도 분명히 들을 수 있었어요. 그는 순찰병들이 말한 허무맹랑한 거인이며 그런 유의 미신적인 밤도깨비들의 존재에 대해 격분한 음성으로 계몽주의의 이름을 내걸고 항변했습니다. 하지만 애초에는 마디 진 나무줄기인 줄로 알았던 뤼펠의 실체를 알아보고는 흠칫 멈춰 섰습니다. 감히 그 어느 누구도 움직일 엄두를 못 내었고, 머릿속의 생각이 들릴 정도로 조용했습니다. 사방에는 당황스런 눈짓의 주고받음, 해쓱해진 얼굴들, 간간이 상기된 얼굴들, 요컨대 달아나고 싶을 때 드러내는 온갖 일반적 증상들이었습니다. 마침내 핀쿠스에게도 이런 증세가 나타났습니다. 처음에는 여전히 뒤를 돌아보며 살그머니 느릿느릿, 곧 지체하지 않고 제물로 받은 댕기 머리가 하늘 높이 뒤로 날릴 만큼 껑충거리면서 냅다 성으로 달렸습니다. 무장한 군대도 그를 따라 황급히 도망쳤습니다. 뤼펠이 단 몇 걸음을 껑충 뛰어 잽싼 핀쿠스의 댕기 머리 끄트머리를 때를 놓치지 않고 잡아채긴 했지만, 그의 손안에 잡힌 것은 댕기 머리뿐이었습니다. 그러자 그는 그 댕기 머리를 들고 좌충우돌하며 도망자 모두를 뒤쫓아 갔지요. 실상 그가 그 열띤 격돌의 와중에서 아치 성문에 그토록 세차게 머리를 부딪치지만 않았더라면, 그래서 부지중에 벌렁 나자빠지지만 않았다면, 그는 도망치는 무리에 섞여 동시에 성안으로 파고들 수 있었을 겁니다. 그런데 그가 자빠진 덕분에 혹독하게 당한 도망자들은 앞장서 성안으로 들어서서 위험을 모면하게 되었고, 뤼펠이 정신을 차리기도 전에 그의 코앞에서 철문을 쾅 닫을 수 있었답니다.

그러자 이제 뤼펠은 마곡과 앞으로의 작전 계획을 상의하려고 느긋하게 뒤를 돌아보았습니다. 하지만 자기 뒤에 아무도 없는 것을 보고 그가 얼마나 놀랐는지요. 그는 숲가로 가서 하늘과 땅에 대고 소리쳤지만 허사였습니다. 사랑하는 두 남녀는 흔적도 없이 사라졌지요. 소란스럽게 싸우는 소리 때문에 리버타스가 숲 속 깊은 곳으로 들어간 모양이라고 그는 생각했습니다. 그는 여전히 그들을 다시 찾고 싶은 희망에서 다시금 계속 걸어가며 소리쳐 불렀습니다. 하지만 그러다가 온통 얼토당토않은 답변만 해 주는 메아리와 격렬하고 성과 없는 언쟁에 빠져들고 말았어요. 그리하여 이 위대한 원정길 전체에서 그가 얻은 것이라고는 낡은 털가죽 옷에 몇 개의 구멍을 더 낸 것뿐이었답니다. 분통이 터진 그는 결국 원시림으로 되돌아갔는데, 그가 어찌나 부리나케 사라졌는지 지금 우리는 그의 행적을 뒤쫓을 수 없게 되었어요.

그렇다면 리버타스는 어떻게 그토록 예기치 않게 탑에서 탈출했을까요?

리버타스가 성에 잡힌 이래 핀쿠스의 성과 정원에는 좋았던 옛 시절이 다시 복구되어 새로 금빛이 입혀졌으며, 이를테면 그녀는 그 작업에 주제넘은 참견을 하느라 피해를 입었다는 것을 우리는 앞에서 이미 보았습니다. 만물은 응당 일순간의 유혹과 황폐함을 부끄러워했습니다. 눈부시게 아른거리는 정오의 무더위 속에 분수들은 다시 똑같은 모양으로 졸졸 흐르기 시작했고 입상들과 회양목들이 서로를 마주 보았고, 태양은 성 앞의 대리석 판 위에다 반짝이는 나선형과 동그라미를 그리며 시간을 흘려보내고 있었어요. 한마디로 단조롭기 짝이 없었습니다. 그래서 리버타스는 어떻게 하면 이곳에서 빠져나갈 수 있을지 벌써부터 궁리하고 또 궁리했어요. 그러나 마침내 그 밤이 성안의 모든 작업을 정지시켜서 성 밖 세상도 다시 안도의 숨을 쉬게 되었지요. 탑 아래 성벽 참호에 있던 백조도 이제 조용히 잠들었고, 달빛이 덤불숲을 비추고 있습니다. 그때 리버타스가 열린 창가로 다가서서 말했습니다.

고요한 밤이
모든 나무 꼭대기들 사이로
살그머니 흘러내려
계곡과 산봉우리들을 평안하게 잠재웠네.
오로지 나무들 속의
나이팅게일이 잠 못 이루고
이 찬란한 고요 속에서
그들의 꿈을 노래하고 있네.

저 아래 라일락 숲에 있던 나이팅게일이 대답했어요.

찬란한 고요 속에서

모든 상쾌한 덤불숲, 나무들 속에서

이 밤 전체가 꿈의 언어로 속삭인답니다.

달빛 비치는 대지 위로

날씬한 구름 부인들이

새하얀 긴 옷자락을 걸치고

마치 은밀한 생각들처럼 흘러가면서

수많은 바위 벽들로부터

날렵한 봄의 길동무들을 보내고 있잖아요.

땅을 정돈하기 위해

잠이 든 것처럼 구는

아지랑이 낀 심연을 향해

맑은 숲의 샘물들을 흘려보내고,

짐짓 꾸민 침묵의 요람 속에서 흔들리면서도

이삭들과 나뭇가지들도 특유의 인사를 하고,

꽃 핀 보리수들은 빠져나와

풀을 뜯는 노루들 곁을 지나

바다로 산들거리며 불어 가는

바람에게 이야기를 전합니다.

그리하여 늦잠을 잔 바다 요정들이 깨어나
묻는 거예요.
우리에게 이토록 다정하게 불어오는 것이 뭐지?
이 모든 것을 전부 얘기할 수 있는 것은 오로지 나뿐이라고요.

이때 느닷없이 황새 한 마리가 덤불숲에서 뛰쳐나와 식식대며 라일락 덤불로 날아가는 바람에 나이팅게일은 갑자기 입을 다물었습니다.

"이렇게 늦은 시간에 황새가 나이팅게일한테 무슨 볼일이 있담? 원래 황새는 밤에 쉬길 좋아하는데……"

리버타스는 어찌 된 일인지 영문을 알 수 없어 혼잣말을 했어요.

나이팅게일은 그 이유를 잘 알고 있었어요. 성 근처에서 그렇게 함부로 수다를 떨어서는 안 된다는 것을 말이에요. 왜냐하면 숲의 야생 동물들 간에는 그날 밤의 대집회에서 일종의 비밀 결사가 맺어졌고, 바로 그날 밤으로 행동 개시를 하도록 결의되었기 때문이랍니다. 마곡이 방랑길에 멀리서 보았던 동물의 모임이 바로 이 집회였어요. 이미 전날 저녁 잠자러 가기 전에 자신들이 파종한 밭을 살펴보던 농부들에게도 반짝이는 거미줄이 풀줄기에 걸려 있는 계곡 풀밭 위로 분주히 돌아다니는 수많은 제비들이 눈에 띄었었습니다. 제비들은 제가끔 날아가면서 날쌔게 물 수 있는 한 거미줄을 작은 부리로 낚아채었어요. 그들이 공중으로 날아오르자, 마치 기다란 은빛 베일 자락을 뒤로 끌고 가는 것처럼 보였습니다. 제비들은 곧이어 이 섬세한 실올들을 달빛 비치는 한 외딴 숲 초원에 펼쳐 놓았습니다. 그러자 벌써부터 기다리고 있던 헤아릴 수 없이 많은 작은 거미들—빨강, 갈색, 초록 거미들이 재빨리 다가와 부지런히 실을 꼬고 엮었는데, 더 보기 좋게 하려고 약간의 달빛도 섞어서 짰습니다. 그러는 사이에 개똥벌레들이 등불 노릇을 했고 귀뚜라미들이 노래를 불러 주었어요. 거미들이 마지막 코에 매듭을 짓자마자 정적을 뚫고 나직이 살랑거리는 소리가 났습니다. 오늘은 잠도 꿀도 잊어버린 벌들이 사방에서 날아온 거예요. 그리고 끈끈한 덩어리가 붙은 발을 뻗어 엮어 놓은 그물 전체를 밀납으로 응고시켜 실로 정교하게 짠 긴 줄사다리를 만들었습니다. 그사이에 청명한 달빛 아래 초롱초롱한 눈을 가진 노루한 마리가 숲 가장자리 이곳저곳에서 나타났다가 재빨리 덤불 속으로 다시 사라지는 것이 보였어요. 지금 이 노루는 만약 배반의 기미가 보일 경우 즉각 경고를 하려고 경계를 늦추지 않고 순찰 중이었지요. 아까 수다스러운 나이팅게일을 꾸짖었던 충직한 황새는 본의 아니게 몇 차례 꾸벅 존 것을 빼고는 그 시간 내내 부동자세로 한쪽 다리로 서서 거미와 벌의 작업을 감시했고, 일을 하면서 게으름을 피우는 경우에는 한 치의 용서

없이 끌어내었어요. 사다리가 완성되자, 황새는 사다리를 꼼꼼히 조사해 보고 바로 옆에 있는 나무의 큰 가지에 걸었어요. 그리고 사다리가 충분히 튼튼한지 시험해 보려고 직접 사다리로 올라갔지요. 하지만 이때 황새의 거동이 어찌나 서투르고 괴상했던지 주변에 있던 작고 민첩한 생물들이 몇 차례고 몰래 킥킥거렸고, 귀뚜라미는 "황새, 뻣뻣한 황새, 너무 긴 다리를 가졌대요!"라며 놀리기까지 했지요. 그럴 때마다 황새는 잔뜩 화가 나서 긴 주둥이로 귀뚜라미를 쪼았습니다.

하지만 이제 황새는 모든 것이 잘되었다는 것을 알자, 공중에 걸린 사다리의 끝을 주둥이에 물고 리버타스의 창문으로 날아가 십자 창살에다 단단히 휘감았습니다. 바로 그때 근처 옥수수 밭에 있던 사냥개가 사납게 짖어 댔어요. 이것은 약속된 신호였지요. 밖에 있던 숲 속 새들이 모두 잠에서 깨어났어요. 물론 새들은 기쁨과 기대에 들뜬 데다 나이팅게일이 밤새 너무 크게 조잘대는 바람에 제대로 잠을 이루지 못하고 있었지만요. 이제 새들 모두 성탑의 창문으로 날아가, 창유리에 딱 달라붙어 소리를 죽여 노래를 했습니다.

리버타스, 밖으로 나오세요!
사랑하는 신께서 당신을 맞이하기 위해
벌써 저 밖에다가 우리의 녹색 집을 매 놓았어요.

밤에는 고요한 계곡 주변을 달빛으로 덮었고,
하늘의 잠에 있는
모든 등불을 켜셨어요.
들어 봐요. 이렇게 시원한 바람이 올라오고 있어요.
리버타스, 눈을 떠요!

바깥에서 일어나는 이런 은밀한 거동을 오래전부터 전부 알아챘던 리버타스는 이미 짐을 꾸려 놓았고, 충직한 새들에게 다정하게 인사하며 줄사다리에 발을 디뎠어요. 그리고 그녀가 그렇게 어두운 밤으로 내려서자 오래된 탑의 벽 틈새에서 자라난 여린 자작나무들이 여기저기에서 도움의 초록색 손길을 뻗었고, 아래쪽에서는 숲과 초원의 향기가 상쾌하게 그녀에게 불어왔습니다. 그녀가 넓은 성 외곽의 해자에 도착했을 때는 이미 물가에 대기하고 있던 백조가 눈처럼 새하얀 돛과 같은 두 날개를 의기양양하게 펼쳤어요. 리버타스가 그 날개 사이에 올라타자, 백조는 그녀를 태우고 미끄러지듯 해자 저편으로 떠가면서 수면 위에 나란히 떠 있는 그녀의 아름다운 영상을 황홀하게 바라보았어요. 한편 성 마당 안 사슬에 매여 있던 개는 아까부터 두 귀를 쫑긋하게 세우고 있다가 그제야 요란하게 짖어대면서 당장 모든 일을 알리려고 그의 이웃인 심술쟁이 칠면조를 깨웠습니다. 오만한 칠면조는 분통이 터져 목덜미가 붉으락

푸르락해질 정도로 힘껏 울어 젖혔지요. 그러자 우리에 있던 거위들도 잠에서 깨어나 비명을 지르고 또 질렀습니다. 그럴 것이, 거위들은 탑에서 벌어진 비밀스러운 음모를 제대로 감지했고, 만약 리버타스가 도주하면 그들 모두 맛있는 먹거리를 잃고 다른 천박한 새들이 있는 자유 속에 풀려나게 될 것이 두려웠기 때문입니다. 하지만 그들이 격분하고 소란을 피워 봤자 너무 늦은 일이었습니다. 리버타스는 벌써 성 외곽 해자 건너편에 가 있었습니다. 해자를 건너가 서 있던 한 마리 사슴이 뿔이 풀밭에 닿도록 무릎을 굽혔습니다. 그러자 그녀는 재빨리 사슴 위에 올라탔고, 밤과 숲을 가로지르며 계속 나아갔어요. 황새는 그녀를 호위하기 위해 다른 새들과 함께 성탑에서 성급히 하늘 높이 날아올라 달빛이 비치는 정원에서 숲으로, 숲에서 호수로 조용히 선회하며 날았어요. 날이 밝아서야 성에 있는 모두는 그 사실을 알아차렸고, 우리가 앞에서 보았듯이 불행히도 그녀를 추적하기 시작했습니다. 산비탈에서 양 떼를 지키던 목동들만이 공중에서 나는 모래 소리와 숲 속 외딴 부락을 지나치는 기이한 도주 행렬의 소리를 알아채고 놀라워했습니다. 그것이 바로 같은 날 밤 뤼펠과 마곡이 연정 중에 원시림 속에서 보았던, 사슴을 타고 있던 미모의 여인이었습니다. 하지만 뤼펠과 마곡은 리버타스를 알아보지 못했지요. 그들은 그만큼 교묘하고 용의주도하게 리버타스를 해방시켰던 겁니다.

❦

한편 마곡과 뤼펠이 구출해 낸 미모의 여장부는 다름 아닌 핀쿠스의 은 세척을 맡았던 여인 마르체빌이었어요. 일찍이 종군 행상으로서 온갖 역경을 치르면서 계몽주의 부대를 따라 행군하면서 새로운 사건이 벌어지는 현장에는 어김없이 참여한 바 있던 용감한 여성이었지요. 그녀는 리버타스가 나타나자 돌이킬 수 없는 열광에 빠져, 잊을 수 없는 그날 아침 성안의 고용살이에서 벗어나 자유로운 곳으로 달아날 결심을 했던 것입니다. 바로 그때 마곡 박사는 성에서 벌어진 예기치 않은 아수라장을 보고 기겁을 하고 놀라서, 운 좋게 해방된 그의 신부와 함께, 또한 이곳의 모든 길을 속속들이 아는 신부의 덕분으로, 지체 없이 독일을 횡단하여 바다를 건너 미국까지 도망쳐 갔습니다. 그곳에서는 아마 오늘날까지 마르체빌을 리버타스라고 여기고 있을 겁니다.

물론 그때 뤼펠은 그들을 소리쳐 부를 처지에 있지 못했습니다. 그리고 지금 생각하면 그것도 잘된 일인 셈이지요. 마곡은 뤼펠이 더 이상 필요하지 않았기 때문에, 엄숙하게 약혼식을 치르는 동안에도 어떻게 이 거인을 다시 떼어 버릴까 궁리했으니까요. 물론 그는 그 거대한 친구를 자신의 집사로 고용할 생각은 추호도 없었지요. 그랬다가는 거대한 그의 가족이 마곡의 전 재산을 거덜 낼 테니까요. 그 대신 은혜를 느끼고 있던 새들이 성 앞에서 보여 준 뤼펠의 용맹을 생각하여 사람들이 허수아비를 세워 두듯이 그를 원시림의 수호자로 고용했어요. 그가 해야 하는 유일한 임무는 이따금씩 갈기와 들소 뿔이 달린 무시무시한 짐승 털가죽을 뒤집어쓰고 숲 가장자리에 모습을 드러내는 것이었지요. 그러니까 그 우직한 남자는 그곳에서 마침내 확실한 밥벌이를 얻은 셈이지요.

망명한 노부인은 완전히 행방불명이 되었습니다. 이에 반해 리버타스에 관해서는, 그사이에 꿈의 성에서 요정들과 함께 살고 있다는 소문이지만, 그 이후로 그 성을 찾아낸 사람은 아무도 없답니다.

●
이진금
옮김

금발의 에크베르트
Der blonde Eckbert, 1796

루트비히 티크
Johann Ludwig Tieck

루트비히 티크
Johann Ludwig Tieck
1773-1853

독일 베를린에서 태어났다. 바켄로더W. H. Wackenroder, 노발리스
Novalis, 슐레겔Schlegel 형제 등과 독일의 낭만주의 문학 운동을 주도
했다.

뛰어난 상상력과 인간의 어두운 측면이 교묘하게 결합된 그의 작품
은 극적인 반전을 통해 독자에게 예기치 못한 충격을 던져 준다. 티
크의 이러한 문학성을 이 책에 실린 「요정들」과 「금발의 에크베르
트」에서 발견할 수 있다. 낭만주의 문학의 주요한 주제 가운데 하나
였던 마법과 전설 속의 영험한 존재들을 인간의 심리와 절묘하게
아우른 것 또한 티크의 뛰어난 점이다.

그의 작품 『프란츠 슈테른발트의 여행Franz Sternbalds Wanderungen』
(1798)은 F. 슐레겔로부터 괴테의 『빌헬름 마이스터』보다 뛰어난
작품이라는 격찬을 끌어냈다. 이외에 『윌리엄 로벨 씨의 이야기』
(1793-1796), 『예술을 사랑한 한 수도사의 고백』(1797), 『아름다
운 마케로네의 이상한 사랑 이야기』(1796) 등이 있다.

하르츠 산맥 속 어느 지방에 기사 한 명이 살고 있었는데 사람들은 그를 간단하게 금발의 에크베르트라 불렀다. 나이는 대략 사십 세가량 되었으며 키는 중간 정도였고 창백하고 홀쭉한 얼굴은 숱이 많으며 짧고 옅은 색의 금발로 덮여 있었다. 그는 매우 조용히 외따로 살았으며 이웃 사람들끼리 벌이는 다툼에 결코 휩쓸리는 법이 없었고 자신의 조그마한 성을 둘러싸고 있는 돌담 바깥에 모습을 드러내는 일도 드물었다. 그의 부인도 그와 똑같이 고독을 즐겼고 두 사람은 진심으로 서로를 사랑했으며 단지 하늘이 여태껏 자식을 점지해 주지 않은 것만을 슬퍼했다.

아주 간혹 에크베르트를 방문하는 손님들이 있었지만 손님들 때문에 일상의 흐름이 바뀌지는 않았고, 성안에서는 중용의 미덕을 지키면서 모든 일은 검소하게 처리되었다. 손님이 있는 경우에 에크베르트는 유머가 있고 쾌활했으며 단지 혼자 있을 때만 사람들은 그에게서 폐쇄적인 모습과, 조용하고 사려 깊으면서도 침울한 면이 있음을 알아차리곤 했다.

어느 누구도 필립 발터만큼 성을 자주 방문하는 사람은 없었다. 그는 에크베르트와 허물없이 지내고 있었는데, 비슷한 사고방식을 지녔기 때문이다. 발터는 원래 프랑켄 지방에서 살고 있었는데 종종 에크베르트의 성 인근에서 반년 이상씩 머물면서 약초와 수석을 수집하거나 정리하면서 시간을 보냈다. 그는 재산이 조금 있어서 누구에게도 의존할 필요가 없었다. 에크베르트는 종종 그와 함께 산책했으며 해가 바뀌면서 두 사람 사이에는 더 긴밀한 우정이 싹트게 되었다.

사람들은 때때로 친구에게 말하지 못하는, 조심스럽게 숨겨온 비밀을 가지고 있을 때 마음이 불편해진다. 그럴 때면 영혼은 더 가까운 친구가 될 수 있도록 마음속 가장 깊은 곳을 열어 보이고 싶은 억제할 수 없는 충동을 느끼게 된다. 이런 순간에 섬세한 두 영혼은 서로에게 자신의 모습을 드러내게 되지만 때로는 친구와의 만남을 피하게 되기도 한다.

어느 안개 낀 저녁에 거의 가을이 다가왔을 무렵 에크베르트가 부인 베르타, 발터와 함께 벽난로의 불 주위에 빙 둘러앉았다. 불꽃은 방을 밝게 비추며 높이 천장에 그림자를 드리우고 있었다. 깜깜해진 밤은 창문 밖에서 안을 들여다보고 있었고 나무들은 바깥에서 습기를 머금은 추위 앞에 떨고 있었다. 발터가 돌아갈 길이 멀다고 말하자 에크베르트는 자신의 집에서 마음 편히 대화를 나누다가 자고 갈 것을 권했다. 발터가 그 제안을 받아들이자 포도주와 저녁 식사가 들어왔으며 벽난로에 나무를 더 넣으면서 대화는 더욱 유쾌해지고 친밀해졌다.

저녁을 치운 후에 하인들이 물러나자 에크베르트는 발터의 손을 잡고 말했다.

"친구여, 당신은 꼭 한번 제 처의 유년 시절 이야기를 들어 보세요. 기이하다고 할 만한 이야기입니다."

"기꺼이 듣겠습니다"라고 발터가 대답했다. 다시 세 사람은 벽난로 주위에 자리를 잡았다.

자정 무렵이었다. 달이 펄럭이며 지나가는 구름을 뚫고 가끔씩 모습을 드러내었다.

"저를 고집이 세다고 생각하지는 마세요."

베르타가 이야기를 시작했다.

제 남편 말이 당신의 생각은 고귀해서 당신에게 무엇인가를 숨긴다는 것은 옳지 않다고 했습니다. 다만 제 이야기가 기묘하게 들릴지라도 꾸며 낸 이야기라고 생각지 말아 주세요. 저는 조그만 마을에서 태어났으며 제 아버지는 가난한 양치기였습니다. 제 부모님 댁의 살림살이는 어려워서 빵을 어디서 구할 수 있을까를 알 수 없는 때가 부지기수였습니다. 나를 아직도 가슴 아프게 만드는 것은 나의 아버지와 어머니가 가난 때문에 자주 싸우면서 서로에게 심한 비난을 퍼붓은 일입니다. 싸우지 않을 때는 제게 하찮은 일도 못하는 우직하고 멍청한 아이라는 말을 끊임없이 퍼부었습니다. 실제로 저는 매우 서툴렀으며 어쩔 줄 몰라 손에 있는 물건을 모두 떨어뜨렸답니다. 저는 바느질도 물레질도 배우지 못했습니다. 가사에 도움이 될 아무런 일도 할 수 없었으며 단지 부모님의 고생은 피부로 느낄 수가 있었습니다. 종종 구석에 앉아서 갑자기 제가 부자가 되면 어떻게 하여 부모님을 도와드릴 수 있을까 또는 금과 은을 가지고 어떻게 부모님의 머리 위에 뿌려 드릴 수 있을까 그리고 부모님이 놀라워하시면 내 기분이 얼마나 상쾌해질까를 실컷 상상하곤 했습니다. 저는 제게 땅속의 보물을 발견하도록 도와주거나 보석으로 변하는 조약돌을 주는 요정이 나타나는 것을 꿈꾸었습니다. 한마디로 말하면, 기이한 환상에 빠져서 무언가를 도와드리거나 가지러 가기 위하여 일어서야만 했을 때 더욱더 일에 서툴렀습니다. 왜냐하면 제 머릿속은 이상한 상상으로 어지러웠기 때문입니다.

저의 아버지는 제가 살림에 쓸모없는 무용지물에 불과했으므로 제게 점점 더 심하게 화를 내었습니다. 아버지는 그런 이유로 나를 자주 가혹하게 취급했으며, 아버지로부터 다정한 말

한마디를 듣는 일조차 드물었습니다. 저는 여덟 살 정도 되었으므로 일을 하거나 쓸모 있는 일을 배우게 하려고 부모님은 진지한 노력을 하게 되었습니다. 저의 아버지는 제가 게으름 속에 나날을 보내는 것이 제 변덕이거나 게으름 때문이라고 생각했으며 말로 표현할 수 없을 정도로 다그치면서 끈질기게 못살게 굴었습니다. 협박을 해도 소용이 없자 아버지는 나를 가장 잔인한 방법으로 벌을 주었습니다. 저라는 아이는 아무짝에 쓸모없는 애물이기 때문에 체벌은 매일매일 되풀이될 것이라고 하면서 말입니다.

밤을 꼬박 새우면서 저는 심하게 울었습니다. 저는 죽었으면 하고 바랄 정도로 제 자신을 불쌍히 여겼으며 완전히 버림받은 느낌이 들었습니다. 저는 날이 밝는 것이 두려웠으며 무엇을 시작해야 할지도 전혀 알지 못했으며, 가능하다면 모든 재주를 지녔으면 하고 바랐습니다. 왜 다른 아이들보다 제가 더 멍청한지를 전혀 알지 못했습니다. 자포자기에 가까운 상태였습니다.

날이 밝아 오자 저는 일어나서 무엇을 하고 있는지 의식하지 못한 채 오두막집의 문을 열고 나갔습니다. 곧 탁 트인 벌판이었습니다. 벌판에 이어서 숲이 나타났습니다. 숲 속에는 빛이 거의 비치지 않았습니다. 저는 뒤돌아보지 않고 계속 달렸습니다. 아버지가 잡으러 오실지도 모르고 제가 도망쳤기 때문에 저를 더욱 잔인하게 다룰지도 모른다고 생각했기 때문에 전혀 피곤함도 느끼지 않았습니다.

제가 숲 밖으로 나왔을 때 해는 이미 상당히 높이 떠올라 있었습니다. 그제야 제 앞에 놓인 뭔가 어두운 것, 짙은 안개에 덮여 있는 무언가가 눈에 들어왔습니다. 때로는 언덕을 기어 올라가야만 했고 때로는 바위 사이로 굽은 길을 가야 했습니다. 그리고 저는 틀림없이 마을에 인접한 산맥에 있다고 생각했습니다. 홀로 아무도 없는 곳에 있는 것이 무서워지기 시작했습니다. 왜냐하면 평지에서 자라 여태껏 저는 산을 본 적이 없었기 때문입니다. 그리고 산맥이라는 단어는 그 말을 들을 때마다 제 귀에 무시무시한 소리로 여겨졌기 때문입니다. 되돌아갈 만한 용기가 없었기 때문에 저를 앞으로 가게 만든 것은 불안감이었습니다. 바람이 나무 사이에서 불어오거나 멀리서 나무를 벌목하는 소리가 조용한 아침을 뚫고 들려올 때는 자주 놀라서 주위를 둘러보았습니다. 나중에 숯 굽는 사람과 산골 사람을 만났을 적에는 낯선 억양에 놀란 나머지 저는 거의 기절할 정도였습니다.

여러 마을을 지나가면서 너무 배가 고프고 목이 말랐기 때문에 저는 구걸할 수밖에 없었습니다. 왜 이렇게 다니느냐는 사람들의 물음에는 대답을 잘하여서 별 탈 없이 넘어갈 수 있었습니다. 그렇게 나흘을 계속 걸어가자 작고 좁은 길에 다다르게 되었습니다. 그 좁은 길은 저를 점점 더 큰길로부터 멀어지게 했습니다. 저를 둘러싼 바위들은 이제 이상한 모습을 하고 있었습니다. 큰 돌풍이 처음 내던져 흩뜨려 놓은 것같이 포개어져 쌓인 큰 바위였습니다. 저는 계속 가야 할지 어쩔지를 몰랐습니다. 마침 가장 좋은 계절이었기 때문에 밤이면 숲 속이나 외딴 양치기의 오두막에서 잠을 잤습니다. 사람이 사는 집과는 전혀 맞닥뜨리지 않았고 또 이러한 황야에서 인가를 우연히 마주치게 되리라고는 생각해 볼 수도 없었습니다. 바위는 점점 더 험해졌고 저는 절벽을 지나갈 수밖에 없었으며 자주 현기증을 느꼈고 제 발 아래에 있는 길이 끊기기도 했습니다. 완전히 절망적인 기분이었으며 울고 또 고함을 질렀습니다. 바위 골짜기에서 내 목소리는 끔찍한 울림으로 퍼졌습니다. 저녁이 되자 좀 쉬려고 이끼가 긴 자리를 찾아내었습니다. 밤에는 이상한 소리에 잠들 수 없었습니다. 때로는 사나운 동물의 소리였고 때로는 바위 사이로 탄식하며 지나는 바람이었으며 때로는 알지 못하는 새들의 소리였습니다. 저는 기도를 올렸으며 거의 아침이 되어서야 잠이 들곤 했습니다.

낮이 되어 햇빛이 얼굴에 비추자 깨어났습니다. 제 앞에는 가파른 바위가 서 있었습니다. 저는 황야를 벗어날 출구를 찾거나 혹시 인가나 사람을 볼 수 있을까 하는 희망을 품고 기어 올라 갔습니다. 제가 그 위에 서자 제 둘레에 있는 것뿐만 아니라 제 눈이 닿는 한의 모든 것은 안개로 덮여 있었습니다. 낮은 회색으로 흐릿했으며 바위 틈새를 비집고 솟아난 몇 무더기의 덤불을 제외하고는 어떤 나무나 들판도 보이지 않았습니다. 사람을 단 한 명이라도 볼 수 있었으면 하는 마음이 얼마나 절실했는지 말로 표현할 수 없습니다. 사람 때문에 불안에 떨게 될지라도 말입니다. 동시에 저는 고통스러울 정도의 배고픔을 느꼈으며 쓰러지면서 죽기로 결심했습니다. 그러나 얼마 지나지 않아 살고자 하는 욕망이 생겨나 벌떡 일어나 간간이 탄식을 하면서 온종일 눈물을 흘리며 걸었습니다. 마침내 저는 거의 의식이 없다시피 피곤하고 지쳐 살고는 싶지 않았지만 죽음에 대한 두려움도 생겨났습니다.

저녁이 될 무렵 주위의 경치가 상당히 익숙하게 여겨졌습니다. 의식과 희망이 다시 솟아나 살고자 하는 소망이 제 혈관에서 되살아났습니다. 멀리서 들려오는 물레방아 소리에 대한 확신이 생기며 걸음이 빨라졌습니다. 드디어 황량한 바위가 끝나는 지점에 도달했을 때 너무나도 좋았고 마음이 가벼워졌습니다. 저는 멀리 아늑한 산과 숲과 목초지가 펼쳐져 있는 것을 보았습니다. 마치 지옥에서 천국으로 발을 들여놓은 기분이었습니다. 고독과 의지할 데 없는 제 처지도 이제는 전혀 무섭지 않았습니다.

기대했던 물레방아 대신에 마주친 것은 저를 낙담시킨 폭포였습니다. 개울에서 손으로 물 한 모금을 마셨습니다. 그때 갑자기 멀리서 낮은 기침 소리를 들은 것 같았습니다. 이렇게 기분 좋게 놀라 본 적은 한 번도 없었습니다. 가까이 걸어가서 숲의 구석에서 쉬고 있는 늙은 여자를 알아볼 수 있었습니다. 그 여자는 거의 검은색 옷차림에 머리와 얼굴의 대부분을 검은 모자로 가리고 있었으며 손에는 T자형 지팡이를 들고 있었습니다.

저는 그 여자에게 다가가 도움을 청했습니다. 그 여자는 저를 옆자리에 앉히더니 빵이랑 포도주를 주었습니다. 제가 먹는 동안 그 여자는 날카로운 목소리로 성가를 불렀습니다. 노래가 끝난 후 저에게 따라와도 좋다고 허락하였습니다.

저는 이 제안이 무척 마음에 들었습니다. 그 늙은 여자의 목소리와 존재가 이상하게 여겨지기는 했지만 말입니다. 지팡이를 짚고 그 여자는 상당히 민첩하게 갔습니다. 걸을 때마다 얼굴을 찡그리는 모습을 보고 처음에는 웃지 않을 수가 없었습니다. 거친 암벽을 뒤로하고 계속 걸어갔습니다. 그리고 평온한 들판을 지나서 상당히 긴 숲을 지나갔습니다. 우리가 숲에서 걸어 나오자 바로 해가 졌습니다. 그리고 그때의 광경과 느낌은 결코 잊을 수가 없습니다. 저녁노을 속에 우뚝 솟은 나무의 가지 끝까지, 가장 부드러운 붉은색과 금색이 모든 것에 녹아들어 있었습니다. 들에는 황홀한 빛이 펼쳐져 있었고 숲과 나뭇잎은 고요히 서 있었으며 푸른 하늘은 열린 낙원 같았습니다. 샘이 졸졸 흐르는 소리는 때때로 나무의 팔랑거리는 소리와 더불어 맑은 정적을 뚫고 애수를 띤 즐거움 속에서 울리고 있었습니다.
제 젊은 영혼은 이제 처음으로 세상과 세상사에 대한 기대감을
지니게 되었습니다. 제 눈은 저 자신과 저를 이끌어 주는 늙은
여자와 그리고 제 영혼도 잊어버린 채 제 눈은 금빛의 구름 사
이를 열중해서 올려다보고 있었습니다.

우리는 이제 자작나무가 심어진 언덕을 올라갔습니다. 언덕
위에서 자작나무로 울창한 푸른 계곡을 볼 수 있었고 그 아래
나무들 가운데에 조그만 통나무집이 하나 있었습니다. 활기차
게 개가 짖는 소리가 울렸으며 곧 조그맣고 재빠른 개 한 마리
가 그 여자에게 달려와서 꼬리를 흔들었습니다. 그리고 개는 제
게로 와서 저의 모습을 샅샅이 살피더니 다정한 몸짓을 하면서
늙은 여자에게 되돌아갔습니다.

언덕에서 내려와 통나무집에서 울려 나오는, 꼭 새가 부르는
것 같은 아주 멋있는 노래를 들었습니다. 다음 노래였습니다.

숲 속의 고독이
나를 기쁘게 만드니
내일도 오늘같이
영원히 그러리라,
오 얼마나 나를 기쁘게 하는지
숲 속의 고독이

이 몇 소절은 끊임없이 반복되었습니다. 마치 발트 호른과 목동의 피리가 멀리서 뒤섞여 연주되는 것과 같았습니다.

저는 호기심으로 매우 긴장되었습니다. 그 늙은 여자의 허락을 기다리지도 않고 저는 통나무집으로 들어갔습니다. 이미 어두워지기 시작했습니다. 모든 것은 정돈되고 청소되어 있었으며 벽장 위에는 몇 개의 잔이 놓여 있었고, 식탁에는 이국풍의 그릇이 있었으며 창가에 있는 반짝이는 새장 속에는 새 한 마리가 있었습니다. 노래를 불렀던 바로 그 새였습니다. 그 여자는 몹시 기침을 했으며 전혀 다시는 나을 것 같아 보이지 않았습니다. 때로는 조그만 개를 쓰다듬었고, 때로는 예의 그 노래로 응답을 하는 새와 이야기를 나누었습니다. 그 여자는 대체로 마치 제가 그곳에 없는 것처럼 행동했습니다. 저는 그녀를 볼 때마다 소름이 끼쳤습니다. 왜냐하면 그녀의 얼굴은 끊임없이 씰룩였으며 나이 때문인지 머리를 계속 끄덕였습니다. 저는 그녀의 외모가 원래 어떻게 생겼는지를 알 수가 없었습니다.

기운이 회복되자 그녀는 램프에 불을 붙여 아주 조그만 식탁을 차렸으며 저녁을 식탁으로 옮겼습니다. 그녀는 제 쪽을 보면서 엮어 맨 등나무 의자 중 하나에 앉도록 명령했습니다. 저는 그녀와 마주 보고 가까이 앉았습니다. 우리들 사이에는 불이 켜져 있었습니다. 그녀는 뼈만 앙상한 손으로 깍지를 끼고 큰 소리로 기도를 하였습니다. 얼굴을 일그러뜨리면서 했기 때문에 저는 또다시 웃을 뻔했습니다. 그러나 저는 그녀를 화나게 하지 않으려고 매우 조심했습니다.

저녁을 먹은 후에 그녀는 다시 기도를 했습니다. 그다음에 좁고 작은 방에 있는 침대를 정해 주었습니다. 그 여자는 큰 방에서 잠을 잤습니다. 저는 금방 잠이 들었습니다. 반쯤은 멍한 상태로 밤중에 몇 번 깨어났습니다. 그리고 그 늙은 여자가 기침을 하고 개와 말하는 것을 들었습니다. 그러는 동안 잠이 든 것처럼 보이던 새가 노래 중 몇 소절을 부르는 것을 들었습니다. 창문 앞에서 쏴쏴 소리를 내는 자작나무와 멀리서 나이팅게일의 울음이 합쳐서 너무도 황홀한 화음을 내는 바람에 제가 깨어 있는지 아니면 여전히 다른 더 이상한 꿈속에 빠져 있는지 알지 못할 정도였습니다.

아침에 그 늙은 여자가 저를 깨웠습니다. 그러고 나서 곧 해야 될 일을 가르쳐 주었습니다. 저는 물레를 돌려야 했으며 그것을 금방 할 줄 알게 되자 또한 개와 새도 돌보아야 했습니다. 저는 곧 가사를 돌볼 수 있게 되었으며 주위의 모든 일을 익히게 되었습니다. 이제는 모든 것이 그래야만 되는 것처럼 여겨져서 그 늙은 여자가 무언가 이상한 면을 지니고 있음도, 그 집이 기묘하며 모든 사람에게서 떨어져 있다는 것 그리고 새에게 뭔가 특별함이 있다는 것도 느껴지지 않았습니다. 그러나 그 새의 아름다움이 항상 제 눈에 띄었습니다. 왜냐하면 새의 깃털이 가능한 온갖 색깔로 반짝였기 때문입니다. 가장 아름다운 연푸른 색과 불타는 듯한 붉은 색이 목과 몸통에 뒤섞여 있었으며 새가 노래를 부를 때에는 자랑스럽게 뽐내는 바람에 새의 깃털이 더욱더 화려하게 보였습니다.

늙은 여자는 자주 외출을 했으며 저녁때가 되어 돌아올 때쯤 저는 개와 함께 마중을 나갔습니다. 그러면 그녀는 저를 '아기'라거나 '딸'이라고 불렀습니다. 저는 마침내 그녀를 진심으로 좋게 여기게 되었습니다. 특히 유년기에 우리들의 감각이 모든 것에 익숙해지듯이 그랬습니다. 저녁이면 그녀는 저에게 읽기를 가르쳤으며 저는 문학에 이끌리게 되었습니다. 문학은 그 후 혼자 고독한 시간에 끝없는 즐거움의 원천이 되었습니다. 왜냐하면 그녀는 멋진 이야기가 있는 오래된 필사본 몇 권을 가지고 있었기 때문입니다.

그 당시 저의 생활 방식에 관한 기억은 제게는 아직도 여전히 기묘하게 여겨진답니다. 어떤 사람의 방문도 받지 않고 단지 그렇게 조그만 가정이라는 테두리 안에 살았습니다. 그 개와 새는 제게 오랜 친구 같았습니다. 그런데 저는 그 당시에는 그렇게 자주 불렀던 그 개의 기이한 이름을 그곳을 떠난 후에는 다시는 생각해 낼 수가 없답니다.

여러 해를 저는 그렇게 그 늙은 여자와 살았습니다. 그리고 그녀가 드디어 저를 믿게 되고 비밀을 알려 준 건 제가 열두 살

❖

가량 되었을 때입니다. 새는 매일 알을 하나 낳았는데 그 알 속에는 진주 한 개나 보석이 한 개 들어 있었습니다. 제게는 결코 일일이 돌보도록 하지 않았지만 그녀가 몰래 새장 속에서 열중해서 일을 한다는 건 저도 이미 눈치채고 있었습니다. 그녀는 이제 제게 자신의 부재 중에는 알을 가져다 이국풍의 그릇에 잘 보관하라고 부탁했습니다. 그녀는 먹을 것을 남겨 두고는 이전보다 더 오래 몇 주일이나 몇 달씩 집을 비우게 되었습니다. 저의 물레는 윙윙 소리를 내었고 개는 멍멍 짖었으며 대단한 새는 노래를 불렀습니다. 그러면서도 주위의 모든 것이 너무 고요해서 저는 그 기간 내내 어떤 폭풍도 어떤 나쁜 날씨도 기억나지 않습니다. 아무도 길을 헤매다가 그곳으로 오지 않았으며 어떤 사나운 짐승도 저희들의 집 가까이에 오지 않았습니다. 저는 만족했으며 하루하루 열심히 일을 했습니다. 인간이란 방해받지 않고 자신의 삶을 그렇게 계속할 수만 있다면 아마도 진정으로 행복할 테지요.

제가 읽은 몇 권 안 되는 책에서 저는 세상과 인간에 대하여 완전히 기묘한 상상을 하게 됩니다. 세상만사를 저로부터 그리고 제 주위의 사물에서 추론했습니다. 유쾌한 사람들 이야기라면 조그만 개와 결부시켰으며, 화려하게 차린 귀부인은 항상 기이한 새, 그리고 늙은 여자라면 저와 사는 기이한 늙은 여자와 연결시켜서만 상상할 수가 있었습니다. 사랑에 관한 것도 읽었으며 기이한 이야기는 상상 속에서 공연을 해 보았습니다. 저는 세상에서 가장 멋있는 기사를 생각해 내었으며 제가 애써서 만든 기사가 어떤 모습인지를 알지 못하면서, 미덕이란 미덕을 모두 지닌 사람으로 미화하였습니다. 그러나 그 기사가 저의 사랑에 응해 주지 않았을 때는 제 자신을 정말로 불쌍하게 여길 수 있었습니다. 그러면 저는 긴 감동적인 연설을 스스로에게 하곤 하였습니다. 오로지 그의 사랑을 얻기 위하여 때로는 큰 소리로 말입니다. 당신들은 미소를 지으시는군요! 물론 우리들 모두 젊은 시절을 보냈습니다.

저는 그때부터 홀로 있는 것이 더 좋아지게 되었습니다. 왜 나하면 혼자 있게 되면 바로 그 순간부터 제가 집주인이 되기 때문입니다. 개는 저를 매우 좋아해서 제가 원하는 모든 것을 했습니다. 새는 제 모든 질문에 노래로 대답을 했으며 물레는 항상 힘차게 돌았습니다. 그리고 저는 근본적으로 변화에 대한 소망을 결코 느끼지 않았습니다. 오랜 여행에서 늙은 여자가 돌아올 때마다 그녀는 제가 주의 깊게 일을 한 것을 칭찬했으며 제가 온 이후로 살림이 훨씬 잘 정돈되어 꾸려지고 있다고 말했습니다. 저의 성장과 제 건강한 모습을 기뻐했으며 한마디로 그녀는 저를 마치 딸처럼 대했습니다.

"얘야, 너는 참 착한 아이야."

한번은 그녀가 제게 탁한 목소리로 말했습니다. "네가 이렇게만 계속한다면 네 일은 항상 잘될 것이야. 그러나 올바른 길에서 벗어나는 사람은 결코 번영을 이루지 못해. 아무리 늦더라도 벌이 따르게 된단다."

그녀가 이 말을 할 때 저는 그 자리에서는 별로 주의를 하지 않았습니다. 왜냐하면 저는 매사에 있어서 천성적으로 활달했기 때문입니다. 그러나 밤중에 다시 그 말이 떠올랐습니다. 그리고 그녀가 무엇을 말하고 싶어서 그런 말을 했는지 이해할 수가 없었습니다. 저는 모든 말 한마디 한마디를 정확하게 되짚어 보았습니다. 저는 부유함에 관한 책을 읽었습니다. 마지막에는 그녀의 진주와 보석이 아마도 비싼 것일 수 있겠다는 생각이 떠올랐습니다. 이 생각은 곧 점점 더 명백해졌습니다. 그러나 올바른 길이라는 말을 무슨 의미로 했을까? 그녀의 말의 의미를 저는 지금까지도 완전히는 파악하지 못하고 있습니다.

저는 열네 살이 되었습니다. 영혼의 결백함을 잃게 되면 그 대가로 지성이 발달되는 것이 인간의 불행이지요. 그 늙은 여자가 없을 때에 제가 새와 값진 보물을 챙겨서 제가 책을 통하여 알게 된 세상을 찾아 나서는 일이 점점 다가오고 있음을 느끼고 있었습니다. 동시에 저는 아직도 살아 있는 매우 멋진 기사를 만나게 될 수도 있다고 생각했습니다.

이 생각은 저음에는 다른 생각보다 너 현실감이 있시도 않았습니다. 그러나 제가 물레에 앉았을 때면 언제나 제 의지와는 반대로 자꾸 그 생각이 났습니다. 저는 보석으로 멋지게 치장하고 주위에 기사와 왕자들로 둘러싸여 있는 제 자신을 상상할 정도로 생각에 푹 빠지곤 했습니다. 제가 저 자신을 이런 식으로 잊어버리고 있을 때 그리고 제가 다시 눈을 들어서 조그만 거실에 있는 저를 발견할 때 저는 많이 침울해졌습니다. 게다가 제 일을 하고 있을 때에는 그 늙은 여자는 더 이상 저를 염려하지 않았습니다.

어느 날 저의 여주인은 다시 길을 떠나면서 제게 말했습니다. 이번에는 보통 때보다 더 길게 집을 비우게 되므로 매사를 빈틈없이 처리하고 시간을 헛되이 보내지 말 것을 당부했습니다. 저는 그녀와의 이별이 상당히 걱정이 되었습니다. 왜냐하면 그녀를 다시는 못 보게 될 것 같았기 때문입니다. 저는 그녀가 떠날 때 오래 찬찬히 보았으며 제가 왜 그렇게 걱정에 휩싸였는지는 알지 못했습니다. 확실히 알아차리지는 못하였지만 제 계획은 이미 제 앞에 놓여 있는 것 같았습니다.

한 번도 개와 새를 그렇게 열심히 돌보아 준 적이 없었습니다. 동물들이 평소보다 더 제 마음에 걸렸습니다. 아침에 일어나서 제가 새와 함께 오두막집을 나와 이른바 세상을 찾아 나서려고 굳게 마음을 먹었을 때는 늙은 여자가 길 떠난 지 이삼일 지난 뒤였습니다. 여러 가지 생각으로 마음이 괴로웠으며 무거웠습니다. 그곳에 머물고 싶었으며 떠난다는 생각이 몹시 싫

었습니다. 그것은 제 영혼 속의 이상한 싸움이었습니다. 마치
제 마음속에 두 개의 갈등을 일으키는 영혼들 간의 다툼 같았
습니다. 어느 순간 평안한 고요함이 너무나 아름답게 여겨졌습
니다. 다음 순간에는 온갖 다양함을 지닌 새로운 세계에 관한
생각에 매혹되었습니다.

저는 제가 어떤 일을 하게 될지를 몰랐습니다. 개는 쉬지 않
고 제게 달려들었고 햇빛은 들판에 상쾌하게 내리쬤였으며 푸
른 자작나무는 반짝반짝 빛났습니다. 저는 마치 뭔가 매우 서둘
러 처리해야 할 일이 있는 것 같은 기분이 들었으며 그 작은 개
를 잡아서 방 안에 묶었습니다. 그리고는 새가 든 새장을 겨드
랑이에 끼었습니다. 개는 예기치 않은 취급에 애처롭게 낑낑대
며 비틀고 뒤척였습니다. 개는 저를 애원하는 눈으로 쳐다보았
지만 저는 개를 데리고 나서는 것이 두려웠습니다. 보석으로 가
득 찬 그릇 하나를 집어서 주머니에 쑤셔 넣고 나머지는 그대
로 두었습니다.

새는 머리를 묘하게 뒤로 돌렸습니다. 제가 새장을 들고 대
문을 나설 때였습니다. 개는 저를 뒤따라 오려고 무진 애썼지만
그곳에 있을 수밖에 없었습니다.

험한 절벽에 이르는 길을 피해서 반대되는 쪽을 향하여 걸었
습니다. 개는 큰 소리로 짖었고 끊임없이 낑낑대었습니다. 그것
은 제 마음을 진실로 흔들리게 하였습니다. 새는 두서너 번 노

래를 하려고 했지만 운반되고 있기 때문인지 노래하는 것을 좋아하지 않았습니다.

그렇게 계속 걷자 개 짖는 소리는 점점 약해졌으며 마지막에는 완전히 사라졌습니다. 저는 눈물을 흘렸으며 거의 다시 되돌아갈 뻔했지만 새로운 것을 보겠다는 욕심이 저를 앞으로 내몰았습니다.

몇 개의 산과 두서너 개의 숲을 지나서 저녁이 되었을 무렵에 한 마을에 들르게 되었습니다. 조그만 마을 여관에서 그날 밤을 보낼 수밖에 없었습니다. 여관에 들어갔을 때 저는 아주 겁이 났습니다. 그러나 방 하나와 침대를 배정받고 저는 상당히 편안하게 잠을 잤습니다. 다만 저를 위협하는 늙은 여자에 관한 꿈을 꾼 것을 제외하고는 말이에요.

제 여행은 상당히 지루했습니다. 그러나 제가 계속 가면 갈수록 점점 더 그 늙은 여자와 조그만 개에 관한 생각이 저를 더욱 불안하게 만들었습니다. 제가 돌보지 않아서 그 개가 굶어 죽었음에 틀림이 없다는 생각을 했습니다. 숲에서 저는 자주 그 늙은 여자가 갑자기 제 앞에 나타나는 상상을 했습니다. 그리하여 눈물을 흘리고 탄식을 하면서 길을 갔습니다. 제가 쉴 때는 새장을 바닥에 놓았으며 그때마다 새는 기묘한 노래를 불러서 제가 버리고 떠나온 행복했던 외딴 곳에서 머물렀던 일을 생생하게 기억나게 하였습니다. 인간의 천성이란 얼마나 잊기가 쉬

❦

운지, 저는 이제 제 어렸을 때의 여행이 지금의 여행보다 그렇게 우울하지 않았던 것 같았습니다. 저는 다시 어릴 적으로 돌아가고 싶었습니다.

몇 개의 보석을 팔았습니다. 그리고 이제 여러 날 걷고 걸은 끝에 작은 마을에 도착하였습니다. 마을에 들어섰을 때 묘한 기분이 들어서 두려웠지만 무엇 때문인지는 몰랐습니다. 그러나 곧 그곳이 바로 제가 태어난 마을임을 깨달았습니다. 얼마나 놀랐는지요! 수많은 이상한 기억이 홍수처럼 몰려왔습니다. 기쁨이 넘쳐 제 뺨에 눈물이 얼마나 흘렀는지 모릅니다. 많은 것이 변해 있었습니다. 새로 집들이 들어섰으며 그 당시에 처음 세웠던 집들은 이제 낡았습니다. 집이 불타 버린 곳도 볼 수 있었습니다. 모든 것은 제가 생각했던 것보다 훨씬 작고 비좁았습니다. 제 부모님을 그렇게 많은 세월이 지난 후에 다시 뵙게 될 수 있다는 기대로 너무나 기뻤습니다. 조그만 집, 익히 알고 있는 문지방, 문의 손잡이는 완전히 전과 같아서 마치 제가 어제 문을 반쯤 열어 둔 것 같았습니다. 제 가슴은 대단히 격렬하게 뛰었으며 제가 서둘러 문을 열자 완전히 낯선 얼굴들이 거실에 둘러앉아서 놀라서 저를 노려보았습니다. 저는 양치기 마틴에 관하여 물었습니다. 사람들은 그가 이미 3년 전에 부인과 함께 죽었다고 말해 주었습니다. 저는 서둘러 돌아 나와서 큰 소리로 울면서 마을을 떠났습니다.

저는 제가 지닌 부유함으로 부모님을 놀라게 해 드리면 얼마나 좋을까를 생각하곤 했습니다. 이상한 우연으로 이제 제가 어린 시절에 항상 꿈꾸어 왔던 일이 현실로 되었습니다. 그러나 이제 모든 것이 아무 소용이 없어졌습니다. 부모님은 저와 함께 즐거워하실 수가 없게 된 것입니다. 그리고 항상 인생에서 제가 가장 희망했던 일이 이제 영원히 사라져 버린 것입니다.

쾌적한 도시에 저는 정원이 딸린 집 한 채를 빌리고 하녀를 한 명 두었습니다. 제가 추측했던 것만큼 세상은 그렇게 멋지지 않았지만 늙은 여자와 함께 그곳에서 살았던 일을 많이 잊어버렸습니다. 그리고 저는 상당히 만족해서 살았습니다.

새는 이미 오래전부터 더 이상 노래를 부르지 않았습니다. 저는 새가 어느 날 밤 느닷없이 다시 노래를 부르기 시작했을 적에 적시 않게 놀랐습니다. 게다가 다른 말로 노래 불렀습니다.

숲의 고독이여
얼마나 너는 멀리 떨어져 있는지!
오, 너는 알게 되리니
머지않아
후회만 남게 됨을.
아, 나의 유일한 기쁨인
숲의 고독이여

저는 그날 밤 내내 잠을 잘 수가 없었습니다. 모든 일이 새롭게 생각났으며 제가 옳지 못한 일을 저질렀음을 점점 더 느끼게 되었습니다. 제가 깨어났을 적에 새가 바라보는 것이 매우 거슬렸습니다. 새는 줄곧 저를 바라보았으며 새의 존재가 저를 불안하게 만들었습니다. 새는 새로운 노래를 전혀 멈추지 않고 전에 그랬던 것보다 더 크게 그리고 더 울려 퍼지게 노래했습니다. 제가 새를 찬찬히 관찰하면 할수록 새는 저를 더욱더 불안하게 만들었습니다. 저는 마지막에는 새장 문을 열었으며 손을 집어넣어서 새의 목덜미를 잡았습니다. 그리고 저는 손으로 힘껏 눌렀습니다. 새는 저를 간청하는 눈빛으로 쳐다보았으며 제가 손을 놓았지만 이미 죽어 있었습니다. 저는 새를 정원에 묻었습니다.

이제 자주 하녀에 대한 공포가 엄습하였습니다. 저는 제가 하녀였을 때를 되돌아보았으며 그녀도 제 금품을 강탈하거나 저를 살해할 수도 있다고 믿게 되었습니다. 그리고 이미 오래전부터 제 맘에 꼭 맞는 젊은 기사 한 분을 알게 되었으며 그의 청혼을 승낙하였습니다. 발터 씨, 이것으로 제 이야기는 끝났습니다.

"당신은 그녀를 그 당시에 만나 봤어야 합니다."

에크베르트가 급히 이야기에 끼어들었다. "그녀의 젊음, 아름다움 그리고 말로 표현할 수 없는 매력은 외딴 곳에 살면서 그녀가 지니게 된 것입니다. 그녀는 제게 마치 기적처럼 여겨졌으며 저는 그녀를 말로 표현할 수 없을 만큼 사랑하게 되었습니다. 저는 재산이 전혀 없었지만 그녀의 사랑으로 이렇게 부유해졌습니다. 저희는 여기로 이사를 왔으며 지금까지 단 한순간이라도 저희의 결합을 후회한 적이 없었습니다."

"그런데 쓸데없는 말을 하다 보니 벌써 밤이 깊었습니다. 저희는 이제 자러 가야겠습니다."

베르타가 다시 말했다.

그녀는 일어서서 그녀의 방으로 갔다. 발터는 그녀의 손에 잘 자라는 키스를 하면서 "부인, 감사드립니다. 신비로운 새와 함께 있으면서 조그만 슈트로미안에게 먹이를 주고 있는 모습이 상상됩니다"라고 말했다.

발터도 자러 갔다. 에크베르트만이 여전히 불안한 채 거실을 왔다 갔다 했다.

"사람이란 바보가 아닐까?"

그는 혼자 중얼거렸다. "누구도 아닌 바로 내가, 아내로 하여금 발터에게 속마음을 털어놓도록 했는데 이제 비밀을 털어놓은 것을 후회하고 있으니! 그가 이 신뢰를 악용하지는 않을까? 다른 사람에게 말하지는 않을까? 인간의 천성이 그렇듯이 그도 비밀리에 보석을 훔칠 계획을 세우고 보석을 갖고 싶은 근본적인 욕심을 느끼게 되지는 않을까?"

발터가 그러한 대접을 받은 후에 당연히 해야 되는 다정한 작별 인사를 하지 않은 것에 에크베르트의 생각이 미쳤다. 인간은 마음에 한번 의심이 일어나면 모든 사소한 일에서도 의심의 꼬투리를 발견하게 된다. 그러면서 에크베르트는 자신의 친구를 비열하고 믿을 수 없는 사람이라고 비난했으며 마음속에서 비난을 떨쳐 버릴 수가 없었다. 그는 이런저런 상상으로 밤새 뒤척였으며 거의 잠을 자지 못했다.

베르타는 아파서 아침을 먹으러 나올 수 없었다. 발터는 그것에 대하여 크게 염려하지 않았으며 에크베르트에게는 상당히 무심한 태도로 작별을 고했다. 에크베르트는 그의 행동을 납득할 수가 없었다. 그는 고열이 난 채로 누워 있는 아내를 찾아갔다. 그녀는 전날 밤에 털어놓은 이야기가 자신을 이렇게 흥분하게 만들었다고 말했다.

그날 저녁 이후 발터는 친구의 성을 아주 가끔 방문했으며 그가 올 때마다 하찮은 몇 마디 말을 던진 후에 가 버렸다. 그의 이런 행동은 에크베르트의 마음을 심히 괴롭혔다. 그는 설상가상으로 베르타에게도 발터에게도 속마음을 털어놓지도 못하였다. 이제는 누구나 그에게서 내면적인 불안함을 감지하게 되었다.

베르타의 병은 점점 더 예사롭지가 않게 되었다. 의사는 불안해졌다. 그녀 뺨의 혈색은 사라지고 눈에는 점점 더 열이 있었다. 어느 날 아침에 그녀는 하녀들에게 휴가를 주고 남편을 침대 옆으로 불렀다.

"여보"라고 그녀는 말을 시작했다.

"저는 당신에게 그 자체로는 단지 하나의 의미 없고 사소한 일처럼 여겨질 수도 있는 일을 고백해야겠어요. 그 일은 저를 거의 이성을 잃게 만들고 있으며 제 건강을 몹시 해치게 만들고 있거든요. 제가 어린 시절 이야기를 그렇게 자주 말하면서도 오랫동안 제가 돌보았던 조그만 개의 이름을 아무리 애를 써도 한 번도 기억해 내지 못했던 일을 당신은 아시잖아요. 그날 저녁에 발터가 작별하면서 갑자기 제게 말했답니다. '저는 당신이 조그만 개 슈트로미안에게 어떻게 먹이를 주었는지 상상할 수 있습니다'라고요. 그는 이름을 추측해서 말했을까요? 이름을 알고 있으면서 그 이름을 의도적으로 입 밖에 냈을까요? 그리고 이 사람은 내 운명과 어떻게 연관되어 있는 것일까요? 이 이상한 일이 제 상상 속의 일인 것처럼 생각하려 애써 보지만, 이것은 사실이며 단지 너무나 생생하답니다. 잘 알지도 못하는 사람이 제가 그 이름을 기억해 내도록 만든 순간 저는 심한 공포심에 사로잡혔습니다. 에크베르트, 무슨 생각이 드세요?"

에크베르트는 깊이 마음의 동요를 느끼면서 괴로워하는 아내를 찬찬히 쳐다보았다. 그는 아무 말도 할 수 없었으며 곰곰이 생각한 후에 몇 마디 위로의 말을 던진 채 방을 나왔다. 성의 외딴 방에서 그는 알 수 없는 불안감에 휩싸여 서성대었다. 발터는 수년 동안 에크베르트가 사귄 유일한 친구인데, 바로 그의 존재가 자신을 압박하면서 괴롭히고 있는 것이다. 단지 이 유일한 존재를 제거할 수만 있다면 그는 기쁘고 가벼운 기분일 것 같았다. 그는 불안한 마음을 떨쳐 버리고 사냥을 떠나기 위하여 석궁을 집어 들었다.

거세게 폭풍이 휘몰아치는 겨울날이었다. 산에는 눈이 깊이 쌓였으며 나뭇가지는 아래로 휘어져 있었다. 그는 여기저기 정처 없이 돌아다녔으며 이마에는 땀이 솟았다. 들짐승 한 마리도 마주치지 않았고 이것이 그의 불쾌감을 가중시켰다. 갑자기 그는 멀리서 무언가가 움직이는 것을 보았다. 그것은 나무에서 이끼를 모으고 있는 발터였다. 무슨 일을 하고 있는지 의식하지 않은 채 그는 석궁을 겨누었다. 발터는 뒤돌아보았으며 무언으로 위협하는 태도를 취했다. 그러는 사이에 화살이 날아갔으며 발터가 푹 쓰러졌다.

에크베르트는 가벼운 안도감을 느꼈으며 그럼에도 오싹한 느낌이 그를 자신의 성으로 향하도록 만들었다. 깊은 숲 속에서 길을 잃었기 때문에 그는 오랫동안 헤매었다. 그가 성에 도착했을 때 베르타는 이미 죽어 있었다. 그녀는 죽기 전에 발터와 그 늙은 여자에 대하여 많은 말을 했다.

에크베르트는 오래 쓸쓸한 고독 속에서 살았다. 항상 발작적으로 우울해지기도 했으며 그의 아내가 들려준 이상한 이야기가 그를 불안하게 만들었고 뭔가 끔찍한 일이 일어날 수도 있음에 두려워했다. 그러나 이제 자책감에 견딜 수가 없었다. 친구를 살해한 일이 그의 눈앞에 끊임없이 어른거렸으며 자신이 한 일에 대한 질책을 그만둘 수가 없었다.

불안을 떨쳐 버리기 위하여 그는 때때로 가장 가까운 대도시로 갔다. 그곳에서 그는 모임과 파티에 참석했다. 친구나 누군가를 통하여 자신의 영혼의 공허함이 채워지기를 희망했다. 그러나 다시 발터를 회상할 때면 그는 새로운 친구를 찾겠다는 생각만으로도 몸서리를 치곤 했다. 왜냐하면 그는 어떤 친구와의 우정도 오직 불행만 가져올 것이라고 확신했기 때문이다. 그는 베르타와 함께 오랫동안 평온하게 살았으며 발터와의 우정은 그를 몇 년 동안 행복하게 했으나 두 사람이 이렇게 갑자기 그의 삶에서 억지로 떨어져 나가고 보니 어떤 순간에는 그의 인생이 현실 속의 삶이라기보다는 마치 이상한 동화같이 여겨졌다.

젊은 기사인 휴고가 조용하고 침울한 에크베르트와 교류를 하게 되었으며 그에 대하여 진정한 호감을 느끼는 것처럼 보였다. 젊은 기사와의 예기치 못한 우정을 별것 아니라고 여길수록 그 우정에 너무 빨리 반응하게 된 것이 에크베르트에게는 신기할 정도로 놀라웠다. 두 사람은 자주 함께 있었고 이 낯선 사람은 에크베르트에게 모든 가능한 호의를 베풀었으며 이제는 두 사람 중 누구도 혼자서 말을 타고 야외로 나가지 않게 되었다. 모든 모임에 약속을 하고 나가서 만났으며 곧 두 사람은 떼려야 뗄 수 없어 보였다.

에크베르트는 단지 잠깐 동안 명랑했다. 왜냐하면 그는 휴고가 자신을 착각해서 좋아하고 있음을 또렷이 느끼고 있었기 때문이다. 휴고는 그를 몰랐으며 그의 내력을 알지 못하고 있었다. 휴고가 진정한 친구임을 확신할 수 있도록 에크베르트는 한번 더 그에게 모든 것을 고백하고 싶은 충동을 느꼈다. 그럴 때면 다시 의심이 솟았으며 자신을 싫어하게 되리라는 공포가 고백을 못하게 만들었다. 상당히 많은 시간 동안 자신의 비열함에 대하여 확신하고 있었으므로 자신을 전혀 모르는 사람 말고 어느 누구도 자신을 존경하지 않으리라는 것을 그는 알고 있었다. 그럼에도 불구하고 강한 충동을 억누를 수가 없었다. 인적이 드문 곳으로 두 사람이 말을 타고 소풍을 나갔을 때 그는 친구에게 자신의 모든 이야기를 털어놓았으며 휴고에게 살인자를 사랑할 수 있는지 물었다. 휴고는 깊은 감동을 받았으며 그를 위로하려고 했다. 에크베르트는 가벼운 마음으로 그를 따라 시내로 들어갔다.

바로 신뢰의 순간에 의심을 품게 됨은 그에게 내려진 천벌인 것 같다. 왜냐하면 둘이서 연회장으로 들어가자 수많은 전등 불빛 속에서 친구의 표정이 그의 기분을 상하게 했기 때문이다.

그는 휴고의 얼굴에서 음흉한 미소를 알아챘다고 믿었으며 휴
고가 자신과 거의 말을 않고 있음과, 참석한 사람들과 많은 이
야기를 나누면서 자신을 거들떠보지도 않음도 에크베르트의
주의를 끌었다. 항상 에크베르트를 적으로 간주하고 종종 에크
베르트의 아내와 재산에 관하여 이상야릇하게 질문을 던져 왔
던 나이 많은 기사가 모임에 참석해 있었다. 휴고는 이 늙은 기
사와 어울려서 둘이서 오랫동안 에크베르트를 가리키면서 은
밀히 이야기를 주고받았다. 에크베르트는 이제 그의 그릇된 추
측이 사실로 확인되고 있는 것을 보았으며 자신의 비밀이 알려
졌다고 믿었다. 그는 몹시 화가 났다. 에크베르트가 여전히 그
쪽을 응시하자 갑자기 발터의 얼굴이 나타났다. 그의 모든 표
정, 에크베르트에게 너무나 익숙한 모습…… 그가 계속 그쪽을
바라보자 누구도 아닌 발터가 나이 많은 기사와 말하고 있다는
확신이 들었다. 에크베르트의 공포는 말로 표현할 수가 없었다.
제정신을 잃고 황급히 뛰쳐나갔다. 그 밤에 그는 도시를 떠나
수없이 길을 헤맨 끝에 성으로 돌아왔다.

불안한 유령처럼 그는 이제 이 방에서 저 방으로 서둘러 돌
아다녔으며 이런저런 끔찍한 상상으로 빠져 들었다. 더 끔찍한
것은 잠을 청해도 단 한순간도 눈을 붙일 수가 없었다. 자주 그
는 자신이 미치지 않았나 하는 생각을 했으며 단지 상상에 의
하여서만 모든 일을 처리할 수 있었다. 그러면서 그는 다시 발

터의 모습을 기억해 내었다. 그리고 모든 것이 그에게 점점 더 수수께끼처럼 여겨졌다. 그는 자신의 생각을 정리하기 위하여 여행을 떠날 결심을 했다. 우정에 대한 생각과 사람들과 교류하고 싶은 희망을 이제 영영 포기했다.

그는 정처 없이 길을 떠났다. 물론 그는 자신의 앞에 놓여 있는 경치에 전혀 관심을 두지 않았다. 말을 최대한 빠른 속도로 이삼 일 달린 후에 그는 빠져나갈 길이 전혀 없는 바위로 둘러싸인 미로에서 방향을 잃은 것을 알게 되었다. 드디어 그에게 좁은 길 너머 폭포를 지나가는 길을 알려 주는 농부를 만났다. 에크베르트가 고맙다는 표시로 농부에게 동전을 주려고 하자 농부는 동전을 거절했다. 에크베르트는 혼자 중얼거렸다.

"내가 지금 무슨 생각을 하고 있지? 이 사람이 다른 누구도 아닌 발터라고 쉽사리 믿고 있으니 말이야!"

그리고 다시 한 번 뒤돌아보자 실제로 그 사람은 다른 누구도 아닌 바로 발터였다. 에크베르트는 말이 달릴 수 있는 한 빨리 달리도록 박차를 가하여, 너무 기진한 말이 그의 발밑에 쓰러질 때까지 목초지와 숲을 달려갔다. 말이 쓰러진 것에 개의치 않고 그는 이제 걸어서 앞으로 나아갔다.

꿈속에서 그는 언덕을 올라갔다. 가까이에서 기운찬 개 짖는 소리와 자작나무가 살랑거리며 내는 소리에 뒤섞여서 황홀한 음색으로 부르는 노래가 귀에 들린다고 생각했다.

숲 속의 고독이

나를 다시 즐겁게 하네.

어떤 고통도 없을 것이며

이곳에는 질투도 없네.

한 번 더 나를 즐겁게 하네,

숲 속의 고독이

이제 에크베르트의 의식과 감각은 완전히 사라졌다. 바로 지
금 꿈을 꾸고 있는지 혹은 이전에 베르타라는 여자의 꿈을 꾼 것
인지라는 수수께끼에 대한 대답을 찾을 수가 없었다. 가장 환상
적인 일이 가장 일상적인 일과 뒤섞여 있었다. 그의 주위의 세계
는 매혹적이었으며 그는 어떤 생각도 어떤 기억도 나지 않았다.

등이 굽은 늙은 여자 한 사람이 기침을 하면서 지팡이를 짚
고 언덕을 느릿하게 올라오고 있었다.

"네가 내 새를 가져갔지? 내 진주도 가져갔지? 내 개도 데려
갔지?"

그에게 소리쳤다. "봐라, 악이 스스로 벌을 받게 되는 것을.
내가 바로 다른 누구도 아닌 네 친구 발터이고 또 휴고란다."

"하느님." 에크베르트는 조용히 웅얼거렸다. "그러면 나는
얼마나 큰 고독 가운데에서 살았다는 말입니까!"

"그리고 베르타는 너의 누이동생이야."

에크베르트는 땅바닥에 쓰러졌다.

"왜 베르타는 내가 원한을 품도록 만들고 떠났을까? 그러지 않았더라면 모든 일이 잘되고 좋게 끝났을 텐데. 그녀의 시련 기간이 거의 지나갔었거든. 그녀는 양치기에게 맡겨져 양육된 기사의 딸인데, 바로 네 아버지의 딸이야."

"왜 나는 항상 이 끔찍한 일을 예감으로 느끼고 있었지요?"

에크베르트가 소리쳤다.

"너는 아주 어렸을 적에 아버지가 이 일에 관하여 설명하는 것을 들은 적이 있었거든. 그는 자신의 아내에게 이 딸을 키우 게 할 수가 없었지. 다른 여자의 소생이었기 때문이야."

에크베르트는 정신 착란을 일으키고 죽어 가면서 바닥에 누 워 있었다. 희미한 혼돈 속에서 그는 늙은 여자가 하는 말과 개 짖는 소리와 새의 되풀이되는 노래를 듣고 있었다.

조영수
옮김

요정들
Die Elfen, 1811

루트비히 티크
Johann Ludwig Tieck

루트비히 티크
Johann Ludwig Tieck
1773-1853

독일 베를린에서 태어났다. 바켄로더W. H. Wackenroder, 노발리스
Novalis, 슐레겔Schlegel 형제 등과 독일의 낭만주의 문학 운동을 주도
했다.

뛰어난 상상력과 인간의 어두운 측면이 교묘하게 결합된 그의 작품
은 극적인 반전을 통해 독자에게 예기치 못한 충격을 던져 준다. 티
크의 이러한 문학성을 이 책에 실린 「요정들」과 「금발의 에크베르
트」에서 발견할 수 있다. 낭만주의 문학의 주요한 주제 가운데 하나
였던 마법과 전설 속의 영험한 존재들을 인간의 심리와 절묘하게
아우른 것 또한 티크의 뛰어난 점이다.

그의 작품 『프란츠 슈테른발트의 여행Franz Sternbalds Wanderungen』
(1798)은 F. 슐레겔로부터 괴테의 『빌헬름 마이스터』보다 뛰어난
작품이라는 격찬을 끌어냈다. 이외에 『윌리엄 로벨 씨의 이야기』
(1793-1796), 『예술을 사랑한 한 수도사의 고백』(1797), 『아름다
운 마게로네의 이상한 사랑 이야기』(1796) 등이 있다.

＊

"우리 딸 마리는 도대체 어디에 있소?"

아빠가 물었습니다.

"바깥 초원에서 놀고 있어요. 이웃집 아들 녀석하고 말이에요."

엄마가 대답했어요.

"길이나 잃지 말아야 할 텐데. 걔들은 좀 무분별하잖소."

아빠가 염려스러운 듯 말했습니다.

엄마는 아이들을 찾아 오후 간식을 가져다주었어요.

"뜨겁네요!"

사내 녀석이 말했습니다. 작은 소녀는 덤벼들듯이 빨간 버찌에 손을 뻗었습니다.

"얘들아, 조심하거라. 집에서 너무 멀리 가지 말고, 숲으로 들어가서도 안 돼. 나하고 아빠는 들에 나가 볼 거야."

엄마가 말했습니다. 그러자 어린 안드레스가 대답했어요.

"오, 걱정하지 마세요. 우리는 숲을 무서워하거든요. 가까이에 사람들이 있는 집 근처에 있을게요."

엄마는 집으로 가서 곧장 아빠와 함께 다시 나왔습니다. 그들은 문단속을 하고 밭으로 향했습니다. 일하고 있는 하인들과 들판의 건초 수확물을 살펴보기 위해서였습니다. 그들의 집은 작고 푸른 언덕 위에 있었고, 집 주위에는 아담한 격자 울타리가 처져 있었어요. 물론 과수원과 꽃밭도 에워싸고 말이죠. 그 마을은 아래쪽으로 꽤나 낮은 지대로 뻗어 있었고, 저쪽 건너편에 백작의 성이 우뚝 솟아 있었습니다. 마르틴은 백작으로부터 대농장을 임차해 농사를 지으며, 아내와 외동딸과 함께 행복하게 살고 있었어요. 땅은 기름지고 백작도 그에게 부담을 주지 않았기에 그는 해마다 저축을 했고 근면한 생활을 통해 부자가 될 희망을 갖고 있었기 때문이었습니다.

그는 아내와 함께 자신의 밭으로 향하며 흡족한 마음으로 사방을 둘러보며 말했습니다.

"여보, 브리기테, 이곳은 우리가 전에 살았던 곳과는 완전히 딴 세상이구려. 이곳은 이렇게 푸르니 말이오. 온 마을에 과일나무들이 빽빽하게 들어차 있고, 대지는 아름다운 풀과 꽃들로 가득하고, 모든 집들은 활기가 넘치며 깨끗하고, 주민들은 유복하잖소. 그렇소. 내 생각엔 이곳의 숲들은 더 아름답고 하늘은 더 푸른 것 같소. 눈길 닿는 한 넉넉하게 베풀어 주는 자연에 대한 즐거움과 기쁨이 넘치는구려."

아내 브리기테가 대꾸했습니다.

"강 건너 마을만 해도 영 딴판이에요. 그곳은 너무 황량하고 메말랐어요. 이곳에 오는 나그네들마다 사방팔방 어디에도 우리 마을보다 아름다운 곳은 없다고 하잖아요."

"저기 있는 전나무 숲만 빼면 말이오."

남편이 말했습니다. "한번 돌아봐요. 온통 밝은 이 지역에 저리도 칙칙하고 황량하게 외진 구석이 있다니. 어두운 전나무들 뒤편의 연기에 그을린 오두막 하며 무너진 축사들과 침울하게 흘러가는 시냇물 하고는."

두 사람이 잠시 발걸음을 멈추고 가만히 서 있는 동안 아내가 말했습니다.

"정말이에요. 왜 그런지는 모르겠지만 저곳에 가까이 갈 때마다 침울해지고 불안해져요. 대체 저기 사는 사람들이 어떤 사람들인지, 이곳 마을로부터 일체 동떨어져 사는 이유가 뭔지, 마치 양심에 거리끼는 게 많은 사람들처럼 말예요."

"가난한 부랑배들이지."

젊은 소작인이 대꾸했습니다. "겉모습으로 보아 외딴 곳에서 도둑질과 사기를 일삼는 집시 무리인 것 같은데, 아마도 이곳에서 은신처를 찾은 것 같소. 단지 내가 의아하게 여기는 건, 우

리의 관대하신 백작님이 그들을 너그럽게 봐주고 계시다는 거
요."

"자신들의 곤궁한 처지를 부끄러워하는 불쌍한 사람들일 수
도 있겠어요."

아내가 이해심을 드러내며 말했습니다. "어쨌든 그들에게 이
렇다 하게 험담할 거리는 없으니까요. 단지 그들이 교회에 다니
지도 않고, 도대체 뭘 먹고 사는지 알 수 없다는 게 미심쩍어요.
실상 완전히 황량하게 방치되어 있는 듯한 작은 정원은 그들을
먹여 살릴 수 없을 테고, 그들은 소유하고 있는 경작지도 없으
니까요."

"그들이 무슨 일을 하는지 누가 알겠소."

계속 걸으며 마르틴이 말을 이었어요. "어쨌거나 그들에게
접근하는 사람이 아무도 없는걸. 그들이 사는 그곳은 마법에 저
주받은 유배지나 다름없으니 말이오. 그래서 제 아무리 주제넘
은 녀석들이라도 그곳에 다가갈 엄두를 못 내는 거지."

그들은 들판 쪽으로 방향을 잡으며 이야기를 계속했습니다.
그들이 이제까지 화제로 삼았던 저편 음울한 지역은 마을에서
멀리 떨어져 있었습니다. 전나무들이 에워싸고 있는 분지에는
오두막 한 채와 거의 허물어져 버린 농사農舍 몇 채가 모습을 드
러내고 있었어요. 그곳에서는 어쩌다 한 번 정도 연기가 피어오
를까, 사람의 모습은 더더욱 보이지 않았습니다. 이따금씩 좀더

664

가까이 다가갈 용기를 낸 호기심 많은 사람들이, 오두막 앞 벤치에 너덜너덜한 누더기를 걸친 꼴불견의 여인네 몇이 앉아 있고 그녀들의 무릎 위에서 못지않게 못생기고 더러운 아이들이 뒹구는 것을 보았어요. 그 지역 입구에는 검은 개들이 뛰어다녔고, 저녁나절이 되면 그를 아는 사람이 아무도 없는 한 거대한 남자가 시냇물의 작은 판자 다리를 건너 오두막 안으로 사라지는 것이었어요. 그러면 칠흑 같은 어둠 속에서 몇몇 형체들이 소박한 불빛 주위를 그림자처럼 움직이는 것이 보였습니다. 이런 이유와 전나무 그리고 허물어진 오두막은, 밝고 푸르른 경치를 배경으로 한 마을의 새하얀 집들과 새로 지은 화려한 성과 실로 기이한 대조를 이루고 있었습니다.

두 아이들은 이제 과일을 먹었어요. 아이들은 경주를 할 생각이 들었습니다. 작고 날쌘 마리가 느림보 안드레스를 번번이 월등히 앞서 이겼습니다.

"그건 대단한 일도 아니야!"

마침내 안드레스가 큰 소리로 말했어요. "그러니 이번엔 좀 멀리 가 보자. 그러고 나서 누가 이기는지 한번 보자고."

"좋으실 대로. 단, 냇물 쪽으로는 달리기 없기다."

마리가 말했습니다.

"그래. 저 언덕 위 커다란 배나무 있는 데까지 가기다. 여기에서부터 15분 정도 거리야. 난 여기 왼쪽으로 전나무 숲을 돌

아 달려갈게. 넌 오른쪽으로 해서 들판을 질러 달려가. 저 위에
서 다시 만나기 전엔 누가 이길지 알 수 없는 일이잖아."

안드레스가 대꾸했습니다.

"좋아."

어느새 달리기 시작하며 마리가 말했습니다. "그렇게 하면
같은 길로 가면서 서로 방해가 되지 않겠네. 아빠 말씀이, 집시
들이 사는 집 이쪽으로 가든 저쪽으로 가든 언덕까지는 같은
거리라고 하셨어."

안드레스는 앞장서 달려나갔습니다. 오른편으로 접어든 마
리의 눈에는 안드레스가 보이지 않았어요.

"멍청한 녀석 같으니라고."

마리가 혼자 중얼거렸습니다. "난 용기를 내서 작은 판자 다
리를 건너 오두막을 지나 저쪽 마당을 지나 다시 빠져나갈 거
야. 분명 내가 먼저 도착할 테지."

마리는 이미 전나무 언덕의 시냇물 앞에 서 있었습니다.

"이곳을 꼭 지나가야 하나? 아니야. 너무 으스스해."

마리가 말했어요. 새하얗고 작은 강아지가 건너편에서 힘껏
짖어 대고 있었습니다. 깜짝 놀란 마리에겐 그 짐승이 커다란
괴물처럼 보여, 펄쩍 뛰어 뒤로 물러났습니다.

"이럴 수가! 내가 여기 이러고 서서 고민하는 동안 지금쯤 그
녀석은 꽤나 멀리 앞서 갔겠어."

마리가 말했습니다. 강아지는 계속해서 짖어 댔어요. 하지만 그놈을 자세히 살펴보니 더 이상 무서운 생각이 들지 않고, 오히려 매우 사랑스럽게 여겨졌습니다. 강아지의 목에는 반짝이는 방울이 달려 있는 빨간 목줄이 걸려 있었고, 녀석이 고개를 쳐들고 요란하게 짖어 대느라 몸을 흔들자, 방울은 아주 정다운 소리를 내며 울렸습니다.

"에잇! 한번 과감히 해 보는 거야!"

꼬마 마리가 소리쳤습니다. "힘껏 달려서 재빨리 저 건너편으로 다시 빠져나가야지. 설마 저들이 나를 잡아먹어 버리지는 않겠지!"

이리하여 명랑한 꼬마는 시냇물의 작은 판자 다리를 폴짝 뛰어넘고, 짖어 대기를 그치고 아양을 떠는 강아지를 서둘러 지나쳤어요. 그녀는 이제 숲 속에 서 있었습니다. 주위를 에워싸고 있는 검은 전나무들이 부모님의 집과 다른 풍경들을 볼 수 있는 시야를 온통 가리고 있었습니다.

하지만 마리는 어찌나 놀랐던지! 주위는 온통 갖가지 꽃들이 만발한 꽃밭이었습니다. 그 화단에는 화려한 색깔의 튤립, 장미, 백합들이 영롱한 빛을 발했고, 파랑 나비와 금홍빛 나비들이 이 꽃 저 꽃을 날아다녔고, 격자 울타리에 걸린 반짝이는 철사로 된 새장들 안에서는 형형색색의 새들이 아름다운 노래를 부르고 있었습니다. 그리고 하얀색 짧은 치마를 입은 금발의 곱

❊

슬머리에 맑은 눈동자의 아이들이 뛰어 돌아다니고 있었어요.
몇몇 아이들은 어린 양과 놀고 있었고, 다른 아이들은 새들에게
모이를 주었으며, 또 꽃을 모아 서로 주고받거나, 버찌와 포도,
빨간 살구를 먹는 아이들도 있었어요. 또 오두막은 온데간데없
고, 대신 청동 대문이 달리고 멋진 조각품이 새겨진 아름다운
저택이 그 한가운데 휘황찬란하게 서 있었습니다. 마리는 너무
나 놀란 나머지 얼이 빠져 어쩔 줄 몰랐어요. 하지만 마리는 어
리석은 아이가 아니었기에, 얼른 첫 번째 아이에게 다가가 손을
내밀며 "안녕" 하고 인사를 했습니다.

"네가 우리를 찾아온 거니?"

화사하게 어여쁜 아이가 말했어요. "난 네가 저 밖에서 뛰어
다니는 걸 보았어. 그런데 넌 우리 강아지를 무서워하더라."

"안드레스가 항상 말하는 것처럼 너희들은 집시나 악당들이
아닌 모양이로구나! 안드레스는 정말 멍청하다니까. 늘상 되는
대로 지껄인단 말이야."

마리가 말했습니다.

"여기 머무르렴. 네 마음에도 들 거야."

그 신비스런 소녀가 말했습니다.

"하지만 우리는 지금 경주 중이야."

"그 아이에게 돌아갈 때까지 아직 시간은 충분해. 자, 이거
먹어!"

마리는 이제까지 그렇게 달콤한 과일은 먹어 본 적이 없었어요. 그래서 안드레스도, 경주도, 늘 하시던 부모님의 금기 사항도 깡그리 잊었습니다.

화려한 옷을 입은 한 훤칠한 여인이 다가와 낯선 아이에 대해 물었습니다.

"아름다운 부인이여……."

마리가 말했어요. "저는 어쩌다 보니 이곳으로 들어오게 되었어요. 그런데 이 아이들이 저보고 이곳에 머물라고 하네요."

그러자 아름다운 부인이 말했습니다.

"체리나, 이 아이에게 주어진 시간은 아주 잠깐뿐이라는 걸 너도 알잖니? 그리고 우선은 내게 물어 봤어야지."

"이 아이가 이미 다리를 통과하도록 허락된 걸 보고 그렇게 해도 된다고 여겼어요. 게다가 들판에서 뛰어노는 이 아이를 자주 보았고요. 어머니도 이 아이의 쾌활한 성품을 보고 좋아하셨잖아요. 어쨌거나 이 아이는 어차피 곧 우리 곁을 떠날 수밖에 없는걸요."

화사하게 빛나는 아이가 말했습니다.

"싫어, 난 여기에 머물고 싶어."

낯선 소녀가 말했습니다. "이곳은 정말 아름답단 말이야. 그리고 여기엔 최고로 멋진 장난감도 있고, 게다가 딸기와 버찌도 있잖아. 저 바깥세상은 이렇게 멋지지 않단 말이야."

황금빛 옷을 입은 여인은 미소를 지으며 자리를 떴습니다. 이제 웃으며 기뻐하는 마리 주위로 많은 아이들이 웃으며 뛰어와, 그녀와 장난질을 치고 춤을 추자고 부추겼습니다. 다른 아이들은 양이나 신기한 장난감을 갖다 주었고, 또 다른 아이들은 악기를 연주하며 음악에 맞춰 노래를 불렀어요. 하지만 마리는 맨 처음 다가갔었던 소녀와 가장 잘 어울렸습니다. 그 소녀는 모든 아이들 중에서 제일 상냥하고 아리따웠거든요. 꼬마 소녀 마리는 몇 번이고 큰 소리로 말했어요.

"난 너희들과 언제까지나 함께 있고 싶어. 너희들이 나의 자매가 되어 주렴."

마리의 말에 아이들은 모두 웃으면서 그녀를 얼싸안았습니다.

"이제 우리 멋진 놀이를 하며 놀자."

체리나가 말했습니다. 그러고는 급히 궁전 안으로 달려 들어가 자그마한 황금 상자를 갖고 돌아왔습니다. 그 상자 안에는 반짝이는 꽃가루가 들어 있었어요. 체리나는 작은 손가락으로 그것을 움켜쥐고 몇 개의 낟알을 초록빛 땅 위에 뿌렸습니다. 그러자 곧 풀들이 큰 파도가 일렁이는 듯한 소리를 내었고, 순식간에 화사한 장미 덤불이 땅속에서 솟아 나와 빠른 속도로 쑥쑥 자라 갑자기 활짝 꽃을 피우면서 사방을 달콤한 향기로 가득 채웠습니다. 마리도 꽃가루를 집어 뿌렸습니다. 그러자 새하얀 백합과 형형색색의 카네이션들이 솟아올랐습니다. 체리나가 한 번 눈을 찡긋하자 꽃들은 다시 사라지고 그 자리에 다른 꽃들이 나타났어요.

"이제 더 굉장한 일이 벌어질 테니 마음의 준비를 단단히 해."

체리나가 말했습니다. 그녀는 잣 두 알을 땅 속에 심고 발로 힘껏 밟았어요. 그러자 그들 앞에 두 그루의 푸르른 관목이 나타났습니다.

"날 꽉 잡아."

체리나가 말하자, 마리는 체리나의 여린 몸을 두 팔로 감싸 안았지요. 순간 마리는 자신이 높이 솟구치고 있는 것을 느꼈습니다. 실상 그들 발아래서 나무들이 엄청난 속도로 자라고 있었거든요. 높게 자란 소나무들이 흔들거렸고, 두 아이는 붉게 물든 저녁노을을 이리저리 떠다니며 서로 얼싸안고 입을 맞추었어요. 다른 아이들은 숙달된 솜씨로 날쌔게 나무줄기를 타고 오르락내리락하다 서로 마주칠 때면 웃음보를 터뜨리며 서로 밀치거나 장난질을 쳤습니다. 그런 혼잡한 틈에 아이들 중 한 명이 미끄러져 떨어지기도 했는데, 그때 그 아이는 허공을 가르고 사뿐히 날아 천천히 그리고 안전하게 땅 위에 내려섰습니다. 마침내 마리는 겁이 났어요. 체리나가 꽤 큰 소리로 몇 소절 노래를 불렀습니다. 그러자 나무들은 처음에 구름 속으로 솟아올랐을 때와 마찬가지로 천천히 땅속으로 잦아들었고, 두 아이를 내려놓았습니다.

아이들은 청동 문을 통과하여 궁전으로 들어갔습니다. 그곳에는 젊거나 나이든 수많은 아름다운 여인들이 원형 홀에 둘러앉아 맛있는 과일을 먹고 있었고, 어디선가 아름다운 음악이 흘러나오고 있었습니다. 아치형 천장에는 야자와 꽃과 잎 모양의 장식이 그려져 있고, 그 사이를 아이들의 형상이 애교스런 몸짓으로 기어오르며 매달려 있었어요. 그리고 그림의 형상들은 음악 선율에 따라 변하면서 눈부신 색채를 발했습니다. 순간 밝은 빛이 비치듯 녹색과 푸른색이 반짝거리더니, 다시 색깔들이 빛을 잃고 차분히 가라앉았다가 자줏빛 불꽃을 발하거나 황금빛으로 타올랐습니다. 그럴 때면 꽃가지에 휘감긴 알몸의 어린이 형상들이 생명을 지닌 듯 루비빛 입술로 숨을 들이쉬고 내쉬는 것 같았습니다. 그래서 새하얀 치아가 아른아른 반짝이고, 하늘빛 눈동자가 빛을 발하는 것을 알아볼 수 있었습니다.

청동 계단이 홀에서부터 커다란 지하 방으로 이어져 있었습니다. 그곳에는 금과 은이 가득했고, 그 사이사이에서 형형색색의 보석들이 빛나고 있었어요. 온 벽을 빙 둘러 진귀한 용기들이 나열되어 있었는데, 그 안은 귀중품들로 가득 차 있는 것 같았습니다. 각양각색으로 가공된 황금이 은은한 붉은빛을 발하고 있었습니다. 수많은 난쟁이들이 보석들을 분류하여 알맞은 용기에 담느라 분주했습니다. 등이 굽고 다리가 휜 기다란 붉은 코의 다른 난쟁이들은 마치 제분소 주인이 곡식을 나르듯 앞으로 쏠린 무거운 자루들을 방 안으로 운반해 와서는 숨을 헐떡이며 금 알갱이들을 바닥에 쏟아 놓았습니다. 그러고는 엉거주춤 이쪽저쪽으로 뛰어다니며 도망치듯 굴러가는 둥근 금 알갱이들을 주웠습니다. 그렇게 열을 내느라 서로 부딪히기라도 하면 뒤뚱거리며 털썩 바닥에 넘어지는 경우도 허다했습니다. 마리가 그들의 서툰 몸짓과 추한 몰골을 보고 웃음을 터뜨리자, 그들은 불쾌한 표정을 지으며 마리를 흘겨보았어요. 뒤편에는 주름이 자글자글한 한 작은 노인이 앉아 있었는데, 체리나가 그에게 공손하게 인사를 하자 노인은 단지 근엄하게 고개를 숙여 답례를 할 뿐이었습니다. 노인은 손에 왕홀을 쥐었고, 머리에는 왕관을 쓰고 있었어요. 다른 모든 난쟁이들은 그 노인을 주인으로 섬기며 그의 신호에 복종하는 것 같았습니다.

"또 무슨 일이냐?"

아이들이 그에게 가까이 다가가자, 언짢다는 듯이 노인이 물었습니다. 마리는 두려움에 입을 꼭 다물고 있었어요. 하지만 마리의 친구 체리나는 이 작은 지하 창고를 구경하러 왔을 뿐이라고 대답했습니다.

"여전히 유치한 애들 짓거리로구나! 언제까지 그렇게 태연하게 놀기만 할 테냐?"

노인이 말했습니다. 그러고 나서 그는 다시 자신의 작업장으로 돌아가, 금화들의 무게를 선별하는 일을 시켰습니다. 노인은 그 밖의 난쟁이들을 쫓아냈고, 많은 난쟁이들에게 화를 내며 꾸짖었습니다.

"대장처럼 보이는 저 사람은 누구야?"

마리가 물었습니다.

"우리의 귀금속을 관장하는 군주야."

계속 걸으며 체리나가 대답했습니다.

연못가에 도착한 걸 보니, 그들은 다시 야외로 나온 모양이었어요. 하지만 아직 태양도 비추지 않았고, 머리 위에는 하늘도 보이지 않았습니다. 작은 나룻배가 그들을 맞이해 주었어요. 체리나가 아주 열심히 노를 저었고, 배는 제법 빠른 속도로 움직였습니다. 연못 한가운데 이르렀을 때, 마리는 이 작은 연못으로부터 무수히 많은 파이프와 수로와 실개천이 사방으로 뻗어나 있는 것을 알아보았습니다.

"오른편의 이 물은……"

화사하게 빛나는 아이가 말했습니다. "저 아래 우리 정원으로 흘러내려 간단다. 그 물을 머금고 정원의 모든 것들이 싱싱하게 꽃을 피우지. 아마도 여기에서부터 우리는 큰 강으로 내려갈 수도 있을 거야."

갑자기 모든 수로와 호수로부터 헤아릴 수 없이 많은 아이들이 떠올라 둥둥 헤엄쳐 왔어요. 많은 아이들은 갈대와 수련으로 엮은 화관을 쓰고 있었고, 다른 아이들은 잎 모양이 뾰족한 붉은 산호를 들고 있었고, 또 다른 아이들은 흰 소라를 불었습니다. 여러 소리가 뒤얽힌 굉음이 어두운 호반으로부터 즐겁게 울려 퍼졌습니다. 아이들 사이에서 아리따운 여인들이 헤엄을 치고 있었고, 여러 아이들이 그 여인들에게 뛰어들어 목에 매달려 키스를 하기도 했어요. 모두가 낯선 마리에게 인사를 건넸습니다. 마리와 체리나는 이렇게 혼란스러운 틈을 비집고 호수를 헤쳐 나와 작은 강을 향해 내려갔습니다. 작은 강줄기는 점점 좁아졌고, 마침내 나룻배가 멈췄습니다. 사람들은 잘 가라고 인사를 했고, 체리나는 바위를 두드렸습니다. 그 바위가 마치 문처럼 양쪽으로 갈라지더니, 몸 전체가 온통 붉은 한 여인이 마리와 체리나가 배에서 내리는 것을 도와주었습니다.

"즐겁게 지내고 있죠?"

체리나가 물었습니다.

"그들은 마침 지금 모두들 활동 중이에요."

그 여인이 대답했어요.

"눈으로 볼 수 있는 한 모두들 아주 즐거워하고 있어요. 온기도 지극히 알맞은 정도로 따뜻해요."

그들은 나선형 계단을 올라갔습니다. 갑자기 휘황찬란한 홀이 나타났고, 발을 들여놓는 순간 마리는 밝은 빛에 앞이 안 보일 정도로 눈이 부셨습니다. 불타는 듯한 융단 벽지가 작열하는 자줏빛으로 사방 벽을 뒤덮고 있었습니다. 눈이 어느 정도 빛

❖

에 익숙해지자, 마리는 융단에 휩싸여 유쾌하게 오르락내리락 춤추며 움직이는 형체들을 보고는 무척이나 놀랐습니다. 그 여인들은 그보다 더 매력적일 수 없을 정도로 너무나 사랑스럽고 아름다운 형체를 갖추었어요. 그들의 몸은 불그레한 수정으로 이뤄진 듯싶었습니다. 마치 그 안에서 생동하는 피가 흐르는 것이 눈에 보이는 것 같았으니까요. 그들은 낯선 아이에게 미소를 보내며, 다양한 몸짓으로 허리를 굽혀 인사를 했어요. 하지만 마리가 그 여인들에게 다가가려 하자, 갑자기 체리나가 마리를 홱 잡아끌며 소리쳤습니다.

"넌 타 버릴 거야. 마리, 저들은 모두 불길이거든!"

마리는 뜨거운 열기를 느꼈습니다.

"왜 저토록 사랑스럽기 그지없는 피조물들이 우리에게로 와서 어울려 놀 수 없는 거지?"

마리가 말했습니다. 그러자 체리나가 대꾸했습니다.

"네가 공기 속에서 살고 있듯이, 저들은 언제나 불 속에 있어야만 하거든. 그들이 여기 밖으로 나오게 되면 고통스러워하며 사그라질 거야. 봐봐, 잘 지내고 있는 저들을. 그리고 눈부신 빛을 발하며 웃는 모습을 말이야. 저기 아래에 있는 것들은 사방에서 땅 밑으로 불의 강줄기를 발산시킨단다. 그 빛줄기를 받아 꽃들이 자라고, 과일과 포도송이들이 무르익는 거야. 붉은 불의 줄기들이 물로 이뤄진 시냇물들과 나란히 흐르고 있단다. 그렇

게 이 불꽃들은 항상 기쁘게 활동하고 있는 거지. 하지만 너한
텐 이곳이 너무 뜨거울 거야. 우리 다시 정원으로 나가자."

정원은 또 다른 모습으로 변해 있었습니다. 모든 꽃잎 위로
달빛이 깃들어 있고, 새들은 지저귐을 멈추었고, 아이들은 각양
각색으로 무리를 지어 초록빛 정자 안에서 잠들어 있었습니다.
하지만 마리와 마리의 친구는 전혀 피곤을 느낄 줄 모르며, 온
화한 여름밤 속을 즐겁게 거닐며 아침까지 온갖 이야기를 나누
었습니다.

날이 밝자 그들은 과일과 우유를 먹고 다시 기운을 차렸어
요. 그러고 나자 마리가 말했습니다.

"기분 전환하러 전나무 있는 곳에 한번 가 보자. 그곳이 어떤
모습일지."

"좋아."

체리나가 대답했습니다. "그러면 그곳에 있는 우리 보초병들
도 방문할 수 있을 거야. 분명 네 마음에도 들 거야. 그들은 저
위 나무들 사이 요새에서 보초를 서고 있어."

마리와 체리나는 꽃이 만발한 정원을 가로지르고, 밤꾀꼬리
소리 가득한 아늑한 작은 숲을 지나, 포도원 언덕을 올라, 맑은
시냇물의 굽이굽이를 한참 따라간 뒤 마침내 전나무와 그 지역
의 경계를 이루고 있는 높은 언덕에 도착했습니다.

"어쩜 이럴 수가 있지?"

마리가 물었습니다. "밖에서 볼 땐 이 주변이 정말 작아 보였는데, 이 안에서 우리가 이렇게도 먼 길을 가야 하다니!"

"왜 그런지는 나도 몰라. 하지만 실제가 그런걸."

친구가 대답했습니다. 둘은 칠흑 같은 전나무들이 있는 곳까지 올라갔습니다. 숲 바깥쪽에서부터 차가운 바람이 그들에게 불어왔고, 사방에 안개가 자욱하게 낀 것 같았습니다. 언덕 위에는 기괴하게 생긴 형상들이 서 있었습니다. 고운 가루를 뒤집어쓴 얼굴, 새하얀 부엉이를 꼭 닮은 불쾌하게 생긴 머리통의 형상들이었어요. 그것들은 덥수룩한 털로 된 주름 잡힌 외투를 걸치고, 괴상한 가죽 파라솔을 머리 위에 펼쳐 들고 있었습니다. 그리고 옆쪽으로 괴상하게 불거져 나온 박쥐 날개를 끊임없이 퍼덕이며 바람을 일으키고 있었습니다.

"우습기도 하고 무섭기도 하다."

마리가 말했습니다.

"이들은 착하고 근면한 우리의 보초병들이야."

꼬마 친구가 말했어요. "이들은 이곳에 서서 바람을 일으키고 있단다. 우리에게 접근하려는 모든 사람들에게 싸늘한 공포와 기괴한 두려움을 불러일으키기 위해서지. 지금 밖에서는 비가 오고 있고 추워서 저렇게 가리개로 덮어 놓은 거야. 비와 추위를 저들은 견디지 못하거든. 여기 아래는 결코 눈보라가 치지도, 찬바람이 불어오지도 않아. 여기에는 언제나 여름과 봄만이 있지. 하지만 저 위의 보초들을 자주 교대시켜 주지 않으면, 이런 날씨는 그냥 사라져 버리고 말 거야."

"그렇다면 도대체 너희들은 누구니?"

꽃향기 가득한 곳으로 다시 내려오며 마리가 물었습니다. "너희들을 부르는 이름은 있지 않니?"

"우리는 요정들이야."

상냥한 친구가 말했습니다. "내가 들은 바에 의하면 세상 사람들도 우리에 대해 그렇게 말해."

그들은 푸른 초원에서 큰 소동이 벌어진 듯한 요란한 소리를 들었습니다.

"그 아름다운 새가 도착했어!"

다른 아이들이 마리와 체리나를 향해 소리쳤어요. 모두들 서둘러 홀 안으로 들어서고 있었어요. 동시에 마리와 체리나는 애어른 할 것 없이 모두들 문턱으로 몰려가는 모습을 보았고, 아울러 모두가 환호성을 치고 축제의 음악이 홀 안에서 메아리쳐 흘러나오는 소리를 들었습니다. 그리고 홀 안으로 들어섰을 때, 그들은 각양각색의 형상들이 커다란 원을 이루며 방 안을 가득 채우고서 모두들 한 마리 거대한 새를 올려다보고 있는 광경을 보았습니다. 화려하게 빛나는 깃털의 그 새는 둥근 천장 위에서 천천히 날면서 여러 차례 동그라미를 그리고 있었습니다. 음악은 평소보다 더 흥겹게 울렸고, 홀 안의 빛과 색채들이 더욱 빨

✤

리 바뀌었습니다. 마침내 음악 소리가 멈추자 새는 날갯짓을 하
며 둥근 아치 지붕, 천장 아래 걸려 빛을 내리 쏟는 눈부시게 빛
나는 왕관 모양의 샹들리에 위로 날아올랐습니다. 자줏빛과 초
록빛 깃털로 이뤄진 새의 몸체가 날아가면서 찬란한 황금빛 줄
무늬들을 그렸고, 새의 머리에 둘러진 환한 솜털로 이뤄진 머리
장식이 흔들리며 보석처럼 반짝였습니다. 부리는 붉은색이었
고, 다리는 화려하게 빛나는 푸른빛이었어요. 새의 움직임에 따
라 모든 색이 서로 뒤섞여 영롱한 빛을 발해 바라보기에 황홀했
습니다. 새의 크기는 독수리만 했고요. 이제 새는 빛나는 부리를
벌렸어요. 그러자 달콤한 멜로디가 퍼덕이는 가슴에서부터 흘
러나왔습니다. 마치 열렬히 구애하는 밤꾀꼬리 소리처럼 아름
다운 선율이었어요. 그 노래는 광채보다 더 강렬하게 뿜어져 나
오며 퍼졌습니다. 그러자 모두가, 심지어 아주 어린 아이들까지
도 환희와 황홀함에 젖어 눈물을 흘리지 않을 수 없었습니다. 새
가 노래를 끝내자 모두가 새에게 절을 했고, 그는 다시 아치형
천장 주변을 선회하더니 쏜살같이 문을 통해 햇빛 찬란한 하늘
로 날아올랐습니다. 그리고 한 점 붉은 빛을 발하다가 시야에서
홀연 사라져 버렸습니다.

"왜 너희들은 그렇게 기쁨에 차 있는 거니?"

이렇게 물으며 마리는 어제보다 더 작아진 듯 보이는 어여쁜
친구에게 몸을 숙였습니다.

"왕이 오시니까!"

아이가 대답했어요. "우리 대부분은 이제까지 한 번도 왕을 본 적이 없어. 그분이 계신 곳엔 언제나 기쁨과 행복이 가득하단다. 우린 이미 오래전부터 그분이 오시기를 간절하게 바라 왔었어. 너희들이 기나긴 겨울 뒤에 봄을 기다리는 마음보다 더 간절하게 말이야. 이제 왕께서 이 아름다운 사자使者를 통해 당신의 도착을 알리신 거야. 왕의 사신으로 보내진 이 찬연하고 지적인 새는 불사조라고 불린단다. 불사조는 머나먼 아라비아의 어떤 나무 위에 살고 있는데, 이 세상에 유일무이한 존재야. 불사조는 나이가 들었다고 느끼면 향유香油와 향연香煙을 끌어모아 둥지를 틀고 그것에 불을 붙여 스스로를 불사른단다. 그렇게 불사조는 노래를 부르며 죽어 가지. 그리고 다시 젊어진 불사조가 새로이 아름다운 모습으로 향내 나는 재 속에서 날아오른단다. 불사조는 사람의 눈에 띄게 나는 일이 거의 없어. 그래서 인간들이 불사조를 본다는 건 수백 년에 한 번 있을까 말까 해. 만일 그런 일이 생기면 인간들은 그것을 기념록에 기록하고, 기적 같은 사건을 기다리지. 하지만 마리, 이젠 너도 떠나가야만 하겠다. 우리 왕의 모습을 보는 건 네게는 허용되어 있지 않으니까."

그때 황금빛 옷을 입은 아름다운 여인이 혼잡한 무리 사이를 빠져나와 마리에게 눈짓을 하고는 고즈넉한 나무 그늘 길로 데

✤

려갔습니다.

"애야, 넌 이제 이곳을 떠나야만 한단다."

여인이 말했습니다. "왕께서는 20년, 어쩌면 그보다 더 오래 이곳 행궁行宮에 머무실 거란다. 그리고 풍요로움과 축복을 온 지역 멀리까지 전파하실 거다. 이 숲 가까이에 있는 마을에는 가장 큰 축복이 있을 거야. 모든 샘물과 시냇물은 훨씬 더 풍부해질 것이고, 모든 경작지와 정원들은 보다 풍요해질 거야. 포도 농사는 더욱 풍요로워질 테고, 초원은 더욱 비옥해질 것이며, 숲은 훨씬 신선하고 푸르러질 게다. 한결 온화한 바람이 불어오고, 그 어떤 우박도 해를 끼치지 않을 것이며, 홍수가 나는 일도 없을 거야. 이 반지를 받거라. 그리고 우리를 기억해 주렴. 하지만 한 가지 반드시 명심할 것은, 그 어느 누구에게도 우리에 대해서 이야기를 해서는 안 된단다. 그러지 않으면 우리는 이곳을 떠나야만 한단다. 그렇게 되면 이 주변 모든 사람들은 물론 너도 마찬가지로, 우리가 가까이 있음으로 오는 행운과 축복을 상실하게 될 거야. 자, 이제 가서 네 친구와 마지막 인사를 나누거라. 그럼 안녕!"

여인과 마리가 나무 그늘 길에서 나왔습니다. 체리나는 눈물을 흘렸고, 마리는 몸을 굽혀 그녀를 감쌌습니다. 그러고 나서 둘은 헤어졌어요. 마리가 좁다란 다리를 건너는데 어느 새 전나무 숲에서 찬바람이 불어왔고, 강아지가 요란하게 짖어 대며 목줄에 걸린 방울을 울렸습니다. 마리는 한 번 뒤돌아보고 나서 서둘러 들판으로 나왔습니다. 칠흑 같은 전나무 숲과 붕괴된 시커먼 오두막들 그리고 가물거리는 그림자들이 무섭게 그녀를 엄습했기 때문이었어요.

"간밤에 나 때문에 엄마 아빠가 얼마나 걱정을 많이 하셨을까!"

들판으로 나오게 되자 마리는 혼잣말을 했습니다. "하지만 내가 어디에 있었고 무엇을 보았는지 엄마 아빠한테 말씀드릴 수도 없는 노릇이니. 말을 한다고 하더라도 내 말을 믿지도 않으실 거야."

두 사나이가 마리에게 인사를 하고 지나갔습니다. 마리는 그들이 자기 뒤에서 하는 말을 들었습니다.

"정말 아름다운 아가씨로군! 어느 집 아가씨일까?"

마리는 얼른 발걸음을 재촉해 부모님의 집으로 향했습니다. 하지만 어제까지는 주렁주렁 과일이 열려 있던 나무가 오늘은 나뭇잎 하나 없이 앙상한 가지뿐이었습니다. 집은 다른 색으로 칠해져 있었고, 그 옆에 새로운 곡물 창고가 지어져 있었습니다. 마리는 어리둥절해하며 꿈을 꾸는 것이라 여겼어요. 그렇게 혼란스러워하며 현관문을 열었습니다. 아빠가 웬 여인과 낯선 젊은이와 함께 식탁에 앉아 있었습니다.

"맙소사, 아빠!"

마리가 소리쳤습니다. "엄마는 어디 계세요?"

"엄마라고?"

그 여인은 무엇인가 예감이라도 한 듯이 벌떡 일어나며 말했습니다. "네가 설마. 그래, 그렇구나. 죽은 줄 알았던 잃어버린 외동딸 마리로구나!"

그녀는 턱 아래에 있는 작은 갈색 점과 눈 그리고 생김새를 보고 이내 마리를 알아보았습니다. 모두들 마리를 얼싸안고 기쁨에 몸 둘 바를 몰라 했고, 엄마와 아빠는 눈물을 펑펑 흘렸습니다. 마리는 자신이 거의 아빠만큼 키가 커져 있어 어리둥절했고, 엄마가 그렇게 늙어 딴 모습이 되어 있다는 것을 이해할 수 없었습니다. 마리는 젊은이의 이름을 물어보았어요.

"우리 이웃집 아들 안드레스다."

마리의 아빠 마르틴이 말했습니다. "7년 만에 네가 이렇게 불쑥 되돌아오다니! 그동안 어디에 있었니? 어째서 한마디 소식도 들을 수 없었던 게냐?"

"7년이라고요?"

마리가 말했습니다. 그녀가 자신의 상상력과 기억력을 총동원해도 도저히 이해할 수 없는 일이었습니다. "정말로 7년이나 지났다고요?"

"그래, 그렇다니까."

안드레스가 웃으며 말하며, 진심 어린 마음으로 마리의 손을 잡았습니다. "내가 이겼다, 꼬마 아가씨 마리. 난 이미 7년 전에 배나무 있는 곳에 갔다가 다시 돌아왔다고. 넌 엄청 느리구나, 오늘에야 돌아왔으니 말이야!"

그들은 새삼 묻고 또 물으며 마리를 졸라 댔습니다. 하지만 마리는 금기 사항을 기억하며 한마디도 대답할 수가 없었어요. 그들은 결국 마리로 하여금 다음과 같은 이야기를 둘러대도록 했습니다.

"저는 길을 잃었고, 지나가는 마차를 얻어 타고는 낯선 곳으로 가게 되었어요. 그런데 그곳 사람들에게 우리 집이 어딘지 설명할 수가 없었답니다. 그 후 그분들은 저를 멀리 떨어진 도시로 보냈고, 그곳에서 좋은 분들이 절 애지중지 키워 주셨어요. 지금은 그분들은 돌아가셨어요. 그리고 마침내 저는 다시 고향 땅에 대한 기억을 되살려 떠날 수 있는 기회가 생겨 이렇게 돌아올 수 있게 된 거죠."

"그만하면 됐다."

엄마가 소리쳤습니다. "네가 다시 돌아온 것만으로도 우린 충분하단다. 내 딸, 내 외동딸, 내 모든 것!"

안드레스는 저녁 식사 때까지 머물러 있었습니다. 하지만 마리는 아직 갈피를 잡을 수 없었습니다. 집은 너무 작고 어두웠으며, 그들이 입고 있는 옷도 이상했습니다. 말쑥하고 소박하긴 했지만 너무 낯설게 느껴졌어요. 그녀는 손가락에 끼고 있던 반지를 유심히 살펴보았어요. 신기하게 빛을 내는 황금이 불타는 듯 붉은 보석을 정교하게 둘러싸고 있었습니다. 아빠의 질문에 마리는, 그 반지 역시 은인들이 준 선물이라고 대답했습니다.

그녀는 잠자는 시간을 고대했고, 서둘러 잠자리에 들었습니다. 다음 날 아침, 보다 분별력을 갖게 된 마리는 자신의 생각을 차분히 정리해서 인사를 하러 찾아온 사람들에게 한결 잘 말하고 대답할 수 있었습니다. 안드레스는 이른 아침부터 제일 먼저 다시 찾아와, 즐겁게 팔을 걷어붙이고 매우 분주한 기색이었습니다. 열다섯 살의 한창 꽃다운 아가씨에게서 깊은 인상을 받은 그는 긴 밤을 잠 못 이루며 지새웠습니다. 백작이 마리를 성으로 불러들였습니다. 그리고 그녀는 그곳에서도 자신이 둘러댄 이야기를 되풀이해야만 했습니다. 이제 그 이야기는 아주 술술 풀어져 나왔습니다. 늙은 백작과 백작 부인은 예절 바른 마리의 교양에 감탄했습니다. 마리는 겸손하면서도 당황하지 않고 주어진 질문들에 예의 바르고 교양 있는 말씨로 대답을 했습니다. 신분 높은 사람들과 그 주변에 대해 갖게 되는 두려움이 마리에게는 없었습니다. 신기한 홀들과 고매한 아름다움을 갖춘 사람들을 훑어보니 마리가 비밀스럽게 요정들과 함께 지낼 때 이미 보았던 것들이라, 그녀에겐 그 세속적인 광채가 그냥 어둡게 느껴졌고 인간들의 존재도 보잘것없어 보였습니다. 젊은 귀족들은 특히나 그녀의 아름다움에 매료되었습니다.

때는 2월이었어요. 나무들은 그 어느 때보다 일찍 잎사귀들을 피웠고, 밤꾀꼬리들이 이토록 때 이르게 나타난 적도 없었습니다. 그 땅에 살고 있는 최고령의 노인들도 이제까지 그렇게 아름다운 봄을 맞은 적은 없었습니다. 곳곳에서 시냇물이 흘렀고, 풀밭과 초원은 물을 흠뻑 들이켰습니다. 언덕들은 더 높아진 것 같았고, 포도원도 훨씬 풍성했고, 과일나무에는 꽃들이 유례없이 만발했고, 꽃구름 속에 무르익는 향기의 은총이 온 사방에 짙게 드리웠습니다. 만물이 기대 이상으로 번성했어요. 열매의 수확을 해치는 궂은 날도 태풍도 없었으며, 포도송이들은 커다랗고 붉게 무르익었습니다. 마을 사람들은 이러한 광경을 놀라워하며 바라보았고 달콤한 꿈에 사로잡힌 듯했습니다. 이듬해에도 역시 풍요로웠습니다. 하지만 마을 사람들은 이미 이러한 기적 같은 변화에 익숙해져 있었습니다. 그해 가을 마리는 부모님과 안드레스의 끈질긴 청혼에 굴복했습니다. 그해 겨울 결혼식을 올리고 안드레스의 신부가 된 것입니다.

종종 그녀는 사무치는 그리움으로 전나무 숲 저편에서 지냈던 시절을 회상하곤 했습니다. 말없이 넋이 나간 듯 꼼짝 않고 있었어요. 주변의 모든 것은 아름답기 그지없었습니다. 그래도 그녀는 보다 아름다운 것도 알고 있었던 거지요. 때문에 잔잔한 마음 밑바닥의 슬픔이 그녀를 소리 없이 울적하게 만들었습니다. 아버지나 남편이 칠흑처럼 어두운 땅에 사는 불한당 집시들에 대해 화제를 삼으면, 찌르는 듯하게 가슴이 아팠습니다. 종종 마리는 그녀 자신이 그 지역의 은인으로 알고 있는 그들을 변호해 주고 싶었습니다. 특히 그들을 심히 욕하며 즐거워하는 것처럼 보이는 안드레스에게는 털어놓고 싶었습니다. 하지만 그럴 때마다 말을 꿀꺽 삼켰습니다. 그 해를 그렇게 보내고, 이듬해에 마리는 딸을 얻어 매우 기뻐했습니다. 요정들의 이름을 생각하며 딸애의 이름을 엘프리데라고 지었습니다.

젊은 부부는 함께 살기에 충분히 넓은 집에서 마르틴과 브리기테랑 함께 살며, 부모님의 큰 살림살이를 도왔습니다. 어린 엘프리데는 곧 특별한 재능과 소질을 보였어요. 남달리 일찍부터 걸음마를 시작했고, 태어난 지 일 년도 안 되어서 온갖 말을 할 수 있었습니다. 몇 년 후엔 매우 총명하고 재기 넘치며 너무나도 아름다운 모습에 모든 사람들이 경이로움으로 그 아이를 바라보았습니다. 그리고 엄마로서는 딸을 볼 때마다 전나무 숲속의 반짝이는 아이들과 닮았다는 생각을 떨쳐 버릴 수가 없었습니다. 엘프리데는 다른 아이들과 노는 것을 좋아하지 않았을 뿐만 아니라, 아이들의 시끌벅적한 놀이를 걱정스러울 지경으로 피하기까지 했습니다. 꼬마는 혼자 있는 것을 가장 좋아했어요. 그럴 때면 정원 구석에 쪼그리고 앉아 책을 읽거나 바느질거리에 열중했지요. 종종 사람들은 골똘히 생각에 빠져 있거나 혼잣말을 하며 거리를 성급히 서성거리는 그 애의 모습을 보았습니다. 하지만 부모는 엘프리데가 건강하게 잘 자라고 있었기 때문에 그런 그 애를 내버려 두었어요. 다만 딸애가 이해하기 어려운 묘한 대답이나 말을 할 때는 염려스러웠어요.

"저렇게 영리한 아이들은 늙지도 않을 거다. 그런 아이들은 이 세상에 어울리기엔 너무 선량해. 우리의 저 애도 이 세상 무엇에도 비할 바 없이 예뻐서 이 속세에서는 살아가기 힘들 거다."

할머니 브리기테는 여러 번 이런 말을 했습니다.

엘프리데에게는 별난 특성이 있었어요. 그녀는 누가 도와주는 것을 끔찍이 싫어했고, 모든 것을 스스로 하고자 했습니다. 집안에서 거의 제일 먼저 일어났고, 깔끔하게 세수를 하고 혼자 옷을 입었습니다. 저녁때도 마찬가지로 빈틈없이 굴었습니다. 겉옷과 속옷을 스스로 챙기는 데 유난히 신경을 썼어요. 어느 누구도, 심지어는 엄마조차도 자신의 소지품 근처에 못 오게 했습니다. 딸애가 이렇게 고집을 부릴 때 엄마는 별다르게 생각을 깊이 하지 않았기 때문에 그냥 너그럽게 봐 주었어요. 하지만 한번은 아주 놀라운 일이 있었습니다. 어느 축제일에 백작의 성을 방문하게 되었습니다. 조그마한 아이가 아무리 악을 쓰고 울며 막무가내로 굴어도 억지로 딸의 옷을 갈아입혔을 때였어요. 그때 엘프리데의 가슴에서 실에 매달려 있는 진귀한 형태의 금장식을 본 순간, 그것이 저 비밀의 지하 동굴에서 수없이 보

룬젠골

앴던 것들 중 하나라는 것을 금방 알아보았습니다. 꼬마 소녀는 기겁을 하고 놀랐습니다. 그리고 마침내, 그것을 정원에서 발견 했고 그것이 마음에 쏙 들었기 때문에 열심히 챙겼노라고 털어 놓았습니다. 아울러 제발 그것을 자신이 갖게 해 달라고 엄마에 게 간절하게 애원했습니다. 결국 마리는 그 장식을 원래 있던 자리에 매달아 주고, 골똘한 생각에 잠긴 채 말없이 딸과 함께 성으로 갔습니다.

소작인이었던 마리의 가족들이 살고 있는 집 옆쪽으로 농작 물과 농기구를 보관하는 농사農舍가 몇 채 있었습니다. 그리고 그 뒤편 잔디밭에는 낡은 정자가 한 채 있었어요. 하지만 그 정 자는 정원에서 동떨어져 있었기 때문에, 새로 농사를 지은 후에 는 찾는 이가 아무도 없었답니다. 이렇게 고적한 정자에서 혼 자 지내는 것을 엘프리데는 가장 좋아했어요. 그곳에 있는 그녀 를 굳이 방해하려는 사람이 아무도 없었기에, 부모들은 반나절 내내 그녀를 보지 못한 적도 자주 있었습니다. 어느 날 오후 엄 마는 청소도 하고 잃어버린 물건을 하나 찾을 겸해서 농사 안 에 머물렀어요. 그러다가 벽 틈을 통해 방 안으로 한 줄기 햇빛 이 새어 들어오는 것을 알아차렸습니다. 순간 엄마에게 벽 틈새 로 딸아이가 노는 모습을 엿보아야겠다는 생각이 떠올랐어요. 헐거워진 놀 하나를 옆으로 밀치니까 그 틈으로 정자 안이 곧 장 보였습니다. 엘프리데가 정자 안 작은 의자에 앉아 있었고,

그 옆에 낯익은 체리나가 앉아 있었어요. 두 아이는, 사랑스럽게 어울리며 흥겹게 놀고 있었습니다. 요정이 어여쁜 아이를 껴안으며 쓸쓸한 어조로 말했습니다.

"아, 사랑스런 아이야, 예전에 네 엄마가 어렸을 적에 우리를 찾아왔을 때 지금 너하고 이렇게 놀듯이 네 엄마하고도 놀았단다. 하지만 너희 인간들은 너무 빨리 어른이 되지. 순식간에 키가 크고 이성적으로 되어 버린다고. 그건 정말 슬픈 일이야. 하지만 너는 오래도록 아이로 있으렴! 나처럼 말이야."

"나도 네 말대로 되면 좋겠어."

엘프리데가 말했습니다. "하지만 사람들이 모두 말하길, 난 빨리 분별이 생길 것이고 어린애 장난도 치지 않을 거래. 내가 조숙해질 성향이 다분하기 때문이래. 아하! 그렇게 되면 난 널 다신 만나지 못하겠지, 사랑하는 체리나! 그래, 그건 과일나무에 피는 꽃들과 같은 것이겠지. 붉은 꽃망울이 터질 듯이 매달린 사과나무는 얼마나 멋진데! 그렇게 키도 크고 줄기도 한 아름이나 되는 사과나무 밑을 지나가는 사람들은 누구나 말하지. 그 나무는 실로 특별한 것으로 자라날 게 틀림없다고. 그러고 나서 태양빛을 받아 찬란하게 꽃들이 피는 거야. 그런데 그 속엔 이미 못된 씨앗이 박혀 있어서 시간이 흐르면서 그 씨앗은 화려하게 치장한 꽃잎을 밀어내어 아래로 떨어뜨린단다. 그때부터 씨앗은 조바심치며 자라지만 스스로 할 수 있는 일은 더

691

❖

이상 아무것도 없단다. 가을이 되어 열매가 될 뿐이지. 물론 사과도 마음에 들고 탐스럽긴 하지. 하지만 이 모든 것도 봄꽃에 비하면 아무것도 아니란 말이야. 우리 인간들도 사과나무랑 같단다. 난 성숙한 처녀가 된다는 걸 기쁘게 기대할 수 없어. 아하! 단 한 번만이라도 너희들이 사는 곳에 가 볼 수만 있다면 좋겠어!"

"왕이 우리에게 오신 이후로는 그건 완전히 불가능한 일이야."

체리나가 말했습니다. "그 대신 내가 널 자주 찾아올게, 엘프리데. 하지만 어느 누구도 날 봐서는 안 돼. 이 마을에서든 저곳에서든 내가 오는 걸 아무도 알아서는 안 돼. 난 눈에 보이지 않게 공중을 날거나, 새가 되어 날아올 거야. 네가 어린아이로 있는 동안이라도 우리 자주 만나자. 내가 무엇으로 널 기쁘게 해줄 수 있을까?"

"날 진심으로 사랑해 줘."

엘프리데가 말했습니다. "내가 널 내 마음속에 담고 있듯이 말이야. 자, 우리 장미꽃을 한 번 더 만들어 보자."

체리나는 마리가 이미 본 적이 있는 작은 상자를 품속에서 꺼내 씨앗을 두 개 던졌습니다. 그러자 갑자기 두 송이 새빨간 장미가 핀 초록 덤불이 그들 앞에 나타났어요. 서로 마주 수그리고 있는 장미꽃은 마치 키스를 하는 것 같았습니다. 아이들이 웃으며 장미꽃을 꺾자 덤불이 다시 사라졌습니다.

"오 이런, 이렇게 빨리 죽지 않을 수는 없는 걸까? 대지의 기적인 이 빨간 어린 꽃 말이야."

엘프리데가 말했습니다.

"이리 줘!"

어린 요정이 말하며 활짝 핀 장미꽃에 입김을 세 번 불어넣고, 또 입을 세 번 맞추었어요.

"자……"

꽃을 되돌려주며 그녀가 말했습니다. "이제 이 꽃은 겨울이 될 때까지 생생하게 꽃을 피우고 있을 거야."

"이 꽃을 너의 초상처럼 보듬겠어. 내 방 안에 간직해 놓고 이 꽃이 너라고 여기고 아침저녁으로 입을 맞춰 줄 거야."

엘프리데가 말했습니다.

"벌써 해가 지고 있네. 이제 집으로 가야 해."

체리나가 말했습니다. 두 소녀는 다시 한 번 서로 껴안았고, 곧 체리나는 떠났습니다.

저녁때 마리는 불안한 심정과 경외하는 마음으로 딸아이를 품에 안았습니다. 그때부터 마리는 사랑스런 딸아이를 전보다 더 자유롭게 풀어 주었어요. 외톨이로 숨어 지내는 딸이 못마땅하여 얼마 전부터는 곧잘 아이를 챙기며 찾곤 하는 남편을 여러 번 안심시켰습니다. 남편은 엘프리데가 그렇게 자라다가 세

상 물정 모르는 순둥이가 되거나 멍청이가 될까 걱정스러워했
거든요. 엄마는 시간만 나면 돌담의 틈이 있는 곳으로 살그머니
가 보았고, 그때마다 거의 반짝이는 어린 요정이 딸아이 옆에
앉아 정신없이 놀거나 진지하게 이야기를 나누는 모습을 보았
습니다.

"너도 날 수 있길 원하니?"

한번은 체리나가 친구에게 물었습니다.

"당연하지!"

엘프리데가 흥분해서 외쳤어요. 말이 떨어지자마자 요정은
딸의 육신을 껴안고 바닥에서 붕 떠서 정자 꼭대기까지 올랐습
니다. 걱정이 된 마리는 조심해야 된다는 사실을 잊고, 그 애들
을 자세히 보기 위해 어이없게도 고개를 불쑥 내밀고 말았어요.
그때 체리나는 허공에서 손가락을 치켜들고 미소를 지으며 위
협하더니, 딸아이와 함께 땅에 내려와 껴안은 후 사라져 버렸습
니다. 그 이후로도 마리가 경이로운 요정에게 발각되는 일이 자
주 벌어졌고, 그때마다 요정은 머리를 가로젓거나 위협을 했어
요. 하지만 언제나 친근한 몸짓이었습니다.

벌써 여러 번 말다툼이 있을 때마다 마리는 흥분해서 남편에
게 말했습니다.

"당신, 저 오두막에 사는 불쌍한 사람들을 잘못 대하고 있어
요!"

그러고 나서 안드레스가 왜 당신은 온 마을 사람들, 아 물론 백작과도 반대로 생각하여 그들을 잘 아는 척하느냐고 해명을 요구하며 다그칠 때면, 마리는 갑자기 말을 중단하고 당황해서 입을 다물어 버렸습니다. 어느 날 식사를 마친 후에 안드레스는, 마을에 해가 되는 저 악당들을 완전히 몰아내 버려야만 한다고 그 어느 때보다도 격렬하게 주장했어요. 그때 마리는 분통을 터뜨렸습니다.

　"입 다물어요. 그들은 당신과 우리 모두의 은인이란 말이에요!"

　"은인이라고? 그 부랑자들이?"

　안드레스가 놀라며 물었습니다. 홧김에 마리는 남편에게 철석같이 비밀을 지키겠다는 다짐을 받고 그녀가 어릴 때 겪었던 일을 남편에게 털어놓는 잘못을 저지르고 말았습니다. 하지만 남편은 그녀가 한마디 한마디 털어놓을 때마다 점점 더 믿을 수 없어 하며 깔보는 투로 고개를 절레절레 흔들었습니다. 그래서 마리는 남편의 손을 잡고 농사로 데려갔습니다. 그리고 그곳 정자에서 반짝이는 요정이 자신의 딸과 어울려 놀며 쓰다듬는 광경을 보고는 놀랄 수밖에 없었습니다. 그는 할 말을 잃었습니다. 놀라움의 외마디 비명이 그의 입에서 튀어나왔고, 그때 체리나가 쳐다보았습니다. 그녀는 갑자기 해쓱해지며 격렬하게 몸을 떨었습니다. 친근하던 안색이 싹 바뀌며 분노의 표정으로 위협적인 몸짓을 하며 엘프리데에게 말했습니다.

"이건 네 탓이 아니란다, 사랑하는 아이야. 하지만 그들은 제 아무리 스스로 이성적이라고 망상하더라도 결코 현명해지지는 못할 거다."

체리나는 엘프리데를 와락 껴안고는 까마귀가 되어 거칠게 까악까악거리며 정원을 넘어 전나무 숲 쪽으로 날아가 버렸습니다.

저녁때 엘프리데는 아무 말 없이 눈물을 흘리며 장미에게 키스를 했어요. 마리는 두려운 생각이 들었고, 안드레스도 거의 아무 말도 하지 않았어요. 밤이 되었습니다. 갑자기 나무들이 요란한 소리를 내며 흔들렸고, 새들이 공포에 사로잡힌 소리로 울며 사방에서 흩어져 날았습니다. 천둥 치는 소리가 들렸고, 땅이 뒤흔들렸으며 허공엔 비탄에 잠겨 흐느끼는 소리로 가득 찼습니다. 마리와 안드레스는 감히 일어설 용기가 나지 않았습니다. 그들은 이불을 뒤집어쓰고 두려움에 벌벌 떨며 날이 밝길 기다렸습니다. 아침이 다가오자 점점 조용해지더니, 태양빛이 온 숲 속에 파고들자 마침내 만물이 고요해졌습니다.

안드레스가 옷을 입었습니다. 마리는 자신의 손가락에 끼고 있던 반지의 보석이 바래 버린 것을 알아차렸습니다. 문을 열자, 청명한 태양빛이 그들에게 비쳐 들어왔습니다. 하지만 그들 주위의 경관은 알아볼 수가 없었습니다. 서늘한 숲 지대는 온

데간데없어졌고, 언덕들은 내려앉았고, 시냇물은 거의 물이 말라 탁하게 흐르고 있었으며, 하늘은 잿빛이었어요. 전나무 쪽을 건너다보니, 다른 보통 나무들보다 별나게 어둡지도 음울하지도 않은 모습으로 서 있었고, 그 뒤편에 있던 오두막은 전혀 흥흥하지 않았습니다. 마을 주민 여럿이 와서 이상했던 지난밤에 대해 이야기하며, 집시들이 살던 농가로 가 보았는데 오두막이 텅 빈 걸로 봐서 집시들이 모두 떠나 버린 게 틀림없다고 했습니다. 그리고 오두막 안의 모양새는 여느 가난한 사람들의 집과 다를 바 없이 지극히 평범했고, 몇몇 가재도구도 남겨져 있었다고 말했습니다. 그러자 엘프리데가 엄마에게 은밀하게 말했습니다.

"간밤에 저는 통 잠을 잘 수가 없었어요. 난리법석에 너무 무서워서 마음속 깊이 기도를 드렸어요. 그때 갑자기 제 방문이 열리더니 친구 체리나가 제게 작별 인사를 하기 위해 들어왔어요. 체리나는 여행 보따리를 둘러메고 모자를 쓰고 커다란 여행용 지팡이를 들고 있었어요. 그 애는 엄마한테 무척 화가 나 있었어요. 엄마 때문에 이제 이 세상에서 가장 고통스런 엄청난 벌을 받아야만 하기 때문이라고요. 어쨌든 그녀는 엄마를 항상 무척 사랑했었대요. 모두들 정말 마지못해 이곳을 떠났다고 그 애가 말했어요."

마리는 딸한테 다른 사람들에게는 그 이야기를 하지 말라고 했습니다. 그때 뱃사공이 강을 건너와 불가사의한 사건에 대해 들려주었습니다. 날이 뉘엿뉘엿 어두워질 무렵 어떤 키 큰 낯선 사나이가 그를 찾아와서 동이 틀 때까지 나룻배를 빌렸다는 거였어요. 하지만 뱃사공에게는 집에 그냥 있으면서 잠을 잘 것이며 절대 집 밖으로 나오지 말라는 조건을 달았다는 겁니다.

"난 무서웠어요."

늙은 뱃사공이 말을 이었습니다. "그 이상한 거래 때문에 잠을 잘 수 없었어요. 난 슬그머니 창가로 가서 강가 쪽을 바라보았지요. 커다란 구름장들이 불안하게 온 하늘에 몰려들었고, 저 멀리 숲에서는 쏴쏴 소리가 겁나게 들렸어요. 내 오두막도 흔들리고 비탄에 잠겨 흐느껴 울며 오열하는 소리가 집 주위를 에워싸고 있는 것만 같았어요. 그때 나는 갑자기 한 줄기 새하얀 빛을 보았습니다. 그 광채는 점점 넓게 퍼져 나가더니, 마치 쏟아져 내리는 수천 개의 별처럼 반짝반짝 넘실대며 칠흑 같은 전나무 숲에서 흘러나와 들판을 넘어 강물을 향해 번져 나갔어요. 그때 따각따각, 덜커덩덜커덩, 소곤소곤, 살랑대는 소리가 점점 가까워졌습니다. 그 소리는 내 나룻배가 정박해 있는 곳으로 갔어요. 크고 작은 반짝이는 형체들이 모조리 나룻배에 올라탔습니다. 남자, 여자, 아이들처럼 보이는 형체들이었어요. 그리고 키 큰 그 낯선 사나이가 그들을 모두 태우고 강을 건넜답니다. 나룻배 옆으로는 수많은 밝은 형상들이 강물을 헤엄쳐 따라갔고, 공중에서는 빛과 흰 안개가 퍼뜩였습니다. 그들은 익숙해진 정든 곳을 떠나 멀리 저 멀리로 여행을 가야만 하는 것을 한탄했어요. 그 와중에 노 젓는 소리와 물소리가 들리더니, 갑자기 다시 조용해졌어요. 그 나룻배는 여러 번 떠났습니다. 그리고 다시 돌아와 새로이 짐을 실었지요. 여러 개 용기容器도 가져갔는데, 소름끼치게 생긴 쬐끄만 녀석들이 그것들을 굴리며 날랐지요. 그놈들은 악마인 것도 같고 요괴인 것도 같고, 암튼 잘 모르겠어요. 뒤이어 넘실대는 광채에 싸여 한 호화로운 행렬이 도착했어요. 한 노인이 작은 백마를 타고 있고, 백마 주변을 에워싸고 모든 행렬이 몰려들어 있는 듯이 보였어요. 하지만 전 말 머리밖에 보지 못했어요. 왜냐하면 번쩍거리는 진귀한 덮개들이 겹겹이 드리워져 있었거든요. 그 노인은 왕관을 쓰고 있었어요. 그래서 그 노인이 강을 건너갔을 때, 나는 강 건너편에서 태양이 떠오르는 줄로, 아침 햇살이 내게 비추는 줄로 생각했었답니다. 그 일은 그렇게 밤새 계속되었습니다. 들뜬 마음 반 두려운 마음 반으로 혼란스러운 가운데 마침내 난 잠이 들었어요. 아침에는 모든 것이 잠잠해졌습니다. 하지만 강물이 완전히 빠져나가 버린 것 같아 나는 뱃사공 노릇을 하는 데 어려움이 있을 것 같네요."

게다가 그해에는 흉년이 들었습니다. 숲은 황폐해졌고, 샘물은 다 말라 버렸어요. 그곳을 지나가는 나그네에게 큰 기쁨이었던 이 마을은 가을이 되자 황폐한 불모의 땅이 되었습니다. 그리고 바다 가운데 빛바랜 풀이 자라는 모래땅 조각이 여기저기 보일 뿐이었지요. 과일 나무들은 모조리 시들었고, 포도밭은 못 쓰게 되었어요. 그런 마을 경관이 너무도 황량해서 이듬해 백작은 가족들과 함께 성을 떠났고, 후에 그 성도 허물어져 폐허가 되었습니다.

엘프리데는 밤이고 낮이고 사무치는 그리움으로 장미꽃을 들여다보며 함께 놀던 친구를 생각했습니다. 그러다가 장미꽃이 고개를 떨어뜨리고 시들자, 그녀도 고개를 떨어뜨린 채 봄이 오기 전에 죽어 갔습니다. 마리는 종종 오두막 앞 공터에 서서 사라져 버린 행운을 슬퍼하며 눈물을 흘렸습니다. 어느덧 그녀도 딸처럼 점점 여위어 갔고, 몇 해 뒤에 죽었습니다. 늙은 마르틴은 사위와 함께 자신이 예전에 살았던 마을로 이사를 갔습니다.

●
명정
옮김

**옮긴이
약력**

차경아 서울대학교 독어독문학과 및 동 대학원을 졸업하고 독일 본대학교에서 수학했다. 서강대학교 대학원에서 박사학위를 취득했으며, 현재 경기대학교 교수로 재직 중이다.
옮긴 책으로는『모모』,『소유냐 존재냐』,『싯달타』,『약속』,『삼십세』,『생의 한가운데』,『아프리카, 나의 노래』,『1999년생』,『사자가 도망쳤어요』 등이 있다.

조영수 서울대학교 독어독문학과를 졸업했다. 미국 피츠버그대학교 대학원에서 석사학위를 취득했으며, 이화여자대학교 대학원에서 박사학위를 받았다. 미국 워싱턴대학교의 초빙교수와 미국 조지워싱턴대학교 객원교수를 역임했다. 현재 경기대학교 교수로 재직 중이다.
옮긴 책으로는『독일어의 역사적 통사론』,『독일어 동의어 사전』,『나에게도 친구가 생겼어요』,『낯선 사람 따라가면 안 돼』,『내 몸은 내 거야』 등이 있다.

강명희 경기대학교 독어독문학과 및 동 대학원을 졸업했으며, 독일 뷔르츠부르크대학교에서 수학했다. 성균관대학교 대학원에서 박사학위를 받았다. 현재 경기대학교 교수로 재직 중이다.
옮긴 책으로는『큰 버섯』,『깜짝 파티』,『둘째 코니는 긴 아이』 시리즈,『세계 대문호들이 들려주는 크리스마스 동화집』(공역),『시간의 여행자』 등이 있다.

김연정 경기대학교 독어독문학과를 졸업했다. 이화여자대학교 대학원에서 독일어교육학 석사학위를 받았으며, 성균관대학교 대학원에서 박사학위를 취득했다. 현재 경기대학교 교수로 재직 중이다.
옮긴 책으로는『못 말리는 공주병』 등이 있다.

명정 경기대학교 독어독문학과 및 동 대학원을 졸업하고 서울대학교에서 박사과정을 수료했다. 현재 경기대학교에서 강의를 하고 있다.
옮긴 책으로는 『눈인간』, 『눈고양이』, 『아빠, 딱 하루만 바꿔요』 『세계 대문호들이 들려주는 크리스마스 동화집』(공역), 『소피의 리스트』 등이 있다.

박민정
경기대학교 독어독문학과 및 동 대학원을 졸업했다.
옮긴 책으로는 『부처가 사자가 되었을 때』 등이 있다.

배은주
경기대학교 독어독문학과 및 동 대학원을 졸업했다.

이미화
경기대학교 독어독문학과 및 동 대학원을 졸업했다.
옮긴 책으로는 『나뭇잎 오두막』, 『옥수수 자동차』, 『아프리카에서 온 카멜레온 캄부의 모험』 등이 있다.

이진금
경기대학교 독어독문학과 및 동 대학원을 졸업했다. 성균관대학교 대학원에서 박사과정을 수료하고 독일 라이프치히대학교에서 수학했다. 현재 경기대학교에서 강의를 하고 있다.

황은미
경기대학교 독어독문학과를 졸업했다. 독일 뮌스터대학에서 독어독문학을 수학했으며, 독일 보훔대학에서 박사학위를 취득했다. 현재 경기대학교에서 강의를 하고 있다.
옮긴 책으로는 『마데이라 섬의 고래』 등이 있다.

연대순에 따른
작품 순서

요한 볼프강 폰 괴테
메르헨, 1795

루트비히 티크
금발의 에크베르트, 1796

노발리스
히아신스와 장미꽃잎 전설, 1798
클링스오어 이야기, 1798~1801

요제프 폰 아이헨도르프
가을의 마법, 1808

클레멘스 브렌타노
비첸슈피첼 이야기, 1808?
클룹스톡 교장 선생과
다섯 아들의 이야기, 1808?
장미꽃잎 공주, 1808?

루트비히 티크
요정들, 1811

프리드리히 드 라 모테-푸케
운디네, 1811

아힘 폰 아르님
아라비아의 예언자, 멜뤽 마리아 블랭빌,
1812

에른스트 테오도르 아마데우스 호프만
황금 항아리, 1813

아델베르트 폰 샤미소
페터 슐레밀의 놀라운 이야기, 1814

아힘 폰 아르님
종손들 이야기, 1817

에른스트 테오도르 아마데우스 호프만
왕의 신부, 1821

빌헬름 하우프
황새가 된 칼리프, 1826
난쟁이 나제, 1827
원숭이 인간, 1827

에두아르트 뫼리케
보물, 1836
농부와 그의 아들, 1839

요제프 폰 아이헨도르프
리버타스와 그녀의 청혼자들, 1849

환상문학 걸작선 1
19세기 대문호들의 명작 단편선

•

초판 1쇄 발행일 2006년 12월 20일
개정판 1쇄 발행일 2013년 1월 23일
개정판 2쇄 발행일 2013년 3월 22일

지은이 프리드리히 드 라 모테-푸케 외 **옮긴이** 차경아 외
펴낸이 강병철 **주간** 정은영
편집 허원 이서하 임자영 **저작권** 김영란
디자인 신경숙 **마케팅** 장성준 박제연 최은석 전연교
E-사업부 정의범 김혜연

펴낸곳 자음과모음 **출판등록** 1997년 10월 30일 제313-1997-129호
주소 121-840 서울시 마포구 서교동 396-33
전화 편집부 (02)324-2347, 경영지원부 (02)325-6047
팩스 편집부 (02)324-2348, 경영지원부 (02)2648-1311
이메일 literature@jamobook.com
커뮤니티 cafe.naver.com/jamocafe

ISBN 978-89-5707-723-8 (03850)　(세트)978-89-5707-722-1 (03850)